国际格林奖儿童文学理论书系

丛书主编　蒋　风　刘绪源

游戏·儿童·书

［法］让·佩罗／著　陈　蕾　张　婕　张　一／译

华东师范大学出版社
·上海·

图书在版编目（CIP）数据

游戏·儿童·书/（法）让·佩罗著;陈蕾,张婕,
张一译.—上海:华东师范大学出版社,2019
（国际格林奖儿童文学理论书系）
ISBN 978 – 7 – 5675 – 7430 – 4

Ⅰ.①游… Ⅱ.①让… ②陈… ③张… ④张… Ⅲ.
①儿童文学—文学研究 Ⅳ.①I058

中国版本图书馆 CIP 数据核字（2019）第 179695 号

Du jeu, des enfants et des livres
Copyright © 2011 by Electre-Éditions du Cercle de la Librairie
Chinese Translation Copyright © 2019 by East China Normal University Press LTD.
This translation is published by agreement with Electre-Éditions du Cercle de la Librairie.
All rights reserved.

国际格林奖儿童文学理论书系

游戏·儿童·书

丛书主编	蒋 风 刘绪源
总 策 划	上海采芹人文化
特约策划	王慧敏 陈 洁
著 者	［法］让·佩罗
译 者	陈 蕾 张 婕 张 一
特约编辑	黄 琰 曹 潇
责任编辑	唐 铭
特约审读	陈晓红
责任校对	时润民
封面设计	采芹人 插画·装帧 夏 树
版式设计	刘怡霖

出版发行	华东师范大学出版社
社 址	上海市中山北路 3663 号 邮编 200062
网 址	www.ecnupress.com.cn
电 话	021 – 60821666 行政传真 021 – 62572105
客服电话	021 – 62865537 门市（邮购）电话 021 – 62869887
地 址	上海市中山北路 3663 号华东师范大学校内先锋路口
网 店	http://hdsdcbs.tmall.com/

印 刷 者	上海龙腾印务有限公司
开 本	787×1092 16 开
印 张	40
字 数	569 千字
版 次	2019 年 6 月第 1 版
印 次	2019 年 6 月第 1 次
书 号	ISBN 978 – 7 – 5675 – 7430 – 4
定 价	148.00 元

出版人 王 焰

（如发现本版图书有印订质量问题,请寄回本社客服中心调换或电话 021 – 62865537 联系）

谨以此书向朱丽叶、海伦、卢卡、马蒂厄以及
所有喜欢重新开始的人致敬。

总　序

刘绪源

　　1987年,从大阪儿童文学馆寄来的馆刊中,我第一次读到"格林文学奖"的消息,从而知道这是个国际儿童文学的理论奖,第一届获奖者是德国教授克劳斯·多德勒。当时,我的理论专著《儿童文学的三大母题》才出版不久,对于在这一领域作理论探索的荒芜感和艰巨感,已有所悟。看到有这方面的国际奖,心中不由一热,这就像哈利·波特听说有一所霍格沃茨魔法学校,知道那里有许多像他一样的人时,内心涌起的温暖。后来我还曾向中由美子女士了解格林奖的情况,她告诉我,此奖有"终身成就奖"性质,评人而不评作品;这年刚开始评,以后每两年评一人。我听后,深以为然,正因如此更可鼓励终身致力儿童文学理论的研究者,而这样的研究者,全世界都是稀缺的。

　　二十多年过去了,到2011年,报上忽然登出中国的蒋风先生荣获第十三届国际格林奖的消息,着实令人兴奋!蒋风是浙江师范大学教授(曾任校长),是中国高校第一个儿童文学硕士点的创办者,长期从事儿童文学评论和理论研究,主编过多种中国儿童文学史。如今国内许多高校儿童文学专业的骨干教授,如吴其南、王泉根、方卫平、周晓波、汤素兰等,儿童文学出版界的骨干编辑,如韩进、杨佃青、王宜清、梁燕、冯臻等,都是从浙江师大儿童文学专业的氛围中走出来的。作为教育家的蒋风,可说已是桃李满天下。但我以为,除了教育和著述,蒋风先生最突出的才干,还在组织工作上。他领导浙师大儿童文学研究所期间,在人员配置上很见匠心。他自己长于中国现代儿童文学研究,他招来的黄云生和韦苇两位教师,一个主攻低幼文学研究,一个主攻外国儿童文学史,两人又颇具儿童文学之外的文学与文化素养,这样整个专业的教学和研究就有了很大的覆盖性和完整性。毕业留校的方卫平长于理论研究,在读研时就显现了理论家的潜质。这四位教授之间,又自然呈现出一种梯队的态势。这种地方,看得出蒋风先生是既有气魄,又有远见的。他是中国儿童文学理论发展中难得的帅才,诚所谓众将易得,一帅难求。但他又不是那种官派的"帅",不是占据了什么有权的位置,他的校长也就做了一任(1984—1988),以后就继续做他的教授。他是以自己的努力,尽自己的可能,让儿童文学理论研究得以更好地发展,是凭他的眼光、气派和踏实有为的工作,一点一点地推动了全局。他的许多工作其实是看不见的,国际奖的评委则更不容易看见(评委们的关注重点往往还是专著),然而他被评上了,这既让人惊讶也让人欣喜——因为他确是中国最具终身成就奖资格的人。

又好几年过去了,2017年,传来华东师范大学出版社将出版"国际格林奖儿童文学理论书系"的大好消息。这套书将陆续推出历届获奖者的一些代表作品,这对我们进一步了解国际同行的研究成果,非常有益。当然,儿童文学是一个开放、发展的体系,无论谁的研究,无论从哪个角度、何种方法深入,都只能丰富我们对它的理解,而不可能穷尽之。这次出版的几种专著,有法国的让·佩罗的《游戏·儿童·书》,瑞典的约特·克林贝耶的《奇异的儿童文学世界》,俄罗斯的玛丽亚·尼古拉杰娃(瑞士籍)和美国的卡罗尔·斯科特的《绘本的力量》,英国的格伦比和雷诺兹的《儿童文学研究必备手册》以及彼得·亨特的《批评、理论与儿童文学》,此外就是蒋风先生主编的《中国儿童文学史》，内容和研究方法都各不相同，可谓丰富之至，让我们面临了一场理论的盛筵。我试读了其中的《奇异的儿童文学世界》，这是对幻想文学（书中称为"奇幻文学"）的专题研究，作者用分类的方法，从故事与人物的奇幻特征上进行把握，将英语国家及少量瑞典和德国的幻想文学分成近十个类别，然后再作总体分析。作者的分类十分细致，描述也极生动具体，这让人想起普罗普对民间童话进行分类并总结出三十一个"功能"的著名研究，这里委实存在学术方法和学术精神的传承。但此书在讨论奇幻文学与不同年龄的小读者的关系时就略显粗疏，对低年龄儿童的幻想渴求未作特别关注。可见不同角度的研究虽各有长处，却也难免其短。同样，这二十多年来对儿童文学界影响最大的理论著述莫过于尼尔·波兹曼的《童年的消逝》，但这本天才著作的缺陷现也已人人皆知。这说明什么呢？说明学术需要交流，它是在交流、切磋中推进的，越是有成就的学术有时越容易被发现毛病（发现毛病并不意味其学术生命的终结，有时恰恰更体现它的价值），没有哪本专著能穷尽学术。这也使我们明白，设立格林奖也好，出版格林奖书系也好，其真正的意义，就在推进交流和切磋，让学术在交流中前进。

知堂在《有岛武郎》一文中说过这样的话："其实在人世的大沙漠上，什么都会遇见，我们只望见远远近近几个同行者，才略免掉寂寞与空虚罢了。"这话比之于格林奖，十分贴切。儿童文学研究者因为有这个奖项，能不时看见新的成果和新的楷模，这对研究者心理是极好的慰藉，同时也是极好的鞭策。在其另一名文《结缘豆》中，他又说："人是喜群的，但他往往在人群中感到不可堪的寂寞……我们的确彼此太缺少缘分，假如可能实有多结之必要……"这又使我想起一件必须说的事：蒋风先生在得到格林奖的奖金后，首先想到的还是推进中国的理论研究。他不辞辛劳，四处奔走，终于在2014年设立了"蒋风儿童文学理论贡献奖"。这个奖也是每两年评一人，他的奖金就成为本金之一。而我因同行错爱，居然成了这个"理论贡献奖"的首届得主，心中真是感愧交集。蒋风先生所做的，不正是"撒豆"的事吗？他将国际奖和中国奖联结起来，在同行间广结善缘。这又一次体现了他民间"帅才"的功力,我想这缘分定能传之久远吧。

定稿于 2017 年年初

目 录

引 言   001
    不同于"天真烂漫派"的"游戏至上派"评论   002
    "景观社会"舞台上的"球形电视儿童"   005
    苦难与不平等：是否靠游戏来拯救？   006
    文学：培养意识的学校？对公平的想法   009
    儿童的新地位：享有游戏和"娱乐"的权利   010
    把文学当成娱乐？   012
    读者的语言及心理：把游戏当成文化   013
    我们的计划：通过游戏和各种媒体的集合，让现代的假想成为活跃的艺术   015

第一章　现状：二十一世纪初的儿童文学研究   021
    "法兰西文化的构建"及法国文学在国际背景下的重组   021
       全球化的开启和相关评论   021
    一、文化的同一性和多样性：成人与童年的自己   023
       只有儿童才会读书吗？   027

  从游戏到文学：弗朗索瓦·普拉斯的幻想小说——令人意外的互文性 031

二、"儿童文学的重组"？——美国学者杰克·茨伯兹的观点 033
  对评论界的呼吁：时刻保持清醒的头脑 038

三、文字与图画的文学性 040
  游戏及话语的节奏："文学的力量"——法国学者马丁夫妇的观点 040
  图画的游戏最为重要：《如何阅读图画书》——苏菲·范·德·林登 047
  从图画书的定义到读者的接受能力：多样化的图画书阅读 050

四、儿童与成人的不同阅读方式：娜塔莉·普兰斯的后结构主义视角 052
  远离刻板阅读模式：想象与渴望 052
  双重阅读的趋势 054
  模棱两可的故事人物：阅读与爱神厄洛斯——丰饶之神珀罗斯与贫乏之神皮尼埃之子 056
  充满矛盾的世界 057

五、社会学研究：皮埃尔·布鲁诺与《全球化时代下的儿童文化》 061
  儿童文学属于"媒介学"吗？ 065

六、法国文学遗产排序 070
  弗兰西斯·马尔宽："鲁滨逊式"文学史 071
  伊莎贝拉·尼耶-舍弗莱尔：研究者的迫切需求 084
  玛蒂尔德·莱维克：与德国文学面对面——修复文学遗产 087
  图书馆及学校里的阅读政策 089

七、文学遗产与国际大众文化的合作 091

八、法国国家图书馆儿童文学中心——期刊、论文与大学教育 098

九、超越国界的儿童图书 103

十、全球化背景下的儿童图书译者——不同语言的合奏 109
  跨越语言障碍："脱离源语语言外壳" 113
  世界翻译研究——理论与实践 116
  译者，当今时代的幕后掌权人——通晓多种语言的灵猫 120

十一、介于德语与意大利语文学之间的法语儿童图书：罗伯塔·佩德尔
　　佐利在儿童文学翻译方面的理论成就与实践　　　　　　123

十二、桑德拉·L.贝克特：跨界文学　　　　　　　　　　　127

十三、儿童文学的文化背景：与时间玩耍的儿童——对神圣身份的怀念
　　还是"快乐科学"的游戏？　　　　　　　　　　　　　134
　　不会玩耍的"转世灵童"　　　　　　　　　　　　　　136
　　匹诺曹式的游戏与文学：童年的光阴或暂停的时光　　139
　　菲利普·杜马斯：重新成为儿童或推翻双重约束的理论矛盾　143
　　幼儿期与愉悦,革命性的洞察力还是天赋的丧失？　　147

结论　　终极矛盾：儿童文学,文学类别还是低劣的文学类别？　　151

第二章　影像中的儿童　　　　　　　　　　　　　　　　　154

一、巧克力与虚拟世界之间的少儿图书出版：媒介的集合　　154
　　（一）"快活岛"：游戏、故事与教育　　　　　　　　155
　　（二）小说的新领域：影视文学与网络文学　　　　　161
　　（三）读者的期待视野——"小口品尝"文学作品：失望还是饥渴？　170
　　（四）幼儿期的写照——巧克力与可口可乐、苏打汽水和"牛奶糖"的
　　　　对话　　　　　　　　　　　　　　　　　　　　174
　　（五）西方的错误观点　　　　　　　　　　　　　　177
　　（六）小结：文学与"显示器"："在文化里看不见的地方加入游戏元素"　180

二、游戏想象：健达奇趣蛋带给淘气包们的惊喜　　　　　181
　　（一）游戏及想象的定义　　　　　　　　　　　　　181
　　（二）游戏与遗传　　　　　　　　　　　　　　　　183
　　（三）当代儿童游戏的结构体系　　　　　　　　　　187
　　（四）满与空,褶皱游戏：研究方法　　　　　　　　191
　　（五）小结：从无聊到探险：《真不知道该做什么！》　209

三、阅读的快乐与现代"原始人"的文化等级　　　　　　210

（一）集体活动带来的恐慌或喜悦　　　　　　　　　　　　212

　　（二）方法调试：价值观体系　　　　　　　　　　　　　　216

　　（三）全面启蒙：克劳德·旁帝"令人成长的"欢声笑语　　　220

　　（四）意义的快乐：语言游戏及文体启蒙　　　　　　　　　223

四、圣诞节，西方文化的最后一片乐土？圣诞老人给予的恩惠！　230

　　（一）西方国家最为重要的商业节日：圣诞节——充满吸引力的玩具　233

　　（二）圣诞节与出版体系中的儿童游戏　　　　　　　　　237

　　（三）历史学家的争论　　　　　　　　　　　　　　　　241

　　（四）天主教出版物　　　　　　　　　　　　　　　　　243

　　（五）被圣诞节卸下武器的非宗教读物？幼儿精神的狂欢化与悲剧
　　　　体裁　　　　　　　　　　　　　　　　　　　　　　249

　　（六）结构分析与阅读的快乐：克里斯·凡·艾斯伯格——《北极特
　　　　快车》　　　　　　　　　　　　　　　　　　　　　251

　　（七）如何保护幼儿生态：蠢事、夜晚的吵闹、摔跤与假装　255

　　（八）经济危机还是社会危机？圣诞老人的疾病、挫折和隐藏的快乐　258

　　（九）对艺术和技术的渴望拯救了圣诞节？　　　　　　　265

　　（十）让多元文化成为救世主　　　　　　　　　　　　　267

第三章　玩具书的强大魅力　　　　　　　　　　　　　　　270

一、玩具书的奇迹——如何进入阅读　　　　　　　　　　　　270

　　（一）市场与艺术之间的"纸艺家"　　　　　　　　　　270

　　（二）婴幼儿读物：位于游戏与工作之间　　　　　　　　282

　　（三）想象力的人类学结构：时间面前的运动、快乐与焦虑　298

　　（四）历史回顾：转变的小舞台　　　　　　　　　　　　304

　　（五）满与空之间的神秘与现实：超现实主义的泛滥或抽象艺术的
　　　　减少　　　　　　　　　　　　　　　　　　　　　　310

　　（六）小结：语言及审美能力教学中的嘈杂　　　　　　　317

二、图画书中的色彩:技术,风格与理论的十字路口 　　319
作品的秘密:使用电脑? 图画或色彩? 　　319
(一)康定斯基和卡尔·格斯特纳(Karl Gerstner)的世界神话诞生论;伊丽莎白和理查德·麦奎尔(Richard McGuire)节日中的色彩形式与时间性 　　322
(二)跟随约翰·盖奇(John Gage)、卡特琳娜·米耶、罗伯特·萨布达进入"博物馆社会" 　　327
(三)于贝尔·达米施:作为指向标的色彩 　　333
(四)物质和光之间的色彩:从部落艺术到后现代派 　　335
(五)当代"哥特式"的黑色面具和乌托邦的蓝色 　　339
(六)墨汁与画笔的生命力:石涛 　　341
(七)生命的强度:白与黑。随约翰·伊顿看红色眼睛或数量-质量反差 　　343
(八)超越结构主义:迈向读者的自主权 　　349
(九)质的对比与差异的挑战:雷吉斯·勒荣克 　　354
(十)小结 　　355

三、全球化小说的万花筒 　　356
(一)文化西方的冒险与/或写作:生活,小说与/或教育 　　356
(二)第一批小说。图书管理员与评论家:"一臂之力奖"(le prix "Coup de pouce") 　　373
(三)景观社会中的小说家:在幻想与文字之间的声音的回归 　　399
(四)从全球化小说到跨媒体小说:一种视角的特殊性,一种声音的基调 　　413
(五)如此地球化的科幻小说!植根于本土元素与虚拟的混合游戏 　　426
(六)幻想作品中的歌曲:从儿童"流行歌曲"(tube)到莫扎特歌剧 　　437

四、参与行动与"生存游戏" 　　461
(一)前言:历史与背景:应该"杀死"莉迪亚·卡佳吗? 独裁还是

　　　　抵抗？ 462

　　（二）受众的特殊性："生存游戏"与文学政治 466

　　（三）街道政治与艺术的"大游戏" 469

　　（四）创作与阅读：两种"生存游戏"的相遇 473

　　（五）皮埃尔·艾力·费里耶（Pef），幽默与革命：文献与小说 476

　　（六）别处的风与东部的风：出版界的变动 479

　　（七）爱情与幽默之间的行动（engagement） 484

　　（八）小结："生存游戏"让故事和历史人性化 488

第四章　词语与图像 489

　一、当代童话 489

　　（一）景观社会中的流行童话和集体意识 492

　　（二）谜语的多样化和女人的智慧：回归原始？ 499

　　（三）互文性与互动游戏中的幽默："广告册"和"日记"中的童话 521

　二、文字和图像的文学新形式 529

　　（一）贝蒂·伯恩的高压：从蜘蛛网到彩虹；从图画书到光盘 535

　　（二）玛尔蒂娜·德莱姆和她作品中的"飞行" 550

　　（三）爱情与幽默的意义：充满了借代和夸张手法的文字游戏 560

第五章　从主体到作品 568

　儿童戏剧中的奇幻主体 568

　　单景监视中的戏剧 568

　　重生，或死亡？——从肢体的动与静到小说 570

　　第一个插曲：空间，从零出发 573

　　（一）鳗鱼与雕塑：扭曲的生活和僵硬的主体 575

　　（二）分解的主体——与海纳·穆勒的巨龙头颅和"龙卵"玩耍 578

　　（三）幽默和支离破碎的主体：《漏斗》，如同社会堕落的格局 581

（四）《寻找佩图拉》中升华的主体：明星和电视英雄造成的冲动和杂技中的现代巴洛克式荒诞　　585

（五）变化的主体——史文·勒维的《现在的爱丽丝》对自身的拒绝：从对生活的叙述到流行电影、政治和诗歌　　589

（六）"野蛮主体"的舞蹈和化身：《巴布亚岛上的棉花老奶奶：一个岛屿上的喜剧》　　595

（七）走向小说——讲述儿童士兵主体：《孩子》、《石头桥和图像的生命》、《吱吱作响的骨头》　　600

（八）以爱情和战争为主体：卸下武装——塞巴斯蒂安·琼涅的《圣歌》　　609

结论　艺术家的狂热　　612

总结论　　614

通过哈利·波特、弗雷德里克·尼采及其他人，对历史前沿的"永恒的回归"　　614

书、电影与音乐相结合的阅读：哈利，世界末日及其后　　614

评论和童年的狮子的"永恒的回归"　　617

引 言

> 请不要惧怕！我想，很快，
> 您就能看到这孩子翩翩起舞！
> 一旦他学会如何用双脚站立，
> 不久您就能看到他用头做同样的事情。
>
> ——摘自《给初学者的安慰》，弗雷德里克·尼采①

在讨论开始之前，让我们来玩一个游戏。问你们三个小问题：第一，在2010年出版的儿童文学系列的哪一本小说里，我们可以看到以下的场景？1930年代的一天，在索契的一所乡村别墅里，一个小女孩儿正安静地在她父亲的脚边玩耍；她的父亲是一位留着小胡子的温和的园丁，此刻他正忙着修剪他种植的玫瑰。又一天，这个小女孩儿正和她的表兄在沙丘里玩捉迷藏，结果被帕夫柳琴科舅舅所装扮的"俄罗斯大狗熊"给夸张地"吞掉了"！

---

① 本段文字选自尼采的作品《快乐的科学》（*Le Gay Savoir*），法国罗贝尔·拉封出版社（Robert Laffont）1993年版，第39页。

帕夫柳琴科舅舅特别善于模仿"俄罗斯大狗熊"的吼声。第二,我们应该如何在一本小说中运用这样的游戏场景来描绘世界的历史,从而让我们的儿童读者了解世界各个角落里所发生的事情?第三,幼儿时期是有趣的、纯真的,充满了童话般的无忧无虑;成人世界却是无耻的、残酷的,充斥着丑陋怪胎、凶恶猛兽以及虚构鬼怪。两者之间产生了极其强烈的反差。儿童文学以家庭隐私来取悦所有读者,它能否在这种强烈的反差中获取巨大的推动力?在当今的全球化进程中,这种强烈反差又是否已经达到了顶峰?对于还回答不上这些问题的人来说,时间到了,真正的答案自然会一一呈现。

不同于"天真烂漫派"的"游戏至上派"评论

对以上这一特例的研究,拉开了对《少儿图书的游戏性及其运用关键》①一书的修订序幕。此书自1999年出版至今,已经走过了十几个年头。初版问世时,我们怀着激动的心情,在前言中进行了一场比刚才的提问内容更加丰富的"问答比赛":我们在向读者致敬的同时给他们列出了十段引文,并请他们说出这些引文分别出自哪些作者或插画家的儿童文学作品。今天,我们虽然缩小了提问范围,但也同样满足了"游戏至上派"的要求,即,文学评论既可以表达那些天真读者的想法,又能与他们一起分享隐藏在文学作品中的"惊喜"。罗兰·巴特②正是这种"惊喜"的普及者。他在《文本的愉悦》中阐述道:文学作品带给我们的享受源于"不可预见性"对我们的引诱,关键在于"不要刻意制造游戏,而是要让游戏真实地存在"③。巴特还在书中提到,语言学家要像玩国际象棋游戏一样,"在固有结构上进行无限

---

① 参见让·佩罗:《少儿图书的游戏性及其运用关键》(*Jeux et enjeux du livre d'enfance et de jeunesse*),巴黎圆形书屋出版社(Cercle de la Librairie)1999年版。
② 译者注:罗兰·巴特(Roland Barthes),法国文学批评家、文学家、社会学家、哲学家和符号学家,当代法国思想界的先锋人物。
③ 见罗兰·巴特:《文本的愉悦》(*Le Plaisir du texte*),"原样"(Tel Quel)文学系列丛书,法国门槛出版社(Le Seuil)1973年版,第11页。

更新"。巴特提出的这种独特结合,让我们想到诗歌作品难以言表的特性——乔·赫伊斯特兰①于1999年出版的《育婴坊:睡前儿歌》中,有一首叫作《游戏》的童话诗,从中找到这种特性。我们可以通过这种特性来衡量作者对文本语言进行的转移和加工,这正是作者有意或无意融入其作品中的个人特点。正因如此,我们把讨论的重点放在了作者及评论者各自的地位上。在围绕作品所形成的社会游戏里,作者和评论者边说边玩,进行着"隐秘的交流"。乔·赫伊斯特兰曾写过一本给孩子们的"睡前儿歌"(*Nurserimes*),而在1694年版的《法国学术院大辞典》中也曾提及"讲给孩子们听"的"睡前短篇故事",这难道不是一种历史的延续吗?该书还借用法兰西学术院(Académie française)院士,同时也是《附道德训诫的古代故事》一书的作者夏尔·佩罗②的话作为序言。并且,正如保罗·阿扎尔③曾在《欧洲思想意识的危机》(1935年)中描写的一样,这本"睡前儿歌"的卷首插画象征着蒙昧主义的阴暗力量在科学面前一败涂地,并宣告了启蒙运动的开始。研究儿童文学的历史学家们致力于寻求资料的出处和日期的准确性,他们在阅读现代理论作品的时候也同过去一样,讲究井然有序,他们摈弃一切多余的幻想,又要保证文体效应不会因此受损。于是,我们经常在当今的少儿图书中看到以"游戏"为名的竞赛形式——这正是那些历史学家努力的结果。准确性是衡量所有研究工作的标准。早在2006年,我们便同伊莎贝拉·尼耶-舍弗莱尔④等一百多位同事一起着手编写《儿童图书及儿

---

① 译者注:乔·赫伊斯特兰(Jo Hoestlandt),法国著名儿童文学家。
② 译者注:夏尔·佩罗(Charles Perrault),十七世纪法国诗人、作家。《附道德训诫的古代故事》(*Contes ou histoires du temps passé*),副题《鹅妈妈的故事》(*Les Contes de ma mère l'Oye*),是其在1697年撰著的儿童文学童话集,包括8篇童话和3篇童话诗。
③ 译者注:保罗·阿扎尔(Paul Hazard),法国历史学家、散文家,法兰西学术院院士。著有《欧洲思想的危机》(*Crise de la conscience européenne*)等作品。
④ 译者注:伊莎贝拉·尼耶-舍弗莱尔(Isabelle Nières-Chevrel),法国上布列塔尼-雷恩第二大学名誉教授,法国儿童文学家。

童文学辞典》①,该书尊重并满足了对于准确性的要求,也得到了业内专家学者等人士的大力认可。"游戏至上派"以不同于"天真烂漫派"的视角参与到文学界的讨论当中。而有关"天真烂漫派"的具体定义,我们可以在乔治·麦克唐纳所著的《给基督孩子的礼物》一书中找到答案。他在书中强调:"就我个人而言,我并不是为孩子写作,而是为所有像孩子一样拥有天真烂漫的灵魂的人而写作,无论他是五岁,五十岁还是七十五岁。"②但是,这并不意味着我们要彻底抛弃成人的现实,一味推崇儿童的纯真,而是让两者保持一定的距离,并时刻意识到那些有趣的幻想的特殊性。本杰明娜·杜桑-蒂里耶在她的文章中对此给出了非常中肯的评价。她将乔治·麦克唐纳笔下的"天真烂漫"描写成一种能力,这种能力可以"帮助成年人在逐渐流逝的时间面前重新体味令人赞叹的孩提时光"③。这就是令所有文学评论家赞叹不已的"儿童游戏"。这种游戏或许会让读者产生一份期待——一种想要翻阅所有文学作品的"欲望",因为在文学这个广泛的空间里,我们总会发现无限的惊喜。《当电子游戏遇到社会、艺术和文化》一书的作者塞巴斯蒂安·让沃和他的同事们曾在书中提出了"博弈游戏论"的概念。④ 但是,由于他们并未从纯文学的角度来讨论图书中的游戏性,所以,他们的"博弈游戏

---

① 译者注:原书名为"Dictionnaire du livre et de la littérature de jeunesse",该书于 2013 年由巴黎圆形书屋出版社出版发行,定名为"Dictionnaire du livre de jeunesse"(《少儿图书辞典》)。
② 见本杰明娜·杜桑-蒂里耶(Benjamine Toussaint‑Thiriet):《乔治·麦克唐纳的儿童故事》,载《长大成人与保持童心:重温儿童文学》,法国克莱蒙费朗布莱兹-帕斯卡大学出版社(PUBP)2008 年版,第 361—369 页。
③ 本杰明娜·杜桑-蒂里耶:《乔治·麦克唐纳的儿童故事》,前揭,第 367 页。另一篇文章分析了乔治·麦克唐纳和英国作家克利佛·S. 刘易斯(Clive Staples Lewis)在这一问题上的不同见解。另外,更早的一篇文章对此也有过讨论,见唐·W. 金(Don W. King):《乔治·迈克唐纳与克利佛·S. 刘易斯的天真烂漫论》,载《神幻》(*Mythlore*)杂志,1986 年夏季刊,第 17—22 页,第 26 页。
④ 见希薇·克莱博(Sylvie Craipeau)、碧姬·西蒙诺(Brigitte Simonnot)、塞巴斯蒂安·让沃(Sébastien Genvo):《当电子游戏遇到社会、艺术和文化》(*Les Jeux vidéo au croisement du social, de l'art et de la culture*),法国南希大学出版社 2010 年版。

论"完全不同于我们所说的"游戏至上派"。罗贝尔·若兰①曾在文学方面作过补充分析,他所定义的"生存游戏"与我们所讨论的内容更为接近。关于"游戏至上派"的具体意义,我们将会在后文中进行更加详细的解释。

"景观社会"舞台上的"球形电视儿童"

受到让-弗朗索瓦·利奥塔②的作品《向儿童解释的后现代》的启发,我们曾在 1991 年出版了《巴洛克艺术,儿童期艺术》一书。在该书中,我们从一个全新的角度来讨论文学作品的阅读:我们重点讨论了一些被传统惯例长期边缘化的文学元素,例如幽默、嘲讽及游戏等。在该书的 1999 年版本中,"作为重要掩护和一种对文学的考察方式",我们也曾忠实地延续了这一研究方法,我们把"游戏至上派"描写成一种依赖游戏而存在的文学概念。童年,这是一个转瞬即逝、矛盾而又分散的话题,也是一种初具雏形并充满活力的新生代文学形式。在我们看来,这种以对话为形式的文学作品极具创造力,它意味着拒绝总体性,而儿童文学正向艺术家们提供了这样一面理想的镜子。为了宣扬这个"欧洲读者的世界主义发明",我们必须认真思考:如何让儿童和成人产生相同的联想?如何让各国读者共享阅读的愉悦?

全球化不仅为我们拓展了一大片令人难以置信的交流空间,也极大地增强了虚拟世界的影响力。一波又一波的浪潮不断地拍击着当今世界,也让我们在过去的十年里开始重新思考作家所肩负的责任以及儿童文学的职能。互联网、移动电话、电子游戏以及大量物美价廉的有关"景观社会"的 DVD 影碟构成了一个庞大的网络,它通过各种"电视节目秀"和令人眼花缭

---

① 译者注:罗贝尔·若兰(Robert Jaulin),法国现代人种学家,引用内容见其作品《我的蒂博,生存游戏》(*Mon Thibaud, Le Jeu de vivre*),"儿童与未来"系列(L'enfant et l'avenir),巴黎奥比尔·蒙田出版社(Aubier Montaigne)1980 年版。

② 译者注:让-弗朗索瓦·利奥塔(Jean-François Lyotard),法国当代著名哲学家,后现代主义理论家,解构主义思潮的杰出代表。主要著作有《现象学》、《力比多经济》、《后现代状况》、《话语,图形》等。

乱的歌唱组合，打乱并不时刺激着读者的文化习惯。身处雷吉斯·德布雷①在《图像的生与死》里所描写的"视听时代"，我们必须将少儿图书与其他"球形电视时代"的产物相结合。玛丽-何塞·雄巴尔·德洛夫早在1971年就曾详细介绍过"影像中的儿童"②这一概念：数字技术的到来让信息传递发生了根本的改变。我们必须及时应对现状所提出的各种问题：重大事件带来的巨大影响，时尚潮流和新生事物的不断更新，卡通动画的迅速发展，以及电视机通过"虚拟图像"不断扩大对人们的思想掌控——"影像中的儿童"正通过这种方式与自然界维持着比过去复杂一万倍的关系。因此，我们今天讨论的话题不能再仅仅局限于"影像中的儿童"。早在1967，居伊·德波③就在《景观社会》中阐述了影像给生活各个领域带来的重大影响。另一方面，2010年6月至7月期间，巴黎迪士尼乐园举行了第七届电子游戏世界杯大赛，来自世界50个国家的600位顶级高手云集一堂。此次比赛通过互联网全程播送。受国际大型企业的影响，我们目前正在改编的这本书想要强调的是一种统一性的文化。因此，我们不得不思考，本书如何才能在这样的世界背景下经受住来自市场的所有考验？那些新颖独特的文学作品又要如何才能赢得读者的青睐？

苦难与不平等：是否靠游戏来拯救？

就像马克·欧格④在《其他人的意义》中所界定的一样，与"过多的时

---

① 译者注：雷吉斯·德布雷（Régis Debray），法国作家、思想家、媒介学家。引用内容见其作品《图像的生与死》（*Vie et mort de l'image*），Folio散文系列，法国伽俐玛出版社（Gallimard）1992年版。
② 玛丽-何塞·雄巴尔·德洛夫（Marie-José Chombart de Lauwe）：《另一个世界：儿童》（*Un monde autre：l'enfance*），巴黎帕约出版社（Payot）1971年版。
③ 译者注：居伊·德波（Guy Debord），法国哲学家、马克思主义理论家、国际字母主义成员、国际情境主义（Situationist International）创始者、电影导演。
④ 译者注：马克·欧格（Marc Augé），法国人种学家和人类学家。所引内容见其作品《其他人的意义》（*Le Sens des autres*），巴黎法雅出版社（Fayard）1994年版。

间"、"过剩的空间"或是"过度的个人主义"相反,我们目前正置身于一个"没有足够理由起诉"的社会。尽管全球化增强了各国读者间的联系,但是,由于受到自由主义和市场经济等主导因素的制约,全球化的进程却迂回曲折。在国际大型企业的眼中,图书只是一种为迎合消费者需求而生产的普通商品,它同所有玩具、各种衍生产品和其他被打上广告标志的常见用品完全一样。而当今的消费者又越来越热衷于追逐不断轮换的时尚和转瞬即逝的潮流。因此,在同一作品被反复再版以及同一主题被重复出版的全球性泥潭里,独具创新性的文学作品实在难以从众多的新书中脱颖而出:法国电商 Fnac① 货架上满满当当排列着的"奇幻小说"和"英雄传奇"不断地冲击着读者的眼球;畅销书排行榜的前几位也几乎全是与怪兽、精灵和仙子有关的故事书,内容充斥着各种矫揉造作的情节,例如诱惑、恐惧、幻想获取财富的捷径以及拥有催眠的魔法等。这些千篇一律的幻想类图书与启蒙运动思想形成了鲜明的对比。实际上,全球化不仅仅加深了发展中国家和发达国家之间的贫富差距,也使得发达国家内部的贫富差距更加悬殊。当我们仔细看那"直直的眼神里所包含的苦难",当这种苦难侵袭着无辜的孩童,我们就能明白,为何"贫穷"——这一不平等的现象能够引发各界如此激烈的争论。摄影师戴安娜·格里莫奈② 曾在一本杂志封面上刊登了一张照片,照片中脏乱不堪的廉价旅馆的房间里,一个婴儿正在熟睡。这张照片代表性地呈现了格里莫奈在其摄影集《100 张无权力者的照片》(见 Sophot. com)中所要展现的悲惨世界,也见证了她对"流浪妇女"和"非法移民非法占据空屋"的相关调查(见 2010 年 3 月 17 日发行的法国《世界报》,第 17 页)。玛丽·欧德·穆海勒所著的小说《共和国万岁》正是对格里莫奈所作调查的一种回应。我们已经在 2008 年出版的《全球化与儿童文学》一书中研究过这本小说。据法国国家统计及经济研究所(INSEE)2010 年 4 月发

---

① 译者注:Fnac,法国知名文化产品和电器零售商。
② 译者注:戴安娜·格里莫奈(Diane Grimonet),法国摄影师。

布的数据显示,全法贫困人口数量已经增长至近八百万,相当于法国人口总数的百分之十三;而受"税收盾牌"保护的最富有人群只是微乎其微的极少数而已。即便当今的评论界依然有所顾忌,依然受到某些威胁,难道我们就得因此不惜采取某些不体面的手段——甚至利用图书——来突出游戏的重要性,却让全世界人民在金融危机中承受所有苦难?

1980年,阿兰·科塔描写的"游戏社会"在当时被视为经济发展的重要因素。1999年本书第一次出版时,我们也的确已经意识到这一点。如今,电子游戏和刻录在光盘上的模拟游戏都对虚拟图像的逼真程度提出了更高要求,计算机程序又不断设计出新游戏来满足这种要求;与此同时,各项体育赛事也极大地促进了贸易的发展。事实上,我们可以这么说,游戏已经成为推动全社会进步的发动机或试验台。每个夜晚,数百万法国成年观众都会锁定法国国家电视二台,法国彩券公会会让他们陷入同一种幻想:以"三连胜"的方式发笔意外横财——获取一份辛苦工作多年都难以挣得的巨额奖金。

我们看到,这种"三连胜"的想法甚至已经渗透进了儿童文学领域。难道就这样让少数人获利,让绝大多数人承担损失吗?难道这就是人人皆知的跑马场的"潜规则"吗?跑马场上攒动的人头中,除了少数附庸风雅者、马场俱乐部会员和马场员工以外,更多的是没有医保和养老金的失业者——这些人对那一场场希望渺茫的比赛往往倾其所有、孤注一掷。无论如何,我们必须谨慎面对这样的现状。然而,我们却依然看到:2010年,中产阶层的孩子让各大滑雪场所收获了丰富的利润;与此同时,橄榄球比赛和足球世界杯的巨额奖金也加剧了某些比赛过程中的冲动和暴力行为。克林特·伊斯特伍德[①]执导的《成事在人》(2010年)充满了好莱坞式的夸张和模糊。影片再次向我们证明了这样一个事实:橄榄球运动不但可以凝聚一个民族的

---

① 译者注:克林特·伊斯特伍德(Clint Eastwood),美国好莱坞著名演员、导演、制片人。代表作有《廊桥遗梦》、《百万美元宝贝》、《神秘河》等。

精神,超越南非因种族和经济问题而引发的暴力冲突,还可以为纳尔逊·曼德拉——一位媒体重点关注的总统——的胜利作出卓越贡献。而菲利普·梅里厄和他的最新力作《写给成人的关于当今儿童的信》却让我们回到现实。该书由世界街出版社(Rue du Monde)于2009年出版。我们从书中了解到:无论如何,"生活里不总都是游戏";并且,在生活中,游戏应该让位于"(人们对)第三空间的承诺",即"体育或文化活动,以及各种具有政治或人文主义特点的活动"(《写给成人的关于当今儿童的信》,第281页)。身处亲情、友情或是爱情关系中的成年人对此尤为推崇且乐于谈论。

由于我们的调查涉及出版、文学和当代文化三大领域,我们必须考虑上面提到的各种因素。我们的工作必然会引起评论界对游戏定义的重新讨论;反之,这些定义也会为上述各领域的研究提供依据。

文学:培养意识的学校? 对公平的想法

儿童群体,拥有着与生俱来的天真和烂漫。无论是《儿童权利宣言》(1959年),还是由191个国家签署的《儿童权利公约》(1989年);无论是第二次世界大战期间或卢旺达内战中灭绝性种族屠杀的暴行,还是海地地震灾难所带来的恐惧;儿童群体,从未像现在一样,成为当今世界发展和进步的真实写照。

印度经济学家阿玛蒂亚·森是1998年诺贝尔经济学奖获得者。他所写的《对公平的想法》(弗拉玛丽昂出版社[Flammarion]2009年翻译出版)是一部厚达530页的鸿篇巨著。在书中,森把话语权交给了查尔斯·狄更斯在《远大前程》中所描写的贫困儿童。他在书中写道:"皮普说,在孩子们的小小世界里,不公平所带来的感受比其他一切感受都更为细致和深刻。"(《对公平的想法》,第11页)森在文中表示,他并不想给理想世界里的公平原则下定义,而是致力于具体分析各种社会形势,从而与现实中真正存在的不公平现象做斗争。于是,儿童自然成为了他首要关注的社会群体。因此,森在书中想象和描写了这样一个场景:两个小女孩儿,安娜和卡尔拉；一个小男孩儿，鲍勃。三个孩子为了一根长笛发生了争吵：安娜想要长笛，因为她是唯一会吹长笛的人；鲍勃想要长笛的理由是，因为贫穷，他没有玩具；卡尔拉说，是她花了好几个月的时间才把长笛做好的。在阿玛蒂亚·森看来，这些理由可以让我们联想到经济学的三大概念：鲍勃的情况对应了"经济平均主义"；卡尔拉的理由对应的是"经济自由主义"，"自由主义者"致力于追求效率，在他们看来，以个人自由为名义的经济效率不应受到任何束缚，因此是推动市场发展的强力催化剂；而安娜的理由则对应了"经济享乐主义"，它将所有的集体活动简化成由个人来选择的娱乐方式（《对公平的想法》，第38—39页）。亚当·斯密、马奎斯·孔多塞、杰里米·边沁、卡尔·马克思和约翰·穆勒所推崇的启蒙思想对森的影响颇深。于是，针对上面提出的所有要求，他指出："没有任何一种体制能做到完全的公平，并能在全世界范围内被普遍接受"。作为"协商型的政府模式"以及对"公共理性"的运用，民主或许是唯一能够令人满意的解决方案。为了与各种权利的不公平现象做斗争——例如收入问题，民主强调，应该通过对话和教育来增强个人的"能力"——即"个人对美好生活的憧憬和选择的权利"（《对公平的想法》，封面第四段引文）。

儿童文学能否在上述的对话中占据一席之地？它是否能够满足和回答上面提到的要求和问题？在法国，儿童文学从一开始就被认为是一种"教育"和"消遣"的方式；在这样的基础上，我们能否再赋予它一个全新的民主职能？

儿童的新地位：享有游戏和"娱乐"的权利

事实上，从1989年联合国通过《儿童权利公约》（以下简称《公约》），到1990年法国和其他19个国家共同签署《公约》，我们就已经看到，一种真正属于儿童的文化已经在全世界范围内被认可。因此，可以说，当今的儿童已经取得了全新的合法地位，这种地位正式赋予了他们作为读者和游戏者的合法权利。《公约》第三十一条规定："缔约国确认儿童有权享有休息和闲暇，从事与儿童年龄相宜的游戏和娱乐活动，以及自由参加文化生活和艺术活动。"与此同时,《公约》第十七条则督促各缔约国"鼓励儿童读物的著作和普及"①。正如我们所看到的一样,儿童权利不仅指经济和社会权利,还包含文化权利。

针对"儿童"一词可能引起的疑问,《公约》第一条明确指出:"儿童系指18岁以下的任何人,除非对其适用之法律规定成年年龄低于18岁。"出版业根据"年龄段"对儿童读物的功能进行区分,这使得我们可以更清楚地看到不同年龄段儿童读者之间的细微差别。目前,值得我们注意的是,作为"娱乐活动"之一的游戏在"信息类"和"教育类"两种儿童读物中的运用不尽相同,而上文提到的前两条《公约》的内容并未对此作出十分明确的区分。作为非教材类出版物的一种,儿童文学的特性使其肩负起连接上述两种读物的重大职责。西方世界的儿童史赢得了当今世界的高度关注,因为它既符合《公约》里的具体描述,又以出版业与儿童游戏的紧密结合为基础。低幼(l'infans,拉丁语),指称的是一个"不会用语言"表达自我的群体,他们不断地制造麻烦,用成年人的话来说,这就是一群"捣蛋鬼",他们总会有各种各样出人意料的要求和想法。受到身体、社会或家庭等因素的影响,贫困儿童成为"不会读书的人"。如今,这个一直困扰社会边缘群体的问题显得越发棘手。要想解决这个难题,我们必须在提供给这些人群的图书中加大想象力的运用,增强想象力的调节作用。另外,富裕家庭的孩子们玩着各种各样的游戏,他们不仅"扰乱课堂秩序",还严重干扰到社区的"和平"生活。这一现象也给整个教育体制带来了真正的挑战。后者必须面对隐藏于它自身内部的有关社会和道德的焦虑及痛苦。只有基于对这一现状的认识,人类文明才能存续,因为,它不再仅仅局限于书本之中,而是成为与全体公民利益息息相关的人文主义的写照。

---

① 见《儿童权利公约》(*Convention internationale des droits de l'enfant*),法国劳动和社会事务部与法国健康教育委员会共同发行的第148. B. 11. 96 号宣传手册,图尔宽东北印书局(Tourcoing, Imprimerie du Nord‑Est)1990 年版,第 19 页及第 12 页。

把文学当成娱乐？

如今,越来越多的人将"经济享乐主义"视为多元文化社会的基本法则。在这样的背景下,文学是不是也只能沦为"享乐主义者"眼中娱乐和放松的方式？1932年出版的《书·儿童·成人》是保罗·阿扎尔的一部开创性著作。这位杰出的比较文学家不仅对比了北欧国家和拉丁语国家对"儿童"的不同理解,还指出了在不同文化中赋予"儿童"具体定义的重要性。据阿扎尔介绍,北欧国家试图了解儿童的想象力及其特殊的发展轨迹,而拉丁语国家则只是把"儿童"看成必须接受教育的未来成人。前者把"儿童"视为生命的一种标志,甚至是一种怀旧的对象,他们认为,人类应该从快速流逝的生命中享受乐趣并收获意义;而后者则把"儿童"定义为一种前瞻性的课题。阿扎尔在书中所阐述的这一观点,如今重新成为了我们关注的话题。2009年,大学教员埃梅尔·欧苏利文在《儿童图书期刊》中发表了一篇文章,她再次讨论了这个有关文学的反命题。正如保罗·阿扎尔所定位的一样：全球化让社会阶层有了不同以往的等级划分,各类情感得到了重新的分配。因此,就儿童文学的研究而言,我们应该走出过时理论的牵绊,并在全球化的框架下重新审视它。实际上,幼儿时期是不断重复的,而遗忘则是一种自然的过程,它标记着每一代儿童不同于上一代的时代特征。1958年,德国哲学家汉娜·阿伦特在《人的境况》里写道："由于他们(人类)就诞生而言是新来者和初学者,所以人们采取主动性,从而产生了行动。"(《人的境况》,第233页)这就是"出生率的事实",是人类事务领域的正常运转模式,也是"拯救世界的奇迹"(《人的境况》,第314页)。在全球化的框架下,青少年一代接一代地重新开始,让行动的产生变得可能,而这个全新又复杂的现实也正是我们想要了解的内容。在这样的现实里,天真的快乐和丰富的情感都是不可或缺的元素。其中,丰富的情感往往是娱乐的一个组成部分,它同时产生于言语的表达之中。吉奥乔·阿甘本在《幼儿期与历史——经验的毁灭及历史的起源》中说道："(成年人)把幼儿想象成人类的初始形态";于是,他们担负起讲述寓言和童话故事的重任;然而,"寓言放弃了神秘本应具有的沉默,并把它转变成为魔法"。① 齐格蒙特·鲍曼在其作品《全球化:人类的结果》中宣告了"流动的现代社会"的特点,在他看来,现代社会流动着各种令人厌恶的欲望,到处充斥着自恋的利己主义。② 那么,青少年如何才能在这样的社会环境中保存好他们所钟爱的"魔法"?在《全球化:人类的结果》中,鲍曼还分析了"单景监视"的影响——"单景监视"是米歇尔·福柯所说的"全景监狱"的现代化变形。③ 作为社会文化的观测系统,"单景监视"让流动性越来越大的劳动群体(如管理者和雇员)一直坐在观众席上,共同观看一小部分特权阶层(如"上流社会"成员、国家元首和被媒体炒作的明星)的精彩表演。而特权阶层是社会权力和财富的持有者,也是劳动群体争相模仿的对象。我们曾经采用过鲍曼在《全球化与儿童文学》中的研究结论。然而,受到其他学者(如杰克·茨伯兹)思考的启发,我们将再次讨论鲍曼在书中未曾表达的疑问:儿童文学的使命究竟是服务于市场,还是以自由为名义而拒绝市场的同化?

读者的语言及心理:把游戏当成文化

正如我们在本书 1999 年的版本里所强调的一样,在讨论上述这些经济或文化领域的现象及问题时,我们必须意识到:无论怎样,文学终究属于语言范畴。此外,我们也不能忽视心理学家及语言学家从遗传学的角度对这

---

① 译者注:吉奥乔·阿甘本(Giorgio Agamben),意大利当代著名哲学家、思想家。所引内容见其作品《幼儿期与历史——经验的毁灭及历史的起源》,法国帕约-里瓦日出版社(Payot et Rivages)2002 年版,第 119 页。此书原版发行于 1978 年。
② 译者注:齐格蒙特·鲍曼(Zygmunt Bauman),波兰裔社会学家,生前为英国利兹大学和波兰华沙大学社会学教授。所引内容见其作品《全球化:人类的结果》,Pluriel 文学系列丛书,法国阿歇特文学出版社(Hachette Littérature)1998 年版。
③ 译者注:米歇尔·福柯(Michel Foucault),法国哲学家、社会思想家和观念史学家。他对文学批评及其理论、哲学(尤其在法语国家中)、批判理论、历史学、科学史(尤其是医学史)、批判教育学和知识社会学有很大的影响。

一人文主义视角进行的补充：毫无疑问，幼儿语言能力的培养是发生在语言本身的游戏过程中的。语言学家杰罗姆·布鲁纳①曾在《儿童的谈话：学会使用语言》中对这一点进行了反面的论证，进一步确认了"游戏是儿童的文化"，更确切地说，游戏情节与语言习得之间似乎存在一种特殊的联系。据布鲁纳介绍，将人类与动物区别开来的最初的"游戏"，很大程度上都依赖于"语言的使用和交流"。在他看来，游戏是一种"特殊形式的简单对话"，"当孩子张口说出人生中的第一个字时，他不仅是在讲话，同时也是在游戏"，在这一过程中，他会感受到创造游戏所带来的愉悦或"冲动"。儿童文学的历史并不完全是有关"低幼"的成长史，它更像是一部有关儿童如何"聊天"的历史，或是一段由成人与儿童在游戏性的互动交流中一起谱写的历史，他们在交流中使用着由成人来定义和编码的优美词语。华丽的词藻和诗歌性的语言就像是"甜腻而诱人的巧克力酱"，它们一直就是巴洛克文化的特征。我们将在后文对此进行详细讨论。长久以来，所有的教育学家都把游戏视为一种神秘的活动，并对此青睐有加；尤其是在带领儿童走近文化、科学、宗教和文学时，他们更是力求寓教于乐，将娱乐和玩耍变成学习的工具。正因如此，在当今的幼儿读物和青少年读物中，我们不难发现这种游戏形式的回归。出版业正努力地展示这一重大的"考古发现"，并试图从中挖掘出金矿。游戏是儿童的第一天性，已经不再玩游戏的成年人是否还能成为他们的合格伙伴，并与他们进行良好的沟通呢？电子书的发展给传统阅读带来了强烈的冲击，而相关的研究才刚刚起步②，成年人又该如何思考电子书所带来的一系列影响？

---

① 译者注：杰罗姆·布鲁纳（Jerome Bruner），美国心理学家、教育学家，对认知过程进行过大量研究，在词汇学习、概念形成和思维方面有诸多著述，对认知心理理论的系统化和科学化作出了贡献。正文中引用作品的法语译名为"Comment les enfants apprennent à parler"。
② 详见克莱儿·贝里斯勒（Claire Bélisle）主编：《在数字世界中读书》，埃斯博出版社（Essib）2011年版。

我们的计划：通过游戏和各种媒体的集合，让现代的假想成为活跃的艺术

在近年来的研究成果的基础上，我们对儿童文学及其定义有了进一步的思考。因此，在本书的第一章里，我们的工作将是对这些研究进行整理和总结。我们会逐步探讨各种研究方法（这些研究方法本身就是各种智力游戏的集合，它们通过文字或符号来体现其"游戏规则"）以及各类有关游戏定义或使用的理论。近几年来，法国研究者们收获了丰硕的成果，这些研究结果对"法国文学"在全球化框架下的"重组"有着决定性的影响。与此同时，国外同行的研究贡献也大大拓展了我们的研究视野。

在本书中，我们首先将对当代的文学作品进行一次具体的讨论。不过，我们的讨论重点并不是文学作品的数量，而是其艺术品质，以及有关当代幻想类儿童文学中的游戏性艺术品质的评判标准。总而言之，本书只是一次概要性的研究，并不涉及所有的文学作品。由于我们曾在以往的研究中分析过艺术家、插画家和作家对文学作品的贡献，在本书中，我们将不再就此详细讨论。实际上，我们只是站在图书管理员的立场来看待这一问题。就像法国"欢乐时光图书馆"的创始人薇薇安·埃兹拉蒂女士曾在她的一篇文章的标题中强调指出：图书管理员要面对的是数量永远多过其他书籍的儿童文学出版物。[1]

具体说来，我们将围绕近期的文学出版物进行讨论。尽管这样会导致重复阅读某些作品，或追溯一些距今十分久远的理论观点，但这些工作可以帮助我们更好地领会某位作者或某部作品的独特之处。我们十分清楚，图书出版业不是一个单纯的整体，其中还包括"屏幕文化"的影响；此外，文学评论本身就是文学活动的一个重要组成部分。因此，我们将从三点出发：

---

[1] 见薇薇安·埃兹拉蒂（Viviane Ezratty）：《一点、很多、疯狂、热情：图书管理员如何面对永远数量繁多的儿童文学出版物》，《法国图书馆年鉴》，第3卷第49期（2004年3月）。

第一,游弋在"虚拟世界"和巧克力糖果之间的儿童文化;第二,对儿童"充满吸引力的"节日,例如"圣诞节";第三,游戏幻想类小说中的惯用手法,其中包括针对最年幼读者的神话故事。此前,我们曾做过一项有关游戏幻想类小说的调查,该调查以游戏为基础,经过多年的跟踪考察,观测不同读者群体的阅读和写作能力。我们将在第一部分的讨论中采用此项调查的分析和结果。在当今的图书市场上,低幼人群已完全成为一个不可忽视的"读者群体"和各大出版商的重点对象。因此,在第二部分的讨论中,我们会研究分析低幼读者最喜爱的画册和漫画书籍。杰罗姆·布鲁纳曾指出,人们"讲述"故事的热情不仅仅存在于话语生成的直接过程,它也是讲述者通过阐述观点建立自我的重要形式。于是,我们将看到,如今的故事类图书同玩具、电影、CD唱片、电脑以及电子游戏相结合,形成了亨利·詹金斯所说的"媒介融合"①。此外,二十一世纪初的幻想文学,尤其是漫画书,深受后现代巴洛克艺术的影响;而随着图书行业的科技进步,在当今的故事类图书中,图片正被大量地使用甚至滥用。这一现象进一步证实了:儿童文学一直是后现代巴洛克艺术的先驱者。2008年,法国交替出版社(Alternatives)出版了让-夏尔勒·特莱比(Jean-Charles Trebbi)的作品《折叠艺术》②。特莱比在书中指出:自吉尔·德勒兹的论著《论褶皱:莱布尼茨与巴洛克风格》③出版以来,褶皱艺术的精髓已经深深浸入我们的各个文化领域,特别是"设计行业"。漫画书中的"折叠"运用,数量多到甚至让人感到头晕目眩。文字加图片是少年儿童文学作品中的常用手法,其中,图片主要包括素描、彩绘、照片以及经Photoshop软件处理的图像。如果卢浮宫的廊柱取代

---

① 见亨利·詹金斯(Henry Jenkins):《文化融合:新旧媒体冲撞》(*Convergence Culture: Where Old and New Media Collide*),纽约大学出版社(NYU Press)2008年版。
② 译者注:《折叠艺术》的法文书名为"L'art du pli"。
③ 译者注:吉尔·德勒兹(Gilles Deleuze),法国后现代哲学家,著有《论褶皱:莱布尼茨与巴洛克风格》(*Le pli: Leibniz et le baroque*),巴黎午夜出版社(Minuit)1988年版。

贝尼尼①的画卷,成为一个国家的普遍审美标准,那作为"顽固派"的少儿文学唯有迫于"道德文明"②的压力而向"皇权"屈服,才可以脱离这种"古典时期"以前的混乱和动荡。儿童故事书的作者精力充沛,他们把故事书变成了演出场所或是音乐大厅。所以,在第三部分的讨论中,我们将会追溯故事类图书的发展历程。在当今大众的眼中,成人与少儿之间的差距越来越小。幼儿故事书因其故事情节单纯,远远不如其他年龄段的同类书籍有趣。尽管如此,我们却并不会对图书进行任何等级划分。其实,所谓的"青少年系列"小说同某些画册一样,都属于大众读物,也就是我们今天常说的"跨界作品"。电影、电脑游戏和音乐经过加工成型,以全新的面貌一一呈现在青少年小说中,它们把青少年小说变成了媒介游戏的聚集地和实验室。很多时候,青少年小说不仅肩负培养未来读者的重任,还要帮助这些未来读者建立起公民价值观——这让我们看到,处于"单景监视"下的"流动的社会"是如何制造完美的消费者和演员的。

儿童戏剧是另一个与上述情形有关的文化现象。自二十世纪末以来,儿童戏剧的发展取得了令人惊叹的巨大进步。在戏剧领域里,人们通过艺术来探讨各种社会问题。然而,儿童戏剧具备了不同寻常的敏锐性,它的出现让普通的大众戏剧显得苍白而无力。在这一点上,苏珊娜·乐博的《骨头碎裂的声音》具有十分重要的意义。这部作品在2007年的法国里昂戏剧创作大赛中摘得桂冠,它反映了法国精神分析学家鲍里斯·西吕尔尼克在《丑小鸭》③中所表达的观点。西吕尔尼克在他的研究中提出并全面阐释了"回

---

① 译者注:乔凡尼·洛伦佐·贝尼尼(Giovanni Lorenzo Bernini),意大利雕塑家、建筑家、画家。近代早期杰出的巴洛克艺术家,十七世纪最伟大的艺术大师之一。
② 译者注:"道德文明"(la civilisation des moeurs),是20世纪德国著名社会学家诺贝特·埃利亚斯(Norbert Elias)在《文明的进程》中所提出的概念。
③ 见鲍里斯·西吕尔尼克(Boris Cyrulnik):《丑小鸭》(Les vilains petits canards),奥迪尔·雅各布出版社(Odile Jacob)2001年版。

弹"①的概念:"回弹",是指无论在多么艰难的环境中,人类都具有应对创伤、自我恢复并重归发展的能力(安娜·施奈德曾在其博士论文中采用过这一观点)。其实,除了苏珊娜·乐博的这部风格大胆而独特的作品以外,在其他很多戏剧中,我们都可以看到"回弹"理论的体现。儿童戏剧把成人与孩子之间的游戏搬上了舞台,想要对此有更加深入的了解,我们的出发点必须是儿童戏剧与各种媒介(如电影)以及所有幻想类文学作品(如神话、诗歌、科幻小说)之间的关系。

在全球化的框架下,文学作品的故事情节不仅涉及一些全新的社会景观,还体现了"故乡"与"异乡"、"现实"与"虚拟"之间的鲜明对比;此外,在其他领域和各种媒介的冲击下,文学作品的风格也变得更加丰富和多样化。地球的未来和环境保护是文学创作者最为关注的话题;与此同时,各种社会问题以及贫困对日常生活的影响也逐渐进入人们的视野,产生了一种与多元文化社会紧密相连的新现实主义文学。按亨利·詹金斯的话来说,当今的科幻小说、奇幻小说和现实主义小说融合成了一种具有重要意义的艺术形式——跨媒体叙事。科学是社会进步的媒介,而少年儿童和贫困人群正在经历的苦难却阻碍了社会的进步。此外,文化本身也并没有什么独特之处,它只是清晰地体现一些等级划分,例如人们对不同的音乐种类所展现的不同品位。各种媒介平台的合作让我们可以自由选择叙事的方式,而这一点也体现了游戏社会对娱乐的疯狂崇拜。艾乐维·穆海勒、洛瑞斯·穆海勒和玛丽·欧德·穆海勒三兄妹共同创作的"魔怪"系列五部曲(口袋出版社[Pocket]2002年版)就是一个很好的说明:古老的"魔怪"神秘地出现在电脑屏幕上,而游戏里的魔怪人物却随着游戏的晋级变得越来越不可掌控;对此,大家纷纷说有幽灵出没,形成了一种谣传,还有一种说法,这个城市的

---

① 见《回弹:如何从创伤中获得重生》(*La Résilience ou comment renaître de sa souffrance*),鲍里斯·西吕尔尼克、克劳德·塞隆(Claude Seron)主编,"想象儿童的世界"系列丛书,法贝尔出版社(Fabert)2004年版。

地下室里藏着一头从电脑里跑出来吃电的怪兽！MC 跨国公司把带有魔怪游戏的电脑卖给城市里的年轻人，并从中赚取了可观的利润。同时，一个叫作"娜塔莎"的虚拟美女奉魔怪主人之命，一心一意要毁灭 MC 公司，她用魔怪主人给她的"终结镭射枪"，扫射一切跟 MC 有关的东西。从这里我们可以看到，游戏的好处是可以将奇幻故事的主人公嫁接到电脑屏幕之上。换句话说，奇幻小说和虚拟世界可以通过游戏进行互补。

综上所述，艺术家和作家的职责和创作方向是多种多样的：要么严格地遵照市场要求，创作专业性的图书；要么参与政治生活，高调地揭发各种不平等现象；又或者，以更加细致的手法，从美学的角度追逐图像的精美。通过这些图像，我们不仅可以看到世界激烈竞争背后所隐藏的和平，还可以了解图书出版业的缓慢发展过程，即从对商品社会的拒绝到注重提升艺术和精神品质。在各种文化现象混杂的背景之下，我们绝不能忽略读者对文学作品的接受程度，以及在各种新型阅读媒介之间越发激烈的竞争。因此，我们将分析几本荣获 2010 年法国早期阅读"拇指奖"和"奥伯尼青少年读者奖"的作品，通过这些获奖作品来了解目前占主导地位的文化现象。与此同时，通过分析各大城市和文学沙龙颁发给作家和插画家的奖项，我们还可以看到，当今的公共图书馆和多媒体图书馆不仅可以参与各大文学奖项的评定，还在有关阅读与写作的研究工作中扮演了十分重要的角色，例如：归纳整理档案和资料、建立图书和光盘清单、组织文化活动和展览、为新作家举办读者见面会和讲座、与中小学建立合作等等。在本书的结论部分，我们将对当代儿童文学的发展形式提出疑问：尽管艺术家或作家的创作目的依然是尼采所说的"创造自由"，文学领域也已经建立起团结互助的良好环境；然而，相对已经出版的文学作品而言，默默无闻的个人创作总会受到一定的约束。最近出版的一本连环画册重新诠释了尼采的这部哲学论著①，并特别

---

① 参见米歇尔·翁弗雷（Michel Onfray）：《尼采：创造自由》（*Nietzsche. Se créer liberté*），马克西米利安·勒鲁瓦（Maximilien Leroy）插图，达高出版集团（Dargaud）隆巴尔出版社（Le Lombard）2010 年版。

强调了当今社会"以人为本"的审美观念。我们希望本书能让读者们对当代幻想小说进行更加积极和直接的思考,特别是这一题材在青少年文化及出版物中的运用。其实,对于每一位读者来说,最重要的是要了解自己在文化游戏中所处的位置、与其他事物的关系以及在人际交流的规则中所扮演的角色。我们想要介绍的并不是乔斯坦·贾德(Jostein Gaarder)所描绘的《苏菲的世界》(*Sofies Verden*),我们也不像神秘的艾伯特一样怀有研究哲学的宏伟志向。在当今社会的激烈竞争和多元文化的背景之下,人们对娱乐的追求有时只剩下消费所带来的快感。我们希望通过本书中的研究可以让社会的竞争和文化尽可能地与人们对娱乐的需求保持对等。讽寓和诗歌等文学形式让我们看到成年人如何在收获与付出之间找到平衡;科学技术的进步,游戏、玩具等商品的发展成为新一代科幻小说的汇合点。只有通过这些方式,我们才能让儿童读者和文学创作者之间产生互动并达成默契。我们希望这项研究工作不仅仅是专家学者们的一个"小游戏",而是促使文学向大众敞开大门,让文学阅读引起所有人的思考。亨利·詹姆斯是"世界小说艺术"的大家之一,他不仅懂得如何在作品中体现各种文化的碰撞,还能够将写作技巧与当时媒介所取得的进步相结合。因此,在这里,我们坚持一个梦想:与真诚的同伴们一起努力,从少年儿童开始培养,让越来越多的亨利·詹姆斯所描写的"朋友的朋友"聚集到一起,在国际化、多元化的环境中逐渐形成一股不断壮大的力量。

第一章
现状：二十一世纪初的儿童文学研究

"法兰西文化的构建"及法国文学在国际背景下的重组

> 至于历史的主体(sujet)，它可能只不过是生活的自我产生——生活的人们变成了他们自己历史世界的统治者与占有者，成为了他们自己全部意识冒险(conscience de son jeu)的统治者与占有者。
>
> ——摘自《景观社会》，居伊·德波

全球化的开启和相关评论

近年来，随着各国间贸易往来的频繁，人们的境外出行量也日见增多，旅游行业的发展也日益蓬勃。仅2010年冰岛火山爆发期间，就有近十五万法国游客滞留海外。置身于这样一个世界化背景中，人们对全球性主题的文献的需求量也日趋扩大：一方面，那些对于法国读者来说曾经遥远而陌生的国度，例如印度、中国和一些非洲国家，如今只需通过几个小时的航程就能抵达，在互联网上也能轻松找到直观的影像资料；另一方面，市面上众多有关法国的图书和画册，以及大量的法国作品被翻译成外语，都在向我们展示着全球出版业一体化的进程。可以说，一个文学的法国已向当今世界敞开大门。在儿童丛书方面，格朗第和伽俐玛等出版社发行了大量描写国外儿童生活的书籍。与此同时,在其他国家研究的支持下,关于法国文学特殊地位和法国文化推广的理论思想也得到了充分的发展。1999年,有关这一主题的研究调查使法国出版业面貌一新,同年的《法国图书馆年鉴》①也收录并发表了此项研究的结果。基于这些重大变化,在我们的讨论开始之前,我们准备先结合文化研究和文学分析,分别讨论法国同行的评论研究和国外同行在儿童书籍及其不同社会特征方面的研究贡献。正如居伊·德波在其书中谈到的,新型媒介通过影像群(images)让"景观(spectacle)的庞大堆聚"变得可能。他在《景观社会》的第一章节里明确提出,如果"直接存在的一切全部都转化为一个表象"②,准确说来,这是因为在人类学家眼中,"景观不是一大堆影像的集合体,而是一种以影像为中介的,人与人之间的社会联系"③。影像资料往往更容易被少年儿童直接接受,所以我们应该重视这一全新媒介在少儿书籍中的应用。我们的文化版图正在重组,有关儿童文学理论和定义的书籍正是这一现象的印证。正如莫娜·奥祖弗④在其书中阐述到,年轻的法国读者们也许无需再像她一样去编写自己眼中的"法兰西民族的构建",但他们并不会因此而缺少了解世界的机会和借以了解世界的书籍,也不会因此而减少陈述和撰写他们自己的身份和故事。我们会在后文中对此进行更详细的讨论。在莫娜·奥祖弗看来,一个解放性的故事并不会陷入一些不真实影像的陷阱,它也不会让独特的文化受限于社群主义所强调的身份归属感或是民族统一文化的抽象性,而是会不断地重组自己的资料数据。正因如此,我们会在本书的第一部分研究有关文学的理论分析及其与某些文本的联系。

---

① 《儿童,儿童读物及儿童图书馆》,《理论研究与法国少儿文学:纯理论研究或应用研究?》,载《法国图书馆年鉴》,1999年第3期,第13—14页。
② 见居伊·德波:《景观社会》,Folio文学系列丛书,伽俐玛出版社1992年版,第15页。
③ 同上,见第16页。
④ 译者注:莫娜·奥祖弗(Mona Ozouf),法国高等社会科学研究院荣休教授,著名历史学家,研究领域包括法国大革命史、十九世纪智识史、妇女史,著有《革命节日》《法兰西民族的构建》等。

一、文化的同一性和多样性：成人与童年的自己

皮埃尔·诺哈①在其主编的系列丛书"记忆所系之处"中收录了莫娜·奥祖弗所写的《两个孩子的环法旅行：共和国小红书》②。奥祖弗在该作品中的研究给予了我们很大的帮助。最近出版的《法兰西民族的构建》③是她与丈夫雅克·奥祖弗共同完成的一部作品。在这部作品中，奥祖弗对法国不签署《欧洲区域或少数民族语言宪章》的行为提出了疑问。1999年，法国欧洲事务部长曾签署了该宪章，但此举随后就遭到了法国宪法委员会的否决，理由是该宪章提出的"承认任意团体的集体权利"与法国宪法的基本原则相违背。奥祖弗还回忆道：2008年6月，法国大规模地修改宪法，并在宪法中新增第75-1条，明确了"各地区语言为法兰西文化遗产的一部分"。然而，在法国民众看来，这一规定只是"纸上谈兵"，并不具备宪法效力，因此，法国民众提出了强烈的抗议。从民众的这一反应中，奥祖弗看到了当今法兰西共和国的特征——既"无法摆脱雅各宾派的激进超我"（《法兰西民族的构建》，第227—228页），又在接受多样性的过程中经受着种种挫折。奥祖弗出生于法国西部布列塔尼地区的一个小学教师家庭。与法国其他任何一个地区相比，布列塔尼地区对民族融合的抵抗都显得更为激烈。奥祖弗的父亲曾经是一名军人，他在1933年创办过一份名为《捍卫布列塔尼无产阶级》的报纸（《法兰西民族的构建》，第34页）。奥祖弗在童年时期先后

---

① 译者注：皮埃尔·诺哈（Pierre Nora），法兰西学术院院士，法国当代著名历史学家，曾先后任教于巴黎政治学院、高等社会科学研究院，以研究法国国家认同与记忆闻名。
② 见莫娜·奥祖弗：《两个孩子的环法旅行：共和国小红书》（Le Tour de la France par deux enfants. Le petit livre rouge de la République），载皮埃尔·诺哈主编："记忆所系之处"（Les lieux de mémoire）法国历史系列丛书第一册，Quarto 文学系列丛书，伽俐玛出版社1997年版，第277—301页。
③ 莫娜·奥祖弗、雅克·奥祖弗：《法兰西民族的构建》（Composition française），NRF 散文系列丛书，伽俐玛出版社2009年版。

经历了"布列塔尼地区学校"、"国家公立学校"和一所外祖母替她报名登记的"基督教会学校"。复杂的成长背景让奥祖弗对不同文化间的交流尤为敏感。在她所写的《法兰西民族的构建》一书中,奥祖弗讲述了1937年至1940年间,她在布列塔尼普鲁瓦小城(Plouha)的封闭学校里所度过的童年生活;她还回忆了自己进入巴黎高等师范学院、加入法国共产党并成为一名历史学家的经历。她强调说:"就这样,我逐渐地远离了布列塔尼的特殊文化,并踏上了一段归附于共和国统一文化的旅程。"(《法兰西民族的构建》,第169页)然而,在对法国大革命的研究中,她却震惊地发现,"法国文化原本的多样性在革命过程中极速骤减并变得单一"(《法兰西民族的构建》,第188页)。在奥祖弗看来,作为1789年法国大革命的继承者,法国人一直拒绝承认"保护不同文化的特性也是迈向自由的道路之一";他们还认为"统一并不是将不同的地方文化组合在一起,而是要让它们向共和国的中心文化投降"(《法兰西民族的构建》,第229—230页)。奥祖弗在童年时期所经历的"文化组合"就是在这样的环境下产生的。这一"组合"也体现在她曾经读过的大量少儿书籍中。在此,我们当然不可能列举出她所看过的所有图书和小说,但是,我们可以从下面这段话中看到这些书籍对奥祖弗的影响:

> 小学课本里的小米仕莱[……]是一个一直处于饥饿状态的小男孩,有一天午餐的时候,他饿得一下子就把姜饼小人的一只胳膊和一条腿都掰下来吃掉了。然而,这个家境贫困的小孩却凭借其无私忘我的精神最终成为了一个众所周知的伟大的人。这是公立学校课本中,我最喜爱的一个人物;我当时一直十分钦佩这位小儒勒,每次读到他的故事,我都心潮澎湃。(《法兰西民族的构建》,第230页)

我们还可以在"布列塔尼学校"这一章节中了解到,在布列塔尼地区学校的学习经历给奥祖弗带来了国际性的收获;在父亲的要求下,她曾把布列塔尼当地的文学杂志 Gwalarn（布列塔尼语，含义为"西北"）的每一期都装订成册，并从中知道了契诃夫、霍桑和朗费罗（她父亲正是这些作品的布列塔尼语翻译；"彩色的硬底软面拖鞋、桦木独木舟和枫树糖浆"是奥祖弗对这一段阅读经历的唯一回忆）。奥祖弗还读过从荷兰童话翻译过来的《水中的小公主》(*La Petite Princesse de l'eau*)，它讲的是一个被一群青蛙养大的小女孩的故事；当然，还有爱尔兰戏剧家辛格(J. M. Synge)的《布列塔尼民谣》(*Barzaz Breiz*)和《阿兰群岛》(*Les Iles Aran*)，以及由苏珊娜·克洛特(Suzanne Clot)作序的一部"神作"——《芒什海峡彼岸的童话故事集》(*Les Contes et Récits d'outre - Manche*)，这本书几乎涵盖了凯尔特民间传说中的所有人物。此外，爱尔兰小说家詹姆斯·史蒂芬斯(James Stephens)的《金坛子》(*Le Pot d'or*)也是她阅读的书籍之一。对于奥祖弗来说，"这是一个充满了灵魂、各种征兆和神秘力量的世界"，"就像辛格在阿兰群岛所看到的一样"，每当夜晚降临，"连最沉着冷静的神灵也开始为仙子的命运感到担忧"。然而，夏尔·佩罗叙述的故事与这个神秘的世界不太一样，他讲的"不是魔法，而是最普通的人生道理"（《法兰西民族的构建》，第92页）。在童年时期，奥祖弗家的书房就是一个"图书馆"，里面摆放着多位布列塔尼作家的作品全集，如拉梅内(Lammenais)、夏多布里昂(Chateaubriand)和勒南(Renan)等。就像她自己所说的，这些作品可以"还我们伟大的布列塔尼人以公道"。然而，这些充满抒情性的作品却与学校图书馆里收藏的书籍形成了一种令人尴尬的反差：学校的书籍"让我们忘记自己来自哪里"，并试图"抹去布列塔尼人沉默寡言的特性"。可是，如果布列塔尼真的像学校图书馆里的书籍中所描写的那样一无是处，为什么《两个孩子的环法旅行：共和国小红书》的主人公于连(Julien)和安德烈(André)却因为可以"乘船环绕布列塔尼"而兴高采烈呢？布列塔尼一直被"不断进步"（《法兰西民族的构建》，第122页）的法兰西民族所忽略，被那些存放在学校"玻璃橱柜"中的"精选作品"所忽略——其中包括赫克托·马洛(Hector Malot)的《小英的故事》(*En Famille*)（奥祖弗对此的评价是"这本书让本来对它充满期待的人感到无比失望")、爱德蒙·阿布①的《坏耳朵的人》(*L'Homme à l'oreille cassée*)、齐奈达·弗勒里约②的《埃尔韦·普罗姆厄尔》(*Hervé Plomeur*)、安德烈·利支登伯格(André Lichtenberger)的作品,还有保罗·玛格丽特(Paul Marguerite)及维克多·玛格丽特(Victor Marguerite)作品中的"特洛特、布姆和琳娜"(Trott,Poum,Line)等等(《法兰西民族的构建》,第125页)。

莫娜·奥祖弗总结说:"今天,那些反社群主义的文章总是用'幼稚'、'啰嗦'和'胆小'等词语来抨击少数民族文化;每当看到这些,我便不由自主地在脑海里比较我童年时期的这两个'图书馆'。"(《法兰西民族的构建》,第125页)我们认为,奥祖弗之所以对写作如此狂热,是因为她具备一种强而有力的说服力;可是,当她谈到前法国教育部长于勒·费里(Jules Ferry)时,奥祖弗变得不再那么温文有礼,因为在她看来,"费里完全无视不同人种及文化之间的差异"(《法兰西民族的构建》,第215页)。"实际上,要取得民族团结,不能依靠消除不同的文化,我们应该将这些多样性的文化构建在一起。"(《法兰西民族的构建》,第223页)然而,人们对文化统一的盲目追求不仅掩盖了这一事实,还导致了普遍主义的盛行——人们开始"幻想拥有毫无约束的自由"。

莫娜·奥祖弗的经历证实了,地方文化在发展中遭受了来自各方面的约束,而我们每个人都是这些约束的承受者。承认法兰西文化的多元性、差异性、复杂性、不均匀性和多变性,并不意味着我们要被动地接受这些不同的文化,恰恰相反,我们应该对此有所选择:"文化的归属感不再是集体主义强加给个人的标志,它更像是个人在其人生这部伟大作品上的亲笔签名。"(《法兰西民族的构建》,第243页)

---

① 译者注:爱德蒙·阿布(Edmond About,1828–1885),十九世纪法国作家、艺术批评家、记者,法兰西学术院院士。
② 译者注:齐奈达·弗勒里约(Zénaïde Fleuriot,1829—1890),法国十九世纪著名女作家。

因此，想要打造文化的独特性，就必须在某一群体或多个群体内部建立个人自由；同时，文化想要保持其独特性，就必须不断回顾和反省自己的过去。从某种程度上说，作为一名历史学家，莫娜·奥祖弗的观点与居伊·德波有关景观社会的看法是一致的：她衷心地希望每一个文化"主体"都可以"成为自己历史世界的统治者，成为他们自己全部意识冒险的统治者"。奥祖弗所读过的大量书籍让她有了一段多样性的文化经历，我们可以从她在《法兰西民族的构建》里的描述中看到：儿童文学的视野已经大大地扩展并变得多样化；在这样的背景下，儿童文学或许还有可能对培养世界公民有所贡献。而我们需要认真思考的是：当代出版业究竟能为儿童读者创造一个怎样的未来？

只有儿童才会读书吗？

关于这个问题，我们首先要来讨论一本以自身经历为创作灵感的书籍，即米歇尔·金克（Michel Zink）所著的《只有儿童才会读书》。米歇尔·金克是法兰西公学院的一名教授，也是一位研究中世纪史的专家；与此同时，他还是一名侦探小说家。2010年2月第251期的《儿童图书期刊》发表过克里斯塔·德拉哈耶对他的评论。①《只有儿童才会读书》——这是一个极具挑战性的书名。金克在书中提到，我们应该承认"直觉是一种很微妙的东西，无论年龄大小，每一位读者都具备这种自然的能力，他们通过直觉来理解所阅读的内容并置身于其中"。金克的这一评论与另一位法国作家米歇尔·布托尔的观点不谋而合。布托尔在他所写的《论文集（三）》中曾反问道："有谁能比儿童更会读书？"②他强调，读者阅读质量的高低并不取决于他所掌握的科学知识的多少或者理解能力的高低，而是取决于他对阅读的

---

① 见克里斯塔·德拉哈耶（Christa Delahaye）:《读书笔记》（"Note de lecture"），载《儿童图书期刊》，第251期（2010年2月），第80—81页。
② 译者注：米歇尔·布托尔（Michel Butor），法国新小说派代表作家，著名文学理论家、评论家，著有《变》（La Modification）、《论文集》（五卷本）等。

渴望。① 金克还大胆断言了文学作品中所存在的一对矛盾：一方面，想要追求读者阅读的自发性；另一方面，又想让每个读者都接受作者的个人观点。对此，克里斯塔·德拉哈耶曾引用过金克所说过的一段话：

> 看上去，我好像白读了那些书；但实际上，我全都看懂了。其实，这就是儿童读书的方式：他们在看书的同时就已经明白了书中的内容，而对此，他们往往自己都没有意识。他们这样做其实是有道理的。阅读中，读者应当坦然接受成为作品的受骗者而不是跟它比谁更狡猾。从这一角度看来，大学教授和文学评论家才是最糟糕的阅读者……书中讲的所有重点，儿童看完之后都能明白。(《读书笔记》，第 80 页)

此外，通过冷幽默或者哗众取宠来引起关注，这种做法反而会对作者不利，因为作者往往自己就是大学教授或者文学评论家！就像文森特·茹夫（Vincent Jouve）在其作品《小说中的人物效应》②中所展示的一样，阅读就像是在解码，读者在从事这项解码工作时呈现出三种不同的状态。其一，"浮光掠影"（lectant）：读者只是把文学作品当成反映生活的游戏，而想要参与这项游戏，不仅要具备知识、智慧和策略，还要有谨慎的防备之心；其二，"感同身受"（lisant）：读者被书中的人物同化，深刻体会到人物情感并将其想象成自己；其三，"情景再现"（lu）：本能的理解通常只会发生在儿童的阅读行为中，如果以同样的标准来衡量成人的阅读行为，则会导致对成人

---

① 关于这一问题，我们将在后文中再次进行讨论。对此，我们将详细分析娜塔莉·普兰斯（Nathalie Prince）的作品《论儿童文学理论》。该书引用了米歇尔·布托尔有关阅读渴望的评论，并把它与阅读中的游戏性进行对比，从而强调了罗兰·巴特的观点——"任何阅读活动的本质都是游戏"，见娜塔莉·普兰斯：《论儿童文学理论》，大学教材系列，阿尔芒·柯林出版社（Armand Colin）2010 年版，第 140 页。
② 见文森特·茹夫：《小说中的人物效应》（*L'Effet-personnage dans le roman*），Écriture 文学理论系列丛书，法国大学出版社（PUF）1992 年版。

阅读其他方面的忽视,例如,读者会在某个现实的生活场景中无意识地联想到曾经读过的作品中的某个人物(《小说中的人物效应》,第 83 页)。实际上,对作品文化或社会背景的了解是阅读行为得以顺利进行的基础,二者不可分离;此外,对游戏想象类小说的阅读除了缺乏儿童读者的积极参与以外,还受到了诸多因素的限制。米歇尔·金克十分欣赏爱德华·贝松(Édouard Besson)和亨利·博斯科(Henri Bosco)的作品:前者的小说中充满了惊险刺激的海上冒险;而后者则像作诗一般,缓慢地叙述他的个人经历,让人不禁产生对水上漂流生活的美好幻想。然而,一个学习用功的儿童读者所接触的都是教科书里的"刻板文章",例如,所有法国小学都曾采用的《快乐学语音》(La Méthode en riant)和《欢乐童年》(Joie d'enfants)等。但因这两本教材的出版时间过于久远,我们无法在此对其进行详细分析。在本书下一章节中,我们将重点比较金克所欣赏的探险类小说和针对儿童的游戏想象类小说。莫娜·奥祖弗通过讲述其亲身经历的三种文化的碰撞,从历史学家的角度向我们展示了文化的复杂性。这也正是我们所关注的重点:中世纪史研究者的阅读行为是回顾性的,并且"没有具体框架的限制",而莫娜·奥祖弗却为他们提供了一种继往开来的动态的研究视角。

在"真实的布列塔尼"一章中,我们看到,奥祖弗的外祖母是一位居住在普鲁瓦小城的土生土长的布列塔尼人,她总是反复地向孙女灌输自己眼中的人生哲理;与此同时,人文主义情怀对奥祖弗童年时期的阅读产生了极为强烈的冲击,对此,奥祖弗也进行了十分详细的论述。她在章节的开头部分提到,外祖母特别不喜欢看到别人读书,每当奥祖弗和母亲看书的时候,她总是训斥说:"到底什么时候你们才能看完这些没用的东西!"(《法兰西民族的构建》,第 66 页)在外祖母看来,"读书就是在玩儿",是一种无关紧要且浪费时间的行为。她总是说,与其做这些无用功,还不如多跟她学一学"传统菜谱、做人的道理、生活小窍门",或者"布列塔尼名言警句"以及"民间歌谣"。不过,外祖母倒是不常提起布列塔尼的民间传说,因为她觉得里面"没什么小矮妖的故事";此外,就连当地最火的演出剧团"Will‑Tansou"

也很少能进入外祖母的话题,因为他们把小矮妖演成了一群"喜欢弄散草垛和偷奶牛的捣蛋鬼"(《法兰西民族的构建》,第 67 页)。外祖母对世界的想象非常实际,这让人不禁觉得:"与当今儿童的高品质生活相比,普鲁瓦小城的生活枯燥而无味,并且朴素的让人难以置信"(《法兰西民族的构建》,第 81 页)。在这样的环境下,我们也就不难理解,为何在那个时期,塞居尔伯爵夫人①的小说会大受儿童读者的欢迎:因为它们描述了一种与单调的现实生活完全相反的生活方式。然而,奥祖弗却不喜欢塞居尔伯爵夫人写的《淘气的小苏菲》,因为她觉得里面有"太多残忍的情节:例如,被切成碎片的金鱼、被火钳夹死的小猫、被拔掉脚的蜜蜂和被折断肋骨的松鼠",还有"被抓挠的伤痕、被石灰烧伤的脚和无数打屁股的场景"。奥祖弗说:"我也不喜欢这个故事里的人,他们善良却蠢笨,凶恶但贫穷;然后,里面还有一些令人讨厌的小偷。"但是:

> 《两个小淑女》中的那些被华丽外套、斗篷和皮靴挤得快要裂开来的漂亮衣柜,还有"那件装饰着粉红色绒球的蓝色塔夫绸大衣"都令我无比地向往;就连"一条旧式的大披肩"(英语原文为:talma)——尽管我一直不太清楚它的样子——都能让我产生对奢侈生活的短暂想象。(《法兰西民族的构建》,第 81 页)

奥祖弗对阅读的定义完全不同于她传统的外祖母。她认为:模棱两可的解释反而会让事物变得更加难以理解;因此,想要获得良好的阅读质量,就必须尽可能地解放读者的好奇心,并通过真正的游戏元素来激发他们对

---

① 译者注:塞居尔伯爵夫人(La Comtesse de Ségur, 1799–1874),原名苏菲·罗斯托普钦娜(Sophie Rostopchine),俄罗斯血统,十九世纪法国著名儿童文学家,其作品充满优美的插图和曲折动人的故事,著有儿童文学三部曲:《淘气的小苏菲》(Les Malheurs de Sophie)、《两个小淑女》(Les Petites Filles Modèles)及《度假》(Les Vacances)。

阅读的兴趣。

从游戏到文学：弗朗索瓦·普拉斯的幻想小说——令人意外的互文性

童年时期的莫娜·奥祖弗是一个孤独的孩子。幸亏有一位"表兄"会时不时地"来访"，这给奥祖弗阴郁的童年生活带来了短暂的晴朗。这就是塞居尔伯爵夫人写的三部曲中奥祖弗最为心爱的一本：

> 《度假》里呈现的是一片嘈杂的景象：有表兄弟们在花园小屋里进行的秘密计划，有精心"安排"的钓鱼比赛，还有只有草莓和干奶酪的野餐。与富丽堂皇的城堡相比，我却更喜欢孩子们的推车和套在推车上的驴，还有他们做的各种蠢事和闯的各种祸。要知道，当时的我每天过着只有家、教室和院子的三点一线的生活；在我看来，书中所讲述的这一切都是那么的遥远而美好。（《法兰西民族的构建》，第81页至82页）

有关"蠢事"在儿童游戏想象类小说中的重要性，我们会在本书的下一章节中再进行详细讨论。其实，在上文中，我们就曾经涉及这一话题：当奥祖弗描述学校的图书馆以及她自己的阅读爱好时，她曾经提到过安德烈·利支登伯格和一些其他作家的作品。对此，她回忆到：

> 我曾经贪婪地阅读那些故事，里面讲的大都是偷来的奶油泡芙和滑稽可笑的英国护士。然而，今天回想起来，这些故事几乎全都是在排斥犹太主义；人们犯错的时候也总是在祈求上帝的宽恕。让我不解的是，这样的书籍如何能够在当时的公立学校图书馆里找到藏身之处。但仔细想想，也许是"儿童读物"的标志才让这些可疑物品得以幸存。（《法兰西民族的构建》，第125页）

也许是基于对少儿读者阅读需求和爱好的实际考虑,当时的教师们认为,文章的趣味性远远比内容中是否树立了"正确的政治立场"更为重要。但是,在这类幻想小说的游戏中,存在着另一个决定性的因素——即读者在阅读中所发现的"惊喜":这种"惊喜"打破了原有的规则,将一种令人出乎意料的元素带到一个墨守成规的世界里,并使世界失去了原有的稳定性。在《法兰西民族的构建》一书中,奥祖弗曾对布列塔尼的文化发展给予了极大的关注。2010 年,法国伽俐玛少儿出版社(Gallimard Jeunesse)出版了弗朗索瓦·普拉斯(François Place)的小说《飞翔的海关》(*La Douane Volante*),该小说再次谈到了布列塔尼的文化问题(有关这一小说的具体讨论,我们将在以后的研究中展开,在此不做细论)。我们不得不佩服奥祖弗在研究儿童幻想小说中的游戏元素时所体现出的敏锐洞察力。在"真实的布列塔尼"一章中,奥祖弗曾提到,外祖母的偏好也是有例外的:她喜欢讲那些有关"死神推车"的故事。值得我们注意的是,奥祖弗总能由此联想到她父亲"临终前"的画面。奥祖弗写道:夜晚,"死神安苦和他满载幽冥的推车"(布列塔尼语,Karrigel en Ankou)缓缓地经过,"车轴吱吱地作响",凡是听到这个声音的人都必遭不幸。传说中,死神会让推车里的幽灵复活;而在弗朗索瓦·普拉斯的小说里,同样的"推车"却把幽灵运送到另一个世界,在这里,活着的人和死去的人进行着"真正的"交流。我们在普鲁瓦的外祖母家附近,找到了这本 2010 年出版的小说的故事背景:

> 这里离 Yeun Elez 非常近:Yeun Elez 是位于布列塔尼的一片黑色的沼泽地,是传说中通往地狱的必经之路。在这里,活着的人可以听见来自地狱的声音,感应到死去的人们的幽灵的召唤。(《飞翔的海关》,第 67 页)

通过阅读,我们在不同的作品之间建立起一种相互的联系(互文性),这便是阅读带给我们的心灵感应。普拉斯小说中有关死神的叙述,不仅体现了布列塔尼民间传说对读者的强烈心理暗示,更加体现了文化的强大力量。这种力量让传统的地方文化得以融入当代的幻想类文学,并让所有读者在阅读过程中都能产生相同的联想。在《布列塔尼民谣》盛行的时代,文学作品追求的是与众不同的地方主义;在此之后,同样感叹于民间传说的绝妙,乔治·桑①于1858年发表了一系列的"田园传奇小说"(Légendes rustiques);而在当今全球化的背景之下,文学作品则主要通过文化的再现来实现对地方文化的补偿。正因如此,我们才能看到,"布列塔尼死神"这一共同的主题先后出现在了两本文学作品之中:首先是一部自传(作者将死神与其父亲的去世联系在一起),然后是一本充分解放个性的小说。

二、"儿童文学的重组"?——美国学者杰克·茨伯兹的观点

从前面的评论里可以看到,我们很难明确定义一篇文章中的"重点"内容;因此,我们也不能凭借米歇尔·金克在《只有儿童才会读书》中的观点来妄下定论,认为"书中讲的所有重点,儿童看之完后都能明白"(《读书笔记》,第80页)。正如杰克·茨伯兹在他的最新作品中所指出的一样,自由资本主义追逐的是最大程度地获取经济利益;因此,如何满足商业需求成为全球化生产的首要目标。在这样的背景之下,广告商们开始盲目地追求提高儿童的阅读积极性,并通过各种手段以吸引更多的儿童读者。杰克·茨伯兹是一位研究美国口头文学的专家。1983年,弗朗索瓦·鲁伊·维达将茨伯格的作品《童话故事与颠覆传统的艺术》翻译成法语,并由帕约出版社出版发行,其副标题为《从传统角度讨论文化习俗:儿童文学》。这部作品发表以后引起了法国文学界的广泛关注。我们可以从这部作品中看到,当今社会对儿童文学的关注热度并未减退。在其2009年发表的最新作品《不

---

① 译者注:乔治·桑(Georges Sand,1804-1876),法国十九世纪著名女作家,浪漫主义女性主义文学的先驱。

懈进取：儿童文学的重组——童话与故事》①中，茨伯兹不仅延续了法国社会学家皮埃尔·布迪厄(Pierre Bourdieu)的观点，还回顾了齐格蒙特·鲍曼在《全球化与儿童文学》中的研究结论(我们曾在引言中提到过鲍曼的这部作品)。在这本 2009 年的新书的前两个章节中，茨伯兹重点讨论的是"儿童文学在文化产业中的重组"以及有关"儿童文学的误导"问题。茨伯兹比任何人都更为了解美国文化，因此，他在这部作品中主要讨论的依然是美国儿童文学的特点；但除此以外，茨伯兹还希望，人们可以通过该作品的研究成果对所有发达国家的儿童文学都能"管中窥豹，略见一斑"。他在书中表示，当今的儿童图书已经变成了一件普通的消费品，其社会职能也发生了重大的转变：它不再是培养公民意识或批判意识的工具，而是成为了大型跨国企业追逐经济利益的手段。这些跨国企业不光垄断了图书市场，还通过电影、DVD、电子游戏、玩具及服装等手段控制了少儿读者的全部社会生活领域。因此，在这部作品的开头，茨伯兹就写道：

> 今天的儿童，不管男孩女孩，从出生开始就被视作一个东拼西凑的孩子；也就是说，在文化产业全面发展的影响下，儿童读者的知识几乎全部是在符合成人利益的物质条件中所产生的。②

儿童文学的重组从根本上改变了少年儿童过去的阅读习惯，其中，改变最为明显的是人们赋予儿童文学的宗旨。在美国，"一直到二十世纪五十年代"，儿童文学都被普遍赋予了一种职能，即"在家庭、学校或图书馆之间建立一种可以分享的经验，这种经验不仅可以让儿童慢慢地认识和了解世界，

---

① 杰克·茨伯兹(Jack Zipes)：《不懈进取：儿童文学的重组——童话与故事》(*Relentless Progress: The Reconfiguration of Children's Literature - Fairy Tales and Storytelling*)，劳特利奇出版社(Routledge)2009 年版。
② 见《不懈进取：儿童文学的重组——童话与故事》，前揭，第 4 页。

还能给他们的闲暇时光带来乐趣"①;而今天,儿童文学和其他的文化产品一样,都被当成了普通的商品和消费品。实际上,跨国企业追逐经济利益最大化的方式有很多,例如:广告,以及玩具、电子游戏、DVD 影碟、磁带甚至儿童服饰等各种衍生产品。"跟图书相比,孩子们反而更愿意买这些东西。"②而这所有的一切都左右着儿童图书的出版。在过去,儿童图书只是为了满足个人和社会的利益,而如今,它却变成了各大股份公司追求更大经济利润的手段。

在书中,茨伯兹还针对当今文化领域中儿童形象的改变提到了一些消极的因素。对此,他引用了一位研究"新时代儿童"的专家保拉·法斯的话:

> 当今社会对教育有了全新的要求:教育注重的不再是发展个人道德和培养丰富的创造力,而是培训各种竞争技能;广告中的儿童被过度性感化,新闻里泛滥着少年杀手的血腥形象。③

这位美国学者的观点的确有些悲观。然而,我们曾经在讨论鲍曼的《全球化与儿童文学》时提到了美国著名作家莱昂纳尔·施薇弗(Lionel Shriver)的小说《凯文怎么了?》(*We Need to Talk About Kevin*, 2003 年)。2006 年,巴黎贝乐冯出版社(Belfond)将施薇弗的这本小说翻译成法语并出版。该小说的创作灵感来源于一条社会新闻:一名未满 16 周岁的少年在美国科罗拉多州的哥伦拜恩高中杀死了 7 名学生和 2 名成人。④ 施薇弗通过其小说再一次向人们展现了,少年儿童是如何被改造成了毫无分辨能力的消费者。茨伯兹反对将少年儿童变成图书的"被动受害者",他强调,学校的职责是挑选文

---

① 见《不懈进取:儿童文学的重组——童话与故事》,前揭,第 9 页。
② 见《不懈进取:儿童文学的重组——童话与故事》,前揭,第 7 页。
③ 见《不懈进取:儿童文学的重组——童话与故事》,前揭,第 3 页。
④ 见齐格蒙特·鲍曼:《全球化与儿童文学》,巴黎圆形书屋出版社 2008 年版,第 20—22 页。

化"产品"并让少年儿童在这些"产品"中获取知识;因此,我们应该重视学校对少年儿童阅读行为的干预。另一位美国学者罗伯特·雷埃(Robert Reiher)在研究"降低大脑反应"的方法时,对广告提出了质疑。雷埃的这项研究旨在"激活大脑中控制情绪的中脑和本能反应的中心。然而,当人们观看广告的时候,其大脑反应开始降低,他们很有可能会因此而失去批判性的思维,并不再能够进行有效的推理"①。

在全球化的背景之下,当今的儿童文学正以一种模棱两可的方式加强着与少年儿童之间的联系。米歇尔·金克曾近乎贪婪地阅读法国冒险故事"追踪符号"系列和法国作家塞尔日·达伦斯②的探险小说(《读书笔记》,第80页),然而,值得我们注意的是,这些书籍曾经是希特勒青年团的必读书目。对于一名儿童读者来说,无论他在阅读方面有多么"老练",他都需要在成人的辅助之下更好地避开思想灌输的陷阱。因此,茨伯兹在书中首先提出了成人所肩负的重任,即避免儿童在阅读中受到某些书籍的不良影响。其次,受保拉·法斯观点的影响,茨伯兹还强调了成人所面临的一组矛盾:既要满足儿童对于阅读的合理需求,同时,又要考虑到"快速膨胀的经济和文化需求,而往往在这些需求当中,童工,甚至儿童卖淫都成了必不可少的主题"③。我们看到,这一话题已经成为人们关注的重点,并且,有关该话题的争论也演变得愈发激烈。成人把自己的意愿强加给儿童,使儿童变成其意愿的传递者;而儿童就像是演员,他精通各种先进科技(如手机、电脑等);虽然,这些新科技并不会妨碍儿童读写能力的发展,但是,它们产生的基础仍然是为了创造更大的经济利益。在《不懈进取》中,茨伯兹以同样的视角,猛烈地抨击了由美国政府指派的各类有关出版物的调查活动。他指出,尽

---

① 见齐格蒙特·鲍曼:《全球化与儿童文学》,前揭,第9页。
② 译者注:塞尔日·达伦斯(Serge Dalens, 1910-1998),笔名伊夫·德·维尔迪拉克(Yves de Verdilhac),法国著名儿童文学作家,法国冒险故事系列童书"追踪符号"(Signe de piste)主编。
③ 见《不懈进取:儿童文学的重组——童话与故事》,前揭,第1页。

管这些调查的初衷是引发对纸质图书衰退的关注,但是政府却只公布了其调查统计的数据结果(2003年,百分之四十七的美国成年人的年阅读量仅为一本书),并没有对相关出版物的质量提出疑问,也没有涉及新媒体阅读的实践运用。因此,这些调查数据只能导致人们对传统读物的误解(misreading)。由此,茨伯兹还谈到了教师和读者大众的广泛需求,并在结论中呼吁人们时刻保持清醒的头脑,他强调:"我们之所以没有意识到那些以'进步'为名的行动所导致的严重后果,是因为我们误解了自己在全球化进程中不懈进取的本质。"①

茨伯兹还在他的阐述中分析了消费社会中影响少儿读者阅读习性(habitus)的各类因素。他解析了出版行业的"势力范围"并展示了出版商如何运用营销技巧出版和发行图书:他们通过精美的包装和图画使出版物变得更具吸引力,图书同其他商品一样,立足于整个销售系统;但同时,茨伯兹也指出了这些出版物对读者思想的普遍束缚现象。

在图书销售的过程中,图画是一种媒介,它加强了出版物对读者的束缚:当儿童购买一件商品时,他会习惯性地关注这件商品的品牌;因为,商标会给他带来十分强烈的感官效应。因此,"最重要的是,要让儿童在看到图画的瞬间,就产生想要获得、占有或是深入了解它的欲望"②。教育类电视节目,如"大青蛙布偶秀"(Muppets Show)等,其创作本身就是为了让少年儿童在故事人物身上找到自己的影子,并产生想要拥有它们的愿望。除此以外,我们也经常能见到"帮宝适"纸尿裤广告中所展示的场景:婴儿们就像真正的华尔街金融人士一样,他们变成了商人,销售着各种款式的服装和各种类型的体育用品;"又或者,他们会通过吃、玩耍和欣赏来表示对某个商品的认同"③。从这些画面中,我们可以看到景观社会的基本运行机制。对此,茨伯兹也进行了十分贴切的描写:"人们对各种商品的消费被美化成

---

① 见《不懈进取:儿童文学的重组——童话与故事》,前揭,第44页。
② 见《不懈进取:儿童文学的重组——童话与故事》,前揭,第12页。
③ 见《不懈进取:儿童文学的重组——童话与故事》,前揭,第12页。

通过图像和文字所经历的一场愉快体验。"①

归根结底,任何出版物本身都与整个商品推广系统紧密相连。在法国,人们阅读史蒂芬妮·梅耶(Stephenie Meyer)的《暮光之城》(*Twilight*)似乎并不是为了更多地了解自己,而是为了证明自己也是紧随潮流的一员,并且已经完美地融入了有关吸血鬼的商品系统里;在这一系统里,贪婪的吸血鬼本身就是人们对相关产品进行冲动性消费的写照,而这种冲动性消费则一直是社会的一个标志性的组成部分。

尽管如此,我们仍然不能武断地认为,杰克·茨伯兹在这部作品中向我们传递了一种令人灰心的信息。我们的这位同行在其作品的结论部分中强调,其实,新科技也在向少年儿童传递一种"力量感"②;他甚至还指出,人们对欲望的无休止追逐反而会造成其欲望永远得不到满足,而这种不满足又会引发人们对市场经济的反抗。因此,一切都取决于个人是否清楚自己在商品系统里的位置。正如美国学者冈瑟·克雷斯(Gunther Kress)在《读写能力与新媒体时代》(*Literacy and the New Media Age*)中所描述的一样,在当今的商品系统里,"屏幕和图像已经完全取代了传统的书籍和文字,成为最新的流行趋势"③。图像通过卫星来实现传播,而电子读物也深受图像思维的影响。因此,我们需要鼓励少年儿童积极参与到新媒体的使用当中,但与此同时,我们仍需要坚持培养他们的读写能力和通过"多种模式"来学习的能力。茨伯兹在其作品的前言中就坦率地向我们表示,在他看来,他的研究工作就像是一场战斗:但这不是靠束缚思想和分裂文化来取得进步,而是一场"真正的全球化的"战斗。

对评论界的呼吁:时刻保持清醒的头脑

"不懈进取"的确是我们需要努力的一方面。然而,目前,法国各大出版

---

① 见《不懈进取:儿童文学的重组——童话与故事》,前揭,第12页。
② 见《不懈进取:儿童文学的重组——童话与故事》,前揭,第25页。
③ 见《不懈进取:儿童文学的重组——童话与故事》,前揭,第25页。

集团的全部商业策略都仅限于翻译出版英语国家的畅销小说,而这些小说又往往改编自电影公司所制作的热门影片,在这样的环境下,法国的出版业应该如何应对全球化所带来的挑战?《暮色》(Fascination)是系列小说《暮光之城》的第一部,在第八章"天使港"(Port Angeles)中,女主角正同她的两个朋友杰西卡(Jessica)和安吉拉(Angela)在天使港小城的一家商场里闲逛、挑选衣服。这个美国西部的移民小城也因《暮光之城》系列而一炮走红,并逐渐成为旅游胜地。在这一章节的结尾,作者总结评论道:"由此可见,供应的减少就代表着我们占据了优势。"那么,当读者看到这里时又会作何感想?欢天喜地?强烈赞同?还是产生质疑?

的确,全球化把我们都变成了"瓮中之鳖",我们很容易便沦为某种商品的嘴边猎物。正如心理学家伊丽莎白·佩乐格兰-杰纳在《迷宫里的老鼠》[1]里所描写的一样,我们的世界变小了,这是因为时间过得越来越快了。(我们很快也很容易就能到达世界的尽头,但是也很快且很容易住进同一家酒店,或再次经历火山爆发所带来的困扰!)我们已经在不知不觉中被改造成了这样的顾客:尽管对于我们来说,所有的新生事物都已经变得越来越触手可及,然而,对于它们的出现,我们却必须感到"惊喜",并被它们所吸引。然而,这究竟是儿童消费者的惊喜还是像吸血鬼一般贪婪的出版商的惊喜?西方国家错误的意识形态培养了一种不可小觑的自我吞噬现象(我们不仅吞噬了自我和他人,还吞噬了个性和同一性)。虚拟空间的无限扩大伴随着真实空间的不断缩小,出版行业也呈现了如此这般的相同变化。尽管如此,以游戏为基础的文学评论在这样的冲击下却没有受到丝毫的影响,它让我们已经频临死亡的文化得到拯救,并重新成为人们精神生活的中心,就像莫娜·奥祖弗所说,我们的文化因此而得以"重组"。

---

[1] 伊丽莎白·佩乐格兰-杰纳(Élisabeth Pélegrin-Genel):《迷宫里的老鼠》(Des Souris dans un labyrinthe),法国发现出版社(Édition La Découverte)2010年版。

正如奥祖弗在其书中所写的一样,这就是"生活的艺术"。尽管我们"一直在必需品和附属品之间徘徊",生活却依然"不断地帮助我们融入新的环境,接触新的领域,迎接新的挑战以及扮演新的角色"。因此,我们必须不断地对文化进行重组或"重新配置",这是一项永远不会结束的工作(《法兰西民族的构建》,第258页)。在这一点上,我们必须重视儿童文学领域十多年以来的研究发展及变化,而最新出版的多部作品向我们展现了这些变化的特点。

三、文字与图画的文学性

游戏及话语的节奏:"文学的力量"——法国学者马丁夫妇的观点

《什么样的文学作品适合儿童?》①是玛丽-克莱尔·马丁(Marie-Claire Martin)与塞尔日·马丁(Serge Martin)夫妇共同编写的作品。这是一本充满幽默的文学评论著作:书的封面上印着英国插画艺术家亚瑟·拉克姆(Rackham)所创作的《疯狂的茶会》。这幅插画作品描绘的是英国作家路易斯·卡罗尔(Lewis Carroll)的著名小说《爱丽丝漫游仙境》第七章的故事内容。当我们看到这一封面时,我们的心中便充满了喜悦和快乐,与此同时,我们也深深感受到来自语言游戏和文学的强大魅力。准确说来,儿童文学创造的是"一个通过讲故事来重新获得快乐的过程,我们在这一过程中享受着(友情、爱情和亲情所带来的)喜悦"(《什么样的文学作品适合儿童?》,第61页)。马丁夫妇的这部作品让我们开始思考有关"儿童"的定义(即还不能张口说话的"低幼"群体)及其与儿童文学创作之间的联系;两位作者还分析了法国当代戏剧家菲利普·多兰(Philipe Dorin)的作品《神圣的寂静》(Sacré Silence)。在马丁夫妇看来,文学是人类声音的真实表现,因此,

---

① 《什么样的文学作品适合儿童?》(*Quelle littérature pour la jeunesse?*),巴黎克林克西克出版社(Klincksieck)2008年版。按:上文中的讨论参考了我们曾经为该书所写的书评,此书评已在《儿童图书期刊》2009年第257期上发表。

他们曾在书中反问:"难道给儿童看的东西都必须是寂静无声的吗?"他们认为,多兰让我们看到了一个从儿童幼年期开始就可以构成文学力量的元素:"回声"。然而,我们却必须保守这个秘密,因为"国家才有确定一切的权力"(《什么样的文学作品适合儿童?》,第148页)。

简单来看,这部作品一共提出了五十个问题,这些问题让我们开始思考儿童文学的真正定义(正因如此,这部作品被收录在了儿童文学理论丛书之中)。然而,两位作者并不想为这些问题找到无可反驳的答案,而是想通过它们来建立一本"历史回忆录",用来记录他们在"如何让儿童保持阅读喜悦感"方面的研究成果:幼儿时期是生命的"开始",在这一时期内,幼儿完全"生活在语言之中或者通过语言来成长"。两位作者对大量的儿童文学作品进行了分析和整理,从而重新建立了儿童文学创作与儿童群体之间的联系。(他们几乎用尽自己的全部生命去阅读,其读过的作品数量令人叹为观止!)马丁夫妇的观点受到了法国儿童文学家娜塔莉·普兰斯以及欧洲人文主义学者伊拉斯谟①的影响,我们将在后文中对此进行详细论述。无论如何,两位作者希望,成年人在读完他们的书以后,能够在与儿童读者的交流中保持足够的热情。尽管马丁夫妇的研究道路布满了荆棘,然而,轻松的心情和饱满的热情却是他们走向成功的关键。在我们看来,马丁夫妇已经获得了成功:因为,他们的每一个结论都以一本儿童读物作为研究基础;此外,为了让"讲故事的喜悦"(《什么样的文学作品适合儿童?》,第83页)更加贴近儿童读者,他们还采取了儿童游戏里的一些常见元素,例如幽默、幻想和俏皮话等。马丁夫妇还表示,其实,他们只是在书中总结了自己作为老师、父母和祖父母的亲身经验,他们认为:

想要生活,就必须聆听自己的声音;而想要聆听生活,就必须

---

① 译者注:德西德里乌斯·伊拉斯谟(Desiderius Erasme,1466 - 1536),文艺复兴时期荷兰思想家、哲学家、人文主义学者。

倾听不同于自己的声音，只有这样，我们才能在说话的规则中学会生活的规则。（《什么样的文学作品适合儿童？》，第 77 页）

嘉贝丽·文生①的遗作《艾特熊和塞娜鼠：塞娜的困惑》（2001 年）也向我们讲述了同样的人生哲理：故事的主人公艾特熊和他的小塞娜鼠"在互相讲故事的过程中，变得越来越亲密且永远不可分离"。从根本上来说，阅读与写作是一样的，它们都把"实际的语言关系当作解决生活关键问题"的先决条件（《什么样的文学作品适合儿童？》，第 162 页）。而在马丁夫妇看来，文学才是生活的关键所在。在整个有关儿童文学评论研究的历史中，他们首次全面地概括了各种极具创新精神的研究成果，例如亨利·梅肖尼克②的语言学视角，以及吉奥乔·阿甘本的人类学视角等。因此，当我们读到菲利普·科朗坦③、阿兰·勒索④、让娜·阿什贝⑤、蓓内迪克特·葛蒂耶⑥以及安东尼·布朗⑦所创作的绘本作品时，我们不禁想到："成人是否也会成为儿童文学作品的大龄读者？"带着这样的疑问，我们了解了社会学家在亲子关系［博瓦松（Boisson），2004 年］，新型家庭结构［德辛戈里（de Singly），1996 年；卡斯特兰-莫尼耶（Castelain－Meunier），2002 年］，以及亲情［雅库博（Iacub），2004 年］等方面的研究成果。然而，马丁夫妇的这项对"关系模式"的研究分析却在得出结论时发生了戏剧性的转变，对此，马丁夫

---

① 译者注：嘉贝丽·文生（Gabrielle Vincent，1928－2000），原名莫妮克·马丁（Monique Martin），比利时插画家、作家，代表作有"艾特熊与塞娜鼠"系列图画书（Ernest et Célestine）。
② 译者注：亨利·梅肖尼克（Henri Meschonnic），法国著名诗人、翻译家、文学评论家。
③ 译者注：菲利普·科朗坦（Philippe Corentin），法国插画家、绘本作家。
④ 译者注：阿兰·勒索（Alain Le Saux），法国插画家、绘本作家。
⑤ 译者注：让娜·阿什贝（Jeanne Ashbé），比利时插画家、绘本作家。
⑥ 译者注：蓓内迪克特·葛蒂耶（Bénédicte Guettier），法国插画家、绘本作家。
⑦ 译者注：安东尼·布朗（Anthony Browne），英国插画家、绘本作家，其作品颜色鲜明，画面充满对比感，如《动物园》（Zoo），1992 年出版；《我的爸爸》（Mon papa），2000 年出版。

妇引用了大仲马《三个火枪手》里的话来作为其研究的总结:"在我很小很小的时候,我的父亲也曾经是一个大男孩儿。"(《什么样的文学作品适合儿童?》,第163页)。

文学作品带给读者的是故事情节上的意外。在梅肖尼克看来,"说话"不再是我们"本来存在"或是"已经拥有"的能力,而是一种"有确定目的的行为"(《什么样的文学作品适合儿童?》,第65页)。在这一点上,塞尔日·马丁曾参与编辑了2005年瑟里西(Cerisy)研讨会论文集《梅肖尼克:思想与诗歌》(*Henri Meschonnic: la pensée et le poème*),同年,该论文集由法国印中出版社(In Press)出版。阿甘本则认为,最早的儿童文学并不是神话,而是寓言(《什么样的文学作品适合儿童?》,第149页)。作为一种"说话的方式",寓言不仅让故事在"最大的有限空间里"得以重生(《什么样的文学作品适合儿童?》,第162页),而且还让人们聆听到"来自语言最深处的寂静之声"(《什么样的文学作品适合儿童?》,第76页)。正因如此,拉·封丹①和李欧·李奥尼②都被赋予了一个共同使命,即向人们证明"话语的意义产生于节奏"(《什么样的文学作品适合儿童?》,第55—56页)。通常情况下,人们在谈到儿童文学时会想到的第一个词就是"幼稚",而玛丽-何塞·雄巴尔·德洛夫则认为,"其实,这是我们以儿童的眼光来看待成人世界的方式"(《什么样的文学作品适合儿童?》,第149页)。在把我们带入童话森林之前,法国小说家皮埃尔·佩如(Pierre Péju)还向我们补充道:"幼稚,就是我们认真且坚定地当一个'小女孩儿'。"(见第四十六个问题:"为什么《小红帽》可以一直拥有如此强大的生命力?"《什么样的文学作品适合儿童?》,第155页)。此外,另一个问题也立刻呈现在我们面前:"旅行题材对少年儿童真的有教育意义吗?"与佛朗索瓦·普拉斯的《欧赫贝奇幻地志

---

① 译者注:拉·封丹(Jean de la Fontaine, 1621 - 1695),法国古典主义文学代表作家,著名寓言诗人。
② 译者注:李欧·李奥尼(Leo Lionni, 1910 - 1999),美国儿童文学作家、画家,被誉为"二十世纪的伊索"。

学》①相比,哈克贝利·费恩②的出逃似乎已经为这个问题准备好了答案。然而,无论如何,马丁夫妇在书中讨论的是儿童文学作品的节奏(其中包括图画书和小说),这是一种与生活相等同的节奏。俄罗斯籍女插画家娜塔莉·帕兰(Nathalie Parain)是海狸爸爸出版社(Père Castor)的主要合作者之一,《我的小猫》(*Mon chat*,伽俐玛出版社 1930 年版)是她自己的第一部作品。在讨论帕兰的这部作品时,马丁夫妇在小女孩与猫的游戏以及该书的结构之间发现了一种巧妙的联系,他们指出:

> 这是一场话语的探险游戏,它让读者从一个故事情节到另一个故事情节,从一个故事场景到另一个故事场景。在每一个故事情节里,帕兰都对空间位置进行了精心的安排(面对面、楼上楼下、场外情景、重叠……),她还采用了多种童书的制作工艺(通过排版设计,我们在这本书中既能看到铜版彩绘,又能看到立体造型)。这些设计让故事不仅产生了连续性,还充满了节奏感。儿童读者被紧凑的故事情节所吸引,在"妈妈"还没有上楼之前,他们便不知不觉地融入到了猫和孩子的人物关系里,[……]这本书就像是一个毛线团,而游戏的关键就在于,我们必须想办法解开并理顺这个线团。

马丁夫妇还在书中谈到了莫里斯·桑达克③的作品《野兽国》,并指出,

---

① 译者注:《欧赫贝奇幻地志学》,又名《欧赫贝二十六国幻游记》(*L'Atlas des géographes d'Orbae*),作者为佛朗索瓦·普拉斯。该书按照从字母 A 到 Z 的顺序编排,讲了 26 个故事,将 26 个地域或国家的自然景观、珍禽异兽、建筑风格、民俗文化,甚至包括当地的神话传说以及传记,都一一"记载"下来。

② 译者注:见马克·吐温(Marc Twain):《哈克贝利·费恩历险记》(*Adventures of Huckleberry Finn*)。故事主人公哈克贝利是一个聪明、善良、勇敢的少年,他为了追求自由的生活逃亡到了密西西比河上。

③ 译者注:莫里斯·桑达克(Maurice Sendak, 1928-2012),美国著名儿童文学家、插画家,代表作《野兽国》(*Where the Wild Things Are*)。

我们可以把这本书总结为一个"野兽的狂欢派对"。在马丁夫妇眼中,"狂欢派对并不需要语言",因为:

> 尽管文字是寂静无声的,但是,我们却可以在文字里找到一个任何图画都无法呈现的元素:节奏——即让故事得以延续的说话与生活的方式。(《什么样的文学作品适合儿童?》,第81页)

正因如此,当我们诵读雅克·普雷维尔①的某些诗作时,才可以在诗歌的押韵和前后呼应中,感受到"在悲伤的华尔兹里瞬间闪现的喜悦"(《什么样的文学作品适合儿童?》,第53页)。此外,马丁夫妇还谈到了李奥尼的多部绘本作品,比如《小蓝与小黄》(*Petit bleu, petit jaune*),该书通过颜色的变化向我们展示了两个小朋友之间的关系转变;又比如在《世界上最大的房子》(*La Maison la plus grande du monde*)中,蜗牛的外壳在被描绘成一座座小尖塔时,让我们不禁联想起亚历山大·考尔德②的"动态雕塑"。就像梅肖尼克在谈论法国艺术家皮埃尔·苏拉热(Pierre Soulages)的绘画作品时所提出的一样,李奥尼的作品充分印证了"话语的意义产生于节奏"。梅肖尼克认为,节奏所带来的运动感与话语中所包含的动力就如同方形和圆形一样,两者截然不同,"言语在交流过程中所体现出的戏剧性的共鸣正是话语动力的首要来源"(《什么样的文学作品适合儿童?》,第56至57页)。除此以外,法国诗人阿尔巴纳·热莱(Albane Gellé)的诗歌集《无论何种情况》(*En toutes circonstances*)向我们描绘了一个"由各种梦想和游戏所组成的世界,这个世界里充满了讲话所带来的快乐:有滔滔不绝的讲述、流利的朗

---

① 译者注:雅克·普雷维尔(Jacques Prévert, 1900-1977),法国著名诗人,代表作有《话语》(*Paroles*)、《雨和晴天》(*La Pluie et le Beau Temps*)、《故事》(*Histoires*)、《废物》(*Fatras*)等。

② 译者注:亚历山大·考尔德(Alexander Calder, 1898-1976),美国现代艺术家、雕塑家,动态雕塑(mobiles)的发明者。

诵,还有天马行空的想象;在这里,我们不光是在与字词做游戏,而是同完整的语言做游戏;在一过程中,我们甚至还能与阿兰·巴约(Alain Bahuaud)的画作产生共鸣[……]这本诗集就像是一部间奏曲,它将所有的感官汇集到同一音域,演奏出一段充满好奇心和童真的愉快乐章"(《什么样的文学作品适合儿童?》,第 27 页)。

总而言之,马丁夫妇在这部作品中向我们阐述了一条至理名言:"在语言中体验生活,用语言享受生活。"(《什么样的文学作品适合儿童?》,第 170 页)在书中,他们还同安娜-玛丽·克莉丝汀(Anne-Marie Christin)、路易·马丁(Louis Martin)以及伊莎贝拉·尼耶-舍弗莱尔一起,通过分析图画书《童话故事》(Contes),对文字与图画的关系进行了详尽的讨论。《童话故事》里收集了尤奈斯库①、莫里斯·桑达克及克劳德·旁帝②等作者的作品。与此同时,马丁夫妇也没有忘记某些隐藏在故事里的问题,他们对多部小说进行了十分完整的分析:例如,让·莫拉(Jean Molla)的一部令人心碎的作品《索比堡》(Sobibor),还有吉塞尔·皮诺(Gisèle Pineau)的《城堡里的蝴蝶》(Un apillon dans la cité)等等。

也许,我们可以为马丁夫妇的作品再增加最后的一个问题:"如何能让儿童文学彻底摆脱传统意识的禁锢?"对此,我们的回答是:我们要像马丁夫妇完成这部鸿篇巨著一样,不断在自己的文字与著名文学家及其作品之间建立起联系,例如,亨利·梅肖尼克、吉尔·德勒兹、保罗·策兰③、罗兰·巴特、马赛尔·普鲁斯特以及乔安·斯法尔④等。但是,我们还要注意,绝对不能把儿童游戏当成一种工具,因为,它的存在"从来都不是要摧毁

---

① 译者注:欧仁·尤奈斯库(Eugène Ionesco,1909-1994),罗马尼亚及法国剧作家,荒诞派戏剧最著名的代表之一。
② 译者注:克劳德·旁帝(Claude Ponti),法国著名绘本作家。
③ 译者注:保罗·策兰(Paul Celan,1920-1970),二十世纪下半叶最有影响力的德语诗人。
④ 译者注:乔安·斯法尔(Joann Sfar),法国著名漫画家、导演,代表作品有系列漫画《犹太教士的猫》(Le Chat du rabbin)。

世界,而是为了改变世界;简单说来,就是要让我们的世界一点点地褪去原本的模样"(《什么样的文学作品适合儿童?》,第28页)。

图画的游戏最为重要:《如何阅读图画书》——苏菲·范·德·林登

苏菲·范·德·林登(Sophie Van der Linden)是法国《界外》①杂志的主编。2006年,法国"溶解鱼"童书馆(L'Atelier du Poisson Soluble)出版了她的作品《如何阅读图画书》(Lire l'album)。为了完成这部作品,林登做了大量的准备工作:她曾研究分析了儿童图画书中游戏与图画创作的关系,还曾经写过一本有关插画家旁帝的专题论文。该论文于2000年由法国存在出版社(être)出版发行。《如何阅读图画书》一书的创作目的并不是要全面介绍当代的所有图画书作品。我们在该书中也几乎看不到任何著名图画书作家或插画家的名字,不过,让我们感到荣幸的是,该书封面印的是1998年国际安徒生插画大奖得主——法国画家汤米·温格尔(Tomi Ungerer)的绘画作品!在书中,林登更多是在探讨图画书领域的最新发展以及图画书的创作过程。在选择图画书方面,林登并无任何偏见也没有刻意地排斥某些作品,她之所以会选择一些与她同一时代的艺术家的作品,是因为她对这些作品有着更加深刻的体会。实际上,《如何阅读图画书》一书所涵盖的信息量非常庞大。通过阅读此书,我们的思维能力也能得到极大的锻炼和提高。这本书提醒我们要时刻保持最高警惕:林登认为,我们不能只满足于匆匆的浏览,而应该走近每一部图画书作品,认真地了解里面所蕴藏的丰富内涵。此外,大量的图画也为林登的这一研究提供了便利条件。

第一眼看到林登的这部作品时,我们会自然而然地联想到温格尔的"三个强盗"(trois brigands)。因此,当读者看到该书的封面时,他首先便会为此书新奇的外观而眼前一亮。与曾经介绍旁帝的作品相比,林登在该书中的介绍更加详尽而深刻,她在所有文字的上方都加入了彩色的画框;她所讨

---

① 译者注:《界外》[Hors Cadre(s)],法国图画书及图书杂志。

论的每一条理论,都能在画框里找到至少一幅对应的图画。因此,在阅读此书时,我们可以沉浸在各种各样的绘画风格、五彩缤纷的颜色以及丰富的图像资料之中;不仅如此,书中的各种理论(其中包括来自多位学者和艺术家的直接帮助,例如贝雅特丽丝·彭思蕾[Béatrice Poncelet]、凯蒂·库普利[Katy Couprie]等)、排放在文字上下(有时甚至是包围文字)用来展现相关理论的彩色插画以及林登自己对参考作品的评论也为我们提供了一个自由驰骋的思想空间。

总的来说,《如何阅读图画书》是一部内容丰富且文笔流畅的作品。在一页又一页的阅读过程中,我们会越来越清晰地理解作者在书中所阐述的每一个观点。林登的这本书一共有四大主题:第一,通过回顾儿童图画书的发展历史,明确定义儿童图画书的出版条件、印刷及装帧技术、材料运用以及表现形式(《如何阅读图画书》,第 86—87 页);第二,总结儿童图画书领域的相关研究,为此,林登不仅借鉴了众多法国学者的理论研究(如安妮·勒侬西娅①、蒂埃里·格勒恩斯丁②以及伊莎贝拉·尼耶-舍弗莱尔等),还参考了大量外国同行的研究成果(其中,玛丽亚·尼古拉杰娃以及卡罗尔·斯科特③对图画书所进行的分类一直是英语国家的权威性理论著作,然而,林登却在书中对这一分类提出了自己的不同观点);第三,尽管《如何阅读图画书》只有 165 页厚,然而,从它的书名我们就能了解到,作者在书中所思考的是一种针对所有图画书阅读问题的分析方法,在林登看来,图画书是一个有意义的整体。因此,她在书中不仅讨论了图画书中的图画,还特别分析了图画与文字之间的关系。林登认为,当今的儿童图画书还是一个相对比较荒芜的领域,我们需要在这个领域中建立起一定的秩序。

---

① 译者注:安妮·勒侬西娅(Annie Renonciat),法国儿童文学理论家。
② 译者注:蒂埃里·格勒恩斯丁(Thierry Groensteen),法国及比利时历史学家、著名漫画理论家。
③ 见玛丽亚·尼古拉杰娃(Maria Nikolajeva)、卡罗尔·斯科特(Carole Scott):《绘本的力量》(*How Picturebooks Work*),纽约伽兰出版公司(Garland Publishing Inc)2001 年版。

继1975年出版的玛丽昂·杜朗（Marion Durand）及贝尔特朗·热拉尔（Bertrand Gérard）的《童书中的图画》（*L'image dans le livre pour enfants*）之后，林登的这部作品第一次对儿童图画书进行了全面的分析和研究。

为了让理论依据更加充分，研究更具合理性，林登还凭借自己敏锐的洞察力分析了三部当代的图画书作品。第一本是安娜·布鲁雅的《大地在旋转》①，这本书以其细腻而丰富的绘画风格广获好评。第二本是贝雅特丽丝·彭思蕾的《嘘！她在看书呢》②，在《文字与图画的音乐性》一书中，刊载了德尼斯·凡·斯图卡尔的一篇论文，其观点与林登在《如何阅读图画书》中所阐述的极为相似（尤其是在声音效应和阅读的复杂性两个方面），而斯图卡尔在文中也详细地讨论过彭思蕾的这部画风精致、造型精美的图画书作品。③ 第三本是海伦娜·莉芙的《爸爸竭尽全力》④，与前面两部作品相比，莉芙则以其独特且大胆的绘画风格取得了令人惊叹的成功。

最后，林登在《如何阅读图画书》的结论部分提出了她所关心的第四个问题：儿童读者对图画书的接受能力。儿童读者的想法一直是传统理论所关注的重点，林登在书中表示，当代图画书是儿童建立其阅读观点的基础；而与此同时，儿童也在阅读图画书的过程中变成了真正的读者和讲述者。通常来说，有关儿童图画书的理论来源于艺术家的实践经验，而林登的观点

---

① 译者注：见安娜·布鲁雅（Anna Brouillard）：《大地在旋转》（*La terre tourne*），法国索尔比埃出版社（Le Sorbier）1997年版。
② 译者注：见贝雅特丽丝·彭思蕾：《嘘！她在看书呢》（*Chut! Elle lit*），法国门槛出版社1997年版。
③ 见德尼斯·凡·斯图卡尔（Denise Van Stockar）：《论音乐在〈嘘！她在看书呢〉中的作用》（Le rôle de la musique dans Chut! Elle lit），载让·佩罗（Jean Perrot）主编：《文字与图画的音乐性》（*Musiques du texte et de l'image*），克雷戴尔教学资料中心（CRDP de Créteil）1997年版，第201—207页。
④ 见海伦娜·莉芙（Hélène Riff）：《爸爸竭尽全力》（*Papa se met en quatre*），阿尔滨·米歇尔少儿出版社（Albin Michel Jeunesse）2004年版。

却极具颠覆性,她认为,我们完全可以通过成人的视角来对儿童图画书进行全新的思考。

从图画书的定义到读者的接受能力：多样化的图画书阅读

我们首先要讨论的是一个极具争议性的话题：图画书是否构成图书的一个独立类别？从当代美国哲学家大卫·刘易斯（David Lewis）的研究分析来看，图画书只是各种文学及艺术作品的载体，基于这一点，我们对该问题的回答是否定的(《如何阅读图画书》,第28页)。林登表示，对含有图画的书籍进行归类是一件无法完成的任务。图书分类具有转瞬即逝的基本特征，其本身就是某一时代阅读习惯及约束的体现，因此，我们很难对图书的类别进行纯粹的划分。我们需要了解的是，当今图画书作品中的文字内容所具备的独特之处。受佩里·诺德曼①的研究启发，林登特别提出，在一部图画书作品中，图画一般具有优先权，而简洁性则是其文字内容的一个重要特点。与此同时，继芭芭拉·沃尔士（Barbara Walsh）之后，玛丽亚·尼古拉杰娃以及卡罗尔·斯科特从读者的角度提出了新的论题，他们认为，图画书中的文字通常会面向"两类读者"，即不识字的儿童以及给他们念故事的成人。此外，林登还参考了鲁尔格（Le Rouergue）、明灯（L'Ampoule）、蒂埃里·玛尼耶（Thierry Magnier）、门槛、默图斯（Motus,在其出版的图画书当中，最为"前卫"的当属让-路易·法比亚尼［Jean-Louis Fabiani］的作品）等出版社所出版的图画书作品。她不仅强调了图画书中文字的数量问题，还指出了一个不容忽视的现象，即"成人图画书"的出现：她用一整页的篇幅详细介绍了盖尔·鲁吉（Gaël Rougy）所创建的出版社"迁徙的候鸟"（Les Oiseaux de Passage）以及该出版社在成人图画书方面的雄心壮志(《如何阅读图画书》,第38页)。

---

① 译者注：佩里·诺德曼（Perry Nodelman）,加拿大著名儿童文学家及批评家，理论著作有《儿童文学的乐趣》(*The Pleasure of Children's Literature*)。

米歇尔·德福尔尼的长论文《艺术史与图画书发展史》(*l'histoire de l'art croise celle de l'album*)为林登提供了有力的理论依据(《如何阅读图画书》,第27—28页)。在此基础之上,林登从空间运用到时态建立,全面研究了所有关于图文结合的重要理论。当然,我们并不会在这里对林登的研究工作进行枯燥而乏味的逐一分析。然而,值得我们注意的是,林登在书中首先对图画书的基本元素进行了明确的定义:例如,画面布局、画框与"错格"的作用、场景内与场景外的对比、故事剪辑等;并且,林登对"折页"和"接缝"等装帧技术也进行了十分精彩的评论。除此以外,林登还研究了电影元素对图画书的影响。然而,林登在这部作品中重点思考的则是图画书中文字的相似性和可塑性。在她的引导下,我们可以了解单页图画书及跨页图画书的各种细微变化和"发展趋势"(《如何阅读图画书》,第98—101页)。在书中,林登对阅读过程中所出现的几个"瞬间"(instants)进行了阐述和区分,其中包括"引人注目的瞬间"(instant prégnant,引自莱辛[Lessing])、"随心所欲的瞬间"(instant quelconque,引自法国作家雅客·奥蒙[Jacques Aumont])以及林登自己创造的"移动的瞬间"(instant mouvement)。林登用一系列的图画表现了文字中时态的运用,并通过图画与文字的互动让我们看到两者之间的巧妙衔接。她还在书中谈到了图画书故事里的图文关系,并提出了"文字与图画,谁占主导地位?"的问题。此外,林登还讨论了图画书语言的重复性、选择性与揭示性,以及图画书与读者之间的互补、对立和扩展的关系。热拉尔·热奈特①、佩里·诺德曼(见其作品《眼睛与我》②)以及伊莎贝拉·尼耶-舍弗莱尔(特别是她发表在《儿童图书期刊》

---

① 译者注:热拉尔·热奈特(Gérard Genette),法国当代著名结构主义文学批评家,主要著作有《修辞格》、《叙述话语》等。
② 见佩里·诺德曼:《眼睛与我:身份认同与图画书中的第一人称叙述》(*The Eye and the I: Identification and First-Person Narratives in Picturebooks*),载现代语言学会儿童文学分会、美国儿童文学学会主办:《儿童文学》辑刊第19辑,约翰斯·霍普金斯大学出版社(JHUP)1991年版,第1—30页。

上的文章)的研究成果对林登的研究工作起到了十分重要的推动作用,林登的"研究视角"因此而受到了猛烈的撞击。儿童读者是图画书世界里的特权享有者,因此,儿童的审美观对图画书创作的影响至关重要;对此,林登也在书中进行了深入而详尽的讨论。

在林登的这部作品中,她还根据自己对图画书的了解发表了许多独特的见解。例如,在分析图画与文字之间的"对比功能"时,林登根据其经验指出:"当图画与文字出现矛盾时,图画永远是讲述'真理'的一方。"(《如何阅读图画书》,第125页)当谈到时间与空间的关系时,林登认为:"故事人物离(图画书)页边越近,读者就越能感受其动作的迅速。"(《如何阅读图画书》,第115页)《如何阅读图画书》完全契合林登撰写此书的初衷:艺术家们的丰富创造力让图画书不断得到创新,因此,我们要以更加敏锐的批判性目光来看待这个正在茁壮成长的图书领域。图画书的创新性不仅可以满足儿童变幻多端且难以揣摩的阅读爱好,也让成人在陪伴孩子阅读的同时找到属于自己的乐趣。

四、儿童与成人的不同阅读方式:娜塔莉·普兰斯的后结构主义视角

远离刻板阅读模式:想象与渴望

1970年至1990年间,文学界涌现出大量有关图画书及小说的研究和分析。这些研究成果无一例外地具备以下几种特征:普洛普[①]的故事形态学

---

① 译者注:弗拉基米尔·雅可夫列维奇·普洛普(Владимир Яковлевич Пропп,Vladimir Propp,1895 - 1970),著名的语言学家、民俗学家、民间文艺学家、文艺理论家,是苏联民间创作问题研究的杰出代表。他虽然不是俄国形式主义流派的一员,但他于1928年出版的《故事形态学》一书在研究方法上与形式主义有相通之处,所以也被看作是20世纪形式主义思潮的一个推波助澜者。

或克洛德·列维-斯特劳斯①在文化领域所倡导的结构主义;提倡精神分析学及符号学理论,或推崇以严谨客观的视角分析和探讨儿童读者的阅读心理。我们也曾经试图让读者追随格雷马斯②的探索足迹。这位语言学家曾在其历史性著作《论意义:符号学论文集》(1970年)中幽默地提出,阅读过程中"意义的代码转换"以及"文学创作中的潜在意义,都与汽车制造的过程极为相似……然而,有一点不同,与雷诺工厂的汽车工人相比,作家的优势在于,他自己就是其作品的潜在主题"③。

我们曾处于一个神奇的循环里:李欧·施皮策④曾在其著作《风格研究》中将这一循环称为"阐释的循环"。对此,施皮策认为,想要研究文章中的某一细节问题,只能通过该细节与整篇文章的联系来进行探讨,因为,细节阐释整体。娜塔莉·普兰斯是《论儿童文学理论》⑤的作者。在其作品的第三章节中,普兰斯特别谈到了有关"文学创作的问题"以及"适合十岁以内儿童阅读的文学作品的双重读者结构及其创作"。在这些问题上,普兰斯表达了自己与施皮策完全不同的观点。在她看来,细节只是整体的微不足道的一小部分而已,对细节的过分追求会导致"循环的分裂"(《论儿童文学理论》,第157页),因为:

> 儿童不会拘泥于故事形态,因为他用自己的方式阅读。儿童对故事的想象并不是突发性或者总结性的。与此相反,他会长时

---

① 译者注:克洛德·列维-斯特劳斯(Claude Lévi-Strauss, 1908-2009),法国人类学家,法国结构主义思潮的领军人物。
② 译者注:格雷马斯(Algirdas Julien Greimas, 1917-1992),立陶宛籍语言学家,法国结构主义符号学家。
③ 见 A. J. 格雷马斯:《论意义:符号学论文集》(*Du Sens, Essais Sémiotiques*),法国门槛出版社1970年版,第14—16页。
④ 译者注:李欧·施皮策(Leo Spitzer, 1887-1960),奥地利历史学家、哲学家、文学理论家,著有《风格研究》(*Études de Syle*)。
⑤ 见娜塔莉·普兰斯:《论儿童文学理论》(*La Littérature de jeunesse: Pour une théorie littéraire*),大学教材系列,阿尔芒·柯林出版社2010年版。

间地停留在书本的某一页或某一细节上。在阅读时,儿童所关注的是"当下"而非"全部";他只是一个零散的阅读者而非结构主义者;他的阅读行为是分析性的而非综合性的。(《论儿童文学理论》,第130页)

在普兰斯的这些观点中,我们可以立刻发现她与罗兰·巴特的相似之处。巴特在其作品《明室》(La Chambre claire)和《文本的愉悦》中就曾大力宣扬"游戏是所有阅读行为得以进行的真理"。儿童文学的基础是读者的惊讶与好奇,以及其本身所具备的特殊"文化"——游戏性,因此,儿童文学必须"面向"它的特定群体,即儿童。此外,想象力来自于内心的渴望,而阅读中感官所获得的愉悦能让想象力得到释放,文字的意义也因此而得以充分发挥。普兰斯曾经一页一页地为她的女儿们讲述冒险故事图画书《懒洋洋的瓢虫》①,并在这一过程中十分仔细地观察着四个女儿的阅读行为。普兰斯原本认为,"图书对于儿童来说,是一种不自然的物品"。因为,儿童读者最初是"不会'听'故事的;他对书本所做出的反应是新颖而独特的,或是让人出乎意料的。随着其特有的阅读节奏,他们会对某一些细节产生浓厚的兴趣并因此而停留,但他们对故事的叙述形式、顺序以及人物关系的演变却毫不在意。儿童对文学作品进行的是一种消极的阅读行为。他拒绝'阅读'书本,又或者说,他在看书的同时却又拒绝'阅读'这种行为"(《论儿童文学理论》,第130页)。

双重阅读的趋势

在阅读一本图画书时,成人关注的是文字,而儿童则被书中的各种图画细节所吸引。因此,普兰斯的这一观点十分独特,她呼吁成人在儿童阅读图

---

① 见伊泽贝尔·菲:《懒洋洋的瓢虫》(La Coccinelle très paresseuse),杰克·提克插图,"心动"儿童文学系列丛书,法国顾朗德出版社(Gründ)2003年版。

画书时给予更加细致入微的协助和配合：

> 成人的协助是阅读图画书的必要条件。在这一过程中，成人不仅可以发挥其卓越的阅读能力及其作为故事传递者的优势，与此同时，这种协助还可以让成人自身从一个读故事的人变成故事叙述的接受者。儿童丰富的想象力和对图画的准确理解使得成人的中心位置逐渐发生偏移，并慢慢失去其本身阅读文字的技能。因此，与文字读者相比，图画读者的优势凸显无疑，这便是儿童读者的优势：他虽然不"读"书，但却能将图画联系起来并加以完善，从而创造出一个新颖独特的故事情节。（《论儿童文学理论》，第158页）

普兰斯认为，儿童读者对图画书意义的最终理解是一个"分子转化的过程"：

> 儿童对图画书故事的理解正是该作品的真正意义所在。儿童将一些零散而简单的线索编织起来对图画书进行诠释，这一过程偶尔也会需要成人的协助。通过这些为数不多的线索，儿童对图画书进行了一场"分子转化式的"阅读。而正是通过这样的方式，简单才能转变成复杂，或者说，单一元素才能转化为合成物。为了让故事具有一定复杂性，首先，必须保证简单元素的存在，但同时，也要构思一些有可能会变得复杂的简单元素。（《论儿童文学理论》，第163页）

这种针对小说的研究方式不仅适用于阅读行为的各个层次，也让我们对米歇尔·金克所说的文学阅读中所存在的矛盾有了一定程度的了解。任何文字都不是一个简单的作品，它所呈现出的"纹理"却往往很难被看清楚，这一现象在图画书中尤为突出。在阅读图画书时，与成人相比，不认识文字的儿童反而能够更加准确地理解图画所呈现的内容,掌握故事的真正意义,并发现文字未能体现出的各个细节。因此,针对图画书读者所显示的这种能力不均匀的特点,"双重性"无疑将是双重阅读的最大特点。

模棱两可的故事人物:阅读与爱神厄洛斯——丰饶之神珀罗斯与贫乏之神皮尼埃之子

儿童文学的另一独特之处在于,我们总是能在作品中看到那些"奇特甚至荒诞的"故事人物:例如,会说话的动物、仙女、怪兽等。由于这类主题的故事篇幅都比较短小,书中往往不会对这些人物进行太详细的介绍。在故事中,这些人物通常都扮演着固定的角色,并面向一个特殊的读者群体;他们是故事情节的主要线索,天真的读者在看到他们时能够快速地识别并联想起那些与自己完全不同的物种;他们的名字变成了专有名词,并对儿童极具吸引力;他们是儿童文学作品区别于其他文学作品的重要标志。就像米歇尔·塞尔①在研究《灰姑娘》时所提出的一样,作为儿童文学的重要组成部分,这些奇特的故事人物是不可或缺的。② 菲利普·科朗坦的作品《大野狼来了!》(*Patatras*)将一匹特立独行的狼作为故事的主要角色。"该作品的文字内容就像是一位父亲正在说话吓唬他的孩子们,从而让他们感到害怕",但是,图画中显示的却是,大野狼没有留意到自己脚下的那根胡萝卜,只要它一不留神就会踩上去滑一跤。双重阅读中的"双重性"是阅读这本书的基础,儿童最开始都会喜欢故事中的兔子,而作为图画读者,他在阅读的过程中就能发现画面中的一些细节,读完之后,他便会恍然大悟,明白这一切只是一场游戏(《论儿童文学理论》,第 174 页至 176 页)。除此以外,《爱丽丝梦游仙境》也是一部解放性的作品,里面有着各种会说话的动物;《木偶奇遇记》中的小木偶匹诺曹想要变成一个真正的男孩;还有永远不会长大的

---

① 译者注:米歇尔·塞尔(Michel Serres),法国著名哲学家、历史学家及文学家。
② 见米歇尔·塞尔:《赫尔墨斯卷一:交流》(*Hermès I. La Communication*),巴黎午夜出版社 1984 年版,第 214—218 页。

男孩彼得·潘以及所有其他故事中的小主人公们。这些故事都向我们揭示了,任何一种文学类型都是一笔巨大的财富。儿童文学的美与"读者对它的接受程度"紧密相关,它随着读者年龄的变化而变化;成人与儿童之间存在着根本的对立关系,有时候,这种对立甚至会将两者之间的距离愈拉愈远,而儿童文学则一直在其中扮演着协调者的重要角色。

无论是正面榜样还是反面教材,又或者是像丁丁一样的"冒失鬼"(《论儿童文学理论》,第 116 页),故事里的人物都超越了一切故事情节。这一点不仅让普兰斯更加坚定自己在分析图画时的观点,也让她肯定了一个事实,即"用文本主义或结构主义的方式对儿童文学作品进行简单阅读是不可行的"(《论儿童文学理论》,第 118 页)。阅读儿童文学作品的前提和基础是想要读书的强烈愿望以及"像孩子般容易相信眼前看到的东西"。这种阅读行为就像是爱神厄洛斯,是丰饶之神珀罗斯与贫乏之神皮尼埃之子,其本身就是一个矛盾体:有时候,作品里的文字内容相当丰富,然而,儿童读者的文字阅读能力却十分有限,尽管他本身非常渴望能读懂所有的内容(参考米歇尔·金克的观点),但作品文字所表达的实际意义却远远超出了他的理解范围;有时候,作品的文字内容又显得极为简单,甚至没有文字而只剩下图画,这是因为其作者希望可以通过这种方式来更加贴近儿童读者,"让书本既充满娱乐性又富有教育意义"(《论儿童文学理论》,第 194 页)。有关儿童文学的这一阅读行为导致了作品中故事人物的陈旧单调和千篇一律,而阅读中所面临的矛盾也促使儿童文学本身发生了颠覆性的改变。最后,普兰斯在其结论中接受了文森特·茹夫关于三种读者状态的观点,她对此总结道:"从某种程度上来说,小说与儿童文学一直保持着或近或远的关系",因为"只有在成人世界里保持孩童般的纯真,我们才能拥有容易相信的能力"(《论儿童文学理论》,第 139 页)。

充满矛盾的世界

阅读普兰斯的这部作品时,我们仿佛也跟随作者经历了一场非同寻常的理论之旅。普兰斯在书中借鉴了大量的理论研究,例如,汉斯·罗伯特·姚斯①与沃尔夫冈·伊瑟尔②的接受美学以及米歇尔·皮卡尔③对文学阅读的分析;此外,她还在对儿童文学专家(如保罗·阿扎尔、让·加泰尼奥④、玛丽亚·尼古拉杰娃)以及众多文学作家和哲学家的研究中获得了理论支持,例如,亚里士多德⑤、瓦尔特·本雅明⑥、保罗·利科⑦、米歇尔·塞尔以及尼采。儿童文学作品一方面总是"想象自己的读者",另一方面又必须要面对混合的且多样化的真实读者群体:小到婴幼儿,大到青少年。前者尽管还不会说话,我们却依然要为他讲述书中的故事;而后者又正值情绪多变、不稳定的年龄阶段,佛兰索瓦斯·多尔托⑧就曾将他们描写成"复杂的龙虾"。因此,普兰斯不仅分析了各种具有代表性的儿童文学作品,其中包括游戏书、图画书、童话、漫画及小说,还参考了大量的外国文学作品,从而对儿童文学读物的各个方面进行了详细的研究。作为比较研究法的坚决拥护者,普兰斯考察了多种语言及文化中的儿童文学,她坚持开启儿童文学的国际化发展,并坚决反对一些人将儿童文学的发展历史狭隘地理解为"国家棱镜"监控下的"幼稚读物出版的意识发展史"。她指出,在儿童文学中大量存在的矛盾都有可能成为"儿童文学的定义性元素":"这是一种虽有预设对象但又没有特定读者的文学,是一种无需文字的文学,是一种包含了大量真

---

① 译者注:汉斯·罗伯特·姚斯(Hans Robert Jauss),德国文艺理论家、美学家,接受美学的主要创立者和代表人物之一。
② 译者注:沃尔夫冈·伊瑟尔(Wolfgang Iser),德国美学家、文学批评家,接受美学的创始人之一。
③ 译者注:米歇尔·皮卡尔(Michel Picard),法国作家、文学批评家。
④ 译者注:让·加泰尼奥(Jean Gattégno,1935—1994),法国作家、文学批评家。
⑤ 译者注:亚里士多德(公元前384年—公元前322年),古希腊哲学家,柏拉图的学生、亚历山大大帝的老师。
⑥ 译者注:瓦尔特·本杰明(Walter Benjamin,1892—1940),德国文艺评论家、哲学家。
⑦ 译者注:保罗·利科(Paul Ricoeur,1913—2005),二十世纪法国最著名的哲学家之一。
⑧ 译者注:佛朗索瓦斯·多尔托(Françoise Dolto,1908—1988),法国儿童医生、儿童心理分析家。

正名著而又简单易懂的文学"(《论儿童文学理论》,第 126 页)。这里提到的名著绝对不同于那些陈旧单调、千篇一律的作品。文学作品的各个细节间是一种纵向的关系,这是我们辨认其文学类别的必要前提,而在每一部具体的文学作品中,我们总会发现隐藏于其中的属于某一文学类型的特征,例如,故事中的儿童人物是儿童文学中极为重要的元素,它们往往能迅速地被读者识别出来。这些人物常常以动物的形象出现,并配有大量怪诞的描写,作品中的幽默和诙谐又能拉开故事与现实间的必然距离。此外,儿童文学还是一种与幼儿期情感密切相关,以讲述幼儿期经历为基础的文学,是一种"未成年"的成人文学。

在讨论了儿童文学的定义、素材以及全部规则之后,普兰斯认为,儿童情感的发展才是儿童文学所描写的重点内容。儿童文学发展的最初阶段充满了各种矛盾。早在 1700 年,一本名为《泰雷马克迷:〈泰雷马克历险记〉评论》[①]的先驱性作品就曾经对此有过阐述。米歇尔·福柯在其作品《规训与惩罚》(Surveiller et punir)中曾指出,人们常常以为,儿童文学就是寓教于乐,而事实上,儿童文学只是一种工具,它让人们重新发现并遵循儿童世界的自然发展规律。然而,当今的儿童文学还面临着一个新的矛盾:儿童文学与大众文学相反,它并不在现实生活中取材,但读者却总能在它所反映的人物中找到自己的影子。2002 年,法国记者阿兰·雷诺在其出版的作品题目中指出[②],两个世纪以来,众多教育思想家的参与(如卢梭、让·保罗以及德国浪漫主义思想家)和多位作家充满想象力的创作(如塞居尔伯爵夫人的"苏菲"、路易斯·卡罗尔的"爱丽丝"等)都是为了让儿童文学领域发生一

---

① 译者注:《泰雷马克迷:〈泰雷马克历险记〉评论》(La Télémacomanie ou la censure et critique du roman intitulé: Les Aventures de Télémaque fils d'Ulysse)的作者是法国作家皮埃尔-瓦伦丁·费迪(Pierre-Valentin Faydit,1640-1709)。该书对十七世纪法国著名作家弗朗索瓦·费内伦(François Fénelon,1651-1715)的小说《泰雷马克历险记》(Les Aventures de Télémaque)进行了评论。
② 见阿兰·雷诺(Alain Renault):《儿童的解放》(La Libération des enfants),Pluriel 文学系列丛书,法国阿歇特出版社(Hachette)2003 年版。

场真正的变革,为了让儿童保留其最真实的状态。二十世纪七十年代,以"解放儿童"为特点的儿童文学取得了极其快速的发展,并迎来了一个全新的"黄金时代"。在此期间,儿童文学界掀起了一股"永无岛式的创作热潮"(《论儿童文学理论》,第192页)。这也正是普兰斯在其书中所重点探讨的内容之一。总而言之,儿童文学是一种游戏的文学:

> 这是一种关于图画和书本"媒介"的游戏……也是一种关于阅读和双重读者结构的游戏……还是一种关于文字结构、人物原型、神话幻想以及特定人物的游戏。儿童文学就像在玩一场永无止尽且无限循环的照镜子游戏,一直在不断地进行着自我回顾、自我解读。只要它的地位不发生改变,儿童文学就永远不会停下它的游戏脚步(《论儿童文学理论》,第194页)。

我们可以看到,普兰斯对儿童文学的评论既轻松又敏锐,她以一种全新的目光审视图文关系以及叙事学的相关问题。法国作家米歇尔·图尼埃①是一位单身作家,他的身上有着单身汉的所有怪癖,他的个人经历也为普兰斯的研究提供了参考。普兰斯曾经发表了《幻想中的单身汉:论十九世纪末幻想文学中的单身汉形象》②。对于普兰斯来说,儿童文学是一个极简又过度的矛盾综合体,它与全世界共同拥有的一个叙事体裁不谋而合:即世代流传的神话故事(对此,普兰斯列举了史蒂文森③的读者亨利·詹姆斯④,以及

---

① 译者注:米歇尔·图尼埃(Michel Tournier),法国作家,法兰西学术院小说大奖(Grand Prix du Roman)及龚古尔文学奖获得者。
② 娜塔莉·普兰斯:《幻想中的单身汉:论十九世纪末幻想文学中的单身汉形象》,法国哈麦丹风出版社(L'Harmattan)2002年版。
③ 译者注:罗伯特·路易斯·史蒂文森(Robert Louis Stevenson, 1850-1894),苏格兰小说家、诗人、游记文学作家,英国文学新浪漫主义代表之一。
④ 译者注:亨利·詹姆斯(Henry James, 1843-1916),美国作家,现实主义文学家。

让·戴塞桑特公爵①)。儿童文学对自身的特点有着十分强烈和清晰的认识。它是一种充满乐趣但又"转瞬即逝"、"结结巴巴"甚至"荒诞无意义"的文学类别。无论是在游戏中读立体书,还是在看《三个强盗》时感到害怕,读者都能在这些文学作品精致的"纹理"中有所发现,例如《绿宝石失窃案》(*Bijoux de la Castafiore*)中的"丁丁式元素",《小王子》(*Le Petit Prince*)中"复杂的蟒蛇","彼得·潘式的文学创作"等;此外,在读菲利普·科朗坦的图画书《大野狼来了!》时,读者还能在其中发现"大野狼式的小小条约"——这也是普兰斯所有评论研究的最完美体现。普兰斯的研究延续了伊拉斯谟的人文主义思想,她提倡"重新发现童年"。但同时,她也指出,"重新发现童年"并不是"要简化自我,恰恰相反,是要让自我有所提高"。普兰斯的这一解释十分接近让-弗朗索瓦·利奥塔在其作品《向儿童解释的后现代》中所阐述的观点。我们曾经在引言部分提到过利奥塔的这部作品。利奥塔从一个全新的角度来探讨文学作品,他重点讨论了一些被传统惯例长期边缘化的文学元素,如幽默、嘲讽及游戏;他认为,幼儿期是短暂且转瞬即逝的。阿尔芒·柯林出版社将普兰斯的这本书收录了在"大学教材"系列之中,因为该书为法国高校儿童文学专业的教学人员及学生提供了一个不同于往常的研究视角。儿童文学是少儿教育中至关重要的一个环节,因为它反映了成人对自己过往经历的关注:幼儿期的思想是一种人人都可以分享的经历,它是否会给儿童文学的未来烙上印记?它又是否会成为世界各国对儿童文学作品的共同期待?

五、社会学研究:皮埃尔·布鲁诺与《全球化时代下的儿童文化》

法国阿尔图瓦大学校长弗朗西斯·马尔宽(François Marcoin)与多位历

---

① 译者注:让·戴塞桑特公爵(Le duc Jean Des Esseintes)是现实主义小说《逆向》的主人公,其人物原型为罗伯特·德·孟德斯鸠伯爵(Robert de Montesquiou)。《逆向》的作者是乔里斯-卡尔·胡斯曼(Joris‑Karl Huysmans),法国作家、艺术评论家。

史学家对过去几个世纪以来的文学遗产进行了排序。其间,他们发现,近几十年以来,当代文化也对文学领域作出了功不可没的卓越贡献。对此,皮埃尔·布鲁诺曾经撰写过一篇论文,讨论了"一些以读者为主人公的作品",还发表了作品《电玩》①;此外,作为《今日法兰西》杂志社会文化专栏的作者,他还与伊莎贝拉·斯玛佳共同编写了《哈利·波特,天使或魔鬼?》②。布鲁诺的作品多以青少年儿童的文化发展、文化多样化及现代化为主题。他也是《青少年文化是否存在?》③(2000年)和《全球化时代下的儿童文化》④(2002年)两本书的作者。在2002年出版的这部作品中,他首先回顾了儿童文化的历史积累及发展,并重点讨论了"美国迪士尼集团在儿童文化领域的的霸权及模范地位"。很长一段时间以来,迪士尼都被视为"青少年文化的象征",1922年至1984年间,经过企业结构调整的迪士尼集团几乎垄断了全球儿童文化市场。随着"娱乐产业"的发展,各种娱乐活动快速普及,如在全球范围内大量涌现的主题公园、付费电视频道以及多种多样的电影衍生品;"儿童市场"也得到了繁荣的发展,如企业之间的跨国合作、各种限量版的衍生品以及音像制品,据统计,1985年至2000年,迪士尼音像制品的销售额增长了700倍(《全球化时代下的儿童文化》,第34页)。布鲁诺在书中十分详细地讨论了迪士尼集团的这段成功经历。他还描述了1994年至2002年,随着美国、日本以及澳大利亚等国家或地区性的大量竞争对手的涌现(如"时代华纳"和"维旺迪环球娱乐-梦工厂"),这个"娱乐新帝国"是如何逐渐失去了它的垄断地位的。与此同时,布鲁诺还分析了各大娱乐王

---

① 译者注:皮埃尔·布鲁诺(Pierre Bruno):《电玩》(Les Jeux Vidéo),法国西罗斯出版社(Syros)1993年版。
② 皮埃尔·布鲁诺、伊莎贝拉·斯玛佳(Isabelle Smadja):《哈利·波特,天使或魔鬼?》(Harry Potter, ange ou démon?),法国大学出版社2007年版。
③ 皮埃尔·布鲁诺:《青少年文化是否存在?》(Existe-t-il une culture adolescente?),法国印中出版社2000年版。该书由法国前文化及教育部长贾克·朗(Jack Lang)作序。
④ 皮埃尔·布鲁诺:《全球化时代下的儿童文化》(La Culture de l'enfance à l'heure de la mondialisation),法国印中出版社2002年版。

国之间差别:他指出,迪士尼收集世界各地流传已久的神话传说,旨在培养一种文化上的"世界大同",与之相反,梦工厂则非常明确地将产品目标定位于体现不同民族之间的文化差异(其制作的动画片《埃及王子》获得了巨大成功);布鲁诺认为,这种表面的差别之下肯定"另有蹊跷"(《全球化时代下的儿童文化》,第 89 页)。在欧洲,由于对儿童文化的定义模糊不清,有关儿童主题的影视文化作品屡屡碰壁。布鲁诺强调,在他看来,系列动画电影《叽里呱》(Kirikou)"讲述的是,一群英雄人物,在自己的种族受到邪恶势力的侵犯时,凭借自己的聪明才智[……],最终获得了正义,并为子孙后代谋得了应有的权利;而电影《美丽新世界》(Astérix et Obélix contre César)则反映的是传统故事应当适应精神世界的新状态而不是一味地迎合经济领域的新发展"(《全球化时代下的儿童文化》,第 95 页)。另外,系列动画片也是将传统故事人物(如长袜子皮皮)和众多新故事人物(如蓝精灵、乐一通,以及电影《狮子王》中的彭彭与丁满)搬上荧幕的一种方式。影视作品的首要目的就是"吸引和安抚"(《全球化时代下的儿童文化》,第 107 页),"儿童文学作品水平的逐渐提高"(《全球化时代下的儿童文化》,第 113 页),为儿童影视作品的创作提供了素材。然而,优秀的儿童文学作品在全球呈现了不均等的分配状况:"从某种程度上来说,一方面,文学作品被改编成影视产品,从而获得文化资本;另一方面,作品的改编必须有经济资本。两个资本之间便建立起了一种联系"(《全球化时代下的儿童文化》,第 114 页)。通常情况下,"传统故事人物会在新的阅读过程中失去其原本的意义"。尽管我们十分明确,文学评论的相关理论倡导在阅读时摒弃偏见(例如,在看书时总是"反射性地想到"《五个小伙伴》、《丁丁历险记》或《贝卡莘》),但我们也清楚地看到,随着儿童市场的急速发展,传统故事人物被"年轻化"(如"黑暗堕落的大象国王巴巴"、"聪明的女仆贝卡莘"等)(《全球化时代下的儿童文化》,第 123—135 页),然而,儿童文化领域的这种新形势对儿童文学作品的阅读效果必定会产生一定的影响。"最早的传统故事人物面向的是普通大众(如系列漫画《比比·弗里科丁》、《镀镍的脚》①)",其作用是让人们在不同的故事之间产生联想,如系列漫画《玛蒂娜》和洛郎·德·布朗赫夫创作的《大象国王巴巴》。然而,随着儿童文化领域的新发展,"人们逐渐对这些传统故事人物产生了质疑甚至排斥"(《全球化时代下的儿童文化》,第 137—138 页)。尽管如此,法国的传统故事人物则一直徘徊于"本土化"和"美国化"之间:以系列漫画《阿斯泰历克斯历险记》(Astérix le Gaulois,又译作《高卢英雄传》)为例,尽管根据该漫画故事改编的电影取得了无可厚非的"标志性的成功",然而,人们对此的评价却是"对好莱坞式大片的追逐"(《全球化时代下的儿童文化》,第 153 页)。此外,副文学作品(如科幻小说、侦探小说等)也面临着另一方面的威胁:精英主义——该理论认为,应该重视和推广中产阶级知识分子以及"社会关系"中精英人士的形象。因此,电视系列剧《我遇见一位好老师》(L'Instit,又名《老师上课了》)正是布鲁诺在其书中重点研究的一部作品。这部系列剧由法国和瑞士合拍,每一集讲述一个不同的故事,该剧集中了一些社会的精英形象(如医生、记者及教师)。剧中理想化的社会关系证明,尽管文化型精英人士的社会地位得到了重视和提高,然而,经济上的富裕和面对外界时的自信才是提高其社会地位的基础。

  文化领域的这种现状导致"人们对大众媒体极其不信任,甚至有时候,人们会以保护弱势群体的利益为名,把批判的矛头指向政治人物,因为后者的精英社会地位基于他们所享有的无限权利"(《全球化时代下的儿童文化》,第 175 页)。对于布鲁诺来说,当今社会就像是一个战场,里面充满了各种力量的对峙。日本任天堂株式会社于 1995 年推出的"口袋妖怪系列"作品正是其中的代表之一。皮埃尔·布迪厄在提到儿童的娱乐方式时曾经表达过对"学习竞争"的强烈抗议,而"口袋妖怪系列"的成功却体现了一种"学习竞争的扩大化",但与此同时,"这种成功也证明了,游戏能够

---

① 译者注:《比比·弗里科丁》(Bibi Fricotin),1924 年出版,《镀镍的脚》(Les Pieds Nickelés),1908 年出版,其作者均为法国著名漫画家路易·富尔顿(Louis Forton, 1879 – 1934)。

客观并合理地建立起游戏者之间的等级关系,因此,也可以说,人与人之间的等级关系也能通过游戏来构建"(《全球化时代下的儿童文化》,第192页)。然而,法国学者伊莎贝拉·卡尼在其作品《哈利·波特:彼得·潘的颠覆?》①中列举了《哈利·波特》系列的所有宝贵之处,正如她在书中所表述的一样,如果我们在看《哈利·波特》时感受到"保守和性别歧视",就说明我们需要进行深刻的反思。

尽管如此,布鲁诺仍然在书中强调,儿童文化领域正在经历一场十分重要的变革,他指出:"游戏世界从未经受过如此强大的来自于教育及知识领域的影响"(《全球化时代下的儿童文化》,第214页)。然而,儿童文学领域依然在根本上存在着不平等的现象,主要体现在两个方面:第一,女性角色,尤其是在低幼读物中,女性一直被塑造成"仅善于倾听和交流"的人物角色(《全球化时代下的儿童文化》,第214页);第二,社会弱势群体,文学作品对于这一部分人群的处理往往带有一种"保护性色彩",而在最新出版的一些小说中,我们还发现,这种"保护性色彩"如今已经变得更加多样化。这两个方面的不平等具备一个共同的特点:它们都体现了(有消费能力的)父母对子女未来的担忧(《全球化时代下的儿童文化》,第215页)。布鲁诺认为,这一特点看起来似乎令人颇为意外,因为儿童文学作品从原则上来说属于娱乐方式的一种,不过,他也指出,这种情况之所以会出现,是因为"在经历了抵制、追崇和现代化的过程之后,以社会不平等现象为主题的文学作品呈现出一个新的发展趋势,即逐渐成为企业及家庭眼中的一件商品"(《全球化时代下的儿童文化》,第215页)。

儿童文学属于"媒介学"吗?

2010年,法国第戎大学出版社出版了皮埃尔·布鲁诺的新书《儿童文

---

① 见伊莎贝拉·卡尼(Isabelle Cani):《哈利·波特:彼得·潘的颠覆?》(*Harry Poter ou l'anti - Peter Pan*),巴黎法雅出版社2007年版。

学:媒介学的实践和分类》(*La Littérature pour la jeunesse. Médiologie des pratiques et des classements*)。布鲁诺的这部作品"继承了波尔多学派文学社会学、布迪厄社会学和文学批评几大领域的理论依据"(《儿童文学:媒介学的实践和分类》,第9页)。该书不仅反映了文学社会学领域所收获的大量文学批评的研究成果(从二十世纪六十年代开始,罗伯特·埃斯卡皮①的相关研究,一直到2001年,雷吉斯·德布雷出版的《媒介学概论》,其间,还包括特里·伊格尔顿②在内的多位学者的研究分析),同时,也探讨了由马克斯·巴特勒在其作品《阅读的策略:1980-2000》③中所提出的,文学阅读的发展史及教育问题。布鲁诺在这本新书中提出了"一种关于文学的综合性研究,此研究的范围不仅仅局限于书本,而是要覆盖与文字创作相关的每一个环节(从作者到读者),并为跨学科文学研究打下基础"(《儿童文学:媒介学的实践和分类》,第9页)。该书的主要目的是"让读者改变自己对文化的看法,重新认识和了解客观知识的局限性",通过表现"游戏的多变性和复杂性,批判传统的错误观念,从而为每一个人提供思考和行动的必要基础"(《儿童文学:媒介学的实践和分类》,第160页)。对于上面谈到的"行动"及其真正的实施者,我们可以提出这样的疑问:他们究竟是图书编辑、出版商、文学批评家,还是作家、插画家自己?布鲁诺认为,文学批评"不仅是他的众多研究对象之一",也是"一个可变参数,它可以影响文学作品每一个环节(包括作者、编辑等),甚至还是整个文学领域的组件之一"(《儿童文学:媒介学的实践和分类》,第162页)。布鲁诺还在书中详细讨论了文学媒介的"分类、机制、网络和范围"等多个文学媒介研究的新主题。

  布鲁诺的研究是历史性的,他首先明确了青春期的三个"典型"阶段

---

① 译者注:罗伯特·埃斯卡皮(Robert Escarpit, 1918-2000),法国著名作家、记者及学者。
② 译者注:特里·伊格尔顿(Terry Eagleton, 1943—),英国文学理论家、文学批评家、马克思主义研究者。
③ 见马克斯·巴特勒(Max Butler):《阅读的策略:1980-2000》(*Les Politiques de la Lecture: 1980-2000*),里昂国家教育研究院出版社(INRP)2008年版。

("初中时期"、"政治选拔期"和"轻熟期");此外,他还强调道,"与青春期三个不同阶段相关的文学媒介机制,特别是文学奖项的设立和颁发,向人们反映了文学媒介领域里的各种纷争"(《儿童文学:媒介学的实践和分类》,第52页,"文学奖项是否弄虚作假?")。布鲁诺的这一视角十分大胆,因为其研究不但需要具备跨学科性的特点,还要参考历史学家的研究方法;然而,这一研究视角却缺乏严密性:实际上,青春期的定义与文学奖项的评定之间并无直接联系,相反,图书与出版市场之间的关系才是我们需要分析的重点。此外,布鲁诺还指出,直到1992年,国家教育才开始作为文学"媒介"之一,"而在此之前,国家教育的媒介作用几乎不存在"(《儿童文学:媒介学的实践和分类》,第54页)。就像弗朗西斯·马尔宽所说,布鲁诺的这一观点忽略了法兰西第三共和国颁发文学奖项的职能,以及各位教学监督为"蒙永文学奖"(Prix Montyon)所共同付出的努力。"蒙永奖"曾经是十九世纪学术界最具影响力的奖项。同样不合理的是,布鲁诺不顾已有的历史资料,将"儿童文学奖的历史划分成四个不同的阶段",对此,我们不得不提出疑问:为什么要将第一阶段的时间定为1939年至1980年?为什么说"1980年以前,数量稀少的儿童文学奖项"是由地方机构(如"西部作家协会")来颁发?为什么认为这些机构在评定奖项时优先考虑的是大众文学作品,特别是巴黎地区的"法兰西航空俱乐部"(l'Aéro‑Club de France)、"文人社团"(la Société des gens de lettres)或"狩猎及自然之家"(La Maison de la chassse et de la nature)?1935年,法国青少年及教育中心设立了"少儿文学奖",其评委会成员不仅有作家,如夏尔·维尔德拉克(Charles Vildrac)、乔治·杜阿梅勒(Georges Duhamel),还有"法国欢乐时光图书馆"创始人之一的玛蒂尔德·勒丽什(Mathilde Leriche)、全法幼儿园教学总督导、里尔科学院院长和公共教育总督导,并由保罗·阿扎尔担任评委会主席。但是,布鲁诺的观点是对这些事实的忽略。另外,1958年,法国教育联合会设立了"让·马塞文学奖"(Prix Jean Macé),而对此,布鲁诺也是避而不谈。如果像他所说,儿童文学奖的第二历史阶段是从1984年至1987年,那么

1980年至1984年间又究竟发生了什么呢？其实,早在布鲁诺所确定的第二阶段之前,柯林·布尔利埃出版社(Colin Bourrelier)就已经成为了"少儿文学奖"的合作者;1955年,马尼亚尔出版社(Magnard)也设立了"幻想文学奖"。然而,布鲁诺却完全忽略这些事实,他认为在第二阶段里,儿童文学奖只是一种"商业化的工具"。更让人难以理解的是,布鲁诺将第三阶段里(1988年至1991年)的儿童文学奖总结为"文化的媒介及交流的方式"。他指出,这是一个十分重要的阶段;在这一时期里,为了保护其自身的利益,法国儿童书店协会(l'Association des libraries spécialisées jeunesse)对他们心目中的高品质文学作品进行了大力推广,并于1986年设立了"女巫文学奖"(Prix Sorcières)。最后,布鲁诺列举了五本图书,用以证明,近几年来,获得"夏尔·佩罗文学批评奖"(Prix de la Critique de l'Institut Charles Perrault)的所有作品都是文学史上的重要篇章。但是,布鲁诺并没有对实际颁发的文学奖项进行全面的了解,而仅仅局限于对少数几部作品的仓促阅读。此外,布鲁诺还认为,蒙特勒伊书展(Salon de Montreuil)上各大出版社的展台的位置安排揭示了图书市场的压力,而举办该书展则意味着"承认了图书的商品化"(《儿童文学:媒介学的实践和分类》,第57—61页)。

布鲁诺的这部作品2010年才出版,但书中却未提及全球化给文学作品带来的影响,也没有讨论卡特琳娜·米耶①所描写的"博物馆社会"。对此,我们又该如何看待呢？当今童书市场有两大主力:分级儿童读物以及各种系列丛书。对出版行业现状的无视,则会导致儿童图书的不均匀发展。因此,布鲁诺或许应该再增加一些其他"范例"的研究(《儿童文学:媒介学的实践和分类》,第76—77页,"激进主义、本质主义和批判主义范例")。无论如何,布鲁诺的这部作品让我们意识到,在出版领域里,每个人都可以表达自己的观点和见解。但是,让我们难以接受的是,布鲁诺将书本定义为"阅读机器"(《儿童文学:媒介学的实践和分类》,第159页)——这一术语

---

① 译者注:卡特琳娜·米耶(Catherine Millet),法国作家、艺术评论家。

最早是由罗伯特·埃斯卡皮提出的,它让我们不禁想到格雷马斯的观点,这位语言学家在他的著作《论意义:符号学论文集》中,幽默地将文学创作与汽车制造相比较。我们曾在前文中对此进行过介绍。十分幸运的是,受到社会学研究的启发,布鲁诺在其书中对一些文学作品进行了精彩的评论,例如米歇尔·图尼埃的两本《星期五》①,以及阿尔封斯·都德的《小东西》。布鲁诺对《小东西》的分析体现了他独特的研究方式:都德作品中的主人公小东西是一个生活在巴黎的潦倒作家,他受尽了剥削和侮辱,"他拥有两重身份,一方面,他是才华横溢、名声在望的文人,另一方面,他也是平平庸庸、毫无作为的商人",因为"逐渐误入歧途",他的生活变得"窘迫",但同时,他又努力想要"重新回到"自己以前所在的上流社会。小东西的经历完美地体现了主流社会如何排除外来者(尤其是外省人)的全部过程,后者来到巴黎文人的世界,想要闯出一番天地,然而他们却不了解这个世界的运行规则。在布鲁诺看来,社会阶级之间的这种差别正是"苦痛"的来源,也正因如此,法国黑泽尔出版社(Hetzel)才决定重新编写并发行《小东西》的青少年读本,并在该书的后序中以轻松愉快的方式总结说,作品反映了关于儿童文学地位的不同观点。然而,在整个文学领域中,儿童文学其实依然处于边缘地带:

> 都德的作品是一部文人写给其他文人看的文字,描写的是艺术和文学领域的混乱状态。而少儿文学面向的是担忧子女未来的家长,因此,他们不愿意让子女接触这些对青春期的疯狂幻想(《儿童文学:媒介学的实践和分类》,第119页)。

---

① 译者注:这里的两本《星期五》是指米歇尔·图尼埃于1967年发表的小说《星期五或太平洋上的灵薄狱》(*Vendredi ou Les Limbes du Pacifique*),及其1971年的新版本《星期五或原始生活》(*Vendredi ou La Vie Sauvage*)。《星期五或太平洋上的灵薄狱》戏仿了丹尼尔·笛福的名著《鲁滨逊漂流记》。米歇尔·图尼埃凭此作获得了法兰西学术院小说大奖。

布鲁诺指出,十九世纪的"巴黎文学界"是一个充满诱惑的陷阱,读者可以将其与当今的教育制度进行对比。他对儿童文学的现状进行了这样的描述:

> 学校的出现让人们可以更加平等地面对机遇,生活环境也因此而变得相对统一。尽管这种统一会减弱各阶层的社会地位,但从根本上来说,这种减弱只是暂时的,并不会导致人们对现实产生失望或抵抗的情绪(《儿童文学:媒介学的实践和分类》,第117页)。

那么,我们的疑问是:文学批评家是否也是一群勇敢的战士?难道只有在其他领域未能成功的人才会踏足儿童文学及其相关评论?难道儿童文学作品及其评论并不属于艺术创作?

六、法国文学遗产排序

学者们通过研究和分析过往的文学作品,对文学作品的体裁和结构的演变有了较为清晰的认识。尽管这些研究结果可能会被质疑或被推翻,进而开启重新讨论,但如果不能充分地了解这些文学作品,我们就无法实现法兰西文化的重组。1999 年,我们曾撰写过一篇文章,总结了二十世纪八十年代以来法国教学专家的相关实践。不过,当时的研究只局限于法国境内,而并未考虑到所有法语国家及地区。对于这篇文章,本书不再赘叙。2005 年 2 月,《今日法兰西》杂志(*Le Français Aujourd'hui*)第 149 期刊登了弗朗西斯·马尔宽的文章《儿童文学批评:总结及展望》,该文章对我们 1999 年研究的缺失进行了补充。1997 年,马尔宽创建了《鲁滨逊记事本》杂志(*Cahiers Robinson*)。2010 年,该杂志第 27 期的主题为"向贾克·普维学习"。马尔宽及其研究团队,同所有研究儿童文学的教学专家一起,成立了一个极具吸引力的机构,该机构鼓励竞争,并每年组织多场研讨会,共同探讨研究领域内的重点问题。马尔宽曾在其著作《向文学学习》①中明确阐释,他要结合历史学的研究方法和教育学的关注重点,开垦十九世纪及二十世纪初这块文学领域的重要园地。

弗兰西斯·马尔宽:"鲁滨逊式"文学史

2006 年,马尔宽出版了《十九世纪的童书出版业与工业化文学》。② 这本书厚达 893 页,并配备了多个索引以方便读者查找。该书不仅历史跨度大,并且知识涵盖广泛而深刻,其每一章节都是一个独立的论题。对所有儿童文学专家、历史学家,以及每一个对法兰西共和国文学教育起源感兴趣的普通人来说,马尔宽的这部作品都应是他们书柜里的必备读本。

这里所说的"工业化文学"是指 1839 年圣伯夫在《两世界评论》③中所推崇的一种概念。此概念最早由圣西门伯爵④提出(《十九世纪的童书出版业与工业化文学》,第 137 页),针对的是那些服务于工业化和大众的文学作品,例如圣伯夫的《礼拜一》。该作品从微观社会学的角度出发,演绎了不同的社会阶层;与此同时,"工业化文学"也指的是一种"简单的"商业化文学(《十九世纪的童书出版业与工业化文学》,第 139 页)。安托万·孔帕尼翁(Antoine Compagnon)在《理论的幽灵》(Le démon de la théorie)中曾经指出,"文学,是一种真正的'祈求论题'(pétition de principe)"。马尔宽也在

---

① 弗朗西斯·马尔宽:《向文学学习》(À l'école de la littérature),法国工人出版社(Les Éditions Ouvrières)1992 年版。
② 见弗朗西斯·马尔宽:《十九世纪的童书出版业与工业化文学》(Librairie de jeunesse et littérature industrielle au XIXe siècle),巴黎光荣冠军出版社(Honoré Champion)2006 年版。
③ 译者注:《两世界评论》(Revue des Deux Mondes)的作者是夏尔·奥古斯汀·圣驳夫(Charles Augustin Sainte‐Beuve,1804-1869),法国作家、文艺批评家。
④ 译者注:克劳德·亨利·圣西门(Claude Henri de Rouvroy, comte de Saint‐Simon,1760-1825),法国哲学家、经济学家、空想社会主义者。

其作品的引言部分明确表示:"尽管立体书的纸板制作精致、图画造型优美,但它并非本书的重点研究对象。本书的讨论以儿童读物中的文字内容为基础,因此,本书是一部评论性的作品"(《十九世纪的童书出版业与工业化文学》,第 13 页)。马尔宽希望这部作品能够激发读者对儿童文学的反思;在谈到冒险题材作品的章节里,他向我们强调,"真正的"冒险文学"不会再受到除其自身以外因素的影响"(《十九世纪的童书出版业与工业化文学》,第 798 页)。文学作品的创作原因决定了其创作形式,然而,任何一种文学形式都要以除文学以外的逻辑关系为前提。可以说,"文学的工业化"也是马尔宽整部作品的中心论点。马尔宽在书中主要讨论的是,儿童文学在工业化时代的起源及发展。他认为,实际上,儿童文学的出现完全不符合十九世纪出版业的道德规范及教育需求。儿童文学作家肩负着"寓教于乐"的重任,于是,幻想主题便成为他们争相追逐的创作素材:"娱乐来源于教育[……],十九世纪末,英国作家史蒂文森的作品《珍宝岛》将(幻想类儿童文学作品的)创作推向了顶峰,但是,儿童文学到此却止步不前了。"(《十九世纪的童书出版业与工业化文学》,第 113 页)我们甚至可以肯定地说,工业化带给儿童文学的最大影响就是,人们开始重新思考对儿童文学读者及儿童文学批评的定义。在工业化背景下,儿童文学读者让步于大众文学读者,儿童文学批评在大量令人难以理解的印象派文学作品面前变成了小岛上的"鲁滨逊",而儿童读者则变成了"星期五"。

马尔宽将自己作品中的第一部分第一章节命名为"哲学家们的儿童文学"(l'enfant des philosophes)。在这一章节里,马尔宽将十八世纪的主流儿童文学描写为"道德故事和枯燥无谓的作品"。十九世纪时,这种文学风格逐渐被人们所淡忘,儿童文学领域也因此而发生了重大的变革。马尔宽总结并分析了多位学者在十八世纪儿童文学发展方面的研究成果,其中包括塞葛兰·勒芒(Ségolène Le Men)、米歇尔·芒淞(Michel Manson)、伊莎贝拉·阿弗朗日(Isabelle Havelange)、玛丽-阿涅斯·蒂拉尔(Marie‐Agnès Thirard)、德妮斯·埃斯卡皮(Denise Escarpit)以及玛丽埃拉·柯林

(Mariella Colin)等。此外,受雷娜·巴里巴尔(Renée Balibar)的"多语言结合研究"(co-linguisme)的启发,马尔宽还参考了大量被反复阅读的国外翻译作品(《十九世纪的童书出版业与工业化文学》,第 46 页)。在第一部分第二章节中,马尔宽表示,首先,蜂拥而至的儿童小说极具教育意义,例如 1818 年,罗兰-皮埃尔·德·朱西厄(Laurent‐Pierre de Jussieu)的作品《南蒂阿的西蒙》(Simon de Nantua),又名《赶集的小贩》(Le marchand forain);同时,这些小说也充满了乐趣,比如玛莱斯·德·博理厄女士(Mme Mallès de Beaulieu)的作品《十二岁的鲁滨逊》(Le Robinson de douze ans),马尔宽对其的评价是"法国首部成功的鲁滨逊式浪漫主义小说"(《十九世纪的童书出版业与工业化文学》,第一部分第二章)。法国学者丹妮尔·杜布瓦-马尔宽(Danielle Dubois‐Marcoin)曾发表论文《鲁滨逊的木乃伊》("La Momie de Robinson")。此后,她又撰写了论文《鲁滨逊式文学对十九世纪法国青少年的影响:文学史的转向》("La Robinsonnade pour la jeunesse en France au XIXe siècle, l'histoire d'un détournement de texte"),并于 2000 年通过该论文的答辩。作为丹妮尔的同事,马尔宽在书中用了不下八页的篇幅来介绍 1832 年至 1913 年间涌现出的鲁滨逊式文学作品。"鲁滨逊式"是十九世纪儿童文学的标志性特点。1854 年,法兰西学会的一名成员表示,"资本是劳动和前瞻性意识的自然结果"。保罗·瓦莱里①"十分擅长经济分析",他曾指出"前瞻性本身就是矛盾的",因为它"想在游手好闲、消磨时间中创造大笔财富"(《十九世纪的童书出版业与工业化文学》,第 93 页)。我们之所以引用上面这些评论,是为了让读者们了解马尔宽在其作品中所采用的研究方法:任何时刻,这位学者都坚持为自己的研究做出最贴近时代的结论,坚持以开阔的文化视野思考问题,并坚持建立儿童文学与大众文学之间的联系。

"儿童文学的产生离不开系列丛书的出现"(《十九世纪的童书出版业

---

① 译者注:保罗·瓦莱里(Paul Valéry, 1871‐1945),法国著名作家、诗人及哲学家。

与工业化文学》,第一部分第三章),因为,系列丛书的特点是"既想限定研究领域,又想通过竞争来扩展领域,然而,有竞争就意味着新论题的产生"(《十九世纪的童书出版业与工业化文学》,第 95 页)。因此,儿童文学作品形成了一个"不协调的整体":这些作品有着相同的文化起源,其主题永远围绕"家庭"、"儿童"、"年轻"、"幼小"几个关键词(《十九世纪的童书出版业与工业化文学》,第 106 页),大量雷同的作品重复出版,并"在出版社和儿童读者的共同影响之下","让文学创作者失去了其原本的定义"(《十九世纪的童书出版业与工业化文学》,第 111 页)。在该书第一部分第三章节中,马尔宽向我们描述了,十九世纪文学如何在儿童视野的影响下,最终形成一个半开放、半封闭的格局;他还指出,长久以来,文学作家都被严肃的文学类别所吸引,儿童文学只有偶尔才会被重视和采用。然而,"文学批评的出现"让人们开始用一种"非史实性的眼光"来重新审视那些曾经被遗忘的作品和作者,并打乱了文学领域固有的等级排列。例如,弗朗索瓦·莫里亚克①曾表示,"阅读是一种对现实世界的破坏和毁灭",他的这一观点让我们对齐奈达·弗勒里约的作品《泥足》(*Les Pieds d'argile*)有了新的认识。马尔宽的作品是一部十九世纪的文学史,其中他对"阅读行为"进行了真正的鲁滨逊式的评论及探讨(《十九世纪的童书出版业与工业化文学》,第 115—116 页),他的讨论可以让我们了解到众多没有被认可的优秀作品。

"阅读行为"的确是儿童文学领域最重要的研究内容之一,每一个时代都自称"创造了"儿童文学,因此,马尔宽为其作品的第二部分起了一个意味深长的名字——"儿童文学与革新"(L'enfant, une nouveauté),对此,我们将在本书的第二章节中进行详细讨论。"报刊作者"在十九世纪的文学领域里占据着十分重要的位置,因此,马尔宽将该作品第三部分的第一章节命名为"报刊类儿童文学"(L'enfant du journal),他阐述了工业化背景下,儿童文

---

① 译者注:弗朗索瓦·莫里亚克(François Mauriac,1885 – 1970),法国小说家,1952 年诺贝尔文学奖获得者。

学作者的身份及职能。新的道德标准对儿童教育的影响最为明显,而儿童教育又促进了报刊业的发展,因此,"报刊文学"又被认为是一种简单的文学形式。圣伯夫曾指出,夏尔·诺迪埃①是"报刊作者"的代表人物之一。马尔宽则认为,诺迪埃是一位文学家(马尔宽在书中也常将其称为"多题材作家"),"他是一个借助所有主题和作品长期逃学的学生",他更是一个"在报刊业的摇篮里,为孩子们表演魔术的人"(《十九世纪的童书出版业与工业化文学》,第 290 页)。从索引部分就能清楚地看到,马尔宽在书中花了大量篇幅来介绍诺迪埃及其作品。

同一时期,以成人和儿童为混合读者的报刊也实现了突飞猛进的发展,例如 1833 年,爱德华·夏尔顿②创建了杂志《家庭博物馆》(*Le Musée des familles*)和《漂亮杂志》(*Le Magasin pittoresque*),1843 年,夏尔顿又创建了另一本杂志《插图》(*L'Illustration*)。然而,这一类报刊并不是马尔宽在书中所研究的对象,他也不会讨论所有面向青少年的报刊读物,因为在儿童报刊文学这场"演唱会"中,青少年读物代表全民教育运动的声音。相反,在十九世纪报刊领域中,天主教会杂志占据了最为重要的位置,马尔宽在该书第二部分用一整个章节对此进行了十分详尽的描述(《十九世纪的童书出版业与工业化文学》,第 181—237 页),尽管教会杂志的地位很快就被非宗教杂志所取代,然而,这两类杂志间的对立却是这场文学"演唱会"的最大特色。

与此同时,出版业还是一个有机整体,它包括图书的编辑、出版和发行,我们必须了解这一整体的发展过程。十九世纪初期,出版业呈现出模棱两可的特点:"书商"肩负着图书的出版和销售等多重责任。从 1870 年起,随着出版执照的取消,人们对出版业职责范围的界定变得更加模糊。因此,马尔宽才会回忆道,"1830 年的童书出版业是没有历史的"(《十九世纪的童书

---

① 译者注:夏尔·诺迪埃(Charles Nodier, 1780 - 1844),法国小说家、诗人,浪漫主义文学运动的代表人物之一。
② 译者注:爱德华·夏尔顿(Édouard Charton, 1807 - 1890),十九世纪法国记者、出版商及政治家。

出版业与工业化文学》,第 8 页)。就像马尔宽在该书第二部分"七月王朝①下的儿童文学"(L'enfant de Juillet)中所指出一样,七月王朝的统治使得商业和工业都得到了飞速的发展,正是在这样的背景之下,工业化的报刊杂志才扮演起了儿童文学领域的重要角色。

  马尔宽还在书中详尽地介绍了期刊读物的发展情况。例如,《年轻人报》(Le Journal des jeunes personnes)曾于 1867 年停刊,后复刊,并一直发行至十九世纪末;《儿童之报》(Le Journal des enfants)后来更名为《儿童报》(Journal des enfants)(在 1832 年至 1879 年间发行)。马尔宽评价说,这些期刊"为资本主义的收购和合并游戏提供了有利的条件,在当时,这种游戏就是一种真正意义上的冒险"(《十九世纪的童书出版业与工业化文学》,第 782 页)。而马尔宽的功劳在于,他十分仔细地研究了该游戏的各种形式:例如,1824 年,罗兰-皮埃尔·德·朱西厄创建了《天才》(Bon génie),尽管这本期刊只发行了五年,但是却完全不同于贝尔坎②的《儿童之友》(L'Ami des enfants),它是新型期刊的雏形。在该书中,马尔宽首先将目光投向了路易·德斯诺耶③的伟大尝试:小说《倒霉鬼让-保罗·萧邦》(Les Mésaventures de Jean - Paul Choppart)的连载向我们展示了新型期刊文学的全部特点,其中,表现加陆什侯爵(le marquis de la Galoche)的章节——"广告"(Réclame),将故事情节推到了高潮(《倒霉鬼让-保罗·萧邦》这部作品所获得的成功不亚于之后的《皮诺曹历险记》)。此外,该作品中"野孩子"主题的回归也引起了令人惊讶的反响,马尔宽对此的评价十分精彩:"一边描写令人神往的流浪生活,一边又告诫读者不要去冒险"(《十九世纪的

---

① 译者注:七月王朝(la monarchie de Juillet)又称"奥尔良王朝",始于 1830 年法国七月革命,1848 年法国革命后被法兰西第二共和国取代。
② 译者注:阿尔诺·贝尔坎(Arnaud Berquin,1747 - 1797),十八世纪法国作家、剧作家及教育学家。
③ 译者注:路易·德斯诺耶(Louis Desnoyers,1805 - 1868),十九世纪法国著名记者、儿童文学作家。

童书出版业与工业化文学》,第365页)。

  报刊领域的变革使得其读者群体大大扩展,不再局限于社会上流阶层;用阿尔方斯·德·拉马丁①的话来说,报刊业的发展带来了"文学的年轻化"。此外,浪漫主义对儿童情感的关注,儿童文学与大众文学的混淆,以及法兰西学术院对公共教育的重视都对"文学年轻化"起到了推波助澜的作用。因此,马尔宽用了整整一个章节来介绍"蒙永奖",并深入地分析了法兰西学院对该奖项的资料记载。1780年,蒙永男爵(le baron Montyon)首次提出了设立"蒙永奖"的构想;1782年,"蒙永奖"以国家公益奖的名义正式设立;同年,露易·艾斯克拉维尔·德埃皮娜女士凭借其作品《艾米莉与妈妈的对话》②成为该奖项的获得者;法国大革命的到来使得"蒙永奖"被取缔;波旁王朝复辟时期,"蒙永奖"得到恢复,并于1824年起,成为法兰西学术院正式资助的文学奖项,且不再限定获奖名额。继圣伯夫的《两世界评论》及各大期刊的畅销之后,"蒙永奖"对童书出版业的形成造成了决定性的影响,它担负了监督十九世纪童书出版行业的重任。"蒙永奖"的评定和颁发都十分谨慎,例如,1878年,埃米尔·戈索凭借《索旺小姐传》③荣摘桂冠,索旺小姐是法国历史上第一位小学女督导;佩璞-卡尔彭蒂埃女士④也是该奖项的获得者,她是托儿所(幼儿园前身)的创始人。1971年,法兰西学术院院士保罗·莫朗⑤曾在自己的一篇论文中再次强调了这两位"蒙永奖"得主的重要性(《十九世纪的童书出版业与工业化文

---

① 译者注:阿尔方斯·德·拉马丁(Alphonse de Lamartine, 1790–1869),十九世纪法国著名浪漫主义诗人、作家及政治家。
② 译者注:《艾米莉与妈妈的对话》(*Les conversations d'Émilie*),作者是露易·艾斯克拉维尔·德埃皮娜(Louise Esclavelles d'Épinay, 1726–1783),十八世纪法国女作家。
③ 见埃米尔·戈索(Émile Gossot):《索旺小姐传》(*Mlle Sauvan*)。
④ 译者注:玛丽·佩璞-卡尔彭蒂埃女士(Mme Marie Pape-Carpentier, 1815–1878),十九世纪法国教育学家、女权主义者。
⑤ 译者注:保罗·莫朗(Paul Morand, 1888–1976),法国著名作家,法兰西学术院院士、外交官。

学》,第 251 页)。但令人不解的是,除此以外,这两位获奖者再也没有引起其他任何反响,也没有引起当代人的任何关注。

  研究"蒙永奖"获奖者似乎是马尔宽作品的一个重要论题。在"蒙永奖"的评选仪式上,任何类别的文学作品都可以参选,法兰西学术院也会向评委会推荐一些儿童文学作品;然而,一直到 1850 年,儿童文学作家才有机会在获奖者名单上崭露头角。马尔宽的研究可以让我们了解对整个十九世纪产生了重要影响的主要意识形态。他在书中写道,"学院派儿童文学只是浪漫主义儿童文学的一种变型而已"(《十九世纪的童书出版业与工业化文学》,第 121 页),他还指出,"学院派儿童文学"是一种教育模式,其目的是为了向"法国基础教育协会"(la Société pour l'instruction élémentaire)所颁发的奖项靠拢:该协会扶持的是面向学校的阅读教材类作品,并且为此设立了大奖赛。关于这一点,该书中对苏菲·尤丽亚克-特莱玛德尔(Sophie Ulliac‐Trémadeure)的描述极具代表性:特莱玛德尔是一位早已被现代人遗忘的儿童作家,但她曾是该大奖赛的获奖者,她曾于 1835 年发表了作品《女教师》(*L'Institutrice*)。这位年轻的女作家凭借其另一作品《小驼背与木鞋匠一家》(*Le Petit Bossu et la famille du sabotier*)获得了 1833 年大奖赛的一等奖,1834 年,她又以同一部作品荣获了二等奖。马尔宽在书中对此进行了详尽的讨论。在仔细查阅了《法国基础教育协会年鉴》(*Le Bulletin de la Société pour l'instruction élémentaire*)之后,马尔宽留意到,其实,早在 1832 年,特莱玛德尔的这部"面向儿童及成人的阅读教材"就曾经得到过提名,然而,该协会的报告员却以"过于浪漫主义"的理由拒绝了此项提名,并要求特莱玛德尔对作品进行更改(《十九世纪的童书出版业与工业化文学》,第 174 页)。之后,也正是凭借该作品的修改版,特莱玛德尔成为了"蒙永奖"的获得者。

  马尔宽在之后的讨论中还综合分析了"蒙永奖"的影响。他将其作品第四部分的第一章节命名为"现代特色的儿童文学"(*L'enfant de la modernité*)。

G. 布鲁诺是小学阅读课本《弗兰西奈》①的作者,她更为著名的作品是《两个儿童环游法国》(*La Tour de France par deux enfants*)。在谈到《弗兰西奈》这部1869年的作品时,马尔宽再次围绕"蒙永奖"展开了论述。与之前不同的是,马尔宽在这一章节里深刻地分析了"蒙永奖"在评奖观念上的特点:"自由的视野"。他指出,基础教育"以交流为原则",或者说是"以(贫富之间、男女之间、先辈与后辈之间以及不同国籍公民之间的)团结为原则",因此,"自由的视野"也是基础教育最为重要的指导思想。特莱玛德尔通过《弗兰西奈》,"特别是关于鲁滨逊'教育意义'的讨论",为我们上了十分重要的一课(《十九世纪的童书出版业与工业化文学》,第505页)。

这种自由主义的思想与十九世纪的社会文化有着必然的联系:"现代特色的儿童文学"在当时被视作"伦理学与音乐剧"之间的产物。以诺迪埃为首的文人们发起了"回归神奇"的文学创作热潮,诺迪埃也凭借自己创作的神话故事成为了"'文学基础化'的支持者之一",他大力倡导"保留人们的无知"(《十九世纪的童书出版业与工业化文学》,第400页)。与此同时,在法兰西第二帝国时期,资产阶级繁荣发展,1862年,法国开始设立校内图书馆;1863年,在公共教育部长维克托·杜吕伊②的支持下,法国文坛再次掀起了一股"非宗教化"运动;同年,让·马塞③建立了"上莱茵省市立图书馆协会"(la Société des bibliothèques communales du Haut‑Rhin),并于1866年创建"教师联合会"(la Ligue de l'enseignant)。马尔宽没有花过多的篇幅来论述小说《悲惨世界》的重要地位,对此,他只是快速带过(《十九世纪的童书出版业与工业化文学》,第438页);相反,他重点讨论了爱德

---

① 译者注:《弗兰西奈》(*Francinet, principes de la morale, de l'industrie, du commerce et de l'agriculture*),作者是奥古斯汀·福耶(Augustine Fouillée,1833–1923),又名奥古斯汀·杜勒里(Augustine Tuillerie),笔名G. 布鲁诺(G. Bruno),法国十九世纪女作家。
② 译者注:维克托·杜吕伊(Victor Duruy,1811–1894),十九世纪法国政治家、历史学家,曾任法兰西第二帝国公共教育部长(1863–1869)。
③ 译者注:让·马塞(Jean Macé,1815–1894),十九世纪法国政治家、记者及教育学家。

蒙·阿布创作的"音乐剧小说"(romans-opérette)(《十九世纪的童书出版业与工业化文学》,第453页),以及阿尔弗莱·阿索兰①的小说故事。马尔宽提出,"(波旁王朝复辟时期)空论派的强硬态度"为儒勒·费里颁布"政教分离"的法规拉开了序幕;此外,为了介绍天主教会出版业,他还着重分析了维克多林·莫尼奥(Victorine Moniot)的《玛格丽特的日记》(*Le Journal de Marguerite*)(菲利普·勒仁在《年轻女士的自我》②中也对这部作品进行了研究),以及比利时威丝曼红衣主教自1854年起翻译的《法比奥拉或地下墓穴教堂》③,后面这部作品是一次伟大的尝试,因为它"总结了天主教浪漫主义的所有构成要素"(《十九世纪的童书出版业与工业化文学》,第491—496页)。此外,大量被翻译成法语的英美文学作品(如狄更斯、菲尼摩尔·库柏、伊丽莎白·比砌-斯托、托马斯·梅恩·瑞德、弗莱德里克·马里埃特以及艾伦·坡)也促进了法国儿童小说的极速发展。

马尔宽在书中有关塞居尔伯爵夫人的讨论也非常丰富(《十九世纪的童书出版业与工业化文学》,第528—542页)。与塞居尔伯爵夫人同一时代的有两家出版社:阿歇特出版社和当时重建的黑泽尔出版社。马尔宽作品中最为细致和详尽的研究当属对这两家出版机构发展历程的介绍。在讨论报刊及杂志的多样化发展时,马尔宽研究了多位作家的作品,其中包括祖尔玛·卡罗(Zulma Carraud)、玛丽·佩璞-卡尔彭蒂埃、茱莉·古罗(Julie Gouraud),甚至还有黑泽尔出版社创始人 P.-J. 斯达尔(P.-J. Stahl,即皮埃

---

① 译者注:阿尔弗莱·阿索兰(Alfred Assolant,1827-1886),十九世纪法国儿童小说家。
② 见菲利普·勒仁(Philippe Lejeune):《年轻女士的自我》(*Le Moi des démoiselles, Enquête sur le journal de jeune fille*),"生命的色彩"文学系列,法国门槛出版社1993年版。
③ 译者注:《法比奥拉或地下墓地教堂》(*Fabiola ou l'église des Catacombes*)的作者是尼古拉·威丝曼(Nicolas Wiseman,1802-1865),英国红衣主教,威斯敏斯特教堂第一位天主教大主教。

尔-儒勒·黑泽尔①），还有之后的让·马塞、儒勒·凡尔纳（Jules Verne）、赫克托·马洛（Hector Malot）、埃克曼-夏特里昂（Erckmann‐Chatrian），以及拉蒂斯伯纳（Ratisbonne）和弗洛里克（Fröhlich）。马尔宽的研究让我们对十九世纪的儿童文学有了新的了解，仿佛挖掘到了"宝贵的珍珠"：例如，1870 年，詹姆斯·格林伍德（James Greenwood）的作品《硬汉皮埃尔变形记》（*Les Métamorphoses de Pierre le Cruel*）被翻译成法语，《教育与娱乐》（*Le Magasin d'éducation et de récréation*）杂志对此进行连载了并"大获成功"。马尔宽评价说，"这个故事并没有给人们留下太深刻的印象"，"但它却会让人联想起卡夫卡的《变形记》"（《十九世纪的童书出版业与工业化文学》，第 593 页）。其实，马尔宽对儿童小说的讨论还可以进一步深入。例如，1872 年，《时代》杂志刊登了乔治·桑的作品《娜侬》（*Nanon*）；二十世纪三十年代，法国顾朗德出版社将这部作品收录进了"珍藏"（la Bibliothèque Précieuse）文学系列。此外，我们还想看到他对乔治·桑的另一部作品《老奶奶讲故事》（*Contes d'une grand-mère*）的分析和评价；通过了解乔治·桑同黑泽尔之间的合作及其本身的政治立场，我们便可以充分地了解到，1830 年至 1876 年间，童书出版业的发展状况以及不同观点间的争论。

马尔宽将书的第五部分命名为"爱国主义及无政府主义儿童文学"（L'enfant patriote et anarchiste），其中第一章节和第二章节分别讨论的是"童书出版业的发展状况"（l'état de la librairie）及"儿童小说的出色成就"（le triomphe du roman）。在这一部分中，马尔宽总结了"政教分离"相关法规的颁布及其影响。他指出，"政教分离"法规的出台和实施是法国当今几家主要出版社诞生的重要原因，此后，它们的业务经营一直持续到二十世纪末。其中，阿歇特出版社的独特之处在于"其出版的系列丛书都极具规模且结构复杂"（《十九世纪的童书出版业与工业化文学》，第 625 页），例如，

---

① 译者注：皮埃尔-儒勒·黑泽尔（Pierre‐Jules Hetzel, 1814‐1886），法国著名出版家、作家，曾用笔名 P.‐J. Stahl。

1906 年至 1933 年间,阿歇特出版社出版的"学校图书馆"(la Bibliothèque des Écoles)就是一套规模十分宏大的系列丛书。马尔宽详细地列举了阿歇特出版社所出版的各类系列丛书,并通过这种技术性的研究方法,对立体书和童书出版业进行了最为精确的描写。尽管如此,马尔宽并没有放弃"纯文学"的研究视角。"自(1872 年)创刊以来,(一直到 1914 年)《青年报》一共累计印刷并出版了 572 683 期",然而,随着殖民地的不断扩张,人们意识到,必须"以全新的目光"来看待世界,于是,《青年报》开始倡导一种新的文学创作形式:其中,雷昂·康恩的小说《蓝色旗帜》①便是一个很好的证明,对此,马尔宽评价道:"这是一部精彩绝伦的历史小说。"(《十九世纪的童书出版业与工业化文学》,第 629 页)

毫无疑问,马尔宽的讨论重点集中在齐奈达·弗勒里约、柯伦布女士②以及儒勒·桑多③的小说作品上;然而,更加值得我们关注的是他所提出的儒勒·凡尔纳在儿童小说领域所引起的巨大变革,以及其创作的那些"穿越时空的旅行"。这些作品带领我们经历了一场冒险:我们"离库存和分类越来越远,与未来却越来越近,我们现在所面对的不可能,会在未来的某一天都变成可能"(《十九世纪的童书出版业与工业化文学》,第 706 页)。在此之后,马尔宽还探讨了多位凡尔纳风格的追随者,如安德烈·洛里④以及阿尔贝尔·洛比达⑤的幻想小说等。马尔宽指出,1893 年,保罗·迪瓦创

---

① 译者注:《蓝色旗帜》(*La Bannière Bleue*)的作者是雷昂·康恩(Léon Cahun, 1841 - 1900),法国冒险小说家、东方学专家。

② 译者注:柯伦布女士(Mme Colomb, 1833 - 1892),原名为约瑟芬-布朗仕·布榭(Joséphine - Blance Bouchet),又名路易-卡斯米尔·柯伦布女士(Mme Louis - Casimir Colomb),十九世纪法国女作家、儿童文学家。

③ 译者注:儒勒·桑多(Jules Sandeau, 1811 - 1883),十九世纪法国小说家、剧作家。

④ 译者注:安德烈·洛里(André Laurie)是十九世纪法国作家让-弗朗索瓦·帕斯卡尔·格鲁塞(Jean - François Paschal Grousset, 1844 - 1909)的笔名之一。

⑤ 译者注:阿尔贝尔·洛比达(Albert Robida, 1848 - 1929),法国漫画家、小说家。

作了冒险小说《拉瓦莱德的五毛钱》①,这部小说的主人公正是一群"无用的征服者"②,而在此之前,路易-亨利·布斯纳尔③的小说主人公"弗里克"就是一个"全球化"的代表性人物。在这一部分的讨论中,马尔宽表现出的博学多才令人赞叹不已,他越过法国儿童文学的"瞬间衰落"(引自《你往何处去?》④,显克微支1896年的作品,该作品获得了巨大的成功,后被改编成同名电影,马尔宽在作品中对此进行了详细分析,见《十九世纪的童书出版业与工业化文学》,第788—795页),将儿童小说的荣誉徽章授予了英国冒险小说,并介绍了其中的重要作品(包括一些著名图画书作家以及"凯特格林纳威奖"的获奖作品)(《十九世纪的童书出版业与工业化文学》,第776页),其中,他最为推荐的是英国小说家赫伯夫·乔治·威尔斯的作品《隐形人》(*L'Homme invisible*)。

除此以外,为了让讨论更加完整,马尔宽采取了一种跨时代的研究方式,就像他在介绍法国大革命时期和启蒙运动时期的儿童文学时一样,马尔宽将对十九世纪儿童文学的阐述大大延续到了二十世纪初期,直至第一次世界大战(1914年—1918年)期间。正因如此,本杰明·拉比埃("工业化儿童文学"最后一位引以为傲的作者)才带着他的"微笑的奶牛"(la vache qui rit),同《镀镍的脚》、《美丽的约定》(*Le Grand Meaulnes*),以及《苏泽特的一周》(*La Semaine de Suzette*)中的布娃娃"布勒维特"(Bleuette)一起面对两个截然不同的读者群体:一个喜欢的是物美价廉的儿童文学周刊;另一个则一直被公共教育所俘虏,受宗教思想的控制。也正是因为这样,儿童

---

① 译者注:《拉瓦莱德的五毛钱》(*Les cinq sous de Lavarède*),作者是法国小说家保罗·德勒特(Paul Deleutre, 1856 – 1915),他曾用笔名保罗·迪瓦(Paul d'Ivoi)。
② 译者注:引自法国登山运动员里约奈尔·特莱(Lionel Terray, 1921 – 1965)的自传体小说《无用的征服者》(*Les Conquérants de l'inutile*),法国伽俐玛出版社1961年版。
③ 译者注:路易-亨利·布斯纳尔(Louis – Henri Boussenard, 1847 – 1910),法国著名作家、冒险小说家。
④ 译者注:《你往何处去?》(*Quo Vadis?*)的作者是亨利克·显克微支(Henryk Adam Aleksander Pius Sienkiewicz, 1846 – 1916),波兰作家,1905年诺贝尔文学奖获得者。

文学出现了两种对立的派别：一边执着于追求寓教于乐；而另一边则认为，娱乐可能会成为一种对现实不满的宣泄方式，因此，儿童文学的创作应该是严肃的，甚至是带有破坏性的(《十九世纪的童书出版业与工业化文学》，第825页)。

可以说，《十九世纪的童书出版业与工业化文学》带领我们经历了一次真正的文学历险。对我们而言，十九世纪是一块还未被发现的大陆；用马拉美①的话来说，儿童文化是一个"令人意外的复杂体"(《十九世纪的童书出版业与工业化文学》，第771页)，而马尔宽的这本书正为我们提供了一个可以寻找相关答案的地方。这部作品不仅是一本辞典，它也为未来的研究和讨论提供了参考依据：这是一部有关十九世纪儿童文学的真实"创作"，它需要我们沿着它的轨道继续前行。

伊莎贝拉·尼耶-舍弗莱尔：研究者的迫切需求

伊莎贝拉·尼耶-舍弗莱尔以自己在上布列塔尼—雷恩第二大学的教学工作为基础，在作品《儿童文学导论》②中以一种独特的方式概括总结了自己过往的所有研究成果。这部作品的内容广泛且渊博，其中所谈论的主题以及所表达的观点与娜塔莉·普兰斯、德妮斯·埃斯卡皮不谋而合。然而，与她们不同的是，舍弗莱尔更加专注于"提供准确的历史参考资料，明确大众文学与儿童文学之间的相互联系，展示文学作品的一般发行过程，以及介绍儿童文学在主题及形式上的历史演变"(《儿童文学导论》，第223页)。我们可以在舍弗莱尔的这部作品中找到很多本应明确但又常常被隐藏的信息：比如，《鲁滨逊漂流记》儿童版的第一次出版时间(英国：1768年，法国：1794年)(《儿童文学导论》，第194页)；又如，在翻译改编露易莎·梅·奥

---

① 译者注：斯特凡·马拉美(Stéphane Mallarmé, 1842 – 1898)，十九世纪法国诗人、文学批评家，早期象征主义诗歌代表人物。
② 见伊莎贝拉·尼耶-舍弗莱尔：《儿童文学导论》(*Introduction à la littérature de jeunesse*)，"讲故事的人"书系，迪迪耶青少年出版社(Didier Jeunesse)2009年版。

尔克特的《小妇人》时，对原文进行的改动（由于作品名称的问题，读者很难想到，《小妇人》实际上影射了约翰·班扬的《天路历程》，以及哈里特·比彻·斯托的《汤姆叔叔的小屋》）；再如，菲利普·杜马斯在其作品《维克多·雨果迷路了》①（1986年版）中，为他的朋友——法兰西学术院院士让·杜图尔（Jean Dutourd）——献上的一幅精美的肖像画。舍弗莱尔在作品中详尽地描述和分析了文学及出版领域发生的重要事件及其影响。随着她的讨论，我们不仅可以欣赏到优秀的文学作品，还能够体会到每一部创作中最为宝贵的精髓。舍弗莱尔致力于"创造一笔财富"，并在保证安全可靠的基础上，"将这笔财富传递出去"；文学作品的首版时间常常被再版时间所掩盖（因为出版社总想要证明自己是"最时髦的"，出版的作品都是"最新的"），我们很难想象，这一现象究竟误导了多少文学评论！舍弗莱尔的研究十分鲜活，表现出了一种非常强烈的亲近感，这种亲近感不仅仅针对她在书中重点讨论的文学创作者，如路易斯·卡罗尔、塞居尔伯爵夫人、莫里斯·桑达克，还针对儿童文学的所有创作形式及主题。在书中，舍弗莱尔不仅研究了口头儿童文学、儿歌等传统文学形式，还"历史性地回顾"了一些影响深远的作品，讨论了作品中经常出现的儿童及动物形象。除此以外，她还以埃兹别塔的《艺术儿童》②（1997年版）为基础，对图画书进行了深入的分析。2003年，舍弗莱尔在《儿童图书期刊》第214期上发表了一篇文章，并提出了"图画书故事的双重讲述者"概念，即"字面讲述者"和阅读图画的"视觉讲述者"。这一区分"既不会减少图画书中文字仅有的叙述功能，又可以保证图画在故事中应有的平等位置"。不过，舍弗莱尔认为，"图画讲述者"的说法比"视觉讲述者"更为贴切，因为前者更加符合读者在阅读图画书时的认识过程（《儿童文学导论》，第129页）。在书中的结论部分，舍弗莱尔还

---

① 译者注：《维克多·雨果迷路了》（*Victor Hugo s'est égaré*）的作者是菲利普·杜马斯（Philippe Dumas），法国著名儿童文学作家，插画家。
② 译者注：《艺术儿童》（*L'Enfant de l'art*）的作者是埃兹别塔（Elzbieta），出生在波兰的法国籍图画书作家。

特别分析了儿童文学作品的翻译及改编,她指出,"作品的翻译及改编完全反映了儿童文学领域里十分严重的等级划分现象[……]尽管有相当数量的作品被评论界快速认可,并被广泛发行、大量阅读,但它们之中却鲜有跨世之作,绝大多数作品都沦为了几乎无人问津的廉价商品,就连那些为子女的未来无比担忧的父母也对此保持缄默"(《儿童文学导论》,第 198 页)。

实际上,改编一部文学作品常常只是"像切菜机一样将作品转变为生命力极其短暂的商品";而当今的儿童文学翻译"又力求符合大众文学的传统标准"(《儿童文学导论》,第 186 页),为了让作品"富有含义",译者往往歪曲了文章的本意,就像在谈论沃夫·艾尔布鲁赫的图画书作品《迈尔太太,放轻松》①时,贝尔纳·弗里约②就曾提出(《儿童文学导论》,第 186 页):该图画书作者本身只是采用了一种"比较细微"的视角来进行创作,而其法语版译文却变成了一部女权主义的作品。法国儿童文学专家弗洛伦斯·盖奥蒂③曾详细地研究分析过舍弗莱尔的作品,并以其一贯尖锐的风格总结说:"难道改变儿童读者的价值观念会比用现成的思想观念去规范他们更加迅速、便捷吗?"(《儿童文学导论》,第 187 页)。儿童文学是一个涵盖面极其广泛的论题,它涉及出版行业的方方面面,而儿童文学作品的翻译也许可以帮助我们展开相关的研究。

儿童文学这一主题引发了众多学者的关注,舍弗莱尔则是其中最为积极的倡导者之一。两部作品对此作了很好的证明:一本是舍弗莱尔自己编写的论文集《儿童文学:无明确边界的文学》④,该书集中了瑟里西研讨会

---

① 译者注:《迈尔太太,放轻松》(*Remue-ménage chez Madame K*)的作者是沃尔夫·艾尔布鲁赫(Wolf Erbrunch),德国著名插画家。
② 译者注:贝尔纳·弗里约(Bernard Friot),法国著名儿童文学作家。
③ 见弗洛伦斯·盖奥蒂(Florence Gaiotti):《这不(仅仅)是一部儿童文学导论》,载《图书期刊》(*Acta Fabula*)"儿童文学讨论"专栏,链接地址:〈http://www.fabula.org/revue/document5713.php〉。
④ 见伊莎贝拉·尼耶-舍弗莱尔,《儿童文学:无明确边界的文学》(*Littérature de jeunesse, incertaines frontières*),法国伽俐玛少儿出版社 2005 年版。

上有关儿童文学的所有交流与讨论;另一本是塞西尔·布莱尔主编的《儿童图书:舍弗莱尔研究评论》①,该书收集了二十多篇来自法国等多个国家年轻学者的相关论述。

玛蒂尔德·莱维克:与德国文学面对面——修复文学遗产

玛蒂尔德·莱维克的新书《两次世界大战之间的法德儿童文学创作》②依然是一部思考文学遗产的作品(该书由舍弗莱尔作序)。两次世界大战之间是一段美好与悲剧共存的历史时期,莱维克以这一阶段的经济、社会、政治、文化和思想背景为基础,探讨了法德两国儿童文学创作在此期间的新发展。在书中,莱维克十分重视一些"前卫"小说家所创作的儿童文学作品(如艾利希·克斯特纳③、柯莱特·维威耶④、纳尼娜·格鲁奈尔⑤、里欧坡·索瓦⑥等),她指出,其中一些作品甚至还具有"叙事小说"的特点,例如,柯莱特·维威耶的"日记式写作"(代表作《幸福之家》),以及里欧坡·索瓦,他以一位作家父亲的笔触,用对话的形式记录了父子之间的交谈。

在1920年至1930年间,在当时的社会意识形态的影响下,一些作家做出了投身儿童文学创作的选择。其中包括法国作家克劳德·阿伏林(Claude

---

① 《儿童图书:舍弗莱尔研究评论》(*Le Livre pour enfant, regards critiques offerts à Isabelle Nières-Chevrel*),塞西尔·布莱尔(Cécile Boulaire)主编,雷恩大学出版社(Presses Universitaires de Rennes)2006年版。
② 见玛蒂尔德·莱维克(Mathilde Lévêque):《两次世界大战之间的法德儿童文学创作》(*Écrire pour la jeunesse en France et en Allemagne dans l'entre-deux-guerres*),"互动"系列丛书,雷恩大学出版社2011年版。
③ 译者注:艾利希·克斯特纳(Erich Kästner,1899-1974),德国著名作家,被誉为"西德战后儿童文学之父"。
④ 译者注:柯莱特·维威耶(Colette Vivier,1898-1979),原名柯莱特·勒仁(Colette Lejeune),法国著名儿童文学作家。
⑤ 译者注:纳尼娜·格鲁奈尔(Nanine Grüner)是法国著名儿童文学作家雅克琳娜·格鲁奈尔(Jacqueline Grüner)的笔名。
⑥ 译者注:里欧坡·索瓦(Léopold Chauveau,1870-1940),法国著名儿童文学作家、插画家。

Aveline)、让·布鲁勒(Jean Bruller)、乔治·杜阿梅勒(Georges Duhamel)、安德烈·莫鲁瓦(André Maurois)、保罗·瓦扬-库图里耶(Paul Vaillant-Couturier)、夏尔·维尔德拉克、柯莱特·维威耶,以及德国作家贝尔托·布莱希特、艾利希·克斯特纳、柯特·克拉伯尔(Kurt Kläber,笔名［柯特·海尔德 Kurt Held］)、赫敏妮娅·茹尔·穆赫兰(Herminia Zur Mühlen)、丽莎·特茨纳(Lisa Tetzner)、阿莱克斯·文丁(Alex Wedding)。与此同时,文学作品也成为了政治利益的产物和牺牲品：1933年,受共产主义思想的启发,法国作家兼影史人乔治·萨杜尔(Georges Sadoul)创办了杂志《我的同学》(*Mon Camarade*);同一年,德国纳粹政府在柏林进行了大规模的焚书运动,克斯特纳等异见作家的作品被付之一炬;1940年,法国维希政府禁止小学使用维尔德拉克的《米罗：走向工作》(*Milot vers le travail*),因为该书宣扬了工会运动。

两次世界大战之间,法德两国的文学创作者们都将教育与社会思想相结合,他们不仅具有宏伟的志向,而且保持了崇高的艺术追求。这些都更加烘托出法国作家在这一历史阶段的重要性和价值：尽管再版时还存在许多缺陷,但却不影响这些作家的著作成为世代流传的经典儿童读物。

莱维克的研究并不仅仅是关于法德两国之间的交流,在书中,她还讨论了教育观念的发展与改变、主动教学模式的突飞猛进以及佛勒内①儿童写作教学法的相关实践。与此同时,儿童文学也开启了新型的创作模式,作者将话语权交给儿童,让儿童成为故事的叙述者：例如,1931年,德国儿童侦探小说《埃米尔与小侦探》(*Émile et les détetives*)被翻译成法语并出版,该小说正是从一个孩子的视角来讲故事;1932年,"我的同学"少儿文学系列收录并重新出版了这本小说。除此以外,儿童文学还出现了全新的创作风格：其中的代表作家包括法国的艾迪·勒格朗(Edy Legrand)、让·布鲁勒

---

① 译者注：瑟勒斯坦·佛勒内(Célestin Freinet, 1896-1966),法国著名教育学家、教育改革家。他开发了一系列以儿童自由表达为基础的教学法技术,提倡儿童自由写作、自由绘画等。

以及里欧坡·索瓦。莱维克在书中所讨论的这些内容曾经是文学遗产中鲜有人问津的一部分，而她却对此进行了发掘，并使其重见光明。此外，莱维克还提供了一些新的研究线索，例如，她在介绍受罗曼·罗兰文学基金会资助的法德两国儿童文学作品时曾经提出，"深入的研究和细致的调查，可以帮助我们发现新的线索，从而了解罗曼·罗兰在儿童文学作品的传承中所扮演的角色"（《两次世界大战之间的法德儿童文学创作》，第131页）。莱维克的这句话完美地总结了自己的研究特点和优势：既有大胆的猜想，又有严谨的核实。

图书馆及学校里的阅读政策

儿童文学体现的是一种多重的文学敏感度，与其紧密相关的不仅是"图书出版业"（无论其工业化与否）、继"蒙永奖"之后的各种文学奖项，抑或是某种单纯的文学类别，儿童文学的发展还取决于国家的阅读政策：阅读政策指定了各大图书馆、中小学以及教师培训中所使用的儿童读物，而教师的职责之一便是让学生了解并喜爱这些指定书籍。2011年，法国国家图书馆召开了一场研讨会，名为"大学儿童文学专业的研究及培养——现状及展望"（"Recherches et formations universitaires en littérature de jeunesse. État des lieux et perspectives"），其组织者是法国塞尔吉－彭图瓦斯大学（L'Université de Cergy－Pontoise）讲师马克斯·布特朗（Max Butlen）。布朗特在他的作品《1980－2000：阅读政策及其参与者》[①]中对二十世纪最后二十年里法国所实行的阅读政策进行了十分详尽的介绍和分析。实际上，文学阅读已经成为一个社会性的论题，它与阅读政策中的各个参与者密切相关，其中包括图书管理员、教师以及研究人员。法国国家教育部与文化部图书与阅览司（简称"DLL"）两大部门之间也围绕着儿童读物的选定建立

---

① 详见《法国教学期刊》（*La Revue française de pédagogie*）"评论专栏"，第170期（2010年1月），链接地址：〈http://www.cairn.info/revue-francaise-de-pedagogie-2010-1-page-123.htm〉。

了各种各样的紧密联系。布特朗的作品延续了安娜-玛丽·夏尔提耶（Anne‑Marie Chartier）以及让·埃博拉尔（Jean Hébrard）在《论阅读》（*Discours sur la lecture*）中的研究，他讨论了 1980 年至 2000 年间，阅读政策所指定的儿童读物及其相关研究者，此外，布特朗还探讨了国家对儿童文学阅读领域的集体干预。布特朗认为，在"为公共图书馆及公立学校选购图书"（《1980—2000：阅读政策及其参与者》，第 533 页）的过程中，国家所扮演的角色远远超过了调控者、促进者或是组织者，这样导致的最终结果是，有关儿童文学的思考和文学作品的内容被降低到了次要地位。我们可以在书中看到布特朗对相关改革和创新进行的分级，其中包括关于将儿童文学引入中小学教育的各项法律条款。儿童文学永远面临着两个方面的对峙：一边是"担心文学作品中传统文化元素的消失"，另一边则试图实现文学作品的更新与现代化，并发现获取信息和文化资源的新途径。在此之后，布特朗还会向我们展示各种文学奖项的创建以及各大图书节的举办如何成功地缩小了图书管理员、教师和研究人员之间的距离。

图书馆发展史也是文学遗产排序过程中不可或缺的一部分。马尔蒂娜·普兰现任法国国立艺术史学院图书馆馆长，她一直致力于对图书馆发展历史的精确整理。其作品《法国图书馆简史》[1]为二十世纪的文学研究作出了卓越的贡献。除此以外，普兰还曾探讨了各大图书馆中当代文学作品以及文化元素的体现。[2] 在她的最新作品《图书盗版及书籍管制：纳粹占领

---

[1] 见马尔蒂娜·普兰（Martine Poulain）：《法国图书馆简史》（*L'Histoire des bibliothèques françaises*），Promodis 系列，巴黎圆形书屋出版社 1992 年初版，2009 年再版。

[2] 见马尔蒂娜·普兰（共同主编）：《图书馆中的文化作用》（*L'Action culturele en bibliothèque*），巴黎圆形书屋出版社 1998 年出版；马尔蒂娜·普兰（主编）：《图书馆中的当代文学》（*Littérature contemporaine en bibliothèque*），巴黎圆形书屋出版社 2001 年版。

时期的法国图书馆》①中,普兰以图表的形式介绍了 1939 年至 1945 年期间的法国图书馆,并以此填补了这一历史阶段的研究空缺。当时的法国文学呈现一种特殊的局面:德国警察对图书馆、图书管理员和读者实行严厉监管,而在纳粹集中营里,被关押犯人的个人图书收藏遭到大肆掠夺并被搬运回德国。在纳粹占领时期,法国的图书馆员同作家一起展开了顽强的抵抗运动,对此,普兰在作品中特别提到了一位积极分子——图书馆员伊冯·奥登(Yvonne Oddon),她也是"法国人类学博物馆抗德联络网"(Réseau du Musée de l'Homme)的创始人之一。有关法国作家在这一时期的抵抗,我们将在本书的最后一章中进行讨论。与此同时,普兰也谈到,与这一时期文人的积极抵抗相反,一部分法国人却对本国的文学遗产表现出漠不关心,而这也正是普兰在其研究工作中致力于改变的现象。

七、文学遗产与国际大众文化的合作

当今的文学研究正经历着一次完整的转型:一方面,与美国文学相比,法国文学的滞后不容忽视;另一方面,在经历了文学作品匮乏的历史时期之后,大量质量参差不齐的作品以及花样繁多的创作视角构成了法国文学的新局面。"法国童书及儿童文化产品研究协会"(AFRELOCE)创建于 2010 年,这是一个主张联合的组织。目前,该协会不仅拥有自己的官方网站和电子杂志 Strenae(又名《新年礼物》),而且,还定期在巴黎高等师范学院举办研讨会,旨在促进各国间儿童文学及相关项目的交流和推广。实际上,这一理念的最早提出者是德妮斯·埃斯卡皮;此后,国际儿童文学研究协会(IRSCL)第十届会议在法国高等教育暨研究部召开,此次会议的主题

---

① 马尔蒂娜·普兰:《图书盗版及书籍管制:纳粹占领时期的法国图书馆》(Livres pillés, lectures surveillées: les bibliothèques françaises sous l'Occupation),伽俐玛出版社 2008 年版。

为"文化、文学作品与儿童读者",与会代表对埃斯卡皮的理念进行了深入探讨,并于会后出版了此次会议的论文集①;此外,自 1994 年开始,法国夏尔·佩罗国际学院也围绕该论题召开了多次研讨会,设置了多个学术讨论日,并公布和发表了其讨论结果。其中值得一提的是,2008 年现代语言文学国际协会(FILLM)在法国维勒班市国家教学研究院所召开的名为"语言、文学与媒体"(Languages, Literature and the Media)的研讨会,主办方用英法双语展示了此次会议的论题,来自十八个国家的专家代表参加了会议讨论。萝丝-梅·凡-丁(Rose‐May Pham‐Dinh)是现任夏尔·佩罗国际学院院长,她同时也是国际儿童文学研究协会的会员之一。2011 年,在凡-丁的组织下,一场名为"(各国)儿童文学作品中英雄人物的转变"的学术讨论日在巴黎第十三大学拉开帷幕。可以说,共同研究才是推动研究发展最为有效的方式。

安妮·勒侬西娅是儿童图画书及文化领域的专家,她编纂了论文集《儿童图画书:实践、标准、话语——十六至二十世纪的法国与法语国家地区》②,此外,法国戴尔皮尔出版社(Delpire)在其最近出版的"插画家口袋"(Poche illustrateur)系列丛书里也收录了多篇勒侬西娅的专题论文(见《安德烈·弗朗索瓦》,2003 年;《J. J. 格朗维勒》,2006 年)。米歇尔·芒淞曾经参与了《西方儿童简史》(Histoire de l'enfance en Occident)的编纂工作,这本巨著共分上、下两册,由埃格尔·贝克奇(Egle Becchi)及多米尼克·朱丽亚(Dominique Julia)两位专家主编;1998 年,法国门槛出版社翻译并出版了

---

① 见让·佩罗主编:《文化、文学作品与儿童读者——1991 年 9 月巴黎国际儿童文学研究协会第十届会议论文集》(Culture, texte et jeune lecteur, actes du Xe congrès de l'International Research for Children's Literature),法国南锡大学出版社(PUN)1991 年版。
② 安妮·勒侬西娅:《儿童图画书:实践、标准、话语——十六至二十世纪的法国与法语国家地区》(L'Image pour enfants: pratiques, normes, discours. France et Francophonie, XVIe‐XXe siècle),"独角兽文库"(La Licorne),普瓦捷大学语言与文学研究培训部(UFR langues et littératures, Poitiers)2003 年版。

该书的法文版。我们还将在后文中讨论芒淞在玩具发展史方面的研究成果。2004年11月，在现代语言文学国际协会和国际儿童文学研究协会的支持下，在勒侬西娅、芒淞和吉尔·布鲁热尔（Gilles Brougère）的组织下，夏尔·佩罗国际学院、巴黎第十三大学、巴黎第七大学以及法国童书及儿童文化产物研究协会共同举办了一场名为"文学遗产与大众文学之间的儿童出版物"的研讨会，在会上，各位专家学者围绕多个儿童文学项目展开了激烈讨论。

2004年的研讨会通过对过往的经验和成果的探讨和分析，概括总结了出版业发展的新形势。此后，会议论文集被刻录成CD光盘，并于2005年出版发行。实际上，我们面对的是一个看似矛盾的现象：一方面，文化产业的发展必须跟上经济全球化的节奏，然而，数码产品、音像制品、游戏、玩具以及图书等文化产物从未在全球经济领域中占据如此重要的地位；另一方面，无论是研究者、创作者、生产者，或是渴望获得信息、追求工作效率的普通公民，"虚拟世界"对他们的个人生活从未构成如此重大的影响。文化遗产是一种"双重限制"，它对我们与历史之间有可能建立起的联系形成了一定的冲击：从"财富"的概念来说，历史是亘古不变的，它往往被人们神圣化，甚至沦为政治利益的牺牲品；然而，"继承"则需要我们采取一种开放的态度，对未来有所展望，从这一概念出发，历史则是一个永无止尽的发展过程，我们必须随时反思并适应历史的变化。

从另一角度来说，儿童及青少年文化本身就处于另一种双重关系之中——即成人与儿童在"游戏想象力"这一特定情境中的联系。我们曾在《少儿图书的游戏性及其运用关键》一书中，通过"帕洛阿尔托学派"（l'école de Palo Alto）的理论对"游戏想象力"进行过明确定义。只要成人能够在面对多样且广泛的儿童文化时，采取一定的包容态度，游戏、文化和图书之间就可以相互作用、相互影响。与国家的一般法规和对文化的审核标准相比，这种方式显得更加敏锐、和谐又或者更加剧烈。作为媒介，儿童图书是一门高难度的艺术，因为，它不仅要受《儿童权利公约》的管辖，还要受相关出版法规的限制。尽管从法律上来说,它的读者还只是拥有一半合法身份的特殊群体,然而,他们却完全具备一定的自主能力。与此同时,广告宣传和一种"受到特殊限制"(即只能在相同年龄段之间横向交流)的传播方式是文化市场得以发展的基础,对此,美国哈佛大学社会学教授大卫·里斯曼在其作品《孤独的群体》中曾经进行了详细介绍。① 而市场扩张所带来的影响则是上文中所提到的各种文化产物不受任何限制地充斥着少年儿童的生活。

自二十世纪八十年代《星球大战》系列电影上映以来,儿童图书便与多媒体实践、游戏以及广告技术联系到一起。每一本儿童读物的诞生都伴随着各种各样制作精美的衍生产品,如电子游戏、画册、扑克牌等,而后者又促进了儿童文学作品的创作。与此同时,游乐场、电视剧、电影和动画片又以一种商业的方式影响着文学创作者的想象力。得益于日新月异的科技发展,当代的儿童文学作品硕果累累,因此,我们首先应当对这些作品进行一次全面的清点和回顾,记录并更新儿童文学的发展历程。当然,这项工作首先会对发达国家及地区产生一定影响,同时也会加剧不同社会阶层和不同国家之间的差距以及不平等现象。通过重新认识低龄段读者的阅读爱好及特点,我们便能注意到玩具书或游戏书(如拉拉书、旋转木马立体书等)的发展速度十分惊人;对此,我们曾经在《儿童图画书中的图画游戏》②一书中进行过讨论,然而,当今电子科技的进步又进一步地推动了此类图书的快速发展。

历史上,儿童图书曾经只是各社会富有阶层和精英人士的专属物,然而,随着二十世纪末儿童文学领域的新发展,罗塔·梅根多弗③或厄奈斯

---

① 大卫·里斯曼(David Riesman):《孤独的群体》(*The Lonely Crowd*),牛津大学出版社 1950 年版;1964 年,巴黎阿尔托出版社(Arthaud)出版了该书的法译本(*La Foule Solitaire*),该版本包含法国社会学家及哲学家埃德加·莫兰(Edgar Morin)所作的序。
② 见让·佩罗主编:《儿童图画书中的图画游戏》(*Jeux graphiques dans l'album pour la jeunesse*),克雷戴尔教学资料中心 2000 年版。
③ 译者注:罗塔·梅根多弗(Lothar Meggendorfer,1847—1925),十九世纪末德国儿童图画书作家,被誉为"立体书之父"。

特·尼斯德①等大师的图画书作品逐渐走进大众的视野。玩具书里那些可以拉动的卡片和隐藏在折页里的惊喜让儿童在阅读中体验到了前所未有的愉悦感,同时,这也标志着儿童文学从古滕堡工程②中的逃离,以及肢体动作与感官在阅读领域里的回归。正因如此,瑞士图画书作家马库斯·菲斯特(Marcus Pfister)的彩虹鱼系列作品大获成功,我们在世界的任意角落都可能看到这条大海中最美小鱼的闪闪发亮的七彩鳞片。磁带书,以及之后出现的 CD 或 DVD 音频书将各种背景音、说话声和音乐结合在一起(其中值得一提的是,法国迪迪耶青少年出版社所发行的一套 CD 音频书,里面收集了世界各国的神话传说和儿童歌谣;此外,蒂埃里·玛尼耶出版社和伽俐玛少儿出版社也出版了大量的音频书籍),与传统读物的安静和独立相比,音频书具有更加具体和实在的特点。有声童谣通过文字和节拍对儿童的身体进行重新构造,在听童谣的同时,儿童会随着节拍摆动身体,这使得童谣本身的教义内容富有生气、充满活力。此外,肢体动作与感官的回归还体现在儿童戏剧的快速发展上。层出不穷的新作品为儿童戏剧的创作与实践提供了有力支持:它们使儿童戏剧不再局限于对经典文学作品的改编,并开启了全新的戏剧理论空间;其中,法国乐趣学苑出版社(École des loisirs)就曾经出版了一系列由碧姬·斯玛佳③主编的儿童戏剧文学作品。最后,CD 光盘的普及还极大地培养了儿童的肢体协调能力,有时候,这一技巧甚至让一些成人都望尘莫及。音频书的使用不仅锻炼和提高了儿童的反应能力,还让他们学会了如何在虚拟空间里辨识方向、如何发现并运用征象以及如何辨读和领会作品中所暗藏的意义。总而言之,"听"书让儿童提前建立了声

---

① 译者注:厄奈斯特·尼斯德(Ernest Nister,1842-1909),十九世纪末德国著名彩色玩具书公司创始人。
② 译者注:古滕堡工程(Project Gutenberg,缩写:PG),由志愿者参加,致力于文化产品的数字化和归档,并鼓励创作和发行电子书。该工程肇始于 1971 年,形成了最早的数字图书馆。
③ 译者注:碧姬·斯玛佳(Brigitte Smadja),法国著名儿童文学作家,法国乐趣学苑出版社儿童戏剧系列丛书主编。

音与语言涵义之间的联系。毫无疑问,对音频书的合理运用可以让儿童在游戏中学习并掌握知识,同时也能及时启蒙幼儿的阅读意识、培养其良好的阅读习惯。然而,青少年群体逐渐呈现出的对电视的过度依赖引发了人们关于这一媒体的众多争议。对此,社会教育学家罗杰·埃斯塔布莱与乔治·费鲁兹于1992年开展了一项研究工作,他们分析整理了人们针对电视提出的所有质疑,并且指出:最重视阅读的读者其实往往是电视最忠实的观众。[1]

实际上,电视垄断儿童娱乐的现象并非偶然。自十九世纪初以来,儿童文学就呈现出向游戏书、玩具书以及其他形式转变(如大众画册、教学画册等)的明显发展趋势;十九世纪末,法国导演乔治·梅里艾(Georges Méliès)指导的影片《灰姑娘》(*Cendrillon*)(1899年)让电影也成为了儿童休闲娱乐的方式之一;除此之外,二十世纪的几部儿童故事片也给人们留下了深刻的印象,如1908年,艾伯特·卡佩拉尼(Albert Capellani)的《驴皮公主》(*Peau d'âne*),以及1928年,瓦尔特·迪士尼制作拍摄的《三只小猪》(*Les Trois Petits Cohons*)。尽管如此,我们却更加清晰地看到,故事与故事人物的流传方式变得不再单一:除了传统书本以外,大众文化的各种媒介也成为故事广泛传播的新载体。当然,故事的传播也可以是反方向的:在市场策略的影响下,电视电影常常被改编成同名故事书,这一趋势使图书成为了"热播大片"的"附属产品"。此外,我们还能看到一些国家经典文学作品的回归,出版商根据儿童这一新读者群体的需求对原著进行改编并加入插画,使其成为了一种统一化、标准化的文化产物。儿童文学领域的这些新发展对我们的研究工作也提出了新的要求:我们必须以一种纵观全局的视野,对儿童文学作品的创作和出版条件进行历史性的回顾;为了更好地了解儿童文学创作的特点及其多种多样的写作形式,不同人文科学领域之间必须建立紧密的联系,并形成良好的合作关系。

---

[1] 见罗杰·埃斯塔布莱(Roger Establet),乔治·费鲁兹(Georges Felouzis):《书与电视:竞争或合作》(*Livre et télévision: concurrence ou interaction*),法国大学出版社1992年版。

正因如此,研讨会便成为了专家学者们探讨某些重要问题的最佳场合。汉斯-海诺·埃维斯①是美茵河畔法兰克福歌德大学的校长,同时,他还是《西方儿童简史》的编者之一,书中收录了他的一篇研究报告,名为《论战时儿童文学:有关和平的教育——儿童文学是一种跨越时代的交流》。在这篇讨论欧洲当代儿童文学的报告中,埃维斯指出,传记型的研究并不能让人们全面地了解儿童文学的发展历史。他以德国小说家彼得·哈特灵(Peter Härtling)的作品为例,强调了以个人回忆为基础的故事情节在文学创作中的重要性。埃维斯的这项研究概括性地总结了一些困扰人们很长时间的疑问:例如,在当前的图书市场背景下,儿童文学创作如何才能保持新颖和独特,而不是为了单纯地满足儿童对休闲娱乐的需求,又或是出于对书本教育意义的考虑?这些全新的儿童文学作品是否会带来文学创作的革新?如何在新的环境下开展文学评论和文学批评?以及,当今的"文学"还保存了哪些最早的含义?我们又该如何通过研究当代作品的内涵,对"文学"进行重新审视和定义?有关这一话题的研究十分丰富,从《给球形电视时代的儿童讲荷马史诗:论神话的永恒性与成人文化中的环境要素》到《玩具书:好奇心、书架与戏剧工作室》,以及《科幻机器人时代的儿童:大众文化中的新读者》。② 就像

---

① 汉斯-海诺·埃维斯(Hans–Heino Ewers):《现代儿童文学:以十七至二十世纪德国儿童文学发展史为参考》(La Littérature moderne pour enfants: son évolution historique à travers l'exemple allemand du XVIIe au XXe siècle),载埃格尔·贝克齐、多米尼克·朱丽亚主编:《西方儿童简史(第二册):十八世纪至今》(L'histoire de l'enfance en Occident, Tome 2: Du XIIIe siècle à nos jours),法国门槛出版社1998年版,第434—461页。
② 《给球形电视时代的儿童讲荷马史诗:论神话的永恒性与成人文化中的环境要素》(Homère pour les enfants de la vidéosphère: l'éternité du mythe et les aspects circonstanciels de la culture des adultes)的作者是亚历桑德拉·泽布(Alexandra Zerbou),任教于南非罗德斯大学(l'Université de Rhodes);《玩具书:好奇心、书架与戏剧工作室》(Livres amovibles: cabinet de curiosités, étagère et théâtre)的作者是玛格丽特·伊戈内(Margaret Higonnet),任教于美国康涅狄格大学(L'Université de Connecticut);《科幻机器人时代的儿童:大众文化中的新读者》(L'enfant-cyborg: un nouveau concept de lecteur dans le cadre de la culture de masse)的作者是胡安·塞尼斯·费尔南德斯(Juan Senís Fernández),任教于西班牙卡斯帝里亚·拉曼查大学(L'Université de Castilla–La Mancha)。

让-伊夫·莫里耶曾经指出的一样,当今的图书领域"正处在一个十字路口"①,而文学作品只是"其中的一种文化实践,它不再是唯一或者最有价值的一条道路"。为了"将新的读者召集至麾下",文学作品就必须接受来自电脑及其他电子设备的"补充",与此同时,这些科技产品的使用还可以提高读者的交流和查阅能力。为了适应图书领域的这一新发展,大众文学及媒介文化国际研究者协会(l'Association internationale des chercheurs en littérature populaire et culture médiatique,简称 LPCM 协会)于 2011 年 5 月 26 日正式成立。该协会十分重视新媒介的虚拟想象空间、各种系列产品的推广以及大众文化热点,试图以跨学科的视角来研究新文化的传播形式和具体实践,从而确定其在社会集体表象建设中的总要性。

八、法国国家图书馆儿童文学中心——期刊、论文与大学教育

在对文学遗产的重建工程中,还有一个不容忽视的至关重要因素:各大学及其专业研究团队在巴黎、阿拉斯、波尔多、克莱蒙费朗、格勒诺布尔和斯特拉斯堡等城市,围绕图画书、图画书作者及其创作等问题,举办了各种学术讨论和专题研讨会;而我们将通过本书中的分析一一证明这些研讨工作的重要性。从这种意义上来说,法国国家图书馆儿童文学中心作出了功不可没的贡献。2008 年,法国国家图书馆将"悦书阅读"(La Joie par des livres)正式纳入编制,并成立了法国国家图书馆儿童文学中心,雅克·维达-纳克(Jacques Vidal‐Naquet)为中心现任负责人;中心每一季度都会出版《儿童图书期刊》,目前,该杂志在现任主编安妮克·洛朗-乔莉(Annick Lorant‐Jolly)的引导下已经完成了全面改版。此外,法国国家图书馆儿童文学中心还围绕儿童图书举办了多场研讨会,其讨论的主题有儿童文学翻

---

① 见让-伊夫·莫里耶(Jean‐Yves Mollier):《图书会走向何方?》(Où va le livre?),巴黎争鸣出版社(La Dispute/SNEDIT)2000 年版,第 18—19 页。

译(见《儿童图书翻译——重要性与特殊性》[*Traduire les livres pour la jeunesse. Enjeux et spécificités*],阿歇特出版社2007年版),欧洲儿童文学的发展(见《欧洲各国儿童文学间的交流》[*Rencontres européennes de la littérature pour la jeunesse*],法国国家图书馆出版社(BnF)2009年版)。此外,该中心还发行了多位著名儿童文学作家的专题特刊,其中包括阿斯特丽德·林格伦(Astrid Lindgren)、罗尔德·达尔①以及迈克尔·莫尔普戈(Michael Morpurgo)等。*Takam Tikou*(非洲西部沃尔夫语,意为"太棒了,我还要!")是儿童文学中心所推出的一本免费电子杂志,其出版团队成员有娜塔丽·博(Nathalie Beau)、阿斯米格·夏伊年(Hasmig Chahinian)、安娜-洛雷·科涅(Anne-Laure Cognet)和维维安娜·奎诺涅斯(Viviana Quiñones)。这本1989年创刊的杂志极大地促进了法语国家及地区的儿童文学发展,读者们可以通过这本杂志随时了解有关非洲以及阿拉伯、加勒比海和印度洋地区图书与图书馆的最新发展动态。与儿童文学中心类似的还有法国青少年阅读协会,但不同的是,该协会主要致力于推广青少年文学阅读:在其发行的季刊《青少年阅读》(*Lecture Jeune*)(其中包括《今日法兰西》等主题专刊)中,我们可以看到各种题材的文学作品(如幻想、科幻小说),和有关青少年教育问题的讨论。除此以外,女巫书店联盟(Association Librairies Sorcières)发行的季刊《南瓜》(*Citrouille*)表达了专业出版人士的看法;《雨燕》(*Griffon*)延续的是法国教育同盟的理念;而各大教学中心则将文学批评和教学结合到一起,例如阿尔萨斯区教学资料中心(CRDP d'Alsace)在菲利普·克雷蒙的指导下,出版了《如何教授儿童文学——文化、意义与教学法》。② 此外,法国各省、市议会也通过举办研讨会和图书沙

---

① 译者注:罗尔德·达尔(Roald Dahl, 1916-1990),英国著名儿童文学作家、剧作家和短篇小说家。
② 菲利普·克雷蒙(Philippe Clermont)主编:《如何教授儿童文学——文化、意义与教学法》(*Enseigner la littérature de jeunesse. Culture(s), valeurs et didactique en question*),斯特拉斯堡希壬出版社(SCÉRÉN)2008年版。

龙来表达他们给予儿童文学的极大关注。其中,蒙特勒伊图书展(Salon du livre de Montreuil)吸引了来自世界各地的童书出版商和童书从业人士,而圣波特鲁瓦沙多、布鲁瓦和欧巴涅等城市也举办了很多有关儿童图书的活动。还有穆兰插画艺术中心(Centre de l'illustration de Moulins),在其负责人艾曼纽·玛蒂娜-杜普雷(Emmanuelle Martinat-Dupré)的带领下,该中心组织了多场插画家作品展,如让·克拉维立(Jean Claverie)、艾蒂安·德莱塞尔(Étienne Delessert);此外,该中心还与克雷蒙费朗大学合作,联合培养插画人才,这些工作都极大地丰富了插画作品的收藏。2011年,由妮可·梅玛(Nicole Maymat)组织的"插画家艺术节"(Festival des illustrateurs)聚集了八位当代知名插画家,并通过此活动恢复了创建于2008年的"插画艺术大奖"(Grand Prix de l'illustration)。

与此同时,自2000年以来,儿童文学领域涌现了大量优秀的博士论文。例如,2001年,维吉妮·道格拉斯(Virginie Douglas),《1945-1995英国当代非现实主义儿童小说资助》(*La subversion dans la fiction non réaliste contemporaine pour la jeunesse au Royaume-Uni(1945-1995)*);2001年,安娜·贝松(Anne Besson),《"未完待续":英法当代副文学中的系列小说现象》(*«À suivre»: cycles romanesques en paralittérature contemporaine, domaines français et anglo-saxon*);塞西尔·布莱尔(Cécile Boulaire),《儿童文学中的中世纪》(*Le Moyen Âge dans la littérature pour enfants*),由雷恩大学出版社于2002年出版;丹妮尔·亨奇(Danièle Henky),《儿童文学中的逃学艺术:季奥诺、博思科、勒·克雷齐奥——逃学专家》(*L'Art de la fugue en littérature de jeunesse. Giono, Bosco, Le Clézio, Maîtres de la fugue buissonnière*),由瑞士伯尔尼的彼得朗出版社(Peter Lang)于2004年出版;玛丽-海伦·卢蒂索(Marie-Hélène Routisseau),《法国幻想文学中的路易斯·卡罗尔:新爱丽丝》(*Lewis Carroll dans l'imaginaire français: la nouvelle Alice*),由哈麦丹风出版社出版社于2006年出版;克莉丝蒂娜·柯南-宾塔多(Christiana Connan-Pintado),《夏尔·佩罗童话在1970年至今

的儿童文学中的转变：从创作到接收》(*Les Contes de Perrault à l'épreuve du détournement dans la littérature de jeunesse de 1970 à nos jours. De la production à la réception*)，该论文于2007年完成答辩；2007年，弗洛伦斯·盖奥蒂，《二十一世纪转折中的儿童文学话语经验》(*Expériences de la parole dans la littérature de jeunesse au tournant du XXIe siècle*)；2007年，克莉丝汀·普吕(Christine Plu)，《乔治·勒莫尼：给二十世纪文学加插图》(*Georges Lemoine: illustrer la littérature au XXe siècle*)；2008年，埃莱奥诺尔·阿迈德(Éléonore Hamaide)，《互文性、影响、回声游戏：乔治·佩莱克与当代儿童文学》(*Intertextualité, influences, jeux d'échos: Georges Perec et la littérature de jeunesse contemporaine*)；2008年，吉尔·贝奥特纪(Gilles Béhotéguy)，《1980－2005法国当代儿童小说中的图书、阅读与读者》(*Livres, lectures et lecteurs dans le roman français contemporain pour la jeunesse(1980－2005)*)；2008年，安娜·施奈德(Anne Schneider)，《移居、"解体"与重建中的阿尔及利亚移民儿童文学——当代儿童文学初探》(*Entre migrance, «résiliance» et reliance, la littérature de jeunesse issue de l'immigration algérienne, un champ exploratoire de l'enfance au profit du contemporain*)。另外，贝尔特朗·费里耶(Bertrand Ferrier)在完成其毕业论文之后，又出版了《不是所有创作都是文学！儿童小说的文学性验证》(*Tout n'est pas littérature! La littérarité à l'épreuve des romans pour la jeunesse*，雷恩大学出版社2009年版)。马蒂厄·勒图尔诺(Matthieu Letourneux)的新书《1870－1930期间的冒险小说》(收入"媒体文学"系列丛书，利摩日大学出版社[PU Limoges]2010年版)延续了其博士论文的研究内容，此外，勒图尔诺还就此论题发表了多篇文章。

德妮斯·埃斯卡皮是首批在大学教授儿童文学的专家之一[①]，她在儿

[①] 德妮斯·埃斯卡皮还主编了《儿童在少儿文学中的体现》(*La Représentation de l'enfant dans la littérature d'enfance et de jeunesse / The Portayal of the Child in Children's Literature*)，此书是国际儿童文学研究协会第六届大会会议论　（转下页）

童文学领域的研究十分独特。近四十年来,埃斯卡皮一直致力于杂志《我们要读书!》(*Nous voulons lire!*)的编辑和发行,并表现出了卓越的工作效率;2008 年,埃斯卡皮聚集了皮埃尔·布鲁诺、克莉丝蒂娜·柯南-宾塔多、弗洛伦斯·盖奥蒂、菲利普·热奈斯特(Philippe Geneste)、雅妮·哥德芙雷(Janie Godfrey)和雷吉斯·勒佛尔(Régis Lefort)等多位儿童文学专家,共同出版了《儿童文学:漫游从古至今》②。在这本书里,埃斯卡皮以文学批评的方式"横扫"(《儿童文学:漫游从古至今》,第 445 页)了所有关于儿童文学的研究成果,例如,儿童文学的诞生与发展,其中包括对儿童读者的认可和儿童读者群体的建立;欧洲及世界儿童文学作者之间的交流与童书出版市场的开放;儿童文学的类别(如图画书、文献小说、诗歌)。此外,书中谈论的所有内容都配有大量的例文与丰富的文献资料。而在该文选的结论部分,埃斯卡皮还引用了弗拉基米尔·日丹诺夫的观点。这位苏联斯大林时期的理论家认为,儿童文学"与社会生活的关系应该是密不可分的",并且"应该考虑历史和社会因素对作家的影响",因此,"那些认为每一本书都是一个独立于社会的整体的想法是十分主观且武断的,必须摒弃"。③ 在这一观点的基础上,埃斯卡皮对所有主观的看法予以反驳,并表示,"互文性"通过"在作品之间建立相互对应的联系",使不同作品间能够产生共鸣,这正是让作品避免孤立处境的唯一出路;当然,埃斯卡皮也没有舍弃儿童小说中的"社会因素",因为它们"自称是所有儿童生活的真实写照"。自 1966 年,法

(接上页)文集(Actes du 6e congrès de l'IRSCL / Proceedings of the 6th Conference of the IRSCL),由德国邵尔出版社(K. G. Saur)于 1985 年出版。

② 德妮斯·埃斯卡皮主编:《儿童文学:漫游从古至今》(*La Littérature de jeunesse: Itinéraires d'hier à aujourd'hui*),马尼亚尔出版社 2008 年版。

③ 转引自德妮斯·埃斯皮卡主编:《儿童文学:漫游从古至今》,前揭,第 445 页。另见弗拉基米尔·日丹诺夫(Vladimir Jdanov):《文学研究近况》(Some recent studies in literature),载《苏联文学》(*Soviet Literature*),1956 年第 8 期,莫斯科出版社,第 141 页。

国著名文学批评家皮埃尔·马舍雷的作品《文学生产理论》①出版以来,文学界对"写照"一词的定义一直争议诸多,然而,读者将在埃斯卡皮主编的作品中,特别是"处于二十一世纪转折点的图画书——杂糅的特点"一章中,看到许多中肯的分析和评论。我们也将在后文中对此进行详细讨论。

九、超越国界的儿童图书

法国与意大利之间历来就有着十分丰富的文学交流,法国卡昂大学教授玛丽埃拉·柯林则通过其研究工作向我们展现了法意两国文学交流的多样性。柯林的博士论文名为《通过教育文学看自由时期(1860-1900)意大利的教育、文化与思想》②,在这篇论文中,柯林对法意两国之间文学交流进行了初步解读。此后,柯林不断进行深入研究,积累了大量研究成果,并出版了两部巨著:其一,《意大利少儿文学的"黄金时代"——论法西斯主义的起源》③获得了2006年"夏尔·佩罗文学批评奖";其二,《"墨索里尼的孩子们"——法西斯统治下的少儿文学、图书与阅读:从世界大战到法西斯政权的灭亡》④则探讨了法西斯文化不为人知的一面,柯林指出,法西斯文化的初衷是想要实现青少年公民的"格式化",但却由此形成了一种宣扬极端爱

---

① 皮埃尔·马舍雷(Pierre Macherey):《文学生产理论》(*Pour une théorie de la production littéraire*),弗朗索瓦·马斯佩罗出版社(François Maspero)1966年版。
② 玛丽埃拉·柯林:《通过教育文学看自由时期(1860-1900)意大利的教育、文化与思想》(*Éducation, culture et mentalité dans l'Italie libérale (1860-1900) à travers la littérature pédagogique*),巴黎第三大学出版社1984年版。
③ 玛丽埃拉·柯林:《意大利少儿文学的"黄金时代"——论法西斯主义的起源》(*«L'âge d'or» de la littérature d'enfance et de jeunesse italienne. Des origines au fascisme*),卡昂大学出版社(Presses universitaires de Caen)2005年版。
④ 玛丽埃拉·柯林:《"墨索里尼的孩子们"——法西斯统治下的少儿文学、图书与阅读:从世界大战到法西斯政权的灭亡》(*«Les enfants de Mussolini». Littérature, livres, lectures d'enfance et de jeunesse sous le fascime. De la Grande Guerre à la chute du régime*),卡昂大学出版社2010年版。

国主义和军国主义的儿童文学模式,和德国一样,军国主义给意大利带来了致命的影响。柯林在作品中对历史及文化背景的详尽研究使这两部作品成为我们分析儿童文学的重要参考书目,并有助于我们以一种全新的视角来思考法国的儿童文学创作。

英国方面,巴黎第三大学教授萝丝-梅·凡-丁于 1987 年完成了她的英国文化博士论文《二十世纪八十年代初期的英国儿童文学》。在此之后,凡-丁继续致力于研究英国文化的构成,其研究对象主要是一些讲述第二次世界大战和探讨教育问题的儿童图书:例如,作为儿童社会化因素的"学校故事"(school-stories);来自其他国家,特别是法国对英国的看法(见"滑稽的外国人");"拥有记忆"的权利,以及历史对于英国人建立有关国家乃至欧洲记忆时的重要性,这些主题都是凡-丁讨论的核心。作为夏尔·佩罗国际学院的现任院长和国际儿童文学研究协会的会员之一,2011 年,凡-丁在巴黎第十三大学组织了一场研讨会,名为"(各国)儿童文学作品中英雄人物的转变",来自澳大利亚、加拿大和瑞典等国的儿童文学专家参加了此次讨论。夏尔·佩罗国际学院秘书维吉妮·道格拉斯同时也是法国鲁昂大学的讲师,她研究的也是英美国家的儿童文学,在完成博士论文之后,道格拉斯还发表了多篇英语论文,并主编了《儿童小说的当代视角》①。此外,法国学者安娜·贝松与米丽娅姆·怀特-勒·高夫(Myriam White-Le Goff)一起编写了《幻想——当今的神奇中世纪》②,该书也探讨了英语儿童文学的发展。

法国与瑞典两国也在儿童文学方面有着良好的交流。瑞典乌普萨拉大学的教授列娜·卡尔兰德(Lena Kareland)写过两本有关雷纳特·赫尔辛③的书,并且还在《儿童图书期刊》上发表过多篇讨论瑞典儿童文学的文

---

① 维吉妮·道格拉斯主编:《儿童小说的当代视角》(*Perspectives contemporaines du roman pour la jeunesse*),哈麦丹凤出版社 2003 年版。
② 安娜·贝松、米丽娅姆·怀特-勒·高夫:《幻想——当今的神奇中世纪》(*Fantasy, le merveilleux médiéval aujourd'hui*),巴黎布拉吉隆纳出版社(Bragelonne)2007 年版。
③ 雷纳特·赫尔辛(Lennart Hellsing),瑞典著名儿童文学作家。

章,例如《在朵贝·杨笙的作品里寻找自我》(La quête de l'identité chez Tove Jansson,见《儿童图书期刊》1993年第149期)。2011年4月,卡尔兰德参加了在法国卡昂大学举行的讨论会,并发表了文章《权利、阶级、种族与性别的不同脸谱——1985-2010年的瑞典儿童文学》(Les différents visages du pouvoir, classe, genre et sexualité. La littérature suédoise pour la jeunesse, 1985-2010);此外,她还与卡特琳娜·雷诺(Catherine Renaud)共同撰写了《丹麦与瑞典的两位伟大儿童诗人:哈弗丹·拉斯穆林与雷纳特·赫尔辛》(Deux grands poètes pour enfants au Danemark et en Suède: Hafdan Rasmussen et Lennart Hellsing),并在《儿童图书期刊》上发表了这篇文章(见2011年第257期)。2005年,雷诺在卡尔兰德的指导下完成了其博士论文《克劳德·旁帝的"不可思议美味"世界——克劳德·旁帝作品的双重阅读研究》①的答辩,并于2007年出版该论文。在书中,雷诺通过旁帝的作品介绍了北欧及英美国家对图画书中图文关系的相关研究理论,而图文关系正是法国的儿童文学研究者们最为关注的话题。此后,雷诺翻译了伊娃-玛丽·莉弗耐尔(Eva-Marie Liffner)的作品《图画》(Imago),并重新翻译了朵贝·杨笙的"姆明"(Moumine)系列作品(《姆明,生日快乐!》,小格雷纳出版社[P'tit Glénat]2010年版)。当我们穿过法国边境,来到比利时,米歇尔·德福尔尼的论文集《图书与儿童——米歇尔·德福尔尼论文集》②向我们展示了他"对儿童图书所倾注的四十年热情"。其中,德福尔尼最为钟情的当属儿童图画书,他凭借渊博的学识和高格调的文风,曾多次在各大文学研讨会上发表过自己对图画书的见解;他对儿童图画书的发展有着十分

---

① 卡特琳娜·雷诺(Catherine Renaud):《克劳德·旁帝的"不可思议美味"世界——克劳德·旁帝作品的双重阅读研究》(Les "incroyabilicieux" Mondes de Claude Ponti. Une étude du double lectorat dans l'œuvre de Claude Ponti),瑞典乌普萨拉大学出版社(Uppsala)2007年版。
② 米歇尔·德福尔尼:《图书与儿童——米歇尔·德福尔尼论文集》(Le Livre et l'Enfant. Recueil de textes de Michel Defourny),比利时法语区事务部文学与图书司,布鲁塞尔德博克大学出版社(De Boeck Université)2009年版。

宏伟的愿景,并且十分重视插画家和图画书作家的创作才华。例如,2004年,苏珊娜·普里奥与诺埃尔·索兰在加拿大蒙特利尔举办了一场名为"儿童形象的表征"的研讨会,德福尔尼为这场研讨会提出了一个"开放性的话题"。① 在《图书与儿童——米歇尔·德福尔尼论文集》中,我们可以看到一些十分有意思的词条:如"1950年至今的儿童与图画","儿童的第一本书——母亲的脸","从儿歌到图画书","探讨格雷瓜尔·索罗塔莱夫(Grégoire Solotareff)的图画书及小说";除此以外,他还研究讨论了文献资料、印第安神话和图书艺术等话题;在讨论的同时,他还列举了大量的图画书,其中主要是乐趣学苑出版社以及海狸爸爸出版社所出版的作品。当我们把调查范围向西延伸时,我们看到,2011年,法国学者雅克·大卫、安妮·佩罗和塞尔日·马丁共同发表在《今日法兰西》杂志上的文章《小学阅读文本的分类》②被翻译成西班牙语并刊登在哥伦比亚波哥大《声明》(*Enunciaciòn*)杂志上(译名为"El agrupiamento de textos en la escuela elemental")。其中,安妮·佩罗曾在多本杂志中发表过文章,如《儿童图书期刊》(关于柯莱特·维威耶)、《青少年阅读》(*Lecture Jeune*)(关于拉斯卡尔与路易·乔的漫画《中途停靠》③)。此外,瓦兹河谷省教学资料中心(CDDP du Val‑d'Oise)所编辑的论文合集《无可争议》(*Les Indicutables*)还收录了她的一篇研究"从字母到小说"的转化过程的文章。

当我们再将目光向东转移,瑞士青年与媒体学院的杂志《话语》

---

① 见弗朗索瓦·勒帕什(Françoise Lepage):《儿童文学:儿童形象的诸种表征》(Littérature pour la jeunesse: les représentations de l'enfant),载苏珊娜·普里奥(Suzanne Pouliot)、诺埃尔·索兰(Noëlle Sorin)编:《加拿大图书协会论文选》(*Papers of The Bibliographical Society of Canada*),第43卷第2期(2005年),ACFAS科学论文系列(Cahiers scientifiques de L'ACFAS)。

② 见雅克·大卫(Jacques David)、安妮·佩罗(Annie Perrot)、塞尔日·马丁:《小学阅读文本的分类》(Grouper des textes à l'école élémentaire),载《今日法兰西》杂志特刊,阿尔芒·柯林出版社2008年12月版。

③ 译者注:见《中途停靠:素描本》(*Escales: carnet de croquis*),文:拉斯卡尔(Rascal),图:路易·乔(Louis Joos),帕斯特尔出版社(Pastel)1992年版。

(Parole)为我们提供了十分细致且中肯的研究分析。继德妮斯·凡·斯图卡尔(Denis von Stockar)之后,西尔维·尼曼(Sylvie Neeman)成为该杂志的现任主编。该杂志不仅与众多图书馆有着良好的合作关系,还经常刊登不同作家,如乌尔里克·布拉特尔(Ulrike Blatter),以及各国专家学者,如法国女学者埃莱奥诺尔·阿迈德等人的作品和研究成果。其中,阿麦德向我们展现了当今法瑞两国儿童文学极为相似的现状。雅尼·科特维卡(Janie Kotwica)是《话语》杂志最为积极的参与者之一,她曾在索姆河圣里基耶修道院博物馆里举办了多场个人展,她的展览以幽默著称,我们从其展览的名称上就能对此有所感受,如"绵羊——它的生活和作品"(Le Mouton, sa vie, ses oeuvres, 1999 年)、"猪——引诱者的肖像"(Le Cochon, portrait d'un séducteur, 2005 年)。此外,科特维卡还写过多篇关于插画家的评论文章(如皮埃尔·艾力·费里耶[Pierre Elie Ferrier,笔名"Pef"],见《话语》2008 年 2 月刊),2010 年,她还在马尔尼莱孔皮耶尼市创建了"安德烈·弗朗索瓦①中心"(Centre André François)。乔埃尔·图兰(Joëlle Turin)是《那些让我们成长的书》②一书的作者,在她的协助下,2010 年第 2 期的《话语》杂志特别针对"低幼读物"制作了专题报道。一些国家尽管从地理位置上来说远离法国,但也对法国的儿童文学研究有着重要影响,穆尔古拉斯·康斯坦丁奈斯库是研究"童话故事中的幻想成分"的专家(见《如何阅读及翻译儿童文学》③),她的研究对象不仅有夏尔·佩罗童话故事里的幽

---

① 译者注:安德烈·弗朗索瓦(André François, 1915-2005),法国当代著名插画家,原籍匈牙利。
② 乔埃尔·图兰(Joëlle Turin):《那些让我们成长的书》(Ces livres qui font grandir),迪迪耶青少年出版社 2008 年版。
③ 穆尔古拉斯·康斯坦丁奈斯库(Murguras Constantinescu):《如何阅读及翻译儿童文学》(Lire et traduire la littérature de jeunesse),让·佩罗作序,罗马尼亚苏切瓦大学出版社(Editura universitet Suceava)2008 年版。关于同一主题,请参考韦罗妮可·梅达尔德(Véronique Médard):《阅读及翻译儿童文学》,图书期刊(Acta Fabula)"儿童文学讨论"专栏,链接地址:〈http://www.fabula.org/revue/document5709.php〉。

默,还有路易斯·卡罗尔、卡洛·科洛迪(Carlo Collodi)、米歇尔·恩德(Michael Ende)或弗兰克·鲍姆(Frank Baum)作品中的"幻想"。通过这些研究,康斯坦丁奈斯库为法国与英美国家的不同文化建立起了沟通的桥梁。除此之外,康斯坦丁奈斯库还研究了罗马尼亚儿童文学的特点,她指出,罗马尼亚儿童文学如今正处于"发展的十字路口",比如,卡米尔·佩特莱斯库(Camil Petrescu)的童话故事《帕普茨阿达》(*La Papuciada*)和布兰杜萨·露西安娜·格罗素(Brânduşa Luciana Grosu)的小说作品等;她还研究了儿童文学作品中小女孩的人物形象,如米哈伊尔·萨多维努(Mihail Sadoveanu)、多娜·塞尔尼卡(Doina Cernica)及格罗素等作家的作品,甚至是伊努伊特人的神话传说。2001年,位于法国克莱蒙费朗的布莱兹-帕斯卡大学出版社出版了阿兰·蒙坦东(Alain Montandon)的著作《神话故事或别处的童年》(*Du récit merveilleux ou l'ailleurs de l'enfance*),随后,这本书被康斯坦丁奈斯库翻译成罗马尼亚语并出版,这本书成为了各国间开放儿童文学交流的典范。2008年,卢克·皮纳斯组织了一场名为"法语儿童文学出版现状"(Situation de l'édition francophone d'enfance et de jeunesse)的研讨会,此后,皮纳斯与让·福柯、米歇尔·芒淞共同主编了《法语图书如何面对全球化》[1]一书,该书冲破了一切国界,并延伸了2008年研讨会上所提出的主题。书中不仅分析了儿童文学作为一种创世纪文学形式的不足,也讨论了其所具备的优势,以及为其发展提供支撑的各种公共政策。专家学者围绕这一主题展开了十分有意义的交流:如阿布达拉·穆达利·阿鲁伊(Abdallah Mdarhi Alaoui)的《摩洛哥法语儿童文学如何面对全球化》,科迪约·阿提克坡(Kodjo Attikpoé)的《非洲法语国家儿童文学及图书的出现:女性题材的参与》,以及乔西安娜·塞特兰(Josiane Cetlin)的《瑞士法语地

---

[1] 让·福柯(Jean Foucault)、米歇尔·芒淞、卢克·皮纳斯(Luc Pinhas)主编:《法语图书如何面对全球化》(*L'Édition francophone face à la mondialisation*),法国哈麦丹凤出版社2010年版。

区身份归属感的追求与儿童图书出版》。2008年,阿鲁伊与哈麦丹风出版社的同事们一起,创建了"国际大学法语研究者儿童文学协会"(Association internationale des universitaire chercheurs en langue française sur les littératures d'enfance et de jeunesse,简称AICELFLEC),该协会聚集了多个国家和地区的儿童文学专家和学者,包括来自非洲的阿兰·西肖(Alain Sissao,布基纳法索)、卡米儿·阿布(Camille Abou,科特迪瓦)、西蒙·阿梅格布莱姆(Simon Amegbleame,多哥)和科迪约·阿提克坡(多哥-德国),代表欧洲的埃琳娜·帕诺罗(Elena Paruolo)、穆尔古拉斯·康斯坦丁奈斯库、克劳迪娅·苏莎·佩莱拉(Claudia Sousa Pereira),一位海地学者埃弗琳娜·特鲁约特(Évelyne Trouillot)与一位加拿大学者苏珊娜·普里奥特(Suzanne Pouliot)。2011年,阿鲁伊在摩洛哥首都拉巴特组织了一场文学大会,会议主题为"第三个千年之初的儿童文学"(La Littérature d'enfance et de jeunesse à l'aube du troisième millénaire),参与会议的有让·福柯、安娜·施奈德以及众多摩洛哥的年轻学者。会上,阿鲁伊还表达了自己对年轻学者们研究工作的鼓励和支持。

十、全球化背景下的儿童图书译者——不同语言的合奏

二十世纪六十年代,受传统文化的影响,法国高中生们还在大量地学习拉丁语和希腊语,但是,他们之中却很少有人愿意去读翻译成英语(Asterix Gladiator)、拉丁语(Filius Asterigis)或是世界语(Asterisk la gaŭlon)的《阿斯特里克斯历险记》[1],尽管这些译本在法国一直存在。历史上,一些"占统治地位的"国家语言(如英语、法语、德语、西班牙语)之间一直保持着频繁的交流,然而,第二次世界大战以后,世界文化却形成了俄语与英语国家对峙

---

[1] 译者注:《阿斯特里克斯历险记》(*Astérix le Gaulois*),又译作《高卢英雄传》,法国著名系列漫画。

的两极格局。2007年,法国国家图书馆儿童文学中心组织了一场有关儿童文学翻译的研讨会①,作为会议的开场嘉宾,舍弗莱尔发表了自己对于这一话题的看法,她指出,十八世纪后半叶,随着欧洲作家之间的交流,翻译成为推动儿童文学成为独立研究领域的关键因素。今天,全球化已经清除了传统的霸权文化,日语(如漫画、精致的电影和图画书)、阿拉伯语与中文逐渐填补了全球语言城堡的空隙,特别是一些区域性的语言和一些新兴国家的语言已开始对城堡的外观进行修建或重建。拥有不同文化和传统的国家对法语图书的兴趣极大地影响着法语图书的对外翻译。意大利博洛尼亚大学教授罗伯塔·佩德尔佐利曾做过一项调查,其调查结果显示,在意大利童书市场中,翻译自法语的儿童文学作品占据了相当大的比重,位居所有儿童文学翻译作品的第三名。② 在法国,菲利普·皮克耶出版社(Philippe Picquier)翻译并出版了大量亚洲国家的儿童文学作品。新喀里多尼亚方面,在努美阿沙粒出版社(Grain de sable de Nouméa)和特吉巴奥文化中心(Centre Culturel Tjibaou)的推动下,一些曾经仅限于口语的当地方言开始出现在图书等出版物里。例如,新喀里多尼亚图书协会所出版的双语图画书《泰阿:有五条命的人》(*Téâ Kanaké*, *l'homme aux cinq vies*, 2003年)用了当地的美拉尼西亚语和派西语③;而在该协会出版的另一本多语种图画书及CD光盘《嘟嘟特》(*Toutoute*, 2007年)中则使用了近二十种包括美拉尼西亚语在内的地方语言。总的来说,大量的翻译工作让这些看起来似乎处

---

① 我们在本书的这一部分会再次提到曾经在"儿童图书翻译——重要性与特殊性"研讨会上宣读的论文。该研讨会于2007年5月31日至6月1日举行,会议由尼克·迪亚蒙(Nic Diament),柯琳娜·吉贝洛(Corinne Gibello)与洛朗斯·柯耶菲(Laurence Kiéfé)组织,卡特琳娜·图弗南(Catherine Thouvenin)提供协助,阿歇特出版社与法国国家图书馆儿童文学中心"悦书阅读"共同出版了此次研讨会的论文集。
② 见罗伯塔·佩德尔佐利(Roberta Pederzoli):《法译意儿童文学作品——总结与展望》(La Littérature de jeunesse francophone en traduction italienne: bilan et perspective),《我们要读书!》,第170期(2007年6月),第21—27页。
③ 译者注:美拉尼西亚语(le kanak)及派西语(le paicî)均为新喀里多尼亚岛当地方言。

于被统治地位的语言能够与曾经统治它们的语言相提并论。无论世界上的哪一个民族,人类最初的呢喃絮语都来自于不断的"语言模仿",正因如此,不同的语言才能交相辉映,演奏出一首和谐的奏鸣曲。每一种语言都将自己与众不同的身份记载到不断扩大的语言地图之中。法国哈麦丹风出版社是双语图书推广的先锋队,该出版社出版了大量中非、西非、安的列斯群岛和许多经常被法国出版业忽视的国家及地区的作者作品,其中,伊莎贝拉·卡多莱(Isabelle Cadolé)和亨利·卡多莱(Henri Cadolé)在克里奥尔语①图书的推广方面作出了十分卓越的贡献。

与此同时,专家学者组织了多场相关主题的研讨会,例如,2005 年,在摩洛哥马格里布文学与比较文学研究者协会(Association interuniversitaire marocaine des chercheurs sur les littératures maghrébines et comparées)的支持下,阿布达拉·穆达利·阿鲁伊在摩洛哥当地组织了一场有关比较文学和翻译的研讨会。在 2006 年出版的会议论文集中,阿鲁伊强调,"比较文学与翻译有着同一个重要使命:它们都致力于在不同民族之间建立相互沟通的桥梁,使彼此之间能够相互理解不同的想象、文化和文字,从而拉近不同民族之间的距离"②。作为研讨会发言人之一,拉比·弗阿德(Lahbib Fouad)在会上提出了"如何用新兴语言翻译和改编《小王子》"的论题,例如用摩洛哥当地的柏柏尔语(l'amazighe/langue des Berbères)来翻译。《小王子》的中文版之一的译者是瑞吉尔·胡安(Rachel Juan),她同时也是中国台湾地区"全球法语教师协会"的秘书。2003 年,胡安在法国奥博纳文学研讨会上向与会专家介绍了中文读者对《小王子》一书的喜爱。

那么,扩大各民族之间的交流是否就能打造一座新的通天塔,让每一个人都可以脱离对词典的依赖? 实际上,翻译不仅仅与文学创作有关。尼古

---

① 译者注:克里奥尔语(le créole),一种法语、西班牙语、葡萄牙语和本地语的混合语。
② 见阿布达拉·穆达利·阿鲁伊主编:《比较文学与翻译》(*Littératures comparées et traduction*),2005 年 7 月摩洛哥"比较文学与翻译"研讨会论文集,马格里布文学与比较文学研究者协会,2006 年第 1 版,英法双语。

拉·布理欧（Nicolas Bourriaud）是法国东京宫博物馆（Palais de Tokyo）2000年至2006年期间的馆长之一，他曾出版过《关系美学》（*Esthétique relationnelle*，1998年）和《后制品》（*Postprodction*，2004年）两本文学评论专著。布理欧认为，当今社会极为重视文化的分享和汇合，但同时，他也指出："（其实）恰恰相反，对文化和历史独特性的翻译才构成了新一代艺术家的美学基础。尽管当代艺术活动领域里有着品种繁多的翻译形式，但是，代码转换可能才是最为重要的一种。"①

其中，代码转换是指在文化"杂交"的背景下，从文字到图画或从一种形式到另一种形式的转换过程。关于文化"杂交"，布理欧曾提到过一位拥有独特身份的艺术家——布鲁诺·佩纳多（Bruno Peinado）（其母亲是马尔提尼克人，而其父亲则是定居在摩洛哥的法国人），这位造型艺术家的作品"将不地道的英语用于商标、广告、品牌、二进制和信息技术"中；同时，布理欧还在同一页补充了后现代化文化中的一组矛盾："文化的新颖和独特性已经不复存在，唯一剩下的只是从一种代码到另一种代码的单纯复制。"这种现象在由多个不同语种国家共同出版的文献类书籍中尤为明显。

那么，在了解了英语和北美商业文化的"重型炸弹"（指大获成功的书或电影）依然是全球化框架下文化市场的统治者之后，我们需要思考的是，小语种研究究竟给当代文学创作带来了何种影响？英美国家的商业文化产品是否只能是被模仿却无法超越的对象？世界语是否已经完全沦为一种过时的产物。1972年，加拿大学者布理安·哈里斯（Brian Harris）首次提出了"翻译研究"的概念，这标志着，当今文化研究开启了一块全新的领域，同时，他也清晰地提出了两个特定群体之间所存在的交流问题。2006年，米歇尔·巴拉尔在其著作《什么是翻译研究？》的引言中指出，翻译研究的两个特定群体分别是指：第一，翻译实践者与翻译作品读者；第二，致力于阐明思

---

① 见尼古拉·布理欧：《翻译》（Traductions），载《当代美术杂志》（*Beaux‐Arts Magazine*），第282期（2007年12月），第50页。同时请见尼古拉·布理欧：《后制品》（*Postproduction*），法国第戎现实出版社（Les Presses du réel）2004年版。

想与语言之间联系的语言学家。① 因此,我们今天想要开垦这片全新的土地需要的是大量跨学科研究的滋养。正如 1984 年,安东万·贝尔曼在其作品中所宣布的一样:"我是翻译研究者,因为我首先是一名译者",翻译研究是"通过了解翻译实践的性质对翻译行为本身进行的一种反思"②,这意味着,我们必须对翻译实践的过程有充分的认识并进行具体的分析。

跨越语言障碍:"脱离源语语言外壳"

据最初有关儿童文学的翻译研究显示,一些儿童文学家曾经在作品的最后加入词典,试图以一种诙谐的方式来解释作品中的某些特殊词汇,阿祖·贝加(Azouz Begag)正是其中的代表之一。他的小说《来自查巴的男孩》(1986 年)讲述了当时的法国初高中一直受到拉辛和波德莱尔语言风格的统治,而外来移民的后代却在这样的正统语言环境里引进了一些粗野的地方用语和变形词汇。为了让读者明白这些特殊词汇的意义,就必须对其产生的文化背景加以解释。贝加曾经在里昂贫民窟度过了自己的少年时代,正因如此,我们才在他的小说最后看到:"一部小小的阿祖语(le azouzien,指法国里昂当地人所说的土语)词典",用以解释小说中生活在里昂贫民窟的孩子们所使用的词语,以及"一部小小的布齐德语(le bouzidien,指阿尔及利亚东北部塞提夫地区的土语)词典",布齐德(Bouzid)本是贝加的父亲的名字。读者们可以通过这两部词典了解到,文中的"bôche"指的是

---

① 见米歇尔·巴拉尔(Michel Ballard):《什么是翻译研究?》(*Qu'est-ce que lq traductologie?*),阿尔图瓦大学出版社(Artois Presses Université)2006 年版,"引言"第 7—12 页。
② 见安东万·贝尔曼(Antoine Berman):《翻译与文化——远方的旅馆》(*La traduction et la lettre - ou l'auberge du lointain*),载《通天塔:翻译研究》(*Les Tours de Babel*),法国莫泽凡市(Mauzevin)欧洲翻译出版社 1985 年版,第 39 页。伊丽莎白·拉沃特-奥莱昂(Élisabeth Lavault - Olléon)在其作品《职业翻译:实践、理论与培训》(*Traduction spécialisée: pratiques, théories, formations*)中再次引用了此概念,见《职业翻译:实践、理论与培训》,彼得朗出版社 2007 年版,第 50 页。

"小石头、小石子儿";"chkoun"是在问"这是什么?";"rhaïn"一词的意思则让读者困惑不已,它既可以表示"眼睛"、"侧目(瞧)",还可以指"恶棍";还有一些词的解释就更令人惊讶了,例如"Artaille",作者干脆将其简单地解释成"非常粗俗的话!"作品的幽默感体现于文中所使用的各种双关语,而要达到这一效果,首先就要在语言交际链中造成暂时的沉默和(必须克服的)断裂;其次,对于含糊不清的内容不予解释——但解释却是所有清楚沟通的关键。正是通过这些富有创造性的含糊不清和可能发生的误解,贝加用他的文字与读者玩了一场有趣的游戏。除此以外,贝加还在小说中使用了一些法语的变形词,这些词语是贝加的父亲坚持要加在自己的语言中的,用贝加的话来说,他在小说中所用到的这些变形词可以算得上是一本"布齐德语成语指南"。例如,我们可以读到这样的句子:"Tan a rizou, Louisa, li bitaines zi pa bou bour li zafas!(你是对的,露易莎,应该让这些婊子们滚出去,她们可对孩子们没什么好处!)"[①]为了弄明白这句话的意思,读者自然又会返回到小说当中。尽管贝加在将"塞提夫土语"翻译成"查巴土语"的过程中享受着某种自娱自乐,然而,这位出生在"法国里昂市,白色谷仓医院"[②]的孩童却一直站在一个十字路口。但是有一点他非常清楚,在不同文化的交流中,几乎不可能找到一种完全的对等,实践经历总会有一些遗留,帮助我们抵制任何思想上的物化。我们将在下面读到这篇小说中的一个有趣场景:在初中一年级的课堂上,年轻的阿祖正在同他的法语老师卢邦先生对话,他说道:

> 我们在家里所讲的阿拉伯语肯定会让一位麦加居民气红了脸。[……]其实,只要让耳朵得到足够的锻炼,就能轻松掌握这种特殊的方言。摩洛哥?我父母总会说成"摩罗哥",并且十分强调

[①] 见阿祖·贝加:《来自查巴的男孩》(*Le Gone du Chaâba*),"逗号"(Virgule)文学系列,法国门槛出版社 1986 年版,第 241 页。

[②] 同上,第 209 页。

"罗"字的发音①[……]

　　首先,他会表现得十分惊愕。然后,他就会问我:难道不是叫"马格莱布"吗?②[……]他对我说:难道你们不知道,阿拉伯语把"摩洛哥"叫作"日落之城"吗?③

在阅读这一故事场景时,我们不得不在一种文化到另一种文化的代码转换中进行思考,而思考又引起沉默,从而使整个故事情节被暂时性切断。这段内容向我们很好地展示了翻译工作的特殊性。一种语言到另一种语言的转换并不仅仅是"从一个语言符号系统转变成另一个语言符号系统",在任何交际行为中,"想要理解语言中的某一特殊含义,就必须经历一个非语言的理解阶段"。正如达妮卡·塞莱斯科维奇和玛丽安娜·勒代雷所指出的一样,在翻译中:

　　会产生一个脱离源语语言外壳的阶段,让(译员)在意识状态中只保留意义;这样,(译员)便不用亦步亦趋地模仿源语的表达形式,而可以用彻底自如的语言重新表达。④

在"相同、相异与对等——翻译关系"(Identité, alterité, équivalence. La traduction comme relation)研讨会的最后,塞莱斯科维奇提出了她的另一个观察结论,几乎所有经验丰富的译者都有过这样的经历:"当我们用同一种

---

① 译者注:法语原文为"Le Maroc? Mes parents ont toujours dit el‑Marroc, en accentuant le o"。
② 译者注:法语原文为"On ne dit pas el‑Maghreb?"。
③ 见《来自查巴的男孩》,前揭,第241页。
④ 见达妮卡·塞莱斯科维奇(Danica Seleskovitch)、玛丽安娜·勒代雷(Marianne Lederer):《口译训练指南》(*Pédagogie raisonnée de l'interprétation*),欧洲共同体官方刊物出版机构(Office des publications des Communautés européennes)1989年版,第41页。

语言来复述本来需要翻译的话语篇章时，即便是用同一种语言，也不会使用完全一样的字词"①，而摆脱源语语言外壳的过程正是对这一奇怪经历的有力解释。因此，一旦我们"不再对非语言的思想产生怀疑"②，我们就能明白，翻译是一种文学行为，它同其他文学创作一样，是一门艺术，与此同时，它还形成了一种独特的文学风格：卡洛·科洛迪不就是一个很好的证明吗？1875 年，科洛迪翻译并出版了《仙女的故事》(*Contes de fées*)，该书集合了法国儿童文学家夏尔·佩罗、多尔诺瓦夫人③以及波曼夫人④等人的故事作品。十七世纪时，这些充满幻想的神话故事曾长期被传统的教育理念所放逐，但科洛迪却通过它们对十七世纪的仙女故事有了初步了解。难道不正是因为这些神话故事留下的深刻印象，才让科洛迪创作出了《匹诺曹历险记》这样一部改变整个意大利儿童文学的伟大作品吗？⑤

世界翻译研究——理论与实践

值得我们注意的是，当今的翻译领域呈现出一种全新的发展趋势：译者想要成为作者，而翻译研究者则将自己投身于双语写作的"危险"工作中。例如，自 1965 起，爱尔兰籍的英语教员埃梅尔·欧苏利文就一直致力于翻

---

① 引自玛丽安娜·勒代雷的论文《释意派翻译理论——起源于变迁》(La théorie interprétative de la traduction. Origine et évolution)，载《什么是翻译研究?》，前揭，第 41 页。
② 引自玛丽安娜·勒代雷的论文《释意派翻译理论——起源于变迁》，载《什么是翻译研究?》，前揭，第 41 页。
③ 译者注：多尔诺瓦夫人(Marie‑Catherine d'Aulnoy, 1651‑1705)，法国著名幻想童话作家。代表作有《黄矮人》《白猫》《青鸟》等。
④ 译者注：波曼夫人(Jeanne‑Marie Leprince de Beaumont, 1711‑1780)，法国著名教育学家、童话故事作家。代表作《美女与野兽》(*La Belle et la Bête*)。
⑤ 见玛丽埃拉·柯林：《卡罗·科洛迪的〈匹诺曹历险记〉》，载《意大利少儿文学的"黄金时代"——论法西斯主义的起源》，前揭，第 57—104 页。

译过程的研究。① 此外,她还与德语教授迪特马尔·罗斯勒合作,共同创作了一系列的儿童侦探(英德)双语小说(如《当心》②)。可以说,大学研究人员也加入到了翻译研究的变革之中,成为了当今翻译思想的传播者,并且,为了应对翻译研究领域的新挑战,这种参与还必须是世界性的。当我们回过头再看阿祖·贝加的小说就会发现,贝加的这部作品不仅揭示了翻译的奥秘,还为现代翻译理论的出现奠定了决定性的一步。一直到1986年贝加的小说出版以前,翻译研究还只是停留在纯粹的比较文学阶段;同一年,佐哈尔·莎维出版了作品《儿童文学的诗学》,这本书不仅总结了自1981年以来的翻译研究成果,还对儿童文学的双重属性进行了定义,莎维指出:在图书的多元系统中,儿童文学既具有教育意义,又具有文学特性。③ 2006年,罗伯塔·佩德尔佐利在自己的博士论文《意大利儿童文学翻译,法国与德国:问题与策略》④中,用了整整一个章节的篇幅来介绍翻译研究领域的发展史。目前,这篇论文尚未被翻译成法语。佩德尔佐利在该章节中指出,二十世纪八十年代,翻译研究出现了"文化转向",这意味着翻译研究的方法开

---

① 见埃梅尔·欧苏利文(Emer O'Sullivan):《儿童文学的比较研究》(Ansätze zu einer komparatistischen Kinder - und Jugendliteraturforschung),转引自贝恩德·多勒-魏因考夫(Bernd Dolle - Weinkauff)、汉斯-海诺·埃维斯:《青少年阅读理论:自海因里希·沃尔加斯特以来的青少儿文学批评》(Theorien der Jugendlektüre: Beiträge zur Kinder und Jugendliteraturkritik seit Heinrich Wolgast),慕尼黑尤文塔(Juventa)出版社1996年版,第285—315页。
② 埃梅尔·欧苏利文、迪特马尔·罗斯勒(Dietmar Rösler):《当心》(Watch out - Da sind Sie),德国罗沃尔特出版社(Rowohlt Taschenbuch Verlag)2005年版。
③ 见佐哈尔·莎维(Zohar Shavit):《儿童文学的诗学》(Poetics of Children's Literature),佐治亚大学出版社1986年版;佐哈尔·莎维:《儿童文学翻译在多元文学系统中的功能意义》(Translation of Children's Literature as a Function of Its Position in the Literary Polysystem),载《今日诗学》(Poetics Today),第2卷第4期(1981年),第171—179页。
④ 罗伯塔·佩德尔佐利:《意大利儿童文学翻译,法国与德国:问题与策略》(La traduzione della letteratura per l'infanzia in Italia, Francia e Germania: problemi e strategie),跨文化交际博士论文,博洛尼亚大学翻译、语言与文化跨学科研究系,2006年,未出版。

始从"说明性"向"描写性"转变,翻译范式则从(重视源语文本的)"源语导向"逐渐演变为(重视目标语文本的)"目标语导向"。由此,童书出版商面临着一场极大的考验,即如何将儿童读者作为其图书出版战略的考虑重点。1982年,卡特琳娜·赖斯就曾在一项研究报告中对此有过清晰的论述。作为德国"功能目的论"(Skopos)的开创者,赖斯提出,要将每一个翻译行为所要达到的特殊目的作为翻译评估的新模式;由此,她对不同文本的类型和功能进行了定义,并指出,儿童文学译者如若想要达到其翻译目的,就必须认识和了解儿童读者的心理需求。① 然而,真正系统地将功能翻译理论运用到儿童文学翻译之中的却是芬兰学者莉塔·奥伊蒂宁,她曾在作品中详细地探讨了读者因素对翻译过程的影响②;与此同时,安东万·贝尔曼和劳伦斯·韦努蒂则强调要以一种更加全面的文学和文化视角来审视翻译研究。③

因此,对于译者来说,翻译就意味着要"重写"一部特殊的文学作品,他必须同时面对来自审美和文化两个方面的挑战。正如埃琳娜·帕诺罗在其论文《文学作家与翻译:安吉拉·卡特如何翻译及重写"夏尔·佩罗式"童话》中所提出的一样④,译者要以一种统治性,又或相反,以一种颠覆性的思想为基础,逐渐支配和掌控译本文本(及其读者)。另外,苏源熙也曾在一篇文章中对徐志摩所翻译的波德莱尔作品进行了分析和讨论,他提出:译者

---

① 见卡特琳娜·赖斯(Katharina Reiß):《青少年图书翻译:理论与实践》("Zur Übersetzung von Kinder‐und Jugendbüchern. Theorie und Praxis"),载《生动的语言》杂志(*Lebende Sprachen*),第27期(1982年1月),第7—13页。
② 见莉塔·奥伊蒂宁(Riitta Oittinen),《儿童文学翻译》(*Translating for Children*),纽约伽兰出版社2000年版。
③ 见《翻译的丑闻——走向差异的伦理》(*The Scandals of Translation: Towards an Ethics of Difference*),该书的作者之一劳伦斯·韦努蒂(Lawrence Venuti)是美国著名翻译理论家、历史学家,原籍意大利,劳特利奇出版社1998年出版了《翻译的丑闻》一书。
④ 见埃琳娜·帕诺罗(Elena Paruolo):《文学作家与翻译:安吉拉·卡特如何翻译及重写"夏尔·佩罗式"童话》(Les écrivains et la traduction: Angela Carter traduit et réécrit les contes),载阿布达拉·穆达利·阿鲁伊主编:《比较文学与翻译》,前揭。

要避免追求建立两种文本和语言之间形式上的对等,这种对等只是翻译中的海市蜃楼,他应当"通过暗喻翻译来实现战略上的突破"——准确辨识两种文化之间的交汇点,从而使两种文本能够相互沟通,两种词汇可以相互融合、相互修饰。①

吉塞拉·马尔塞洛·威尔尼茨在研究克莉丝汀·诺斯特林格②作品的西班牙语译文时,曾尝试将翻译过程中对文化元素的不同处理方式进行归类,正如她所分析的一样,"显现"或"隐形"是译者在翻译行为中的两种地位。③ 在这部名为《青少儿文学翻译中的文化因素》的作品中,威尔尼茨首先指出,任何翻译行为都是一种对源语文本的"操控",她通过比较翻译行为的三个重要元素——翻译过程、译者的翻译策略和目的,以及译文的表达,对译者的工作进行了详细的研究。最后,威尔尼茨总结道,在全球化的背景之下,当今翻译策略的主流趋势是:避免对源语文本采取"归化"翻译,尊重外国文化的特征,或者,顶多对其进行"中立化"处理。然而,威尔尼茨的评论并没有触及译者本身的翻译风格,而是将讨论重点放在翻译的"异化"上。帕特里克·奥诺雷面对《笨学生百科辞典——叛逆者与天才》(*L'Encyclopédie des cancres, rebelles et autres génies*)所取得的巨大成功时,曾谈到了青少年读者对日本漫画的热衷与痴迷,他强调,"异化"翻译让读者可以从不同的角度看待事物,从而极大地满足人们的猎奇心理。猎奇心理也许能够解释由英语"幻想"文学所掀起的翻译(或模仿及改编)热潮,特别是当这些"幻想"作品被视为一种隐蔽的阅读世界的方法时(例如《哈利·波特》),文学

---

① 见苏源熙(Haun Saussy):《翻译的多重任务:徐志摩对波德莱尔的传播》(Les engagements multiples de la traduction: Baudelaire retransmis par Xu Zhimo),载《被介入的读者》(*Le Lecteur engagé*),"现代"文学系列丛书第26册,波尔多大学出版社(Presses universitaires de Bordeaux)2007年版,第171—175页。
② 译者注:克莉丝汀·诺斯特林格(Christine Nöstlinger),奥地利著名儿童文学作家。
③ 见吉塞拉·马尔塞洛·威尔尼茨(Gisela Marcelo Wirnitzer):《青少儿文学翻译中的文化因素》(*Traducción de las referencias culturales en la literatura infantil y juvenil*),彼得朗出版社2007年版。

翻译便脱离了市场经济的支配,甚至与之形成鲜明的对比。

如果说,任何翻译行为都是一种对文本的操控,而"代码转换"则是其中一种操控形式的话,那么,我们现在需要思考的是,如何将图画书中的文字转换成图像,以及如何把小说改编成漫画。因为,文字、图画及其载体,以及所有非文字元素,如排版、图文关系等,它们之间的相互作用和影响都是一部作品的严谨性和协调性的体现。让-克劳德·佛莱斯特曾将儒勒·凡尔纳的小说《神秘岛》(*L'île mystérieuse*)改编成漫画《神秘的早晨、中午与晚上》(*Mystérieuse matin, midi et soir*),并于2004年再版(由法国社团出版社[L'Association]出版);法国文学批评家皮埃尔·莱斯皮纳在一篇文章中对此进行了分析。文章中,莱斯皮纳研究了佛莱斯特在建立两部作品之间意义对等时所采用的方法:在"保留小说情节"和"浓缩故事精华"的同时,佛莱斯特还强调,"词语的魅力是凡尔纳小说的一个关键因素,因此,他也在改编作品中遵循了这一原则:他的漫画作品不仅在视觉上充满了新奇感,在语言上也极富创造力"。这部作品"像多面镜一样反映了所有关于童年的回忆","图画中的影线、对比和大量的阴影给读者带来了极为强烈的感官体验"[1],从而保证读者可以拥有与阅读原小说时所感受到的同样的冲击力。可以说,代码转换不仅与作品的内容或形式有关,更为重要的是,它是译者本身的翻译目的。

译者,当今时代的幕后掌权人——通晓多种语言的灵猫

2007年,法国作家尤安·史法(Joann Sfar)的系列漫画"犹太长老的灵猫"(*Le Chat du rabbin*)出版了第五册《非洲的耶路撒冷》(*Jérusalem d'Afrique*)。通过史法的这部系列作品,我们可以看到:作为现代文学的先锋,漫画是能够证明代码转换合理性的最为有力的表现形式。贝加的《来自

---

[1] 见皮埃尔·莱斯皮纳(Pierre Lespine):《"为何岛"上的遇难者——如何将经典小说改编成漫画》(*Les naufragés de l'île Pourquoi. Adaptation d'un roman classique en BD*),载《我们要读书!》,第172期(2007年11月),第30—32页。

查巴的男孩》因为书中法语和阿拉伯语的交流而增添了一些与众不同的味道,这本书出版至今已有二十余年,儿童文学也经历了一个时代的变迁。然而,今天,史法的最新漫画作品向我们展示的却不再是一场简单的法语与阿拉伯语之间的对话,而是一段由多种语言共同演奏的复调旋律。外来移民因生活环境改变所产生的不习惯,以及在文化融入方面所遇到的困难以一种对称的方式对这部作品进行了重新塑造。故事讲述的是一位年轻的犹太画家,为了逃离他的祖国俄罗斯,藏身在一个运书的箱子里来到了非洲阿尔及尔(阿尔及利亚首都);他既不会说希伯来语,又不会说阿拉伯语,但是他却十分向往埃塞俄比亚的首都亚的斯亚贝巴,因为他想去那里寻找一个传说中的神秘犹太部落——非洲的耶路撒冷。故事中的灵猫就生活在阿尔及利亚,如果没有它给犹太画家做翻译,这个年轻人则会因无法与人沟通和交流而陷入十分困难的境地。这只灵猫骨瘦如柴,大大的眼睛里仿佛居住着那些被纳粹法西斯所屠杀的犹太幽灵,它是一只通晓各国语言的灵猫。尽管它只承认会讲"阿拉伯语、法语、罗曼语和一点儿西班牙语"(见《非洲的耶路撒冷》,第10页),并且宣称不会俄语,但我们却发现,它其实全都听得懂,不仅如此,在面对别人的提问时,它还能够非常默契和自如地用对方的语言来回答。故事中还有一个犹太教神秘主义哲学家,成天吹嘘自己是唯一会解读摩西五经的人,而灵猫却轻松地翻译出了令他愤怒的诅咒。特别是灵猫还让画家明白了一个事实,就算他找到沙漠里的耶路撒冷,那里的犹太黑人们也肯定不会承认他的犹太身份,并且还会粗蛮地驱逐他,只因为他是一名白人。这本漫画以法拉沙人在当地的社会融合为故事背景:最初,以色列并不承认法拉沙人的犹太身份,直到1984年至1995年间,"摩西"和"萨洛蒙"运动才拯救了这些犹太黑人并把他们带到了埃塞俄比亚。实际上,语言的障碍只是对宗教派性的掩饰,后者所引起的隔阂往往更加致命。故事中犹太长老年轻又美丽的女儿兹拉比亚(Zlabya)十分宠爱这只灵猫,而灵猫对她的理解更是让兹拉比亚把灵猫当作自己的爱人。此后,一名黑人穆斯林女孩儿深深地爱上了年轻的俄罗斯画家,这个女孩儿先是被自己的部落卖给了图瓦雷克族,然后又被卖给白人沦为奴隶;然而,对于画家来说,爱可以超越一切自私自利,可以化解所有的分歧,这种解放的爱已经无需用语言来表达了。

这也是史法在故事里想要传递的寓意。原教旨主义和其他教派的仇恨是当今宗教文化越来越明显的两大特征,故事中,史法把话语权交给一只滑稽可笑的动物,并以此打破了宗教文化中的各种禁忌。在前文中,我们曾提到尼古拉·布理欧的文章《翻译》,布理欧在该文章中强调,史法作品中的"代码转换"得益于他的图画。浮雕般的灰色单色画与画面中弯弯曲曲的线条正体现了我们一直追寻的人性。此外,这部作品的成功还得益于故事中无处不在的惊喜:首先,作者并没有给灵猫配上一本词典;另外,故事中另一位年轻美丽的俄罗斯女孩儿——好色鬼瓦斯特诺夫的情妇,用她的语言向犹太长老忏悔,如果读者想要弄明白她忏悔的内容,就必须翻到书的最后,查找对应的翻译内容……

在英国作家菲利普·普尔曼①的作品《北方王国》(*Les Royaumes du Nord*)中,动物扮演了人类的角色,成为人类的"守护神"。从某种程度上来说,译者就像是史法故事中的那只犹太长老的灵猫,是现代出版商的"守护神"。翻译是一个正在飞速发展的职业,它不仅在欧盟二十多个成员国里极速蔓延,而且还在联合国范围内以更快的速度不断攀升。我们可以通过2007年的"佐伊方舟"事件看到,译者的发言起着多么关键性的作用。因此,我们也不难理解,为何当今出版商的图书出版策略都取决于译者的选择。这难道不是一种浪漫主义的终极体现吗?当今的外文图书已经超越了纯粹的市场经济要求,当译者获得合理的收入时,作为一种媒介,他/她便可以用一种最忠实于原著的语言来为我们传递图书原本的含义。

---

① 译者注:菲利普·普尔曼(Philip Pullman),英国著名作家,代表作有畅销奇幻小说《黑暗物质三部曲》(*His Dark Materials*)。

十一、介于德语与意大利语文学之间的法语儿童图书：罗伯塔·佩德尔佐利在儿童文学翻译方面的理论成就与实践

2006年，罗伯塔·佩德尔佐利在意大利的博洛尼亚大学完成了有关儿童文学翻译的博士论文答辩。同一年，佩德尔佐利与他的两位同事埃琳娜·蒂·乔万尼（Elena Di Giovanni）和恰拉·埃莱凡特（Chiara Elefante）共同主办了一场题为"儿童文学创作及翻译：声音、图画与文字"的研讨会。2010年，彼得朗出版社出版了此次会议的论文集。① 佩德尔佐利研究了安东万·贝尔曼翻译的德国作家彼得·赫尔特林（Peter Hartling）的两部作品。赫尔特林是当代德语儿童文学最有影响力的作家之一，贝尔曼所翻译的这两部作品分别是《奶奶》（Oma）（1975年），法语译名为"Oma, ma grand-mère à moi"（1979年），以及《本爱安娜》（Ben liebt Anna）（1979），法语译名为"Ben est amoureux d'Anna"（1981年）。这两本小说的法语译本均由法国博达斯出版社（Bordas）出版，随后又被其他出版社多次再版。

贝尔曼是一位世界闻名的翻译学家，他认为，用理论的光辉来照亮实践的路程本身就是一件令人感到幸福的事情，因为，这样可以帮助我们在作品里发现意外的惊喜。正如佩德尔佐利在研讨会的宣传手册的题目中所提示的一样——"翻译的伦理性与文学性：读者与文学作品的和解——安东万·贝尔曼与儿童文学翻译"（Traduction éthique et poétique: pour une réconciliation du lecteur et du texte littéraire. Antoine Berman et la traduction de la littérature pour les enfants）——佩德尔佐利想要证明的是，评判一篇译文的文学质量，不光要考虑目标语文本是否在文体风格和"文学性"方面达到了与源语文本相等同的效应，同时，还应该考虑译文是否完整表达了原著

---

① 见《儿童文学创作及翻译：声音、图画与文字》（Écrire et traduire pour les enfants: voix, images et mots / Writing and Translating for Children: Voices, Images and texts/ Scrivere e tradurre per l'infanzia: voci, immagini e parole），彼得朗出版社2010年版。

的伦理内涵。除了翻译学家以外,贝尔曼还拥有另一个身份——赫尔特林作品的译者,这一事实也启发我们,翻译理论家的理论性思考与他们自身在儿童文学翻译领域的实践是息息相关的。我们曾在前文中提到过佩德尔佐利发表在《我们要读书!》杂志上的一篇文章,在这篇文章中,佩德尔佐利强调,贝尔曼的所有翻译作品都完美地捍卫了文学作品的价值。最后,她还在书中总结了贝尔曼翻译作品的特点:

> 对于贝尔曼来说,翻译实践有三个维度:译者会感受到不同语言之间的差别性与相似性、文学作品的可译性和不可译性,以及译文本身的特点——即可能会遇到来自各方面的阻力,例如,对意义的重建,或者对文字的重新刻画。可以说,翻译行为的每一个维度都会受到不同语言结构的影响,而关于翻译问题的所有争论都源起于此。因此,翻译研究只有"植根于这三重维度的纷争时"才有可能进行。

同一时期,意大利萨莱诺大学教授埃琳娜·帕诺罗主编了书籍《美丽新世界——儿童文学新老经典作品》(*Brave New Worlds: Old and New Classics of Children's Literatures*),该书对经典儿童文学作品进行了回顾和讨论,并于 2007 年由彼得朗出版社出版。佩德尔佐利参与了这本书的编辑工作。她在书中发表了一篇名为《经典儿童文学翻译中的"副文本效应":〈纽扣战争〉》(The "Paratext Effect" in the Translation of Children's Classics: The Case of *La Guerre des boutons*)的英语文章,该文章研究讨论了法国儿童文学家路易·裴高德(Louis Pergaud)的作品《纽扣战争》,并对该小说的多部意大利语译本进行了分析和比较。在这篇文章中,佩德尔佐利还以贝尔曼的翻译理论为基础,介绍了将法语书翻译成意大利语书的主要方法,并总结了经典儿童文学作品的评估标准。她认为,贝尔曼翻译理论的出现代表着人们开始思考儿童文学的翻译特征,特别是贝尔曼提出的"文学性"和

"伦理性"的翻译原则更是备受关注。《翻译与文化:远方的旅馆》是贝尔曼翻译思想的代表作之一。当时,英美国家流行的"种族中心主义"翻译观是功能主义的一种研究方式,其特点是将译文的"目标"人群视作翻译行为的必要前提,这就意味着,译者可以根据需要对译文进行调整。这种翻译方式不仅以牺牲语言形式为代价来优先考虑意义,还以牺牲原文(即"源语文本")为代价以求保护目标语的语言形式及文化,莉塔·奥伊蒂宁则是其中著名的代表之一。这种翻译方法给予了译文读者极为重要的地位,但却忽略了源语与目标语在表达形式上的众多差异。贝尔曼对这种翻译观进行了批判,并在此基础上提出了翻译的"伦理准则"。与只重视原文特点的传统翻译观念不同,贝尔曼注重的是儿童读者的需求和阅读能力,他认为翻译的纯目标在于"以异为异",并强调要在译文中保留原著的新奇性。译文要从美学和文学等各个角度重建原文的"深刻意义"。总的来说,就是要接受源语文本的字面意义。"因为,一部作品正是通过它的字面意义来表现它的语言形式和语言特点,并以此来表达它的世界观。"(《翻译与文化:远方的旅馆》,第 90 页)译文要体现原著的这一伟大使命,又或者要为转译的开展预留一定空间,而转译则需要"同一作品的复译本或者同一时期的不同译本表现出不可预期的多样性"[1]。因此,贝尔曼认为,翻译完全可以跨越"源语导向派"与"目标语导向派"之间的无休止争论。他指出,不同历史时期的译本常常是相互对立的。并且,贝尔曼从中发现了翻译的本质——"翻译观"。这就意味着,原著的文化特点与复杂性、为追求美感而使用的语言表达形式,以及作者个人经验的体现都要通过翻译的真实性来进行重建。

这也是佩德尔佐利在其研究《纽扣战争》的文章中想要贯彻的观念。通过这篇论文,她向人们展示了该小说的各种意大利语译本中的副文本元素是如何促成了译本的成功。在文章中,佩德尔佐利对不同出版社出版的十

---

[1] 安东万·贝尔曼:《翻译批评论:约翰·唐》(*Pour une critique des traductions: John Donne*),伽俐玛出版社 1995 年版,第 97 页。

几种译本进行了详细分析,其中的每一部译本都对我们了解翻译观念的发展有着十分重要的意义,也正是因为翻译观念的改变,这本小说才会广受意大利儿童读者的喜爱。该小说的第一本意大利语译本出版于 1929 年,其译者费拉里(Ferrari)并没有翻译原著中裴高德的自序,而是自己为该译本撰写了一篇长长的序言,同时,他还去掉了原著里每一章节前的题词。这是因为,该译本的目标读者是成人,就像在法国,裴高德的这部小说最初也是在 1912 年刊登在文学期刊《水星》(Le Mercure de France)上的。1927 年,莫梅出版社(Momay)首次出版了该小说的法语原版。此后,其他出版社又对其进行了多次再版,例如,1942 年,隆巴尔迪出版社(Rombaldi)出版;1945 年,巴黎众神出版社(Éditions du Panthéon)出版;1947 年,比利时世界地图出版社(Éditions de la Mappemonde)出版;1949 年,法国图书俱乐部(Club français du livre)出版;同年,法国水星出版社(Mercure de France)对其进行再版;1972 年,伽俐玛出版社(后收购水星出版社)出版;最后,该小说于 1976 年被收录进 Flio 文学丛书系列之中;1977 年,法国知名插画家克劳德·拉普安特(Claude Lapointe)为这本小说添加了插画。此后,该小说的插画版于 1987 年被收录进 Flio Junior 少儿文学丛书系列之中。

继伊夫·罗伯特执导了同名黑白电影之后(1962 年),该小说在意大利的发展也出现了重大转折:由埃托尔·卡普里奥罗(Ettore Capriolo)改编的该小说少儿版被米兰邦皮亚尼出版社(Bompiani)收录进了儿童文学丛书之中;与此同时,爱玛出版社(Emme Edizioni)出版了克劳德·拉普安特创作的该小说插画版。从此,图画成为了这部小说增加发行量所不可忽视的重要因素。1978 年,利佐俐出版社(Rizzoli)为儿童读者出版了詹尼·皮罗纳·哥伦布(Gianni Pilone Colombo)的译本,意大利作家塞拉迪(Celati)为该译本作序。同时,这也是第一本保留了裴高德自序和章节题词的译本。但是,一直到 1994 年,意大利杰出儿童文学家安东尼奥·费蒂(Antonio Faeti)才为这一译本重新作序,该版本被收录进"邦皮亚尼海豚"(Delfini

Bompiani)儿童文学丛书系列。2006年,该译本被再版,并被收录进法布理出版社(Fabbri)经典图画书系列之中。在佩德尔佐利的文章中,我们可以十分清楚地看到她对小说各个译本的序言、章节题词和插画所进行的敏锐且充满热情的研究分析。通过分析各译本遗漏和对原著的修复、与原著之间的共鸣与分歧,佩德尔佐利向我们展现了有关翻译策略或目标语读者策略的决定性因素。我们也可以用她的话来总结:"杰克·茨伯兹曾在其2002年的作品中提出,儿童文学是一种由出版商发明的文学形式,不可否认的是,出版商确实拥有这种权力,比如说,正是依靠辅文和装帧,出版商能够以差异化的形式出版一本书,从而赋予该书'童书经典'的地位,无论此举合宜与否。"①《纽扣战争》这本在法国从未进过任何经典文学名单的小说却在邻国得到了极大的认可,这一切应该说都是翻译的功劳。

十二、桑德拉·L. 贝克特:跨界文学②

无论是"出版商发明的文学形式",还是像娜塔莉·普兰斯所说的"一种独立的文学形式",在当今全球化的背景下,儿童文学拥有不同年龄段的读者,并以层出不穷的作品不断吸引着读者的目光。然而,有关儿童文学的概念不正是因此而变得越来越模糊不清,并逐渐沦为填补大众文学缝隙的工具吗?

桑德拉·L. 贝克特是加拿大布洛克大学(Brock University)的教授,她一直致力于研究儿童文学的新发展。贝克特凭借其作品《伟大的儿童文学

---

① 见埃琳娜·帕诺罗主编:《美丽新世界——儿童文学新老经典作品》,前揭,第139页。
② 见桑德拉·L. 贝克特(Sandra L. Beckett):《全球和历史视野下的跨界小说》(*Crossover Fiction: Global and Historical Perspectives*),劳特利奇出版社2009年版。我们曾在《儿童图书期刊》(2009年第247期)上发表过一篇书评,眼下这本书中对贝克特作品的讨论分析均源自该书评,部分表述有所修改。

家》①被法国大众所熟知,在这部作品中,她详细分析了亨利·博斯科、勒·克莱齐奥(J. M. G. Le Clézio)、米歇尔·图尼埃、让·季奥诺(Jean Giono)、玛格丽特·尤瑟纳尔(Marguerite Yourcenar)等多位著名作家的作品。此外,她的论著《循环再用的小红帽》(Recycling Red Riding Hood)②也受到了儿童文学爱好者的广泛好评;2008年,贝克特延续了前一部书中的研究,并出版了《适合所有年龄的小红帽》③一书。1999年至2003年,贝克特曾担任国际儿童文学研究协会会长,并主编了《变化引起的反思:1945年以来儿童文学的发展》④,该成果对二十世纪五十年代以后的儿童文学发展及变化进行了十分详尽的讨论。《全球和历史视野下的跨界小说》是贝克特的最新力作,她在书中全面地分析和介绍了当今儿童文学在全球范围内的变化。其实早在1999年,贝克特就对"跨界文学"进行过论述。她曾主编了《跨越边界:为儿童和成人双重读者写作》(Transcending Boundaries: Writing for a Dual Audience of Children and Adults)一书,并在章节"法国的跨界文学:写给成人的儿童文学?写给儿童的成人文学?还是写给所有年龄段读者的文学?"中发表了自己对"跨界文学"的看法;此外,来自十几个国家的大学研究人员也参与了此书的编写。2004年,瑞秋·福尔克纳在第二版的《儿童文学国际百科指南》中也讨论了"跨界文

---

① 桑德拉·L.贝克特:《伟大的儿童文学家》(De grands écrivains écrivent pour les enfants),蒙特利尔大学出版社,法国司汤达-格勒诺布尔第三大学文学语言出版社(ELLUG, université Stendhal – Grenoble III) 1997年版。
② 桑德拉·L.贝克特:《循环再用的小红帽》(Recycling Red Riding Hood),劳特利奇出版社 2002年版。
③ 桑德拉·L.贝克特:《适合所有年龄的小红帽》(Red Riding Hood for All Ages: A Fairy-Tale Inco in Cross-Cutural Contexts),美国韦恩州立大学出版社(Wayne State University Press) 2008年版。
④ 桑德拉·L.贝克特主编:《变化引起的反思:1945年以来儿童文学的发展》(Reflections of Change: Children's Literature Since 1945),美国格林伍德出版集团(Greenwood)普雷格出版社(Praeger) 1997年版。

学"的论题①,她将贝克特的作品誉为研究该主题的最好入门读物,并指出,一直以来,人们对"儿童文学读者"年龄段的划分并不统一,对于相关的划分标准也是争议颇多。福尔克纳的论述再次证明了贝克特研究的充分性和广泛性。②

目前,贝克特的这本2009年版的新书尚未被翻译成其他语言。1997年以来,在面向8岁至10岁读者的系列文学作品中,J. K. 罗琳开启了"哈利·波特式"儿童文学的热潮,并彻底颠覆了传统的文学创作形式、图书出版(如跨系列文学等)和市场营销策略(如包装等),以及儿童文学的创作格局(出版领域出现了一批以年轻的成年人为目标读者群体的极为年轻的作家,如《呼吸》[Respire]的作者弗朗塞斯·安娜-苏菲·布拉斯姆[Française Anne-Sophie Brasme],2001年该小说出版时,布拉斯姆只有17岁),儿童文学在这一过程中也逐渐获得了全新的身份和地位,而这也是贝克特在新书中十分重视的内容。就像我们所熟知的那些充满奇幻色彩的作品一样,儿童文学的这一新变化不仅缩小了儿童图书与主流出版物之间的差距,也为其未来的发展方向提供了参考。例如,彻底改变叙述技巧、混合不同文学体裁,以及拉近作者与儿童和成人读者之间的距离等。《哈利·波特》系列作品的相关数据对此十分具有说服力:2001年,近50%的购买者均为成人,其中,35周岁以上的购买者占50%,55周岁以上的购买者占25%。

儿童文学作品同时拥有儿童和成人两大读者群体,这一现象其实并不新鲜,贝克特也在自己的新书中提到过,我们在路易斯·卡罗尔、斯威夫特、夏尔·佩罗、让·德·拉封丹甚至是伊索的作品接受中也能发现这一特点。

---

① 见瑞秋·福尔克纳(Rachel Falconer):《跨界文学》(Crossover Literature),载彼得·亨特(Peter Hunt)主编:《儿童文学国际百科指南》(*International Companion Encyclopedia of Children's Literature*),第一册,劳特利奇出版社2004年版,第556—575页。
② 参见朱丽亚·埃克莱舍尔(Julia Eccleshaire):《跨越》(Crossing Over),载《事关紧要的文学》(*Literature Matters*,英国文化协会英语语言文学部通讯杂志),2005年6月,http//www. british-council. org/arts-literature-matters-3-eccleshare. htm。

尽管如此，儿童文学现阶段所面临的问题却是如何彻底改变其由教育实践所引起的专门化特征？即教育实践曾将儿童放在一个单独的世界里，并特意为他们创造了一种特殊的文学和文化，由于这些文学作品时常与教学紧密相联，人们往往将其视为一种低质量的文学形式。然而，弗朗西斯·马尔宽与娜塔莉·普兰斯的研究标志着当今儿童文学的一场重大转变：儿童走到了舞台的前面，"跨界小说"的出现则更是让一些曾经认为成人文学单调无聊、缺乏生活感和自发性的人开始重新审视成人文学，由此，"跨界文学作品"的质量也得到了保证。儿童文学这一转变不仅涉及"幻想类"小说，还对现实主义小说、哲理小说（如乔斯坦·贾德）或历史小说产生了重大影响。随着新技术的发展，新型小说和幻想游戏将传统文学置于十分危险的境地，在这样的背景下，儿童文学的新转变则成为其脱离危险并大获成功的关键。

贝克特在书中描写了广泛流行于西方国家及相关地区（如美洲、欧洲、澳大利亚、日本及南非）的儿童文学的新发展。她列举了众多实例，详细地说明了儿童文学作品是如何从一个读者群体"跳转"到另一个读者群体的。作者在创作时，时而以儿童为目标读者，时而又以成人为目标读者，时而又同时锁定儿童和成人，甚至是更加复杂的混合读者群体（如写给儿童读者的成人文学，写给成人读者的儿童文学、青少年文学，以及以年轻成年人为受众的新成人文学）。

贝克特还指出，在《哈利·波特》系列出现以前，出版领域的主流趋势是将成人文学作品改编成儿童读本（如《鲁滨逊漂流记》、《堂·吉诃德》以及沃尔特·司各特[1]的多部小说作品），或是将其归类于青少年读物（如勃朗特姐妹、狄更斯、史蒂文森、梅尔维尔[2]等人的小说被视作道德教育或冒险精神的起源）。然而，今天的出版趋势却与过去恰恰相反：大量的儿童小说

---

[1] 译者注：沃尔特·司各特（Walter Scott，1771－1832），苏格兰著名历史小说家、诗人。
[2] 译者注：赫尔曼·梅尔维尔（Herman Melville，1819－1891），美国著名小说家、散文家和诗人。代表作有《白鲸》。

被重新编写成了成人小说,如怀特的《石中剑》①或者图尼埃的《埃利亚萨》(*Éléazar*),最初都属于儿童图画书。

  我们曾在前文中提到,法国儿童文学作家在作品中经常使用扩大、缩小及简化等技巧,而伽俐玛出版社则将这些作品重新分配,或者将其收录进不同的文学系列,或者刊登在文学期刊上,例如,1974年,女性时尚杂志 *Elle* 就曾连载过图尼埃的作品《阿芒迪娜》(*Amandine*)。对此,贝克特在书中作了详尽的研究和分析。由于篇幅的缘故,贝克特在新书中未能提及所有当代的主流儿童文学作家。不过,一些明星级作家的名字当然不会被遗忘:例如,J. K. 罗琳、J. R. R. 托尔金②、菲利普·普尔曼、史蒂芬妮·梅耶、罗伯特·寇米耶③[1991年,其小说处女作《此时与那刻》(原作发表于1960年)被翻译成法语并出版],还有日本作家村上春树④["鼠之三部曲"(1973年至1982年)]、南美洲作家桑德拉·希斯内罗丝⑤[《芒果街上的小屋》(1983年)]、墨西哥作家卡门·布罗萨⑥[《他们是牛,我们是猪!》

---

① 译者注:特伦斯·韩伯瑞·怀特(Terence Hanbury White,1906–1964),英国著名作家和诗人,中世纪文学译者和编辑。代表作有《永恒之王》四部曲(*The Once and Future King*),其中最著名的《石中剑》(*The Sword in the Stone*,1938年)曾被迪士尼改编为同名动画电影。

② 译者注:约翰·罗纳德·鲁埃尔·托尔金(John Ronald Reuel Tolkien,1892–1973),英国著名作家、诗人及语言学家。代表作有奇幻作品《霍比特人》、《魔戒》与《精灵宝钻》。

③ 译者注:罗伯特·寇米耶(Robert Cormier,1925–2000),美国著名作家及记者。《此时与那刻》(*Now and at the Hour*)是其小说处女作,其法语译名为"Maintenant et à l'heure"。

④ 译者注:村上春树,日本著名小说家,美国文学翻译家。代表作有《且听风吟》("鼠之三部曲"第一部)、《挪威的森林》等。

⑤ 译者注:桑德拉·希斯内罗丝(Sandra Cisneros),当代著名女诗人、散文家,墨西哥裔。代表作《芒果街上的小屋》(*La Maison de Mango Street*)。

⑥ 译者注:卡门·布罗萨(Carmen Boullosa),墨西哥当代著名女诗人、小说家及戏剧文学家。代表作《他们是牛,我们是猪!》(*They're Cows, We're Pigs*)。

(1992年)]、意大利作家尼科洛·阿曼尼提①[《有你我不怕》(2003年)]以及扬·马特尔②[《少年派的奇幻漂流》(2001年)]。其中,扬·马尔特是一位出生在西班牙的加拿大籍青年作家,他的小说《少年派的奇幻漂流》被翻译成了40种语言,全球销售量高达600万本,被同时收录在成人文学、青少年文学以及儿童文学系列之中。此外,还有日裔加拿大籍作家小川乐(Joy Kogawa)的自传性长篇小说《欧巴桑》(*Obasan*,1981年),该小说描写了第二次世界大战期间,生活在温哥华的日裔加拿大人所经历的各种迫害与伤痛。1986年,该小说被改编成适合青少年阅读的版本,并更名为《直美的人生》(*La Route de Naomi*);另外,为了让日本读者了解小说的故事背景,该小说的日文版还对相关信息进行了补充说明。此外,还有另外一部有关二战题材的特殊作品——英国作家莱斯利·威尔逊(Leslie Wilson)的《库墨尔斯朵夫的最后一班火车》(*Le Dernier Train de Kummersdorf*),其实,这部讲述纳粹法西斯的小说最初是写给成人读者的,然而,在出版商的要求下,作者将其改编成了一部适合最低龄读者阅读的文学作品。当然,能够在不同读者群体间自由"跳转"的更多是少年文学或儿童文学读物,这种情况在低幼儿文学读物中还相对比较罕见。关于这一现象,我们也能在贝克特的新书中找到非常清晰的论述:在英语国家,村上春树的《挪威的森林》(*La Ballade de l'impossible*)(1987年)以及萨尔曼·鲁西迪③的《哈乐与故事之海》(*Haroun et la mer des histoires*)(1990年)是两本为少年读者所熟知且广泛阅读的作品;然而,在法国,这两本小说却被收录在了大众文学系列之中,鲜少引起年轻读者的

---

① 译者注:尼科洛·阿曼尼提(Niccolo Ammaniti),意大利当代著名作家。代表作《有你我不怕》(*Je n'ai pas peur*)。
② 译者注:扬·马特尔(Yann Martel),加拿大作家,其代表作《少年派的奇幻漂流》(*La Vie de Pi*)荣获2002年的布克奖。
③ 译者注:萨尔曼·鲁西迪(Salman Rushdie),英国作家,原籍印度,魔幻写实主义文学代表之一。

注意。

实际上，读者的观点和作品的主题才是贝克特在书中重点讨论的对象。然而，正如图尼埃所思考的一样，除了作品的风格和结构以外，"奇幻色彩"是否会重新成为儿童小说的统一模式？这一问题之所以存在，是因为哈利·波特现象的出现让文学家们开始尝试在儿童与成人之间建立起某种一致性，巴西作家安娜·玛丽亚·马查多①和日本作家宫泽贤治②的作品就曾是"奇幻文学"的代表。此外，我们还要看到，当代现实主义小说通过大胆的选题拉近了年轻成人读者与大众文学读者之间的距离。种族主义、犯罪、家庭分裂以及政治叛乱都是现代文学作品的几大中心主题，例如，托摩脱·蒿根③就曾将暴力作为其作品的主题[《夜鸟》(*Les Oiseaux de nuit*, 1982)]，并获得了1990年国际安徒生奖。

"跨界文学"跨越了小说市场里常见的各种障碍。它的出现否定了我们曾经对小说所做的全部分类，并证明了小说的叙述形式还具有极大的变化空间。对有连续性的文学作品给予极高的重视，这是当今出版及文化领域的发展趋势，因为这些作品可以将不同时代的读者汇集到一起，形成一个由儿童、青少年及成人所组成的统一的读者群体。对此，文学批评家朱丽亚·埃克莱舍尔在其2002年发表的一篇文章中就有所预言，而贝克特也对出版及文化领域出现的这一新趋势提出了质疑：那些在它们的庇护下所产生的文学作品是否终将成为一场短暂的"狂热"？"跨界文学"又是否会因此成为一种全新的"欣欣向荣且意义深远的文学形式"呢(《全球和历史视野下的跨界小说》，第251页)？

---

① 译者注：安娜·玛丽亚·马查多(Anna Maria Machado)，巴西著名文学家、儿童小说家，2000年国际安徒生奖获得者。
② 译者注：宫泽贤治(Kenji Miyazawa, 1896－1933)，日本昭和时代早期的诗人、儿童文学家及教育家。
③ 译者注：托摩脱·蒿根(Tormod Haugen, 1945－2008)，挪威儿童文学作家、翻译家，1990年国际安徒生奖获得者。

十三、儿童文学的文化背景：与时间玩耍的儿童——对神圣身份的怀念还是"快乐科学"的游戏？①

当代儿童文学的发展方向非常明确：无论是从创作对象、创作模式，还是从理想读者群体的角度出发，越来越多的儿童文学创作者都不知不觉地想从幼儿期或自身的童年经历中挖掘创作素材。然而，正如吉奥乔·阿甘本所说的一样，当我们最早提出"幼儿期"一词时，就十分清楚地明白，"它（幼儿期）并不是一片永恒的乐土，我们终将因为想要表达自我而离它远去；它从一开始就与语言共存，或者说，它是在语言本身的行为中逐渐形成的，然而，为了保证每一次的语言行为都以'人'为主题，它又总是被排除在外"②。

正因如此，我们在本书中关于"幼儿期"的评论是双重性的：对于一部分人来说，"幼儿期"是指生命中的一个阶段；而对于另一部分人来说，譬如阿甘本，"幼儿期"并不是"一种心理状态"，而是一种用话语来表达自我的方式，或者是一种与时间的交流。我们每一个人都曾是一名幼儿，假如说这一状态一直存在，并准备唤醒我们曾经拥有的幻想和无意识的语言，那本书的研究工作不是回忆幼儿期，而是要对其进行反思。这种思考有利于我们找到儿童文学的真正定义——这也是众多学者曾经努力想得到的结果。在我们看来，儿童文学作品以儿童为中介，获得了成人的喜爱和认可，这种形式完全符合以夏尔·佩罗为代表的上流社会的观点，同时也让人不禁联想起路易十四时期说书人的巴洛克式的故事角度……

---

① 此前，我们曾参加了由伊莎贝拉·卡尼、奈丽·夏布洛尔-加涅（Nelly Chabrol-Gagne）与卡特琳娜·杜米埃（Catherine d'Humière）共同主持的文学研讨会，并发表了与这一主题相关的论文，见该研讨会论文集《长大成人与保持童心：重温儿童文学》，前揭，第469—486页。本书在这一部分的论述均源自这篇论文。
② 见吉奥乔·阿甘本：《幼儿期与历史》，前揭，第89页。

此外，两种有关时间的构想也与上述各种观点相符。一种是古希腊人所说的"Chrónos"，他们认为时间是一种客观的期限，是可以测量的，是一种线性的历史——这不仅是出版商和译者按照儿童年龄对图书进行分类时所采用的时间观，也是全球化背景下，我们在文化大卖场里消费时通常使用的时间观。然而，"Chrónos"是否会像古希腊神话里的克罗诺斯（Cronos）一样，吞噬掉他的子女或是给他们穿上规范、专制的紧身衣呢？这种时间观采取的是一种诠释学的角度，但无论如何，它造成了成人与儿童之间的阻隔——这也是儿童文学作家在创作过程中会经常反复讨论的问题。第二种是"aiôn"，阿甘本认为，"它反映了时间最原始的特征"，即赫拉克利特①所描述的"一个正在玩耍的儿童"，他还指出，这种时间观与"庸俗历史主义中的时间、虚无、连续和无限"完全相反。② 希腊语将这种时间称为"Kairós"——它是一种"正确的时间"③，是不能错过的"关键时刻"；它也是匹诺曹在玩儿国里所使用的时间。因此，当幼儿具有完整意识和独立思想时，是否就是文学家或者为作品着迷的批评家应该好好把握的最佳时机呢？根据阿甘本的论述，"幼儿期"是我们需要回归的一段时光。而为了重新找到它，我们就必须跳出欧洲中心主义的局限，走近人类学家所关注的其他人类文明，正如乔治·德弗罗所指出的一样，在当今社会，"我们总会以各种方式来教一个孩子如何'做'儿童，以至于他此后都不知该如何'停止'自己的儿童身份"④。各个民族对"幼儿期"的不同解释为儿童文学家的研究提供

---

① 译者注：赫拉克利特（Heraclitus，公元前540年—公元前480年），古希腊哲学家，爱菲斯派的创始人，爱用隐喻和悖论。相传生性犹豫，被称为"哭的哲学人"。
② 见吉奥乔·阿甘本：《幼儿期与历史》，前揭，第133页。
③ 见吉奥乔·阿甘本：《幼儿期与历史》，前揭，第186页。请同时参见弗朗索瓦·奥斯特（François Ost）的文章《发挥时间的功能：社会时间的可能性条件》，欧洲法律理论学院，1997年，请访问 www.legaltheory.net。
④ 见《种族精神病学概论》（*Essais d'enthnipsychiatrie générale*），NRF论文丛书系列，伽俐玛出版社1970年版，第227页。该书作者乔治·德弗罗（Georges Devereux），法国精神病学家，原籍匈牙利。

了有利条件,让他们可以更好地理解和阐述文学作品的真正意义。所以,我们必须坚持以批判的眼光来看待有关"幼儿期"的传统观念,并与之保持一定的距离。

不会玩耍的"转世灵童"

我们在这里所讨论的"转世灵童"(enfant-ancêtre)是人种学里的一个概念。1985 年,笔者曾在《新种族精神病学期刊》第 4 期上发表过一篇相关主题的研究文章。[①] 二十五年后的今天,通过对这一主题的再次讨论,我们可以了解到随着人种学研究的深入,人们有关"转世灵童"的不同评论及新观点。克洛德·列维-斯特劳斯认为,"冷酷社会"里的"转世灵童"避开了历史的时间性,完全受制于季节的循环和周期性的风俗习惯,是一种位于一切时间尽头的存在;这是一种有关上帝的真正逆喻,它并非各种评论中所称的怪兽,而是一种祖先灵魂的化身以及人类智慧的象征。这是一个既不会笑也不会玩耍的儿童,仿佛是因为对自己所代表的祖先充满了向往,他的存在极其脆弱,生命也十分短暂。他往往可以治愈一切疾病,或是具备萨满巫师那样的通灵能力,他是人们尊敬甚至害怕的对象。法国精神分析学家马尔蒂娜·勒费弗(Matine Lefèvre)曾对流传于法国的不同"家族小说"进行了临床分析研究,她发现,在这些"家族小说"中,我们也能找到"转世灵童"的身影。此后,勒费弗还与莱博维奇教授(Lébovici)一起在《新种族精神病学期刊》上发表了相关的研究报告。"转世灵童"还有其他形式的化身,他不仅是天主教的"圣子耶稣",还存在于一些儿童文学作品之中,例如德国著名儿童文学家安吉拉·索莫-波登伯格(Angela Sommer‐Bodenburg)笔下的

[①] 见让·佩罗:《转世灵童与灵童转世:约拿、赫尔墨斯、耶稣与其他》(Enfant-ancêtres et ancêtres-enfants: Jonas, Hermès, Jésus et les autres),载《新种族精神病学期刊》,1985 年第 4 期,第 93—108 页。

小吸血鬼们。如果说,丹尼尔·佩纳克《怪物乐园》①中的主角是像"小老头"一样的孩子和"花园里的像婴儿一样贪吃的小矮人雕像",那么翁贝托·埃科则让我们想起曾经的一个"长不大的老小孩"(puer senilis)②。对于当代的儿童文学作家来说,"转世灵童"是否会成为一个典型的矛盾题材?教师或文学批评家是与儿童文学玩耍的"游戏至上派",但同时,他们又通过儿童文学来加深其理论的主观作用。那"转世灵童"又是否会成为他们的选择对象呢?

实际上,种族精神病学家可以帮助我们走出西方种族中心主义的局限,而通过研究不同的社会文化(如非洲或北美印第安人社会),我们就能明白,我们现在所培养的儿童是我们按照一定标准所构造出的一种产物,而这些所谓的标准只不过是我们成人自身的想法、规则和愿望的一种体现。乔治·德弗罗曾在1966年发表的一篇通告上指出:"成人看待儿童的方式,或者说他们对儿童天性和心理的认识,决定了他们对待儿童的态度,而他们的态度又会对儿童的成长产生十分重要的影响。"③德弗罗对一些少数民族的社会文化进行了深入的研究,其中包括美国莫哈维人(Mohave)、越南色登人(Sedang)和印第安科曼切人(Comanche)等,此外,"精神分裂症社会学理论"也对他的治疗实践起到了重要的指导作用。通过这些研究工作,德弗罗表示:"原始生活最为重要的特点之一就是没有'拒绝'长大的儿童——这个在当今社会普遍存在的现象……"④在上述的这些原始社会里,"在儿童还十分年幼时,人们就开始对他反复灌输长大成人的好处"⑤。德弗罗十分欣赏莫哈维人的教育理念,因为他从中看到了一种更加快乐的生活态度。

---

① 丹尼尔·佩纳克(Daniel Pennac):《怪物乐园》(*Au bonheur des ogres*),"黑色童话"系列,伽俐玛出版社1985年版。
② 见翁贝托·埃科(Umberto Eco):《倒退的年代》(*É reculons comme une écrvisse*),巴黎格拉塞特出版社(Grasset)2006年版,第395页。
③ 转引自《新种族精神病学期刊》,1985年第4期,第110页。
④ 乔治·德弗罗:《种族精神病学概论》,前揭,第225页。
⑤ 乔治·德弗罗:《种族精神病学概论》,前揭,第225页。

1985年,托比·纳坦对此进行了总结,即"毫无保留地接受儿童的性别特征,鼓励其为实现梦想而不懈努力,通过培养兴趣爱好来促进儿童的心理发展,社会规则充满灵活性以及几乎不存在任何强制性的礼仪规范"①。其中,除了在前卫艺术或儿童文学作品中,性别特征总是一个令人讳莫如深的话题,但如果忽略这一点,我们就可以发现,莫哈维人的理念其实与当今社会所唾弃的"幻想文学"十分相近和相似。的确,正如弗洛伊德所指出的那样,社会约束是道德文明进程中的一个重要部分。但是,德弗罗却强调,印第安人的礼仪规范和神话可以更好地帮助儿童顺利过渡到成人阶段,并避免在这一过程中过于迷失方向。②

但是,西方社会的情况却与此恰恰相反,"过于温和或过于专横的家长人为地延长了儿童的幼稚阶段,这些家长都清一色地不愿看到自己的'宝贝'长大"③。与之对应的是佩纳克在小说《怪物乐园》中所描写的大商场里的小老头们,这群小老头们十分热爱玩具,因为这些玩具"曾经对年幼时的他们形成了一种极大的诱惑"。德弗罗在书中对研究者们提出了责备,"甚至是警告",他指出,当今的研究者们没有意识到,自己的研究对象其实"并非儿童真正及本能的行为,而是社会通过心理学家和教育学家反复灌输给儿童的一种幼稚行为,其目的只是为了让所有的儿童都符合社会赋予他们的固定形象"④。德弗罗还总结道:"我们总是竭尽全力地鼓励儿童采取某种思考和表达的方式,与此同时,却又限制成人做同样的事情。"⑤

成人总是服务于"道德文明"的建立或致力于另一种幼年的"重写",因此,成人自己的观点才是儿童文学研究中最为关键的因素。德弗罗在书中强调了儿童行为"初级阶段"的主要作用,并明确揭示了在过去的一些研究

---

① 见托比·纳坦(Tobie Nathan):《向乔治·德弗罗致敬》(En hommage à Georges Devereux),载《新种族精神病学期刊》,1985年第4期,第1页。
② 见乔治·德弗罗:《种族精神病学概论》,前揭,第226页。
③ 同上,第227页。
④ 同上,第141页。
⑤ 同上。

分析中,影响和支配研究者态度的重要机制,对此,他表示:

> 为了延长儿童的幼稚阶段,使其超过正常期限,人们总是习惯性地将成人的生活刻画得只剩下痛苦与艰辛,而把童年描绘成一个美好的黄金时代。①

传统观念往往将儿童和成人对立起来,在潜移默化中对前者的形象进行定义和塑造,并对其给了极高的重视:人们对幼儿期这一黄金时代的怀念难道不正是这种传统观念的体现吗?正如丹妮尔·亨奇与米尔索·埃利亚德(Mirceau Eliade)在谈到米歇尔·德·塞尔托时所指出的一样,当今的儿童文学继承了浪漫主义文学和崇尚上帝的西方资产阶级文化的特点,"堕落的人类享有着极其微小的福乐,他们只能通过在各种宗教仪式及典礼上重复创世主的一切行为,以求重新获得神圣的身份"②,儿童文学作家则通过追忆已经流逝的时光来实现对这一文学文化的传承,然而,除此以外,难道就不会再有另一种"重温童年的途径"了吗?儿童文学作家与插画家在庆祝自己与时代接轨的同时又该如何寻找另一种创作的方向与基础?当今社会追求的只是跨越时间的界限,却无视永恒的历史时间性,在这样的背景下,儿童文学是否只是一种逃避犹豫不决和焦虑不安的方式?我们又该如何把对童年的怀念转变成一笔真正的财富呢?

匹诺曹式的游戏与文学:童年的光阴或暂停的时光

在克洛德·列维-斯特劳斯诞辰七十周年之际,为了向这位伟大的人类

---

① 乔治·德弗罗:《种族精神病学概论》,前揭,第141页。
② 见丹妮尔·亨奇:《重新做回儿童或寻找儿童文学丢失的乐园》(Redevenir enfant ou la quête du paradis perdu en littérature de jeunesse),载伊莎贝拉·卡尼、奈丽·夏布洛尔-加涅与卡特琳娜·杜米埃主编:《长大成人与保持童心:重温儿童文学》,前揭,第225页。

学家致敬,吉奥乔·阿甘本发表了文章《玩儿国——有关历史与游戏的思考》(Le Pays des jouets. Réflexions sur l'histoire et le jeu),并将其收录在《幼儿期与历史》之中。在这篇文章中,阿甘本提到了《木偶奇遇记》中的故事情节,故事里的孩子们被带到了"玩儿国",并在那里随心所欲地疯狂玩耍:"有的玩追人,有的扮小丑吃火,有的朗诵,有的唱歌,有的翻跟头,有的竖蜻蜓……"①

阿甘本指出,文中的描述让读者明显感受到时间在不断加快流逝:"在没完没了的种种玩乐中,一个钟头又一个钟头,一天又一天,一个星期又一个星期,飞也似的过去了。"于是,故事里的游戏者不再受到历史时间的禁锢,而是进入了"一个完全静止、充满欢乐的完美时空里",这里是"人类最初的故乡"。② 就像木偶匹诺曹的朋友小灯芯所描述的一样,"(在这个幸福的国度里)一个星期有六个星期四和一个星期日",而且"假期从一月一号放到十二月的最后一天"③,在这里,我们可以放开想象的翅膀任意高飞。阿甘本把故事里孩子们的"地狱般的"、"令人发狂的"和"难以忍受的喧闹"比作是一种"嘈杂",其目的是为了象征性地填补和修复一种社会仪式的缺失。对此,他总结道:"社会仪式规定和建立了历史,而相反,游戏却对历史进行了更改和破坏——尽管我们还不了解其中的原因和经过。"④现在,我们终于明白,聪明的小王子为什么只同死亡玩着一个一成不变的游戏,如同狐狸对此的解释一样,因为他所居住的星球"需要仪式"。

埃米尔·本维尼斯特⑤在其文章《以游戏为结构》(Le jeu comme structure)中阐述了游戏与上帝的关系,而阿甘本则将这一理论同游戏与仪式之间的关系联系起来,他指出,如果说上帝的力量来源于"仪式",而"具

---

① 见吉奥乔·阿甘本:《幼儿期与历史》,前揭,第 123 页。
② 同上,第 186 页。
③ 同上,第 124 页。
④ 同上,第 127 页。
⑤ 译者注:埃米尔·本维尼斯特(Émile Benveniste, 1902 – 1976),法国著名语言学家。

有陈述能力的'神话'与'仪式'相结合"又让这种力量得以永久存在,那么游戏的作用则与之相反,因为游戏"只会保留仪式"。因此,玩具是一件特殊的物品,它象征着一段单纯的"历史经过",而儿童就像是"人类的旧货商"①,他们手里把玩的是时间和历史。赫拉克利特是"aiôn"(指时间最原始的特征)时间观的代表,他认为,"时间是一个玩骰子的儿童",在时间的游戏中,"儿童掌握着王权"。阿甘本则在研究中指出,欧洲的哲学思想起源于赫拉克利特的理论学说,并在此基础上有了新的发展。在古希腊文中,"aiôn"一词本身是指生命力或生机,此后衍生出"生命的延绵和无限永恒"②之意。对此,阿甘本继续阐述道,"如果说,仪式的使命是要解决想象中的过去与现实之间的矛盾,并为此删除一切时间间隙,让所有事件都在同一时刻发生",那么,游戏要完成的任务则与之完全相反,"游戏的目的在于中断过去与现在的一切联系,使原有的历史结构解体,并让历史事件化作一片片零散的碎片随风飘去"。③ 这种由游戏、间断性与任意性、踌躇与决裂、中断与间隙共同组成的时间观将会与线性的历史和仪式相互联系,从而建立起一种"唯一的机制"——一种可以让历史继续发展的二元系统。④ 这也是当代某些文学作品传递给我们的经验。

同样,匹诺曹违背了线性历史时间的规定,在冲动的支配下,他把握时机逃离了爱吃小木偶的木偶戏老板吃火人。就像阿兰·蒙坦东所描写的一样,他的身体"变得非常奇怪,总是不由自主地发生一些变化,仿佛已经不再受其主人的控制":他的鼻子变长了,还长出了一双驴耳朵。⑤ 在儿童的世界里,"惊喜"可以随时出现,作为成人,我们也应当把这种无处不在的"惊喜"作为"游戏想象类"文学作品的创作重心。

---

① 见吉奥乔·阿甘本:《幼儿期与历史》,前揭,第129页。
② 同上,第134页。
③ 同上,第135页。
④ 同上,第137页。
⑤ 见阿兰·蒙坦东:《神话故事或别处的童年》,前揭,第79页,尤其可参阅该书章节"匹诺曹还是好动又爱闹的淘气包"(Pinocchio ou les turbulences du polisson)。

无论如何,阿甘本依然认为,幼儿期是语言发展的关键期:它让人们看到了本维尼斯特通过其研究所证实的话语和陈述之间的非连续性与区别。伊曼努尔·康德①曾想要在语言之外讨论纯粹的意志,但是,与此相反,阿甘本却十分赞同胡塞尔②的观点,他认为纯粹的经验其实是"缄默无声的"。因为,经验的构成恰恰需要"一个人不再总是能说会道,他必须曾经是,而现在也依然是一名儿童"③。于是,幼儿期与语言之间似乎形成了一种循环,"幼儿期是语言发展的起点,而语言发展又标志着幼儿期的开端"④。又或者,幼儿因为不会说话而让人"难以理解",而当他会说话的时候,他便重新开启了一页历史篇章,并随时保持更新。当然,我们也可以在此基础上谱写出更多的新篇章——这便是从事儿童文学的作家或艺术家的职责所在。继维特根斯坦⑤之后,阿甘本再次提出,"在所谓的神秘经验所构成的谜团之中",先验性对语言造成的局限并非是心理上的,因为确切说来,"人类的幼儿期才是语言先验性的根源"。⑥ 这是精神分析与文学研究所得出的共同结论。阿甘本的这一论述让我们联想到种族精神病学的基本原则,正如德弗罗所论述的一样,我们在某一个社会中所观察到的现实的行为会以梦想、幻想或神话故事等形式出现在另一个社会中,并有可能受到约束和限制。⑦ 我们将在下文中谈到菲利普·杜马斯的小说《奥克塔夫·艾克鲁顿-

---

① 译者注:伊曼努尔·康德(Emmanuel Kant,1724-1804),著名德国哲学家,德国古典观念论哲学代表人之一。
② 译者注:埃德蒙德·古斯塔夫·阿尔布雷希特·胡塞尔(Edmund Gustav Albrecht Husserl,1859-1938),著名德国哲学家,现象学之父。
③ 见吉奥乔·阿甘本:《幼儿期与历史》,前揭,第93页。
④ 同上,第89页。
⑤ 译者注:路德维希·约瑟夫·约翰·维特根斯坦(Ludwig Josef Johann Wittgenstein,1889-1951),出生于奥地利,后加入英国籍,哲学家、数理逻辑学家、语言哲学的奠基人,二十世纪最有影响力的哲学家之一。
⑥ 见吉奥乔·阿甘本:《幼儿期与历史》,前揭,第94页。
⑦ 见乔治·德弗罗:《种族精神病学概论》,前揭,第85—87页。

克雷顿教授》①,这部作品就是对德弗罗观点的最好证明。

菲利普·杜马斯:重新成为儿童或推翻双重约束的理论矛盾

在非洲西部的沃洛夫族(Wolof)、莱布族(Lebou)和塞莱族(Serer)社会里,"转世灵童"是真实存在的。根据安德拉斯·赞普莱尼教授在《新种族精神病学期刊》的特刊上所发表的相关报道,在当地,"转世灵童"被看作是可以与另一世界有直接联系的人。通常来说,"转世灵童"是非常漂亮但面带悲伤的小男孩,他们沉默寡言,并且,仿佛是因为迫切地想要返回自己原本属于的那个世界,他们总是在十分年轻的时候就去世了。而当他们同家人来到法国,又会在入学方面遇到很多棘手的问题。② 菲利普·杜马斯小说里的主人公艾克鲁顿-克雷顿教授(Professeur Écrouton – Creton)是一位知名的精神分析学家,故事就是从他的角度来讲述的。不过,作者并没有打算向读者解释什么是精神分析学家("因为我们永远也无法明白他们在讲什么"),而是以十分幽默的笔触为我们讲述了这位在儿童教育领域里闻名世界的儿童研究院任职的专家如何面对其女儿露易丝(Louise)所干的各种"蠢事"。由于该小说面对的读者具有双重结构,文中采取的叙述语言也常常具有双重含义,从而也实现了成人在讲话时所惯用的讽刺语气,例如,"'莫名'的冲动让我们打翻了果酱瓶,但是,就算我们知道了冲动的原因也没什么用,因为,我们还是得清理被弄得一团糟的地板"。

在艾克鲁顿-克雷顿教授的妻子去世之后,逐渐长大的女儿露易丝开始对小混球莫里斯(le petit Maurice)表现出极度的迷恋,还总是喜欢"捉弄"

---

① 全名《奥克塔夫·艾克鲁顿-克雷顿教授,或他祖父的孙子》(*Le Professeur Octave Écrouton – Creton, ou le petit-fils de son grand-père*),1977年由乐趣学苑出版社出版,属于中长篇小说系列。
② 见安德拉斯·赞普莱尼(András Zempléni):《来去匆匆的孩童》(*L'Enfant Nit Ku Bon*),载《新种族精神病学期刊》,1985年第4期,第9—42页。

他，教授因此时常恼怒不已。我们可以在这一部分的叙述中看到，作者可谓是将"游戏想象力"发挥到了极致。① 尽管如此，读者依然会从作品中感受到不幸和悲伤：当教授自己快要死去的时候，他仿佛"穿越了时空，飞翔在星雾缭绕之中"，他努力地想要记住自己的所有研究，还有他1922年发表的论文——《镜像阶段乃"我"之功能的形成阶段》。十分明显，这篇论文的题目所影射的是雅克·拉康②的研究工作和理论。教授的去世和升天都充满了滑稽意味，而在此之后（十五年以后！），他转世到了"一位孕妇的腹中"，而这位"孕妇"竟然就是他前世的亲生女儿！当这个"巨大的婴儿"奥克塔夫看到自己的"妈妈"时，他简直不敢相信自己的眼睛！（"我不是在做梦吧？我一定是眼花了！一定是！"）更让他惊讶不已的是，他的"爸爸"居然不是别人，就是那个讨厌的混球莫里斯！尽管新生活给他带来了一些不方便（"由于人们从不带他去厕所，我们的艾克鲁顿-克雷顿教授只好尿在裤子上"），但是绝对不缺少乐趣（"当'妈妈'敞开胸怀给我喂奶时，我发现，这可真是一对漂亮的乳房啊！"）。当然，令人忍俊不禁的事情还有很多，例如，还不会说话的小奥克塔夫居然自己爬上钢琴弹奏起了舒伯特的小夜曲。此外，奥克塔夫还经常从"妈妈"的口中听到一些莫名其妙的词，例如，"轻微的返祖现象"、"呈阶梯式上升的原始狂躁行为"或者"反光镜式换喻"等，尽管主人公奥克塔夫在叙述这些的过程中表示自己完全听不懂"妈妈"在说些什么，但是作为读者的我们却不由自主地联想起严肃的艾克鲁顿-克雷顿教授生前的全部研究。

由于奥克塔夫所表现出的种种奇怪症状，大人们决定带他去看"庸医"福康-拉斯科（Foucan－Lascault），这个"庸医"给奥克塔夫做了一堆测验（测

---

① 详见我们在《少儿图书的游戏性及其运用关键》一书中对"游戏想象力"的定义。
② 译者注：雅克·拉康（Jacques Marie Émile Lacan，1901－1981），法国著名精神分析学家、哲学家。

验是与正常的儿童游戏截然相反的一种活动①),还强迫他去玩泥沙,结果,奥克塔夫堆出来的东西看上去特别像一句骂人的话——"去你的!"除此以外,小说还讽刺了精神分析学以及新人种学,认为后者研究的重点是,当成人拒绝重新成为儿童(或者说当"大儿童"拒绝忘记自己的成人身份)时,应当如何让他融入社会文化的氛围。相关的讽刺细节,我们在此就不再赘述了。我们只需要知道,为了让自己所喜欢的一个同龄小女孩接受自己,5岁的奥克塔夫必须放弃自己高深的智慧,变成一个名副其实的小孩——塔塔夫(Tatave)。

不过,奥克塔夫面临的最大考验却来自于他所就读的小学,这所小学采用的正是他的前世——艾克鲁顿-克雷顿教授生前所研究的教学方法。小学的校长自豪地认为,自己接收的这位新学生就是人人尊敬的教授的继承人,而其他学生则把奥克塔夫当成了一个"至少六岁的滑稽搞笑的"竞争对手,一个倒霉的可怜虫。"校长得意洋洋地指着塔塔夫,所有人的目光都聚集到他身上,但是,塔塔夫却对当名人一点儿也不感兴趣。妈妈不在身边,他只想大哭一场[……]另外,他刚刚还尿裤子了[……]对于这个他从来都没见过的外祖父,你们真的觉得他一点儿也不在乎么?!"

其实,儿童并非总是快乐自由、无忧无虑的,他们也要承受很多烦恼和痛苦,想要长大成人,人类就必须挣脱来自先辈的束缚。德弗罗曾经以情感及符号交流之自由的名义对欧洲的人类科学提出过批评,菲利普·杜马斯则借助小说主人公的叙述,以幽默的方式再次强调了德弗罗的观点。1981年,有关精神分析家庭治疗的研究十分盛行②,然而,笔者却更为关注

---

① 见让·佩罗:《童话故事的双重游戏性》(Le double jeu du conte),载勒内·卡埃斯(René Kaës)主编:《童话故事与诊疗椅:童话在心理发展中的调节作用》(Contes et divans. Médiation du conte dans la vie psychique),巴黎杜诺出版社(Dunod)1984年版,第23—56页。
② 见让·佩罗:《世袭家族的自我调节与衰败》(Homéostasie et dégénérescence de la famille héréditaire),安德烈·吕费约(André Ruffiot)主编:《精神分析家庭疗法》(La Thérapie familiale psychanalytique),"无意识与文化"系列丛书(Inconscient et culture),巴黎杜诺出版社(Dunod)1981年版。

儿童文学作品中对转世灵童形象的处理，以及对相关宗教禁忌和幻想的表现。例如，安吉拉·索莫-波登伯格的作品《小吸血鬼》(*Les Visites du petit vampire*)中的食人行为，菲利普·杜马斯小说中令人费解的乱伦和对原始形态的回归，以及皮埃尔·佩罗(Pierre Pelot)的作品《疯狂如鸟》(*Fou, comme l'oiseau*)中的狂热妄想。在最后的这部作品中，故事主人公扮演了转世过程中的"死者"，他是一个"怪兽"，从他身上我们看到了整个社会的动荡。笔者一直认为，儿童是一位杰出的调解者，在上述几部小说作品中，被线性历史时间所释放的空间在儿童身上找到了庇护所。法国漫画家卢瓦塞尔曾经将巴利的小说《彼得·潘，不会长大的男孩》改编成了面向成人读者的同名系列漫画①；在笔者看来，杜马斯在小说中用心理现实主义来表现幼儿期的苦恼，卢瓦塞尔在小说中将彼得·潘描写成一个"可怕的怪物"（读者可以从故事主人公身上看到开膛手杰克②的影子），两者所采取的表现手法十分相似。③ 转世的奥克塔夫也有他的苦恼，他仿佛患上了某种"偏执性精神分裂症"，但是，作为一本"少儿文学读物"的主人公，作者更多地是将他描写成一个精神疾病的受害者而不是具有攻击性的冒犯者：他拒绝忘记"假的自体"，因为他从未停止过扮演艾克鲁顿-克雷顿教授（实际上，这也是线性历史时间的一种表现；尼采认为，精神分析理论就是一场"严肃的假面舞会"；普兰斯指出，巴利的作品正体现了尼采的这一观点），其实，他是在拒绝真正转世。这种对狂热妄想的压抑还伴随着"快乐

---

① 译者注：《彼得·潘，不会长大的男孩》(*Peter Pan: The Boy Who Wouldn't Grow Up*, 1904年)是苏格兰小说家及剧作家詹姆斯·马修·巴利(James Matthew Barrie, 1860-1937)最为著名的剧作。法国奇幻漫画家雷吉斯·卢瓦塞尔(Régis Loisel)后将其改编成系列漫画《彼得·潘》(*Peter Pan*)，共六册，并由法国西风出版社(Vents d'Ouest)于1990年至2000年间出版。
② 译者注：开膛手杰克，1888年伦敦连续凶杀案的凶犯。
③ 见娜塔莉·普兰斯：《儿童故事不会长大，除了一个以外——雷吉斯·卢瓦塞尔笔下的彼得·潘神话》[Les contes pour enfants ne grandissent pas, sauf un. La genèse du mythe de Peter Pan (James Matthew Barrie) selon Régis Loisel]，载《长大成人与保持童心：重温儿童文学》，前揭，第309—319页。

科学"的传递和大量运用：小说中的精神分析学家艾克鲁顿-克雷顿教授滑稽而可笑，其言语之中充满了"妄想"，然而，这都是因为在他内心深处住着一个矛盾的儿童。塔塔夫的快乐和喜悦达到了一种喜剧的效果：这是一个孩子对爱和幸福不顾一切的追寻。而对于新生的奥克塔夫来说，他的幸运就在于碰上了好时机。我们并非生来就为儿童，我们是成为了儿童！从成人世界里获得解放的奥克塔夫不再对成人有任何期待，反而希望得到同龄伙伴们所拥有的一切。就像查拉图斯特拉所宣告的一样，对于尼采来说，儿童"无辜、健忘，是一个新的开始、一种游戏，是自转的轮子、一种初始的运动"，但与此同时，尼采还从中看到，这是为了使"造物主（可以）创造世界"的"一种神圣的肯定"①。杜马斯小说中的"转世灵童"让研究者们重新发现了快乐的简单及其真正的意义，这个故事人物对所有长辈的无视反而产生了一种调皮、轻松和明快的艺术效果——这正是艺术家想要追寻的艺术效果。在这部小说所营造的阅读游戏中，对科学的遗忘和对瞬时的感受可以催产出一种"时机化时间"（Kairologie），随着我们语言的发展和"幼儿期理智感"的深化，这种时间观能够帮助我们超越对神圣事物的怀念。然而，这种时间观是否依然是我们所寻找的乐土呢？重新成为儿童，但同时保持成人的身份——这一矛盾是否就是我们（以及所有相关的作者或成人）在研究儿童文学时需要把握的关键呢？

幼儿期与愉悦，革命性的洞察力还是天赋的丧失？

通过"时机化时间"，阿甘本想要表达的是"一种时间的质变"。瓦尔特·本雅明认为，时间的质变体现在社会的改革中，而其最初表现往往为时间的"暂停"。因此，与持续发展所呈现的幻象不同，这种可以"让时间随时停止"的能力将儿童、革命者以及成人（"真正的洞察者"）重新聚集到一起，

---

① 见弗里德里希·尼采：《查拉图斯特拉如是说》（*Ainsi parlait Zarathoustra*），引自《作品集》（*Oeuves*），法国罗贝尔·拉封出版社1993年版，第303页。

否定一切线性时间的存在①,并让他们体会到原始时间所带来的愉悦。匹诺曹在玩儿国时,觉得时间在不断加快流逝,这其实就是"时间质变"的一种间接体现。此外,《怪物乐园》以漫画的形式对这一大胆的计划进行了清楚表现,例如,大商场里"真实存在的魔鬼学",以及用讽刺性的手法安排成人去玩原本属于小孩的游戏。与二十世纪六十年代至七十年代儿童文学的诉求不同的是,"时机化时间"是儿童文学在当今时代的标志,比起语言及思想,当代儿童文学作品更加重视的是身体的游戏。例如,受爱丽丝变换自如的身体的启发,神奇的身体变形成为当今儿童文学的一个重要表现手法,但同时,这种变形也反映了当今社会的普遍焦虑。再者,"时机化时间"是对科学知识的一种否定,由此,知识变成了一种"快乐的科学",学生一旦掌握这种"快乐的科学"就能立刻超越老师,且丝毫不会对此感到任何的遗憾。玛丽·布克哈特在一篇有关《哈利·波特》的文章中就对此进行了十分清晰的描述:在霍格沃茨魔法学校,魔法老师的地位远比历史老师的地位重要;算术占卜学和魔药课代替了传统的数学课与化学课;故事中的副校长米勒娃·麦格教授可以随时变成一只猫,但是却因为她对魁地奇球(一种骑着飞天扫帚的足球比赛)的热爱而显得幼稚和孩子气;魔法学校的巫师们像是一群生活在荒诞世界里的奇怪成人,就连麻瓜们也是一种游戏性的体现。② 随着布克哈特的进一步分析,我们甚至可以说,《哈利·波特》的魔法世界里充满了巫师们的各种法术、内心最原始的焦虑,而过度的想象唤起了人们对前科学时代的恐惧,然而,这一切都表现出了一种宗教信仰的倒退以及对动荡的巴洛克时代的回归。翁贝托·埃科曾在其作品《倒退的年代》中写过一句令人无比激动的话:"我们正在进行一场彻底的狂欢。"③如果说

---

① 见吉奥乔·阿甘本:《幼儿期与历史》,前揭,第 186 页。
② 见玛丽·布克哈特(Marie Burkhardt):《在儿童的世界里长大成人:哈利·波特或不幸者中的幸运儿》(Devenir adulte dans un monde enfantin: Harry Potter ou la bonne fortune des infortunés),载《长大成人与保持童心:重温儿童文学》,前揭,第 239—253 页。
③ 见翁贝托·埃科:《倒退的年代》,前揭,第 100 页。

《哈利·波特》这"组"当代"幻想"故事中的主人公让人联想到的是如今处于青春前期的少年,那么弗朗索瓦·德·辛格利德笔下的"轻少年"(adonnaisant,法语"青少年(adolescent)"一词的谐音词,指11周岁至15周岁,介于幼儿与青少年之间的群体)则更像是酒神狄奥尼索斯而非太阳神阿波罗,"他们犹豫不定,他们所在的世界变化无常,他们提倡的是享受当下的享乐主义,他们代表的是消费者的利益",而他们对启蒙思想的遗忘只能引起我们无限的担忧。在佩纳克的小说中,花园里的小矮人雕像们一手策划了对父亲的谋杀,与之相对应的则是在罗琳的系列小说第五册中,哈利·波特想要杀死老师和智者邓布利多时所表现出的冷酷无情。

此外,我们还能联想到亚历山大·雅尔丹的小说《彩色小人起义——如果没有大人》,故事中可怕又滑稽的校长被砍掉了脑袋,他的头则被"拯救岛"上的孩子们拿来当球踢。[①] 小主人公的名字叫做阿里·钱斯(Ari Chance),这仿佛是罗琳小说主人公名字的一种"后后现代主义"(post-postmoderne)的复制,还有梦想"有一天"能够嫁给赫克托(Hector)的小女孩达弗娜(Dafna),她在该小说的成人版《彩色小人》(*Les Coloriés*,伽俐玛出版社2004年版)中也有出现。达弗娜这个人物仿佛是洛丽塔(Lolita)和扎吉(Zazie)的结合,就像巴利小说的主人公彼得·潘一样,她对时间完全没有概念,并且愿意将她的婚姻变得像一场游戏一样,例如:"'好吧,'她说道,'我是你的妻子。'她本应该以同样温柔的语气说'我是彼得·潘'或者'我是睡美人'。"经过对这部小说的两个版本的比较,我们还可以看到,语言变形可以将一些社会规则用充满趣味性的方式重新表达出来,而幼儿期则成为这种变形的参考依据和最佳时

---

① 见亚历山大·雅尔丹(Alexandre Jardin):《彩色小人起义——如果没有大人》(*La Révolte des Coloriés. Sans adultes*),伽俐玛少儿出版社2004年版。

机。① 因此,我们可以借用埃科在其作品中提出的一个疑问来总结阿甘本的这项有关"现代编年史"的研究分析:

> 那么,为什么做父亲的就必须总是百般折磨自己的子女,而做子女的就一定要让自己的父亲疲惫不堪呢?其实,对于所有人来说,不管究竟是谁的错,问题的关键在于,这种关系总是一代又一代不断地周而复始,并且能一直被每一个人接受,就仿佛一排排的小矮人总是坐在另一排排的小矮人的肩膀上……②

的确,我们所讨论的话题并不是一个玩笑,也不是邓布利多的一道严肃谜题。埃科作品中有一章节题为"站在巨人的肩膀上",然而,我们能够在这一章节中寻找到的答案并不会比这个问题本身所包含的意义更多:因为通过这个问题我们可以看到,其实哲学本身偶尔也会从一种看似幼稚的角度来讨论一些棘手的主题。克莉丝蒂娜·柯南-宾塔多提醒我们:今天的故事讲述者惯于使用的是一种滑稽的模仿手法,其目的是为了"帮助儿童更多地了解世界",于是,他们强调要突出"童话故事中的温柔性"。③ 在我们看来,如果儿童只是一种让我们可以与成人建立沟通的媒介,那么,柯南-宾塔多的这一观点似乎就不是无关紧要的。

---

① 见文章《今日写作(二)——写作与游戏,亚历山大·雅尔丹与热纳维耶芙·布里萨克》(Écrire aujourd'hui II. Écriture et jeu. Alexandre Jardin contre Geneviève Brisac),载《南瓜》杂志(这是一本专门介绍儿童书店和儿童文学的杂志)。官网:http://lsj.hautetfort.com.。
② 见翁贝托·埃科:《倒退的年代》,前揭,第 408 页。
③ 见克莉丝蒂娜·柯南-宾塔多:《从佩罗到今天:童话故事的双重意义》(De Perrault à nos jours: le double discours du conte),载《长大成人与保持童心:重温儿童文学》,前揭,第 269—281 页。

结　　论　　终极矛盾：儿童文学，文学类别还是低劣的文学类别？

通过前文的分析和介绍，我们可以肯定，当代对儿童文学的重新评估形式多样，相关研究也十分丰富。整个出版领域呈现一片欣欣向荣的发展景象，在这样的背景之下，越来越多的文学评论家努力地想要为自己模糊不清且难以定位的身份勾画出一个清晰的轮廓。那么，我们是否应当跟随娜塔莉·普兰斯的步伐，将儿童文学视作一个独立的文学类别呢？或者，我们是否需要接受桑德拉·贝克特与朱丽亚·埃克莱舍尔有关"跨界文学"的定义，将所有界定不清的作品都纳入另一范畴？我们到底应该支持谁的观点呢？是苏菲·范·德·林登还是伊莎贝拉·尼耶-舍弗莱尔？前者认为图画书不是一种独立的文学类别，而后者在浏览了各种各样的"教学类图书"（如识字读本、名人传记等）之后（《儿童文学导论》，第96页），表达了自己对"图文结合的图画书"的看法："我们可以合理地认为，它们是一种类似漫画却又不同于漫画的独立文学类别。"（《儿童文学导论》，第119页）难道说，这是一种特殊的"嵌入型文学类别"？我们是否更愿意停留在弗朗西斯·马尔宽有关"儿童出版业"的定义和观点上，并将其作为最后的一根救命稻草？又或者，我们是否还要继续踌躇，在普兰斯所说的"一种拥有真正杰出作品的'简单'文学"和舍弗莱尔提出的"精英文化与大众文化"的交融（《儿童文学导论》，第221页）之间犹豫不决？除此以外，电影电视等媒介的出现使得儿童文学的界限变得更加混乱、模糊不清：罗伯塔·佩德尔佐利为我们分析了小说《纽扣战争》的复杂性，这部小说之所以能成功地从一种文化走向另一种文化，完全取决于目标语读者对它的接受程度，那么，它是否会借此逃脱被各种标准分类的命运？然而，正是鉴于以上各种问题，明智的出版商会在时机成熟的情况下，挺身而出，迎接所有挑战：例如，伽俐玛少儿出版社同时翻译并出版了安·M.马丁（Ann

M. Martin)的系列小说《保姆俱乐部》(Le club des Baby‐Sitters)的最新作品——《绝妙的一年》(Une année formidable),以及西格里·勒诺(Sigrid Renaud)的作品《一个妖怪生命中的十二小时》(Douze heures dans la vie d'un troll),并将其纳入"越野"文学系列之中。此外,该出版社还根据法国教育部对初中二年级的教育规划,在让-菲利普·阿鲁-维诺(Jean‐Philippe Arrou‐Vignod)的领导下,出版了一些名家名著的少儿版本,并将其全部收录在"少儿对开本"文学系列之中,如《帕特兰律师的笑剧》(La Farce de maître Pathelin)、莫里哀的《司卡班的诡计》(Les Fourberies de Scapin)、贝鲁尔的《特里斯坦与伊索尔德》(Tristan et Yseut),以及《列那狐的故事》(Le Roman de Renart),其中,最后两本也被收录进了克洛德·居特曼(Claude Gutman)所设立的"宇宙对开本"文学系列之中。

让我们把目光转回到我们的小读者身上,他们才是这些作品真正的阅读对象,所以,我们必须了解他们是如何看待儿童文学作品的。例如,一个八岁半的小女孩儿不愿意看一些图画书,原因是她一看到书里的图画就觉得"这是给小孩子看的",换句话说,是给她那些只有五六岁大的小表弟们看的。因此,对她来说,这些书完全不值得一读。由于她还认不全书中的字词,她偶尔也会"屈尊"接受大人为她读书里的故事。然而,她偏偏喜欢马丁·佩哲(Martin Page)的《与巧克力蛋糕的谈话》(Conversation avec un gâteau au chocolat),并让大人们为她从乐趣学苑出版社订阅了这本书,此外,她还特别喜欢克洛德·居特曼的《毛毛狗杜夫》(Toufdepoil)!更奇妙的是,与之前相比,她对另一些书的态度简直是发生了一百八十度大逆转。例如,她假装读懂了一些被大家公认为"很难"的书,并宣称已经读完了《哈利·波特》——这可是作为一名当代读者的全方位参考标准。她甚至还可以借助自己看过的影片复述出每一部小说的主要内容,以至于我们完全不敢揭露她精心伪装的完美读者形象!她还会根据自己在电影里学到的经验,一个人扮演"老师",并命令她想象中的学生写作业。有时候,她十二岁的姐姐还会为她读上几页,以帮助她回忆作品中的某些场景。她是一位专家级的读者,她的确已经读完了《哈利·波特》整个系列,并正在读史蒂芬妮·梅耶系列作品的第五部,更不要说海贝卡·朵特梅(Rébecca Dautremer)的多部图画书作品了,此外她狼吞虎咽读完了《欧也妮·葛朗台》(Eugénie Grandet)以及左拉①的《梦》(Le Rêve)。然而,她却依然会对自己的阅读原因进行反思,而恰恰是这些原因让笔者对全新的幼儿图书产生了浓烈兴趣。毫无疑问,对于小女孩来说,她那时不时冒出怪念头的祖父绝对是一位非同寻常的人物!她还有两个表哥,一个十五岁,另一个十八岁,相对来说,他们对儿童文学的看法则更为明确:在他们眼中,梅耶的小说简直老掉牙了!他们之中,一个正忙于写莫娜·奥祖弗所说的"高中议论文",另一个则已经"成年",开始读一些别的东西。而如果我们去问扎奇的想法,她一定会像"年轻一代人"一样粗俗地问道:"'经典儿童文学'?这是啥玩意儿?"因此,这是一个终极矛盾,作为成人,我们不仅在儿童读者的热情中左右为难,还要同时做他们的思想传递者。于是我们不得不时常将自己伪装成儿童:我们要不断地超越自我,同儿童一起,或完全替代他们,去阅读一种用时十分少的文学。我们是否就像一群永远跑在"新人"后面的"老小孩",刚刚追上他们却又被甩得远远的?儿童文学是一种文化遗产,是儿童一生会读到的文字中一个历时短暂的集合,那么,在追求这种文化遗产的安全时,儿童是否会通过自己的阅读而成为真正的读者呢?我们不能忘记,对于一些社会阶层的儿童来说,"大众文化"是他们可以接触到的唯一文学,而其中,也可能暗藏着一些"杰出的作品"……

---

① 译者注:爱弥尔·左拉(Emile Zola,1840-1902),法国著名自然主义小说家和理论家,十九世纪后半期法国重要的批判现实主义作家,自然主义文学理论的主要倡导者。代表作有《小酒店》、《萌芽》、《娜娜》、《梦》等。

第二章
影像中的儿童

一、巧克力与虚拟世界之间的少儿图书出版：媒介的集合

真正的文化就像是一个顽皮的孩童，他坐在祖父的膝盖上，总是伸手去扯祖父的胡须。因此，文化是鲁莽失礼的，但同时也蕴含着浓浓的温情。

——摘自《著名作家的猜谜游戏》①的封底，鲍里斯·穆瓦萨尔（Boris Moissard）。

与当今世界的发展趋势一样，文学领域也呈现出两种截然相反的风格：一种是对具体事物的偏好与热爱，强调的是"及时享乐"（其中，乔治·佩莱克的作品对此进行了十分详尽的描绘）；另一种则倾向于抽象的概念，追求的是思想的升华和无限的幻想，而思想的升华和幻想又往往会激发人们对抽象概念的更为强烈的兴趣。随着新型媒介以及荧幕时代的到来，文学领域里的这对矛盾也上升到了前所未有的高度，"虚拟世界"里各种怪诞的幻

---

① 《著名作家的猜谜游戏》（*Portraits devinettes d'auteurs illustres*），文：安娜·特罗特罗（Anne Trotereau），图：菲利普·杜马斯，乐趣学苑出版社1994年版。

想对现实生活产生了巨大影响,并时刻吸引着我们的眼球。自儿童文学形成以来,巧克力就仿佛成了其标志性的元素。我们认为,想要进一步了解儿童文学,就必须从一些具有代表性的儿童文学作品出发,并将这一看似表面化的研究与当代出版业的现状相结合。我们发现,巧克力的甜蜜可以令人身心愉悦,这种感觉往往在神话故事中得到了十分完整的保存,然而,在球形电视时代背景下,儿童文学作品中的"巧克力"不仅与其他"缤纷多彩的糖果"构成了一种微妙的联系,还与"世界上的所有苦难"形成了鲜明的对比……

(一)"快活岛":游戏、故事与教育

1686年,在法国儿童文学以书面形式出现的初期,曼特农夫人发表了文章《圣·路易学校的女子教育》(Education des demoiselles de la maison de Saint‑Louis)。在这篇文章中,曼特农夫人以自己年轻的女学生们为主题展开了讨论,她认为,应当将游戏合理地运用到针对贵族及资产阶级的女子教育中,对此,她写道:"我们要利用一切资源乃至游戏,以培养她们的理智。"曼特农夫人的这一观点十分接近费内伦在当时进行的教育实践。① 1689年,费内伦被任命为勃艮第公爵(路易十四之孙)的家庭教师;1696年,他发表了作品《论女子教育》,并在文中提出:"(因此)我们应当寓教于乐,让儿童玩耍:让他愉快地学习知识而不只是间接被动地接受知识;要避免因过于严厉而让他心生厌倦。"②

费内伦所提倡的教育理念其实由来已久,我们可以追溯到伊拉斯谟、圣·

---

① 雅克·勒布朗(Jacques Le Brun),法国著名历史学家、十七世纪天主教文学研究专家,他曾评论过法国天主教神学家弗朗索瓦·费内伦的作品《论女子教育》(De l'éducation des filles),并在评论中引用了曼特农夫人上面的这句话。见《费内伦作品集(第一册)》(Fénelon Œuvres I),"七星文库"NRF论文系列,伽俐玛出版社1983年版,第1276页。
② 见《论女子教育》1696年版,《费内伦作品集(第一册)》,前揭,第104页。

奥古斯丁,甚至是古罗马和古希腊人,该理念一方面承认好动是儿童的天性,另一方面也表示出了对这种天性的担忧。费内伦指出,圣·奥古斯丁曾敏锐地洞察到,"儿童[……]在喊叫和游戏当中能够准确辨别每句话所指的对象和所包含的意义",但与此同时,费内伦也惋惜地表示,儿童好动的天性导致了他们的"善变"。这种"躁动"对于儿童的成长和基督教信仰的培养都是有百害而无一利的,不仅如此,它还会让儿童养成一些不良习惯:例如,在女子教育方面,费内伦就曾严厉批判了存在于女孩身上的各种"躁动"的表象,如"软弱和散漫"。费内伦还认为,"那些没有受到良好教育的女孩总是沉迷于小说、戏剧和各种虚构的冒险故事",她们"脑子里总是在幻想一些虚无缥缈的东西"。①

我们在这位高级神职人员的实用主义观点中发现,教学游戏与文学故事在功能方面存在着十分紧密的联系,一条有关第一版《论女子教育》的评论曾经指出,费内伦已经观察到,"一些儿童在那些可笑的故事上倾注了无限的热情,然而往往是这些儿童获取了最后的成功",因此,费内伦明确表示,人们可以通过效仿这种模式来让儿童学习阅读《圣经》等道德故事,对此,他还总结说,"我们应该让他们学会如何轻松地阅读"②。

除此之外,费内伦还从这一理论观点出发,创作了大量儿童文学读物,其中包括 1699 年出版的针对王储培养的《泰雷马克历险记》,以及早些年创作的以琉善③的《真实的故事》(*L'Histoire véritable*)为模版的《快活岛之旅》(*Voyage dans l'île des plaisirs*)。在这部冒险故事作品中,费内伦为主人公设置了各种各样的困难和考验,人们在阅读故事时也仿佛进入了一个如同《糖果屋》④一般的神奇世界。我们随着主人公来到"一个糖果岛,岛上有果

---

① 《论女子教育》1696 年版,《费内伦作品集(第一册)》,前揭,第 94、96、98 页。
② 《论女子教育》1687 年第一版,《费内伦作品集(第一册)》,前揭,第 1206 页。
③ 琉善(Lucien, 120 – 180),生于叙利亚的萨摩萨塔,罗马帝国时代的希腊语讽刺作家。
④ 译者注:《糖果屋》(Hänsel et Gretel),又译《汉泽尔与格莱特》,是一则由格林兄弟收录的德国童话。

酱堆成的高山、冰糖和焦糖砌成的悬崖,还有流淌着糖浆的河水";在这里,无论多"缤纷多彩的糖果"也都显得"平淡无奇"。沿着"甘草森林",走过松饼铺成的小路,我们来到了第二个岛。在这里,"每天夜晚",主人公刚一躺下,地面就会像"事先约定好的一样准时裂开","热气腾腾且泛着泡沫的巧克力奶和冰冰凉凉的甜酒便会随之喷涌而出"。尽管故事中多次出现了类似震撼场景的描写,然而,"喷涌"一词却体现了其中所蕴含的压抑。随着这场幻想游戏的推进,主人公还会遇见更多由糖果构成的甜蜜景色,它们将"激起这位探险者的无限欲望",但是,他很快就会对它们"完全失去兴趣"。① 作品的文学性体现在故事主人公的这些幻想之中,他和泰雷马克一样,不断地进行着冒险,他的原型是西方文学史上最早的故事人物之一——尤利西斯(Ulysse);此外,他的经历还是一种现实的理想化的写照。夜晚那些"泛着泡沫的巧克力奶"就像是神奇的油漆,它让童年的宫殿在黑暗里熠熠发光;与那些冰冷的糖果不同,它还是一剂兴奋剂,可以激发读者无限的想象。在此之后,罗尔德·达尔吸取了这部小说的精华,并创作了令众多读者着迷不已的《查理与巧克力工厂》(*Charlie et la Chocolaterie*)。实际上,在这一类的文学作品中,作者本身才是那个冒险的人,只不过,他的冒险有时是刻意的,有时却是无心的:就像在《快活岛之旅》中,费内伦对感官印象进行了大量描写,这种做法在当时无疑是备受谴责的,但同时,他又在这些感官描写之中植入了道德伦理教育,而他所做的一切只是为了让作品更加符合儿童读者的口味和兴趣。费内伦曾经猛烈地批判当时的国家政治,并严厉地谴责法王路易十四为了追求个人荣耀而导致国家鲜血淋漓的行为,为此,他失去了路易十四对他的信任。当时的法国,农民在全国人口中占绝大比例,就像后来的"乡巴佬雅克"②一样,他们过着穷困潦倒的生活,大部

---

① 见《快活岛之旅》(*Voyage dans l'île des plaisirs*),《费内伦作品集(第一册)》(*Fénélon Œuvres I*),"七星文库"NRF 论文系列,伽俐玛出版社 1983 年版,第 201、203 页。
② 译者注:"乡巴佬雅克"是社会小说《乡巴佬雅克》(*Jacquou le Croquant*)的主人公,其作者为欧仁·勒鲁瓦(Eugène Le Roy),该小说于 1899 年出版。

分人关心的只是解决温饱等最基本的生存问题。费内伦心里十分清楚,在这样一个饱受战争之苦的国度里,自己作品中对奢华事物的大量描述必定会引起舆论的巨大争议。除此之外,夏尔·佩罗讲述的"小拇指"①故事也并非自欺欺人。在故事的一开始,读者就能感受到饥荒给主人公带来的悲惨命运:"有一年,年景很坏,遍地闹饥荒,穷人被逼得抛弃自己的孩子。"后来,村庄庄主十分同情"小拇指"一家人,给他的父母送来了十元钱,"这十元钱使他们又能活下去了,因为他们可怜得快要饿死了"。从这些作品中我们可以观察到,农民的子女通常是没有书看的,他们或许只能接触小贩兜售的画册,以及乡村神甫们的祷告词。因此,费内伦的作品将是我们在本章节中的讨论起点。

我们曾在《夏尔·佩罗诞辰三百周年纪念——十七世纪的伟大童话故事与文学财富》一书的"童话故事与巧克力"章节中指出,费内伦是"古希腊与古罗马人"的忠实拥护者,他的作品则是现代儿童小说的起源。② 十七世纪,刚刚被引进法国的巧克力静静地流淌在凡尔赛宫的"喷泉"里,它就像是法兰西皇族精神上的甜品,是他们高贵身份的象征。路易十四将这种神奇的饮料赠予了勃艮第公爵,并同时为他送去了另一件精心准备的礼物——"快乐"教育法——一种被费内伦、盖恩夫人③,以及后来的卢梭和大多数教育学家大力推崇的教育法。

当时的法国文学界正热衷于将夏尔·佩罗于1691年至1697年间创作

---

① 译者注:"小拇指"是散文童话《小拇指》(Le Petit Poucet)的主人公,其作者为夏尔·佩罗,该作品于1697年发表。
② 见让·佩罗:《童话故事与巧克力,凡尔赛的快乐/奥博纳的快乐》(Contes et chocolat, Plaisirs de Versailles/Plaisirs d'Eaubonne),《夏尔·佩罗诞辰三百周年纪念——十七世纪的伟大童话故事与文学财富》(*Tricentenaire Charles Perrault. Les grands contes du XVIIe siècle et leur fortune littéraire*),法国印中出版社1998年版,第377—387页。
③ 译者注:盖恩夫人(Madame Jeanne Guyon,1648-1717),法国神秘主义的代表人物。

的《鹅妈妈的故事》改编成"现代版";与此同时,洛克①倡导的感官教学也逐渐被法国社会所接受。在这样的背景下,费内伦的故事以文学的多样性为基础,给法国文化带来了全新的变化:巧克力这道"现代化"的甜品使得他的创作与当时学生们广泛阅读的琐善的作品拉开了一定距离。我们阅读费内伦作品的过程完全符合知识的构建机制。语言学家杰罗姆·布鲁纳就曾说过,在游戏和语言的互动中,"儿童通过排列组合一些微不足道的细节,已经完全准备好理解文学作品中的很多内容"②。因此,对于儿童读者来说,无论是语言带来的快乐,还是一场文学的探险,一切都存在于他对文化差异性和多元性的发现之旅中,也存在于他对信息的不同组合形式的探索之中。

诺贝特·埃利亚斯曾在《文明的进程》③一书中详细描述了社会精英习得新"礼仪"的过程,此后,法国历史学家罗伯特·穆尚布莱也在《近代法国大众文化与精英文化(15—18世纪)》中对此进行了回顾④,而费内伦的经历正是对这一过程的完好阐释。除了开发游戏的各种教育功能、谴责"滑稽可笑的童话故事"和"爱情小说",这位勃艮第公爵的家庭教师还大力支持让儿童远离普通大众以及大众节日与游戏中的"暴力"和"粗俗"。在文学方面,费内伦的主张与拉布吕耶尔⑤一样,他十分反对人们阅读拉伯雷⑥的

---

① 译者注:约翰·洛克(John Locke, 1632 - 1704),英国著名哲学家、经验主义的代表人物之一。
② 见杰罗姆·布鲁纳:《儿童的谈话:学会使用语言》(*Comment les enfants apprennent à parler*),第23页,该书法文版由雷兹出版社(Retz)于1983年翻译出版。
③ 《文明的进程》(*La Civilisation des mœurs*)的作者是诺贝特·埃利亚斯(Norbert Élias, 1897 - 1990),犹太裔德国社会学家,该书法文版由法国口袋出版社于1974年出版。
④ 见罗伯特·穆尚布莱(Robert Muchembled):《近代法国大众文化与精英文化(15—18世纪)》(*Culture populaire et culture des élites dans la France moderne (XVe - XVIIIe xiècles)*),"田野"(Champs)丛书系列,法国弗拉玛丽昂出版社1978年版,第344页。
⑤ 译者注:让·德·拉布吕耶尔(Jean de La Bruyère, 1645 - 1696),法国著名作家、哲学家和伦理学家,代表作有《品格论》。
⑥ 译者注:弗朗索瓦·拉伯雷(François Rabelais, 1493 - 1553),法国文艺复兴时期作家、人文主义代表,代表作有《巨人传》。

书,认为后者在作品中"播撒了污秽"①。费内伦致力于开创的是一种可以在十八世纪的"法兰西文库"中开花结果的故事形式,一种"大众文学"从"文化中心主义"②向乡村文化过渡的标准模式。

教育理念是社会公共秩序的体现,正如吉尔·布鲁热尔在其著作《游戏与教育》中所强调的一样,浪漫主义文学的到来及其对教育的影响完全颠覆了有关游戏和幼儿的传统观念。③ 无论是路易·德斯诺耶的《倒霉鬼让-保罗·萧邦》(1832)还是路易·裴高德的《纽扣战争》(1912),又或是皮埃尔·艾力·费里耶的诙谐图画书系列《大舌头王子的故事》(*La Belle Lisse Poire du prince de Motordu*, 1980),这些作品都无一例外地遵循了——抑或偶尔违背了——浪漫主义的教育理念,从而才得以在语言和文学手法上恢复了儿童文学"不按常理出牌"的艺术特征。自十七世纪的流浪汉和鲁滨逊等人物形象出现以来,文学作品中的冒险游戏在众多因素的作用下变得十分多样化:例如,受到"精神分析学革命"以及在此之后的各种文化变革,尤其是1968年法国"五月风暴"等事件的影响,文学对儿童需求的考虑被解释成一种更加系统化的社会"倒退",或是克劳德·盖涅贝④所描写的"粗俗民谣"。费里耶的《厕纸》⑤改编自拉伯雷的小说《巨人传》,拉伯雷曾经说过,"笑是人的本性",而诙谐幽默则是费里耶这部图画书最为明显的标志,它在为读者重新带来欢笑的同时还让人们看到,在食物链的另一端,无论什么食物都会在厕纸的作用下变得面目全非,让人难以分辨其原来的身份。就像我们即将在后文中讨论的一样,儿童文学在女权主义运动和各种教育、宗教或政治团体的影响下变得丰富多彩,与此同时,社会上掀起的解放童年的大

---

① 《费内伦作品集(第一册)》,前揭,第125页。
② 《费内伦作品集(第一册)》,前揭,第362页。
③ 见吉尔·布鲁热尔:《游戏与教育》(*Jeu et éducation*),法国哈麦丹风出版社1995年版,第63页。
④ 译者注:克劳德·盖涅贝(Claude Gaignebet, 1938–2012),法国民俗学家、神话学家。
⑤ 《厕纸》(*Le Torchecul*),图:皮埃尔·艾力·费里耶,文:弗朗索瓦·拉伯雷,穆克出版社(Editions Mouck)2009年版。

规模运动也赋予了儿童文学一种新的趣味。尽管如此,巧克力依然是深受儿童及成人喜爱的儿童文学的一贯性标记。我们在波曼夫人的代表作《美女与野兽》(1756)中也可以看到它的身影,面对作品中的种种神奇幻觉和幻景,巧克力却真实地反映了人的欲望:美女的商人父亲早晨醒来时,十分惊喜地在家里发现了一块巧克力。对此,作品幽默地描述道:

> 他向窗外看去,外面已经不下雪了,但是,他却看到了许多花篮,这些美丽的花篮让他几乎看花了眼。他回到前一晚吃饭的大厅里,看到一张小桌子上放着一块巧克力。
> "太感谢您了,善良的仙女,"他高声说道,"感谢您为我准备的早餐。"

1986年,乐趣学苑出版社翻译并出版了克里斯·凡·艾斯伯格①的图画书《北极特快车》(*Boréal-Express*)。在这部作品中,巧克力的身影出现在孩子们的归途之中,我们可以看到,它依然是孩子们梦想中不可或缺的一部分。即便是阿加莎·克里斯蒂也在自己的小说《波洛圣诞探案记》中让"一本好书"和"美味的巧克力"等成为主人公对圣诞节礼物的期许和憧憬。我们将在后文中对文化变革和文学市场进行详细描述,其中,我们还将对包括巧克力在内的影响儿童想象力的主要因素展开进一步的研究。不过,我们首先要讨论的是市场对儿童文学这座"快活岛",或者现代教育的"甜品"及灵丹妙药所进行的各种华丽包装。

(二)小说的新领域:影视文学与网络文学

二十一世纪之初,儿童文学继续肩负其娱乐的功能,并与大众文化保持着紧密的联系,与此同时,在教育的焦点——学校里面,儿童文学作品依然

---

① 译者注:克里斯·凡·艾斯伯格(Chris van Allsburg),美国作家、童书插画家。

是学生闲暇之余的消遣或模仿对象。然而，迪士尼电影的大规模传播体系造成了儿童文学在当今时代的一次重大转型。此外，与图书相比，作为电影"衍生产品"的玩具，因其昂贵的制作成本及其可获得的更加可观的经济利益，成为了商家吸引青少儿群体的最主要动力，在这种背景下，人们开始以一种清教徒道德观的名义对玩具产生了疯狂的迷恋。在大众文化中，玩具的销售情况才是人们选择图书的重要导向，例如，《X 档案》这部善恶分明的系列连续剧不仅结合了特异功能和科幻小说，还激发了人们的无限想象——这正是主宰现代文化产业的重要因素。影视剧本的创作也因此受到了一定影响：正如吉尔·布鲁热尔所指的一样，为了完成人偶玩具的销售目标，电影《钟楼怪人》(Bossu de Notre-Dame)对维克多·雨果的小说原著进行了大量改编，甚至硬是在故事情节中穿插了一些真正的"广告短片"。① 近几十年以来，最为热门的电影当属《玩具总动员》(Toy Story)和《魔幻小战士》(Small Soldiers)，这两部系列电影中的玩具国王，无论其是好是坏，都并不意在体现文学及美学与新媒介影响下的市场全球化需求之间的冲突，而是意在体现前者对后者的顺从和妥协。

更为常见的是，一些玩具公司以网络为媒介生产了大量的在线游戏和游戏光盘，这些游戏产品逐渐成为了少年儿童幻想的载体和进行冒险的核心方式，他们可以通过游戏升级来扩展自己的冒险范围，与此同时，他们的游戏技能和想象力也得到了锻炼和提高。2010 年，著名的德国玩具制造商"百乐宝"(Playmobil)在巴黎装饰艺术博物馆(Musée des Arts décoratifs)举办了一场产品回顾展。例如，在电脑光盘游戏"诺亚方舟"(L'Arche de Noé)中，游戏者必须根据记忆尽快找出隐藏在卡片背后的动物，将相同动物组合在一起并让它们依次登上诺亚方舟，历时最少的则为胜利者。根据

---

① 见吉尔·布鲁热尔:《电影与玩具：迪士尼电影〈钟楼怪人〉》(Cinéma et jouet: l'exemple du Bossu de Notre-Dame)，载让·佩罗主编:《"介入图像"文化，儿童文化——从具体图像到虚拟动画》，凡尔赛学院教学资料中心-瓦兹河谷省教学资料中心 2002 年版，第 131 页。

罗杰·凯鲁瓦①的观点,该游戏因为结合了"模仿"(mimicry)和"竞争"(âgon)两大元素,从而极大地激发了儿童的兴趣。除此之外,儿童还在游戏过程中发掘甚至编写了一段圣经故事:我们看到,当所有的动物都上船后,洪水便转瞬即至,诺亚方舟在风雨之中起航,摇摇摆摆地朝着阿勒山(Mont Ararat)的方向驶去。马蒂厄·勒图尔诺曾经分析过改编自电影《芭比公主》的一系列小游戏,在他看来,《芭比公主》是一部副文学作品,"其文学价值被降低,从理论上来说,它(依附于另一种媒介)的存在方式使其完全失去了自身的协调性"②。在这些游戏中,作者的身份被隐藏在产品的背后,而诺亚方舟也只不是其中一枚可以随意更换的小小棋子。然而,尽管如此,文学作品(此处指神话)中的逻辑与儿童房间里的游戏之间依然存在一定的相似性:即将发起冒险和保证冒险顺利进行的各种元素集合到一起。"木剑传奇"(L'Épée de bois)是"百乐宝"公司发行的另一张游戏光盘,该游戏以古罗马为背景,重现了古罗马的盛世,并以夸张的手法表现了北非征途中士兵被捕的过程(在与白人士兵的交战中,有色人种士兵将被制服!)以及之后竞技场内的各种争斗,游戏者可以在电脑屏幕上看到历史游戏场景和情节的总结。他将经历罗马斗士们与狮子的对峙(这可是一种充满积极性的阅读方式!),然后,他还要选择一个游戏人物参加竞技场内的比武,并同自己所选的人物一起迎战各种各样的敌人。在这场充满参与性的游戏中,我们可以看到"百乐宝"公司制作的各式游戏零件及人偶形象。所有与其所销售的玩具有关的主题,如"工地、学校、公主的宫殿等"都以一种十分紧密的形式在游戏情节里一一呈现。正如勒图尔诺在谈论《芭比公主》时所提出的一

---

① 译者注:罗杰·凯鲁瓦(Roger Caillois,1913 - 1978),法国作家、社会学家及文学批评家。
② 见马蒂厄·勒图尔诺:《洋娃娃的服装和全套叙述方式:电影"芭比"的游戏改编》(Costumes de poupées et panoplies narratives: les nouvellisations de Barbie),载论文集《文学遗产与大众文化之间的儿童文学》(L'Édition pour la jeunesse entre héritage et culture de masse/Children's Literature between Heritage and Mass Culture),该论文集光盘由夏尔·佩罗国际学院于 2005 年出版。

样,"文学作品的运行方式与成套的系列玩具完全一致",而小说就是一个或多个系列组成的"文学玩具"。游戏者沉浸在重复带来的喜悦与变化带来的惊喜中无法自拔。在另一个网站"噢我的洋娃娃"上,我们可以找到各种针对女孩子的"有关爱情、时尚以及装饰的游戏",游戏者需要选择并点击其中一个玩具娃娃从而进入她的"家",然后按照自己的想法摆放好房子里的物品和家具;游戏者还可以给娃娃穿衣服、化妆,把她变成一个"最迷人的人"。该游戏囊括了各种不同风格的潮流服装和饰品,就连"哥特式"风格也被恰如其分地展现在游戏者面前。

此外,深受女孩喜爱的还有厨房游戏,其中不乏各种美味诱人的"巧克力主题",这类游戏往往需要多个游戏者之间的沟通和互动:

"女孩都爱巧克力,这并不是什么秘密,既然如此,我们为什么不让她们身临其境地在游戏情境的厨房里感受一下,并亲手为自己的好伙伴们做出美味的巧克力呢?下一秒钟,屏幕中间会出现一块通告栏,上面有游戏者接到的订单,而游戏者的任务就是要去完成这些订单:例如,黑巧克力或牛奶巧克力棒、颜色各异的 M&M's 巧克力豆、动物头型的巧克力块……总而言之,全是女孩们喜爱的东西!"

相比之下,另一个以巧克力为主题的游戏则更加好笑,或者说更加"科学"一些,游戏者要敲碎一整板巧克力,然后将一块块的碎片咬住,同时,他/她还得小心那些用肥皂做的"假巧克力",游戏通过概率计算来保证最灵巧者的获胜! 另外,游戏者还需要选择一个游戏人物,并且,被咬开的巧克力块也有可能给他/她带来各种各样的惩罚。当然,所有游戏建立的基础是对巧克力这件令人愉悦的商品进行消费,然而,这些游戏也为我们带来了一种全新的小说形式以及不同于以往的阅读模式。我们在这些游戏中感受到一种与广告相同的力量,仿佛我们真的是在尝试某本"心灵杂志"所推荐的甜品菜谱。例如,法国米兰杂志社(Maison Milan)所发行的《朱莉》(*Julie*)是一本专门针对 8 周岁至 12 周岁女孩编写的杂志,2009 年 11 月,该杂志刊登了一篇有关"巧克力传奇"的专题文章。而在该杂志创办之初,就曾经刊登了大量广告以宣传芭比娃娃和她的那些"10法郎就可得到的60本书"与各种"惊喜礼物"。

按照同样的逻辑,2010年7月,《朱莉》杂志还为年轻的女读者们创建了"一个专门的礼品区"。这本"知心杂志"不仅帮助女孩们实现她们的"女孩梦想",让她们"有了时间观念","像鲜花一样成长开放",还在她们之间"建立了一种真正的友谊联盟"。齐格蒙特·鲍曼所提出的"单景监视"下少年儿童的所有特点都在这本杂志的各类文章主题中体现出来:人际交流中的冲动面、对潮流的迷恋(尤其是对"外貌"的看重)、特立独行(如"救命,我的父母不喜欢我的穿衣风格")、不同年龄段之间的团体分化、对休闲活动的狂热(如"冬季运动,让我们一起投入大自然的怀抱!")、旅行途中的不自在(如"我来带你参观塞舌尔群岛")以及对环境保护的关注(如海洋上的生态危机)等。

然而,在任何情况下,新颖独特才是娱乐中最为重要的特点:无论观众是在电脑屏幕前、电影院里,还是在电视机前,吸引他们的只有一样——事件。正如雷吉斯·德布雷对此的回顾一样,"'电视节目'是现实的反映,电视观众几乎快要坐到那小小的屏幕面前,但是,其实他们并不是为了观看节目,而是为了参与到某个事件之中,而记者本身就是事件的制造者之一"[①]。于是,这些宣传"美妙"童年的电视节目直接就紧紧地吸引住了受众的目光。目前,电子游戏的另一个发展趋势是电子游戏与儿童小说之间的联系愈发紧密。二十世纪八十年代中期,"波斯王子"(Prince of Persia)还只不过是一个故事情节十分单调的小游戏,并且通常只出现在旅游胜地赌场里的投币游戏机上:游戏中的王子必须救出被囚禁的美丽公主(一些青少年在这个游戏上几乎倾囊而出!)。此后,该游戏先是经历了"在线"发行,然后又被迈克·纽厄尔[②]改编成了美国电影《波斯王子:时之砂》(*Prince of Persia:*

[①] 雷吉斯·德布雷:《图像的生与死》,Folio论文系列,伽俐玛出版社1992年版,第385—388页。

[②] 译者注:迈克·纽厄尔(Mike Newell),英国电影导演及制片人。

Les sables du temps)（瓦尔特迪士尼电影公司 2010 年制作发行），并且借着"星际战争"效应的东风而大获成功。这一次，王子的命运与一位神秘的公主联系到了一起，他们将一起迎接来自邪恶势力的挑战，保护一把可以解开沙漏封印的古代木剑——这是一份来自上帝的礼物，它具有使时光倒流的神奇功能。

于是，感官主义与虚拟空间、辩证主义的演变与回归都成为了游戏和儿童文学历史上的新标志。近十五年以来，各大图书馆以及大型超市入口的书架上总是摆放着满满当当的图书，这些图书在给人留下深刻印象的同时，也让当代的儿童读者充满迷茫，然而，正是在这种混乱与迷茫当中，才得以切身地感受儿童文学的每一个不同变化阶段。例如，对于我们的文化领域来说，鲁滨逊与星期五之间的关系有着十分重要的象征意义，实际上，在由各个社会阶层以及消费行为所构成的社会系统中，这种关系一直存在于成人与儿童、老师与学生之间。1997 年，在罗曼·维克多-普吉贝（Romain Victor‐Pujebet）的指导下，法美合资公司"吉奥扎传媒-弗拉玛丽昂"（Gyoza Media‐Flammarion）将丹尼尔·笛福的小说《鲁滨逊漂流记》改编成了同名电脑游戏，这无疑为这部原本就充满了游戏性的作品又添加了一份抽象色彩。游戏者将跟随小说的故事情节，在各种各样具有互动性的虚拟情境中完成他/她在鲁滨逊小岛上的冒险行动。于是，小说中鲁滨逊重新建设的小岛成为了游戏者的冒险之地，而为了保证自己能在这场冒险中幸存，游戏者必须将小说作为自己的行动指南。通过翻阅小说，游戏者便能得知点击哪些景物可以让隐藏着的动物出现，或者是在美丽的全景图像中直接找到某个具体的地方。该游戏的规则非常简单，游戏者只需直接点击背景图像并找出所需物品，或者参考海难幸存者鲁滨逊留下的草图进行某个冒险行动。

与此同时，该游戏还可以让儿童进入图书馆，并在那里扮演故事角色，或者在阅读一些"你就是主人公"的图书之前，就创作出属于其自己的《鲁滨逊漂流记》和《星期五或原始生活》（米歇尔·图尼埃）。在笛福的作品中，星期五在主人鲁滨逊的教化下，对文明社会中的劳动和利益有了初步了解。此后,卢梭在其笔下的爱弥儿身上完整地保存了这一点,作品中,爱弥儿的家庭教师一直限制他的想象力,只允许他阅读《鲁滨逊漂流记》一类的书籍。然而,米歇尔·图尼埃却在其作品中安排了与笛福小说完全相反的故事情节,星期五成了鲁滨逊的启蒙老师,帮助鲁滨逊摆脱文明、回归原始。这一人物关系的建立是基于对成人与儿童在游戏中的关系的一种全新构想。图尼埃曾经在法兰西公学院听过克洛德·列维-斯特劳斯的课,后者在其作品《神话学》(*Mythologiques*)中提到了有关"原始"的观念,并由此强调了语言游戏在儿童教育中的重要性[①],这一点与十八世纪的"鲁滨逊"认为《圣经》是儿童必读书籍的观点完全相反。我们十分清楚,实际上,"原始"一词掩藏了移民以及游戏以外的其他社会关系。另外,相比小说,漫画爱好者的选择则更加多样化,他们可以尝试让-保罗·科伦布斯(Jean-Paul Clubus)的漫画版《鲁滨逊》(弗拉玛丽昂出版社1980年版)或者是克利斯朵夫·高尔迪耶(Christophe Gaultier)所改编的同名系列图画书(德尔库特出版社[Delcourt]2007年及2008年版),尤其是在后一部作品中,故事的主人公变成了一个贵族后代。而对于比较文学家来说,在当代巴别塔式的多媒体图书馆和全球化的图书市场中,这些不同版本之间的衔接才是他们的真正兴趣所在。

图书依然是各种媒介的中心

关注儿童文学发展的专家学者们已经清楚地看到,图书在一定程度上推动了大众对新媒介的认识和了解。1995年,奥尔嘎纳-弗拉玛丽昂公司(Organa-Flammarion)将罗曼·维克多-普吉贝的作品《露露》(*Le Livre de Lulu*)改编成了同名电脑游戏,面对大量改编自美国或日本的系列文学作品的游戏产品,《露露》难道不正是最早一批在全球范围内流行的专门针对儿

---

① 见让·佩罗:《米歇尔·图尼埃:喜悦与悲痛的变化》(Michel Tournier: variations sur l'extase et la désolation),载《巴洛克艺术,儿童期艺术》(*Art baroque, art d'enfance*),法国南锡大学出版社1991年版,第145—163页。

童群体的游戏光盘之一吗？一张张的游戏光盘就像是一本本的虚拟图书，而参与游戏的过程仿佛就像在翻阅这些虚拟书籍；与此同时，系列游戏还激发了游戏者的无限幻想，例如，由埃里克·维耶诺（Éric Viennot）创作的《埃尔奈斯特叔叔的秘密相册》（*L'Album secret de l'oncle Ernest*）（艾姆公司[Emme]，1999）和《埃尔奈斯特叔叔的神秘岛》（*L'île mystérieuse de l'oncle Ernest*）（2000）。游戏过程的复杂性以及在寻找目标时与游戏者之间的互动是该系列游戏的主要特点：埃尔奈斯特叔叔正是虚拟图书读者（8周岁至13周岁儿童）在游戏中的导师，他会以手持录音机的形象出现在电脑屏幕上，他的录音机里记录了各种各样晦涩难懂的信息。想要找到隐藏在"书本深处"的宝藏，游戏者必须确定一条探险线路，并根据故事情节的树形图表找出不同环节之间的联系。在埃里克·维耶诺编写并绘制的另一部图画书《埃尔奈斯特叔叔的宝藏》[1]中，我们可以看到与此相同的探险模式。儒勒·凡尔纳的各部作品曾让我们感受到了一种微妙的互文性，而在维耶诺的这部作品中，读者将与凡尔纳笔下尼摩船长（Capitaine Nemo）驾驶的"鹦鹉螺号"潜水艇（Nautilus）展开一场生动的互动游戏：在阅读故事的过程中，他可以随意移动并创造出不同形象的"鹦鹉螺号"。

　　就像一些图画书刚一出版就面临着被改编的命运一样，图书一上来就被嵌入各种媒介的空隙之中。早在十九世纪二十年代，本杰明·雷伯就曾授权将自己的图画书故事改编成同名动画片。在娱乐社会的背景下，数码媒介的出现让图像、声音得以与文字结合，其传输速度之快简直令人难以想象，并且传输的文件也越来越精细和复杂，这使得信息的交流和传递方式发生了翻天覆地的变化。书面文字尽管还没有被完全淘汰，但也因此承担了一些全新的功能，其中就包括针对婴幼儿读者群体的光盘书，例如，1999年，法国知识探险公司（Knowledge Adventure France）发行了《一臂之力：

---

[1] 埃里克·维耶诺：《埃尔奈斯特叔叔的宝藏》（*Le Trésor de l'oncle Ernest*），阿尔滨·米歇尔少儿出版社2000年版。

1-2岁启发读物》(*Coup de Pouce*;*jardin d'éveil 1-2 ans*),这张光盘以录音为辅助工具,帮助婴幼儿理解他所看到的图画内容。实际上,早前的 CD 音频书也具备同样的功能。例如,1997 年,伽俐玛少儿出版社发行的《第一次发现丛书:音乐》就将图书和 CD 结合到了一起;此外,还有幼儿故事书《菲菲 & 艾伯特与声音》(*Fifi & Albert et les voix*),这本书讲的是一只老鼠被猫抓住,然后被自己深爱的幼鼠宝宝解救的故事,听故事的幼儿尽管还不识字,却可以通过眼前的图画和 CD 里贝特茜·若拉①所谱写的歌谣及乐曲来领会整个故事情节。相比之下,最新出现的光盘书则赋予了儿童读者更多的互动与创造力,它让读者可以走进故事,在自己与作品之间建立起平等的关系,并从某种程度上成为故事的创作者。

当今的儿童图书正处于一场从玩具书(由于国际市场对此类图书产品的需求的增长十分迅猛,它更近似于玩具,并常常由多家出版社共同发行,又或者完全取决于相关的商品进口政策)、图画书,到漫画、杂志、电影小说以及插图小说的文化变革中,音频书、光盘书等新型图书产品在"物体系"(*système des objets*)内的不断增多体现了不同媒介之间越来越融洽的互补关系。众所周知,异想天开是儿童读者的天性,于是,教科书也开始借助图画、休闲文学,甚至是涉及各种领域的"问答游戏"来间接地推广语法教育,并推动文学遗产的传承和相关思考。

各种商品的集中和大批量生产控制着"物体系"的运转,并让不同媒介间的界限变得模糊不清。尽管如此,文字依然在球形电视时代保持着稳定的特性,并由此对文学创作起到了重要的促进作用;另一方面,与传统媒介相比,电脑光盘具备了前所未有的数据存储容量,从而极大地满足了人们日益增长的信息需求。例如,1997 年,弗朗索瓦·皮涅(François Pignet)设计的光盘书《颜色的秘密》(*Le Secret des couleurs*)被法国芝玛戈拉出版社(Chimagora)收录进了"大家的科学"系列(*Sciences pour tous*)之中。由于

---

① 译者注:贝特茜·若拉(Betsy Jolas),法国著名作曲家。

参与编辑的专家来自各个不同的领域,我们很难对这部科普作品的类别进行明确定义,也正是因为如此,芝玛戈拉出版社才以伽俐玛少儿出版社的"第一次发现系列"为模板,在作品中加入了越来越多的图像资料。正如弗朗索瓦丝·巴朗热和阿尼克·洛朗-乔利在《探索儿童科普读物》一书的引言中所强调的一样,这些科普读物"糅合了文学、情感乃至幽默等不同元素"①,其表现形式多种多样,有些甚至还采用了叙述的表达方式。除此以外,小说的表现手法也在不断增多并相互影响,从而建立起了一种全球性的文学网络,国际间频繁的文学交流反过来又对图书出版领域产生了一定影响。

(三)读者的期待视野——"小口品尝"文学作品:失望还是饥渴?

在当今的时代背景下,"文本的愉悦"呈现出两种相辅相成的发展趋势:一方面是针对长篇故事爱好者的大长篇系列作品,例如,《星际战争》系列,皮埃尔·波特罗(Pierre Bottero)、菲利普·普尔曼或 J. K. 罗琳各自创作的魔幻系列小说,以及史蒂芬妮·梅耶的《暮光之城》系列。这些作品表达了一种对世界的掌控欲和纵观万事万物的开阔视野,它们将人们的目光集中到"现实"中,无论这种"现实"是否是凭空想象的。另一方面,针对儿童读者群体的文学作品的篇幅却大大缩短。例如,《我爱读书》(J'aime lire)等儿童文学杂志中刊登的短篇作品,或是贝尔纳·弗里约编写的《压缩故事集》。② 人们对文学作品的各种需求不断增多,其注意力也在频繁更换的电视频道、超媒体网络的信息碎片、电脑游戏以及广告中变得零散且难以集中,在这些因素的影响下,文学的两种发展趋势可以相互结合,并表达出一

---

① 见弗朗索瓦丝·巴朗热(Françoise Ballanger)、阿尼克·洛朗-乔利(Annick Lorant-Jolly)主编:《探索儿童科普读物》(É la découverte des documentaires pour la jeunesse),"Argos Démarches"丛书系列,克雷戴尔教学资料中心、"悦书阅读"1999 年 12 月共同出版。
② 贝尔纳·弗里约:《压缩故事集》(Histoires pressées),"米兰少儿口袋"丛书系列(Milan Poche Junior),法国米兰出版社(Milan)2007 年版。

种对幻想文学的强烈渴望。由于儿童读者群体被提升为文学故事的参与者和传递者,因此他们对广告的发展起着越来越重要的推动作用,并使其成为了一种刺激消费的永恒动力。此外,年轻一代文学创作者所拥有的天赋越来越得到人们的肯定,他们的作品充满了游戏性,而广告的介入可以让这一特点变得更加稳固。于是,我们看到,在许多影片中,广告往往占据了最为重要的位置,不仅如此,它还经常出现在戏剧舞台上,或者见缝插针,穿插在各种电视节目的开始前、结束后或间隙中。一些文学"产品"赋予了儿童及时享乐和了解"现实"的权利,而我们年轻的文学参与者则必须为自己所拥有的这份权利感到高兴和自豪。因此,他常常要根据这些文学游戏的实际情况,努力扮演好自己在其中的各种角色。谁没有在电视上见到过有关奥弗涅温泉的"宣传短片",谁没有听到过影片中孩子们在看到喷涌而出的清澈泉水时所发出的兴奋的尖叫声?谁没有体会过,当一个孩子站在世界上最大的瑞士莲(Lindt)巧克力前时那惊喜若狂的感觉?在银幕上,巧克力就如同巴洛克时代的粉饰灰泥,可以将所有物品都搬上舞台,并对其进行完美的包裹和精心的装饰;可以将饼干、吊钟、复活节彩蛋、圣诞节天使和硬币都深深地烙印在人们关于童年的所有记忆之中;它还可以在人们像小孩一样屈服于口腹之欲时变成书本本身。这种享乐主义正是当前大受推崇的文化风潮,它使越来越富有的高收入阶层与社会中下阶层,甚至与赤贫阶层之间形成了极为鲜明的对比。随着城市文化的扩张、乡村文化以及民间习俗的衰退,以及人际关系出现的"危机"和淡漠等现象,享乐主义得到了越来越多人的认可和追逐。在这种背景下,人们开始重新向往那些遥远而神秘的国度,与此同时,还涌现了一大批表现文化帝国主义统治弱势民族的文学作品,如被殖民的人民、妇女。于是,以儿童文化为主题的作品开始从边缘文学过渡为教学机构乃至全社会的关注重点,而学校本身就肩负着保护儿童的重要职责。发达国家正面临着人口老龄化加速的严峻问题,老龄化又引起了新的社会排斥现象,由于政治、经济或宗教原因,来自世界各地的移民逐渐增多,从而推动了发达国家社会中家庭面貌的重组和文化的多元化发展。

因此,儿童文学的兴起在发达国家尤为突出;相比之下,发展中国家时常饱受战争和饥饿的折磨,尽管如此,这些国家的儿童文学依然取得了一些引人注目的成就。

此外,全球多元化投资的发展特点也在儿童文学领域逐渐体现出来:一方面是为了追求极限快感、体验新奇探险的游戏类作品,它们要么延续了凡尔纳的科幻小说模式,要么效仿了以路易斯·卡罗尔为代表的维多利亚时代的传奇与"幻想"文学;另一方面,探索社会现实的作品也层出不穷,从侦探小说莫测高深的独特视角,到对奇特心理世界以及自然灾难的深入探讨,其创作主题十分多样化。从这一角度来看,文学带来的快乐是"脆弱的",就像快感总是极其短暂,有时甚至还有一些可耻,然而对于许多人来说,这种快乐却难以企及。对此,菲利普·德莱姆[①]曾经表示,这是一种"脆弱的、短暂的、轻微的快乐,它几乎是微不足道的,在我们看来,德莱姆的这一观点标志性地代表了当代西方关于"游戏写作,趣味阅读"的主张。十分有意思的是,为了表现这种喜悦的情感,德莱姆曾在其作品《快乐——图画与闲言碎语》中引用了许多绘画作品,而这些图画反映的正是一个儿童游戏的场景:"快乐与肥皂泡,它们在开始时都是一样的……快乐与七彩肥皂泡,在阳光下,它们一样透明,折射出相同的光芒,表达着同样的渴望。"[②]这是一个看似无聊的游戏,而无聊之中却又富含深刻的意义,总而言之,这是一种充满色彩的幻想,它让彩虹闪闪发光,同样也向人们描绘了另一个世界。这部作品与拉封丹的巴洛克风格十分接近,"快乐,是轻微和脆弱的,就像毫无遮掩的孩提时代一样"(《快乐——图画与闲言碎语》,第 161 页)。德莱姆对快乐的描写不仅保留了人们关于童年时期的纯真幻想,还赋予了这种幻想一种全新的色彩。

---

① 译者注:菲利普·德莱姆(Philippe Delerm),法国著名作家,被誉为法国"细微派"大师。
② 见菲利普·德莱姆:《快乐——图画与闲言碎语》(*Le Bonheur. Tableaux et bavardages*),法国峭崖出版社(Édition du Rocher)1986 年,1990 年及 1998 年版,第 160 页。

德莱姆为儿童创作的各部作品就像是伊丽莎白·布拉米①描写的"小小乐趣"(法国门槛出版社 1997 年版)一样,短暂、脆弱、转瞬即逝。它让我们想起那些"微不足道的事物"。我们在这里讨论的并不是德莱姆最为著名的《第一口啤酒》②,而是他所创作的其他"细微处的快乐",是一些需要我们用心去发现、去分享的"小东西"。1998 年,法国米兰出版社出版了德莱姆为儿童创作的另一部作品——《依然美好》,德莱姆在其中描绘了生活中诸种"细微时刻"③,其中包括了各种最简单(如"品尝洗澡水的味道"、"玩纽扣")和最独特(如"收藏万花筒"、"放烟火")的游戏。德莱姆在其最新作品《特别是,无所事事》(Surtout, ne rien faire)中将这些游戏总结为一种至高无上的快乐,他在文中大力赞扬了巧克力牛奶的味道:当我们"躺在花园深处李树下的青草地上,喝上两三口巧克力牛奶",然后再看着眼前白白的空杯时,我们一定会感到无比满足。"躺在高高的草丛里是如此温暖、惬意,但是,如果我们把巧克力牛奶换成香烟,再把草丛换成岩石上一闪一闪的火花,这种感觉将是多么奇怪。"(《特别是,无所事事》,第 105—106 页)

巧克力与啤酒,两者之间形成的对比是否就是幼儿期的甜蜜与成年后的苦涩和酒精味?这是否就是儿童文学与成人文学之间的屏障所在?实际上,这一界限微不足道且完全可以被跨越!巧克力、阳光、花园、眼神的交流和短暂的时间,"(它们)存在、保持状态、成为……这就是无所事事:例如,在某个夏日的清晨,懒懒地躺在草地上,让自己变成手中的那杯巧克力牛奶"(《特别是,无所事事》,第 106 页)。我们的整个社会正处于空想主义的窥视下,传统标志几乎丢失殆尽,儿童文学这片焕然一新的绿色天堂就如同一个不可或缺的安全岛,让我们的社会可以保持健康,正常运转!儿童感官主义摆脱了一切说教形式,它是否可以永远存在并不断发展?它是否还能

---

① 译者注:伊丽莎白·布拉米(Élisabeth Brami),法国著名畅销童书作家、心理学家。
② 菲利普·德莱姆:《第一口啤酒》(La Première Gorgée de bière et autres plaisirs minuscules),"测量员"系列丛书(L'Arpenteur),伽俐玛出版社 1997 年版。
③ 见《依然美好》(C'est toujours bien),前言第 6—7 页。

像母亲照顾孩子一样无微不至,给予我们一种安全甚至亲密无间的情感?

(四) 幼儿期的写照——巧克力与可口可乐、苏打汽水和"牛奶糖"的对话

一些有关现代文学的调查数据让我们了解到,在与幼儿期相关的社会性象征游戏中,巧克力依然保持着强劲的活力:例如,在丝瓦娜·甘朵菲①的小说《眼里的猫》②中,"巧克力让神经得到解放"并主导着"幻想"机制。当然,还有穆里尔·布洛什的《美食故事》③以及玛丽-伊莲娜·戴尔瓦尔的《猫》④,其中,幻想小说《猫》里所描写的越来越多的黑猫给读者留下了深刻的印象,然而,整个故事却围绕着黑猫们大口吞食(无论真实或是想象的)"浇满了融化巧克力酱的"薄饼而展开。"这就是苹果树树荫下的[……]幸福时光。"这就是菲利普·德莱姆的美好世界……

与此同时,糖果也十分巧妙地潜入了面向婴幼儿的文学作品之中。例如,2000 年,鲁尔格出版社出版了弗莱德里克·贝尔特朗(Frédérique Bertrand)的《朱古力》(*Choco*),这是一本小小的正方形图画书(尺寸 12 厘米×12 厘米),就像是"一板(真正的)巧克力"一样:"一块给爸爸,一块给妈妈,一块给绵羊,一块给小兔子……",每翻过一页,巧克力就会变小一点。小男孩快乐地闭上双眼,一块一块地吃掉手中的巧克力,当他吃完最后一小块时,他就变成了个大花脸,他的套头衫也从绿色变成了棕色。没有什么能够阻挡读者在阅读中体验这种如同品尝美食般的绝妙滋味!

---

① 译者注:丝瓦娜·甘朵菲(Sylvana Gandolfi),意大利知名作家、探险小说家、儿童文学作家。
② 《眼里的猫》(*Un chat dans l'oeil*),法语版译者:狄安娜·梅达尔(Diane Médard),乐趣学苑出版社 1997 年版。
③ 穆里尔·布洛赫(Muriel Bloch):《美食故事》(*Les Contes de gourmandise*),伽俐玛出版社 1998 年版。
④ 玛丽-伊莲娜·戴尔瓦尔(Marie-Hélène Delval):《猫》(*Les Chats*),巴雅出版社(Bayard)1997 年版。

当然,还有一些比较另类的主题,比如,当我们有一个巧克力制作师爸爸时,心里却怀着对巧克力的厌恶之情,就像贝尔纳·弗里约在《阿曼达与巧克力》①中所描写的小女孩阿曼达一样。

然而,在让娜·本纳马尔②的小说《离开你的母亲》中,我们却找不到太多与巧克力有关的元素。作品中,作为故事小主人公情感修复的重要因素的巧克力蛋糕一共只出现了两次:一次是西蒙娜婶婶做的"充满橘子皮香味的"巧克力蛋糕;另一次是妈妈送给他的,而妈妈的这块蛋糕"为他重新创建了一个充满甜蜜的世界,并且是只属于他的独一无二的甜蜜世界"。在小主人公身处困境时,巧克力蛋糕被动地成为了其情感依赖的对象,但是,在他出发度假之前,伴随这种情感依赖出现的还有另外一种更为主动的快乐元素——节日。节日里,令小主人公感到快乐的不仅有跳跃闪烁的烛光,还有其他各种各样的因素,比如,"举起盛满可乐的杯子干杯","杯子里的可口可乐一定要冒着好多气泡,只有这样它才能不断发出劈劈啪啪的声音"。③

让-菲利普·阿鲁-维诺创作的小说也被收录在"简单点"系列丛书之中,但是,与上述本纳马尔的小说相反,我们在阿鲁-维诺的作品中完全找不到巧克力的身影,而只有故事中淘气包们喜欢玩耍的必不可少的可口可乐。不过,在阿鲁-维诺的另一篇小说《巧克力假日》④中,巧克力则与苏打汽水同时出现在故事情节里。此外,我们在霍格沃茨网站⑤上看到,哈利·波特的"巧克力蛙游戏"(Le jeu des chocogrenouilles)一共由90张卡片组成,其中

---

① 贝尔纳·弗里约:《阿曼达与巧克力》(*Amanda Chocolat*),"故事菜单"系列(*Histoires à la carte*),米兰少儿出版社(Milan Jeunesse)2008年版。
② 译者注:让娜·本纳马尔(Jeanne Benameur),法国著名作家。
③ 见让娜·本纳马尔:《离开的你的母亲》(*Quitte ta mère*),"简单点"系列丛书(*Aller simple*),蒂埃里·玛尼耶出版社1998年版。
④ 让-菲利普·阿鲁-维诺:《巧克力假日》(*Des vacances en chocolat*),2008年;《我读书》杂志(*Je Bouquine*)曾于2009年刊登该小说,该小说被收录在Folio少儿文学系列之中。
⑤ 霍格沃茨网,http://kenny17.free.fr/v3/cartes_chocogrenouilles67.htm。

包括"烟囱灰"的发明者、"癞蛤蟆故事"的作者、"美丽魔药的创造者"和"快乐魔法的发明者",此时我们是否应该对此感到惊讶? 当我们在哈利·波特系列小说第六部《哈利波特与混血王子》(*Le Prince de sang mêlé*)中读到罗恩·韦斯莱不小心吃了掺了爱情魔药的巧克力时,我们又是否会吃惊不已? 还有昆丁·布雷克①的图画书作品《大图》②中的两个女主人公法尔福乐(Farfulle)和弗雷吕什(Freluche),这两个完美无缺的小天使"竟然无比地热爱巧克力饼干,以至于可以一口就吞下'全部饼干'"!

最后,还有晚一些出版的《摇滚与爱情》(*Rock and Love*),这部翻译自美国小说家文德林·范·德拉安南(Wendelin Van Draannen)的同名小说被法国阿尔滨·米歇尔出版社收录在"极乐世界"丛书(Bliss)之中——这一面向青少年群体的文学系列,其名称本身就是一项伟大的计划! 故事主人公伊万杰琳·比安卡·罗根(Evangeline Bianca Logan)肩负着一项重要的"任务:连续接吻"(《摇滚与爱情》,第 9 页),她疯狂地寻找着"伟大的爱情"和"充满激情的热吻"! 故事中,这位来自云雀山高中(la montagne aux alouettes)的学生将遇到各种各样令她激动不已的事情。她所经历的与巧克力有关的事件则是一部美丽的诗篇:伊万杰琳收到了一个自己并不喜欢的爱慕者所赠送的"一盒巧克力"(《摇滚与爱情》,第 185 页),这让她的好朋友阿德里安娜(Adrienne)嫉妒不已。高中生们的饮食包括墨西哥卷饼、三明治、星巴克的饮品"星冰乐"以及(冰激凌口味的)"双份牛奶糖"。然而,伊万杰琳因为自己"对热吻的憧憬"和"嗜糖"的口味显得非常与众不同。有一天,伊万杰琳回到家,她说:"我当时实在太想吃糖了,想得都快死了。于是,我就径直冲向了冰箱。"但是,她在冰箱里找到的冰激凌却令她十分失望,甚至让她想要开始节食,她的口味在这些甜食面前突然发生了巨大的改变。对此,她写道:"反正,我对橘子香草口味不感兴趣。我想要的是,巧克

---

① 译者注:昆丁·布雷克(Quentin Blake),英国著名插画家、卡通画家与儿童图画书作者。
② 昆丁·布雷克:《大图》(*Le Grand Dessin*),伽俐玛少儿出版社 2004 年版。

力!带点儿苦味的、美味的、纯正的巧克力!""然后,一通不合时宜的电话打断了她的思路,她大声喊道:'你们至少可以告诉我巧克力到底藏在哪儿了,让我安静一会儿吧。'"(《摇滚与爱情》,第227页)随着她的口味变得乱七八糟,她真的开始节食了。

尽管儿童文学的表现形式多种多样,作家们的想象力也十分丰富,然而,儿童文学作品依然以一种折中的方式对少儿读者的文学启蒙起到了非常重要的作用。克利斯朵夫·夏尔勒曾说过,儿童文学作品为我们提供了一种基本的讲话方式,是一种"中等的艺术"①。就像费内伦所处的时代一样,当代儿童文学的创作目的依然是寓教于乐,只不过,这种寓教于乐建立在一种象征性规则的基础之上——即让全社会达成共识。儿童读者是一个难以相处且爱惹麻烦的群体,他们对儿童文学提出了诸多强制性的要求,因此,作为一门艺术,儿童文学必须包含两大元素:对幼儿的看法以及被大部分读者认可的价值观。通过亲属关系、场所、游戏以及饮食等影响人格建立的重要因素,儿童文学极大地推动了幼儿的道德与情感启蒙。

(五)西方的错误观点

这就是儿童图书出版的文化背景,一方面想要帮助儿童手中的人偶娃娃开口讲话,另一方面又不想让儿童陷入新皮格梅隆效应(Pygmalion)的各种症结。与此相矛盾的是,在出版领域,那些最令人震撼的儿童文学作品在其创作之初往往并不是专门针对爱惹麻烦的儿童读者。因此,以游戏形式出现的儿童文学面临着许多风险,儿童文学作家则用自己的作品承担了这些风险,他们冒险地创作出了一些结尾不太真实,或具有"偶然性"的故事。实际上,这些大量涌现的以幼儿为主题的作品真正满足的是成人的利益。

---

① 见克利斯朵夫·夏尔勒(Christophe Charle):《自然主义时代的文学危机——小说,戏剧与政治》(*La Crise littéraire à l'époque du naturalisme. Roman, théâtre et politique*),巴黎高等师范学院出版社(Presse de l'École normale supérieure)1979年版。

卡特琳娜·米耶在作品《法国当代艺术》中指出,在大众艺术领域,儿童游戏是一种方式,通过这种方式,我们"要么可以重新找回已经失去的纯真,要么可以让自己以一种批判的眼光来看待这种找回纯真的行为",儿童文学具有与大众艺术同样的功能,它为我们总结并论证了一个时代的声音,"因为,儿童可以是我们的另一个自己"。①

将儿童文学视为游戏并不意味着要把儿童思想简单地阐释为缺乏理性的审美观,或几杯饮料所带来的幸福感:儿童兵的悲惨命运,以及那些在非洲或南美洲翻找垃圾的孩子们的贫苦生活再一次向我们清楚地展示了儿童可能面临的真实经济状况。在《全球化与儿童文学》一书中,我们曾详细描写过,随着"《悲惨世界》以及地处偏远的海外领土重新回到人们的视线范围",儿童图书中对贫苦生活的叙述出现得越来越多(《全球化与儿童文学》,第 38—52 页)。1988 年,"国际第四世界运动"(ATD – Quart Monde)出版了让-米歇尔·德弗洛蒙特(Jean – Michel Defromont)的小说《直到世界尽头》(Tout droit jusqu'au bout du monde),这部小说对"世界尽头之城"(La Cité du Bout du monde)进行了极为细致的刻画;2003 年,哈麦丹风出版社出版了瓦加-巴莱·达奈伊(Ouaga – Ballé Danaï)的短篇小说《金·祖格鲁,街边的孩子》(Djim Zouglou, l'enfant des rues),从这些作品中我们看到,在非洲,饥饿是一个长久以来一直存在的问题。在达奈伊的小说中,故事发生在一个叫卡塞多库梅(Kassédokoumé)的小村庄,"这里原本可以呼吸到大自然的纯净空气,肥沃的土壤可以孕育出整个国家最美丽的植物",然而,这个美丽的村庄却被变成了一个"巨大无比的垃圾场"(《金·祖格鲁,街边的孩子》,第 40 页),"最后,还成了首都'阿马卡迪·拉·佩尔勒'(Armarcady la Perle)名正言顺的垃圾桶,村里的孩子们就在这堆积如山的垃圾上不停地挖掘着、翻找着"。在此之后,巴雅出版社于 2009 年出版了

---

① 卡特琳娜·米耶:《法国当代艺术》(L'Art contemporain en France),第四版,弗拉玛丽昂出版社 1994 年版,第 264 页。

安娜-洛尔·邦杜（Anne‐Laure Bandou）所创作的小说《奇迹时代》（*Le Temps des miracles*），在这部作品中，垃圾场的位置换到了阿布哈兹共和国，这也是年轻的主人公库玛伊尔（Koumaïl）的祖国，之后，库玛伊尔加入了法国国籍并更名为"布莱兹"（Blaise），"体积庞大的灰色垃圾堆把地面变得坑坑洼洼凹凸不平。大量堆积的垃圾就像一座什么都长不出来的大山一样"（《奇迹时代》，第61页）。孩子们手里拿着十字镐，不断地挖掘翻找废弃的灯泡底座和灯泡里面的镍丝："镍丝是按重量来算钱的，都清楚了吗？"（《奇迹时代》，第62页）有毒的灰尘被孩子们吸入肺部，毒害着他们年轻而又脆弱的身体："这些东西，它们会布满你的整个喉咙，一直飞到你身体的最深处。"（《奇迹时代》，第65页）一场车祸随之而来，一个小女孩被卡车压得粉碎。除此以外，我们还可以看到，垃圾堆旁边的湖水"也被以前的灯泡厂所排放的有毒物质污染了。这也就不难解释为什么会有那么多的畸形婴儿"（《奇迹时代》，第86页）。与之前"国际第四世界运动"和哈麦丹风出版社所出版的两部作品一样，邦杜的小说也属于一个极为小众的作品类别，它们毫不畏惧地向世人展示着当代文明的阴暗面。

正因如此，各种社会不平等现象成为了出版商在选择出版书目时的重点考虑因素，而被其选中并出版的图书正体现了出版领域所一直肩负的不可推卸的社会责任。尽管如此，我们依然不能忽略一个事实，即写作是一种美学行为，它可以让写作者与读者都置身于社会的象征性体系之中，但同时，它又不能仅仅只有这一种功能：任何一部新颖独特的文学作品都具备多样化的写作形式和独一无二、不可模仿的特点，对这一特点的准确认识是文学评论得以成立的关键。从这一观点来看，没有任何一部文学作品是"微不足道的"，也没有任何"一口巧克力"是平淡无味的，我们要用一种可以"蕴育"想象力的修辞手法将它完整地表现出来，并让它在一种既敏感又微妙的关系之中运行起来。让-路易·法比亚尼回顾了一个十分有意义的现象，以齐格蒙特·鲍曼所描写的"流动的现代性"和"消除文学作品及类别之间的等级划分"为背景，"那些最微不足道、篇幅最小或者面向最低龄读者的作品被赋予了和那些曾被称作伟大杰作,并隶属于'美之艺术'体系的文学作品完全相同的价值",无论在哪一个"游戏"之中,这种"美之艺术"体系总会在实际情况和之前被所有人默许的规则之间造成一种差距:

> 最为重要的是,这些文字和作品赋予游戏的可能空间以及将真实世界与幻想世界划分开来的过程,而幻想世界的不确定性正是当代儿童文学所呈现的全新特点之一。①

瑞士法语区的儿童文学专家曾聚集到一起,围绕"儿童图书中的伦理"这一主题展开讨论,在研讨会上,社会学家法比亚尼就"游戏"一词概念模糊不清的现象,向与会专家详细解释了该词所包含的真正意义。

(六) 小结:文学与"显示器":"在文化里看不见的地方加入游戏元素"

新媒介通过无所不能的游戏为我们的幻想提供了全新的资源,面对这些资源的强大魅力,一些人也许会认为,当代文学陷入了危急的处境。实际上,如果说我们乃至儿童的整个世界都已经被虚拟图像所包围,以至于我们越来越难以区分梦想与现实;如果我们像雷吉斯·德布雷一样,认为在当今的影像社会里,"人们对事物的关注点从'有价值'简化为'看得见',并因此而变得越来越冷漠",那么,我们当下最想尝试的则是在文学与文化的其他表现形式之间建立起一种相互对比的关系。令德布雷——这位《图像的生与死》的作者——有所让步的正是文化,与此同时,德布雷对"无处不在的球形电视"极为反感,他认为,"从道德角度来说,这是一种恬不知耻;从管理层

---

① 让-路易·法比亚尼:《万石激起千层浪——当代儿童文学中社会规则、家庭价值与艺术自主性》(Des pavés dans la mare. Normes sociales, valeurs familiales et autonomie artistique dans la littérature de jeunesse contemporaine),载《伦理问题与儿童文学》(Questions d'éthique et littéraire pour la jeunesse),瑞士法语区儿童文学协会(AROLE)第十届研讨会论文集,1997年9月版,第28页。

面来说,这是一种因循守旧;而从发展前景来看,这是一种彻头彻尾的虚无幻想",最后,德布雷还在其作品的结论部分表示:"为了终止这种停滞不前、困难重重的现状,我们应该在文化所看不见的地方重新加入游戏元素——例如,诗歌、冒险、阅读、写作、假设或幻想。"①

这是以游戏对抗游戏的最终解决方案? 还是一个生活在"图像时代"的人的理想国? 抑或是一位传统印刷术执迷者的怀旧情怀? 这些问题的答案也许十分简单,同时,我们还看到,大大小小的屏幕构成了一个世界,并为我们疲惫不堪的想象力打开了一扇神奇的大门。然而,我们仍会经常听到一些对此表示担忧的声音,他们对当今儿童所拥有的多样化的启蒙及教育工具是否能够和平共存重新提出了疑问。因此,在当今时代的背景之下,重新评估文学游戏成为了迫在眉睫的任务。

的确,这项任务可以有很多种执行方式和不同解释,然而,我们首先要做的就是让儿童的想象力以一种更加协调的形式出现在文学作品之中。这也是为什么在进入对作品的详细描述之前,我们想要提出自己对于游戏及其表现形式的特殊定义。我们从本书这一部分的讨论中看到,根据玛丽-何塞·雄巴尔·德洛夫的相关总结,儿童世界并不总是"另一个世界",在追寻共同快乐的过程中,无论儿童世界以哪一种形式出现,都与成人世界有着互补和共生的关系。

二、游戏想象:健达奇趣蛋带给淘气包们的惊喜

(一) 游戏及想象的定义

从《想象》②到《想象力——想象的现象学心理学》③,哲学家让-保罗·

---

① 雷吉斯·德布雷:《图像的生与死》,前揭,第503页。
② 让-保罗·萨特(Jean-Paul Sartre):《想象》(*L'imagination*),伽俐玛出版社1936年版。
③ 让-保罗·萨特:《想象力——想象的现象学心理学》(*L'Imaginaire. Psychologie phénoménologique de l'imagination*),伽俐玛出版社1940年初版,1986年再版。

萨特在其著作中坚持表达了一个观点:"想象是并不存在的:存在的只是一种追求非真实的意识",尤其是在他的后一部作品中,萨特第一次使用了"游戏性"一词。通过这一说法,萨特特别强调了意向对想象行为的主导作用:就像在游戏中一样,当一个人开始发挥想象,他与现实之间就产生了一定距离。想象力是一个人或一个群体的全部表现形式(如图画、幻想、梦想、神话及小说),同时,它也是产生这些表现形式的能力。根据《法语宝库》(*Trésor de la langue française*,1994年)对"游戏性"的解释,我们可以看到,这一语词的使用是随着社会科学的发展而出现的,它真实反映了游戏在日常生活中日益增多的发展趋势。于是,研究者们逐步开始了对游戏行为的整理和研究。例如,1938年,约翰·赫伊津哈①发表了作品《游戏的人》(*Homo Ludens*)(该书法语版于1951年出版),并在文中强调了游戏对现代社会的影响。此外,让·夏图②也曾在其作品《儿童游戏中的现实与想象力》(*Le Réel et l'Imaginaire dans le jeu de l'enfant*,1946年)中指出了"假装"对于人格建立的重要性。还有罗杰·凯鲁瓦所撰写的《游戏与人类,伪装与眩晕》③,在该书中,凯鲁瓦一方面强调了游戏在文化中从"无组织、无规则"(païdia)到"有组织、有规则"(ludus)的发展过程,另一方面,他还将游戏划分为竞争(agôn)、模仿(mimicry)、眩晕(ilynx)和偶然(hasard)四种形式。通过各种游戏,社会想象力逐渐发生了转变,而上述这些作品就像是一列目录,向人们展示了社会想象力的转变过程——这也是经济学家阿兰·科塔在其著作《游戏社会:被游戏侵占的生活》④中所详细阐述的内容。作为新时代的文学标志,米歇尔·图尼埃在其小说《星期五或

---

① 译者注:约翰·赫伊津哈(Johan Huizinga,1872-1945),荷兰语言学家及历史学家。
② 译者注:让·夏图(Jean Château,1908-1990),法国波尔多大学心理学教授,游戏研究及儿童教育专家。
③ 罗杰·凯鲁瓦:《游戏与人类,伪装与眩晕》(*Les Jeux et les Hommes*;*le masque et le vertige*),伽俐玛出版社1958年版。
④ 阿兰·科塔(Alain Cotta):《游戏社会:被游戏侵占的生活》(*La Société ludique*:*la vie envahie par le jeu*),格拉塞特出版社1980年版。

原始生活》(1971年)中,并没有照搬丹尼尔·笛福笔下的勤劳的鲁滨逊形象:图尼埃笔下的这位新的鲁滨逊在无序的"原始"中磨练自己,将自己打扮成原始人模样,并用风筝载着自己在空中飞翔。他不再参与劳动"竞争",并表露出对快乐的"模仿"以及对"眩晕"的强烈渴望。这是辛勤的成人与贪玩的儿童在图书中的一次相逢,它将日常生活的方方面面搬到了"看似真实"的小说之中,因此,这种相逢本身就构成一个故事情节和一场二次元游戏。

(二) 游戏与遗传

的确,"游戏"一词包含了多重含义,通过对这些不同含义的对比,我们将再次围绕这一话题展开讨论,并针对"游戏"一词所引起的各种争议作出澄清。传统理念认为,游戏与严肃性是一组对立的矛盾,然而在本书中,我们并不赞同这一观点。从表面上看,儿童游戏的确是一种肤浅且毫无意义的行为,与此同时,它还表现出一种盲目的追随和自我保护,特别是在战争等富有戏剧色彩的背景下。例如,罗伯托·贝尼尼(Roberto Benigni)所执导的影片《美丽人生》(*La vie est belle*,1998年)为我们讲述了一对被关进纳粹集中营的犹太父子,父亲让儿子相信,集中营、犹太人身上佩戴的黄色星星以及集中营里的各种生活其实都是在玩一场游戏。

在这部影片中,游戏是所有悲剧的来源,它不仅反应了现实与想象之间的差距、人与人之间的距离,还是两种不同视角的交集,是对同一世界的两种不同阐释。正如雅克·亨利约[1]在谈论赫伊津哈的游戏理论时所强调的那样,所有一切,包括文学性以及生命本身,都可以被视为一种游戏。因此,在文化中淡化游戏的概念是一种十分危险的行为。[2] 相反,我们应当在文化以及社会共识中对游戏进行明确定义:

---

[1] 译者注:雅克·亨利约(Jacques Henriot),法国哲学家、游戏理论家。
[2] 见雅克·亨利约,《游戏》(*Le Jeu*),法国大学出版社 1969 年初版,同义出版社(Synonyme - SOR)1983 年再版,第9页。

> 无论用何种方式来表达,游戏,都是我们在某个特定社会群体中所形成的一种概念,是该特定社会群体在其历史发展中对'玩耍'所进行的明确定义(就如同我们对'劳动'的定义一样)。①

这是一个不断变化的概念,它并不仅仅是针对某一种游戏,而是包括了各种各样不同的游戏。游戏是一种行为、一种"行动",而不是一种状态,它只取决于游戏者个人的观点:

> 因此,我们应当关注的不是游戏主体玩耍的对象,而是游戏主体在游戏行为中所扮演的角色,从某种程度上来说,游戏主体通过这一角色创造了自我。②

此外,亨利约还指出,幻想具有强大的力量,它可以让儿童在手捧圆形物品时认为自己正握着汽车的方向盘。在亨利约看来,游戏依然代表着"一种理想的最小距离,这种距离无法用数学公式来计算,它是两个极端之间的有限空间:一个极端是人与人之间不存在任何关系,而另一个极端则是人们思想的融合、混淆和完全一致"。从这一观点来看,除了"假装"、"好像"所构成的距离以外,游戏还具有不可预见性的特点,其中隐藏着我们无法避免的各种"风险",这其实也是劳动所具备的特点,但是在游戏中,我们却"非常乐意接受它"③。杰罗姆·布鲁纳也曾指出,根据快乐的原则,一切语言创造行为和幼儿最初的语言游戏都必须在与成人亲密无间的互动关系中产生。因此,游戏并不是一种毫无理据的行为,而是一块建筑工地,它让游戏主体可以在其中自由创作。

---

① 见雅克·亨利约:《在玩耍的色彩下——游戏的隐喻》(*Sous couleur de jouer. La métaphore ludique*),法国约瑟·高尔蒂出版社(José Corti)1989 年版,第 25 页。
② 见雅克·亨利约:《游戏》,前揭,第 97 页。
③ 见《少儿图书的游戏性及其运用关键》,前揭,第 50 页。

唐纳德·威尼科特①曾在其作品《游戏与现实》中表示,游戏出现在一种既非主体又非客体的特殊空间里,它的出现与遗传现象有关,而遗传现象是幼儿与其母亲之间的一种必然联系。在游戏所形成的特殊空间里,想象力进行着交流,各种各样的客体,如想象中的画面等,都具备了一种"填充性"的幻想功能,它们努力想要改变来自父母的某一个或多个影响。② 因此,就像弗洛伊德在《超越快乐原则》中讨论"卷轴游戏"时所明确指出的一样,图像或"动态模式"的集合往往被理解成因缺失而被遗弃的客体的替代品;此后,默罕默德·萨米-阿里在《想象的空间》一书中对弗洛伊德的这一观点进行了分析和补充说明。当母亲不在身旁时,小男孩儿便开始玩一个木卷轴,而卷轴被扔出去又被拉回来的移动过程对他来说具有一种象征性的意义。通过一次次让卷轴消失又重现,小男孩儿学会了控制母亲缺席时的情感,因为这个木卷轴既代表了小男孩儿本身,同时也是其母亲的投影。对于小男孩儿来说,卷轴被重新拉回意味着一种对缺失的母爱客体的修复,并让他拥有了控制"别人"的特权。③

通过想象的空间,儿童可以逐渐获得自主权;他从与母体的融合状态过渡到与乳房之替代品的各种游戏之中:安抚奶嘴、布娃娃、绒毛玩具,一直到具体的图像(如书中画的玩具熊),最后再到抽象的概念和价值。这样,遗传现象逐渐扩展到整个文化领域,而游戏也有了最终的定义,即创造性的特殊表现形式。

相反,从"精神分析家庭疗法"这一更为开阔的视角来看,游戏与"互动"并无太多区别,然而,游戏的意义却并不局限于实现亲子互动,而是与所有家庭成

---

① 译者注:唐纳德·威尼科特(Donald W. Winnicott, 1896 – 1971),英国儿童心理学家、精神分析学家。
② 见唐纳德·威尼科特:《游戏与现实》(*Jeu et réalité*),NRF 散文系列,伽俐玛出版社 1975 年版。
③ 见默罕默德·萨米-阿里(Mahmoud Sami – Ali):《想象的空间》(*L'Espace imaginaire*),伽俐玛出版社 1974 年首版,"无意识解读"系列(Connaissance de l'inconscient);1982 年再版,"如是"系列(Tel),第 48—64 页。

员都紧密相关。当然,其目的依然是为了满足主体对幻想的需求,但与此同时,它还填补了主体的缺失,并为其建立了必不可少的人际交流。J. 纪耶曼(J. Guillemin)表示,游戏表达的是一种"幻想中的自我,是想象力以及人际关系的掌控者"①。游戏与幻想一样,具有一种"强大的遗传能力",它能够控制他人,并调节不同观点使其达成一致。按照这个由互动原则引发的行为逻辑,对他人的需求也是幼儿在交流过程中的心理发展基础,于是,集体成员通过一种共同的幻想对游戏施加着"系统性的压力"②,勒内·卡埃斯把这种压力称为"集体心理机制"。这一心理机制在所有小说、神话特别是童话故事中尤为常见,对此,卡埃斯在其主编的《童话故事与诊疗椅》中进行了详细分析。笔者的文章曾收入《童话故事与诊疗椅》一书,文章探讨了"童话故事的双重游戏性",并指出,一些童话故事与许多电子游戏的情节设计极为相似,如"吃豆人"(Pacman)、"大金刚"(Donkey Kong)等,它们也都被运用到了想象的空间中。③

最后,吉尔·布鲁热尔在《游戏与教育》一书中对所有针对游戏在文化和社会学习过程中的特征的研究进行了总结,并强调了负责教育的成人与被教育的幼儿之间所存在的互动关系。布鲁热尔以格雷戈里·巴特松(Gregory Bateson)有关游戏的定义为基础,提出了一种特殊的交流方式:"只有当人们全身心地投入游戏中,并达到一种'准交流'的程度时,或者当人们可以相互传递'这就是游戏'的信号时,游戏行为才能够顺利进行。这种一致性在人与人之间建立起一种不受约束的特殊关系,并将一些行为的真正价值'曲解'为矫饰和伪装。"④正如厄文·高夫曼⑤在其研究著作《日

---

① 见安德烈·卢弗里约(André Ruffiot)主编:《精神分析家庭疗法》,前揭,第 27 页。
② 另请参见 P. 瓦兹拉维克(P. Watzlawick)、J. 赫尔米克(J. Helmick):《交流的逻辑》(*Une logique de la communication*),"点"系列(Points),法国门槛出版社 1972 年版。
③ 见让·佩罗:《童话故事的双重游戏性》,载勒内·卡埃斯主编:《童话故事与诊疗椅:童话在心理发展中的调节作用》,前揭,第 23—56 页。
④ 见吉尔·布鲁热尔:《游戏与教育》,前揭,第 248 页。
⑤ 译者注:厄文·高夫曼(Erving Goffman, 1922-1982),美国著名社会理论家。

常生活中的自我呈现》中所提出的一样,在互动关系中实现"自我呈现",这一过程可以被视作一场系统化的戏剧表演游戏,而该"理论技巧"的运用与罗伯特·贝尼尼在电影中对父亲所采取的表现手法极为相似。① 参照哲学家维特根斯坦的研究,布鲁热尔强调,"自我呈现"的这一特点与其参与的互动行为的内容并无太大关联,而是与语言的影响以及"修饰内心的体系构建"紧密相关。布鲁热尔认为,在大多数情况下,人们会用"游戏"一词来描述某个缺少准确定义的行为,其目的是为了将各种行为规则所构成的体系或者该行为所需的装置划分为"三个层次",从而让自己处于一种趣味性的情景之中。②

(三) 当代儿童游戏的结构体系

总而言之,为了更清楚地认识游戏在文学作品中的各种表现形式,我们必须对当代游戏观念的实践领域进行全面的探讨。根据阿布拉汗·莫尔斯与伊丽莎白·洛梅对社会空间的研究分析,亨利约指出,游戏观念的实践领域的构成来源于"我们对图像的担忧"③。这一构成与其所属的社会群体的各种表现有着紧密的联系,而这些表现本身就是另一种形式的交流:"后工业时代"的游戏者在越来越复杂的人际交流中表达出对趣味性、游戏性的迫切需求。莫尔斯认为,人与人之间的交流呈现出如迷宫一般的图像,并悄悄地影响着现代都市人的观念。于是,聚集在现代都市中的人们越来越向往单纯的乡村生活。

莫尔斯将社会空间定义为一种"游戏场",这是目前最为新颖独特的一

---

① 见厄文·高夫曼:《日常生活中的自我呈现》(*La Mise en scène de la vie quotidienne*),第一部《自我呈现》(*La présentation de soi*),"共同意义"系列(Le sens commun),法国午夜出版社1992年版,第240页。
② 见吉尔·布鲁热尔:《游戏与教育》,前揭,第249页,第12—14页。
③ 见阿布拉汗·莫尔斯(Abraham Moles)、伊丽莎白·洛梅(Élisabeth Rohmer):《空间心理学》(*Psychologie de l'espace*),"当代论文"系列(Synthèses contemporaines),比利时卡斯特曼出版社(Casterman)1978年版,第9页。

种诠释,例如,"在书中,你们就是故事的主角",而这一具体的概念也是我们研究当代游戏体系的出发点。正因如此,我们找到了一篇以社会空间想象力为基础的文章,并以这篇极具启发性的作品为例,表明读者之间的互动。

如果说游戏也同其他的遗传现象一样,具有填补的功能,那么,尽管无法对所有游戏类别进行明确定义,但我们的首要任务仍然是要建立一个试验性的体系,并尝试以此来反映游戏的真实作用,解析游戏行为的神秘特点。因此,我们必须对造成交流中断的特殊情况进行说明,并要求受访者"通过游戏来恢复彼此间的交流"。因为,这种方式可以让个人想象力在集体环境下保持其"填补"的功能。

我们曾经反复探索游戏这一具有代表性的社会空间。我们首先是在一次继续教育的培训当中,偶然间给学员们讲起了克劳德·罗伊创作的故事《这是一束鲜花》[1],并由此探讨了克劳德·布雷蒙[2]所提出的"可能叙述的逻辑"[3]。在讲述故事的过程中,我们突然中断了叙述,并请学员们根据自己的想象为故事续编结尾。就像我们即将在下文中看到的一样,这部作品中所展现的游戏场景让我们情不自禁地想要在故事中找寻游戏的各种表现形式,并让那些愿意接受试验的学员们"通过游戏对故事进行补充"。对我们来说,这项试验有着十分重要的意义。然而,试验的结果却令我们惊讶不已,因为我们为学员专门设计的这一命题与之前直接让他们"把故事讲完"达到的效果几乎一样,仿佛游戏情节与故事情节之间完全没有差别。如果这不是有人故意作假的话,那么这一试验结果将非常具有说明性。

经过在各种各样背景下开展的以这篇童话故事为主题的多次试验之后,我们掌握了大量的试验结果,即在试验中所收获的各种游戏情节:从幼

---

[1] 见克劳德·罗伊(Claude Roy):《这是一束鲜花》(*C'est le bouquet*),法国戴尔皮尔出版社1964年首版,伽俐玛出版社1974年再版,收入 Folio 少儿文学系列。
[2] 译者注:克劳德·布雷蒙(Claude Brémond),法国语言符号学家。
[3] 见克劳德·布雷蒙:《叙事作品之逻辑》(*Logique du récit*),"文学创作论"系列(*Poétique*),法国门槛出版社1973年版。

儿园大班的幼儿到大学生,还有接受继续教育培训的教师、保育员、社会服务业从业者甚至医护人员,我们一共收集了由他们所续编的近500种故事结局。有关这项试验取样结果的真实性并不属于本书的讨论范畴,我们要重点研究的是这些取样结果所反映的整个潜在的质量体系。

下文便是我们为试验参与者所叙述的克劳德·罗伊作品的开头,在试验中,为了避免对故事续编造成干扰,我们刻意隐去了作品的名称和作者姓名:

太过分了!

从前(其实这是一个真实的故事),有一个建筑师,他很会造房子,还有一家人,他们正在找房子。

这个建筑师有一把直尺、一把三角尺,还有一瓶来自中国的墨水。这家人里面有一个爸爸、一个妈妈,还有两个"脏兮兮的淘气包"。

当然了,建筑师原本并不认识这家人。他之所以建造房子是为了向人们证明自己是世界上最聪明的建筑师,因为他有一把直尺、一把三角尺和一瓶来自中国的墨水。每当他建好了一座房子,别人就会把房子整理干净然后住进去。而搬家这件事跟建筑师就没什么关系了,建筑师也跟搬家的人没什么关系,因为在他们忙着搬家的时候,建筑师已经开始了另一座新房子的建造工作。建筑师从来不住自己建造的房子,他的家在巴黎周边一个由"十七世纪法国建筑家芒萨尔(Mansard)所建造的农场"里。

当然了,建筑师的家里有着斜斜的屋顶,各种各样的角落、阁楼、储藏间,陈旧的墙壁,年老的树木,还有比树年轻好多的小鸟。可故事开头那家人的爸爸和妈妈却对这座房子感到不解,他们想:"我们要是住在这里,应该把那些'可爱的淘气包'安置在哪儿呢?"这家人从住房危机开始就一直住在巴黎。他们还曾经在埃菲尔铁塔的四条腿之间住过，不过后来被别人给赶走了。现在，他们就住在贝尔福狮子雕像的爪子之间，不过，在这里住着可真不怎么舒服，因为这座狮子雕像就跟真正的狮子一样，会在半夜里打哈欠，甚至还会长虱子。但是，这家人却不敢随便赶虱子，因为别人告诉过他们，绝不可以"在狮子的鬃毛里找虱子"。

有一天，这家人得到了一笔遗产。于是，他们决定要买一座真正的房子。

这个时候，建筑师刚刚在离巴黎很近的地方建造好了一个大型建筑群，里面一共有20万套公寓，可供2 000个家庭居住。这些房子的价格十分低廉，但是却非常舒适，并且可以马上入住。这家人在报纸上看到了这条消息和房子的照片，他们很满意，爸爸和妈妈说："看来，咱们可以把'可怕的'淘气包们放在那儿了。"于是，他们买下了203单元1822号楼B梯9层18号过道192768号公寓。

这是一套非常智能的公寓，是所有智能公寓中最智能的一套。它是用玻璃建成的，因为这一年，建筑师突然觉得人们应该住在由玻璃建造的房子里，这样他们就可以拥有阳光、天空和白日，这样也有利于他们的身体健康。

这些玻璃房子里有一个自动垃圾箱、一把苍蝇拍、一个杂物盒、一台电视机、一台洗衣机，甚至还有一台"自动儿童真空机"，如果哪天听到有人说，"这些脏兮兮的淘气包简直就是魔鬼上了身"，这台真空机就会把孩子们从九层高的公寓扔到一个特殊的沙堆上，沙滩被围上了电子栅栏和一堵用超级塑料做成的透明隔音墙，里面还装了空调，一台特别的电视机，它可以让父母在自己的屋子里就能看到孩子们在沙堆上的活动。建筑师对自己建造的智能房子非常自豪，其他的建筑师也纷纷认为，这是所有智能房子中最智能的一套房子。

这家人搬进了智能公寓。第一天,由于搬家的缘故,大家都非常疲惫。第二天,大家对房子的各种奇异功能感到非常满意。

但是第三天,大家就已经开始厌倦这套超级智能公寓了。

而这个有着一把直尺、一把三角尺和一瓶来自中国的墨水的建筑师早就预想到了所有可能出现的情况。所以,他还在这套房子里放了一个削皮器、一根吸管、一台吸尘器和一台自动儿童真空机。可是,他却没有考虑过这些住在房子里的人们的感受,所有这些水泥、玻璃和微风都会让他们感到厌倦,所有的公寓都长得一样,就像是堆放在半空中的一个个苍蝇笼。空中飞过的鸟儿们看到居住在203单元1822号楼B梯9层18号过道192768号公寓里的人,居然认为他们是被关在牢房里的犯人,鸟儿们觉得很奇怪:"这些人究竟做了什么错事要被关在笼子里呢?"

另外,那两个"让人无法忍受的倒霉孩子"总是跑来跑去,还老惹他们的妈妈生气。于是,妈妈把他们放到儿童真空机里,让他们在装了空调的儿童沙堆上不停地玩着一些无聊的游戏……

在进行任何分析之前,如果读者愿意为当代游戏研究领域作出一份贡献,我们便邀请他们来参加此项试验,让他们自由地发挥想象,通过叙述或游戏的方式为这篇故事编一个结尾。我们会将他们创作出的不同故事结尾进行对比,与单纯的被动阅读相比,这种方式更加具有说明性,并让参与者更好地了解这项研究的调查目的。

(四) 满与空,褶皱游戏:研究方法

后工业时代的社会交流与克洛德·列维-斯特劳斯在《神话学》中所描写的原始人的交流一样,总是通过各种编码来进行(如拓扑排序、确定亲属关系的基因编码及物体系统等)。其实,无论是物品关系、位置关系还是价值关系,这些编码都可以用具体的形式全部记录下来。因此,按照列维-斯

特劳斯的说法,人们利用各种"敏感关系",在现代"野性思想"所定义的社会结构中对不同行为进行了界定和划分。① 因此,我们首先要详细分析在巴黎地区初、高中以及在不同大学里所采集到的对故事结尾的各种想象和续编,并在此基础上对所有出现"野性思想"的社会背景进行研究和讨论。

让我们先对故事的情节做一个简短的回顾。这部被收录在 Folio 少儿文学系列中的小说的篇幅十分短小,故事讲述的是一家人居住在一个城市的"大型建筑群"里,阿布拉汗·莫尔斯将这种居住环境称为"迷宫结构"。狭窄而统一的空间、玻璃房里各种毫无人情味的装饰品、冷冰冰的金属制品、一串串数字带来的禁锢感和蜷曲的身体让这个家庭失去了本应有的平衡关系:"简直就是魔鬼上了身"的孩子们被一台"儿童真空机"抽走并扔到了一个特殊的沙堆上,这里围着"电子栅栏和一堵用超级塑料做成的透明隔音墙",这里"还装了空调,一台特别的电视机,它可以让父母在自己的屋子里就能看到孩子们在沙堆上的活动"。而参加试验的读者必须接受或忍受的正是这样一个滑稽但又压抑的故事背景。每一次试验,这样的故事背景总会让参加试验者联想起自己身处的现实生活环境②,然而,尽管如此,与每一个人对此的反应相比,试验的整个过程才是其中最有价值的内容。

交流的突然中断给读者造成了压力和约束,"儿童真空机"和短暂的"情感空缺"也给他们带来了"烦恼",为了减弱这些因素的影响,每一位参加试验的主体都通过自己续编的故事情节修复了一种"虚拟的完整",并由此恢复了故事中一家人之间的平衡关系,使他们进入了一种"集体心理机制",而所谓的"集体心理机制"只是对"集体无意识"的一种狭义解释而已。

---

① 见克洛德·列维-斯特劳斯:《生食与熟食》(*Le Cru et le Cuit*),法国普隆出版社(Plon)1964年版,第22—23页。
② 参见我们在《童话故事与诊疗椅》一书中发表的试验分析结果,勒内·卡埃斯主编:《童话故事与诊疗椅》,前揭,第30页。

实际上,荣格①所创立的人格分析心理学理论并没有对"集体无意识"这一概念进行过多的思考,而只是将其设想为社会性幻想文学(如神话、习俗、童话)的结构形式,其目的是在对话者以及集体成员之间起到调节作用并保证他们之间的有效沟通。因此,每一篇故事都是一种修复性幻想和一种妥协的表现,这种妥协可以让主体恢复到某种宁静的状态,并表现出包括忍耐力在内的各种自我防护能力。故事的风格和形式是社会象征体系的表现之一,而不同主体的幻想则令故事原有的风格及形式都发生了改变。

1. 接受规则:生命的赠予体系及其带来的惊喜

第一篇故事续编的样本来自维罗尼克,她是一名初中二年级的学生,她所创作的样本向我们清楚地展示了生命赠予体系的运行模式。对于维罗尼克来说,对"填补"的迫切渴望弥补了故事情节带给她的空虚感,同时还让她产生了一种特殊的幻想。接下来,我们将读到她所续编的故事情节,其中,我们刻意保留了一些具有代表性的拼写错误。英国心理学家鲍比曾经阐述过"依附行为"的生理表现以及象征意义②,而我们之所以会选择维罗尼克的故事作为第一份研究样本,是因为它完美地呈现了人类最初的"依附行为"对幻想故事创作所产生的影响。

妈妈与"美味蛋糕"

两个孩子发现沙堆上实在没什么好玩的,于是决定以后在妈

---

① 译者注:卡尔·古斯塔夫·荣格(Carl Gustav Jung, 1875-1961),瑞士著名心理学家、精神科医生,分析心理学的创始者,他创立了人格分析心理学理论,主张把人格分为意识、个人无意识和集体无意识三个层次。
② 见迪迪耶·安兹厄(Didier Anzieu)、约翰·鲍比(John J. Bowlby)主编:《依附行为》(*L'Attachement*),"Zethos"系列,瑞士德拉绍与尼埃斯莱出版社(Delachaux et Niestlé)1974年版。

妈面前一定要表现得乖一点，免得又被这个讨厌无比的"儿童真空机"给抽走了。为了打发时间，他们开始部署一个计划，要让"儿童真空机"再也不能够把他们困在这个深深的洞底而忍饥挨饿。可是，这一天过得仿佛比以前的任何一天都要漫长，马上就到下午6点了，孩子们也感到饿了。然而，他们渐渐意识到，妈妈并没有把他们从这个老鼠洞里救出去的意思，于是，他们便慢慢地睡着了。早晨8点，三个孩子中的一个被一丝透过门缝的光亮唤醒，这扇唯一的大门紧紧地关闭着。先醒来的孩子叫醒了他的兄弟，这帮"让人无法忍受的小混球"作出了一个决定，待会妈妈进来的时候，他们要假装成快要死去的样子。当他们的妈妈安静地走进"监狱"，看到三个饿得半死的儿子时，她吓得大声地尖叫起来，然后飞快地跑回公寓准备了好多好吃的东西。三个孩子走出了那扇银灰色的铁门并赶紧回到了这台"儿童真空机"所在的公寓里。这台讨厌的机器看上去特别像一个垃圾桶，在狠狠地拍打它一通之后，三个孩子回到了洞里并继续伴装快要饿死的样子。过了一会儿，妈妈带来了做好的美味蛋糕。从此以后，再也没有人提起"儿童真空机"了。

通过阅读，我们首先感受到的是，一篇童话故事中最需要的来自于儿童一方的"反馈"(feed-back)在上面这篇样本中却完全是被动的（如"他们便慢慢地睡着了"）。叙述中过多的约束（如"这扇唯一的大门紧紧地关闭着"）让想象力很难得到充分发挥，仅有的想象成分就是把孩子们描述得像动物一样，待在一个充满腐烂气味的地方（如"困在这个深深的洞底……这个老鼠洞……"）。列维-斯特劳斯曾在谈论"粗俗"时提到了与正面文化成分相对应的负面文化成分。此外，我们在这篇样本中还发现，"粗俗"成为了一种代码，它被用来表现对毁灭和死亡的恐慌。一开始，作者一直克制自己，避免使用一些"粗俗"的词语，但随后，其社会角色的认知程度便通过这一类用语表现了出来,并且其表现形式还是蹩脚且偏口语化的(如"饿死")。与此同时,这种"粗俗"还引起了儿童对此的第二次传递和"模仿"(如"他们要假装成快要死去的样子"),但事实上,妈妈对孩子们小诡计的反应才是"粗俗"的主要体现。妈妈造成了人际关系的空缺,而作者则用同一种语言风格来描述妈妈本身对这种空缺的反应(如"她……飞快地跑回公寓准备了好多好吃的东西")。

仿佛有魔法一般,孩子们终于得救了;但是,当他们再看到那个给自己带来无数麻烦并令人一直感到不安的东西时,他们身体内部聚积的攻击性便被唤醒(如"这台讨厌的机器看上去特别像一个垃圾桶,在狠狠地拍打它一通之后"),而这种冲动又把他们带回到了之前挨饿受苦的状态中(如"三个孩子回到了洞里并继续佯装快要饿死的样子")。读到这里,我们也许会认为,经历了第一次的不快后,孩子们应该会变得听话一些,但这显然不是我们在上述样本中所看到的内容,讲述者想象力的"黑匣子"有一种强制性的逻辑,它让故事有了另外一种结局:"过了一会儿,妈妈带来了做好的美味蛋糕。从此以后,再也没有人提起'儿童真空机'了。"

盲目的模仿可以让儿童重新找回一种基本的舒适状态,而对舒适状态的追求则迫使儿童必须想办法恢复故事的完整性。变得"听话"、快乐且不再到处乱跑等诸如这般的"荒谬理由"让孩子们决定上演一场"死亡戏码",而只有妈妈带来的"美味蛋糕"才能解除魔咒,拯救他们的生命。

此外,在恢复故事完整性的整个过程中,"爸爸"这一角色一直处于缺席的状态,这也完全符合人类所获得的最初赠予:生命的赠予。赠予者与被赠予者之间亲密无间的关系是保持整个赠予体系平衡的必要条件。萨米-阿里曾经提出,在攻击性行为爆发之前存在一个"二维空间",而在人类最初的接触和依附行为中,我们其实不难发现这一"二维空间"的不稳定性(例如,孩子们被困在一个"深深的洞底",以及"一丝透过门缝的光亮……这扇唯一的大门紧紧地关闭着")。孩子们与母亲之间有一种绝对的"相互包含"的关系,孩子们唯一找到的可以逃脱这种关系的方法就是他们所进行的模拟游戏,而这一行为反过来也让他们逐渐适应了那个他们不愿意放弃的新公寓。

在彼此的妥协中,故事中的一家人得以幸存下来,并继续维持着一种模棱两可的家庭状态。其中,孩子的数量更是变得难以分辨,就好像维罗尼克这位年轻的女性讲述者在其模糊不清的叙述中连自己的性别都没有分清楚一样(如"三个孩子中的一个"、"他叫醒了他的兄弟"、"她看到三个儿子")。利用身体进行伪装比其他任何一种玩具都更能够减轻孩子对母亲的依赖性。

小儿科医生阿尔窦·纳武立曾在其作品《在孩子身上下赌注》中为"基本语法"的使用进行了辩护,在此,我们的观点与纳武立完全一致。准确说来,我们赞同他将心理动机描写成儿童"幸存"以及与死亡抗争的唯一要求。对此,纳武立解释说:

> 同样是面对处于危险中的孩子,如果不是为了让他获得舒适、安乐、幸福、快乐以及对混淆不清的欲望或者需求的满足,还有别的什么原因能够让母亲变得更加体贴和周到吗?她们勇猛直前并兴高采烈地沉湎于自己的赠予中①……

纳武立还提到,在极端情况下,这种局面还会变得充满陷阱并令人窒息,从而让任何一种"项目计划书"都无法被传递出去,于是它变得毫无价值,并无法建立世代相传的运行模式。② 然而,对恢复被"儿童真空机"所摧毁的原始自恋来说,这一局面却显得尤为必要。

在记录这一交流以及对故事进行口头修复的试验过程中,我们了解到,在当今时代,赠送给儿童一枚"健达奇趣蛋"——一枚带来"惊喜"(其铝箔纸包装上就印着这个词)的巧克力蛋——这一行为行使着至高无上的权力。曾有一篇文章对健达奇趣蛋的消费情况进行过极为详细的分析,但由于其

---

① 阿尔窦·纳武立(Aldo Naouti):《在孩子身上下赌注》(*Parier sur l'enfant*),法国门槛出版社 1988 年版,第 279—280 页。
② 阿尔窦·纳武立:《在孩子身上下赌注》,前揭,第 281 页。

篇幅过长,我们此处无法引述。然而,就像这篇文章中所分析的一样,儿童吃健达奇趣蛋是一种幼儿的自我庆祝(因为"健达[Kinder]"一词在德语中就是指"儿童"),此外,藏在巧克力蛋里的小玩具也能让孩子们欣喜若狂。玩具是对惊喜的加冕,它将我们引入有关父母的第二个主题,我们将在后文中看到,玩具与父母形象也有着密切的联系,特别是圣诞老人所起到的象征性作用。但是,在此之前,我们必须暂时中断这一人类学角度的研究,并插播一段与其紧密相关的文学讨论。

文学回响之一

文学领域所重点关注的是两个相互对立却又相互补充的极点,它们都能为我们开启快乐阅读的体验之旅,其中之一便是"惊喜"。实际上,在主体收到令他惊喜的客体(如图书)时,其本身就对此充满了期待并为此欢欣鼓舞;这正是儿童站在圣诞树前,面对一堆等待开启的礼物时的真实感受。从这个角度来看,任何一位教育学家、任何一本优秀的图书都应该成为"惊喜"或"幻想"的主宰者:让每一双眼睛都为此赞叹不已,让更多的读者为它目眩神迷。同样,还是从这一角度出发,"主宰者"还应该展现自己和传统教育模式之间的区别,或者是与具备相同作用的优秀故事之间的区别。在这座想象力之山的山坡上,我们将欣赏到法国儿童图画书作者米歇尔·盖的《小企鹅比邦德的惊喜》。① 在这部图画书作品中,为了找回自己生日时所收到的礼物——小船(它的"惊喜"),小企鹅比邦德经历了一连串令它意想不到的事情,而在这些奇妙经历的最后,等待读者的还有一个更大的惊喜——企鹅大家庭终于过上了幸福和睦的生活。而"小企鹅比邦德"系列中的另一部作品(*Biboundissimo*)则将父母所赠礼物带来的惊喜上升到了必须借助音乐才能表达的高度:实际上,这部作品中的"惊喜"只不过是一种富有旋律性的"仙女的恩赐",是乐队指挥手里的"棍子",在它施展的魔法下,年龄最小

---

① 米歇尔·盖(Michel Gay):《小企鹅比邦德的惊喜》(*La Surprise de Biboundé*),乐趣学苑出版社1985年版。

的企鹅摇身一变,成了企鹅部落里各种仪式和游戏的主持者,并因此而象征性地成为了各种活动的国王。

玩具或某个能对现实世界造成更多影响的物品的出现是一种对情感的最大补偿和对身体的极大解放,从而促使主体逐渐走向成熟。下文中,劳伦·P所编写的故事让我们清楚地看到了这一特点的表现形式。二十岁的劳伦·P是一名大学本科生,尽管是在三月份参加试验,他却选择了以圣诞节为背景,并用一种独特的方式描绘了一个充满活力的幻想世界。我们将在后文中详细讨论圣诞老人在当今时代所肩负的责任。通过下面这篇劳伦·P所编写的故事,我们将对圣诞老人的工作环境有一个清楚的认识。

圣诞节与爸爸的心愿

圣诞节到了,所有装人的笼子都被合成材料制成的圣诞树上的彩灯照耀得闪闪发光。那两个"正在等待圣诞礼物的让人无法忍受的淘气包"正透过墙上的玻璃寻找着白雪的影子。这时,爸爸回来了,妈妈转过身。爸爸看上去很悲伤。但孩子们却觉得他现在的样子好笑极了。妈妈拆开礼物。年纪大一些的"什么都毁的脏孩子"看到了他的小礼物——一把铲子和一辆手推车,因为这个家里实在是一分钱也拿不出来了,而年纪小一些的那个则正把耙子放进自己的水桶里。但是,这两个"一直被关在笼子里"的孩子却把他们的妈妈给惹火了。于是,她拎起这两个调皮蛋,把他们扔进了"儿童真空机",就这样,孩子们掉落到了沙堆上。两个孩子看到眼前的这个大礼物,高兴极了,他们各自都想要堆一座世界上最美丽的城堡。两个人都想要打败对方。于是,在这场比赛的激励下,他们一捧又一捧、一桶又一桶、一铲又一铲、一耙又一耙、一车又一车,建好又推倒,然后再重新建好。最终,"两个人的脸上都露出了满意的笑容"。这一天很晚的时候,爸爸正在为自己悲惨的命运和人生伤感不已,一个念头突然闪过他的脑海,那就是爸爸、妈妈以及他们的两个孩子能回到这个最漂亮的房子里,快乐地生活。很快,爸爸的这个想法感染了家里的每一个成员。在时间的帮助下,一家人快乐而幸福地生活在这个房子里,一直到他们生命的最后一天。

我们看到,这件花光了一家人全部积蓄的崇高礼物同时具备了两种表现形式,其中就有弗朗索瓦-安德烈·伊桑贝尔曾经分析过的圣诞节的所有惯例:一方面,妈妈继续通过肢体动作表现她对孩子们的关心,她所"拆开"的实际客体就是一种玩具;另一方面,爸爸将他一闪而过的"念头"解释为灵性,并通过赠送礼物这一节日习俗,对圣诞节产生了一种神圣的情感。① 然而,对于孩子们来说,在沙堆上堆砌城堡和推倒城堡的游戏才是一件真正的节日礼物,尽管沙堆城堡极其脆弱,但是它却让孩子们恢复了活力,并让他们重新感受到了交流的乐趣;在他们吵吵闹闹的游戏面前,父母的各种行为都消失不见了。成人夫妇挂在"合成材料制成的圣诞树"上的人造装饰品成功地疏导了孩子们的喧闹。游戏使一家人重新恢复了彼此间的平衡关系,因为他们把"世界上最美丽的城堡"幻想成了自己的家,并让它成为了"最漂亮的房子"。在保存了一定自主性的同时,玩具依然保持着与这家人的必然联系,因为它是打开"家庭心理机制"拱门的钥匙,如果没有这剂"添加剂"的存在,整个"家庭心理机制"就无法正常运行。

正如纳武立所强调的一样,"相对于母亲留在儿童身上的生理痕迹而言,父亲的作用则是让儿童学会与母亲保持足够的距离,从而建立起属于自己的人格和特点"②。故事中孩子们所堆砌的沙堆城堡本来是一件脆弱而可怜的建筑作品,但在此之后,它却变成了自主性形成的标志。

---

① 见弗朗索瓦-安德烈·伊桑贝尔(François-André Isambert):《神圣的意义》(Le Sens du sacré),"共同意识"(Le Sens commun)系列,法国午夜出版社 1982 年版。我们将在后文中详细讨论这部作品。
② 见阿尔窦·纳武立:《在孩子身上下赌注》,前揭,第 278 页。

在本书这一部分的讨论中,我们将不再插播有关圣诞老人的文学研究,因为我们将在后文对此进行十分详尽的分析……

2. 中立空间:玩具带来的自由

无论是在共同游戏还是在各自独立的游戏中,父母或儿童都会从情感方面进行或多或少的参与,有关这一主题的研究作品十分丰富,但由于篇幅有限,我们在这里无法一一讨论。尽管如此,父母对玩具或游戏的选择与其本身的行为之间有着必然的联系,而这正是我们所重点关注的内容。大家应该还记得,一家人在一起玩扑克牌的时候总是能够和睦相处。实际上,家庭成员之间可以以任何一种方式进行组合,例如,男孩儿可以一会儿在房间里玩父亲的电脑,一会儿又跑去跟小狗一起玩,又或者去操场上与同学们一起踢足球,但这一切都必须事先征得其父母的同意。同样,对于女孩儿们来说,她们更喜欢的是阅读或者与身体相关的各种游戏(如跳舞和化妆),而母亲的参与与否,并不会对她们所进行的活动产生太大影响。社会阶层会从精神上对人们的每一种行为产生或多或少的影响,而每一种行为又恰恰真实地反映了人们不断变化的消费观念。我们发现,交流中的隐藏含义是当代文化的主要特点,而动物作为一种有生命的玩具则对当代文化有着极为强烈的吸引力。

玩具是一种完美的跨界物品,它反映了儿童想象力与成人想象力之间相互妥协却又保持一定距离的微妙关系,例如,"拿上你们的玩具,玩去吧。"同时,它还是成人与儿童能够在一种独立但又相互依赖,依附却又互不关心的状态中行使其一切自由权利的充分必要条件。

文学回响之二

1995年,法国门槛出版社出版了挪威儿童文学作家乔斯坦·贾德的作品《苏菲的世界》,这部讲述西方哲学发展史的小说获得了极大的成功,我们很高兴能够与读者分享其中的一段描述:

> 父母先是给了她一个鱼缸,里面装着三条金鱼,它们分别是金

耳环、小红帽和黑水手。之后,她又有了两只鹦鹉,名叫克里克里和格里格里,然后是一只乌龟,名叫高文达,最后则是一只名叫雪儿的红棕色虎斑猫。这些都是父母买来给她作伴的。因为她的妈妈总是工作到很晚才回家,而爸爸又常常航行四海(《苏菲的世界》,第16页)。

文中对幼儿时期多位重要人物的影射并没有掩盖苏菲及其家人之间充满幽默感且极具象征意义的交流,这种交流方式使得苏菲的整个家庭关系融洽而和谐。然而,我们依然可以通过鱼缸中的金鱼看到一种微妙的互文性。这难道不是在影射塞居尔夫人笔下那位老干蠢事的著名的苏菲吗?《苏菲的烦恼》一书中所描写的难道不是一个剪碎金鱼来玩做饭游戏的小女孩儿吗?但是,贾德笔下的苏菲并不会做这样的事情,她更像是古希腊神话里的智慧女神,除了在小说的最后,她解开了被系在岸边的小木船,"任由它漂到了湖中心",然后再重新"做了自己的小木船"(《苏菲的世界》,第544页)……

尽管父母对儿童的放任和宽容有很多种形式,但我们并不是在回顾儿童得到解放之后的各种不同表现,而是进入了另一个领域的讨论,并且,我们现在更加倾向于将话题直接切换到游戏想象力的另一个极点,实际上,儿童并不接受与父母合作,他们更希望通过武力来获得独立和自主。因此,在接下来的讨论中,我们将着重考虑儿童在与父母交流中的感受。13岁的男孩儿让-卢克是马拉科夫中学的一名初二学生,他所续编的故事对游戏的类别进行了十分明确的定义。同样,我们也没有对他的作品进行任何更改,而是保留了其特殊的语法特点。

3. 违反规则:蠢事

"嘀——呐——咪——嘭!"

在203单元1822号楼B梯9层18号过道192768号公寓里,孩子们正被关在"儿童真空机"里面。爸爸妈妈通过一个火箭发射系统把他们从洞底升了上来。爸爸说:"去你们的房间里玩游戏吧。"于是,这三个脏孩子就回到了自己的房间里。年纪最小又最白痴的孩子突然说道:"我知道了!我们来玩'嘀呐咪——嘭'的游戏吧!"这个游戏是要将点燃的炸药包扔到路过的行人头上;谁把人伤得最严重谁就是获胜者。说着,哥哥拿起装炸药的盒子,并点燃了一个炸药包,然后把它快速地朝行人头上扔去;炸药包"嘭"的爆炸了,哥哥说:"看,他跑了。"弟弟也拿起一个炸药包扔了出去,但是他却不怎么走运!炸药包正好掉落到公寓楼楼下,只听见"嘭"的一声,整幢大楼就像一座纸牌城堡一样被炸得粉碎。

与之前的两篇样本相同,让-卢克续编的故事有着十分严密的逻辑,《神话学》一书中所收集的各个神话故事也都能在此找到一一对应的元素。与此同时,让-卢克还通过一些具体的改编让我们再次联想起前两篇样本的故事情节:例如,维罗尼克在其样本中描述了孩子们与母亲之间的争执,而让-卢克却让父亲成为了全家人的共同攻击对象。在维罗尼克的叙述中,不断出现的各种数字决定了时间的划分(如,"马上就到下午 6 点了","早晨 8 点"),并标记着孩子们与母亲客体之间亲密关系的中止;而让-卢克的描述则与此不同,他所关注的是公寓楼的地理位置(如,"192768 号公寓"等),即一种空间的概念。故事的最后,这一空间概念却被一件有预谋的偶然性事件给摧毁了(如"但是他却不怎么走运!炸药包正好掉落到公寓楼楼下")。我们看到,社会底层的想象力总是具有迟缓的特点,并往往与水以及一些"腐烂肮脏的"自然环境(如"老鼠洞")有关,这与关于火、运动以及解放性文化能量的想象力形成了鲜明的对比。

有关父亲及其居住环境的层层暗喻使最后关于毁灭的幻想变得可能:失去了玩具载体的孩子们变得极富攻击性,而路过的行人则成了孩子们首先攻击的对象(如"这个游戏是要将点燃的炸药包扔到路过的行人头上[……]炸药包"嘭"的爆炸了[……]哥哥说:'看,他跑了。'")。这些描述都能让我们联想起劳伦·P 所续编的故事样本。劳伦·P 所续编的故事中父亲的消失正好对应了维罗尼克故事中母亲的回归:妈妈带来了"美味蛋糕",而爸爸则在点燃的"炸药包"中不见了踪影。孩子们冲动的攻击性及其扔出炸药包的动作使炸药具备了强大的摧毁能力(如"他却不怎么走运"),而与之对应的则是口头叙述的强大修复功能。

萨米-阿里曾详细描写过"卷轴游戏"的运行模式,而上述故事样本中对现实的投射则将"卷轴游戏"的运行模式推到了极致。就像我们所看到的那样:对于萨米-阿里来说,将木卷轴抛出去再拉回来的游戏性行为标志着儿童从"相互包容"的二维空间中抽离出来,并成功地掌控了三维空间。实际上,火摧毁的是父母的权威;尽管父母也会采用一些积极的方式来疏导青少年的喧闹(如"爸爸妈妈通过一个火箭发射系统把他们从洞底升了上来"),但摧毁父母的权威一样可以达到相同的目的。

与文学的简要对比

挑战成人强制约束力的元素越来越多,并逐渐构成了续编故事样本的主要特征,其中,"蠢事"在游戏想象力的另一面山坡上为故事的续编划定了范围。正因如此,在格雷戈瓦尔·索罗塔莱夫①创作的《熊宝宝的蠢事》②中,笑话、恶作剧和玩笑就成为了一切无礼行为的代名词,因为这种形式的捏造和喧闹是有利于健康的。当我们意识到自己正处于安全边缘时,自然就会拒绝一切令人奴化的依赖行为,而关于学习的残酷现实便会在这种意识中得到救赎:"我脱下裤子,露出屁股,然后吐了吐舌头。我今天过得可真开心啊!"熊宝宝以一种图画书的语气说道。就像让-卢克在样本中所描写的一样,肢体的冲动总是伴随着具有攻击性的语言和否定的语气。此外,这种攻击性的对象甚至还可能是玩具,正如弗朗索瓦·马顿的作品《我如何毁了我的玩具》,文中的幽默感大大缓和了其实际内容的暴力性:"我弄

---

① 译者注:格雷戈瓦尔·索罗塔莱夫(Grégoire Solotareff),法国著名漫画家、造型艺术家。
② 格雷戈瓦尔·索罗塔莱夫:《熊宝宝的蠢事》(*Les Bêtises de Bébé Ours*),法国哈提耶出版社(Hatier)1991年版。

坏了我的鸭子,我把它弄成了三条腿,不过在此之前,它其实只有两条腿……"
我们甚至还可以从中看到,这种冲动如何成为了青少年叛逆的根源。

4. 节日惯例与想象力的形成

为了保持家庭成员之间不同功能的和谐和统一,首先必须不断重新分配其建立在共同游戏中的人物关系,同时还要在不同人物之间制造出一段微妙的距离:因此,维罗尼克所需要的自由只是假装和模拟之间的距离,而对于让-卢克来说,自由的获得则必须经历一场激烈的生命竞赛。就连父亲把孩子们"从洞底升上来"也体现了一种暴力性,并由此引发了之后孩子们自己所创造的暴力游戏,这是一种对父母及其人物角色的极度否定(如"谁把人伤得最严重谁就是获胜者")。最终,思想的主动性与身体的被动性相互结合(如"年纪最小又最白痴的孩子……"),并以此为基础形成了一种计算方法,从而标志着两种态度的对立。对此,我们将引用最后一篇故事续编样本,这篇样本的作者是来自蒙蒂尼中学初中一年级的学生玛莎,玛莎在故事中向我们展示了儿童在摆脱父母约束时所感受到的危险和威胁。

圣·让节之火[①]

由于孩子们担心再被关到(203 单元 1822 号楼 B 梯 9 层 18 号过道 192768 号公寓的)"儿童真空机"里,于是,他们决定要发明一个关于火的游戏。晚上,孩子们竭尽全力地捣乱,为的是可以再次被关到"儿童真空机"里。当他们真的被关进去以后,他们决定点一把圣·让节的火。而这时,爸爸妈妈还在楼上讨论着:"不知道这些又笨又脏的孩子们正在干什么?"

[①] 译者注:圣·让节(La Fête de la Saint Jean),创立于 1955 年,是加泰罗尼亚地区人民为庆祝夏至日的一个半宗教的祭祀活动。每年 6 月 23 日晚,加泰罗尼亚每个村庄的居民都会聚集在卡尼古山峰上,点燃捆柴,这就是著名的圣·让之火,象征着爱与平安。

火势逐渐蔓延开来,爸爸妈妈发现起火了,大声地喊叫起来,但是他们已经被火烧着了,孩子们也全被大火给烧熟了。窗外经过的小鸟看着这个装人笼子里发生的一切感到很不解:

"他们究竟做了什么要沦落到变成烤鸡的地步?"

这篇故事续编的样本与劳伦·P所续编的故事完全相反,但是,通过对比这两篇样本,我们发现,节日惯例对于社会游戏想象力的建立起着重要的支撑作用。十分明显,与冬至以及福音传道士圣·让节相比,圣诞节所激发的游戏冲动完全不同于夏至节所表现的游戏冲动。玛莎所续编的故事将让-卢克笔下小儿子的"白痴"行为表现到了极致,并使其导致了致命性的后果;此外,这篇故事还向我们清楚地呈现了文化成分在主人公自己身体上的体现(如"孩子们也全被大火给烧熟了")。从内在来看,家庭的沟通存在于静止的身体和统一的精神中,家庭成员之间的分离构成了圣诞节的特点,其中,节日里投放"炸弹"或鞭炮也是狂欢节的必要构成元素;从外在来看,就像我们即将在后文中所看到的一样,拒绝口头交流以及身体的喧闹,则标志着以精神自由沟通和独立个性化人格为基础的社会行为的出现。任何一种西方想象力游戏体系都建立在对比的基础之上,即在某种集体模式中对人际关系进行更为清晰的安排与分配。因此,我们所描述的游戏想象力的两个极点分别对应的是:第一,家庭游戏规则的统一;第二,为获取全新游戏模式而对原有规则做出的破坏(如"就像一座纸牌城堡一样")。与"惊喜"对应的是"蠢事",后者的出现可能是因为愚昧无知,也可能是一种对游戏规则的故意违反。最严重的蠢事则是儿童将自己作为冲动性破坏行为的对象,例如自杀;我们绝不能忽视这种违背游戏规则的行为,因为这是一种否定权力的极端行为。就像爱丽丝·丰特奈伊在其小说《太阳与死亡》①中所

---

① 爱丽丝·丰特奈伊(Élise Fontenaille):《太阳与死亡》(Le Soleil et la Mort),格拉塞特少儿出版社(Grasset Jeunesse)2011年版。

描写的一样,随着互联网的发展,集体自杀行为呈现出上升的趋势。此外,这些自杀行为还常常具有一种讽刺性:那些准备要结束自己生命的青少年只要一想到父母对此的反应就会感到"无比满足"(《太阳与死亡》,第43页)。灾难故事《哈默林的吹笛手》也曾对这一行为有所记录:"我们曾经是虚拟村庄的孩子,而像素流对于我们来说便意味着死亡。"(《太阳与死亡》,第46页)只有祖父的"太阳"才能帮助故事中的少年摆脱这种疯狂的自杀倾向……

文学及哲学的最终回响

我们将再次引用《苏菲的世界》里的一段文字,这段文字向我们展示了该小说充满活力的一面。实际上,在小说的最后,各种冲突得到了解决,并唤醒了人们心中关于夏至的美好记忆,在所有的西方民俗中,夏至是一个十分重要的节气,就像朵贝·杨笙在其小说《姆明的悲惨夏日》(*L'Été dramatique de Moumine*)中呈现的一样,幸福的居民们聚集到一起,点燃了庆祝夏至日的快乐之火。在《苏菲的世界》里,苏菲的哲学导师与格林兄弟童话里的女巫表现出了令人惊奇的极大反差。故事中的女巫声称,"自瓦普尔吉斯女巫之夜以来"(la nuit de Walpurgis),自己就从未经历过一模一样的夜晚:

> 他们一直走到了林中空地上。那里有几间舒适的棕色房屋。圣·让节的火焰正在小广场中心熊熊燃烧着,一群人快乐地围着火堆跳着舞。苏菲认出了其中的大部分人。有白雪公主和七个小矮人、灰姑娘、神探福尔摩斯、彼得·潘,还有长袜子皮皮。除此之外,围着火堆跳舞的还有在所有故事书中被称作小精灵、小淘气、农牧之神、妖精、天使和小魔鬼的人物(《苏菲的世界》,第526—527页)。

从故事的一开始,作者就通过苏菲饲养的小动物的名字引出了一些民间童话的"故事人物"(以此作为故事情节的"雇用人员"),而在上面这篇选段中,"人物"名单得到了进一步的补充。小说将各种文学人物都安置在一个统一而标准的节日庆祝仪式里,而这些人物中包含了所有的社会阶层,从而营造出一种轻松与沉重、好与坏等各方面的强烈反差。苏菲的家庭团聚与幸福取决于这一庆祝仪式,同时,为了让发现庆祝仪式的苏菲也能成为其中的一员,小说必须对西方游戏想象力进行一次全面的回顾。

5. 巴洛克风格的辉煌胜利

一年中的不同节日习俗让人们形成了对游戏形式的不同看法,而每一代人的幻想也在这些游戏中实现了汇合和碰撞。节日习俗不仅影响着包括工作在内的各种严肃的事务领域以及各类严格遵守规则的游戏活动;与此同时,它还有利于维持社会平衡,并为儿童的成长提供必要的条件。我们可以在维罗尼克的故事样本中隐约地感觉到,她通过孩子们的假装也赋予了自己一种解放的职责,而"假装"本身就是狂欢节庆祝活动的序曲。

在叙述者的想象中,一场讲述儿童对父母的依附、脱离或摆脱的小型家庭剧便拉开了序幕,为了使这些故事情节顺利发展,叙述者的想象就必须遵循一定的规则。无论是哪一种故事结局,叙述者的想象构建都必须参照一种具体的力量范围,这一力量范围可以在文化环境中分配游戏环节以及故事人物,并根据游戏的地点来决定游戏形式。对这一过程的清楚阐释是一项需要长期努力的工作,尽管我们已经发现了其中的一些特征,但是,这并不是我们在本书中想要讨论的内容。克劳德·罗伊的这篇小说为我们提供了分析材料,那么,我们也将以该小说的结尾来结束本章节的讨论。

小说《这是一束鲜花》中的孩子们被扔到了沙堆上,什么事都做不了,由于所有的交流都被取消,所以,当成人拒绝给予他们自由时,他们也无法自娱自乐。小说的作者才是从天而降拯救他们的人:一只嘲鸫给孩子们衔来一枚 Fraxilumèle 花的种子,这是一种神奇的花朵,它可以马上发芽并一直长到和15层的公寓楼一样高!孩子们顺着花茎往上爬,终于得救了,他们甚至还把这朵花当成了一个完美的游乐场,"[他们]曾在花蕊之间玩过捉迷藏"(《这是一束鲜花》,第 28 页)。国家的各个职能部门都被这朵神奇的花所吸引,并被卷入了这场疯狂的游戏中,就连总统也加入了进来(例如"在此之前,他并不是一个喜欢赶潮流的人,但是他却觉得这个游戏好玩极了")(《这是一束鲜花》,第 51 页)。通过重新建立一度失去的人际交往系统,花朵——以及与之相关的一切——将整个城市变成了一个充满欢乐的地方,这里有着永不停歇的娱乐活动,并永远向"所有不想在马路上玩耍、干蠢事"的孩子们(《这是一束鲜花》,第 74 页)和所有大人敞开大门。我们可以看到,惊喜是解决一切蠢事以及烦恼的良药,并且能够让所有人都产生满足感。最终,整个城市变得像乌托邦一样,笼罩在一片祥和的气氛当中:

> 总统、两个孩子,还有花朵,都爆发出一阵阵疯狂的笑声。总统笑,克劳德兰笑,一号 Fraxilumèle 花也跟着笑,由此,半空中出现了一幅美妙的画面,这朵巨大的花朵和它的三个朋友们放声大笑着,以至于它伸展着开放的花瓣仿佛在给天空挠痒痒,弄得天空也忍不住跟着笑起来。这可真是太过分了。(《这是一束鲜花》,第 78 页)

小说最后一句中的"这可真是"带给了读者一种亲切感。此外,这个游戏中聚集了一位理想的父亲("总统"),以及包括植物、小鸟在内的宇宙间的各种能量,从而使整篇小说得到了升华。天与地的汇合成为罗伊这篇小说的结局,透过这一结局,我们可以看到:各个故事人物分享着捉迷藏游戏带给他们的快乐,这种快乐还伴随着人际关系的修复以及不同年龄层的人们之间的相互理解。我们可以在本书后文中看到,挠痒痒是最简单的一种幽默形式:它可以消除压抑并释放大量高涨的情绪,从而开启了巴洛克时期所盛行的泛神论哲学思想的统一进程。

（五）小结：从无聊到探险：《真不知道该做什么！》

小说《这是一束鲜花》中的孩子们最初一直处于一种充满约束的环境里，克劳德·罗伊则用一种幽默的方式将这种约束描写到了极致：他们一动也不能动，并承受着难以忍受的空虚。然而，在某些情况下，例如，当儿童厌倦了一尘不变的日常生活，并需要成人的理解和配合时，这种约束力的强度便会相对减轻。与工作相比，厌倦与游戏之间的反差会更加鲜明。我们知道，当成人与儿童的活动是为了满足某种愿望或完成某个计划时，他们便会满心欢喜地去工作。游戏的冲动也同样源于对某种愿望的激发。关于这一点，另一个充满幽默的故事描述的是一位祖父的幻想，他努力地想要帮助自己的孙子从无所事事的消沉状态中走出来。这便是詹姆斯·史蒂文森①的图画书作品《真不知道该做什么！》②。与罗伊的幽默相比，这篇故事的开头相对没有那么尖刻。故事一开始描写了一种令人难以忍受的无聊。"我觉得我快要忍不住大喊大叫了，"安娜-玛丽说道；"我们烦透了这种无聊的感觉，"路易补充道。由于家里实在是太安静了，以至于"我们能听得见灰尘掉落在地上的声音"，"屋外的奶牛一个劲地打着哈欠"，"小鸟们打着瞌睡，一不留神就会从树上掉了下来"。就像史蒂文森所创作的每一本图画书一样，解决这些问题的办法只有一个，即借祖父之口讲述他童年时期仿佛亲身经历过的一个探险"故事"。因此，这一童年经历必须足够精彩才能克服孩子们强烈的厌倦情绪。祖父给孩子们讲的是自己的弟弟埃杜瓦尔小时候的故事，埃杜瓦尔的祖父母总会在出门以前让他"自己去找点事儿干"（例如，"寻找四叶草、把李子做成罐头"等所有在他看来无聊透顶的事情），但埃杜瓦尔却喜欢爬到高高的风车上面，并且，他上去之后就不肯再下来

---

① 译者注：詹姆斯·史蒂文森（James Stevenson），美国著名作家、插画家。
② 詹姆斯·史蒂文森：《真不知道该做什么！》(*On ne sait pas quoi faire!*)，乐趣学苑出版社 1986 年版。本书英文原名为《无事可做！》(*There's Nothing to Do!*)，由绿柳出版社（Greenwillow）于 1986 年出版。

了。最开始,他还能使劲儿忍住不去闻食物飘来的一阵阵香味,但是,在大人答应给他买一个草莓冰淇淋的承诺面前,他终于忍不住决定跳下来。除此之外,埃杜瓦尔喜欢"找自己干的事",把麦草堆当成弹簧床,骑着猪在玉米田里散步,然后被蜜蜂蛰等等。突如其来的活跃气氛以及祖父口中荒谬可笑的故事情节为孩子们制造了一种惊喜,这些惊喜表现在孩子们向祖父提出的各种问题之中,例如:"爷爷,然后你就不再觉得无聊了吗?"其实,每一个故事的讲述都会受到其他故事情节的启发和影响,正因如此,读者总能对主人公在探险过程中所遭遇的各种变化与情感的起伏感同身受,这正是悬念产生的基础。例如,埃杜瓦尔遭遇了与拇指姑娘相同的事情,在被一只巨大的鼹鼠带走以后,误打误撞地,他又被带到了地底下。借助之前从别人那里得到的一面镜子,他好不容易才回到了地面上,然而,却又被一阵突如其来的龙卷风给吹到了半空中。"是不是好危险,爷爷?"路易评论道,他完全被这一充满悬念的故事情节所吸引。非常幸运的是,埃杜瓦尔最后掉落在了祖父母的小推车里。这时,祖父母从城里回来了,还给埃杜瓦尔带来了他最爱的草莓冰淇淋。最后,真正的埃杜瓦尔叔公的到来打断了祖父的讲述,"这是一位留着小胡子的老先生",他依然爱吃草莓冰淇淋,并跟他的哥哥和孙辈们一起分享了一个巨大的草莓冰淇淋,当他被问起现在过得怎么样时,埃杜瓦尔叔公表现出了对曾经的探险经历的无比怀念之情,而他所怀念的正是祖父刚刚讲完的故事,但他自己却对此毫不知情。于是,他说:"我们家里啊,有一点儿无聊!"通过埃杜瓦尔叔公的这句话,作者不仅唤起了读者对故事开头的回忆,给故事中孩子们的无聊情绪画上了句号,同时,还体现出了文学作品强大的娱乐功能。

三、阅读的快乐与现代"原始人"的文化等级

如果说自费内伦提出快乐教育理论以来,儿童文学的教育及启蒙功能都必须符合游戏性交流的原则,以保证阅读的趣味性和教学目的的顺利完

成,那么,以威廉·华兹华斯为代表的的浪漫主义则让大众接受了"赤裸的原始人"这一有关儿童的概念,这一概念旨在让儿童能够更加接近大自然。华兹华斯《序曲》中主人公的幻想让他突然陷入了一种错觉,认为自己生活在"印第安的土地"上,远离"妈妈的茅草屋",在这里,他可以让自己的幻想任意驰骋,可以让自己的身体接受"暴风雨的洗礼"。众所周知,G. 布鲁诺的《两个儿童环游法国》对于儿童的社会启蒙有着十分重要的作用,爱国主义和思想教育是该作品的两大中心思想,这部以第一次大战后的法国为故事背景的儿童文学作品获得了空前的成功,并被各大出版社多次再版。然而,华兹华斯不仅继承了让·雅克·卢梭的思想,还受到了图书以及"古滕堡计划"的影响,他认为,我们其实可以用一种更加写实的方式来实现对儿童的社会启蒙。如今,值得我们思考的是,儿童究竟可以从图画以及电视中学到哪些社会礼仪?此外,国际化的思想或者国民教育是否有助于理解文学作品中的想象力?在面向幼儿园"读者"的新型图书中,一些书籍体现了出版社对幼儿特殊问题的灵敏捕捉。然而,杰罗姆·布鲁纳却曾经对此提出疑问,这些仅仅局限于讲述日常生活场景的启蒙类图书是否真的有利于语言以及文化之间的沟通和交流?是否能够通过明确规定或间接传递的方式帮助幼儿形成一种个人或集体的道德意识?对于即将或已经进入青少年时期的孩子来说,《哈利·波特》系列故事是否为他们打开了一扇全新的大门,让他们看到了全球性的"万物泛灵论",以及人类一直想要征服的神秘力量所掌控的自然界?游戏乐趣的载体是否像在十七世纪时一样,成为一种前所未有的迫切需求?面对如此多的疑问,我们或许应该对"启蒙"一词的概念进行更加明确的阐释。

  社会启蒙包含了秩序与质量、空间与时间的变化,是通过一种具有象征意义的虚拟死亡从一种状态变成另一种状态的过程。生活在原始社会的青少年,在离开母亲的庇护、融入同龄人的生活以前,都会被群体隔离在偏僻的丛林或森林里,经历并克服多重考验。然而,在现代西方社会,这种方式不再是少儿成长的关键,人们对儿童读者身份的认可使儿童权利得到了更加完善的保护。幼儿启蒙只有通过图书和各大文化媒体才得以顺利实现,但是,这往往只是通过一些社会规则来建立一种虚构的秩序,让儿童超越"玩耍",改变其天生爱喧闹的特点。从词源学的角度来看,以幻想(活动)为方式的阅读本身就包含了"模拟"或"假装"的意义,这种阅读方式可以让读者接受规则和秩序,并建立起一种以学校为代表的人与人之间的关系准则。因此,有关社会共同体的启蒙教育取决于文学创作者的意愿,以及文学作品是否能在困难时期体现出一些可能具有反抗性的主题。我们将在后文中看到,有关启蒙教育不同模式的讨论导致了一种统治体系的建立,其中,讨论的重点不仅会涉及儿童,也会涉及父母或集体,同时,各种文化规则还为儿童人格的建立提供了多样化的发展方案。

(一)集体活动带来的恐慌或喜悦

通过游戏使故事变得戏剧化

儿童在进入幼儿园时的强烈反应很好地说明了,对婴幼儿来说,任何一种变化都会造成他们内心的恐慌,而帮助他们消除入园时的分离焦虑便成为了我们必须要解决的重点问题。通过阅读山下明生与岩村和朗共同创作的作品《老鼠列车》[①],我们将感受到父母为此所投入的精力。其实,这部拟人化的图画书依然反映了儿童对成人的依赖性。故事中,上学的过程被描述成了一个有趣好玩的游戏——老鼠妈妈想到了一个解决这件麻烦事的好办法,她对老鼠宝宝们宣布说,上学的路程是一条"铁轨",然后,她让老鼠宝宝们组成了一列"火车",她自己当火车头,带领着大家上学去。

当老鼠妈妈和老鼠宝宝们在一条隧道口遇到一条蛇时,故事情节变得更加戏剧化且充满滑稽感:面对这列长长的"火车",蛇居然吓得立刻逃跑了。火车与蛇,统一的团体与独立的动物,文化与自然,故事情节的冲突将

---

① 山下明生(Haruo Yamashita)、岩村和朗(Kazuo Iwamura):《老鼠列车》(*Train des souris*),乐趣学苑出版社1986年版。

一些对立的价值观面对面地放到了一起。在这个故事里,启蒙教育就是一条通往地下的坡道,它带领小老鼠们击退了天生的宿敌。作品中战胜面对怪物时的恐惧心理是帮助儿童消除对学校的抵触情绪的重要元素,就像法国学者吉尔贝·杜朗所描述的一样,社会化被一种幻想所代替,而这种幻想又建立在想象中的游戏原型的基础之上。① 然而,在这个故事里,老鼠宝宝们构成了一个相对模糊的团体,而老鼠妈妈才是所有新颖独特想法的发明者。当然,我们并不能通过故事的讲述来确定幼儿主体是否获得了自由,因为令他们高兴的只是看到老鼠们获得了胜利。

夸张成分的去除与临时调解

去除作品中的夸张成分可以减少启蒙主体的抵触情绪或给予他们一种心理上的补偿,因此,这或许会是一种更加行之有效的补充方法。罗斯玛丽·韦尔斯②的作品《蒂莫泰去上学》③就是一个很好的证明。在这部作品中,动物们依然被作了拟人化处理,但同时也被赋予了更加鲜明的个性。这一回,它们的对手直接变成了两个小学生,蒂莫泰与克劳德。其中,克劳德是主人公蒂莫泰的对手,他总是对蒂莫泰独特的着装风格提出异议,毫不客气地当着大家的面嘲笑蒂莫泰,令蒂莫泰无法融入班级生活(如"没人会穿背带裤来上学的"等)。蒂莫泰无法面对克劳德的种种羞辱和折磨,从妈妈那里也得不到任何建议、帮助和支持,反而是班上的一位女同学教会了他接受自己本来的样子。然而,这位女同学自己也是类似遭遇的受害者,只不过,她受到的是来自另一个更加乖巧的小女孩儿的羞辱,因为这个更加乖巧的小女孩儿总是能出色地完成每一件事(跳舞、唱歌、算数)。因此,两个主

---

① 见吉尔贝·杜朗(Gilbert Durand):《想象力的人类学结构》(*Les Structures anthropologiques de l'imaginaire*),杜诺出版社 1993 年版。
② 译者注:罗斯玛丽·韦尔斯(Rosemary Welles),美国作家、儿童图书插画家。
③ 罗斯玛丽·韦尔斯:《蒂莫泰去上学》(*Timothée va à l'école*),乐趣学苑出版社 1981 年版。

人公的救赎来自他们共同拥有的内心感受——在个人关系中体会到的温暖或"弱者"之间的相互安慰。故事的结局也为我们呈现了这样一幅画面：放学后，两个不适应集体生活的小伙伴正在一起快乐地荡着秋千。一块儿吃薄饼、一起开怀大笑让他们的情感得到了补偿，同时也让他们的生活变得轻松而快乐。这份最初的友谊或许还有利于他们更好地融入班级的集体生活。

辅助品与替代品：主体的重建

尽管家是一处既能满足集体利益，又令人难以割舍的安全处所，然而，当主体还不具备独立能力时，并非所有关系和谐的活动都能在家这样的地方铺展：厌倦会导致空虚，这种空虚必须被填补，而最好的填补方式就是集体关系或想象力的传递。阿兰·梅兹①创作的《洛洛特》②所体现的正是这一主题。在《洛洛特》这本小小的图画书中，故事主人公是一头小熊，由于连着下了四天雨，它被关在房间里不能出门，它对自己没能和表兄查理一起去游泳感到十分懊恼。于是，它本能地拿起画笔开始画画，这一动作标志着"反面行为的开始"，就像我们在前文中讨论弗拉基米尔·普洛普时所看到的一样，"反面行为"是故事主人公把握自己命运的主要方式。洛洛特迷上了一个像是魔法又像是做梦或者幻觉的东西：它画的鲸鱼居然开始大笑，还跳进了它的浴缸，并且，为了尽量让它高兴，这头鲸鱼还引发了一场大洪水。鲸鱼制造出的兴奋和喧闹正好反映了主人公内心深处隐藏的冲动，在这只体积庞大的海洋动物的帮助下，小熊被锻炼得快要同它的表兄们——北极熊——一样会游泳了。当洛洛特从幻想中醒过来时，发现表兄查理正在训练自己游泳，并且向它宣布了一个天大的惊喜：洗澡盆里居然真的出现了一只"会笑的鲸鱼"。在最后一个画面中，作者精心安排了一个模棱两

---

① 译者注：阿兰·梅兹（Alan Mets），法国儿童文学作家、插画家。
② 阿兰·梅兹：《洛洛特》（*Lolotte*），乐趣学苑出版社1993年版。

可的情节：在北极的冰块中间,洛洛特和它的朋友们正在玩滑滑梯,而这个滑滑梯正是由鲸鱼的鳍变成的。无论是美妙的幻想还是最终的幻觉,游戏消除了现实与故事之间的界限。插画家的图画使一直以来抱有疑惑的读者在最后一刻释然：洛洛特应该会摆脱家的禁锢,并在某个母亲替代品的保护下,享受与自己经历相仿的同龄人一起生活的快乐。

冲动的转变

我们在上文中所讨论的生活的快乐,实际上也表现在孩子们本能的喧闹和混乱无序中。而"蠢事"就是这些喧闹和混乱行为集中爆发的结果,也是儿童无法脱离对成人的依赖的重要原因。作为一种解放性的行为,"蠢事"标志着一种中断,它让儿童在违反规则的过程中体会到一种短暂的快感。没有任何一个故事人物能够比美国作家约翰·顾达尔的作品《小老鼠亨利埃塔,令人讨厌的学生》[1]中的主人公亨利埃塔更好地体现这一话题：只要老师一转身,亨利埃塔就立刻把头埋到课桌底下玩她用练习本做成的纸飞机；下课铃声刚一响起,她就飞一般地跑出教室；就算是在校园里,她也总是会有一些离经叛道的行为。例如,她会把皮球扔到房顶上,然后爬上去捡球,之后再把球从屋顶扔下,正好砸在经过的老师的头上。在海滩上,亨利埃塔也不忘记挑战大人的权威,不过,在闹了无数笑话之后,她天生充沛的精力终于有了一次绝妙的发泄,她救了一个不小心被浪花从船上打落到海里的同学。

此外,这个小学生的充沛活力还表现在图画书的翻页设计上,读者能够在翻书的同时体会到主人公动作的仓促感：不同大小的书页完好地体现了故事情节的快速发展。同样,在这部作品中,母亲的角色也处于消失状态；尽管故事反映的是儿童对成人权威的直接挑战,但是故事的结局依然遵循

---

[1] 约翰·顾达尔（John Goodall）：《小老鼠亨利埃塔,令人讨厌的学生》（*Henriette Souricette, élève insupportable*）,伽俐玛少儿出版社1985年版。

一种真实性原则,并树立了小小女主人公的人物形象。故事的最后,一个戴着金链、穿着十七世纪衣裙的人给予了亨利埃塔嘉奖,在飘舞的旗帜下,亨利埃塔得到了一个画着美丽花纹的圆罐子,这个奖品完全符合巴洛克式的审美标准,而巴洛克审美也是优秀儿童图书的评判标准。这部图画书作品强调了将一个原始社会主体对生活的渴望转变成无私的集体主义理想的重要性。儿童读者能够从故事主人公的身上发现自己的影子,与主人公一起体验对身份的掌控,并通过集体来实现对自我价值的认可。此外,我们还在上述几本图画书中看到,动物是文学作品中一种成功的跨界元素,它仿佛天生就是儿童的替代者。因此,我们还需要思考的是,这些图画书是否也是关于小老鼠和小熊的启蒙读物呢?儿童读者是万物有灵论的拥护者,并有着丰富的幻想,对于他们来说,让被驯养的动物来扮演故事中的人物角色是一种极具说明意义的方法,我们将在后文中对此进行进一步的论证。

(二)方法调试:价值观体系

温柔

的确,读者在《小老鼠亨利埃塔,令人讨厌的学生》中所感受到的快乐不仅来自于违反规则的快感,还有主人公的态度转变——她完全出于本能地做了一件"好事"。在通常情况下,儿童图书都会对所要谈论的道德及社会规则进行故事背景上的假设,并通过这种形式让读者了解和接受这些规则和纪律。例如,在珍·布莱特①创作的图画书作品《圣诞老人的驯鹿》②中,小女孩缇卡(Teeka)的工作是将驯鹿赶到一起并把它们拴在圣诞老人的雪橇上。这一年,缇卡面临着一场考验,她要应对的是一群从未经过驯化的野生驯鹿:这群天性自由的动物无论如何都不愿意被系上拉雪橇用的绳索和笼头。与我们讨论的前几本图画书不同的是,我们在故事中看到了这样的

---

① 译者注:珍·布莱特(Jan Brett),美国著名插画家、儿童图画书作家。
② 珍·布莱特:《圣诞老人的驯鹿》(*Les Rennes du Père Noël*),两只金鸡出版社(Deux Coqs d'or)1990年版。

画面,驯鹿们各自朝着不同的方向使劲,小女孩则无力地呼喊。然而,这样一场灾难在作者的笔下却变了一个滑稽可笑的意外:在"吁!驾!"的喊声中,每头驯鹿都使劲地往前拉着雪橇,但是它们的鹿角却乱七八糟地混在了一起,"驯鹿数量越多,它们互相之间便缠得越紧。无论它们怎么用力推挤都没有用,场面只能变得更加混乱……最后连动也动不了了"。画面中,这群任性的动物变得只剩下一堆纠缠在一起的可怜的鹿角。这个意外的发生使得圣诞礼物可能无法被派送:幸运的是,缇卡恢复了冷静,终于驯服了这群狂躁的动物,完美地解决了问题,圣诞礼物也得以正常派送。小女孩很后悔"自己最初只知道大喊大叫",而没有"用温柔的语气对它们说话",这时,"驯鹿们的眼睛闪烁着光芒[……]它们又露出了微笑"。这部图画书作品体现了费内伦与卢梭所倡导的教育理念,即无论是束缚还是解开束缚,温柔都是最能令人信服的工具。

社会保护:对怪兽的迷恋

众所周知,自我控制与勇气是幼儿启蒙的重点,然而,对具有情感的动物表现出亲热态度仿佛已经成为儿童图书中一个必不可少的决定性因素。这种创作方式来源于对早期不幸遭遇的一种反思。就像我们在米歇尔·多弗雷纳①的作品《小淘气希普利亚》②中看到的一样,有时候,叙述者并不会将故事情节发展至十分强烈的境地,只会让主人公经历一场虚构的考验,并为他提供一些预防不幸发生的方法。《小淘气希普利亚》是一部充满诗意的作品,作者以一种极为抒情的方式地赞扬了幼儿所具备的各种优点和模糊性等特点,故事中的小兔子是一个"小淘气"、一个"真正的捣蛋鬼",但是它却有一颗仁慈温柔的心灵,它总是说:"我真的很温柔。"正是因为拥有这颗温柔善良的心灵,小兔子才没有与那群"打碎鸡蛋、拆掉兔子洞"的"红色兔

---

① 译者注:米歇尔·多弗雷纳(Michelle Daufresne),法国儿童图书作家、插画家。
② 米歇尔·多弗雷纳:《小淘气希普利亚》(*Cyprien, p'tit vaurien*),比尔博科出版社(Bilboquet)1996年版。

子们"同流合污。小兔子的退缩拯救了自己,但是,这种退缩其实只是反映了小兔子对于家人和兔子群体的依恋(如"我想妈妈和爸爸,于是我轻轻地回到了兔子洞。我听见他们的说话声、笑声……")。与小兔子离家出走期间所遭遇的危险相比,它接下来所闹的笑话只不过是一些琐碎的小事而已。我们发现,为了拯救故事主人公,多弗雷纳抛弃了"红色兔子们",它们被永远地刻上了调皮捣蛋的印记。实际上,这本启蒙读物想要反映的是一种社会现实,即任何一个群体都有"好人"和"坏人"。从故事模式论以及读者转变的角度来看,这种对社会现实的简化是一种必要的创作手法;尽管如此,我们却在一些图画书中发现了一种更高的要求,即在主人公与其他故事人物之间建立起相互呼应的联系。在这种情况下,启蒙教育的内容不再是战胜某个明确的危险,或是攻克一些短暂的难题;启蒙教育的目的是要在互爱互利的情感基础上建立并保持一种批判的态度。

柯林·马克诺顿创作的《你们见过新邻居了吗?》①是一部既辛辣讽刺又不失轻松幽默的作品。在这本图画书中,故事叙述者以提问的形式,向读者依次介绍了与主人公住在同一条街上的所有邻居,但是,主人公的身影却一直没有出现。于是,我们认识了一条巨大的蚯蚓、一个叫做"鸡蛋头"的人、一群猪,还有金刚、泰山、一只恐龙以及各种各样的怪兽。叙述者为读者营造了一种心理暗示,让他们认为后面还会有更加可怕的事情发生,于是所有人都为最后一页可能会看到的最糟糕的结局做好了心理准备。然而,我们却发现,该作品的最后一页一共分为四层,翻开折页以后,呈现在我们眼前的是一个最普通不过的人类家庭。在这个家庭里,有两个孩子以及他们的妈妈和爸爸。每一个家庭成员都因为害怕而互相紧紧地贴在一起,除此之外,出现在画面中的还有前文中提到过的所有可怕的邻居,他们把这个家庭团团围住,攻击并恐吓着里面每一个人。这部作品的启蒙意义源于故事

---

① 柯林·马克诺顿(Colin McNaughton):《你们见过新邻居了吗?》(*Avez-vous vu les nouveaux voisins?*),阿尔滨·米歇尔少儿出版社1992年版。

中的悬念和对价值观的颠覆。其中,社会规范变成了怪兽:原本以为自己会看到更加可怕的动物的读者将十分惊喜于这样一幅画面,随之便会会心一笑,并同时理解其中所表达的有关相对性的意义。因此,道德、情感以及精神元素的相互叠加是儿童故事书的创作基础。

暴力的必要性:令人引以为豪的主人公

正如布鲁诺·贝特尔海姆①曾经指出的一样,实际上,读者在故事中所阅读的是个人想象力的构建过程。从这一角度来看,与怪兽(其他事物,动物或大自然?)的对抗是儿童走向成熟的中心要素,也是对故事主人公社会角色的完美阐释。在约翰·普拉特(John Prater)的作品《害羞的蒂波与偷布娃娃的人》(*Thibaud le timide et le Voleur de doudous*)中,与怪兽的对抗以及此后对方的落荒而逃构成了该故事的核心情节。故事中的蒂波是一个害羞的小男孩儿,他不爱与同学们一起吵吵闹闹,他喜欢的是抱着自己的布娃娃陷入各种幻想。当别的小孩跳进河里嬉闹或者爬到树上扮演泰山时,蒂波更愿意在自己家的浴缸里泡一个热水澡。蒂波就像是布娃娃们的"好妈妈"一样精心地爱护着它们,然而,一场暴力性的幻想却给这一亲密无间的关系划上了句号。在一次噩梦中,蒂波抓住了一个小偷,这个小偷正要潜入他的房间去偷那些给他带来无限快乐的布娃娃,只不过,在画面中,这一梦中的场景被表现得像是真实发生的一样。不知是哪里来的力气,小男儿突然大喊一声,并立刻跑出门去追赶这位夜晚出现的不速之客;为了找到侵入者居住的洞穴,蒂波穿过了一片可怕的森林,翻过了高山还跨过了波涛汹涌的大海。就像《野兽国》中的马克斯一样(《害羞的蒂波与偷布娃娃的人》与乐趣学苑出版社于1963年出版的《野兽国》这部图画书作品之间有着十分明显的互文性),主人公用简单的一声喊叫和单独的一声命令就令怪兽服从

---

① 译者注:布鲁诺·贝特尔海姆(Bruno Bettelheim,1903 – 1990),美国著名儿童心理学家、作家。

了自己的意愿。通过这种方式,蒂波找回了自己所有被偷走的布娃娃,于是,"所有的布娃娃都为这位世界上最勇敢的男孩儿鼓起掌来"。幻想与现实之间的徘徊,这便是当代儿童图画书最为显著的特点——作品中,这种徘徊体现在倒数第二页,在蒂波找回失去的布娃娃之后、重新宠爱它们以前,一群孩子围着蒂波,并为他不时地发出欢呼和赞叹声。主人公个人的成功感或者是马克斯所体会到的君王感,一方面,可以通过音乐来实现升华,例如,岩村和朗的《木头钢琴》①,或者米歇尔·盖的"小企鹅比邦德"系列之一(Biboundissimo)就为读者提供了一种最为精致高雅的集体启蒙教育;另一方面,还可以通过色彩来体现,例如,大卫·麦基创作的《艾玛》②。因此,启蒙教育的基础是学习与接受不同;当读者形成了以形式与"实质"紧密结合为基础的审美观时,启蒙教育便达到了最高水平。

最后,从更加偏向精神的层次来看,以数字学习为目的的图画书所采取的是同一种方法,例如,在每一页增加一个动物的图像来表现数量的增加,并以此教会儿童从 0 数到 10:就像在杰克·伍德与罗格·博纳共同创作的《哞,哞,红色小母牛,你有没有……》③中,不同颜色的动物被装在一个表格里,最后变成了一个像彩虹一样闪着七彩光芒的整体(即虹鳟鱼)。动物们构成的集体表现出了强大的力量,所有动物都能从中受益,而作者对每一个动物的描写都使读者的情感发生了转移,并由此实现了对读者的启蒙教育。

(三) 全面启蒙:克劳德·旁帝"令人成长的"欢声笑语

故事中,人物情感的变化也会引起空间和人物关系的巨大转变,同时,故事情节必须环环相扣,紧密相连。这种连续性让读者产生幻想,并建立起

---

① 岩村和朗:《木头钢琴》(*Le Piano des bois*),乐趣学苑出版社 1990 年版。
② 大卫·麦基(David Mckee):《艾玛》(*Elmer*),万花筒出版社(Kaléidoscope)1989 年版。
③ 《哞,哞,红色小母牛,你有没有……》(*Meuh, meuh, vache rousse, n'as-tu pas ……*),文:罗格·博纳(Rog Bonner),图:杰克·伍德(Jakki Wood),万花筒出版社 1991 年版。

空间与时间的联系——俄国文学批评家米哈伊尔·巴赫金①在其著作《小说美学和理论》中将这种现象称为"时空观"(chronotope)②——这一特殊的联想能够让儿童读者在阅读过程中惊喜不已。基于对儿童读者这种特殊阅读能力以及想象力的考虑,儿童文学作品中产生了一个全新的故事类别,其中,米歇尔·盖与克劳德·旁帝所创作的图画书则是这类故事作品的最佳代表。

旁帝的作品《阿黛尔与小铲子》③向我们很好地展示了被分割成一段段的零碎时间是如何通过故事唯一的逻辑——主人公随心所欲的幻想及其潜意识中毫无期限的焦虑和渴望被重新整合到一起的。正因如此,在伏日广场花园里玩沙子的阿黛尔才能发现,那把正飞来舞去的东西居然"真的就是自己的小铲子"。突然,"沙子先生开口对她说'你好'",并向惊呆了的阿黛尔伸出手来想要跟她握手。广场上的树儿也像小鸟一样展开翅膀飞了起来。之后,沙子变成了"可怕的大妖怪"一口吞了下了阿黛尔:这一场景让我们不禁联想起路易斯·卡罗尔笔下的爱丽丝以及卡洛·科洛迪创作的匹诺曹,这两个故事里的主人公也有掉落到地底下或者被妖怪吞到肚子里的经历。

在这个神奇的世界里,阿黛尔知道了什么是连锁反应,还遇见了许多飞在半空中的冰块、冰淇淋、橡皮擦和香肠。有关香肠国王和香肠王后的描写仿佛是对拉伯雷式讽刺文风的模仿,从而将我们带入了另一个不同的想象空间。对于巴赫金来说,"连贯性"是拉伯雷小说的最大特点,即"时空观"的特点,同时也是乡村社会的特点,缺乏隐私和以季节为周期的循环活动构成了这种社会生活的标志。④ 然而,在同样一段时间内,只不过是被转移到

---

① 译者注:米哈伊尔·巴赫金(Mikhaïl Bakhtin, 1895 – 1975),俄国文艺理论家,提出了"多语"、"喧哗"、"复调"、"狂欢化"等重要的批评术语。
② 米哈伊尔·巴赫金:《小说美学和理论》(*Esthétiaue et théorie du roman*),"如是"系列,伽俐玛出版社1978年版。
③ 克劳德·旁帝:《阿黛尔与小铲子》(*Adèle et la pelle*),伽俐玛出版社1988年版。
④ 巴赫金:《小说美学和理论》,前揭,第351—366页。

了儿童的需求领域,便令阿黛尔的生活变得丰富多彩起来,于是,阿黛尔开始任由自己被幻想所支配。碰见香肠以后,阿黛尔又偶遇了一群"来自卡特勒厄岛的奶油馅饼[……]这是世界上最幸福的小岛,是阿黛尔从来都没见过的真正幸福的小岛"。这座小岛和费内伦在其作品中曾经赞美的小岛一样,它是由蛋糕、奶油、果酱和冰淇淋做成的。巨人巴弗尔步弗(Bâffrebouffe)长着一个"专门寻找巧克力泡芙"的鼻子,他的出场是故事中一个极为关键的时刻,而有关卡特勒厄岛的描写则为巨人得意洋洋的快乐心情作了铺垫。拉伯雷式的讽刺风格一直主宰着这场狂欢节的气氛,在食物带来的快乐中,阿黛尔不仅学会了鲁莽的言行,还对粗话有了重新的认识:小女孩儿学会了说粗话这种"非常糟糕"的行为,不过,她只会对"佐拉尔鸟"(L'Oiseau‑Zoreille)说——这是一只会讲所有"脏话"的鸟儿。不仅如此,她还表现出对各种语法规则以及良好品德的不屑一顾,并对它们进行了讥讽和嘲笑。

旁帝的作品直观地重现了民间传说的思维逻辑以及拉伯雷的创作思想,同时,他的作品还向我们证明,在大自然这个奇妙的世界中,有关具体事物的想象不仅是一种丰富的资源,还是一个根深蒂固的重要元素。旁帝在作品最后引用了拉伯雷式诙谐戏谑的欢笑,对此,巴赫金认为,这种方法"避免了谎言的传播"①。然而,在旁帝看来,"欢笑令人成长",就像我们在读到"挠痒痒"以及"捣蛋鬼小鸡们"在天空中玩云朵的片段时所感受到的一样。因此,"假装"游戏和旁帝所推崇的"欢笑"均源于一种根本的评判标准,即来自成人的正式肯定和坚定承诺。拉伯雷的作品之所以拥有这种欢笑的力量,一方面,是因为他以儿童所喜爱的"民间传说作为其深刻的创作基础";另一方面,还因为他的作品"涉及了死亡、新生命的诞生,以及生命的创造力和发展力"②。这种欢笑不仅意味着开始,还包括了全世界,它与所有的事物做游戏,致力于从根本上消除所有错误的存在。在旁帝后现代主义的幻

---

① 巴赫金:《小说美学和理论》,前揭,第378页。
② 巴赫金:《小说美学和理论》,前揭,第378页。

想中,我们只能看到将幼儿视作新一代神灵化身的传说中的现实。那么,这种后现代主义的幻想是否与尼采的后现代主义哲学十分接近呢?

(四) 意义的快乐:语言游戏及文体启蒙

我们在上文的讨论中看到,阿黛尔的法语语法之所以马马虎虎,是因为在符号与代码所构成的领域里,语言规则比其他规则更加难以掌握。其实,最令人惊喜的往往是一些最为朴实的游戏,例如,大家耳熟能详的儿歌。此外,琳达·克拉萨创作的《袜子》[1]是一本充满趣味的图画书,该作品以一种现代化的形式展现传统儿歌。故事围绕"袜子"(在该作品中,"袜子"这一针织物品变成了玩具)所引发的话题,通过不同人物连续发言的方式展开叙述,而每一段叙述都有着自己的独特之处。例如:"我的背上有一座房子,我还有一条尖尖的尾巴,我是乌龟[……]我不喜欢别人打搅我……我是臭鼬。"这仿佛是一场词语比赛,也像是对集体性幼儿活动的模仿,一直到最后,读者才恍然大悟地发现,原来这些滑稽可笑的描述居然来自一只真正的袜子:"我闻起来有点儿臭,但是,我却不是什么小动物,我是一只袜子!"故事的最后,这只袜子还向读者澄清了自己高贵的身份:"虽然我们都是袜子,但是,我却是一位袜子公主。"它还引用了一段著名的法语绕口令来为自己加冕:"公主的袜子干了吗,都干透了吗?"[2]作品将荒诞、鲁莽的表达以及愉快的心情聚集到一起,好像是一个人在漫无目的地"喃喃细语",这不仅是一场语言的庆典,同时也是对经典作品的重温。

其他反映语言游戏的作品还有安东尼·洛夏尔所创作的《不那么笨》[3],这部以猜谜语为主题的图书十分有趣,儿童可以根据书中儿歌的韵脚和图画找到对应的词语。由于儿歌的韵脚和图画本身所具备的游戏性,

---

[1] 琳达·克拉萨(Lynda Corazza):《袜子》(*Chaussettes*),鲁尔格出版社1997年版。
[2] 译者注:法语原文为"Les chaussettes de l'archiduchesse sont-elles sèches, archisèches?"
[3] 安东尼·洛夏尔(Antonin Louchard):《不那么笨》(*Pas si bête*),门槛出版社1997年版。

儿童可以通过它们对故事情节产生"和解性的联想",杰罗姆·布鲁纳将这种"和解性的联想"定义为"语言习得的承载体系"。洛夏尔所创作的作品的封面就向读者展示了两个弯弯曲曲的白色物品,并写着:"只要看上一眼,用一小会儿功夫,他就能记住所有的东西。阿南很少出错,他有着不一般的记忆力……"读者必须翻开图书的第一页才能找到谜底:"一头大象。"虽然这是该图书的第一条谜语,但却并不是最简单的一条,这里的大象"阿南"影射的是小说《小尼古拉》(Petit Nicolas)中的同名人物"阿南",于是,作品通过这条谜语引发的联想开启了有关文化代码的讨论。对于儿童读者来说,书中的第三条谜语则相对更加简单:"一旦有人嘲笑她,奥迪尔的眼泪就会止不住地流下来……"插图里的白色牙齿以及由此引发的联想反映了一种儿童读者更为熟悉的文化背景。同样,重复地使用某一语言表达形式还有助于更好地定义书中所有游戏活动的"目的与方向"。布鲁纳曾经强调过"四项认知基础",即"方法与结论的可行性、和解性、系统性及抽象性"[1],而洛夏尔的图画书作品则通过猜谜游戏建立了一种符合"四项认知基础"的结构。由此,我们可以看到,语言的习得不是简单的记录,而是交流与沟通。阅读的乐趣也正来源于此!

与洛夏尔的作品相比,皮埃尔·艾力·费里耶创作的《大舌头王子的故事》(见前,伽俐玛出版社1980年版)通过对法语的变形表现了一种不太一样的思想:该作品讲述了一场不太符合常理的婚礼,大舌头王子居然和一位学校老师——戴泽柯勒公主(Dézécolle)结婚了,公主还帮助王子治好了他大舌头的毛病。在这篇故事中,语言启蒙变成了一件轻松愉快的事情,从而也为儿童语言习得的相关研究打开了一片新视野。除此之外,作者与读者也在作品的语言游戏中形成了一种默契。费里耶在自己的另一部作品

---

[1] 见杰罗姆·布鲁纳:《儿童的谈话:学会使用语言》(Comment les enfants apprennent à parler),"教学"系列(Pédagogie),雷兹出版社(Retz)1987年版,第15页。

《法语"酥"(书)》①中,也采用了同样的语言游戏,他模仿大舌头说话的方式进行了法语动词的变位,例如:"我走开,你走开,他走开,我们走开,你们走开,他们'斗'开……"该作品将儿童读者作为想象中的信息接受者,而儿童身份的出现不仅赋予了这些含糊不清的语言一种全新的活力和创造力,或许还有助于现实中的读者摆脱衰老的威胁,就像该书作者费里耶本身所体会到的一样:在谈到自己的作品《法语"酥"(书)》时,费里耶幽默地表示,自己很可能会"越说越老"。嘲讽是一部作品常青的基本规则,但同时,嘲讽也可以通过对比的方式对语言规则进行一种滑稽的模仿,这座"理想的城池"是任何一种合作教育的终极目的地,并且,任何一种合作教育都能在其中体现出自己的独特之处。

"波特热潮"或"波特风":1997 年至 2011 年的"新世纪病"

让我们把讨论的主题转移到青少年群体以及 J. K. 罗琳的著作中。J. K. 罗琳的系列作品引发了当代小说领域的重大变革,并极大地推动了现代想象力的发展。这究竟是一场新的"世纪病",还是桑德拉·L. 贝克特眼中的另一种儿童爱好的结果?这种爱好与威廉·华兹华斯所提出的有关儿童教育的理念完全不同。如果是大舌头王子的话,则会把这种爱好称为"波德(特)风"!因此,我们所说的"波特风",是一种具有原始以及图腾氏族特点的热潮,它形成于一场场无休止的电影场景、罗琳小说里的一次次检验、每一代人之间的交流,以及各种争论、回忆、玩笑和分享。罗琳作品的读者越来越年轻化,他们在小说中看到的故事人物符合所有原始想象力对他们的描述,我们曾在前文中对原始想象力作过讨论。

该系列作品最吸引读者的当属其中的变形游戏以及故事本身所表现的万物有灵论。德思礼(Dursley)的儿子达力(Dudley)居然被变成了一头猪!

---

① 皮埃尔·艾力·费里耶:《法语"酥"(书)》(*L'Ivre de français*),伽俐玛出版社 1986 年版。

但是,这是他活该,因为他本身就特别像一头猪。令人忍俊不禁的是,当他被变回人形时,还依然保留着一条打着卷儿的粉红色猪尾巴。与路易斯·卡罗尔笔下公爵夫人的婴儿相比,他可就幸运多了。这种手法完全是对纯粹主义者的挑衅!

除此以外,该系列作品里还充斥着各种可怕的怪兽:令人不可思议的是,卢平竟然变身成了狼人! 想要了解其中含义,我们就必须读一读二十世纪八十年代风靡一时的变形人系列小说《魔族》(*Animorphs*)。卑鄙的小矮星彼得(Pettigrew)以宠物老鼠斑斑(Croutard)的身份躲在罗恩(Ron)家里,带着它肮脏的外表,敲着它令人讨厌的大门牙到处躲藏。它的对手是一只由麦教授变成的不会说话的猫,这可是一只相当冷静的猫! 这些描述为我们呈现了"阿尼马格斯"(Animagus)的真正身份:既可以随心所欲地变成某种动物,同时又能保留魔法法术的巫师。与老鼠、猫相对应的是海德薇(Hedwige),它是一只为哈利·波特充当信使的雪枭:它的同类猫头鹰是坏眼神的代名词。因此,当雪枭被换成猫头鹰时,"哈利,你可就得小心你的手指头了!"

可怕的事情一件接着一件! 1981 年 10 月 31 日,在四个食死徒的帮助下,多洛雷斯(Doloris)成为了新任的黑魔法防御术老师。故事还在继续向前推进。令人惊奇不已的是,奎诺教授(Guirrell)变身成了像杰纳斯(Janus)一样的双面神,他的脖颈上居然突然出现了伏地魔(Voldemort)的脸:"他的脸白得像石灰一样,火红的眼睛闪闪发光,鼻孔里喘着热气,仿佛是一张长在蟒蛇头上的脸。"(《哈利·波特》第一部,第 296 页)后来所发生的事情则更加令人震惊,伏地魔那张可怕的脸竟然固定在了奎诺教授的脖子上,而教授自己的脸却再也变不回来了。除此之外,窗外还来回盘旋着一群群哈利·波特最害怕的"摄魂怪"(détraqueurs)。这些可怕的场景无休止地让读者的心一阵阵被抓紧。随着情节的发展,恐怖达到了最高点,带着面具的伏地魔一边折磨着哈利·波特,一边大声地喧嚣着要杀死他。然而,只听见突然一声"除你武器",这句神奇的魔咒拯救了哈利·波特。魔法棒之间的决斗如电光火石般激烈。最后,故事的高潮出现了:在爸爸和妈妈的灵魂的帮助下,哈利·波特战胜并杀死了恶魔。到此,读者终于松了一口气。然而,另一个年轻的巫师却在"三项巫师挑战赛"中失去了生命:这一情节体现的正是一种父母的丧子之痛。哈利父母的去世给他留下了极大的伤痛,也是整个小说系列中哈利的最大困扰,年轻巫师的去世正好与哈利失去父母的伤痛形成了互补。

一场场神奇的法术比赛在霍格沃茨魔法学校的舞台上如火如荼地上演着。森林里居然还有一棵会攻击人的打人柳(arbre cogneur)!只需轻吹一口气,所有的灯便会熄灭。斯内普教授一挥魔法棒,门和窗户就立即自动关闭。"呼神护卫!"(Expecto patronum!),这是所有咒语中最强大的一句,也是哈利借助其父亲的魔力,征服摄魂怪时所呼喊的一句咒语。在征服"幻形怪"(épouvantard)的练习中,还有一句更加有趣的咒语:"滑稽滑稽!"(Ridikullus!)比如,如果斯内普教授是你们最害怕的人,那么,你们念这句咒语就可以把他打扮成祖母的样子。引人大笑,是一种"低级情节"的表现,就像我们在莎士比亚的戏剧作品中看到的那样。

当然,有关"高贵情节"的需求也在小说中得到了极大的满足:"复活石"(Pierre de Résurrection)让哈利·波特死去的父母重新活了过来。

除此之外,该系列小说还体现了一种家族关系的复杂性。或许只有像克洛德·列维-斯特劳斯一样的人类学家才能整理出其中错综复杂的人物关系。热衷于《哈利·波特》系列作品的粉丝们为该小说中的主要人物创建了家谱图,感兴趣的读者可以在互联网上找到相关资料,在本书中,笔者不再赘述。读者越年轻,就越难弄明白这些复杂的人物关系。背信弃义的情节在小说中也有体现,例如,小巴蒂·克劳奇打晕了"疯眼汉"穆迪,把他锁进了千层箱,抢走了他的面罩,并假扮他的样子,冒充黑魔法防御术教授。而想要让小巴蒂·克劳奇对自己所做的事情供认不讳,就必须使用一点"吐真剂"。

另外,幽默以及语言游戏也在这部系列小说中得到了完美体现。例如,当哈利和罗恩想要穿过火车站的墙到达霍格沃茨时,彼此间所说的那些玩笑话。罗恩和纳威(Naville)一样,是一个有点喜欢惹麻烦的男孩儿:就是他从妈妈那里得到了一封"吼叫信"(beuglante)。与狂妄自大的小马尔福(Malefoy)完全相反,罗恩总是一副没精打彩的样子,看上去就像"一只弱不经风的鼬鼠"(罗恩的姓"韦斯莱"[Wesley]本身就来源于英文中的"鼬鼠"[weasel])。然而,一只蜘蛛居然爬到了他的鼻子上!这个画面简直太可笑了!还有,当罗恩表示想去看鹰头马身有翼的巴克比克兽(Buck)如何被砍头时,赫敏(Hermione)狠狠地朝他脸上挥了一拳。最后,只有哈利成功地骑上了这头野蛮的猛兽,并在霍格沃茨魔法学校的上空自由翱翔。

　　至于达力的妈妈,她是一个可恶的"麻瓜":她收到了一整块从天上掉下来的馅饼。那么,这一情节安排是否会让人想起贾尼·罗达里①的作品呢?完全不会!因为饼里的馅料以及该故事情节的噱头都给读者留下了十分深刻的印象。这可是一块奶油馅饼呢!同时,海格(Hagrid)与女巨人跳舞的场景也远不同于查尔斯·狄更斯作品中的怪诞色彩。

　　终于到了国际性大赛的时刻——三项巫师挑战赛。人群中发出的阵阵呐喊声仿佛是一首首战斗歌曲。

　　接下来,幻想面临着坍塌,魁地奇杯比赛充满了悬念。哈利白白地在空中盘旋了半天,不过,几乎还是他赢得了比赛。这是一场正义的胜利,也是邓布利多一直到去世时所获得的最大胜利。邓布利多的死具有双重意义,并体现了镜子效应,它不仅象征着生命的解体,同时也反映了生命的脆弱,就像邓布利多说的一样,"我要展示的不是你的面孔,而是你内心的期待"。

---

① 贾尼·罗达里(Gianni Rodari),1920年生于意大利,是20世纪最伟大的儿童文学作家之一。《洋葱头历险记》《吹牛男爵历险记》等已经被译成各种语言在全世界儿童中广为流传。他喜欢把日常生活中的各种现实场景作为故事发生的背景,并以此为基础进行奇思妙想。因此,阅读他的作品时,小读者会认为故事就发生在自己身边,原来现实生活也会充满各种各样的奇妙事件。诙谐巧妙的文字,在激发孩子们的幻想的同时,让孩子们在笑声中明白那些原本深奥的道理,在知识、道德和情感方面健康地成长。

哈利追溯之前的时光，想要改变历史轨迹，他回到了巴克比克被杀的时刻，然后拯救它，让它免于杀戮。恍惚中，哈利觉得自己仿佛看见了已经死去的爸爸，然后他又看到自己正在拯救自己。这可不是哈利想要的结果！于是，他用了一点点"变身药水"（polynectar），但是，眼前的这几个哈利竟然又翻了一倍：一共六个哈利！在此之后，该系列小说的最后一部中还出现了一连串的死亡（不推荐低幼读者阅读！），面对如此多的阴谋和花招，哈利十分灰心丧气。戈德里克·格兰芬多（Godric Gryffondor）的宝剑被藏在了魔法学校森林结冰的湖里，牝鹿"守护神"托着哈利找到了这把宝剑。一场关于"火焰圣杯"的寻找终于落下帷幕……

总的来说，霍格沃茨魔法学校没有一年是安宁的。但与此同时，无论是从鹰头马身有翼兽的背上，还是从鹳鸟拉的车或者是韦斯莱家的飞车上，我们都能欣赏苏格兰各大湖泊雄伟壮丽的风景。

这些有关风景的描写也为小说情节的发展提供了壮丽的故事背景。伊莎贝拉·卡尼曾在其著作《哈利·波特：彼得·潘的颠覆？》中解释说，随着小说情节的发展，《哈利·波特》系列作品打破了儿童文学领域中的平静，我们甚至可以说，这是一种"对彼得·潘的颠覆"。该小说中的洛夫古德先生也曾教育我们，成长，就是要学会承受失去父母，以及继承"逝者圣物"所带来的痛苦。我们必须对此做好思想准备。此外，我们还应该像暗恋着哈利母亲，并为魔法世界"牺牲自我"的斯内普教授一样，在自我保护中学会如何战斗和抗争。我们要对生活做出正确的选择，不遗余力地发挥"凤凰社"的强大能量——最终用"缴械咒"（Sortilège du Désarmement）来应对"阿瓦达索命咒"（Sortilège de la Mort）。一股"波特风潮"向所有的家庭成员席卷而来，无论男女老少都沉迷于其中无法自拔，同时，这股风潮还引发了大量的文学评论，许多关于该系列小说的评论著作也由此而生。的确，我们可以远离原始的幼儿期，但却必须保留这一特殊时期的精神和想象力……最后，《哈利·波特》系列小说中还有一个不得不提的重要人物，她就是旁弗雷夫人（Madame Pomfresh）。可以说，这部系列作品就是一整部宏伟的诗篇!

四、圣诞节,西方文化的最后一片乐土? 圣诞老人给予的恩惠!①

将话题转回到圣诞老人身上,这一做法看上去仿佛十分冒险。然而,克洛德·列维-斯特劳斯却在自己的研究作品《被处死刑的圣诞老人》中②,将圣诞老人形容为"一代人的偶像",这种说法明显体现了人们对于圣诞老人这一人物形象的强烈兴趣。实际上,圣诞老人也是众多故事及小说创作的灵感源泉,这些作品用充满趣味性和游戏性的方式对这一众所周知的人物形象进行了加工,而文学作者也总是会在自己的作品中表现圣诞老人滑稽可笑或者令人感动的一面。该人物形象是幻想及文化相结合的唯一行为中心,他见证了想象力在儿童世界里的永恒性。事实上,圣诞老人从未如此出名,也从未得到过如此多的赞美。近二百年以来,有关圣诞老人的故事取得了"令人不可思议"的成功。首先,早在 1823 年,美国人克莱芒·克拉克·穆尔(Clement Clarke Moore)曾将圣诞老人设计成一个矮矮胖胖的侏儒。此后,十九世纪八十年代,托马斯·纳斯特(Thomas Nast)在其插画作品中将圣诞老人打扮得花里胡哨,就像是在纽约进行着歌舞杂技表演的咖啡馆里的服务生一样,在这些画面中,圣诞老人还会毫不犹豫地抱起一位年轻的女士,并让她坐在自己的腿上。在法国,桑塔·克劳斯(Santa Claus)一直以圣诞老人的形象出现在大众面前,尤其是在第二次世界大战之后,这一人物

---

① 本书这一部分的讨论将引用笔者为《当代儿童文学中的圣诞礼物》(Présents(s) de Noël en littérature de jeunesse contemporaine)一书所写的序言,原文名为《圣诞节遗失之谜与幼儿的拯救》(Le mystère de Noël perdu et sauvé par l'enfance),该书由丹妮尔·亨奇、罗伯特·余尔雷(Robert Hurley)主编,由梅兹大学出版社(Presses de l'université de Metz)于 2010 年出版。
② 见克洛德·列维-斯特劳斯:《被处死刑的圣诞老人》(Le Père Noël supplicié),载《现代》(Les Temps modernes),1952 年 3 月,第 1572—1590 页。

形象甚至开始逐渐取代圣·尼古拉(Saint Nicolas)在法国人心中的重要地位。1936年,美国可口可乐公司贴出了印有圣诞老人形象的广告宣传画,自此以后,这一红彤彤的人物形象开始越来越多地出现在各大现代化城市的装饰及布景上,并成为全世界家喻户晓的人物。如今,该人物形象还是当代社会节日消费的主导因素。圣诞老人,是一个"季节性"的人物,他不仅是所有玩具中的王子,还是可以给人们带来礼物和惊喜的国王。

然而,在取得成功的过程中,圣诞老人也受到了传统文化拥护者的伤害,甚至,就像列维-斯特劳斯曾经指出的一样,1951年,一些传统文化的拥护者在法国兰斯大教堂前的广场上焚烧了一具圣诞老人的模型。因为,这些人认为,圣诞老人的出现意味着对基督教这一"大众宗教"的文化侵入,并由此而形成了一种毫无任何信仰的国际性儿童文化。尽管如此,圣诞老人受到的这些"折磨"是他成为圣人的必经之路,而这些经历也最终让他成为了一位真正的圣人!安德烈·若莱①在作品《简单形式》②中曾经表示,人们之所以会相信并接受有关圣人的传说,是因为这些传说是所有体育竞赛或英雄故事的原型。圣诞老人经历了一个具备坚定信念的勇者所要经历的所有"痛苦",而今天,他拥有了一群真正的忠实拥护者,他们之中有幼教人员,还有儿童文学作品中那些具有魔法的神奇动物们。

现代的圣诞老人与圣子耶稣之间已经呈现出和平共处的关系。法国巴雅出版社是一所天主教刊物出版社,《红皮小苹果》(*Pomme d'Api*)与《美丽故事》(*Belles Histoires*)是该出版社出版的两本针对3周岁至7周岁儿童的杂志。1997年12月,这两本杂志分别刊登了以圣诞节为主题的圣经故事,其中讲到了马槽、牛、驴和东方三王,在这些故事中,圣诞老人与故事中的"主要人物"都能够轻松愉快地相处。

---

① 译者注:安德烈·若莱(André Jolles, 1847 - 1946),荷兰学者,二十世纪初期最重要的形态学家之一。
② 安德烈·若莱:《简单形式》(*Formes simples*),"诗艺"丛书系列(Poétique),法国门槛出版社1928年版。

实际上,圣诞老人之所以能够这样无处不在,是因为他成为了一种日常习俗的中心人物,这种日常习俗可以重新推动和谐家庭关系的良性循环。他是一位神奇的赠予者,是幻想的主宰者,正因如此,他才在图书及出版领域中占据了最为重要的地位,因为他是众多迷人故事的伟大供应者。自查尔斯·狄更斯以来,特别是在各大新媒介的推动之下,儿童文化取得了快速发展,每一年的"圣诞节故事"都向儿童图书作者以及插画者的想象力提出了极大的挑战。如何从几个特点鲜明却又十分有限的元素以及一个众所周知的神话出发,让文学作品在继续传递爱的信息的同时又能给读者带来全新的乐趣? 如何才能赠予儿童读者一件美好的"礼物",让他们在这些故事中也能充分感受圣诞节所带来的快乐和神秘感? 幻想是否是唯一的出路? 儿童读者是一个特别容易喜新厌旧的群体,为了避免让他们对同一主题的作品产生厌烦感,一方面,文学创作者必须不断增加和创新其作品中的幻想元素,另一方面,圣诞节是一个"收获礼物的节日",因此,交换礼物又是文学创作者必须严格遵守的标志性的节日特点。

　　圣诞老人长着"小丑的头",他是一颗冉冉升起的新星,也是其创造者们的替罪羊;除此之外,他还是一位难能可贵的传递者,通过他,我们可以了解各个社会群体的幽默、焦虑和激情。毫无疑问,儿童是以圣诞老人为主题的文学作品的目标读者群体,然而,这些作品也为我们展示了成人文化的整个发展过程:我们不仅可以从中看到软弱与强势的表现,还能从这些故事里得到许多警示。1993 年,我们曾在《儿童图书期刊》上发表了一篇文章,名为《游戏为圣诞老人筹划未来》[1]。正如我们在这篇文章中所指出的一样,1890 年,厄奈斯特·尼斯德创作的图画书《圣诞节的惊喜》[2]是最早的有关圣诞老人的文学作品,自这部作品问世以来,圣诞老人满足了读者对"惊喜"

---

[1] 让·佩罗:《游戏为圣诞老人筹划未来》(Le jeu prépare l'avenir du Père Noël),《儿童图书期刊》,1993 年第 149 期,第 52—62 页。
[2] 厄奈斯特·尼斯德:《圣诞节的惊喜》(*Christmas Surprises*),英国威廉·柯林斯出版社(William Collins Sons & co Ltd)1990 年版。

的审美标准,但与此同时,无论是该故事人物的形象或是思想,都受到了同一时期流行游戏的极大影响。此外,圣诞老人对失业、犯罪等当代社会的各种不良现象也有着十分灵敏的洞察力。我们甚至认为,圣诞老人是当今时代的真实写照,尽管经历了多年低迷时期,但从 1998 年底以来,该人物形象呈现出了"持续走高的趋势",而这一趋势也正反映了动荡起伏的想象力领域的一种乐观的发展前景。如今,在一种专属于儿童的生态体系中,圣诞老人还成为了调皮、捣蛋的代名词。

(一)西方国家最为重要的商业节日:圣诞节——充满吸引力的玩具

在我们关于圣诞节神话的第一项研究成果中,我们曾经强调,圣诞老人是一个特殊的赠予者,他从事着一项神奇的工作,他所负责的圣诞节充满了强大的吸引力。在如今"孩子就是国王"的社会背景下,圣诞节在所有节日体系中占据着最为中心的地位,而与此同时,玩具也在儿童想象力的发展过程中扮演着极为重要的角色。通常来说,玩具是圣诞老人赠送的礼物,因此,玩具还代表着一种来自传统文化的神圣的爱,正如我们所看到的一样,玩具参与了成人与儿童之间的所有交流。就像雅克·亨利约在其作品《游戏》中所指出的一样,玩具就是一种"玩耍的工具",它可以引发一些特定的游戏性行为,并引导想象力的发展方向。① 在传统节日这样的重要时刻,玩具就像是一个"从天而降的"物品,这使它在礼物经济中占了十分重大的比重。它不仅是一种交流的工具和媒介,还是一种反复灌输某种文化模型的方式:例如,我们在壁炉前的鞋子里面不仅可以看到"宇宙巨人"(Maîtres de l'Univers)、"骷髅王"(Skeletor),还能发现"钟楼怪人"(Bossu de Notre-Dame)、"百乐宝"(Playmobil)以及电影《玩具总动员》(*Toy Story*)里的各种人偶玩具,而所有这些人偶都能让我们联想起属于它们各自时代的幻想元素和文化。

---

① 雅克·亨利约:《游戏》,前揭,第 76 页。

事实上,也正因为如此,圣诞老人才逐渐地取代了圣·尼古拉以及出生在马槽里的耶稣,在儿童心中占据了十分重要的地位。在法国,圣诞老人保持了相当大的影响力,于是,圣子耶稣仿佛失去了其原本让人无法抗拒的吸引力。那么,在当今时代,圣子耶稣是否已经被现实生活中"托儿所"①里的孩子们所直接替代了呢?圣诞老人表现的是英国新教文化对罗马天主教教义的逐渐渗透,以至于圣子耶稣也许只能在教堂和几座风景秀丽的小山丘上行驶自己神圣的权利。1997年,笔者曾前往葡萄牙波尔图做了一场有关圣诞老人的讲座,令笔者十分惊讶的是,尽管圣诞老人对法国文化造成了一种侵略性的影响,然而,他在波尔图当地的文化中却并没有形成如此大的影响力。2010年,丹妮尔·亨奇与罗伯特·余尔雷主编了研讨会论文集《当代儿童文学中的圣诞礼物》,其中收录了费尔南多·阿泽维多的一篇文章,正如阿泽维多在这篇文章中所指出的一样,现在已经存在一些以圣诞老人为主题的葡萄牙语研究作品②。然而,尽管如此,1997年,笔者却没有在当地找到这一主题的文学作品。不过,令人欣慰的是,当年讲座的组织者安东尼奥·莫塔曾写过一篇介绍"圣诞故事"的文章,在笔者讲座期间,安东尼奥·莫塔的这篇文章刚刚得以发表。莫塔在其文章中正好描述了圣诞节时,一个小山村里的孩子们所表演的一场"耶稣在马槽里诞生"的儿童话剧。

"耶稣的诞生"为相当一部分文学作品提供了创作素材。对此,我们可以再次回顾一下弗朗索瓦-安德烈·伊桑贝尔的观点,伊桑贝尔认为,圣诞节、元旦节和主显节(又称"国王节")的相继到来,可以让人们在较长一段时间内都沉浸在一种欢乐的气氛中。③ 在这一欢庆的过程中,神圣和世俗

---

① 译者注:此处法语原文为"crèche",原意是指耶稣诞生的马槽,现在也指托儿所、幼儿园。
② 费尔南多·阿泽维多(Fernando Azevedo):《圣诞节,葡萄牙儿童文学中博爱与分享的象征性时刻》(Noël, temps symbolique de la fraternité et du partage dans la littérature de jeunesse portugaise),载丹妮尔·亨奇、罗伯特·余尔雷主编:《当代儿童文学中的圣诞礼物》,前揭。
③ 弗朗索瓦-安德烈·伊桑贝尔:《神圣的意义:节日与大众宗教》"共同意识"系列,法国午夜出版社1982年版。

相互对立又相互补充,并形成了一种特征明显的行为体系:例如,圣诞节强调的是家庭成员间的亲密关系和一种神圣的氛围,而元旦节则通过新年礼物、家庭聚餐、装饰彩纸以及节日装扮等元素反映了一种更大范围内的交流,它所强调的是社会集体成员间的关系和一种世俗的氛围。圣诞节和元旦节不仅有着属于各自的节日礼仪,同时,在人们看来,庆祝这两个节日都意味着一种转折,换言之,这两个节日都象征着结束与重新开始,都表现了转瞬间的永恒,以及周而复始中的万象更新。世俗的观念将圣子的圣物转化成赠送给现代儿童的玩具,由此,礼物失去了其原本的神圣意义,而赠送礼物的过程也变成了一种"令人不安的奇特行为"。实际上,礼物表现的是儿童意识中对于某一偶然事件所产生的永恒回响;礼物可以是一件我们期待已久的物品,但收到它的时候我们依然会目瞪口呆,而有时候,礼物则可能完全出乎我们的意料。无论如何,圣诞节与元旦节都使人们的期待得到了满足,并将这一过程变成了一种仪式化的行为。

我们还观察到,以圣诞老人为主题的童话故事有了一种新的发展趋势,即通过圣诞老人——圣诞节主人公其本身的行为将圣诞节和元旦节融合到一起。此外,儿童爱交际的特性极大地吸引了儿童文学创作者的关注,他们发挥想象力将圣诞老人的各种经历描述成一幕幕滑稽可笑的故事场景。正因如此,在人们心中,圣诞老人便自然而然地成为了一个滑稽可笑的人物,他不仅要负责使人发笑,同时还肩负着填补父母关爱之缺失的重要任务。当今的文化呈现出多种多样的发展趋势,不同的发展趋势又呈现出相互矛盾的特点,而圣诞老人将这些发展趋势凝聚到一起,并让自己成为了集体幻想的对象。

1961年至1962年间,伊桑贝尔在巴黎进行了一项有关圣诞老人的问卷调查。在调查结果中,伊桑贝尔指出,一些家庭相信圣诞老人是真实存在的,并且,他们还将这一信念一代代地传递下去。在这些家庭中,父母往往接受"假装",并认可其子女的各种幻想。这种默契使父母与子女之间建立起了一种游戏,并逐渐将这种游戏演变成圣诞节的重要礼仪。如果儿童文学创作者也表现得相信圣诞老人的存在，那么，这是否意味着所有的宗教礼仪都会由此而变得界限不清、模棱两可呢？

可以说，以圣诞老人为主题的儿童故事就像是维持社会凝聚力的有力工具。1985 年，帕特·萝斯创作的故事《形影不离的好朋友与圣诞节的秘密》被翻译成法语并出版，这部被收录进"小小 Folio"文学系列的作品正向我们说明了这一现象。该故事讲述的是快到圣诞节了，两个好朋友，玛莉莲和咪咪，不知道自己是否还要给圣诞老人写信，其中一个问道："难道你不觉得，咱们今年已经有一点点太老了吗？这可是那些小小孩儿才做的事情。"她们之所以会这样犹豫，是因为一个现实的细节问题减弱了她们对圣诞老人的期待：圣诞老人手里拿着铃铛在街上边走边摇，但是，他身上的味道闻上去就像是"去年的披萨一样"，而他的头看上去则像"一个皱巴巴的西红柿"。两个孩子非同寻常的行为让她们很快忽视了一些具体的因素，然而，这并不妨碍她们对圣诞节的喜爱，她们根据对方对自己说的悄悄话，分别以圣诞老人的名义准备了对方原本想要的礼物。女孩儿们之间的悄悄话透露出她们想要逃避单调平常的人际交流的强烈愿望，伴随悄悄话而来的是她们各自为对方准备的礼物，而互赠礼物是实现超验性所必不可少的人际关系。

圣诞节的"神秘性"变得越来越世俗化，然而，这种世俗化并没有改变圣诞节的本质，反而让它成为了所有人都理解并接受的节日：它将原本对立的观念成功地调和在了一起，并实现了一个伟大的奇迹。在此之前，圣诞节的神秘性就体现在圣子耶稣身上：因为他既是圣子又是人类，他永恒不朽；他既是成人又是儿童。而如今，圣诞节的秘密却体现在玩具本身的传递之中，圣诞老人的作用则是反映该节日的庆典逻辑。他的出现将圣诞节的神秘性拉回到儿童对礼物的反应以及他作为调解人的身份之上，他必须努力调解圣诞节所引发的各种对立面，并保证它们之间的相互融合。换言之，他转交给儿童的实际上是儿童的父母们为他们准备的礼物，然而，在儿童的心目中，这些礼物都是从天而降的。

(二) 圣诞节与出版体系中的儿童游戏

讨论圣诞节在儿童文学中的表现,这对我们的研究提出了挑战。因为,我们必须考虑宗教信仰或大众信仰对于儿童文学的影响,并从接受宗教教育的儿童以及作为宗教传递者的成人这两个方面进行探讨。实际上,儿童文学中普遍存在的双重限制与人们的一种观念紧密相关,即认为儿童想象力就是儿童在阅读时所产生的幻想,而如今,儿童文学所面临的这一双重限制更是被推展至极致。成人作为宗教传递者,当他向儿童推荐一些讲述"宗教奥秘"的故事,而故事的含义又超过了他自身的理解能力时,他如何才能让儿童被这些故事打动呢?无论是来自于圣子的"赠予",还是"圣诞节礼物",在马塞尔·莫斯①看来,这都是一种象征性的行为,在崇尚"万物泛灵论"的"原始社会"中,这种行为是保持社会和谐的关键。如果说儿童永远都是"万物泛灵论"的继承者,那么,我们应当如何在儿童文学作品中表现这一"赠予"的逻辑呢?以上两个问题说明,要对以圣诞节为主题的文学作品开展文学批评必须具备两个方面的能力:其一,了解文学分析或图画分析的理论,具备文学分析和图画分析的能力,能够对各种社会现象进行清楚且详细的阐释;其二,对儿童游戏给予极高的关注和热情,这种关注和热情的建立基础可以是从历史学或人种学角度对幼儿发展的认识,也可以是其他任何一种角度的研究,例如,对政治观点以及不同文化背景下神话故事的了解。然而,我们有时却很难将所有的因素都聚集到一起。罗伯特·余尔雷在谈到克里斯·凡·艾斯伯格的作品《北极特快车》中的宗教意义时也对圣诞节的"神秘性"进行了阐述。② 余尔雷是继爱因斯坦之后又一位将圣诞节的"神秘性"与人类诞生的奥秘联系到一起的学者,他认为,圣诞节的确引起

---

① 译者注:马塞尔·莫斯(Marcel Mauss, 1872 - 1950),法国著名社会学家。
② 罗伯特·余尔雷:《〈北极特快车〉中的宗教意义:日常生活的奥秘》(La spiritualité de Boréal‑Express: le mystère de la vie quotidienne),载丹尼尔·亨奇、罗伯特·余尔雷主编:《当代儿童文学中的圣诞礼物》,前揭。

了人们情感上的投入,并由此建立了"诠释共同体",但是,这并不是圣诞节"神秘性"的唯一解释;从幼儿的角度来看,这些情感投入常常被简化为一个问题,即谁才是宗教奥秘的真正传递者、圣诞树下玩具的真正赠予者?圣诞节的"奥秘"不仅与基督教徒对圣经的阐释或其他人对节日礼仪的理解有关,还与圣诞节在图书中的具体表现以及出版商的出版政策有关。出版商总是从市场的角度出发,推敲以圣诞节为主题的图书的出版形式,如小说或童话故事,图画书或立体书。除此之外,我们想再次强调的是,圣诞节的"奥秘"还体现在逐渐形成的节日礼仪,以及集体想象力在不同历史阶段对于该节日的幻想之中。

正因如此,我们有必要将目光转回儿童游戏本身,并对其进行定义。儿童游戏引起了家庭内部有关圣诞节的讨论,而参与讨论的各个因素都是我们在定义儿童游戏时必须考虑的内容。在众多讨论圣诞老人的研究作品中,圣诞节不仅是圣诞老人执行宗教任务的时段,不仅是一个冬日里的节日,还是成人与儿童、上帝与平民玩捉迷藏的最佳时机。游戏的组织不能脱离所有社会机制的规定,就像我们在前文中曾谈到的一样,这些社会规定本身就来源于人际交流。游戏和想象力一样,它具备一种"填补"的功能,它可以介入家庭关系之中,是家庭内部力量与统治关系的产物。具体说来,家庭内部的力量与统治关系取决于列维-斯特劳斯所定义的一系列"代码":如亲属关系代码、社会空间代码和城市物质结构代码、受节日反复性控制的节日时间代码,此外,还有在结构上有着从属关系的游戏想象力代码、客体代码等。然而,唐纳德·威尼科特则认为,家庭内部的力量与统治关系从根本上来说,是儿童与母体(或母体代替品)之间的极为紧密的联系,从母体开始,幼儿便通过幻想建立起一种"过渡性空间"(从乳房,到安抚奶嘴、毛绒玩具,再到其他玩具),这是幼儿逐渐获取自我身份的场所。因此,(从"惊喜"的角度来说)圣诞节是一个家庭的节日,是一项体现家庭成员之间亲密关系的游戏,而与此相对应的是各种解放性的行为,这些行为可以是滑稽可笑的,也可以是粗鲁无礼的,例如"蠢事"(这里指儿童因不懂规则而制造的一些"麻烦事",或成人在不适应社会环境时做出的一些异常、滑稽的行为)。圣诞节的这一特点引起了人们的诸多不满,它常常表现为各种破坏性、叛逆性,甚至是"革命性"的场景。其中,最具象征性的就是儿童对"父亲权威"的违抗。在这些情况下,游戏则是一种对父母赠予(包括躯体)和对游戏自身模糊定义的拒绝。我们十分明确,玩具反映了人际关系的建立,是成人与儿童之间形成的一种妥协,它为儿童提供了一片幻想和进行特殊交流的空间。因此,游戏仿佛为想象力的发挥以及家庭的自由提供了必要且充分的条件,它让参与游戏的每一方都处于一种相互依赖的状态中。正是在这样的一种状态下,圣诞老人才通过一种契约——给圣诞老人写一封信就可以得到一件礼物——得以永世流传,当然,这一契约的成功得益于家长心照不宣的默契配合。于是,一个以圣诞老人为主体的庞大体系逐渐形成,一方面,人们希望借此来建立一种坚定不移的爱的关系,而另一方面,这一体系要满足的是一个所谓娱乐和贵族社会的季节性活动需求。该社会的最大特点是其对时间的安排,这种安排加重了父母与子女之间的对立关系:没有经济能力的子女更容易向其父母提出各种要求,并忘乎所以地沉溺于游戏之中,然而,这种忘乎所以的行为恰恰是在体验时间的永恒性。儿童给圣诞老人写信与基督教徒向上帝祈祷具有相同的意义,而父母与子女间的差异使得后者只能通过信件的方式来表达自己的愿望。除此之外,我们还可以清楚地看到不同宗教、不同时代,甚至不同性别的人们对于圣诞节的不同期待。女性获得工作权利和全新身份、两性平等得到认可、青少年思想(这是另一种对时间的游戏性否定)以及身体的全面发展对当代游戏进行了重新配置,但也因此形成了一些不同于往常的默契或对立关系。如今,在这些社会因素中,受到圣诞节最大影响的是"第三年龄段"(即"老年人")的"年轻化",以及对传统观念和尊严提出质疑的道德解放现象。

随着全球化的不断发展,圣诞节,这一西方天主教或新教的中心节日的影响逐渐蔓延到世界各地,与此同时,丰富的儿童文学作品,如小说或图画书,也引发了人们对于圣诞节奥秘的无限探索。2006年,长崎出版社

(Nagasaki Publishing)出版了作家谷惠子(Keiko Tani)创作的日英双语图画书《绿色圣诞节》(Green Christmas),在这部作品中,作者构思了一个后工业时代的圣诞老人,并使其出现在一直受神道教或佛教思想影响的社会的读物之中。因此,我们需要了解的是,谷惠子是如何通过这样一部作品来表达对现代工业生产模式的强烈抗议,以及呼吁人们重视对环境的保护的。谷惠子笔下的圣诞老人与那些出现得越来越多的小丑形象不同,他不会为了博得孩子们的笑声而把自己表现得笨拙或爱戏弄人,也不会像西方故事里所写的那样给孩子们带来礼物,在这本极具巴洛克风格的故事作品中,圣诞老人是一位与众不同且严肃认真的传递者。他的出现与一个日本家庭即将迎来一位"孩子国王"有关,他有效地抑制了全世界人民在节日期间的无节制消费。故事中,小男孩儿萨坤(Sah-kun)的妈妈怀孕了。最初,萨坤总是帮助妈妈在吃饭前摆好桌子,将喝完的牛奶盒冲洗干净,再把它们放到一个篮子里拿去扔掉。篮子里装了很多牛奶盒,因为"萨坤和妈妈很喜欢喝牛奶,他们每天都喝"。在发挥游戏想象力之前,读者便感受到了一种母子之间亲密无间的关系。然而,随着故事情节的发展,读者看到的是故事人物对于物品的重视:妈妈建议重新清洗所有的牛奶盒,这样就可以循环利用它们,以避免"浪费"。妈妈向萨坤解释说,这些牛奶盒可以变成书和本子。于是,那天夜里,萨坤便梦见了一个变成火车车厢的牛奶盒,他高兴极了,他碰到了一列正在行驶中的真正的火车,整列火车全是用回收的牛奶盒做成的,火车顶上端坐着一位圣诞老人,他既没有雪橇,也没有驯鹿。火车载着萨坤来到了一片"沙漠"——实际上,这里是一片满目苍夷的森林,所有的树木都已被砍掉。只听见排在最前面的牛奶盒喊了一声"救命",这时,魔法出现了,拯救了大家:"太令人惊讶了!全世界的牛奶盒都跑来了,哪里来的都有:有从德国的厨房来的,从法国的餐馆来的,从韩国的大商场来的,还有从芬兰、中国、加拿大、印度、以色列、澳大利亚、美国、瑞典、俄罗斯来的。"这一幻想情节来源于对冒险地点的想象,而安徒生童话中最常见的魔法正是该情节的文化背景。魔法实现了一种围绕地球舞蹈的场景(这与雅克·普莱维尔一首诗里所描写的情景十分相似!),而舞蹈又产生了一种令人"头晕目眩"的效果,这是游戏带给人们的最高程度的愉悦感,就像罗杰·凯鲁瓦用"眩晕"(ilinx 或 ilynx)来定义游戏的其中一种形式一样。当然,魔法有着特殊编码,它使森林恢复了原本的活力,还严格按照巴洛克式儿童文学(baroque enfantin)的传统,请圣诞老人唱了一首令人欣快的节日颂歌。儿童的世界性正是在这样一种快乐的背景中形成,这种快乐来自于他对当今全球化社会花费大量资金、造成资源浪费的控制。圣诞节的"礼物"也发生了翻天覆地的变化:当萨坤醒来时,他发现,圣诞老人送给他的礼物正是一列用牛奶盒做成的火车。由此,萨坤许下了一个最大的心愿:下一个圣诞节,他想要收到一本图画书。萨坤想要的书正是读者手里的这一本,这是一本四四方方(20 厘米×20 厘米)的精装图画书,光滑的过油上光页面上印制着一幅幅清晰精美的图画。这本精致的出版物正是后工业社会最先进技术的产物,它是一种可以自由流通于所有文化之间的物品。

(三)历史学家的争论

有时候,我们很难避免个人观点的影响,例如,圣诞节为我们营造了许多不同的画面,如大量堆积的玩具和狂热的消费。尽管我们遗忘了自己原本的宗教礼仪(但我们对神圣依然无比眷恋!),我们却很难将这些画面视作一种衰落和让步。此外,有关儿童(特别是对儿童游戏特殊性的认可)以及现代家庭的概念已经发生了改变,后者在众多小说作品中表现得尤为明显,但是,我们却并没有意识到,这些变化给我们的思想也带来了不小的影响。在这一点上,历史学家们有关圣诞节来源的争论从未停止过。2000 年,马尔蒂纳·佩罗出版了作品《圣诞节人种学,一个矛盾的节日》[①]。佩罗在书中强调,狄更斯的作品《圣诞节故事》(*A Christmas Carol*,1843)对现代圣诞

[①] 马尔蒂纳·佩罗(Martyne Perrot):《圣诞节人种学,一个矛盾的节日》(*Ethnologie de Noël, une fête paradoxale*),格拉塞特出版社 2000 年版。

节的诞生产生了决定性的影响。然而,2005年,米歇尔·芒淞则在其作品《圣诞节玩具史》①中对佩罗的这一观点提出了质疑。他认为,在十九世纪:

> 圣诞节"新精神"是维多利亚时代资产阶级的一种新发明,这种精神使"家庭、儿童和仁慈"形成了一种"世俗的三位一体",由此,圣诞节变成了一个既宗教又非宗教的节日,并逐渐吸引了欧洲以及北美洲的资产阶级。②

佩罗非常重视发达国家文化为圣诞节的其他装饰元素带来的影响(如圣诞树)。他十分肯定,维多利亚时代,人们的关注点重新回到家庭、住所以及私人生活之上,从而促进了集体传统习俗的私有化。然而,芒淞却以吉尔·布鲁热尔的研究及其作品《游戏与教育》作为自己的理论依据,他表示,这种以玩具作为家庭关注重点的儿童节日模式起源于德国,在这种模式下,幼儿期被视作一个承载着一定自我价值的年龄段。正如杰罗姆·布鲁纳后来对此的解释一样,这一年龄段的游戏"就是儿童文化"③。这一思想的转变应归功于《勒瓦娜或教育契约》(Levana ou Traité de l'éducation)的作者让·保罗,他是德国浪漫主义文学的先驱,同时也是著名童话故事《胡桃夹子与老鼠国王》(Casse-Noisette et le Roi des rats,1816)的作者 E. T. A 霍夫曼④的好朋友,其中,霍夫曼的这个著名的童话故事为人们展示了一个不同寻常的圣诞节。正如布鲁热尔所指出的一样,自让·保罗之后,成人才开始意识到,儿童已具备了想象的能力;让·保罗将儿童的想象力与原始的万

---

① 米歇尔·芒淞:《圣诞节玩具史》(Histoire(s) des jouets de Noël),泰拉艾德勒出版社(Téraèdre)2005年版。
② 米歇尔·芒淞:《圣诞节玩具史》,前揭,第115—116页。
③ 杰罗姆·布鲁纳:《儿童的谈话:学会使用语言》,前揭,第111页。
④ 译者注:E. T. A. 霍夫曼(E. T. A. Hoffmann, 1776-1822),德国浪漫主义作家、短篇故事家及小说家。

物泛灵论联系到一起,对此,他写道:

> 如果儿童如此喜爱与没有生命的物品玩耍,请千万不要忘记,这些游戏之所以如此重要,是因为儿童只拥有有生命的物品,在他们眼中,布娃娃就是一个真实的人,而他们所说的每一句话都会被认真对待。①

此后,芒淞还解释道,法兰西第二帝国时期以及十九世纪末,大型百货商场里的玩具销售和相关的商业广告都是圣诞节及其所有特征的最大推动力。现代圣诞节故事中大量会说话的动物完全符合儿童学讲话并实现自我认识的过程,在文化全球化和标准化的进程中,一些动物会以玩具或衍生产品的形式出现在各大商场的橱窗里,它们或被看作儿童的化身,或者通过阅读对儿童产生了强大的吸引力。阅读是一种工具,它既是束缚性的,因为作品所传递的思想会对读者产生影响;但同时,它又是解放性的,因为它可以跨越说教,甚至通过游戏的形式来避免来自语言——神话载体——的禁锢。

(四) 天主教出版物

信仰带来的清晰喜悦感

在这一点上,我们可以探讨一下各大出版社在天主教读物方面的出版策略。我们首先要看到的是法国的天主教出版物及其对圣诞节的表现形式,以及丹妮尔·亨奇在其著作中所提到的"传统的变迁"。自2004年收购非宗教的米兰出版社以来,法国巴雅出版集团成为了法国最大的少儿出版社。法国美好出版社(La Bonne Presse)是现代巴雅出版集团的前身,它也一直是圣母升天会(Assomptionnistes)的所有者。随着政教分离思想的发展,法国出版领域产生了极大的争论,在这样的背景下,美好出版社将众人

---

① 见吉尔·布鲁热尔:《游戏与教育》,前揭,第82页。

关注的焦点重新拉回圣诞节故事上,并由此建设了丰富的出版资源。美好出版社创建于 1873 年,其创建者为埃曼努埃尔·达尔宗（Emmanuel d'Alzon）。1850 年,圣母升天会成立,达尔宗正是该天主教修道会的神父。此后,达尔宗还创办了两份面向成人读者的报刊读物:《朝圣者报》（*Le Pèlerin*）(1873)和《十字架报》（*La Croix*）(1880)。其中,《十字架报》于 1983 年成为了巴雅出版社的日刊出版物。继《青少年回声报》（*L'Écho de la jeunesse*）(1898 年至 1910 年)之后,《"圣诞节"回声报》（*L'Écho du «Noël»*）(1906 年至 1935 年)成为了美好出版社第一本真正面向儿童读者的刊物。1905 年,法国颁布了政教分离法,该法案不仅有利于学校的非宗教化,同时也有助于减弱天主教出版物的影响。《"圣诞节"回声报》的发行正是对该法案实施的一种响应。政教分离之后,教会面临着如何重新夺回天主教儿童读者群体的难题。当然,继《"圣诞节"回声报》之后,还将出现其他儿童期刊杂志,而教育和宗教是所有刊物都必须遵循的两大共同原则。2008 年,巴雅少儿出版社出版了一本名为《儿童——听约瑟夫讲耶稣的诞生》（*L'Enfant. La Nativité racontée par Joseph*）的小图画书,这本由玛丽-海伦·戴尔瓦尔（Marie - Hélène Delval）著文、萨拉·埃曼努埃尔·布尔格（Sarah Emmanuelle Burg）绘图的图画书向我们展示了儿童宗教教育的思想及其遭遇的困难。该书封底的文字十分清楚地阐释了作品的创作目的,并直截了当地表现了一种极具想象力的观点:

> 约瑟夫究竟是谁？就是那个跪在稻草摇篮前面、出生在马槽里的彩色小泥人？我们可以把他想象成任何一个人:深情的未婚夫、恭敬的丈夫或充满关爱的父亲。
>
> 本书就像一首温柔优美的诗歌,它以约瑟夫的口吻为我们讲述了耶稣的诞生。耶稣诞生是一个既无比熟悉又令人惊喜连连的话题,儿童和家长可以通过此书重新认识这一天地融合的重要时刻。

就像宗教教义总是受神圣的情感所支配一样,该书坚持双重读者结构的观点。曾经令费内伦和盖恩夫人大受启发的快乐教育理论为儿童和成人创建了一种新的配合方式。如今,让儿童了解性别差异以及新生命的诞生成为了一件全社会认可的事情和一种迫切的需求。因此,有关圣洁玛利亚的介绍必须进行调整。这本精心绘制的彩色图画书通过水粉画的效果表现出了一种令人愉悦的光芒,并以第一人称的口吻为读者描述了一个正在用凿刀和锤子雕刻一颗心的木匠形象:"我叫约瑟夫,我恋爱了,"木匠对着一只小猫说道。小猫翘起尾巴,轻轻地向前踱步想要参与木匠的工作。在接下来的一页中,圣母玛利亚正在给小猫喂一根鱼骨头,"这就是我的未婚妻,玛利亚!她美丽、善良还十分的快乐",木匠继续说道,并别出心裁地套用了柏拉图所强调的价值观:"善良"、"美丽"和"真实"。然而,天主教教义里令人不解的事情必须得到合理的解释:"昨天,我还很幸福,可是今天,我却不明白了。玛利亚告诉我,她怀孕了……可我们还从没在同一张床上睡过觉呢。"这时,画面中出现了一个张着翅膀的小天使,它在玛利亚的身后,调皮地用手指指着年轻的玛利亚的肚子。在接下来的一页中,约瑟夫还很难接受这条"圣母领报瞻礼"的喜讯:"玛利亚让我别难过,她说,这个孩子是上帝的孩子……我实在难以相信。"约瑟夫虚弱地躺在床上,小猫就蜷缩在他的肩头,它惊喜地看到,另一位天使进入了约瑟夫的梦乡,安抚他的悲伤并让他接受玛利亚怀孕的事实。这件令人不可思议的事情增强了故事的神秘性,"玛利亚肚子里的孩子是一件来自上帝的礼物。他将把爱带到人间"。于是,我们看到,这对夫妇开始在家里忙前忙后,他们把洗好的衣服晾在一根绳子上,玛利亚快乐地跳起乐舞("慈爱的上帝赠予了我多么美好的礼物啊!他的爱是多么伟大啊!"),约瑟夫看着妻子的肚子变得"越来越圆",于是,他决定"也成为伯利恒市①的一员"。马厩里,"婴儿出生了"。画面中,

---

① 译者注:伯利恒(Bethléem),一座位于巴勒斯坦西海岸的城市,对于基督教而言,伯利恒是耶稣的诞生地,也是世界上最早出现基督徒团体的地方之一。

我们能看到年轻的玛利亚正面端坐着,她双眼紧闭,身上的粉色长裙刚刚盖过她的小腿和光着的双脚,约瑟夫和之前的那位小天使正搀扶着她。耶稣的诞生出现在接下来的一页,新生的婴儿吮吸着拇指,被玛利亚温柔地捧在怀里,玛利亚的脸庞还是如此年轻,并笼罩着一层圣洁的光芒。在之后的故事情节中,小天使再次出现,并帮助约瑟夫一家逃往埃及,它抹去了"无辜者的大屠杀"("希律王死了")的痕迹,以至于约瑟夫回来时,还能"找到我们的家、我们的邻居、我们的朋友"。故事的最后,一个疑问打断了村民们的喜悦:"耶稣已经长大了,他带着我们向前跑。但我想知道,他究竟会带领我们去向何方?"正如芒淞所强调的一样,这一问题的提出使得该书的读者对圣经故事有了自己的诠释,并不再受到《马太福音》或《路加福音》中有关耶稣诞生的描述的束缚。① 当幽默和善良处于一个不受教会统治、没有暴力,且神奇的成分能被接受和认可的社会中时,这正体现了儿童文学的一大特点,即它面对的是一个天真的读者群体,就像娜塔莉·普兰斯在作品《论儿童文学理论》中指出的一样,儿童文学作品要像示意图一样简单而朴实。②

从"全世界的苦难"到基督教徒的信仰

人们十分清楚,没有圣诞老人就没有圣诞节,并且,无论这一人物是否是"垃圾",人们都不再逃避他所带来的影响。因此,我们接下来要讨论的是一部有关圣诞老人的天主教故事作品——《圣诞节故事》,其作者为路易·埃斯科瓦耶(Louis Escoyez)。2007 年,法国忠诚出版社出版了这本故事集并将其发布在"祈祷使徒会"(Apostolat de la Prière)的网站上。此外,法国给养书店(La Procure)也参与了该故事集在法国境内的发行工作(尤其是在圣诞节以外的时间,人们几乎不可能在其他书店的儿童文学货架上找到任何一本有关圣诞节的书籍)。法国给养书店是"法国最大的宗教书籍在线书

---

① 见芒淞:《圣诞节玩具史》,前揭,第 19—20 页。
② 娜塔莉·普兰斯:《论儿童文学理论》,前揭,第 152—155 页。

店,也是法国最为重要的文化书店之一","六十五年多以来",该书店"一直服务于宗教",除宗教书籍的销售之外,该书店还"负责整理建立宗教信仰、虔诚以及培养礼拜仪式习惯所必须的各类文章资料"。《圣诞节故事》里收录了"十一则创意独特的童话故事","我们可以通过这些故事走进圣诞节的魔法世界"。"无论是在以家庭为单位的阅读或讲述之中,还是在教区或学校所开展的游戏当中,无论是大人或是小孩,都会享受这十一则故事所营造的独一无二的时刻,并为之深深触动。"其中,有两则故事十分具有启发意义,故事中的神奇成分被减弱,从而实现了一种现实主义,让读者重新意识到,在一个越来越冷酷的现代社会中,爱的必要性。第一则故事名为《一个光明的圣诞节》(Un Noël lumineux),作品通过外聚焦的手法讲述了一个名叫儒勒的社会边缘者的故事,儒勒生活在一辆开在"乡村路上"的旅行挂车里,一个圣诞节的夜晚,他穿着一双"从社会公共援助中心(CPAS)收到的鞋子"走出了挂车,来到雪地里。儒勒曾经是一个"受人尊敬的会计师,过着无忧无虑的舒适生活",他非常困惑:"我究竟做了什么事情,社会要这样无情地对待我?①"儒勒的妻子因不堪生活的重负选择了自杀,而儒勒的孩子们则指责他,认为他是造成母亲的死及儒勒自己职业生涯失败的罪魁祸首。儒勒走出家门,想要寻找一些安慰和一种存在感,但村庄里的咖啡馆却关门了,一个打扮得很像有钱人一样的男人不小心滑倒在雪地里,儒勒看到后便嘲弄了他一番。一边是对别人的嘲讽,一边是对生活的绝望。后来,"一位正在窗户旁咳嗽的太太"救了儒勒,给他倒了"一杯温暖的格罗格酒(grog)"。然而,在回家的路上,儒勒自己却滑倒在了雪地里,故事的讲述者以刊登在第二天报纸上的一则讣文说明了一切:"著名的露营者儒勒逝世。"我们在众多文学作品中都能发现这种戏剧化的悲剧,其中,"卖火柴的小女孩"就是一个最好的实例,儒勒故事中的那个有钱人含蓄地代表了圣诞节期

---

① 路易·埃斯科瓦耶(Louis Escoyez):《圣诞节故事》(*Contes de Noël*),法国忠诚出版社(Éditions Fidélité)2008年版,第15页。

间的社会现象,而儒勒戏剧化的悲惨命运则是对这一社会现实的辛辣批判。故事叙述者尖锐的语气反应了基督教徒基于信仰对这一社会现象的愤怒之情。《圣诞节故事》一书中还收录了多篇文章,在分析思考安徒生童话及其各种改编版本的基础上,对圣诞节这一社会现象进行了讨论。

现实主义的妥协:抵制玩具的诱惑

相比之下,路易·埃斯科瓦耶所创作的另一则故事则表达了一种更加乐观的观点,《圣诞老人的圣诞节》(Le Noël du Père Noël)的故事背景与前一则十分相似:阿尔贝是一个生活拮据的退休餐厅领班,他对自己处于社会边缘的生活现状感到十分羞愧,但是他却非常喜欢和孩子们打交道("他着迷于孩子们既胆怯又充满赞叹的目光"[1])。此外,为了挣点生活费,阿尔贝常常会在圣诞节之前找一份扮演圣诞老人的工作。节日的夜晚,孤独感尤为强烈。直到一通来自"诺亚残障人士疗养中心"经理的电话才打消了阿尔贝的孤独感,他被邀请去为中心的残疾儿童扮演圣诞老人。阿尔贝感到特别开心("与礼物相比",这些孩子"更加喜欢眼神的交流"),并且还成功地给一个叫做朱丽叶特的蒙古小女孩喂了饭,朱丽叶特患有厌食症,但她有一双与石膏像耶稣极为相似的眼睛。阿尔贝收获了所有孩子的喜爱,并开始以一种平和的心态来看待圣诞节:其实,圣诞老人经常会因为孩子们的轻率和自私而感到受伤,这些孩子"只是跑来看看他,一旦拿到了糖果或礼物,他们就会立刻跑开"[2]。全世界所有的儿童都不断地受到广告牌或商业广告片的干扰,他们中的绝大多数都臣服于礼物的强大吸引力,因此,正如皮埃尔·布迪厄所呼吁的那样,想要考虑"全世界的苦难",就必须限制礼物所带来的诱惑。这一需求是把爱作为宗教信仰的一种品德的先决条件和基础。与此同时,儿童自己也需要建立起一种责任感,然而,就像1999年我们

---

[1] 路易·埃斯科瓦耶:《圣诞节故事》,前揭,第21页。
[2] 埃斯科瓦耶:《圣诞节故事》,前揭,第26页。

在《少儿图书的游戏性及其运用关键》一书中对《波比》(Popi)、《红皮小苹果》(Pomme d'Api)以及《我爱读书》(J'aime lire)几本杂志所进行的分析一样,人们庆祝圣诞节的行为实际上是一种对幼儿期全部幻想的纪念。协调宗教信仰与儿童游戏之间的关系,这便是我们在当今时代所承受的巨大压力。非宗教出版社遵循的是联合国1959年颁布的《儿童权利宣言》以及1989年投票通过的《儿童权利公约》中倡导的人文主义价值观,然而,天主教出版社出版的儿童图书与非宗教出版社出版的儿童图书之间并没有太大的区别。

（五）被圣诞节卸下武器的非宗教读物？幼儿精神的狂欢化与悲剧体裁

很明显,非宗教领域有关圣诞节的讨论的目的和动机都是多种多样的。我们只需访问"法国教育同盟"(La Ligue de l'enseignement)[①]网站就能对此有所了解。我们可以在该网站上读到"法定节日是非宗教文化的重要组成部分",因为,无论是"法国大革命时期",还是我们当今的多元文化时代,"历法都是文化和政治的关键之所在"。这些文字清楚地阐述道:"十九世纪及二十世纪初的非宗教人士一直致力于节日的非宗教化。其中,马尔塞尔·桑巴[②]与让·科特罗(Jean Cotereau)的贡献尤为突出。对于这两位学者来说,节日的非宗教化是一种文化的重新占有。'失窃的节日,有待非宗教化的节日':这句排列整齐的标语明确表达了非宗教人士关于法定节日非宗教化的行动安排。而圣诞节则是该行动的主要目标。"这不禁令人回想起公元392年被罗马帝国迪奥多西(Théodose)所"偷窃的"异教徒节日,以及法国大革命后续时期,人们对于"收复技能"的描写和以桑巴为代表的"节日及法定纪念日委员会"(Comité des fêtes et cérémonies civiles)对于思想自由的描述。如果说圣诞节是"一个有待非宗教化的节日",那么,读者可

---

① 法国教育同盟网：http://www.laicite-laligue.org/index.php.
② 译者注：马尔塞尔·桑巴(Marcel Sambat, 1862-1922),法国著名社会政治学家。

以对此自由发表自己的观点,幼儿的好动爱闹也将颠覆该节日原本充满理论性的严肃特点。作为无宗教信仰者或在俗教徒,艺术家和作家们也已充分发挥想象力,为当今的时代背景添枝加叶,他们将对美学的迫切需求和与幼儿思想的近距离接触相融合,从而为自己的创作风格奠定了基础。

只要阅读几本最新出版的图画书作品,我们就会对这一现象有更充分的认识。例如,2009 年,图康出版社(Toucan)出版了由贝尔纳·韦约特(Bernard Villiot)著文、埃莱奥诺拉·祖贝尔(Eléonore Zuber)绘图的图画书《圣诞老人最糟糕的圣诞节》(*Le Pire Noël du Père Noël*)。《雨燕》杂志(*Griffon*)的主编雅克·佩里萨尔认为,该书"大概是今年最搞笑、最独特和最成功的图画书作品"[1]。佩里萨尔的这一评论并非毫无意义:1972 年,法国教育同盟创立了《书包》(*Trousse - Livres*)杂志,对此,伊万娜·舍努夫曾指出,"政教分离的强大堡垒不再具有传播能力",并撰写了文章《书包已死!雨燕万岁!》;因此,1986 年,杂志《雨燕》的创立是对《书包》的一种延续,伊万娜补充道:"如果《雨燕》将来会消失,说明墨守成规的各大领域还在继续扩大其影响力……我们急需的是一种真正的儿童文学批评。"[2]那么,佩里萨尔的书评究竟包含了哪些评判标准呢?其实,通过阅读《圣诞老人最糟糕的圣诞节》一书就能轻松地了解其中的关键:从该书的封面上,我们就能体会其诙谐滑稽的作品风格,画面中是一片漆黑的夜幕,一位滑稽可笑的圣诞老人坐在一辆红色的雪橇上,但是雪橇却正从天空往下坠落,因为恐惧,他的嘴巴张得又大又圆,就像一个大大的字母"O",眼睛则瞪得圆鼓鼓的(他的驯鹿们也和他一样睁大了眼睛,害怕地挤到一起,它们的脸被简化成几个椭圆形,鹿蹄则变成了几条赭石色的平行线)。书名的书写也模仿

---

[1] 雅克·佩里萨尔(Jacques Pellissard):《挑选》(Sélection),载《雨燕》,2009 年 11—12 月,第 219 期,第 25 页。

[2] 伊万娜·舍努夫(Yvanne Chenouf):《书包已死!雨燕万岁!》(Trousse - Livres est mort! Vive Griffon!),载《阅读条约》(*Les Actes de lecture*),1986 年 9 月,第 15 期,第 4 页。

了物品从陡坡上滚落下来的样子。图画书的主题很快解释了这一画面——故事的开头正是这位上帝使者的呼喊声:"我的个鼻涕虫蛋卷冰激凌!"但这个叫喊声听上去却更像出自一位情绪沮丧的女巫!后来我们了解到,原来是派送圣诞礼物的工作出了问题。派送礼物已经成为圣诞节最为经典的环节,而这样的一个画面为我们解释了无法派送礼物的原因:"雪橇的引擎下拴着12只驯鹿,但是,还有一大滴泄漏的燃料。"就像列维-斯特劳斯所表述的一样,神奇的魔法被当今时代的现实毁于一旦,这是因为"一个时代的神灵"变成了区区一个寻求燃料的快递员,他一边将水壶拎回宿舍一边感叹道:"我的个黄油炖菜花!终于能躺在我舒适的床上了!"该故事通过幼稚的行为和语言将对成人的贬低描绘到了极致:圣诞老人的感叹仅限于儿童在食物方面的需求。然而,刚修好的机器却突然爆炸了,发出噼里啪啦的声音,作者通过一堆加大加粗的象声词将其表现出来:"嗒嗒嗒、啪啪啪、噗噗噗,忽然只听见一阵巨响——砰!"在克劳德·盖涅贝看来极为珍贵的"幼儿粗俗民谣",在这本图画书中受到了猛烈的抨击。此后,故事还为读者讲述了雪橇的故障如何演变成了一场并非真实的悲惨坠落:礼物从天而降,摔落在一个太平洋里的小岛上,它们引起了岛上一个武士部落的注意,这些武士们像野人一样身上缠着腰布,他们先是觊觎礼物,但后来又因此感受到了莫大的恐惧。圣诞老人被其中一个体积庞大的礼物盒给砸晕了,这件礼物本身也因太过笨重而被摔碎,图画书则用全黑的双页来表现这一悲剧性的场景。故事的最后,圣诞老人从梦中醒来,他庆幸地发现一切只是一场梦,并准备出发去执行他的常规任务。作者通过狂欢化手法让故事的叙述沉浸在愉悦的氛围中,而愉悦正是一种对宗教规则的违反。

(六)结构分析与阅读的快乐:克里斯·凡·艾斯伯格——《北极特快车》

圣诞老人的出现意味着,父母从神奇领域退出,并以一种特殊的方式授予了圣诞老人其赠予者的权力。克里斯·凡·艾斯伯格创作的图画书《北极特快车》为我们表现了一个充满活力的圣诞老人形象,法国乐趣学苑出版社于 1986 年翻译并出版了这部作品。故事的主人公是一个不知姓名的小男孩儿,他十分渴望听到"圣诞老人雪橇上铃铛的叮当声",尽管一位朋友已经明确告诉过他,这是不可能的,因为"圣诞老人根本不存在"。但在圣诞前夜,小男孩儿踮起脚尖站在床上,他听到了一阵火车的鸣笛声和"金属摩擦所发出的吱嘎声"。一列火车从他的窗前驶过,列车长告诉他,火车正在开往"北极"。于是,小男孩儿听从了列车长的话,登上了火车,车厢里满载着和他年龄相仿的小孩儿。孩子们一边唱着赞美圣诞老人的歌,一边吃着"像雪一样白的奶糖",喝着巧克力奶。

这一场景完全符合圣诞节的宗教习俗,并通过吃喝这种世俗的模式表现了该神圣节日的象征意义:美味是礼物的第一种形式,糖果代表了一种内与外、热与冷、甜蜜与无味的混合(例如"像雪一样白的奶糖")。它们是耶稣的完美代名词和神圣替代品。其实,在大众宗教中,耶稣本身就意味着感官世界不同逻辑层面之间对立关系的结束(他是主显节时藏在国王饼里的小瓷人,也是人们在圣餐礼时所领取的上帝圣体)。然而,在圣诞老人驾着雪橇到来之前,火车已将孩子们运送到了北极的一个生产玩具的城市里。各种"城市之光"(读者很快便会联想到这部影片中的流浪汉,并感受到对生产主义时代的贬低和嘲讽)和像繁星一般闪烁的雪絮交错在一起,使得这座工业化的城市看上去就像是仙境一样令人眼花缭乱。空中飞舞着的雪花精灵就像是神秘的圣诞老人的一个个小助手,在这样的背景下,小男孩儿下了火车,他被选为第一个收礼物的人:他得到了雪橇上的一个铃铛。驯鹿们很快又拖着雪橇飞到了空中,雪橇上还驼着一个巨大的口袋。在回去的火车上,小男孩儿睡着了,当他到达的时候却发现,衣兜上有一个破洞,而礼物也不见了踪影。就在圣诞节当天,故事的小主人公在打开礼物时发现了一个盒子,里面装着一个铃铛和一张小纸条,上面简单写着几个字:"我在我的雪橇座位上找到了这个。把你衣兜上的洞补好吧。圣诞老人!"这枚铃铛的形状就像是一颗橡木果子,通过从食物领域到声音领域的逐渐转变,铃铛最终成为了故事开头那些裹满糖霜的奶糖的替代品和升华物。尽管铃铛的中心空空荡荡,并没有发声的小铜舌,但它却让孩子产生了一种奇妙的感觉:就像是柔软而冰凉的糖霜融化在品尝者的舌尖,又像是美妙的音乐"融化了"聆听者的灵魂!行程之初的各种嘈杂之声,如火车发出的"吱嘎声"和之后的狼嚎声,都被铃铛声所替代。然而在故事中,所有这一切都只是一场梦,因为读者根据图画的内容就能猜对一大半的故事结尾,小男孩儿醒了过来,转身又再次进入了梦乡。尽管如此,故事中的圣诞节礼物最终还是完成了被赠予的使命,并通过一种双向运动而变得神圣化:一方面是朝向高山直至天空的上升运动,另一方面则是朝向家庭内部的下降运动。除去幻想的部分,礼物出乎意料的丢失与无法解释的发现之间存在着一种偶然性的断裂,而小男孩对家庭的回归则修复了这一隐秘的断裂。

从一个代码到另一个代码的过渡以及代码之间的转换游戏是阅读该故事的基础,而令人惊叹不已的奇遇经历则是读者从该作品中所能得到的最大收获。实际上,每一次的角度转变,例如从食品代码到音乐代码,都会使信息在传递过程中产生一些轻微的差别,丰富的想象力也会令原本的意义变得模糊。读者正是在这种不明确或空白的基础之上对故事内容进行理解和发挥,并从中感受到快乐。就像罗兰·巴特《文本的愉悦》中对此的描述一样,快乐存在于真实的身体中,"位于最具挑逗性的地方",即"衣服敞开之处";令人感到愉悦的并不是某一刺激欲望的特殊部位,而是"间歇性",是"出现与消失的交替进行"。① 圣诞礼物的各种变形同样是以意义模糊为基础而给人们带来快乐的,这种快乐则是相信圣诞老人真实存在的人们的一种特权。人们也许还能发现,艾斯伯格是以第一人称来叙述这个故事的,并十分仔细地强调,小男孩儿的父母并没有听见铃铛所发出的美妙声音。很明显,只有儿童才能完成从口头愉悦到视觉愉悦和听觉愉悦、从真实的城市到繁星闪烁的仙境的升华。这是成人不具备,儿童自己又渐渐丢失的一

---

① 罗兰·巴特:《文本的愉悦》,前揭,第 19 页。

种特权,而艺术家却把它完整保留了下来:"最初,我大部分的朋友们都能听见铃铛声,但是,随着时间一年又一年过去,他们都逐渐不再能够听到了……尽管我也变得越来越老,但我依然能听见那清脆的铃铛声,就像所有相信圣诞老人真的存在的人一样。"

故事使圣诞节的存在变得合理,因此,圣诞节的快乐,就是故事带来的快乐,而庆祝圣诞节正是对其合理性的再次重申。圣诞节将儿童、教徒和唯美主义者聚集到一起并形成了一个特殊群体。在该群体里,不仅有喜爱幻想者,还有对圣诞节心醉沉迷的人,他们以一种不同寻常的交流方式分享彼此的快乐。图画是一种和谐的、为所有人所接受的传递信息的方式,它让读者重新找回了无所不能的原始思维。因此,儿童读者在阅读故事的过程中便进入了一个神圣的空间,在这一空间里,她/他自己也成为了一位神秘的神灵。尽管圣诞老人的出现只是为了消失,但是,他却像是一道护身符,保证儿童与故事之间的默契。因此,艾斯伯格的这部作品是一本现代版的圣诞节童话:圣诞节成为了一场冒险,一次以想象力极点为目的地的旅程。此外,它还是一首对永恒童年的唯美赞歌。

传统的圣诞节往往意味着一种被动性,或者至少也是一种快乐的接收——因为儿童总是躺在床上等待圣诞老人的礼物。然而,《北极特快车》中的主人公们却自愿去往那象征着想象力极点的北极,他们颠覆了传统故事中圣诞老人从烟囱里爬下来的惯例。与此同时,他们还改变了东方三王最初的行进路线图:故事叙述者之所以相信闪烁的星光,并不是为了收获礼物,而是为了赠予礼物。闪闪发亮的火车就像是暗沉夜空中的一颗流星,它突破了传统故事情节中的众多元素。圣诞节平静的宗教气氛则在别处体现,正如彼得·斯皮尔在图画书作品《圣诞节》①中所展示的一样,它可以体现在马槽上空的星星里,也可以体现在这颗星星以之为背景的透明的天空中。遥远的地平线上,圣诞节的星星发出四条耀眼的光芒,在空中形成了一

---

① 彼得·斯皮耶(Peter Spier):《圣诞节》(*Noël*),乐趣学苑出版社 1984 年版。

个十字架,童真让这颗星星显得十分朴实和坚定,而作者则通过一大片清新的绿色和一大堆节日消费品来表现儿童对圣诞节的纯真幻想。

(七)如何保护幼儿生态:蠢事、夜晚的吵闹、摔跤与假装

《北极特快车》中孩子们的行为体现了一种急躁,这一点完全符合儿童在争取自己权利时的表现。为了满足儿童的这种渴望,图画书一直用夸张而怪诞的方式来表现圣诞老人。正因如此,面对越来越滑稽可笑的圣诞老人形象,人们并不会感到惊奇,这些圣诞老人常常只会夸张地模仿儿童的愚蠢行为,就像托米·德·帕欧拉绘作的《可笑的圣诞老人》①中的主人公一样。由于这种"灾难性"的倾向,故事里的圣诞老人一上来就从雪橇上摔了下来,还撞到了自己的鼻子,而这跌跌撞撞的性格正和前一章中的一个小女孩儿的性格一模一样。接下来,圣诞老人在兜里翻了半天也没找着手绢,于是也没能擦干净自己的脏鼻子。最后,他还把手表给弄丢了,并由此开启了一个"糟糕透顶的夜晚"。不幸的事情接二连三地发生,他突然从烟囱里摔下来,还有翻倒的圣诞树、塌掉的沙发、塌落的吊灯。尽管如此,圣诞老人依然在各种惊险中完成了派送礼物的任务!他的大口袋里装着一头真正的北极熊,正是因为这头北极熊,他的派送任务变得一团糟,而北极熊也变成了一个和他长得一模一样且一样笨拙的人。但是,随着越来越多的不幸相继发生,故事逐渐传递出一种信息:这些滑稽可笑的行为——如被扯掉的壁橱柜门、从墙上掉下来的黑板等等——都是在绝对安静的环境中发生的,并且完全没有打扰到熟睡中的人们!因此,圣诞老人是"踮起脚尖"、小心翼翼地从睡着的孩子们的床前经过的!在离开的时候,一直稀里糊涂的他甚至差点儿把"新年快乐!"喊出了声。就像 F‑A. 伊桑贝尔曾经提出的一样,圣诞节是神圣和世俗的结合,正是这样的思维让圣诞老人彻底晕了头……实

---

① 托米·德·帕欧拉(Tomie de Paola):《可笑的圣诞老人》(*Un drôle de Père Noël*),伽俐玛出版社 1984 年版。

际上，作者只是对节日习俗进行了滑稽化的处理，并给主人公多设置了一些障碍，故事情节却因此而变得跌宕起伏、富有悬念且更加扣人心弦。早在1977年，克里斯蒂安·布尔乔亚出版社（Christian Bourgeois）就将 J. J. R. 托尔金于1920年至1939年间以圣诞老人的口吻写给孩子们的信集结成册，并出版了《圣诞老爸的来信》(Lettres au Père Noël)，信件中清楚地记载了北极熊在狂欢节上所犯下的各种"蠢事"。克劳德·盖涅贝曾指出，每年2月2日，这头笨拙的动物都会走出自己的洞穴，走进托尔金的故事作品里，并闹出各种笑话：例如，他会在地轴的北端（北极）搞破坏，制造各种灾难（如浴缸里的水满得溢出来了、火箭发射后突然爆炸了，以及在老板的地窖里堆满了鞭炮），这些愚蠢而滑稽的行为总令读者忍俊不禁。

然而，当我们与低龄读者打交道时，有一点局限是这种将混乱无序引入神话故事的方式所无法超越的。嘉贝丽·文生的作品《艾特熊与塞娜鼠家的圣诞节》①正向我们清楚地反映了这一现象。故事中，艾特熊直接把自己化装成圣诞老人的模样：他庞大而笨重的身躯非常适合参加节日期间举行的狂欢节化妆舞会。在同一系列图书的前一册故事中，有关狂欢节的信息还一直处于潜伏状态，但在本册故事里，各种各样的娱乐活动则将该信息毫无掩饰地展现了出来。不过，塞娜鼠却因为个头太矮小而看不出眼前这位圣诞老人有什么不一样，因为她被艾特熊的这身衣服给骗了，没能认出自己的朋友。最后，节日的快乐、美味的蛋糕还有故事结尾的亲吻驱散了眼泪和害怕，温情的回归拯救了神奇的"圣诞老人"。然而，艾特熊并不知道，自己与这位神奇人物的直接接触给塞娜鼠带来了极大的恐慌。这本现代图画书中有关圣诞老人的构想完全符合列维-斯特劳斯在《被处死刑的圣诞老人》一文中的分析。列维-斯特劳斯指出，有关圣诞老人和有关印第安克奇纳神的神话之间存在一种相似性：印第安霍皮族人（Hopi）的面具之于普埃布洛

---

① 嘉贝丽·文生：《艾特熊与塞娜鼠家的圣诞节》(Noël chez Esnest et Célestine)，杜库洛出版社（Duculot）1983年版。

族人(Pueblos),就像圣诞老人之于我们,都是家长用来欺骗孩子的手法。它们都保留了可怕的外观,因为它们都被看作想要"吃小孩"的来自另一个世界的怪物,而妈妈们则必须喂给它们肉块才能赎回自己的孩子。在一种对神灵的恐惧情绪的影响下,圣诞节故事的叙述是否应该完全屈从来自幻想的吸引力和影响力呢?答案是:不能这么做。我们将会看到,圣诞节原本是一个象征内心宁静的节日,以圣诞节为主题的幽默转向极有可能会演变成一种恐怖。

位于"战略要地"(圣诞树底座)上的冬青树树叶,被砖块、闹剧和欺骗所替换掉的礼物,这一切构成了图画书《女巫们的圣诞节》(Le Noël des sorcières)的故事背景,故事中,女巫们绑架了圣诞老人;而在马尔科姆·伯德创作的《女巫实用大百科》①里,女巫们则直接替代了圣诞老人。充满神奇色彩的圣诞节可以修复人类心灵的创伤,而幽默则令图书成为了圣诞节的替代品:于是,故事的秘密自然就是圣诞节的秘密,并由此取代了缺席的圣诞老人本应在节日里行使的权力。从这一角度出发,圣诞老人还可以自己构思各种各样的故事,并让这些故事成为其魔法能力的具体表现形式……亨利叶特·比乔尼耶(Henriette Bichonnier)创作的《圣诞老人的好主意》(Les bonnes idées du Père Noël)正是其中的代表之一。该故事被收录在《婴幼儿短篇故事集》②之中,故事里的圣诞老人遗忘了两个孩子——十岁的黛安娜和八岁的盖坦的"礼物订单",于是他努力地想"让自己变成"他们,以找出他们想要的礼物。这一充满戏剧化的角色颠倒给孩子们的父母带来了不快的经历。圣诞老人以为,小男孩儿盖坦想要的礼物是"一架好大的飞机"。因为,人人都知道"圣诞老人非常厉害,比世界上所有的巨人都厉害"(《婴幼儿短篇故事集》,第36页),他"可以背起22座埃菲尔铁塔"……

---

① 马尔科姆·伯德(Malcolm Bird):《女巫实用大百科》(Le Grand Livre pratique de la sorcière),阿歇特出版社1984年版。
② 《婴幼儿短篇故事集》(Jolies petites histoires à raconter aux tout-petits),纳唐出版社(Nathan)1983年版。

通过一大堆被推荐和送出的礼物,这位与众不同的圣诞老人表现出了一种潜在的对"完美儿童"的强烈偏好。正因如此,他才违背了现实的原则,不过,孩子们的父母很快便提醒了他……

(八) 经济危机还是社会危机？圣诞老人的疾病、挫折和隐藏的快乐

成人的"假装"给圣诞老人贴上了神奇的标识,受此影响,1994年至1995年的冬季,圣诞老人的权力被一项集体想象力的双重工作所改变。自此,圣诞老人的任务变成了同陪伴自己的熊、驯鹿等神圣动物一起为每个家庭制造"惊喜",而在大众消费系统中,圣诞老人还将大吃大喝的行为变得神圣化,这位当代文化的主人公正在一边减弱自己的影响力,一边又将其他社会习俗囊入怀中以扩展自己的影响领域。法国《Toupie 儿童杂志》在1994年12月号刊上刊登了一篇名为《圣诞节兔子》的童话故事,故事中的兔子将节日的狂欢气氛推向了高潮:圣诞老人在出发前的一刻生病了,于是,这只身手敏捷的动物必须代替他驾着雪橇去完成派送礼物的常规性任务,只见它从头到脚都裹着红色的衣服,两只长长的耳朵从帽子里耷拉出来。在天主教出版物方面,1994年12月的圣诞老人也同样面临着健康问题:在《我爱读书》杂志中,圣诞老人患上了十分严重的感冒,在灌下几大杯"岛牌"朗姆酒后,病情才终于得到了缓解,不过,他派送礼物的工作却也因此被推迟!

同一年,乐趣学苑出版社出版了娜嘉①的图画书作品《伊莎贝拉》(*Isabelle*),这本书里的圣诞老人生了一场更加严重的病。当时正值严冬,一位穿着红衣服的小孩儿掉进了一只乌龟的洞穴里,不幸摔断了腿。慢慢地,春天来了,"年长的乌龟妈妈"治好了伤员,为了报答收留自己的恩人,小孩儿花了好几个月的时间悄悄地为它准备了一份"惊喜",第二年的12月24日,乌龟妈妈在自己的壁炉前发现了这份"惊喜"。在这个解释圣诞节秘

---

① 译者注:娜嘉(Nadja),儿童图画书作家、插画家、漫画家。

密的故事里,穿红衣服的孩子立起了一棵漂亮的圣诞树,并在树下堆满了礼物和蛋糕,而他自己也因此变成了圣诞老人……

圣诞节的"兔子"和"乌龟"继承了路易斯·卡罗尔作品中的幻想元素,卡罗尔从两个方向延长了节日的持续时间:一边是向春天延长,从而提前了复苏的喜悦;另一边是向上一个冬天延长,从而使耶稣的降临变得漫长而没有止境。蒂姆·伯顿的图画书作品《杰克先生的奇怪圣诞节》①表现的则是万圣节的各种元素,前来庆祝圣诞节的骷髅出现在用南瓜做的装饰品中,而这些黄得刺眼的南瓜则让人联想到魔鬼撒旦和他的各种行径。此后,这部作品还被改编成了同名电影。该故事将圣诞老人描绘成了一个没有性别、更加贴近儿童的中性人物形象。实际上,该作品,特别是其同名影片,还令我们看到了一种万圣节进军法国市场的征兆。

伯顿的这部作品表达了对下述现象的反对:各种圣诞老人形象林林总总,愈来愈多。而在此之前,塔迪和丹尼尔·佩纳克共同创作的图画书《宽袖长外套的意义》②就曾经揭露了这一现象,并在故事中描绘了存在于城市消费领域里的各式各样的虚假圣诞老人。实际上,圣诞老人的疾病都不过是各种社会不良现象的隐喻,就像众多反映这些社会问题的作品一样,如雅克·韦努莱特的《一件送给圣诞老人的礼物》③以及罗伯特·维思达尔的《圣诞节的幽灵》④。在韦努莱特的作品中,主人公,或者说,"非传统性主人公"是一个"流浪汉",为了挣得几个钱,他不得不穿上圣诞老人的服装,站在大街上跟孩子们合影。其中一个孩子还嘲笑他:"我不想跟圣诞老人照

---

① 蒂姆·伯顿(Tim Burton):《杰克先生的奇怪圣诞节》(*L'Étrange Noël de Monsieur Jack*),迪士尼出版社及阿歇特出版社 1994 年共同出版。
② 塔迪、丹尼尔·佩纳克:《宽袖长外套的意义》(*Le Sens de la houppelande*),法国未来之城出版社(Futurpolis)1995 年版。
③ 雅克·韦努莱特(Jacques Venuleth):《一件送给圣诞老人的礼物》(*Un cadeau pour le Père Noël*),阿歇特少儿出版社(Hachette Jeunesse)1996 年版。
④ 罗伯特·维思达尔(Robert Westall):《圣诞节的幽灵》(*Le Fantôme de Noël*),阿歇特少儿出版社 1996 年版。

相,他身上有股尿味儿!"维思达尔的作品灵感则全部来自于影集《黑土地》(*Black Country*)中的矿山和工厂,这部狄更斯风格的幻想作品将圣诞老人刻画成了一个犹太工厂主的幽灵。这并不是一个充满仇恨的幽灵,相反,他告诉小男孩儿,在关闭矿山井塔时要千万小心,别被这座濒临垮塌的井塔给砸到。在小孩儿看来,圣诞老人的神奇之处在于,将维多利亚时期的矿山开采变得不再充满暴力。总而言之,圣诞老人的各种疾病和化身都可以间接表现处于动荡中的现实社会及其所经受的来自"危机"的重击。

尽管如此,《Toupie 儿童杂志》1994 年 12 月号还刊登了另一篇名为《圣诞老人的礼物》的童话故事,故事中拉着火车满地跑的并不是什么动物,而正是圣诞老人本人。这一次,这位神奇的礼物赠予者把自己所有的任务都抛在脑后,好好地享受了一番快乐时光,"在雪地里撒开脚丫满地跑"! 当他不得不暂停游戏去完成当天的任务时,他感到无比地沮丧,而这种沮丧的感觉也成为了整篇故事的主题:在驯鹿们递给他的盒子里,"只装着一件他梦寐以求的礼物"。圣诞老人本来担负着宠爱孩子的责任,但在这部作品中,通过人物角色的滑稽翻转,圣诞老人被赋予了孩子们的行为:在故事结尾的图画里,圣诞老人睡着了,"他的怀里紧紧地搂着一辆玩具消防车"。

在该作品中,我们还可以读到一种隐藏的颠覆性思想,这种思想通过将圣诞老人幼稚化而对 A‑F. 伊桑贝尔所说的"世俗化宗教"进行讽刺。然而,这并不是唯一一本讽刺世俗化宗教的作品! 其实,这一发展趋势也受到了法国以外的社会文化因素的影响,《獾杂志》(*Blaireau*)在 1998 年的圣诞特刊上刊登了肯·布朗(Ken Brown)创作的《小狗萨尔西菲的圣诞节》(Le Noël de Salsifi),故事里,一只狗和一头猪在雪地里欢乐地滑冰、打雪仗……同样,在茱莉·西柯和蒂姆·华纳共同创作的图画书《快点儿,圣诞老人!》①中,驯鹿们在雪地里的游戏令圣诞老人感到十分惊喜,就在他被一只雪球砸到鼻子的

---

① 茱莉·西柯(Julie Sykes)、蒂姆·华纳(Tim Warnes):《快点儿,圣诞老人!》(*Vite, Père Noël*),比利时米亚德出版社(Mijade)1998 年版。

时候,一只猫头鹰严肃地指责他说:"现在可不是玩雪的时候。"在珍·布莱特的图画书《圣诞老人的驯鹿》中,驯鹿们桀骜不驯的天性是故事的起因,负责安抚它们的小女孩儿必须顽强地与它们作斗争,并最终把它们拴到雪橇上。然而,茱莉·西柯的作品却与此相反,幼儿好动爱闹的天性表现在驯鹿身上,连原本严肃的圣诞老人也受到了它们的影响:圣诞老人的雪橇陷在了雪地里,他自己也摔得四脚朝天,"屁股被摔得生疼"。意外和失误使一幅冒险的画面变得更加完整,然而,故事最后出现了一件意外的礼物,令乱糟糟的局面恢复了正常:驯鹿们给圣诞老人开的一个玩笑——它们送给主人一只闹钟,提醒他必须按时起床。

实际上,在此之前,葛黑瓜尔·索罗塔贺夫就曾在其作品《圣诞老人与他的双胞胎兄弟》①中表现了圣诞老人的这种幼稚行为,故事中的圣诞老人和他的孪生兄弟鞭子老人总是争吵不休……1994年,法国西罗斯出版社在圣诞节之际出版了安妮·布罗歇(Annie Brochet)的作品《魔鬼与圣诞老人》(*Le Diable et le Père Noël*),该作品用一种极为幼稚和滑稽的手法将世俗与"神圣"之间的纷争推至了顶峰。故事中,圣诞老人的直接对手不是别人,正是充满嫉妒的魔鬼,魔鬼对这位上帝使者所取得的巨大成功感到十分恼怒。于是,魔鬼成为了故事的主角:在一场滑稽的化妆舞会中,魔鬼把自己装扮成了彼得·潘故事里的虎克船长,舞会结束之后,他让一个同伙抬走了被迷药迷晕的圣诞老人。这场可笑且极具颠覆性的事件的结局是一顿魔鬼准备的"地狱圣诞聚餐",饭桌上,"魔鬼开始喜欢上那些以前他深恶痛绝的东西[……]他爱极了巧克力[……]还迷恋上了栗子烤火鸡[……]他甚至还想要竖起一棵挂满彩球和花环的圣诞树"(《魔鬼与圣诞老人》,第39页)。

好事多磨,尽管遭到囚禁,但这并不会给这位孩子们的大恩人带来太多困扰。当今的圣诞老人配备了先进的数码工具,他通过电子遥控器就完成

---

① 葛黑瓜尔·索罗塔贺夫(Grégoire Solotareff):《圣诞老人与他的双胞胎兄弟》(*Le Père Noël et son jumeau*),法国哈提耶出版社1990年版。

了礼物的订购和远程派送,还把绑架他的人骗得团团转。C. G. 荣格在神话学的研究中曾经提到过"神圣的调皮鬼",在游戏想象力的驱动下,布罗歇作品里的圣诞老人就是一个全新的"神圣调皮鬼"形象。也正是通过"自我的现代化",圣诞老人才得以战胜魔鬼。费里耶就曾在其图画书作品《圣诞节,父与子》①中对这些越来越精致的玩具礼物的派送进行过十分详细的描写,故事中的主人公们乘坐着一辆非常特别的雪橇:"它配有一个数码助力器,一启动就发出轰轰的声音……"

通过圣诞老人这一共同的主题,我们对法国社会各种相互竞争的思潮有了进一步的了解。尽管我们不会在本书中花费大量章节来讨论迪士尼出版社及其出版物,然而,一则收录在《与瓦尔特迪士尼一起欢度圣诞》②中的故事——《唐老鸭和穷孩子的圣诞节》(Donald et le Noël des enfants pauvres)却令人受益匪浅、印象深刻:多亏了他那帮足智多谋的侄子们,史高治舅舅终于收回了藏在地底下的一堆堆美金,但是他却做出了一个令人无比震惊的动作:这位老先生"突然变得十分慷慨",他抓了一把美金并对侄子们说:"拿去,我的孩子们,这是送给城市里穷孩子们的圣诞礼物。"(《与瓦尔特迪士尼一起欢度圣诞》,第 37 页)。

巴洛克荣光:圣诞老人——超人?魔术师?还是江湖骗子?

作为神圣的圣·尼古拉的异教孪生兄弟,圣诞老人有着各种各样却经常相互矛盾的兴趣,但无论如何,他总是在为儿童服务,他的职位使他不得不在"原始社会"和象征性的家庭交流中肩负起萨满巫师的职责。他必须满足所有的需求,驱除所有的恐慌;他还即将成为一位优秀的管家,一位"什么

---

① 皮埃尔·艾力·费里耶:《圣诞节,父与子》(Noël, Père et fils),获月/法兰多拉出版社(Messidor/La Farandole)1985 年版。
② 《与瓦尔特迪士尼一起欢度圣诞》(Joyeux Noël avec Walt Disney),阿歇特出版社 1987 年版。

都会做的佣人"。

无论如何,圣诞老人都是人们心中最完美的人,他热爱帮助别人。然而,正如故事中所规定的一样,圣诞老人的缺点也变得越来越多,并且越来越严重,他迫切需要越来越强大的帮助。正因如此,当我们看到一个超人的替身成为其助手时才丝毫不会感到惊讶:雅克·杜克努瓦创作的连环画图书《雪人》①让一个无所不能的雪人替代年迈又虚弱的圣诞老人,完成了1998年圣诞礼物的派送任务。实际上,插画家杜克努瓦是从雷蒙·布里吉斯②的作品中汲取了灵感,后者创作的《圣诞老爸》③是最早一批针对婴幼儿的连环画图书之一,该作品为圣诞老人的人性化作出了极大的贡献,在此之后,布里吉斯还创作了同系列作品《圣诞老爸的假期》(*Les Vacances du Père Noël*),而伽俐玛出版社则出版发行了由让·亚纳④配音的同名录像带。在布里吉斯的作品中,圣诞老人患上了流感,还发烧了,连起床都变得非常吃力,出门派送礼物时,他一整天都在不断地咒骂着(如"冷死了![……]这该死的烟囱!"等)。他在白金汉宫上空飞了一圈,而这次生动而曲折的旅行也向读者预告着,在下一部作品中,他将会度过一个更加具有异域风情的假期。任务结束后,圣诞老人回到了"他的家,甜蜜的家",他给自己泡了一杯英式红茶,身边还围着他的狗和猫。

杜克努瓦在作品中保持了圣诞老人这一软弱的特点,并以一种极为巧妙的方式表现出来,他对雪人起床时的描写与上述布里吉斯笔下圣诞老人起床的情景形成了鲜明的对比:作品采用了一种充满幽默感又极具颠覆性的视角,故事的开头既没有注释,也没有对话框,画面中,雪人正十分娴熟地

---

① 雅克·杜克努瓦(Jacques Duquennoy):《雪人》(*Snowman*),阿尔滨·米歇尔少儿出版社1998年版。
② 译者注:雷蒙·布里吉斯(Raymond Briggs),英国著名插画家、漫画家、图画书作家。
③ 雷蒙·布里吉斯:《圣诞老爸》(*Sacré Père Noël*),格拉塞特少儿出版社1974年版。
④ 译者注:让·亚纳(Jean Yanne, 1933-2003),法国著名歌手、演员、诙谐作家、导演及作曲家。

将雪加入壁炉加热来暖手,又装了满满一碗雪当作自己的早餐。在出发去工作之前,雪人的嘴巴被重新画过,胡萝卜鼻子也被换掉了。我们很快便得知,这位雪人是一位老师,而他的学生是一班小雪人。圣诞假期之前,这班小雪人送给老师一件礼物——一个水晶球,里面装了一个小雪人,水晶球里的液体里还漂浮着一片片像雪花一样的小絮片。这个小小的精灵让雪人老师意识到,圣诞节下的第一场雪具有一种神奇的魔力。只要能吞下这些雪花,雪人就能化身成圣诞老人,并替他去完成礼物派送的任务。任务结束时,他甚至还送给真正的圣诞老人一件红色的超人披风,而作为回报,他收到了一台会飞的冰箱,里面装满了给孩子们的巧克力雪糕。必须是巧克力味的!

赠送礼物和圣诞老人的回赠,这种礼尚往来的行为可以像旋转门一样无止境地继续下去,我们也从中感受到了杜克努瓦在表现圣诞老人潜在特性时所体会到的乐趣。杜克努瓦通过发掘圣诞老人与其他当代童话故事间的共同点,丰富了圣诞老人的人物形象,并将最初的有关圣诞老人的故事情节发展到了极致。此外,他还向我们证明,文本的快乐在于创造,而创造是作者与幻想之间的一场意外游戏。

然而,在图书销售环节,出版商却选择为每一本《雪人》都配套发行一个真正装有雪人的塑料水晶球。这种类型的产品代表了一种大众版本的巴洛克"荣光",而天主教教义中各位圣人或圣母玛利亚的塑像也通过这些玻璃球得到了保存。尽管如此,经历了各种苦难和折磨的圣诞老人仍然配得上这一崇高的"嘉奖"。早在1997年,法国阿歇特出版社就曾将这一神圣的奖励授予了罗杰·哈格里夫斯[①]在图画书作品《雪先生与雪球》(*Monsieur Neige et les boules de neige*)中所刻画的"雪先生"(Monsieur Neige),这本书里有一个漂亮的雪球,它令这些信奉圣诞老人的儿童新宗教的"信徒们"为之着迷不已。

[①] 译者注:罗杰·哈格里夫斯(Roger Heargraves,1935 – 1988),英国著名儿童文学作家、插画家。

（九）对艺术和技术的渴望拯救了圣诞节？

在一些人眼中,这些幻想作品十分微不足道:2009年,法国溶解鱼童书馆出版了由瓦莱丽·戴勒(Valérie Dayre)配文、扬·法斯提耶(Yann Fastier)配图的图画书作品《忙忙碌碌的圣诞老人》(*Le Père Noël dans tous ses états*),该书的结构与路易·埃斯科瓦耶创作的以"圣诞老人的圣诞节"为主题的作品结构十分相似。《忙忙碌碌的圣诞老人》一书的叙述手法十分简洁但却取得了非常独特的文体效应,故事围绕一个无业游民展开。尽管故事中的文字常常晦涩难懂,但在图画的帮助下,读者依然能够理解其中的含义。翻开此书的头几页,我们会在每一幅图画的旁边读到一句简短的注释,例如"圣诞老人在睡觉"、"圣诞老人在梳洗",这些简单的句子为我们描述了主人公在一个即将开始找工作的清晨的场景。接下来,故事的主人公会出门乘坐地铁、奔波于一个又一个场景、剪开一堆又一堆的信件,然后再穿上圣诞老人的临时装扮去执行"他庄重的任务"。我们可以看到他正在和一个少年喝东西,又或者把一个孩子抱到他的膝盖上(如"有很多孩子"、"圣诞老人有很多工作要做"),以及在12月24日平安夜里熟睡的样子。图画书的最后一页上写着一句简短的话,"12月25日早晨的圣诞老人"。左侧的倒数第二页上是此书的最后一幅图画,画面上,一切都恢复到了最初的样子:一个小男孩儿坐在绑着饰带的礼物盒前,他正迫不及待地要打开盒子。接下来,读者便会推测,坐在小男孩儿前面的这个男人就是他的父亲,而小男孩儿手中的礼物正是我们在之前的图画中所看到的,他的父亲历经千辛万苦所挣钱买得的。在父与子的隶属关系中,父亲变成了配角,然后,在经历了这段漫长的时期之后,他又重新找回了他(一个单亲父亲?)的家庭。画面中饱满的红色和绿色形成了强烈的对比,从而使图画就像雕刻铜版画一样极具立体感:不同的场景使人物变得模模糊糊,所有物品的轮廓就像被酸腐蚀了一般,空白之处还刻画着一条条黑色的线条。该作品简洁的剧情,用来表现冲突的简单手法,简短的注释以及没有任何过度的情感表达,使得整个故事看上去就像是刻在铜板上的一样。故事开篇的两幅图画是赤裸的主人公"站立着的背面和正面",他的贫穷也在这两幅图画中不言而喻地表现了出来。这种颇为刻意的表现手法可以激发读者的美学意识,让读者感受到,爱的力量远远大过嘲讽的力量。随后,读者的美学意识便被转化成了道德目标。该作品中占主导地位的美学元素完全符合法国溶解鱼童书馆的出版政策,后者作为图画书研究领域的先锋,曾经于2006年果断出版了苏菲·范·德·林登的作品《如何阅读图画书》。

当代儿童图画书通过丰富的出版技术和图画风格对各种情感进行了完美的呈现,而圣诞节精神则是其中最大的受益者。2004 年,伽俐玛出版社出版了由安娜·居特曼(Anne Gutman)配文、乔治·哈伦斯勒本(Georg Hallensleben)绘图、尹文胜(音译)提供"纸艺"(l'ingénierie papier)的《蓝色小考拉系列:佩佩,圣诞快乐!》(*Joyeux Noël Pénélope!*),该作品中丰富的色彩运用与《忙忙碌碌的圣诞老人》一书的简朴风格形成了鲜明的对比。《佩佩,圣诞快乐!》中可移动的纸质卡片结构赋予了整个故事一种戏剧化的效果,读者也能在无意中动用自己的全部能力。因此,"阅读"立体图画书需要肢体的配合,才能理解《佩佩,圣诞快乐!》一书的真正"含义";儿童读者可以从情感上加入到家长对房屋的装饰工作中,他拉开(遮住谜底的)窗帘,打开(藏有惊喜的)礼盒,但是,他却不该打翻爷爷的巧克力牛奶……佩佩必须建造她的火箭,并给它穿上蜜蜂的服装,故事的最后是一场躲猫猫的游戏,小考拉佩佩不愿去睡觉,于是想要违反游戏规则。我们必须找到她!在立体图画书中,游戏无处不在,阅读的快乐也并不在于永恒的情感,而在于瞬间的美丽:这里的瞬间包括分享喜悦的瞬间、参与家庭交流的瞬间以及在各种丰富含义中的象征性交流。正如我们曾在《巴洛克艺术,儿童期艺术》(南锡大学出版社 1991 年版)一书中所展示的一样,立体图画书最大限度地表现了人们想要从物质上升到精神的渴望,这也是"褶皱"通过书本传递给读者的冲动。

（十）让多元文化成为救世主

在关于其作品《小小间谍系列 III：追逐真理》①的最近一项研究中，玛丽-欧德·穆海勒采用了一种小学教师的常用策略，她把自己童年时期最爱的书籍带到课堂上，以吸引学生们的好奇心和注意力。故事里的小学教师梅雅尔夫人拿出书，"她仿佛是在过圣诞节一样，眼里闪烁着兴奋的光芒"。当穆海勒将整本故事都读完以后，她总结道："然后，她（梅雅尔夫人）久久地看着已经合上的书，而当她把书放回抽屉的时候，她的目光逐渐黯淡下来。就像我看到人们取下圣诞树上的花环时一样。"②尽管穆海勒的这部作品讲述的是抵抗纳粹暴政时期的儿童文学传播，然而，该作品却起到了与圣诞节童话一样的效果。由图书这件礼物所引起的闪烁目光似乎是某些儿童图书的永恒主题。从另一个角度来看，现代图画书中大量运用的欢笑和玩笑其实都是儿童游戏的一种表现形式。按照这样的思路，我们便可以来阅读定居慕尼黑的芬兰籍作家阿努·斯托纳（Anu Stohner）和亨利嘉·威尔逊（Henrika Wilson）共同创作的《小小圣诞老人》（*Le Petit Père Noël*）。2002 年，法国门槛出版社翻译并出版了该书的法语版本，并对其进行了多次再版：我们可以在这部作品中看到多样化的圣诞老人形象。其中，最后的一个圣诞老人为自己没能当选"圣诞老人主管"，不能带领大家派送当年的圣诞礼物而感到十分失望。后来，为了给斯堪的纳维亚半岛大森林里的动物们带去最大的快乐，他成为了这些动物们的圣诞老人。芬兰是"圣诞老人的故乡"，那里的家长都假装自己是圣诞老人并给孩子们写信。因此，芬兰在这部作品中自然就占据了十分重要的地位。各国之间的密切合作将世界卷入了一场看似已经全球化的游戏之中，这场游戏让所有人在分享欢乐的同时保持了幻想。有时候，多元文化的实践可以让敌人成为兄弟，然而，

---

① 玛丽-欧德·穆海勒（Marie‐Aude Murail）：《小小间谍系列 III：追逐真理》（*L'Espionne veut la vérité*），巴雅少儿出版社 2010 年版。
② 玛丽-欧德·穆海勒：《小小间谍系列 III：追逐真理》，前揭，第 145、186 页。

没有任何一种文学形式可以比儿童文学更加能够让读者既保持对神圣身份的怀念,同时又继续开展"快乐科学的游戏"。

躲在圣诞树上喊"救命"?

迫于宗教极端主义的压力,我们是否有一天会对圣诞节不再充满热情?卡罗琳娜·弗莱斯特在其作品《最后的乌托邦——普遍主义危机重重》中对"可怜的圣诞树"进行了专门讨论①,她通过评论"加拿大圣诞树所遭遇的种种波折",为我们讲述了在蒙特利尔市政厅所发生的纠纷:2003 年,蒙特利尔市政府为了取悦各大"文化群体",决定取消当年的圣诞树安放工作。此外,还有 2006 年,安大略省法院"颁布法令,拆除位于法院大厅正中心的圣诞树,并将其安放在一条相对隐蔽的小路上"。这一做法引起了原教旨主义者的极大不满,他们强烈要求"拆除安放在西雅图-塔科马国际机场站台小路上的 14 棵圣诞树",因为这些圣诞树"受到了来自机场有关部门的严重威胁",但机场方面在这一问题上的态度也十分坚决、毫不让步(《最后的乌托邦——普遍主义危机重重》,第 191 页)。也许在原教旨主义者看来,这一系列针对圣诞树的行为表现了一种正在暗暗发展并逐渐壮大的新文化殖民主义。此外,弗莱斯特还在书中向我们介绍了在此之后圣诞树所遭遇的一系列荒诞可笑的曲折经历,其中最为引人注目的是 2007 年及 2008 年,加拿大总理在魁北克省埃鲁维尔小城(Hérouxville)市政厅宣布,他本人将会"参加国会广场圣诞树的点灯活动"(《最后的乌托邦——普遍主义危机重重》,第 192 页)。圣诞节飘忽不定的命运令人堪忧,尽管如此,圣诞节仍然是世界和平的象征之一。非常幸运的是,在其书的结论部分,弗莱斯特指出,对圣诞节的保护措施正在逐步展开,另外,除非宗教的偏执性消除了人们的警惕,否则,"文化多元化并不会威胁普遍主义",更何况宗教并不仅仅是一种

---

① 卡罗琳娜·弗莱斯特(Caroline Fourest):《最后的乌托邦——普遍主义危机重重》(*La Dernière Utopie. Menaces sur l'universalisme*),格拉塞特及法斯凯勒出版社(Grasset & Fasquelle)2009 年版,第 190—202 页。

文化,而是"一种可以和法律抗衡的价值观系统"(《最后的乌托邦——普遍主义危机重重》,第281页)。我们曾在前文中讨论过,在全球大范围展开的保护消费者权益运动实际上也象征着一种危险。除此之外,西方社会还面临着另一个挑战,即如何保护和延续圣诞节神话;而后者只能在尼采所赞扬的节日欢庆中,通过向其他节日敞开胸怀,才能远离悲剧命运,幸存下来。

第三章
玩具书的强大魅力

一、玩具书的奇迹——如何进入阅读

(一) 市场与艺术之间的"纸艺家"

雷蒙·卢尔的著作《伟大法术》①是一部真正的"推理作品",它为我们提供了同心圆的分割方法,以此为基础,我们便可根据句子的连续性将不同句子组合到一起。此外,以宇宙学为主题的书籍(如彼得鲁斯·阿皮亚努斯的《宇宙志》②)通过天体轮盘为我们展示了各大行星的运转模式;十六世纪时,医学论著借助可移动的卡纸向我们揭示了隐藏其后的人体奥秘。作为这些伟大著作的久远继承者,玩具书在儿童图书市场上得到了极为迅猛的发展。在英美文学占主导地位的背景之下,玩具书极大地推动了图书翻译和国际合作出版事业,并占领了全部儿童文化领域:无论是"互动书",如卡米拉·雷德与艾丽·布斯比共同创作的《露西要嘘嘘》③——读者可以在送

---

① 译者注:雷蒙·卢尔(Raymond Lulle, 1235 – 1316),加泰罗尼亚作家、逻辑学家、神秘主义神学家,著有《伟大法术》(*Ars Magna*)(1274 – 1288)。
② 译者注:彼得鲁斯·阿皮亚努斯(Petrus Apianus, 1501 – 1552),文艺复兴时期欧洲天文学家、数学家,著有《宇宙志》(*Cosmographia*)(1524)。
③ 《露西要嘘嘘》(*Lucie va au pot*)的作者是卡米拉·雷德(Camilla Reid)、艾丽·布斯比(Ailie Busby),该书英语原名为"Lulu's Loo",该书由英国布鲁姆斯伯里出版公司(Bloomsbury Publishing PLC)于2009年出版,其法语版由法国阿尔滨·米歇尔少儿出版社于2010年翻译出版。

宝宝去厕所之前,打开固定尿布的魔术贴,然后再拉开代表厕所门的小卡纸;还是身材巨大、长着可怕獠牙的史前动物,如罗伯特·萨布达和马修·莱茵哈特共同创作的"史前动物大百科"系列之完结篇《远古巨兽》①,玩具书都向读者展现了最为丰富的幻想力。玩具书作者就像是制造惊喜的魔法大师,他们的出现将儿童与成人的共同爱好变得众所周知:拉动卡纸的动作让玩具书拥有了全世界最强大的创造力,随着卡纸的移动,人或物品就仿佛真的出现在书里一般。玩具书包括异形书、折页书、巨型书、音乐书或任何一种以游戏为基础且配有"说明手册"(书内自带的小册子)的图书,其中,立体图画书占据了最大的比重。"玩具书"一词对应的是英文中的"可动书"(Movable Book),二十世纪六十年代至七十年代,"玩具书"对法国出版业造成了极大的影响,它被用来定义所有通过动作来交流现实生活感受的图画书。这种感受可以来自翻开书页的动作,我们可以将非立体书里折叠的纸页展开,或者拉动立体书中的纸板以树立起图像(二十世纪八十年代初期,美国插画家哈罗德·伦茨[Harold Lentz]创造了"立体书"[pop-up]一词)。翻开 3D 立体书的书页,我们或许能够创造出"画作"、"舞台"、"全景图"和马戏团,又或许可以让书里的图像变形(如捷克艺术家 Jií Kolá 的"褶皱拉伸书"[rollage]或鲁弗斯·巴特勒·塞德(Rufus Butler Seder)的"神奇舞动书"[scanimation])。在最为精致的图画书中,除了传统图书制作工艺以外,我们还能看到横向剪切的活动书页(如趣味书[arlequinade]或翻翻书[pêle-mêle])、附加在书页上的透明胶片、图画贴纸、页面挖空以及书内所有可以移动的零件(如用来翻开遮挡折页的小卡纸、可以转动的圆盘、卡纸移动槽)。此外,快速翻动书页给读者带来的动态视觉效果(手翻书[flip books])、音乐装置,甚至是一截线头(如雅克·杜克努瓦创作的《小幽灵巴

---

① 罗伯特·萨布达(Robert Sabuda)、马修·莱茵哈特(Matthew Reinhart):《远古巨兽》(*Mega Beasts*),"史前动物大百科"系列(Encyclopédia Prehistorica),英国行者出版社(Walker Books)2007 年版。

戈趣味图画书：海盗的宝藏》①），还有可以出现在"影子戏"里或可以穿上洋娃娃衣服的人形小卡纸都将对读者产生巨大的吸引力。

  玩具书多样化的特点源于几个世纪的积累，特别是十八世纪儿童出版业所取得的发展。随着造纸工业和塑料材质方面的惊人进步，图像和动画技术的飞速发展（如 Photoshop 和 In‐Design 图像处理软件），以及能让观众产生身临其境感受的 3D 影片，还有同类玩具商品对消费者产生的强大吸引力等，都让玩具书在经历了缓慢变迁之后变得越来越丰富多彩。此外，玩具书的多样性还造就了一个新的艺术行业——"纸艺师"，并在美国涌现出一大批像罗伯特·萨布达一样的纸艺设计师。法国方面也涌现出了众多杰出的纸艺师，如卡米尔·芭拉蒂（2009 年，她将美国作家大卫·A. 卡特的《艺术立体书》②改编成法语版《立体书，艺术与技巧》③）、热拉尔·罗·摩纳哥（旋转木马书《奇幻马戏团》④的作者，"法国马恩河谷省议会曾将该书作为 2010 年当地新生儿的礼物"，不过，我们衷心希望，该作品中那些围绕纤薄纸轴旋转的精美人物卡片能够长时间地承受住这些未来小读者们的热情！）、玛丽昂·巴塔耶（Marion Bataille）、埃里克·圣热兰（Éric Singelin）和让-夏尔勒·卢梭（Jean‐Charles Rousseau）等。玩具书将故事里的幻想以具体的方式表现出来，从而牢牢地抓住读者的注意力；同时，读者的幻想也不会完全脱离现实生活，就像玛格丽特·伊戈内所描写的一样："考虑到这种针对儿童的可变形特点，玩具书在变魔术和戏法的同时，其本身也成为了一种象征性的产品，它让读者一边开心玩耍，一边完成所有指定的

---

① 雅克·杜克努瓦:《小幽灵巴戈趣味图画书：海盗的宝藏》(Pacôme le Fantôme. Le Trésor du pirate)，阿尔滨·米歇尔少儿出版社 2009 年版。
② 大卫·A. 卡特（David A. Carter）：《艺术立体书》(The Elements of Pop‐up)，美国白热出版公司（White Heat Ltd）2009 年版。
③ 卡米尔·芭拉蒂（Camille Baladi）改编：《立体书，艺术与技巧》(Pop-up, art et technique)，法国米兰出版社 2009 年版。
④ 热拉尔·罗·摩纳哥（Gérard Lo Monaco）：《奇幻马戏团》(Le Magique Circus Tour)，氦出版社（Hélium）2010 年版。

任务。"①玩具书不仅吸引了追求美学创新的艺术家,如图画书《触须与手柄》②的作者盖尔·佩拉绍;同时,玩具书还激发了众多作家的创造力,如1961 年发表玩具诗集《百万亿首诗》(*Cent mille milliards de poèmes*)的雷蒙·格诺(Raymond Queneau);对于儿童群体来说,玩具书不仅是一种娱乐方式,书中的各种文献资料也让儿童增长了知识。以游戏激发想象力为基础,玩具书不仅可以帮助儿童学习数字或掌握阅读技巧,还可以带领儿童初步感受图画和故事中的微妙细节、掌握科学知识并了解艺术史。最后,玩具书还在不同年龄段的读者间建立起一种共同的审美观,让他们可以相互分享幼儿时期的精神思想和游戏所带来的愉悦感;它还见证了各国艺术家之间的一场奇妙的创作竞赛。玩具书作家们总是想要制造出更大的惊喜:例如,捷克著名插画艺术家柯微塔·波兹卡(Květa Pacovskà)就创作出了一本独一无二、长达十米的拉拉书《日子的颜色》③,这是一本真正的艺术家之书,它远远超过了凯蒂·库佩里曾经创作的总长五米的大型图画书《野生动物》④。一方面,《日子的颜色》一书中的色彩十分鲜艳,由光纸做成的各色卡纸,尽管排列得略显紧凑,但却十分考究且井然有序;另一方面,彩色蜡笔画出的柔和线条、扩大的书页和柔软的纸张都给读者带来了非一般的感官体验。无意识的机械叙述会让故事变得千篇一律、零散和缺乏逻辑,因此,这一类作品的总数十分有限,而为了避免这种情况的发生,当代艺术家和作

---

① 见玛格丽特·伊戈内:《玩具书:好奇心、书架和戏剧工作室》,前揭,2004 年 11 月 25 日至 27 日,夏尔·佩罗国际学院、巴黎第十三大学、巴黎第七大学、法国童书及儿童文化产物研究协会(AFRELOCE)共同举办了"文化遗产与大众文学之间的儿童出版物"(L'Édition pour la jeunesse entre héritage et culture de masse/Children's Publishing between Heritage and Mass Culture),2005 年,同名研讨会论文集以 CD 光盘形式出版。
② 盖尔·佩拉绍(Gaëlle Pelachaud):《触须与手柄》(*Tentacules et manivelles*),拉法尔·安德烈出版社(Rafael Andrea)2006 年版。
③ 柯微塔·波兹卡:《日子的颜色》(*Couleurs du jour*),法国大人物出版社(Les Éditions des Grandes Personnes)2010 年版。
④ 凯蒂·库普利:《野生动物》(*Anima*),法国戏笑出版社(Le Sourire qui mord)1991 年版。

家都努力地想要展示故事的真实性,尽管这样的故事需要读者充分发挥其想象力,但却也并不违背真实故事简单朴实的原则。从这一角度来看,创作者之间心照不宣的竞争激发了他们对表达方式和创造力的不懈追求,而表达力和创造力也是个人幻想领域的最高峰。

莫里斯·桑达克——剪纸艺术

2006 年,莫里斯·桑达克与马修·莱茵哈特合作出版了立体图画书《妈妈呢?》①,该作品为我们讲述了一场非同寻常的奇遇记。故事中,插画家将其想象力激发者的天赋发挥到了极点,并运用最尖端的纸艺技术,通过书本的翻页来实现人物动作和剧情的连续性。1988 年,桑达克曾在其作品《凯迪克奖与公司:书籍图片注》②中撰写过一篇有关德国传奇纸艺家罗塔·梅根多弗(Lothar Meggendorfer)的研究文章,并由此而熟知了立体书的各种特点。桑达克的"纸艺师"——莱茵哈特对他给予了极大的支持与帮助。莱茵哈特在《妈妈呢?》一书中运用了让-夏尔勒·特莱比在其作品《剪纸艺术:设计与装饰》③(该书原名为《折叠艺术》④)中所统计的所有纸艺技巧:一部成功的纸艺作品的基础是,艺术家可以熟练地"剪、切、修剪,以及去除、切割和凿孔",并精心安排空白、调整满与空的关系,还要用极易受损的材料设计出令人惊喜的立体图像,这些易损材料不仅可以更加完美地展现纸页的折皱设计,并且,还能形成一种全新的美学表达形式。

因此,当我们翻开桑达克的这部作品时就像推开了一扇门,我们看到的

---

① 莫里斯·桑达克、马修·莱茵哈特:《妈妈呢?》(*Mommy?*),美国 MDC 教科图书出版社 2006 年出版。
② 莫里斯·桑达克:《凯迪克奖与公司:书籍图片注》(*Caldecott & Co. Notes on Books & Pictures*),法拉尔、斯特劳斯及吉鲁出版社(Farrar, Straus and Giroux)1988 年版,第 51—60 页。
③ 让-夏尔勒·特莱比:《剪纸艺术:设计与装饰》(*L'Art de la découpe : design et décoration*),"Design Alt"系列,法国交替出版社 2010 年版。
④ 见本书第 16 页。

是一块墓地,从里面竖起来一张小孩身影的卡纸,这个孩子正在找他的妈妈,他喊道:"Mommy?"("妈妈呢?")。在这本图画书的每一张双页上,我们都能看到一个连环画里常用的对话框,框里总是写着这句话。1971年,桑达克创作了图画书《夜间厨房》(*Cuisine de nuit*),其主人公名为"米奇"(Mickey),《妈妈呢?》一书中的小男孩儿虽然没有名字,但与"米奇"长得十分相似,只见他走进了一个比《夜间厨房》里所描绘的还要危险的房间:房间里有一个蒸馏器,蒸馏器里面流出一种奇怪的物质,一个男人正在操控这一切,他就像是制造"科学怪人"①的罗伯特·沃尔顿(Robert Walton)。这个古怪的男人从书页右边的折页下突然钻出来,脸上还带着令人不安的微笑,他向空中大大地张开长长的双臂,迎接正在找妈妈的"米奇",这一画面让人不寒而栗。下一页上画着一个骷髅般的吸血鬼,他瘦骨嶙峋的手指就像钩子一样,蝙蝠在他的身边来回盘旋,只见他突然就向小男孩扑过去;而翻开另一张折页,我们却看到,小男孩儿往吸血鬼的嘴里塞了一个橡皮奶嘴,吸血鬼一下变得温顺了起来!接下来的怪兽比《野兽国》里的怪兽们还要恐怖:巨型骷髅、科学怪人、妖精和吸血鬼一个接一个地出现在画面里。我们甚至还看到一个木乃伊从它的棺材里钻出来,并把笑哈哈的"米奇"抱在怀里。读到这一页时,读者会惊讶于作品文字中所蕴含的讽刺性幽默——从"妈妈"到"木乃伊"(英文中,"mommy(妈妈)"与"mummy(木乃伊)"同音)——这两个同音词同时表现了关于死亡和母亲复活的幻想。至于小男孩儿的母亲,作为这样一部阴森恐怖的童话故事中的女主角,她的样子也并不会比之前那些吓人的怪兽好到哪里去,在一张交错着所有人物的手臂和头的立体卡纸之后,小男孩儿的母亲从最后一张折页后面站起来,并喊道:"宝宝呢?"恶梦终于结束了,书本封底上画着正在疯狂逃窜的吸血鬼,它尖尖的嘴里还含着橡皮奶嘴,这一画面仿佛再现了《野兽国》中野兽们的

---

① 译者注:《科学怪人》(*Frankenstein*),玛丽·雪莱(Mary Shelley),所作该书最初出版于1818年,是西方文学史上第一部科学幻想小说。

快乐舞蹈以及《夜间厨房》里米奇飞到空中的幻想……不止一位成人在是否要给自己的孩子看这本图画书的问题上感到犹豫不决,但他们自己却总是会被书中丰富的图画和藏在折页后面的惊吓设计所深深吸引,例如其中一个折页下面,木乃伊正绕着一个转盘旋转,还有书中那些层叠交错又能奇迹般打开的复杂卡纸结构,也给成人读者留下了极为深刻的印象。

出版业的实践发展及其在全球化框架下的探索

与《妈妈呢?》一书相比,菲利普·亨格尔(Philippe Hunger,又名"UG")创作的《新都会》(*Novopolis*)没有那么多的立体结构,但其巨大的尺寸和阴暗的图画风格依然给读者留下了难忘的印象,该书出版于 2010 年,是一部向弗里茨·朗(Fritz Lang)执导的影片《大都会》(*Métropolis*)致敬的作品。翻开书页,竖起的四个大型建筑立体设计分别对应着四个大型城市:巨大城(Mégatown,哥特式风格的纽约)、超级都市(Supercity,地狱之塔),还有更加高大的位于一条条巨型弹簧上的巴别城(Babel),以及与前几座城市形成鲜明对比、破旧不堪的未来贫民窟(Futura Favela)。实际上,这是一本针对成人读者的图画书,其发行量只有 100 本,不过,我们可以在网站"livreanimé.com"上看到整本书的内容。这部作品体现了当代图画书尺寸越来越大的发展趋势,这一趋势鼓舞着越来越多的艺术家投身到图画书出版业当中,他们一边反复再版曾经的经典作品,一边挖掘新的宝藏。从一种更高的品味来说,这些作品还得到了收藏家们的高度评价。收藏家们在图画书方面进行了大量的探索和研究,例如,理查德·莱斯勒(Richard Reisler)曾收集了大量的立体书;还有像雅克·戴斯(Jacques Desse)一样的古董书收藏家,《图书百科大辞典》曾经收录了戴斯的一篇文章[①],戴斯在文

---

① 雅克·戴斯:《玩具书》(Livres animés),载《图书百科大辞典》(*Dictionnaire encyclopédique du livre*)第 2 卷(E-M),帕斯卡·福歇(Pascal Fouché)、丹尼尔·佩书安(Daniel Péchoin)、菲利普·舒维(Philippe Schuwer)主编,巴黎圆形书屋出版社,第 790—973 页。

章中对玩具书进行了十分详细的研究和分析。2004年,戴斯创建了第一间玩具书书店,此外,他还是"livreanimé. com"网站上"书商协会"(Libraires associés)的创办者,该网站现任主管为蒂埃里·戴斯诺(Thierry Desnoues)。当代图画书的发展变化还体现在1993年成立的国际可动书协会(Movable Books Society)上,该协会以德国十九世纪伟大立体书作家罗塔·梅根多弗的名字创建了"罗塔·梅根多弗可动书大奖",从而赋予了立体书这一图画书的子分类极大的合理性。2010年,玛丽昂·巴塔耶创作的《ABC3D》[1]荣获了这一奖项。

各大出版社的积极参与以及相互之间的激烈竞争构成了当代图画书出版领域的一大特征,此外,这些出版社还迅速地开始了对国外图书的引进。例如,2007年,美国背包出版社(Backpack)出版了理查德·当沃斯的《立体人体书》[2],同年,法国四江出版社(Éditions Quatre fleuves)翻译并出版了该书的法语版,并更名为《立体人体世界》(L'Univers animé du corps humain),弗莱德里克·弗莱斯(Frédérique Fraisse)是该书法语版的文字作者。这本书让我们不禁联想到以前的医学著作:翻开书中的折页,我们可以看到弯弯曲曲的小肠,或者是正在吞噬细菌的白细胞;拉动一张纸卡,就可以量一量指甲的长度,还可以清楚地看到大脑不同部位的具体功能。除此之外,出版社还成立了专门出版立体图画书的部门(如伽俐玛出版社、阿尔滨·米歇尔少儿出版社、米兰出版社),众多系列立体书层出不穷,如纳唐出版社发行的"儿童文献"(Kididoc)和"洞洞画"(Percimage)两大系列丛书,尤其是后一个系列中的作品对立体书的纸页穿洞技术进行了充分发挥和运用。例如,乔治·瓦内缇的《苹果上的小洞洞》(*Un petit trou dans une pomme*)(2004)就是以埃里克·卡尔(Eric Carle)的《饥饿的毛毛虫》(*The Very Hungry Caterpillar*)(1969)为模板而创作的,卡尔的作品出版后的同一年,

---

[1] 玛丽昂·巴塔耶:《ABC3D》,阿尔滨·米歇尔少儿出版社2008年版。
[2] 《立体人体书》(*Pop-up Facts: The Human Body*),文:理查德·当沃斯(Richard Dungworth),图:基姆·汤生(Kim Thompson),美国背包出版社2007年版。

米亚德出版社就翻译并出版了该书的法语版。另外,有关立体图画书的展览也引起了大众的关注:1993年11月26日至1994年3月20日期间,博杜安·范·斯汀伯格在布鲁塞尔艺术与历史皇家博物馆主办了第一届立体书展览。① 在此之后,关于立体书的展览还有很多,如2002年至2003年期间,在巴黎圣旺王妃跳蚤市场(Marché Dauphine des Puces de Paris – Saint – Ouen)举办的立体书展览;2007年8月,美国罗格斯大学的图书管理员们主办的"安·蒙塔纳罗国际立体书展"(Exposition internationale des pop-ups d'Ann Montanaro);以及2010年11月至12月期间,法国图卢兹何塞·卡巴尼多媒体图书馆(Médiathèque José Cabanis)主办的"玩具书:立体书与出版商展"(Livres en forme(s):Pop-up et Compagnie)。最后,互联网也对立体书的发展给予了极大的帮助,在互联网的推动之下,一些正处于创作中的作品得以最终出版。正因如此,在网站"一长串,一大堆"(Ribambelles et Ribambins)上,我们可以在一条视频中看到玩具书《吉普赛马戏团,一本立体书》(Zingaro Circus, ein Pop-up Buck)的整个创作过程,该书由蒂娜·克劳斯(Tina Klaus)构思并设计,是其在德国明斯特高等专业学校的毕业作品。目前,该书还没有找到出版社。作为一名插画家和纸艺师,克劳斯从众多有关旅行的书籍中汲取了很多创作灵感,特别是本杰明·拉孔布创作的《管道之音》②。实际上,拉孔布本人也刚刚出版了一本全新的玩具书作品《以前……》③。我们可以在互联网上看到拉孔布这部新作品中的一组令人惊叹不已的立体设计(在线视频中,《爱丽丝漫游仙境》中的粉红兔正吹着

---

① 《立体书或魔法书,艺术与历史皇家博物馆1993年11月26日—1994年3月20日展览目录》(Pop-up ou le livre magique, catalogue de l'exposition réalisée du 26 novembre au 20 mars 1994 aux musées royaux d'Art et d'Histoire),博杜安·范·斯汀伯格(Baudouin Van Steenberghe)主编,1993年版,展览地址:比利时布鲁塞尔五十周年公园10号(10, parc du Cinquantenaire, 1040 Bruxelles),艺术与历史皇家博物馆。
② 本杰明·拉孔布(Benjamin Lacombe):《管道之音》(La Mélodie des tuyaux),门槛少儿出版社2009年版。
③ 本杰明·拉孔布:《从前……》(Il était une fois...),门槛出版社2010年版。

口哨,带领观众一页接一页地看故事),我们将在后文中对这部作品进行详细讨论。这种线上线下同时宣传的形式十分有趣,以至于用视频来介绍玩具书的方式正逐渐成为一种完整的出版类别,图书作品出版和广告策划也通过艺术家的才能紧密地结合到了一起。

在当今全球化的背景之下,国际大型企业发行的图书在出版市场占据了最为重要的位置,因此,立体书的国际化发展体现了作者或插画家在全球范围内获得了极大的成功。最容易也最常获得成功的作品当属以"长篇小说"为文字基础所创作的立体书(如,乔埃尔·乔力维、热拉尔·罗·摩纳哥和菲利普·雅沃尔斯基将赫尔曼·梅尔维尔的著名小说《白鲸》改编成了同名立体书①),不同立体书作品之间也逐渐建立起了互文性和互图性,并由此标志着立体书——这一特殊的图画书种类的合法化。在立体书方面,英美出版社尽管远远领先于法国出版社,但却并不总是追求作品质量,早在1988年,英国批评家布莱恩·安德森就曾在其文章《玩具书的移动节日》②中提到过这一现象。于是,自《爱丽丝漫游仙境剪纸书》③或《爱丽丝漫游仙境——可动图全景》④以来,路易斯·卡罗尔的著作《爱丽丝漫游仙境》成为了四十多本玩具图画书的改编对象。其中,相当一部分改编作品还被比亚斯(Bias)(1954)、红与金(Rouge et Or)(1969)、纳唐(1981)、丽多(Lito)

---

① 《白鲸》(*Moby Dick*),文:赫尔曼·梅尔维尔,图:乔埃尔·乔力维(Joëlle Jolivet)、热拉尔·罗·摩纳哥、菲利普·雅沃尔斯基(Philippe Javorsky),伽俐玛出版社2010年版。
② 布莱恩·安德森(Brian Anderson):《玩具书的移动节日》(*Fêtes mobiles des Livres animés*),载1988年《"儿童图画书中的图画游戏"研讨会论文集》(*Jeux graphiques dans l'album pour la jeunesse*),该研讨会由巴黎北方大学游戏与玩具研究实验室(Laboratoire de recherche sur le jeu et le jouet de l'université Paris-Nord)主办,论文集由让·佩罗主编,克雷戴尔教学资料中心与巴黎北方大学1991年共同出版。
③ 《爱丽丝漫游仙境剪纸书》(*Alice's Adventures in Wonderland, with Cut-out Pictures*),汉密尔顿&辛普金&马绍尔出版社(Hamilton, Simpkin, Marshal)1917年版。
④ 《爱丽丝漫游仙境——可动图全景》(*Alice in Wonderland: Panorama with Movable Pictures*),拉斐尔-塔克出版社(Raphael Tuck)1926年版。

(1987)、MFG 创新(MFG Création)(1989)、顾朗德(2010)等法国出版社翻译并出版了法语版。① 最受人瞩目的改编作品是门槛出版社于 2004 年出版的罗伯特·萨布达版本,我们曾在《全球化与儿童文学》一书中对该版本进行过详细讨论。直到 2006 年,我们的全球畅销书——安东尼·德·圣-埃克苏佩里的《小王子》才被热拉尔·罗·摩纳哥改编成了同名旋转木马书,并由伽俐玛少儿出版社出版;2009 年,伽俐玛少儿出版社又出版了摩纳哥新创作的《小王子》立体书,该版本完整保留了原著的文字内容,并对原著 46 幅插图中的 40 幅进行了重新绘制,将其改编成了一本真正的图画书。另外,同《爱丽丝漫游仙境》一书的改编作品一样,《小王子》立体书也并不会以图画丰富多彩为理由而对故事情节进行压缩。该版本加入了活动卡纸(如,拉动卡纸让蛇移动)、旋转纸盘(表现行星的运转)和彩色立体纸卡(可以竖起来的猴面包树和小王子)等立体书的常用手法。尽管如此,依然会有一些读者对小王子的蓝色大衣变成了绿色而感到遗憾不已! 此外,还有一位王子也穿着自己的服装成为了经典之作:在摩纳哥与贝尔纳·杜斯的共同创作下,皮埃尔·艾力·费里耶的《大舌头王子》②也因改编的同名立体书而变得众所周知:这部改编作品保留了原著图画,但增加了可以竖立的立体纸卡的设计,这让我们联想起祭坛下的装饰画或者是文艺复兴时期的"最后的晚餐"。这样的表现形式多么符合一位王子的高贵身份! 书中对图画的位置进行了精心设置,简单(中心图画旁边的"迷你舞台"被白色的正方形或长方形遮住:读者会惊讶地发现,大舌头王子从他的"跑步屋顶"上飞了起来)和好笑的夸张(新娘戴泽柯勒公主的裙子仿佛把这对新婚夫妇载到了空中!)被结合到一起,充分体现了作品的幽默感。最后,最新出版的

---

① 详见 http://www.livresanimes.com/actualites/actu-0710popupsAlice.html,2010 年建立的出版社名单。
② 热拉尔·罗·摩纳哥、贝尔纳·杜斯(Bernard Duisit):《大舌头王子》(*Le Prince Motordu*),伽俐玛出版社 2010 年版。

《蒂斯朗王子》①是诺拉·阿塞瓦尔创作的一部极富东方特色的童话故事，该作品荣获了 2008 年的"圣-埃克苏佩里儿童文学奖"（Prix Saint-Exupéry）。2010 年,这部作品被重新出版并更名为《蒂斯朗王子与他的小小舞台》②,书的封皮是一块高贵的深蓝色绒布,上面印着宝剑的花纹和烫金的字体,书里还配了一个漂亮的"可以竖起来的小舞台",在这个充满东方色彩的小舞台上,读者可以"找到故事里的装饰品和人物,并根据剧情延伸自己的幻想"。

然而,玩具书并不仅仅是为了传承经典作品或推动出版业的发展而存在的,它是一种非同寻常的创新：可拉动卡纸（让-玛丽·布赖斯创作的《可动图形玩具书》③是法国最古老的可拉动图画书④）、旋转木马、旋转纸盘以及罗塔·梅根多弗所使用的各种手法都极大地拓展了玩具书的概念。此外,玩具书也不是一台简单的"机器",它可以通过令人眼花缭乱的精美技术,辅助相关文字作品的信息传播,或者在书中为重要地点配上插图,就像安东·拉德夫斯基和帕维尔·波波夫在作品《建筑奇迹立体书》⑤中所绘制的罗马斗兽场和吉萨金字塔一样。除此之外,玩具书还可以讲故事。因此,玩具书也是一种文学作品。从这一角度来看,玩具书还证明了作者以及帮助出版其作品的出版社的成功,尤其是我们在上文中提到过的由阿尔滨·米歇尔少儿出版社出版的雅克·杜克努瓦的多部玩具书作品。尽管成人已

---

① 诺拉·阿塞瓦尔（Nora Aceval）：《蒂斯朗王子》（*Le Prince Tisserand*）,索尔比埃出版社 2007 年版。
② 《蒂斯朗王子与他的小小舞台》（*Le Prince Tisserand et son petit théâtre*）,文：诺拉·阿塞瓦尔,图：劳伦·托帕连（Laureen Topalian）,索尔比埃出版社 2010 年版。
③ 让-玛丽·布赖斯（Jean-Marie Brès）：《可动图形玩具书》（*Livre joujou avec figures mobiles*）,路易·雅内出版社（Louis Janet éditeur）1831 年版。
④ 见卡琳娜·皮科（Carine Picaud）：《游戏与惊喜》（*Jeux et surprises*）,载《大象巴巴尔、哈利·波特与公司——古今儿童图书展》（*Babar, Harry Potter & Cie*）,奥利弗·皮佛（Olivier Piffault）主编,法国国家图书馆 2008 年版。
⑤ 安东·拉德夫斯基（Anton Radevsky）、帕维尔·波波夫（Pavel Popov）：《建筑奇迹立体书》（*Merveilles de l'architecture en relief*）,弗拉玛丽昂出版社 2004 年版。

经开始关注儿童文化,儿童文化的发展也使不同年龄读者间的界限变得模糊,并由此诞生了"跨界小说"——一种跨越年龄、聚集所有读者群体的文学类型,然而,玩具书依然与其目标读者群体有着紧密的联系。玩具书涉及了所有的感情层面,它带领儿童读者,特别是婴幼儿读者,在惊喜与害怕之中,进入一个充满神奇的阅读世界。

(二)婴幼儿读物:位于游戏与工作之间

让儿童感到惊喜:令人惊喜的包裹

在工业化世界多样化的文化视角之下,涌现出了一大批针对婴幼儿读者的出版物,这些作品在全球范围内掀起了婴幼儿图书的出版热潮,我们甚至可以在韩国、印度和中国书店的书架上看到英国插画家露西·卡金斯(Lucy Cousins)创作的系列玩具图画书《小鼠波波》(*Mimi la souris*)。因此,可以说,家长和婴幼儿专家对当代婴幼儿图书所取得的快速发展感到十分满意。

然而,婴幼儿图书在大量涌现的同时也让市场开拓工作变得困难重重,人们对婴幼儿读物的认识和理解还非常有限,婴幼儿图书市场的发展前景并不被看好。众所周知,阅读实践不仅植根于个人的文化背景,也与其语言紧密相关;文化代码是信息传递的基础,因此,根据社会法则,首先被淘汰的是那些不能领会代码的群体。也就是说,当儿童不认识构成文化背景的各种元素时,也就无法理解一句话的真正含义,他也就无法正确地回应来自社会的各种要求,并因此而无法参与人际间的交流以及促进学习的竞争。

准确说来,从父母为孩子读的第一个故事开始,婴幼儿就已经进入了学习阶段;另外,个人在社会环境中将找到属于自己的行为规范和指南,而家庭对于社会主要文化的态度也是个人学习程度的一种反映。我们十分清楚,书本的缺失首先意味着经济的贫困,尤其是在最不发达国家或某些新兴国家,其遇到的绝大多数困难都是因为没有让自己的文化顺应文字交流的迫切需求。

此外,心理学家和语言学家也曾提出过掌握语言表达的情感基础,我们曾在上文中提到过语言学家杰罗姆·布鲁纳的作品《儿童的谈话:学会使用语言》。正如布鲁纳在文中所强调的一样：语言表达的掌握，只能通过丰富的交流活动才可实现，而交流又只能在一种分享快乐的空间里才能进行。成人所准备的交流空间构成了一种"语言习得支持系统"（Language Acquisition Support System/LASS），并促进形成了儿童的"语言习得机制"（Language Acquisition Device/LAD）。因此，我们非常好奇地想知道，布鲁纳是如何通过观察一位母亲和她的孩子乔纳坦说"你好"的游戏而认为是游戏激发了孩子强烈的表达欲望，并由此得出"惊喜"是语言兴趣和语言能力发展的决定性因素这一结论的。"你好"游戏是成人让一个小丑人偶在儿童面前消失再出现的过程（这一游戏的性质与弗洛伊德的"卷轴游戏"完全相同，只不过"你好"游戏是由成人来控制，而"卷轴游戏"的控制者就是儿童本人），布鲁纳在游戏过程中发现了四个组成要素：准备与消失，再现与重建。以此为模式而衍生出的各种变化激发了婴儿的快乐和动作行为。对此，布鲁纳指出："游戏的组成元素使其（游戏）变得具体化，而惊喜则总是来源于这些组成元素的变化。因此，话语和语气的变化构成了这些客观组成元素的特点……"[1]

家庭成员之间的互动、交流中的惊喜，以及连接动作和声音的想象力的发展是阅读策略中最为重要的部分，而阅读应当不只局限于那些单纯只有思辨性功能的作品。调动想象力是知识进步的先决条件，因为，想象力是知识的支撑物、伴随品和有力保障。

想象力的调动是大卫·佩拉姆所创作的《令人惊喜的包裹》[2]一书的基础，这本书的英语原名为《老鼠邮件》[3]。故事讲的是，住在"走这边就到我们'小摆设'家"（法语原文为：Bric-à-brac, Issy-Parchenous）的老鼠一家收到了一个邮政包裹，这只包裹充分体现了全球化的背景，因为它是住在新加

---

[1] 杰罗姆·布鲁纳：《儿童的谈话：学会使用语言》，前揭，第43—46页。
[2] 大卫·佩拉姆（David Pelham）：《令人惊喜的包裹》（Le Colis surprise），阿尔滨·米歇尔少儿出版社2009年版。
[3] 大卫·佩拉姆：《老鼠邮件》（Mouse Mail），美国白热出版公司2009年版。

坡的"老鼠爷爷"寄来的。虽然我们还看不出包裹里装着什么,但是我们很快就能感受到这部作品与著名玩具书《善良的邮递员,或,给著名人士的信》①之间的一种互图性。不过,令读者疑惑的并不是文字内容,也不是信件中可能藏有的秘密,而是所派送商品的性质——因为它代表了一种季节性和节日性的消费。礼物盒上系着一条白色的丝带,所有的老鼠都迫不及待地想要知道礼物盒里装着什么。于是它们开始了一场猜谜游戏"咱们来猜猜看……"。这场打开和关闭礼物盒的游戏极大地激发了老鼠一家的好奇心和对礼物的强烈兴趣。老鼠们提出的各种各样的奇怪猜想(如果儿童还不能够自主阅读,成人可以给他讲述故事的内容)以及用来表现这些猜想的图画都体现了这部作品的幻想性。于是,我们会看到,其中的一只老鼠把礼物盒里的东西想象成了"一台超级棒、可以用来数毛毛虫腿的发光机器"。这台"机器"是一个轮子,读者必须拉动卡纸把它往右翻才能看到下面藏着的一只绿色毛毛虫,这只毛毛虫正竖起脑袋啃食一片挂在小钩子上的绿色树叶。树叶的颜色不禁让人产生猜想:这个画面是否是在向埃里克·卡尔的《饥饿的毛毛虫》致敬。接下来,读者还会在这个"一面坑坑洼洼"的礼物盒里摸到一只"藏在最柔软的被子下的小老鼠"。因此,这本书更多地是要让读者进行具体想象,而非思辨活动,同时,押韵的文字内容也培养了读者对诗歌的鉴赏力。再后来,根据一位(身穿丝绸外套,口中念着"阿布拉卡达布拉"咒语的)魔法师的建议,当我们一拉动卡纸,"一只机器龙虾"马上会从一个箱子里冒出来,但它的腿却被紧紧地合在一起。如果说,给一条被老鼠骑在身下的龙虾加上一段绳子会让它变得更加生动——这一手法十分独特,那么,打开一个柜子,里面钻出来一只红色怪兽,或者打开一个箱子,里面爬出来一只巨大的蜘蛛——这些设计尽管没能更多地吸引读者注意,却也让读者在看到这些突如其来的怪兽时感受到更加强烈的恐惧。不过还

---

① 《快乐的邮递员,或,给著名人士的信》(Le Gentil Facteur ou Lettres à des gens célèbres)的作者是珍妮特·阿尔伯格(Janet Ahlberg)和阿兰·阿尔伯格(Allan Ahlberg),英语原名为"The Jolly Postman",英文版于1986年出版。

好,故事的最后出现了一个身材极其高大的人物,它看起来更像是一个小丑而不是"一个从箱子里冒出来的恶魔",它的出现驱散了之前的恐惧感。老鼠一家被这个突然出现的大家伙吓得弹向了四面八方,在无声的画面之中,我们仍然可以感受到与最初画面中的兴奋和活力所形成的强烈反差。

图书与儿童好动特点的转化

无论如何,阅读肯定不是一种技术,它首先意味着儿童全身心地进入文化之中,阅读是一种必须完成的特殊承诺,因为它让儿童具备了和成人一样的能力——读书。儿童与成人的这种相似性并非不可思议,其建立的基础是模仿,以及认识到成人在阅读时所经历的快乐。很明显,儿童的敏感性可以让他很快地知道,图书的出现是否代表着来自成人的真正的爱,又或者,这一神秘物品是否只是一件必须要完成的无聊任务。尽管人们总会向自己的子女提出阅读实践的建议,然而,这并不代表他们自己曾经认真地进行过同样的实践,因此,当所提建议没有被儿童接受时,他们也并不会感到惊讶。

阅读不仅是儿童进入社会的钥匙(社会淘汰的总是不阅读的人),也是社会行为的一种方式以及情感投入的工具。因此,正如布鲁诺·贝特尔海姆在其著作《仙女童话的精神分析法研究》中所提出的一样,成人必须在儿童的成长过程中为其提供必不可少的保护,并努力让儿童能够在理解抽象概念时感受到快乐。于是,在打开的书本面前,儿童的身体行为暂停下来,个人精力被转化为解析图画代码和特殊信息的行为,而不久之后,图画解析又会逐渐变成文字解析。

大多数所谓的"玩具"书的设计方案都是将儿童的好动释放到书里那些可动的立体结构之上:手的操作行为可以带领儿童进行脑力运动并促进其想象力的开发。例如,在诺埃尔·卡特的"摸摸书"《我的宝宝在哪里?》[①]或

---

① 诺埃尔·卡特(Noëlle Carter):《我的宝宝在哪里?》(*Où est mon doudou?*),阿尔滨·米歇尔少儿出版社1991年版。

露西·卡金斯创作的《波波的朋友们藏在哪儿?》①里,一张张可以翻开的卡纸分别代表了壁橱的门、其他家具的门和保险箱的门。儿童不停地翻开遮住各种物品的卡纸,这种行为不仅表现了儿童的好奇心,也体现了儿童在发现被隐藏物品时的快乐。与此同时,这种行为还或多或少表达了一种明显的稳定性,甚至是儿童在秘密被揭露之前的担忧:最后,动作的不断重复驱散了这种来自于试图解开秘密的压力。在上述这两本玩具书中,令人拥有安全感的物品和友谊通过寻找这一行为被联系到了一起。

这种最初由语音所引发的刺激处于人际关系的无意识区域,因为儿童并非天生就具有自主性,他最初受到的是来自其父母的影响。因此,阅读首先唤起了一种在一起的快乐,仿佛是一系列让人联想到家庭照顾和交流的游戏。这正是图画书《令人惊喜的包裹》和故事中的老鼠一家向我们传递的内容,读者不再处于等待的状态,他开始感受到所有人都能体验的快乐与害怕。因此,对于这本书来说,儿童翻动卡纸的动作以及成人读故事的声音才是阅读行为的真正体现。尽管如此,我们依然需要明确玩具书赋予成人的具体可能性,成人关心的是如何通过玩具书对儿童开展启蒙教育,而启蒙教育中的想象力和吸引力并不会白白付出、一无所获。很明显,游戏通过一种体现在图书材质上的坚决主张起到了知识启蒙的作用。因此,我们才在玩具书中看到了大量游戏性的设计和主题。

玩具书:"阅读者"的嵌套

立体书的出现让我们知道了儿童的兴趣所在:当他们看到立体书时,眼睛闪闪发光,双手摩拳擦掌。儿童是第一个能够发现故事《沙滩上的光》②里一张张可动卡纸背后的秘密的人,例如,他翻开其中的一张卡纸,便

---

① 露西·卡金斯:《波波的朋友们藏在哪儿?》(*Où sont cachés les amis de Mimi*),阿尔滨·米歇尔少儿出版社 2000 年版。
② 埃里克·希尔(Eric Hill):《沙滩上的光》(*Spot à la plage*),纳唐出版社 1985 年首版,2002 年再版。

会发现被小狗埋在沙堆里的狗爸爸。图画中的狗爸爸看上去十分平静,在他旁边的对话框里,成人可以读到他的一句话("我在这里"),而左边的页面上则画着狗妈妈和她的问题("你爸爸在哪里?")。合上卡纸,我们会看到,狗爸爸的鼻子尖从沙里冒了出来。因此,儿童翻卡纸的行为就像是在玩捉迷藏一样。翻开卡纸的动作就是一种"发现",从字面上理解,所有的秘密和无意义都在无声的动作中消失不见了,而成人才是文字和秘密的掌控者。阅读这部作品需要的是互动和参与:在米歇尔·皮卡尔的定义中,玩耍中的儿童就是一个"读者",在叙述者的帮助下,他构建起了属于自己的故事人物。此外,儿童的动作保证了故事中的两种时间性——出现与消失,就像我们在安野光雅①的图画书《嗨,我在这儿!》(*Coucou me voilà*)中所看到的一样。

如果说在安野光雅的作品中,主人公被隐藏了起来,而我们得从书里把他找出来;那么,在让·克拉维立的作品《我在这儿,我在那儿》②中,我们就得翻动书页找到藏在其中的妈妈、爸爸和小丑的头。在这一过程中,儿童就像是造物主一样,拥有了创造世界的无限能量,他翻动卡纸的动作则是一种真正创造事物和人类的行为。故事的最后,一个人物的剪影突然从展开的卡纸中跃出,此时儿童便会发现,这个从箱子里冒出来的家伙不是别人,正是他自己。因此,当作为游戏者的儿童看到自己的脸,又听到读故事的人说出了自己的想法"我在这儿,我在那儿!"时,他所感受到的是一种狂喜。从书里跃然而出的这个孩子仿佛是在巴洛克的光环中长大的一样:他紧闭着双眼,一脸沉醉,手里还捧着一本书——此书和读者手中的这本书一模一样。这就是"嵌套",一种"书中书"的手法,接下来,我们还会看到第三幅画面,画面中还是同一个孩子的脸,不过他正眨着眼睛做鬼脸呢。当儿童紧闭双眼,滑稽地模仿故事人物时,他便实现了对作品的"阅读",而他的模仿行

---

① 译者注:安野光雅(Mitsumasa Anno),日本作家、插画家。
② 让·克拉维立:《我在这儿,我在那儿》(*Me voici, me voilà*),阿尔滨·米歇尔少儿出版社 1986 年版。

为也实现了被模仿动作的神圣化。我们发现,婴幼儿在阅读这部作品时十分高兴,他们疯狂地翻动书中的纸卡想要再看看藏在里面的人物图像。该作品集中并消耗了儿童的精力,并重新引导他表现自我……此外,克拉维立的这部图画书作品还充满了巧妙的暗示,由此,成人在陪伴儿童翻阅书本时,其注意力也会被牢牢地吸引:故事中的爸爸正在读的是《宝宝世界报》,里面充斥着各种广告,如"幼儿园里的摇滚乐"或"如何教育父母",公园里书本的标题则更是夺人眼目,如《科技奶瓶》等。

正因如此,无论画的是怪兽还是婴儿,图画书都取得了引人瞩目的成功。这也是为何人们想要触摸它、拥有它的原因。图画书就像是一个魔术箱,我们可以让它变出各种各样令人意外的东西,穿梭于故事之中。很多时候,我们必须承认,图画书所引发的狂热对于其本身来说是危险的:我们会争夺它、为它而争吵,于是,它很快就会化作碎片。除非家长认为图画书的主题过于暴力或不健康,又或者打开书本时对其中"欠佳的惊喜"感到失望,否则,他们绝不会禁止孩子们阅读图画书。

手捧书本(世界):依恋

毫无疑问,立体书中的操作设计需要考虑读者个性发展中的重要因素。但无论如何,这些可动的设计都揭示了冲动的奥秘以及被其唤醒的欲望。因此,我们将观察到,儿童在阅读立体书时保持了其冷静或者冲动的性格,一开始,具备不同性格的儿童的表现都还十分相似,但很快,他们就会完全沉迷于游戏之中,他们激动且疯狂地翻动书页。通过儿童的这些奇特行为,立体书揭示了儿童适应社会现实的各种方式:它将由其引发的儿童的热情集中释放在书中各种可动的卡纸结构之中。如果说立体书可以让儿童安静下来,甚至能够吸引最好动孩子的片刻注意力的话,那也是因为立体书承担着激发想象力的责任,它让主体所有无意识的力量(即弗洛伊德所说的"本我")得以毫无限制地释放出来。

立体书的影响力源于它对儿童发出的指令。此外,立体书还必须十分结实,足以承受住尚且比较笨拙的双手的突然袭击。因此,立体书高昂的价格并不会令人惊讶。然而,在书本脆弱的特点面前,缩减其原本不可取代的功能是一件相当遗憾的事情。事实上,我们可以看到,立体书通过其变魔术一般的各种可能设计,已经成为继玩具之后第一个能捕捉儿童敏感度且令儿童感兴趣的物品,它也是第一个打开婴幼儿读物这一中空地带大门的物品,它温柔地将儿童引入图像符号领域,之后,又带领他们进入文字符号的领域里。

我们曾在前文中提到过,立体书中的剪纸艺术就像是魔咒一般令人为之着迷不已。通过表现对生活的一种幻想,立体书使读者产生了一种依恋的情感,这种依恋与康拉德·劳伦茨①提出的小鸭子的"铭记"现象十分相似。劳伦茨认为,刚刚从蛋里孵化出来的小鸭子会对自己出生后第一个在眼前晃动的活物产生依恋,因此,一个靠垫或者一只卡纸做的鸭子都会被它当作自己的亲生母亲!立体书完成了这项伟大的任务并获得了极大的成功:立体书给予儿童的是一种对动态世界的模仿,一旦儿童被它吸引,便再也无法摆脱立体书的诱惑——在此之后,他还将继续踏上文化的征途,而他的注意力也将转移到具体的图画和具有抽象意义的文字之上。但是,想要实现这一目标,立体书首先必须充满魅力,书中鲜艳的色彩、奇特的立体造型必须调动起年轻读者无法控制的冲动特性。通过大胆独创的表现手法,立体书必须毫不迟疑地不断创造出越来越复杂的页面设计,从而让读者对书本产生与其对玩具——这一直接补体——完全相同的热情。于是,儿童对图书这一文化能指产生了不可逆转的依恋,就像小猴子对猴子妈妈或者婴儿对乳房的依恋一样。能够双手捧书而做到不撕书、不使书变形或受损,这一行为已经象征着一种对文化能指的初步掌握。

双手捧书,首先感受到的是书本的材质、纸张的颗粒感,以及书本带来

---

① 译者注:康拉德·劳伦茨(Konrad Lorenz, 1903 - 1989),奥地利著名动物学家、动物心理学家,建立了现代动物行为学,即后来的本能理论,他曾发现了鸟类的"铭记"(impriting)现象。

的光滑感或粗糙感。当我们想到盲文书籍或者用以开发不同触感的图书时,我们便会意识到书本材质的重要性。维吉尼亚·艾伦·简森创作的《抓住我》①就是一个很好的例证,在这部作品中,各种各样的形状(椭圆形、正方形、尖形)都有着不同的纹路,或者用浮雕的形式表现出来。每一种形状都象征着一种性格,故事情节围绕着"小尖刺"和"小颗粒"之间的赛跑而展开。奥利维耶·庞塞所创作的划时代图画书《玩羽毛的人》②具备盲文的特点,除去颜色的问题,读者完全可以不用眼睛来进行阅读。这种手指的游戏是引导儿童阅读的一种方式,假如书本给手指带来的快感"上传至大脑",从而让儿童陷入"一阵"幻想,那么,阅读给儿童带来的却是一种"狂热"——阅读让想象力得到了完全的解放。

以书本材质和图像立体感为基础的游戏使图画书成为了真正的艺术品。例如,受《一千零一夜》童话故事的启发,苏菲·居尔蒂尔创作了图画书《阿里还是雷欧?》③,故事围绕一个"神奇口袋"展开,两个人为了争夺这个"神奇口袋",分别对口袋里的东西进行了描述,并以此证明自己才是口袋的主人。一张极其柔软的毛毡纸上印着钉子、铁丝网、纽扣和铁丝等物品的痕迹,读者要根据这些痕迹来猜测口袋里到底装着什么,而如果这些痕迹是被印在白纸上的,那它们将失去可辨识的身份特点,从而也就无法成为可以推进故事发展的简单图像元素。一部文字作品,通过其采用的印刷或盲文手法,可以给读者提供不同的阅读方式。于是,故事里的雷欧说道:"我的口袋里装着……一个弹球袋、十二个荷包蛋、半只石榴、一只雕花葫芦、一个羊圈、诺亚方舟和一年十二个月。读者面对的是一幅凹陷的画面,画里有十二个神秘莫测的圆圈,而读者要做的就是解读这些圆圈的含义。除了可以参

---

① 维吉尼亚·艾伦·简森(Virginia Allen Jensen):《抓住我》(Attrape-moi),海狸爸爸出版社 1983 年版。
② 奥利维耶·庞塞(Olivier Poncer):《玩羽毛的人》(Le Joueur de plume),法国蓝蓟出版社(Le Chardon bleu)1984 年版。
③ 苏菲·居尔蒂尔(Sophie Curtil):《阿里还是雷欧?》(Ali ou Léo?),梦想手指及三只熊出版社(Les Doigts qui rêvent – Les Trois Ourses)2001 年版。

考声音的暗示,读者还可以根据任何一个逼真的物品图像来进行口头描述。同样的过程在每一页都会重复,从而对读者构成了一道真正的难题。不过,作品的最后附赠了一个小口袋,里面装着前面毛毡纸上的痕迹所对应的物品。很明显,这部作品为读者提供了一次特殊的经历,其困难在于如何根据两条平行且又相互矛盾的线索来进行阅读:一条是为盲人准备的,带有标记并能形成触觉反差的线索;另一条则是为视力正常的读者所准备的,需要结合视觉元素的综合型线索。

视觉元素的不断扩展使玩具书变得越来越复杂,并造成了一种对世界的象征性统治。从某种程度上来说,伊夫·哥特的舞台图画书作品《迪杜去上学》可以让读者象征性地将学校掌控在自己手里,翻开这本书,读者将参观到学校里的每一个细微角落。幕布降下之后,出现在读者眼前的是一间教室,一张有四个座位的办公桌摆放在教室中间,旁边放着椅子和档案格。每一件物品上都有一个数字,翻开第一个数字,读者会看到一个圆形;翻开第二个数字,两个正方形;第三个数字,一些长方形;最后一个数字的下面是三个三角形。对数字的学习与对地点的探索由此被结合到了一起。打开箱子,我们会在一面墙上看到一幅迪杜的画像,画中的他正在绘画,但是,当我们拿起他的这幅作品仔细端详便会发现,原来这是一本微型"填画书",几张书页还可以翻动。拉动左边的一张卡纸,一个下着雨或者出太阳的天空就会出现在窗户里,而转动右侧上方的纸轮则可以更换画框里的画,并且,雪人、雨、雪、太阳等图像都会在这个虚构的屏幕上依次出现。在一个陈列架上还有另一本可以取下来的微型书:书名是《迪杜的一天》,读者可以在书里找到更多关于迪杜的信息。最后,在画面的最里面有一扇门,推开门,我们便来到了第二页,这一页展示的地点是操场,操场上有滑梯、秋千、一个可以爬上去的小木屋,甚至还有一棵大树,树上还有一些小鸟。第三个场景是一间有电脑、手偶戏舞台和一个木偶戏小剧场的房间,一个信封里装着一些可以玩的人物卡纸。整部作品就像是微型化和现实主义实现的一个小小奇迹。此外,该作品还采用了很多传统的玩具书技术,从而在不知不觉之间将儿童生活、玩耍,甚至是工作的空间都一一展现在读者面前。

所以,拿起一本书,也就意味着在自己的空间里学会自我导向。以此为主题的作品充满了乐趣,并且可以从两个方向来阅读。由伊丽莎白·布拉米撰文、菲利普·贝尔特朗绘图的"拉拉书"《小痛苦/小幸福——成为大哥哥或大姐姐》①就是一个很好的例证:好处还是坏处完全取决于我们如何翻开或翻转这部作品。要么,我们从第一个幸福开始翻看:"把手或者儿童放在妈妈圆圆的肚子上,然后跟肚子里的小宝宝说话。"这个方向的最后一页上写着:"有一天,你发现,尽管之前,你确定自己十分讨厌这个小宝宝,但是现在,你依然很爱很爱他。"或者,我们从不幸的一面开始阅读:"你不再是家里年纪最小的人了。"而在最后一页上,我们将读到:"你担心小宝宝出意外。"

安·琼纳斯②曾在其历史图画书《往返旅行》③中研究过可以双向阅读的作品的创作原则。《往返旅行》是一本黑白图画书,无论读者从开头或是从结尾开始阅读,其故事情节都没有太大区别:读者在其行程中途径了一系列楼房和风景,而这趟行程首先为读者提供了一次美的经历。与古斯塔夫·维贝克④的《颠倒》(*The Upside Downs*)相比,琼纳斯作品的表现手法更加严肃。1978 年,法国皮埃尔·奥莱出版社(Pierre Horay)将维贝克的这部作品翻译成法语并出版,其法语版书名为《上下》(Dessus-Dessous)。

---

① 《小痛苦/小幸福——成为大哥哥或大姐姐》(*Petits Bobos/Petits Bonheurs. Devenir frère ou soeur*),文:伊丽莎白·布拉米,图:菲利普·贝尔特朗(Philippe Bertrand),门槛少儿出版社 2000 年版。
② 译者注:安·琼纳斯(Ann Jonas, 1932–2013),美国著名儿童图书作家、插画家。
③ 安·琼纳斯(Ann Jonas):《往返旅行》(*Round Trip*),美国哈珀·柯林斯出版社(Hapers and Collins)1983 年版。该书法语版由法国乐趣学苑出版社于 1984 年翻译并出版。
④ 译者注:古斯塔夫·维贝克(Gustave Verbeek, 1867–1937),美国著名连环画作家、插画家,被誉为"世界第九艺术"(连环画)的创始人之一。

介于玩具与图书之间：材质与装饰

近二十多年以来，一种针对婴幼儿的、介于玩具和传统图画书之间的特殊产品取得了极大发展，其中就包括可动卡纸书或剪纸书（如柯琳娜·阿尔博的《手指》①）、软塑料书（如米歇尔·盖的《大家睡觉了!》②）以及布料书（如《我的第一个玩具》③）。这个工业革命的产物常常需要各国出版社之间的合作；此外，大批量生产所必需的昂贵的材料及人工成本迫使各大出版将图书的印刷工序转移到中国香港、中国台湾等地区，或者哥伦比亚等国家，而如今，中国大陆地区也成为了其中的主力。这一特殊产品的出现促进了世界儿童文化的统一化，与此同时，也使大众更加敏锐地意识到儿童的需求问题。维吉妮·盖兰的图画书作品之一《公主与青蛙》④是一本柔软的布料书，书中还有一些由软塑料制成的图画，一颗鲜红色星星发出的闪烁光芒和一条被两枚圆形胶布固定住的金色拉链牢牢地吸引住了儿童的目光。拉开金色拉链，翻开第一页，儿童"读者"就会看到一位公主，她穿着一条亮晶晶的裙子，卷起的裙角下露出了她的内衣（一条红色的三角短裤）。公主正在跟一只青蛙说话，这只青蛙坐在一面真正的镜子上，公主对青蛙说自己已经打扮好，要出去散步了。这面象征女人梳妆打扮的镜子不仅是该书用来吸引读者的一个新奇设计，它还可以让看书的小女孩儿从里面看到自己的样子。透过右边的一扇窗户，我们可以看到公主和青蛙正在一条小路上漫步：这是花园里的一条小路，小路两旁的鲜花就像是一只只蝴蝶，它们同天上代表太阳的金色圆盘一样闪闪发光。接下来，青蛙不见了，它躲到了一片深绿色的软塑料灌木丛后面，这时，天空中出现了一个像羊角面包一样的月亮，

---

① 柯琳娜·阿尔博（Corinne Albaut）：《手指》（*Les Doigts de la main*），法国军官少儿出版社（Centurion Jeunesse）1991年版。
② 米歇尔·盖：《大家睡觉了!》（*Dodo tout le monde!*），法国乐趣学苑出版社1993年版。
③ 《我的第一个玩具》（Mes premiers jouets），法国纳唐出版社1994年版。
④ 维吉妮·盖兰（Virginie Guérin）：《公主与青蛙》（*Princesse et Crapinou*），比利时卡斯特曼出版社2006年版。

它摸上去坑坑洼洼的有很多小颗粒。封底上,公主怀抱着青蛙躺在床上睡着了:黑黑的窗户外挂着鲜黄色的羊角面包一样的月亮。故事的最后有一句总结性的文字,成人可以为儿童念出声来:"这真是美好的一天。大家晚安了!"

这是一种最贴近儿童日常生活经验的渗透式表现手法。这一长期被各大图书馆排斥在外的图书类型,如今却被公众视为图书世俗化过程中的一种过渡性元素。然而,反对意见则认为,这只不过是一种"预备图书",是真正图书的序幕,而长篇故事和印刷文字才是一本真正图书的标志。尽管《公主与青蛙》一书中的文字篇幅十分短小,但是,在父母的辅助下,这些文字足以让儿童看懂整个故事的内容。另一部令人无法忘怀的作品是1980年布鲁诺·穆纳里创作的《预备图书》①,这是一部杰出的系列作品,目前,巴黎三只熊出版社已经对该系列作品进行了再版和发行。除此之外,三只熊出版社还再版了许多"布书"作品。《预备图书》系列中的一些作品只是在一块木板上贴了各种不同的材质,其他的几本作品则是用软塑料或毛毡制成的。然而,这些作品开启了一种以意义相反的代码为基础的简单阅读形式,例如,柔软与僵硬、光滑与粗糙等,这些代码可以给读者带来不同的感觉,并促使他们通过接触或观看去感受更加复杂的对比和反差。

虽然立体书并不总是能够摆脱三维的表现手法,但一些立体书却依然保留了其模仿物品的原型,并按照自己的规则和需求,用自己的风格将其表现出来。立体书的发展历程也是图书在艺术家所构建的合作领域中迈出的第一步,从某种意义上来说,立体书中的可移动设计并不是毫无根据的,而是一种极富逻辑的结构。正因如此,插画家娜佳(Najia)才在由葛黑瓜尔·索罗塔贺夫主编、法国乐趣学苑出版社发行的"露露与伙伴"(Loulou et

---

① 布鲁诺·穆纳里(Bruno Munari):《预备图书》(*I Prelibri*),达奈斯出版社(Danes)1980年版。

compagnie）系列中创作了一系列图画书作品，每一部作品都有自己的中心人物：例如，《杰克》(*Jack*)(1994)讲述的是一只被小女孩儿放在长椅上的毛绒玩具熊的故事，它离开了长椅并经历了一次真正的冒险，最后终于回到了家里，它还找到了之前被人拿走的抱着小熊宝宝的熊妈妈；《波比》(*Bobby*)(1994)的主人公是一只被猫头鹰带走又放掉的兔子。在儿童房间里所发生的故事的背后隐藏着一个游戏，页面设计突出了故事人物所拥有的各种玩具的特点，而剪切技术也保证了游戏的正常进行。因此，文字的作用只是对材料的形状进行辅助说明。

尽管如此，当脑力活动超越了以材料为基础的简单游戏，并以图像形式展示真实世界时，读者便产生了复杂的幻想。例如，在一些小开本的拉拉书中（如罗恩·范·德·米尔与阿蒂·范·德·米尔共同创作的《谁生活在水中？》①），拉动卡纸的动作可以让读者发现原来植物后面还隐藏着一只鸭子，与此同时，我们也可以通过这一动作了解书中用于控制图像动作的精确重叠设计。

各大出版社都出版了大量针对儿童及成人的混合性产品，这些产品赋予了图书多种不同的功能。例如，载体功能。1997年，法国纳唐出版社出版了施恩特·哈勃与罗拉·乔莱斯共同创作的作品《揉面团、烤面团》②，这是一本活页图画书，里面共有八个要揉的彩色面团。书中对每一个面团的用途都进行了详细的说明，并提供了一些成品模型以作参考：如螺旋形、条形、环形模型和五颜六色的珠子，这些图形可以让成人读者在阅读过程中产生强烈的模仿欲望。"小玩意"系列是纳唐出版社出版的另一种同类型产品，这一"成套"发行的系列作品让父母的想象力变得像小女孩儿一样顽皮。

---

① 罗恩·范·德·米尔（Ron Van Der Meer）、阿蒂·范·德·米尔（Atie Van Der Meer）：《谁生活在水中？》(*Qui vit dans l'eau?*)，阿尔滨·米歇尔少儿出版社1986年版。
② 施恩特·哈勃（Shent Haab）、罗拉·乔莱斯（Laura Jorres）：《揉面团、烤面团》(*La Pâte à modeler et à cuire*)，法国纳唐出版社1997年版。

此外,安娜·埃克斯·约翰逊与罗宾·斯托金共同创作的《简易发型》①也是一本活页图画书,该书配套了一些透明塑料盒,里面装有彩色发带和各种"小宝贝",按照书里的说明,读者可以编出三种类型的发辫:"简单辫"、"古典辫"和"花式辫"。精美的图片、清晰的说明以及奇特的造型(如"褶皱饰带异形辫"、"马卡龙辫"等)不仅可以激发儿童读者对美的追求,还能培养其语言表达能力和动手能力。

阅读准备:单脑优势与垂直参考系

游戏书以一种更具文学性的方式,在打开儿童的想象力的同时,还让儿童第一次领略到了什么是空间占据,这是发展阅读能力必不可少的步骤,理解了空间占据就可以支配故事人物的冒险行为。

因此,我们必须清楚地了解这一象征性结构的组成规则。在让·克拉维立的作品《我在这儿,我在那儿》中,故事人物突然出现的方式完全符合人类的姿势反射,其引导故事向右进行的动作则符合积极定位的水平移动反射——即心理学家在"垂直参考系"中标示出的第二条轴线。掌握该参考系的规律就能保证主体在世界空间里的运动。因此,我们可以确定,翻书的动作是掌握垂直参考系规律的前期准备,书页变成了投影的垂直平面,就像在角色扮演游戏中一样,儿童在学习表演的同时也对表演的方方面面进行了详细的探索。

最后一种立体书的类型极大地推进了阅读空间的积极构建,其中,阿尔滨·米歇尔少儿出版社出版的"打开图画"(Déplimage)系列就是很好的代表。该系列的每一本图画书都是边长 16 厘米的正方形,打开后的书本是一张巨大的硬卡纸,卡纸被折叠成九个整齐排列成三排的正方形,其中有两排正方形被剪开:第一排的三个正方形水平向右打开,第二排则全部向左,第

---

① 安娜·埃克斯·约翰逊(Anne Akers Johnson)、罗宾·斯托金(Robin Stoneking):《简易发型》(*Coiffures faciles*),法国纳唐出版社 1997 年版。

一排最后一个打开的正方形紧贴着第二排最先打开的正方形,按照同样的规律,最后一排的正方形也向右打开,而这排第一个打开的正方形则紧贴着上一排的最后一个向左打开的正方形。翻开正方形的过程完全符合一个有经验的读者在阅读时的眼睛运动方向,因此,这一过程有利于培养儿童正确的阅读习惯。这样的学习策略还可以通过提问的形式来进行补充,读者可以翻开下一页来寻找问题的答案。例如,在马丁·马杰(Martin Matje)的作品《吃人妖怪》(*L' Ogre*)(2000)中,第一个问题是"吃人妖怪饿的时候会说什么"。这个问题位于书本顶端第三页的背面,但通过折叠技术,当读者打开书本时,这一页就会一下出现在读者眼前。然而,想要知道这个问题的答案,就必须翻开第二张卡纸:"我闻到了新鲜的肉味。"同时,读者还看到了第二个问题:"吃人妖怪生活在哪里",而他只能到第三张卡纸的背面去寻找答案。这种看似复杂的结构通过其丰富而精巧的设计给读者带来了无比绝妙的体验。

这便是图画书和立体书给儿童上的第一堂重要的课:定位象征性空间。图书是对现实世界的复制,通过图书,我们才能更好地了解和探索世界。反过来,我们甚至还可以说,是图书创造了现实世界:书页的垂直结构构建了西方的世界观!通过其投射到世界的一行行文字,图书成为了理性思维的组织者。

阅读就是在这种具象化、这种进入象征化、这种生活的停顿和这种逐渐向抽象转变的过程中开始的。在此之后,儿童必须摆脱移动的世界并接受固定画面中的幻想。在这一艰难的过渡中,游戏书为我们提供了情感上的支持:如果阅读必须以身体静止为前提,那么,作为准备工作,我们有必要让儿童自己将从属于图像的世界凝固下来。因此,游戏书以一种更具吸引力的方式描绘了这样一个框架,以驯化儿童顽抗思想法则的执拗天性,与此同时,游戏书还是这一驯化过程的舞台。

（三）想象力的人类学结构：时间面前的运动、快乐与焦虑

三维世界的永久性是游戏书假装留给读者的第一印象。除此之外，游戏书还表现了快乐生活的观点及其对应的标准和规则。这种标准规定，图书就是一些被装订到一起的纸张，它们共同讲述了一个故事，并仅以两条坐标线来划定该故事的范围。通过强调其产生的根源，游戏书让读者逐渐形成了阅读此类书籍的习惯并建立起了相对性的意识；在合上书页的同时，游戏书便将书中所有的立体元素重新折叠到一起，并以此来模仿通往阅读封闭空间的简单过程。从表面上来看，这一过程取消了图书与现实之间的联系。因此，这场在想象时空里的危险经历必须通过一种极为特殊的色彩搭配表现出来。

图画书《皮埃尔与狼》①改编自谢尔盖·普罗科菲耶夫（Serge Prokofiev）的音乐故事，由芭芭拉·库尼绘图，该作品很好地回应了上述各种担忧。这部作品通过其新奇的外形和大胆的色彩极大地激发了读者的想象力：被剪成一圈又一圈的森林卡纸为读者提供了一个完美的庇护所。但读者也因此产生了一种迷失的感觉，并在这样一种眩晕的感受中，进入了混乱交错在一起的树丛里，而其中的任何一个角落都有可能是狼的藏身之处。故事的主人公皮埃尔正站在巨大的森林中心：画面表现了主人公的顽强，茂密的叶丛也突出了主人公的内心感受和安全感。接下来出现的是一间间俄式小木屋和屋顶的花纹剪纸：我们仿佛置身于一个小人国，一切都是那么精致，每一个微小的细节都体现着作者的深刻用意。嵌套的设计和躲藏的游戏给读者带来了无限的快乐。整个探险经历就像是一出戏剧，它在各种各样的背景中迈向尾声。与此同时，该图画书本身也可以为其他改编自俄罗斯童话的故事提供创作基础：这些适用于不同故事情节的小木屋不仅

---

① 芭芭拉·库尼（Barbara Cooney）：《皮埃尔与狼》（*Pierre et le Loup*），红与金出版社 1986 年首版，2009 年再版。

不会让想象力变得贫瘠,相反,儿童还可以根据木偶戏里的小城堡创作出属于自己的故事,并且通过这种方式,儿童也逐渐学会了如何掌握匆匆流逝的时光。嵌套和隐藏明确了夜景画的范围,吉尔贝·杜朗曾在其研究著作《想象力的人类学结构》中将其称为神秘范围——它具备了感官写实、复制和微型的特点,同时,它还为我们提供了一种逃避时光的方式。实际上,这正是玩具书以其最为独特的方式隐藏或表现的全部想象力。

雅克·杜克努瓦的《幽灵列车》或"过山车"

正如我们在前文中透过让·克拉维立作品中的故事人物所看到的一样,立体书,就像它一直以来的名称一样,创造出了最令人快乐的幻想。但与此同时,立体书还能够产生各种令人害怕的幻想,例如,柯林·马克诺顿的图画书作品《德古拉之墓》①。这本书的外观就像一具棺材,封面上,著名的吸血鬼伯爵德古拉正从他的坟墓里爬出来,精致的剪纸画上是一只只蝙蝠和缠绕在一起的虫子,另外,还有一双长着血红色指甲的手仿佛要抓住不小心打开棺材盖的人。世界经典立体书作品——简·佩科夫斯基创作的《鬼屋》②就曾清楚地表现了人们对于科幻题材的喜爱,此后,亚历克斯·亨利和安蒂耶夫·V.斯汀共同创作的《恐怖旅馆》③也体现了这一偏好,翻开这部作品,读者便会读到这样一句话:"欢迎光临,我们一直在等你。"同时,读者还会看到一个无头的男人和一只装着"可怕东西"的箱子,上面写着"打开它"——然后,读者会收到一封来自"刽子手酒馆"和"死人庄园"的请帖。怪兽、骷髅还有吸血鬼等着和读者共进晚餐,然而,这场"沃尔帕吉斯之夜"的晚宴却以一种极为滑稽和夸张的形式出现在读者面前。除此之外,我

---

① 柯林·马克诺顿(Colin McNaughton):《德古拉之墓》(*La Tombe de Dracula*),阿尔滨·米歇尔少儿出版社1998年版。
② 简·佩科夫斯基(Jan Pienkowski):《鬼屋》(*The Haunted House*),英国行者出版社(Walker Books)1979年版,法国纳唐出版社1982年出版该书法语版。
③ 亚历克斯·亨利(Alex Henry)、安蒂耶夫·V.斯汀(Antiev V. Stemm):《恐怖旅馆》(*Horreur hotel*),法国门槛出版社1997年版。

们还必须提到玛丽·雪莱的《科学怪人》、雪利登·拉·芬努(Sheridan Le Fanu)的《女吸血鬼卡蜜拉》(*Carmilla*)以及罗曼·波兰斯基(Roman Polanski)执导的影片《吸血鬼的舞会》(Le Bal des vampires)等科幻作品的始祖,其中,影片《吸血鬼的舞会》更是标志着不同媒介间的融合。

最新的两部作品传承了上述经典作品的脉络,并开创了一种以时间循环为基础的恐怖文学类型,莫里斯·桑达克正是受到了这两部作品的影响而创作出了立体图画书《妈妈呢?》。这两部作品的其中之一是 2001 年由萨迪·菲尔兹出版社(Sadie Fields Productions)出版的约翰·奥利莱(John O'Leary)创作的立体书《恐怖列车》(*Spooky Ride*),2002 年,法国阿歇特出版社对该书进行了改编并出版法语版(法语版书名为"Le Train de la terreur")。一打开封面上的折页,我们就可以看到一群登上狂欢节列车的动物,而封面上画着一张可怕怪兽的大嘴。根据右边一块竖起的告示牌上的指示,读者将进入"一条极为恐怖的隧道",扭动的文字也在暗示读者,他们一定会碰到"更多令人胆战心惊的事情"!唯一的一条铁路线是整篇故事的线索,它引领着火车车厢从一页开往下一页,同时,文字也通过大量拟声词(如"呀—呀—呀!啊—啊—啊!")表现了乘客们的反应。而乘客们首先会冲下一个山坡,进到一片黑暗当中("哎呀呀!这里简直一片漆黑……快停车!"),接下来,乘客们感受到的恐惧越来越强烈("没有刹车,蠢猪!")。不过,这种恐惧被善意的幽默化解了("真烦人,但是,这就是此行的目的!")。列车顺利地依次通过了贪婪的女巫、木乃伊、德古拉伯爵和三个白色幽灵的家。每一次考验都经历了同样的过程,从预感即将发生事故或灾难的紧张之情,到危险解除后的放松感叹("哦不!";"咱们睡吧!")。行程的最后,动物们碰到了一只巨型蜘蛛——它藏身在一扇玻璃窗上的黑色护窗板下面,它对动物们大声说道:"小家伙们,你们是来看大怪物的吗?"这时,一只超级大蜘蛛给动物们指明了出口的方向并祈求它们"快点回来"。作品的封底上,动物们的反应各不相同:其中一个动物表示,"根本一点儿不害怕";另一个动物说,"是啊,只是有点儿吓唬人";第三个动物则激动地提议"咱们再来一次吧！再来一次吧！"。

雅克·杜克努瓦的最新图画书作品《幽灵列车》①同样遵循了循环的创作原则，其图画风格与上述约翰·奥利莱的作品十分相似，而且这种相似性极为明显，例如，杜克努瓦的大部分图画书作品都围绕着一群既可怕又好笑的白色幽灵展开，而在奥利莱的《恐怖列车》中，我们也可以找到同样的幽灵。我们曾在上文中提到过杜克努瓦的《小幽灵巴戈趣味图画书：海盗的宝藏》，该故事讲述了一场宝藏争夺战，一位打不开门的小幽灵巴戈被家里一幅油画上的"海盗幽灵"给叫住了。海盗幽灵的画像突然间活了过来，他递给巴戈一根绳子，并让巴戈沿着画框走进画里，而画框则变成了一扇通向大海的门。读者会惊讶地发现，书里真的有一根黄色棉绳，它的另一端拴着一艘正要驶向大海的轮船。于是，这条棉绳为我们打开了三维空间的大门。在整部作品中，这条黄色棉绳也时不时地出现在图画上方并且总是连着某个物品：例如，当船快要沉入水中时，绳子的另一端拴着一个船锚；当巴戈把自己倒挂在洞顶要进去探险时，无论是进洞还是出洞时，他的手里都紧紧地拽着这条绳子；再比如，当巴戈发现宝藏时，绳子的一端系着一把可以打开宝藏箱子的钥匙。

最后，这根绳子巧妙地垂落在卫生间的上方并替代了开门绳，上面写着巴戈的感谢："打开了！"这是一条神奇的绳子，它强大的吸引力来自于其看似真实的物质性及其在遭遇逆流时所营造的令人意外的惊喜！与奥利莱的《恐怖列车》相比，在图画书《幽灵列车》中，小幽灵们所登上的车厢的机械结构设计相对比较简单，然而，这本作品却暗暗地向其英美前辈（指《恐怖列车》一书）提出了挑战。在奥利莱的作品中，从斜坡上滚落下来所造成的恐惧感开启了贯穿整部作品的"悬念"，但是，这种恐惧感却有所延迟。例如，紧闭的大门下面就是铁轨，这时，门前响起了一阵吵嚷声："开门！"然而，就

---

① 雅克·杜克努瓦：《幽灵列车》(*Le Train fantôme*)，阿尔滨·米歇尔少儿出版社2010年版。

在读者要打开大门时却接到了另一个相反的命令:"不!关上门!"说话的原来是一只埋伏在旁边的张着大嘴的怪兽。"太迟了!"书中隐含的故事叙述者在下一页总结道:"幽灵列车成了鳄鱼的美餐。"我们由此可以看出文字叙述与图画表现之间的复杂关系。接下来的探险旅途还有穿越"死亡楼梯"——即从"蜗牛壳"和"大峡谷"滚落下来(尽管读者可以拉动一根塑料绳来尝试保持列车的平衡,但实际上,该动作并不会对火车的运行产生任何影响),在此之后,小幽灵们还坐了一次"过山车"。对此,纸艺师设计了大量的特效:在两张双页上有一张代表列车的风琴式折叠卡纸,三个并排在一起、体积递增的纸卷构成了列车的铁轨。在最后一个体积最大的纸卷上,停下的列车突然翻倒并悬挂在空中,每一节车厢都悬挂在绳索的一端,所有的乘客都头朝下。这是图画书创作领域里的一种独一无二的勇敢精神:在重新出发和"重新开始"之前,读者必须"在过山车上转来转去"。用罗杰·凯鲁瓦的话来说,尽管我们屈从于颤栗、有关吞噬和撕裂的梦魇、失去和坍塌,但是,我们可以重新开始,在一场眩晕的游戏中重新经历时间的考验。与此同时,这还是一场互文性的游戏,因为,我们可以发现,小幽灵巴戈系列图画书与纸艺大师尼克·丹奇菲尔德创作的立体书之间有很多的相似点,而丹奇菲尔德的很多作品也曾被翻译成法语出版,例如《闹鬼的城堡》①和《我的海盗船》②。

吉尔贝·杜朗的幽默结构法

就像吉尔贝·杜朗所说的一样,有些图像把我们放到了"时间的面孔"的对面:"兽形象征"让人们联想到危险,而野兽也是危险的代名词,特别是当大量的野兽簇集到一起时,它们的爪子和獠牙总会让人产生被撕裂和吞噬的恐惧感。对于人类来说,如果说动物完美演绎了鲜活的生

---

① 尼克·丹奇菲尔德(Nick Denchfield):《闹鬼的城堡》(*Le Château hanté*),顾郎德出版社 2005 年版。
② 尼克·丹奇菲尔德:《我的海盗船》(*Mon bateau pirate*),顾郎德出版社 2006 年版。

命力,那么我们就不会惊讶于图画书中成群结队出现的各种动物。因此,在《德古拉之墓》中,大量缠绕在一起的不断扭动的虫子暗示了一种强烈、不受掌控和令人不安的生命力。同样,由于夜晚发生的可怕事情可能会减短生命的长度,于是,整个"刺激性的符号体系"便在怪兽们张开的大嘴中体现了出来。当黑暗降临,夜间的捕食者便可以专注于生命和死亡的游戏之中:猫头鹰、蝙蝠及其他可怕的怪兽纠缠折磨着各种生灵,并悄悄地吞噬着无辜的生命。这些"黑夜恐怖象征"(symboles nyctomorphes)以及表现坠落的"浅层象征"(symboles catamorphes)都是人类最根本的恐惧的体现。这才是第一时间抓住读者恐惧心理的幻想。然而,让恐怖"出现"的动作同样可以让恐怖"消失",同时,操控恐怖的人便成为了形势的主宰者。正因如此,令人沮丧的图画才可以通过重新建立被中断的交流而得到修复(或颠覆)。

以此为基础,让·克拉维立还创作了另一本图画书《我要我的妈妈》①。画面中一只猪妈妈正在舔一个惊讶得目瞪口呆的婴儿,旁边写着文字"你不是我的妈妈"。翻开画着婴儿脸的卡纸,我们看到一头小猪,它开心地喊道:"咕噜!咕噜!你就是我的妈妈!"按照同样的方式,我们还将依次看到长尾猴妈妈和袋鼠妈妈,不过,在袋鼠妈妈那一页,婴儿被放在了袋鼠妈妈肚子上的口袋里,最后出场的是熊妈妈,画面上的她正在舔蜂蜜。故事的最后,婴儿的妈妈出现了,她伸出双臂向婴儿跑去,打开卡纸后,呈现在我们眼前的是妈妈和婴儿拥抱在一起的画面。整部作品通过一种喜剧的手法表现了母亲与婴儿之间既神秘又相互交融且亲密无间的情感……

实际上,为了修复"时间的伤痕",任何人都可能运用幻想的三个范畴:姿态主导幻想(即"精神分裂型"幻想或英雄主义幻想,例如,用来保护主人公的剑)、神秘融合幻想(如母亲的拥抱及其替代品)以及综合型幻想(这种

---

① 让·克拉维立:《我要我的妈妈》(*Je veux ma maman*),阿尔滨·米歇尔少儿出版社1986年版。

幻想充满了节奏感和关联性,如四季的循环,车轮、蜗牛等象征性物品的旋转)。然而,以此为基础建立起的索引将十分枯燥乏味。因此,我们倾向于建议读者参考吉尔贝·杜朗在其书中所建立的表格①:对于这份评论表格的阅读可以构成一种游戏方式,并成为玩具书的阅读指南。尽管如此,依然有一本玩具书给我们留下了极为深刻的印象,通常来说,节日具有特殊的时间性,其中既有欢乐的庆祝,又有对邪恶的驱除,而我们所谈论的这部玩具书作品则大大增加了节日中的惊喜成分,因为,该作品的主题是——生日。这部将幻想发挥到极致的优秀玩具书作品是皮特·鲍曼创作的图画书《生日快乐,小熊》②。我们可以在其中发现一个接一个充满吸引力的惊喜(如风筝的线轴),以及故事结尾处的一个必须由读者亲自打开的"惊喜信封"。不过,这场表演最精彩的环节是书中还发明了一个"音乐盒",它让我们不禁想起了儿歌里的小白鼬。③ 于是,图画中的小熊在音乐盒里放了一张唱片,旁边写着歌词:"传啊传,漂亮的盒子,从你的手传到我的手。当音乐停下来,谁拿着它谁就是赢家。"而在下一页,当我们拉动可动卡纸时,我们真的会看到一个用绳子绑着的盒子在三个故事人物之间传来传去!简直就像是变魔术一样,这场比拼敏捷度的竞赛表现了一种胜利者的幻想:故事的"阅读者"会在下一页收到并假装拿起一块好大的蛋糕,而卡纸蛋糕上点燃的蜡烛的根数则告诉我们,原来,小熊今天五岁啦……

(四) 历史回顾:转变的小舞台

玩具书提供了一种特殊的转变场所,正因如此,玩具书与童话魔法之间有着极为紧密的联系。剪纸艺术的爱好者们可能会十分喜爱伊丽莎白创作的"立体舞台书"——《小女巫彭达琳奈特》,这部作品上演了一个真正的童

---

① 见吉尔贝·杜朗:《想象力的人类学结构》,前揭。
② 皮特·鲍曼(Pete Bowman):《生日快乐,小熊》(*Bon anniversaire, petit ours*),红与金出版社1997年版。
③ 译者注:此处指法国童谣《小白鼬跑了》(IL court, il court, le furet)。

话故事,以及"一个布偶剧场"里的真正魔术表演。故事的主题是要帮助一位被变成骷髅的王子恢复原来的样貌。最初,读者可能会操作失误,然而,通过一个拼贴和双层分节的结构,一只鸡蛋会突然出现在读者面前,带给读者巨大的惊喜。而当紧紧追赶小女孩儿的大灰狼变成一只小老鼠时,他的惊喜就变成了快乐!故事的结局也完全符合木偶戏的一贯形式,王子和彭达琳奈特骑着从女巫那里偷来的一把神奇扫帚飞向了高高的天空……

另外一部有趣的作品是"木偶小剧院"系列立体书①,该系列包含了多套图书,每一套都讲述一个不同的童话故事,如《金发姑娘与三只熊》、《糖果屋》、《小红帽》等。打开书中的剪纸装饰,一侧的上方便会出现文字,另一侧则是不含文字的图画,只需要借助可随意移动和粘贴的毛毡木偶,读者就可以根据图画讲述一个完整的故事。此外,影子戏剧也是立体舞台书的灵感来源之一。例如,2009 年,伽俐玛少儿骤雨出版社(Gallimard Jeunesse Giboulées)出版了"礼盒版"的"影子小剧院"(Le petit théâtre d'ombres)系列立体书:每一个"礼盒"装有五个装饰物、十张印有人物图像的透明纸、一本讲述故事的图画书以及一本安装手册,其中包括多个经典故事,如《阿里巴巴与四十大盗》、《小红帽》、《睡美人》、《穿靴子的猫》。

不过,值得我们注意的是,这种将游戏书和戏剧相结合的方式并非最近才出现:早在十八世纪上半叶,德国雕刻师马丁·恩格尔布莱希特(Martin Engelbrecht,1684－1756)就曾发明了透景画或纸戏剧,如《十月啤酒节》(*Oktoberfest*,1730);十九世纪中期,以纸艺创新著称的英国 Dean and Son 公司成为了西洋镜的先祖。十八世纪时,对"意大利即兴喜剧"的影射出现在了当时的滑稽作品当中(图书被横向剪切成一条一条的形状,给读者造成一种幻觉,觉得自己可以给小丑等故事人物穿上各式各样的服装),其中,以英国罗伯特·塞耶尔出版社(Robert Sayer)于 1765 年出版的一批作品尤为

---

① "木偶小剧院"系列立体书(Petit théâtre de marionnettes),设计:苏菲·彭斯-伊万诺夫(Sophie Pons-Ivanoff),配图:埃曼努埃尔·拉雄(Emmanuelle Lattion),木偶设计:夏洛特·罗德尔(Charlotte Roedere),纳唐出版社 1997 年版。

突出。① 在此之后,立体书与戏剧结合的传统取得了令人瞩目的革新。例如,娜塔丽·莱特创作的《光光溜溜,严严实实》②就是近年来出版的一部大胆而独特的滑稽剧作品:读者要做的不光是给故事人物穿衣服,更多的是要帮两个主人公——一男一女——脱去衣服,并露出他们赤裸的身体,于是,我们将看到更加令人惊奇的画面——年轻的女士长着一条奇怪的美人鱼尾巴,而男士则长着一颗魔鬼的头。另一部极富创意的作品是克里斯朵夫·米拉莱的《我最喜爱的怪物们》③。这本书呈正方形,其中包含六张亮蓝色的可拉动卡纸,书的上方被剪开,里面可以露出怪物的头,这些怪物的头本身是独立的,它们同样也是用卡纸剪成的,并由一个圆环连接在一起。书本打开后分成两个部分,并且,在翻开书的一瞬间,读者就能看到藏在书里的故事人物。于是,我们竟可以将五个怪物的上半身、下半身以及头随心所欲地组合在一起,这五个怪物分别是幽灵、吸血鬼、女巫、吃人怪和狼。米拉莱略带讽刺的画风使组合之后的各种怪物变得更加狰狞可怕。

另外,马戏团也一直是立体书的传统主题及表现形式之一。例如,1887年至1888年,罗塔·梅根多弗出版了其作品《国际大型马戏团》(Le Grand Cirque international),该作品包含了近450个故事人物。1996年,阿尔滨·米歇尔少儿出版社对该书进行了再版。1890年,梅根多弗又创作并出版了《公园漫步》(*La Promenade au parc*),1980年,该书由纳唐出版社再版。在《公园漫步》一书中,当我们翻动书页,便会看到展开在眼前的一系列镂空的风景画,它们被巧妙地叠合在一起并形成了一种强烈的视觉反差,使读者感觉仿佛真的进入了一个莫测高深的公园一样。我们首先看到的是一对开着敞篷汽车的夫妇,然后是围成一圈的小女孩儿,接下来是两位交谈中

---

① 参见博杜安·范·斯汀伯格主编《立体书或魔法书》,前揭,第11页。
② 娜塔丽·莱特(Nathalie Lété):《光光溜溜,严严实实》(*Tout nu, tout vêtu*),蒂埃里·玛尼耶出版社1999年版。
③ 克里斯朵夫·米拉莱(Christophe Mirallès):《我最喜爱的怪物们》(*Mes monstres préférés*),纳唐出版社1998年版。

的女士。两位女士的背后有一张桌子,一位农妇正坐在桌子旁卖小玩具,一个小男孩儿目不转睛地盯着花花绿绿的玩具。远处,在一群骑士和女士的阳伞之间,出现了一只母鹿和它年幼的孩子:它们和旁边一群戴着手套、规规矩矩走路的寄宿生一样茫然和不知所措。而故事的"最后",一个男人正在施舍一位拉手摇风琴的街头艺人——这也是本书的最后一个动作。梅根多弗的另一部伟大作品是他于1891年创作的著名的《水牛比尔》(*Buffalo Bill, le grand show*),1997年,阿尔滨·米歇尔少儿出版社对该书进行了再版。该书通过几幅展开的画面讲述了一位美国西部牛仔的历险故事(如猎杀野牛、捕捉野马、袭击印第安人等),读者可以根据这些画面进行丰富的联想。

这些逼真的机械结构让我们联想到曾经使用过的幻想机器。巴洛克时期,凡尔赛宫的歌剧大师吕利①通过一种负重平衡的体系,在其编导的舞台剧,例如《鹈》(*Phaéton*)中,实现了让神灵升至舞台高空的效果。众所周知,丰特奈尔正是从吕利的这部舞台剧中汲取了灵感,创作了著名的《关于世界多元化的对话》(*Entretiens sur la pluralité des mondes*),丰特奈尔在这部著作中清楚地展示了人们无视物理定律所犯下的错误,并用魔法对自然现象进行了解析。

巴洛克美学的延伸

从这一角度来看,人们渴望获取信息以及越来越简单的技术方案,但是,简单的技术方案并不意味着要放弃最表象的美学效果。1989年博洛尼亚国际童书展最佳童书奖得奖作品——伽俐玛出版社出版的"我的第一次发现"系列就只是在书中加入简单的透明纸,而翻动这些透明纸,读者就可以将想象中的熊熊燃烧的火焰加入图画之中,还可以随意把玩彩虹的美丽

---

① 译者注:让-巴普蒂斯特·吕利(Jean-Baptiste Lully,1632-1687),出生于意大利的法国巴洛克作曲家,他开创了法国歌剧,主导了当时的法国音乐生活,并对当时的欧洲音乐产生了巨大影响。

光芒。除此之外，苏菲·尼夫克（Sophie Kniffke）创作的图画书《时间》（*Le Temps*，1990）中也运用了同样的技术，勒内·梅特莱尔（René Mettler）在其作品《鸟》（*L'Oiseau*）中也加入了孔雀等表现典型巴洛克浮夸风格的动物图像。

按照同样的思维，托米·德·宝拉创作了图画书《第一个圣诞节》，不过，与之前讨论的几部作品相比，这本图画书的设计则复杂得多。这部书通过讲述耶稣的诞生，总结了精神提升的整个过程——这也是巴洛克时期一直探索的技艺，而如今，就像我们在《巴洛克艺术，儿童期艺术》一书中看到的一样，这种技艺被再次运用到儿童艺术领域，并成为了当代文化研究的重要特征。正因如此，这种运动美学才被赋予了将儿童的敏感度引向科学的重要职责，例如，玛利亚·M.穆德与W.史密斯-格里斯沃德共同创作了图画书《蝴蝶》①，在一幅公元四世纪的马赛克画里，少女化身普塞斯（Psyché）并长出了一双蝴蝶的翅膀。

巴黎蓬皮杜文化中心的儿童工作坊教育中心（L'Atelier des enfants）与国家现代艺术博物馆（Musée national d'Art moderne）共同出版的"游戏中的艺术"（L'art en jeu）系列丛书表现了一种更加高雅的美学追求。其中，《德罗涅三角剖分》（*Delaunay*）和《埃菲尔铁塔》（*La Tour Eiffel*）等作品将大师的画作进行了巧妙剪切和组装，从而突出了屋顶线条的力量感，并赋予了原画作全新的视觉感受。此外，法国国家地理学会（National Geographic Society）出版了一套针对更大年龄读者的科普玩具书——《捉迷藏》，这套作品介绍了一些动物和它们所属的自然环境，其用色极为精致、讲究，每一幅插图都是一幅真正的大师作品。安野光雅创作的《地球是一个日晷》②则向读者介绍了如何绘制地图、计算经线，以及沙尔特大教堂日晷背后的文化

---

① 玛利亚·M.穆德（Maria M. Mudd）、W.史密斯-格里斯沃德（W. Smith – Griswold）：《蝴蝶》（*Les Papillons*），阿尔滨·米歇尔少儿出版社1991年版。
② 安野光雅（Mitsumasa Anno）：《地球是一个日晷》（*La terre est un cadran solaire*），法国乐趣学苑出版社1989年版。

历史。按照同样的思维，大量可以切割的 3D 模型书，如托米斯出版社（Éditions Tomis）、法国国家历史文物管理处（Caisse nationale des monuments historiques）等机构出版的作品，则邀请年纪更大的读者建造历史古迹的模型。最后，调色板出版社（Éditions Palette）最新出版的图画书《玛格丽特，玩具书》（*Magritte, le livre animé*, 2009）则将一位画家的 10 幅作品改编成了 13 部动画片，读者可以通过手工操作重新组合出其中的一幅绘画作品。

另一方面，1998 年 9 月，伽俐玛出版社与扎纳尔迪印刷公司（Zanardi）共同推出了"八分之一"（Octavius）系列丛书，该系列丛书对冒险和成功进行了全新的定义。全套丛书被分为谜语类（"测试"系列）、文献资料类（"为什么及怎么样"系列）、故事或传奇类（"传记"系列）。每一部作品按照同样的规律，将一张纸折四折，展开之后，读者就可以找到答案并开阔眼界。这套丛书还附带一本小型图画书《伽俐玛少儿出版社的四重惊喜》（*Les 4 surprises de Gallimard Jeunesse*），该书介绍了"八分之一"系列丛书独特的装帧设计，并宣称，只需一个简单的举动"就可以把一本书一分为四"。此外，该系列丛书的名称"八分之一"让我们想到数字"八"（octo），也就意味着这是"一组可以无限倍增的八页模型"："这样一种独创性的设计形成了一个新的读者群体，他们希望读到操作简单、装订牢固、拥有各种类型以及适合各个年龄段的图书。"

因此，在亚历克斯·桑德尔创作的《动物谜语》（见"测试"系列）中，第一页就给读者出了一道选择题："谁是动物之王？猪、狮子还是鹰？"右边的第二页上印着这三种动物的图像，读者必须从三种动物中选出一个来回答。如果读者只是翻过这一页，那么马上就会遇到另一个谜语；相反，如果我们将最初的两页全部抬起来，就会看到一大张由四页书页组成的折页，折页上有一头巨大的狮子和一只跪倒在它面前的老鼠。书中壮观的图画可以激发读者丰富的联想，例如，一头巨大鲸鱼的图像揭开了该书第二个谜语的谜底。除此之外，这还是一部不乏幽默的作品，例如，书中的最后一个问题是：

"谁把婴儿放在自己的口袋里？兔子、袋鼠还是羊？"而画面中,同时藏在妈妈口袋里的是一个人类婴儿和一只小袋鼠,这不禁让人联想到了双胞胎……

上述图书都很好地遵循了"喜剧幻想"的运行模式——这也是完美戏剧性的重心所在。关于巴洛克,吉尔·德勒兹还曾提到过"弹簧机械论",因为卡纸形状本身就像是"被魔鬼侵占了身体"的儿童一样,它们会突然出现,并重新演示克劳德·罗伊在《这是一束鲜花》中所运用的方法。正因如此,玩具书才要尽量实现其在读者想象中的功能。

（五）满与空之间的神秘与现实：超现实主义的泛滥或抽象艺术的减少

现在,让我们来讨论两部不同体系的作品：一部是本杰明·拉孔布的《从前……》①,另一部则是日本设计师驹形克己为法国格勒诺布尔市的儿童专门创作的《星星睡觉的地方》②,或者是驹形克己的另一部作品《一朵云》③——2010 年,法国三只熊出版社发行了这本"视觉催眠诗集"。拉孔布的《从前……》是一部超现实主义的立体书,该书运用了大量卡纸立体结构和各种柔软材料,其中最令人印象深刻的是"蝴蝶夫人"背后的那双展开的巨大蝴蝶翅膀。"蝴蝶夫人"是拉孔布另一部图画书作品《蝴蝶爱人》④中的人物,而《蝴蝶爱人》是从一篇著名的亚洲故事中汲取的灵感。在《从前……》一书中,作者想要寻求的是一种色彩带来的眩晕感,并以此来突出故事的神秘性,此外,作者还摹仿了多部童话及儿童小说里的人物形象（如安徒生童话里的拇指姑娘、匹诺曹、彼得·潘）,并将他们串联在一起,从而构成了故事的基础。与此同时,故事还深入讨论了邪恶的黑暗世界、造成童

---

① 本杰明·拉孔布：《从前……》,见前揭。
② 驹形克己（Matsumi Komagata）：《星星睡觉的地方》（*L'endroit où dorment les étoiles*）,法国三只熊出版社 2004 年版。
③ 驹形克己：《一朵云》（*A Cloud*）,薪传出版社（One Stoke）2007 年版。
④ 本杰明·拉孔布：《蝴蝶爱人》（*Les Amants papillons*）,门槛少儿出版社 2008 年版。

年悲剧(以及女性悲剧,童年受害者的最典型经历)的秘密,以及关于拇指姑娘、蓝胡子和睡美人的幻想,并(借由匹诺曹、彼得·潘两个故事人物)分析了儿童在活力和生命力中的反应。

与此相反,日本作家驹形克己的图画书则表现了一种极为朴素的剪切画之间的连续性,这种极简的艺术风格旨在找回或保留页面中的空白部分:其中,最为典型的代表当属《一朵云》一书,该书借助一系列的镂空剪切画,让读者仅根据纸张颗粒感的变化或染色的细微差别就能辨别是否有云朵出现。按照同样的思维,里弗斯以白色为主题创作了《如果我是一头北极熊》[1]:在一堆脚印和树立在南极、划有红色条纹的终点标记之间,读者开始了一场雪地中的探险,同时,还能在其中发现像镜子般反光的蓝色塑料与洁白区域的精致组合。十分明显,这两种不同类型的图画书形成了鲜明的对比,一边是对"充满"的担忧,认为彩色形状的大量堆积会掩盖真实的谜底;而另一边则是对事物秘密的探索,是一种对绝对洁净和"真空"的渴求,作品《星星睡觉的地方》则指出,这种渴求来自于天空。

在拉孔布的图画书作品中,奇怪的图画接连不断地出现,大面积的图画传承了超现实主义的血脉,对于这一点,拉孔布本人非常清楚。这本书将经典儿童文学作品中的人物聚集到一起,带领他们漫游了一次仙境。从封面开始,这些经典故事人物就像失重一般围绕在爱丽丝的身旁,而爱丽丝仿佛是从蒂姆·伯顿拍摄的电影《爱丽丝漫游仙境》中走出来的一样,被柴郡猫用一根长长的蓝色羽毛包裹起来。何塞·彭斯(José Pons)为该书精心设计了可移动卡纸的立体结构和剪切方式,这些规模宏大的立体纸艺结构正是故事连贯性和神秘性的体现。作品借用一种华丽的视角,将秘密隐藏在反复打开和合拢的动作中。在生活里,故事是一种讲话的方式,而在图画书中,故事则是一道以读者为焦点的目光。

---

[1] 里弗斯(Rives):《如果我是一头北极熊》(*Si j'étais un ours polaire*),法国门槛出版社2001年版。同年,美国互视图书公司(Intervisual Books, Inc.)出版了该书英文版 *If I Were a Polar Bear*。

在成人眼中，拇指姑娘的目光十分坚定，如果用普鲁斯特的话来说，她是一位被囚禁在鲜红色的美丽花朵花冠里的"囚犯"。塞西尔·鲁米吉埃（Cécile Roumiguière）从拉孔布的这幅充满痛苦的画中汲取了灵感，创作了《安静的孩子》(*L'Enfant silence*, 2008)，它讲述了一个挨打的小女孩的故事。奇怪的是，拇指姑娘的这双眼睛还让我们想到了图画书《小女巫》(*La Petite Sorcière*)里主人公小女巫的眼睛。这本2008年由法国门槛出版社出版的图画书以塞巴斯蒂安·佩雷（Sébastien Perez）的一篇短篇故事为基础，同年，它还被同一出版社收录在一套以魔法女性为题材的系列作品之中——"一位女巫的家谱"（Généalogie d'une sorcière）。相比之下，蝴蝶夫人倾斜的目光则显得更加阴沉：这位"美丽的蝴蝶女士"不仅让我们联想到普契尼①的同名歌剧的中心人物，还有图画书《蝴蝶爱人》中的奈绪子（Naoko）。《蝴蝶爱人》是一部具有日本特色的大开本图画书作品，这本结合了水粉画和油画的图画书讲述的是一个悲剧故事，一位公主为了躲避父亲的权威，选择用结束自己生命的方式来寻求解脱。这位公主被邀请去参加一场迷人的聚会，参加聚会的人必须身着典雅的服装。于是，公主把自己打扮得像仙女一样，当读者翻开书页的时候，公主便张开她蓝色的翅膀。公主将一位军官的肖像画在自己的和服上，这是否意味着，她也像歌剧里的女主角一样想到了死亡？但是，她大大张开的翅膀却让人联想到了飞翔，联想到了彼得·潘最后带领孩子们在空中一起自由飞翔的情景。实际上，公主的眼神中闪烁着一种令人担忧的奇怪光芒，这种眼神掩盖又包含了她所承受的作为女性的永恒悲剧。然而，这样一幅没有任何语言的画面却让我们仿佛看到了一条来自男性的、帮助公主走出困境的道路。拉孔布作品封面上的爱丽丝也拥有和蝴蝶公主同样复杂的眼神，她仿佛是在看柴郡猫，又仿佛是在看白兔先生，而白兔先生的两只粉红色眼睛里倒映着由一盏威尼斯

---

① 译者注：贾科莫·普契尼（Giacomo Puccini, 1858-1924），意大利著名作曲家，代表作有《波西米亚人》、《托斯卡》及《蝴蝶夫人》等歌剧。

灯笼发出的微微光芒。就像玛尔蒂娜·德莱姆(Martine Delerm)在作品《我叫爱丽丝》中所设想的一样,路易斯·卡罗尔笔下的爱丽丝在拉孔布的作品里变成了一位囚犯。简直太神奇了!这一反常的情节恰恰说明,拉孔布的这部立体书是一部既针对青少年又针对成人的"跨界文学"作品,它并不是一本专门针对婴幼儿的故事选集。因为,婴幼儿无论如何都不具备在这样一个充满语录的梦幻世界里探险的能力。

这是一部被印上了美国表现主义标志的作品,在这样的背景之下,拥有可怕外观的北风菌只好小心翼翼地结伴而行,并用它们的眼泪来强调自己的重要性,它们仿佛只能期待其他同伴和周围环境来结束自己的痛苦和受监禁的命运。然而,匹诺曹的能量却来自于故事开头那句冲破嘈杂的声音:"瞧!一个活生生的木偶!"卡纸的材质十分适合用来表现这个用木头做的故事人物,从而上演一出"世界上最令人难以置信的节目"。这种粗鲁的语言摆脱了图书传统的语言规则,但是却带来了和"即兴喜剧"一样的惊喜和欢笑。因此,在该书的最后一页,彼得·潘和他的伙伴们也采用了同样的方式来和大家打招呼,他们在月亮苍白的光芒和直愣愣的目光中飞向了天空。他们也许会重游肯辛顿公园,而大本钟就正好被设置在肯辛顿公园的对面。然而,自娜塔莉·普兰斯的研究发表以来①,每一位读者都十分清楚,尽管,这趟去往永无岛的飞行会让人们产生一种对彼得·潘悲剧命运以及神奇能力的渴望,但是,这并不是一个无忧无虑的童年所必然经历的过程……

拉孔布的这部作品让我们看到了立体图画书的纸艺师是如何赋予作品鲜活的生命力的,如何通过作者的激情将故事的一个个片段汇集到一起,并让读者根据这些片段创造出另一个全新的故事。立体书是一种对无意识的呼唤,它促进并唤醒了读者的幻想能力。

---

① 参见娜塔莉·普兰斯的文章《彼得·潘,一个"反向"的故事》(Peter Pan, un conteà rebours),载莫尼克·夏萨诺尔(Monique Chassagnol)、娜塔莉·普兰斯、伊莎贝拉·卡尼:《彼得·潘,神奇人物》(*Peter Pan, figure mythique*),法国欧特蒙出版社(Editions Autrement)2010年版。

书中有关颜色的游戏常常体现在互补色形成的反差以及冷热色彩的对比之中：拇指姑娘所在的那朵盛开的红色鲜花出现在了蝴蝶夫人的嘴唇上、和服的花边上以及背后的背包上——她的翅膀正要从这个背包里钻出来。被抑制的热情的红色、绚丽的蝴蝶在空中飞舞的沉静蓝色，还有围绕在蝴蝶夫人身旁的罕见蓝色闪蝶一起拉开了故事最后孩子们飞翔的序幕。至于柴郡猫，它的身材变得十分肥胖，看上去就像是在嘲笑一切。拉孔布的整部作品就像是一个文学全球化的小舞台，书的封面上，位于其他故事人物旁边的柴郡猫被"嵌套"在了其他的故事里面。它的模样结合了丑陋的小丑和狼，它毛茸茸的嘴从书页之间冒出来，就好像是一匹真正的狼一样。

除此之外，我们还会注意到这部作品的精致细节：其精美且现代化的排版设计完全摆脱了美国巴纳姆马戏团宣传海报的传统风格。费尼尔斯·泰勒·巴纳姆①及其合作者们曾经断言自己的表演是"世界上最棒的演出"！事实上，这本图画书就是一场大型的演出，但是，只有在与拉孔布过去作品的比较中，才能凸显其完整性：它是一部基于视觉反差、俯视和仰视的图画技术的创作成果。这种图画技术也让《安静的孩子》一书区别于拉孔布创作的另一部有声图画书《烟囱里的歌声》②，后者的配套 CD 中还加入了浪漫的长笛声——这是一种完全不属于工业社会的声音。《安静的孩子》一书有着自己的舞台设计，并试图开发读者所有层次的幻想；书中的谜语可以帮助我们辨别各种微妙的细节。无论男女老少都能在这部作品中感受到阅读的快乐；另外，读者们还可以在互联网上找到这部作品的动画电影——《从前……》，影片可以作为我们阅读该图画书的指南，同时，也为我们提供了一个了解故事的新角度。

---

① 译者注：费尼尔斯·泰勒·巴纳姆（Phineas Taylor Barnum，1810-1891），美国著名马戏团经纪人兼演出者。
② 本杰明·拉孔布：《烟囱里的歌声》（La Mélodie des tuyaux），CD 配音：奥利维亚·瑞兹（Olivia Ruiz），门槛出版社 2009 年版。

几何学与图像变形

与拉孔布的扭转与飞翔、驹形克己的白色渐变形成鲜明对比的是继承自德国包豪斯学派的几何主义,以及大卫·A.卡特关于色彩的研究。后者创作的《600 个黑色圆点》①,及其于 2005 年创作的《一个红点》②、2006 年创作的"Blue 2"都对当代图画书产生了重大的影响。卡特的作品通过大量令人惊叹的可动游戏、大大小小的圆点所组成的或明显可见或隐藏其中的奇特结构,以及可拉动的或用于遮盖的卡纸,建立起了八个立体的纸质雕塑,这种设计风格不禁让人联想到荷兰画家特奥·凡·杜斯伯格(Theo van Doesburg)、德国画家瓦西里·康定斯基(Wassily Kandinsky)和法国画家让·阿尔普(Jean Arp)。另一方面,埃尔维·杜莱创作的《偶然游戏》③是一本 16 页的翻翻书,每一页都被剪切成三个部分,读者通过翻动页面可以任意组合出一幅抽象画,而这些抽象绘画的风格则令人想到西班牙画家让·米罗(Jean Miró)或荷兰画家皮特·蒙德里安(Piet Mondrian)的画布。玛丽昂·巴塔耶通过其高水准的构思和巧妙的设置创作了以字母游戏为主题的图画书《ABC3D》,这是一本高 14 厘米、长 18 厘米、厚 3 厘米的精装活页书。通过书中的字母游戏,读者可以在白色背景中发现红色或黑色的卡纸,或者是在黑色背景中看到白色的图案,但最令人惊喜的是,当读者不经意缩回一张卡纸时,字母 X 就会变成 Y,而字母 E 就会变成 F,而如果翻开一张卡纸,字母 D 就会变成 C,另外,借助一面镜子还可以把字母 V 变成 W,而字母 I 和它后面的两个黑点则可以构成字母 K。通风网的漂亮弧度形成了字母 U,这与字谜 H、M 或 P 的庞大体积形成了鲜明的对比。这是一部既不

---

① 大卫·A.卡特:《600 个黑色圆点》(*600 pastilles noires*),法国伽俐玛少儿出版社 2007 年翻译出版,该书英文原名为"600 Black Spots",英文原版由美国白热出版公司出版。
② 《一个红点》(*Un point rouge*),该书英文原名为"One Red Dot",曾获 2006 年"罗塔·梅根多弗可动书大奖"。
③ 埃尔维·杜莱(Hervé Tullet):《偶然游戏》(*Jeu de hasard*),巴拿马出版社(Editions du Panama)2007 年版。

追求深度,结构也并不过于复杂的图画书作品,其简单明确的叙述风格以及大量的图画对比却将一本识字读物变成了一部极为优雅而理智的作品,同时,也给读者留下了十分深刻的印象。

伽俐玛出版社曾出版了夏洛特·罗德莱尔的一套变形图画书,尽管与前文中的几部作品相比,罗德莱尔的这套图画书略显朴实和简单,但是它可以达到与前几部作品等量齐观的效果。该系列图书共分 7 册,其中的《克洛伊与菲利克斯玩转反义词》(*Chloé et Félix s'amusent avec les contraires*,2008)通过书本的变化赋予读者全新的观察角度,当读者翻动书页时,便会在一张画有横线的透明纸上看到一幅幅画中画,例如,我们可以看到一个人,他时而穿着衬衫,时而裹着大衣,时而出现,时而又不见踪影。这种捉迷藏游戏采用的是由多布罗斯拉夫·福尔发现的透视镜原理(即将两幅图画交错在一起构成新图画),福尔曾运用此原理创作了《它看起来像什么?》①,2010 年,法国三只熊出版社翻译并再版了该作品,其法文版书名为"这些或那些"(Ceci ou Cela)。通过这种逐步揭示的方式,一只鹳的头可能会变成一把修枝剪,而一架飞机就会变成一只燕子。鲁弗斯·巴特勒·塞德依据同样的原理,以一种更加现代化的手法创作了《快跑!》②,塞德将自己的作品称为"神奇舞动书"(scanimation),翻动书页,书中的一匹马便飞奔起来,而其他各种各样的动物也跟着开始移动。然而,我们需要思考的是,将照片放置在翻翻书的遮盖卡纸下,这是否是让读者重新建立对现实的印象的最简单有效的方式之一? 2010 年,法国漩涡出版社(Editions Tourbillon)出版了由安娜-苏菲·鲍曼(Anne‑Sophie Baumann)撰文、劳伦斯·詹姆斯(Laurence Jammes)绘图的百科图画书《环游动物世界》(*Mon tour du monde*

---

① 多布罗斯拉夫·福尔(Dobroslav Foll):《它看起来像什么?》(*Co se cemu podobá?*),布拉格 SNDK 出版社 1964 年版。
② 鲁弗斯·巴特勒·塞德:《快跑!》(*Au gallop!*),法国玩具箱出版社(Play Bac Editions)2010 年翻译出版,该书英文原名为"Gallop!",英文原版由美国工人出版社(Workman Publishing)于 2007 年出版。

des animaux），书中大量的细节描写以及充满想象力的图画不仅为我们展现了动物们所生活的色彩缤纷的世界，也让婴幼儿读者开启了对世界的探索。

（六）小结：语言及审美能力教学中的嘈杂

无论是让读者参与游戏，还是用图像的形式表现游戏活动，又或者是将来回翻动的卡纸作为幻想的翅膀并由此展开故事的叙述，玩具书都以快乐为基础，坚持愉悦身心的原则。正如法国门槛出版社出版的阿兰·克罗宗（Alain Crozon）的超现实主义滑稽作品《嘈杂》（*Tohu-bohu*，1997）一样，打破旧习惯、模糊人物脸孔和原有的场景逻辑——这便是玩具书的规则。这种规则的产物还可以被无限发展，并相互形成交汇。例如，克罗宗的作品《什么在跑？》（*Qu'est-ce aui roule?*）（门槛出版社1999年版）就将滑稽原则和"八分之一"丛书的书页打开方式结合到了一起。

毫无疑问，娱乐才是这些创新的最基本规则。

读者对玩具书的反应证明了玩具书的强大力量。事实上，较之于传统图书的朴实无华，玩具书起到了一种强烈的放松和娱乐作用。玩具书不仅通过幻想让各种动作变得鲜活，还打开了各种各样临时的"减压闸门"：文字与图画的对话，以及为了解开书中奥秘而必须解决的数字谜语都需要读者发挥其敏锐的想象力。或许，面对电影、电子游戏及电视的激烈竞争，玩具书在当代出版物中的大量出现不仅顺应了时代的需求，也是一种必然的发展趋势；与此同时，玩具书也完全符合西方国家所崇尚的让身体回归文化的观念。

然而，就像安妮·佩罗在《玩具书与语言能力发展》一文中所指出的一样，在教学方面，这些图画书还具有语言启蒙的功能。佩罗强调了众多玩具书中所出现的语言重复现象。例如，让·克拉维立创作的《笃笃》是一本猜谜图画书，故事讲述的是各种各样的动物（老鼠、猫、狗、大象）去一个小宝宝家作客的故事（"笃！笃！是谁啊？——笃！笃！我来了！——笃！笃！——进来吧……"），小宝宝每一次打开书页中被剪开的"门"，都能收到一份礼物，这些礼物一份比一份大。最后，小宝宝吹灭了生日蛋糕上的三

根蜡烛。对此,佩罗写道:

> 来回摇摆等行为表现了身体的本能反应,而语言的重复则反映了心灵的跳动和脚步的移动。这种重复首先体现在同一音节的反复上:"你好,笃!笃!"其次,它还与招呼别人的动作紧密相关。重复构成了儿童最初的语言形式,同时,它还指挥着读者对图书的操作(动作的重复)。①

玩具书以幻想为基础,结合了图像、动作、语言乃至音乐等元素,因此,玩具书就是一门综合的艺术,而材料的创新和印刷技术的发展也为玩具书的造型设计提供了便利条件。除此之外,玩具书还开创了一种全新的交流方式,它通过现实生活的缩小版模型有效地拉近了教育行为双方之间的距离。例如,爱丽丝·普罗文森(Alice Provensen)与马丁·普罗文森(Martin Provensen)夫妇就将莱昂纳多·达芬奇(Léonard de Vinci)的工程师梦想搬上了玩具书的舞台。总而言之,玩具书对应的是一种内在阅读行为的复兴,并对"图书是什么"这一疑问作出了全新解答。

手翻书

十九世纪末至二十世纪初风靡一时的手翻书是介于书本与电影之间的一种媒介,在法语中,有时它也被称为"连环画"或者"口袋电影"。著名的收藏家和珍本爱好者帕斯卡·福歇专门建立了一个收藏了五千多册手翻书的网站(⟨www. flipbook. info⟩),他认为,最早的手翻书出现于1898年的《哈姆斯沃思杂志》(*Harmsworth Magazine*,第5号第1卷)。这部最早的手翻书共有71张图片,全部选自卢米埃兄弟的一部电影,这些图片展现了两

---

① 安妮·佩罗(Annie Perrot):《玩具书与语言能力发展》(Album animé et développement des compétences langagières),载《Argos杂志》第18期,1996年12月,"城市阅读,乡村阅读"专题(Lire à la ville, lire à la compagne),第28—29页。

个孩子跳舞的场景,其目的是向从未看过电影的人解释电影的原理。读者可以通过阅读手翻书,发现这一神奇物品所具备的多种多样的形式,但是,想要真正了解手翻书的各种形式,就必须具备渊博的知识。例如,2003年,贝努瓦·雅克(Benoit Jacques)再版了自己的手翻书作品《斗牛》(Corrida),然而,帕斯卡·福歇却指出,早在1929年,在西班牙所出版的一部"连环画"中就已经对同一主题进行过讨论。在《斗牛》一书中,一头公牛手持红布,挑衅着一个低头向它冲来的斗牛士。公牛避开了斗牛士的攻击,于是,斗牛士又向左边冲去。这种讽刺性的夸张在故事的第二场景中又再次出现:精疲力竭的斗牛士又从右边冲了出来。我们看到,公牛恶狠狠地将它的对手踢到了空中,随后,它垂下眼睛,假装温和地向观众致谢。对于一位擅长讽刺性幽默的插画家来说,我们可以在这一故事场景中读出他对艺术家的尖锐讽刺……

二、图画书中的色彩:技术,风格与理论的十字路口①

> 有时候,
> 我开始思考言语,行为,沉默。
> ——安娜·艾柏,《有时候》②

作品的秘密:使用电脑?图画或色彩?

插画家所使用的技术手段极大地改变了绘画创作的条件,赋予了艺术

---

① 本章内容参考了《当代儿童图画书:新形式,新读者?》(L'Album contemporain pour la jeunesse: nouvelles formes, nouveaux lecteurs?)一书中的《世界十字路口处的图画书色彩》一文(La couleur dans l'album aux carrefours des mondes),该书由克莉丝蒂娜·柯南-宾塔多、弗洛伦斯·盖奥蒂、贝尔纳代特·普路(Bernadette Poulou)主编,由波尔多大学出版社于2008年出版。
② 安娜·艾柏(Anne Herbauts):《有时候》(De temps en temps),埃斯佩鲁特(Esperluete)2006年版。

家更大的自由度和便利性,并引发了绘画风格与方式的转变。专业软件可以显示各种色度,例如"chromograf"可以形成调色板,既与颜色的实际亮度一致,又具有稳定的色调、饱和度和亮度,这类软件的出现和使用改变了插画家的创作过程。Boîte à couleurs, Pixie Colorspace, RGB Cube 以及许多其他软件可以实现透明度的调节、色彩的 3D 可视化,并依照选择的色彩形成可直接印刷的彩色作品。2000 年,省略号出版社(Points de Suspension)出版了莱提齐亚·加利(Letizia Galli)重新创作的作品《像蝴蝶一样》(*Comme le papillon*),这本书证明了软件技术的高效,2009 年,创意伙伴出版社(La Compagnie Créative)对这部作品进行了再版。在 Photoshop 和 InDesign 软件的帮助下,作者在新的创作中作了调整和弥补,用更快捷高效的方法替代拼贴和复印等手工操作。与初版使用的灰色纸张相比,新版中电脑呈现的彩色底色色调均匀,使文本更易于辨读,并让赭石色、橙色和灰色的过渡更为自然,新版也为画面注入更多热情的色彩,由此更加贴合故事发生的地点——非洲。初版中的白色具有某种抽象感,新版中的白色占比降低,这利于展现一个更为具体的非洲。新版的版面设计也更加稀疏,间隔增大,因此尽管尺寸相同,但新版赋予了人物更大的空间,从而修正了初版中昆虫和动物所占比重过大的不足。新版中互补色的对比占据了更大的比重(红/蓝,绿/橙),因此也更加契合故事所暗含的积极意义。最后,文本片段的重新编排也更加吸引读者。不知其他插画家是否也有类似经历?然而,这种处理方式的弊端则是一定程度上的统一化:加利的新版作品与马克·丹尼奥(Marc Daniau)作品中的某些页面相似,他们都以彩色为背景,且都以非洲为主题。但是加利作品的独特性超越了简单的软件技术,成功地保留了其初版的风格。正如我们所知晓的,每位插画家都会坚持一种风格,这种风格正是其自身人格的展露。

插画家伊丽莎白所坚守的是对创作之谜的崇尚。2008 年,在页面艺术出版社(Art à la page)出版的《图画,图画》(*Images Images*)中,伊丽莎白为了在"词汇表"中展示字母 S,使用了"Secret"(秘密)一词,并介绍了她称之为"X 光 1998"的东西,这是一种无法识别的物品的图像,乍一看像是用墨汁画的(但其实可能是一种粗粉彩)。她宣称:"当心魔术师:为了让图画保持鲜活,我避免让人看出是怎样作画的。"① 更奇怪的是,关于"Ordinateur"(电脑)一词,她在字母 O 旁边加了一幅"经纬线交错的图画",看上去应该是一匹马,但却通过图表化做了变形处理。"尽管表面看上去像是那么回事,尽管很多专业人士给予了相反的断定,但我可以发誓,至今为止,我从未使用电脑创作过。"(《图画,图画》,第 64 页)她使用的是素描("这些年来,我画过几百万的线条,在卢森堡的某一天,我发现到处都是线条")(《图画,图画》,第 36 页)。词语"Herbes"(草地)的配图,同样像是一幅"素描",均匀的黑色图形中心是一个白底正方形,黑色图形内是无法辨识图案的线条,表现草的只是边缘处或白底正方形里的黑色细线或涡纹线条。线被色彩淹没。最重要的只是最终效果,在这本书里,伊丽莎白经常将她的图画视为一种"技巧混合"的结果。因此我们在书中可以看到一幅"碳画",看到一幅"火星黑色(noir de Mars)",这样一些貌似是用丙烯颜料完成的水墨画,但其实可能是用软粉彩完成的。她还和读者开玩笑:"猜猜这画是怎么画的,赢取大草原的双人游。"(《图画,图画》,第 38 页)。在鲁尔格出版社于 1997 年出版的《艺术的童年》(L'Enfance de l'art)中,伊丽莎白一如既往地拒绝陈规,从儿童心理出发,她认为:

> 既定观念认为要通过图画向儿童解释一切,向他们展示草地是绿色的,就像他们不知道似的,其实恰恰相反,一幅没有强加固有或预设观念的图画会极大地激发儿童……然而,相反,(这种……)赋予儿童思辨能力,正如成年人所具有的,由细节辨识整体的能力(同上,见第 124 页)。

---

① 伊丽莎白:《图画,图画》(*Images Images*),页面艺术出版社 2008 年版,第 74 页。

因此，我们在本章所探讨的正是细节的艺术及其表现，并穿插介绍作品分析中必不可少的绘画理论、技巧和主要流派。根据儿童的思维特点，我们将首先研究世界的诞生和日子的循环。

（一）康定斯基和卡尔·格斯特纳（Karl Gerstner）的世界神话诞生论；伊丽莎白和理查德·麦奎尔（Richard McGuire）节日中的色彩形式与时间性

> 有时候，
> 一个词，一幅画相碰。
> 给我一种愉悦感：一种抽象的，奇妙的爱的行为。
> ——安娜·艾柏，《有时候》

1909年，深受歌德《色彩规则》（*Traité des couleurs*）影响的康定斯基在其作品《艺术中的精神》（*Du spiritual dans l'art et dans la peinture en particulier*）的开篇就表示："任何艺术作品都是其所在时代的孩子，以及我们情感的母亲。"这是否是针对当时的成见所提出的意味深长的定义？显然，这是个值得我们注意的问题。该书的封面上是一个散发着光芒的六边形太阳。康定斯基一直在自己的绘画作品中探索形式与色彩的关系，"绘画"一章介绍了他多年的创作心得：观众的第一印象是基调的热情或冷淡。他指出，儿童被光"吸引"，其实光可能会引导儿童联想到因为光而灼伤手指的经历，随后"明白除了会灼伤人这一点，光还有很多优点，它驱除黑暗，延长白日，能够加热和烧煮食物，有时还能带来一场愉快的演出"。在日常的主观感知中，物品与其色彩不可分离，构成一种"内在共鸣"（résonance intérieure）。提到这种"物理效应"（effet physique）时，康定斯基认为这种效应所引发的印象"能够发展成一个事件"，其作品正是以内在共鸣为基础，如果将人类的精神活动比作一个大三角，艺术家应当不断向高峰攀登。伊丽莎白的图画书《白天的太阳，晚上的月亮》（*Soleil de jour, lune de nuit*）（鲁尔格出版社 2005 年版)似乎正是对此倡议的呼应。该书封面上有极为灿烂的黄色太阳光芒,伊丽莎白用她独特的方式实践了关于形式与色彩关系的俄国绘画理论。儿童对黄色的偏爱已得到证实,笔者曾于 1985 年至 1990 年间做过一项关于儿童的颜色偏好的调查,对象是奥博纳(Eaubonne)保罗贝特学校(école Paul Bert)的学生,我们从幼儿园至五年级分别选出十几个儿童来参加此次调查。《白天的太阳,晚上的月亮》一书讲述了一个小丑从一个日出到下一个日出之间的经历,通过太阳与夜晚的关系,故事揭示了光源——太阳的重要性。对内在共鸣的复杂层次的探索使该图画书成为当代色彩艺术的一件"大事",启发我们在本章进一步思考:结合另一位色彩理论家的观点,我们将会分析目光对光线的注视,更广义地说,看的欲望、观察冲动(la pulsion scopique),是如何在这本堪称多彩形式嘉年华的图画书中被激发的。

《白天的太阳,晚上的月亮》一书使用了边长为 22.5 厘米的正方形版式,版式设计别致而又具平衡感,封面上有大片灿烂的黄色,题目一半在上,是红色,一半在下,是蓝色。彩色车轮般的太阳出现在左侧,占据四分之一的宽度:太阳的中心是一个品红色的圆,被一圈橙色的光环围绕,外侧是黄色的齿状图案,经过变形处理,成为富有动感的三角形,最外侧是一大圈白色齿痕图形,表现太阳光的迸发。封面的吸引力毋庸置疑,尤其是还有一头白色奶牛,头部不是正方形,而是长方形,尾巴稍显螺旋形,为画面增添了一种幽默感。它正在封面右下方的草地上平静地吃着一片四叶草(一个与圆形和三角形形成对比的绿色正方形?),草地的边缘是规则的波纹形。显然,通过这样一种单线条勾勒的场景,伊丽莎白为我们准备了一场形式与色彩的融合游戏,仿佛她恰好刚刚读完卡尔·格斯特纳的《色彩的形式》。在德诺埃出版社(Denoël)于 1969 年出版的第一版康定斯基作品的基础上,格斯特纳系统地整理了康定斯基关于形式与色彩之关联性的研究,并赞同"不管有多抽象,不管是怎样的几何表现,形式本身具有一种内在共鸣。她是一种具有自身特性的精神实体,正是这一特性让她成为了这种形式"①。根据康定斯基的观点,三角形对应着具有照射感的黄色,"一种向外辐射的运动性",而蓝色"发展一种向内收敛的运动"(《艺术中的精神》第143页),自然而然地对应圆形。格斯特纳认为,这种对应关系并不是最重要的,关键是形式-色彩的关联能够用于定义基本的典型的"色彩符号"(color signs)。以黄、红、蓝三原色和三角形、正方形、圆形等图形为基础,格斯特纳构筑起比康定斯基的理论更为复杂的形式-色彩系统,由黄色三角形到红色立方体,经由一系列黄色渐变至赭石色(随着红色比重增加)的多面体,随后由红色立方体,经由紫色多面体至蓝色球体。黄色三角形与蓝色圆形的相交构成"sinuon",即绿色弯曲形②,《白天的太阳,晚上的月亮》封面上奶牛脚下的草地的波纹形就是这种图形的完美示例。

然而,伊丽莎白图形游戏中的色彩分配在最初并不是这样的,而是随性的,代表太阳的圆形不是蓝色的,因为蓝色盖住了封面上的白色月亮。封面与正文之间的环衬页使用了并非最高级别的色彩对比(蓝色和红色),前半部分用黄色,后半部分用蓝色,加强了题目的对比度。太阳的中心是红色,外面围绕着黄色花瓣一般的图形,顶端弯曲,外侧围绕着白色的齿形边饰,康定斯基认为越接近白色越明亮,正如此处的白色代表太阳的能量。代表夜晚的蓝色呈现出向下延伸的圆形涡纹状,那是当暴风雨将近时,草地上空遮住了部分太阳的云彩。白色是活力的色彩,例如奶牛的白色,故事中的小丑也是白色的(伊丽莎白图画书中的常见角色,例如《小丑》[*Clown*],《洞-洞》[*Trou - Trou*],《谁?哪儿?什么?》[*Qui？Où？Quoi？*],1994年至1996年)。小丑躺在白色床上,被陆续出现的动物吵醒:清早打鸣的公鸡,鸵鸟,鳄鱼,三头奶牛,鸟和带来蛋糕的猪。白色是书的主色调,象征太阳的

---

① 卡尔·格斯特纳:《色彩的形式》(*Les Formes des couleurs*)(英文版书名为"The Forms of Colours, MIT Presse, Cambridge, Mass"),艺术图书馆(Bibliothèque des Arts)1986年版,第111—112页。
② 卡尔·格斯特纳:《色彩的形式》,前揭,第109—123页。

光辉，为故事叙述增添了活力元素，在暗色背景上尤为明显。结尾处，在庆祝小丑与恋人的相遇和爱情的夜间音乐会上有一群白色的猫，突显了热闹气氛。透过拉开的带有绿色花边的品红色窗帘，这些滑稽的白猫和乐器一同位于一个舞台的高处，映衬着背后夜晚的蓝色天空，通往舞台的台阶是黄色三角形。这是康定斯基笔下象征被音乐升华的人性的"精神三角形"的具体体现？然而，奇怪的是，太阳在舞台底部，它变成了一个有白色花边的蓝色圆圈，里面有按循环方向布置的多面体——颜色从边缘至中心依次是黄色、橙色、绿色和玫红色——构成一种让人愉悦的无序，这在让人联想到康定斯基的原型分类（la classification archétypale）的同时，也对这种分类作了颠覆。弯弯曲曲的绿色帷幔（tentures）被品红色的直角固定，这一设计与伊丽莎白于1993年创作的图画书《巫师学徒蓬达里奈特》（*Pomdarinette, l'apprentie sorcière*）里的"动漫剧院"（théâtre animé）十分相似，同时，也体现了幻想作品的怪诞——天体的时间性和运行不符合现实规律，纯粹随心所欲。

这部作品是一首对色彩的趣味性颂歌，更是一首对音乐与爱情的颂歌，该书反映了康定斯基的感觉论（sensualisme），康定斯基曾在解释味道与色彩之间的共鸣时提到"习惯说某种酱料肯定有蓝色的味道"（《艺术中的精神》，第108页）。该图画书似乎是对这种言论的一种滑稽的注释：当夜晚再次降临，"邀请月亮参加晚会的小丑们"准备了一锅模糊的白色菜肴，看上去很乏味，随后一只猪带来了一个三层大蛋糕，绿色花边点缀的蛋糕有三种颜色，由下至上依次是黄色、橙色和品红色，最顶端是一根绿色的羽毛。色彩蕴含的能量逐渐上升，但始终以绿色为背景，最后到了睡觉时间，与开头呼应，在最后一个画面上，小丑从黄色的舞台上走下，又伴随着公鸡的啼鸣重新走上台。一场绝妙的色彩旅程，体现了一种老练的艺术手法，运用了伊丽莎白在《艺术的童年》一书中提及的技巧。

作为对比，我们将继续分析理查德·麦奎尔的《夜晚变白天》（*La nuit devient jour*）（1994年首版，阿尔滨米歇尔少儿出版社2010年翻译出版），该书也运用了色彩对比,但表现方法却有所不同,该作品考虑到了页面展开所引起的景象连续变换和光线的消失。在左侧页面上,当太阳的白色圆盘绽放光辉——太阳周围的小三角形也是白色的——红色的公鸡出现了,其头部下方是一根弹簧,像是从恶作剧盒子里蹦出来的。在右侧页面上,一个人醒了:他处于一团表示睡眠(手臂的弧形,头部的球形,被子的形状)的蓝色曲线网里,整个画面处于窗户的红色框架内,初升太阳的黄色光辉正从窗户照进来。此处正体现了康定斯基所定义的色彩形式的原型怪诞(fantasmagorie archétypal des formes de la couleur)。接下来可以参照卡尔·格斯特纳的理论分析下的标准化的情节发展:照射着河面的阳光呈绿色曲形,随后到达波光涟漪的海洋。当"海洋变成波浪,波浪变成沙滩",色彩变成了陆地的赭石色,随后依次是山脉、城市和城市中红色的几何形建筑(庞大的方形摩天大楼);但这些几何形是变形的,因为"摩天大楼变成乌云",玫红色的天空上点缀着象征风暴的紫色圆形。黑白对比的一段插曲(戴黑帽子的男人在右侧插图的中间位置正读着一页方形的报纸),其后是对白色片段里的瞬间、空洞和冷漠感的发掘("纸变成了垃圾桶";"蜡烛变成了烟";"烟变成了雪"),后面又是绿色的草地,家里的蓝色羽绒被("温暖变成了睡意,睡意变成了梦,梦变成了甜美"),最后,黑色的夜里,镶有品红窗框的窗户中露出睡着的公鸡的头。首尾呼应,文本贴近日常生活,封面上有生日礼物一页(四岁——四根蜡烛,这也是该图画书所针对的儿童读者的年纪)里散布的彩色圆圈。对此,吉尔贝·杜朗曾写道,这是一种充满节日氛围的仪式,它调动了艺术家所有的创造力和感受力——即昼间想象力(imaginaire diurne)的感受力。

与昼间想象力相对的另一面——夜间想象力,其色彩游戏可能仅限于模糊的色调,柔和的渐变以及质的对比,并减轻了互补色或数量对比。例如,在由娜汀·布罕-柯司莫(Nadine Brun - Cosme)撰文,安妮·布胡雅(Anne Brouillard)配图的图画书《莉莉娅》(Lilia,省略号出版社2007年版)中,插画家主要使用混合了白色的蓝色,偶尔用到黄色,整体构成昏暗的色调,仅透出几扇红色窗户。这种色调与文本所构建的梦境与没有得到回应的爱情所引发的苦恼相得益彰。山里感受到的爱情"自黎明开始,靠着冰冷的地砖"。首先是欢乐:"随阳光醒来的是他的世界。这个世界很美。"一个激发希望的世界:"当阳光照到路上的白色石块,他来到寒冷的室外,从湿漉漉的草地上奔下。下面,村子高处,他看到那栋白房子。他的笑容变得朦胧。如今在这个世界上,有莉莉娅。"如同马塞尔·普鲁斯特笔下的一个遥不可及的女人。色彩基本是梦境般的蓝色,图形则模糊不清。作品间的关联能够揭示该书暗藏的深意和逻辑。

在此,笔者想要提出一个问题,即米歇尔·帕斯特洛(Michel Pastoureau)所写的《蓝色,一种颜色的历史》(*Bleu, histoire d'une couleur*)①一书结论的标题——如今,蓝色是一种"中性的颜色"(couleur neutre)吗?

这种观点并不局限于绘画中的蓝色,也包含现代社会中的蓝,米歇尔·帕斯特洛强调"它的语义场涵盖天空、大海、休息、爱情、旅行、假期",在其他语言中还表示"颜色,回忆,欲望和梦"。这是含义不明确的一个词。更确切地说,蓝色是在与另一种颜色的关系中突显自身价值,就像在上述图画书中一样。

(二) 跟随约翰·盖奇(John Gage)、卡特琳娜·米耶、罗伯特·萨布达进入"博物馆社会"

> 停止在窗户后向日子发问。
> ——安娜·艾柏,《有时候》

到目前为止,我们一直在分析上述图画书的一个方面。事实上,后现代视野下的批判专注于细节,而不是对作品进行整体的解释,也不尝试成为一种"诠释性的阅读"。弗雷德里克·詹姆逊(Fredric Jameson)否定客观形式

---

① 米歇尔·帕斯特洛:《蓝色,一种颜色的历史》,门槛出版社2000年版。

下的作品要被"看作一个指称,一种更广阔的现实的征象,这种现实将其取代,构成终极真理"。这一保留全部现实性的结构主义观点,稍后我们会探讨它的局限性。

现在,让我们通过罗伯特·萨布达的《爱丽丝梦游仙境》(门槛出版社2004年翻译出版)来换一种角度思考。这位美国艺术家的图画书创作比较复杂,封面上绿色与品红色所形成的强烈对比让人眼前一亮。但是,这种绿色并不是红色的互补色。出现在一棵树上的柴郡猫的色调则具有一种神奇色彩——更蓝一点,因此,其表现的梦幻色彩更加浓郁,字母的金色和某些物品闪烁的银色进一步烘托了作品的梦幻性。为了充分体会图画书色彩的作用,我们必须跟随深度幻觉,进入玫红色兔子的洞穴,听从打开的纸板上的指令:"打开,拉出我并向里看!"彩色的井底出现了坠落而下的爱丽丝,井的内壁是以红色和绿色为主的镶嵌物。这是一个穿白裙,黄头发的爱丽丝!黄色,耀眼的正午阳光的色彩,也是吸引目光的色彩。介于木偶剧的表演者和导演之间的艺术家用另一种方式体现了保罗·塞尚(Paul Cézanne)的"忠告"(leçon),即色彩本身没有亮或暗,只有调动视觉的"色调的相称"(rapports de tons)。在这种观察冲动①的主导下,我们随后便进入了当代图画书的天地。

色彩是艺术构成的一种造型元素,其运用经常伴随着一些束缚和惯例的消除。玛格画廊(la galerie Maeght)于1946年在巴黎举办了一场以"黑是一种颜色"(Le noir est une couleur)为主题的展览,该画展汇集了阿特朗(Atlan),布拉克(Braque),马蒂斯(Matisse),鲁奥(Rouault)和其他画家的作品。约翰·盖奇(John Gage)在《色彩和文化——古代至抽象的实践与含

---

① 此处参考了安托尼奥·基奈(Antonio Quinet)的一篇论文的摘要,见《目光之洞》(Le trou du regard)(http://lacanian.memory.online.fr/AQuinet_Troureg.htm)。其开头提到:"在古代,以视觉为基础而形成的相似性原理使得人们可以通过光线来辨别事物:视线范围,光通量,色彩,光线的反射及流动,发光度及亮度都对目光产生了一定的影响……"

义》(*Color and Culture: Practice and Meaning from Antiquity to Abstraction*)(泰晤士赫德逊出版社[Thames and Hudson]1993年版)一书中也讨论了伴随彩色颜料的生产而出现的美学运用的历史演变。显而易见,用跨国集团生产的墨汁和涂料完成的工业化图画印刷物让大众艺术的传播趋于标准化,但信息技术却保证了一般书籍和图画书的质量。而在以教学为目的的前提下,一般书籍和图画书却越来越倾向于对人类的艺术遗产进行趣味性的开发。因此,马克思·杜科(Max Ducos)在其作品《消失的天使》(L'Ange Disparu)(萨尔巴加纳出版社[Sarbacane]2008年版)中指出,在博物馆的冒险旅程也是关于不同艺术风格的启蒙:例如,画作——从达芬奇,夏尔丹(Chardin),普桑(Poussin),委拉斯开兹(Velasquez),柯罗(Corot),特纳(Turner),莫奈,塞尚,毕加索等知名画家的作品,直至在一座美妙城市的冒险,而城市的色彩背景貌似受到了蒙德里安的启发。色彩是有说服力的:它参与到作品中,它既是象征,又是代码,将逻辑元素串联成一篇给予美感和惊喜的叙述,同时色彩也是独一无二的人格特征的外在体现。全球化带来的开放让我们有机会感受到"他者"及差异。

自20世纪80年代以来,我们进入了卡特琳娜·米耶在1995年出版的《法国当代艺术》(*L'Art contemporain en France*)一书中所称的"博物馆社会"(société muséographique)(《法国当代艺术》,第267页)。以绘画为主题的图书大量涌现。尼古拉·马丁(Nicolas Martin)的《康定斯基,抽象的道路》(*Kandinsky, les voies de l'abstraction*)(调色板出版社2007年版)强调了这位俄国画家想将"精神"植入艺术领域的野心——想"让色彩歌唱"(faire chanter les couleurs)的野心,例如,康定斯基认为,画作《即兴19号》(Improvisation 19)是画了一段"蓝色的声音"(《法国当代艺术》,第13页)。此外,由奥赛博物馆出版的"机灵的眼睛"系列丛书(L'oeil malin)中,卡特琳-让娜·梅西耶(Catherine-Jeanne Mercier)所创作的《在画中》(*Dans le tableau*,2006年)为儿童设计了一套关于不同画家的猜谜游戏,如温特哈尔特(Winterhalter)、梵高等;雅克莉娜·杜埃姆(Jaqueline Duheme)在《亨利·马蒂斯家的小手》(Petite main chez Henri Matisse, 伽俐玛少儿出版社 2009 年版)中讲述了自己学画初期的经历。在《从公鸡到驴——动物讲述艺术》(Du coq à l'âne. Les animaux racontent l'art)(门槛出版社 2002 年版)中,克莱尔·达阿尔古(Claire d'Harcourt)用幽默新颖的方式展示了不同艺术家笔下的动物;米歇尔·盖(Michel Gay)为克里斯蒂娜·布利-乌里韦(Christina Buley–Uribe)的《小罗丹》(Petit Rodin)(法国乐趣学苑出版社 2009 年版)一书配图,描绘了一个在平民街区长大的雕刻家的童年。杂志《小伦纳德》(Le Petit Léonard)引领年轻读者品读阿尔钦博托(Arcimboldo)的作品;"第一本为儿童创办的艺术杂志"——《达达》(Dada)带领年轻读者游览蓬皮杜艺术中心。至于玛格丽特的画,我们在前文中已经提过,它成为了一部玩具书作品的主题。蒂埃里·玛尼耶的《索朗热与天使》(Solange et l'ange)(乔治·哈伦斯勒本配图,伽俐玛少儿出版社 1997 年版)是一次卢浮宫游览的成果。此后,玛尼耶带领团队对卢浮宫进行了一次更加细致的游览,并著成了《卢浮宫全览》(Tout un Louvre, 2005 年),该书由凯蒂·库普利和安东尼·洛夏尔(Antonin Louchard)配图,这两位插画家曾开创了以《世界全览》(Tout un monde, 1999 年)为开端的系列图书。《卢浮宫全览》一书的创作理念与其他书籍相同,但通过与博物馆的合作,该书将过去的艺术作品与两位艺术家的当代创作相结合,并几乎运用了所有的绘画方法:从铜版画、铅笔、毡笔、丙烯、粉彩、橡皮泥、制型纸、木雕,到调色板,再到经过再加工的照片、摄影作品,以及用来创作静物的酸奶。就像昆丁·布雷克曾在伦敦国家美术馆举办的展览一样,其作品与馆内的杰作形成碰撞,两位插画家也让我们感受到了这类作品交错所带来的非同寻常的感受,这种表现手法富含创意与诙谐。例如,达芬奇画笔下的举起手指的圣约翰和把指头放在自己鼻子上的孩子(这毫无疑问是洛夏尔),面对面地并置在一起。而蒙娜丽莎的创作则更是一场令人不可思议的游戏,蒙娜丽莎被化妆成男人,仿佛像是被"作弊者"偷来的一样(源自乔治·德拉图尔的《作弊者》)。蒂埃里·玛尼耶团队与编辑的合影将该书的喜剧效果推向了高潮,合照里的人摆着蒙娜丽莎的姿势,脸上露出嘲讽般的微笑。米歇尔·布歇(Michel Boucher)的《你眼睛的颜色》(*La Couleur de tes yeux*)(比尔博科出版社2006年版)则更富有诗意,作者将自然物的图片(玫瑰、薰衣草、花田、树叶、云)与不同艺术家的画相关联,用单色画的方式寻求对应和融合。

另外一些插画家则踏上旅程,在旅行日记里记录着世界的色彩,例如,克利斯提昂·艾利施(Christian Heinrich)的一幅土耳其镶嵌画被收录进《插画家日记》一书(*Carnets d'illustrateurs*,佩罗出版社2001年版,第199页)之中,另外,该书也收录了凯蒂·库普利在日本旅行时的画作(见《插画家日记》,第168页)。图画书在全球范围的大量涌现,既让读者有机会发现世界范围内的艺术传承,也展现了多样色彩下的文化多样性,而这往往是西方主流眼光所忽视的。例如,2004年,沙粒出版社和位于努美阿的特吉巴奥文化中心合作出版了图画书《麦耶诺》(*Mèyèno*),其作者是雷泽达·蓬加(Réséda Ponga)和劳伦斯·拉加布里埃尔(Laurence Lagabrielle),该书向读者描绘了南太平洋和当地卡纳克文化的色彩。

路易·马丁在其为马尼里奥·布鲁萨坦(Manlio Brusatin)的《色彩史》(*Histoire des couleurs*)所撰写的序言中写道:"色彩的话语是一场绝望的演讲。"①这位绘画符号专家注意到,艺术家有关色彩的分析十分稀少,他指出,"应当同时思索,色彩存在的不可复返性和命运的短暂性"所造成的困难。然而,这种有关不可判定性的言论并不是在表现评论家的绝望,而是在表现儿童的幸福。儿童生活在当下,正如吉奥乔·阿甘本所描写的一样,这是一段"充分的,不连续的,完美的,富含乐趣的时间"(le temps plein, discontinu, fini et achevé du plaisir)。儿童能够喜爱所有的色彩,就像能学会所有的语言一样,但随着儿童的长大,他们便会逐渐形成其特定的喜好。

为形成自主观点,不应忽视这种喜好。热拉尔·热奈特在《艺术作品》

---

① 马尼里奥·布鲁萨坦:《色彩史》,弗拉玛丽昂出版社1986年版,第8页。

（*L'Oeuvre de l'art*）第二卷中提到，"美学欣赏"（appreciation esthetique）是"主观性的"（《艺术作品》，第 117 页），但这种欣赏却能让我们了解使作品成为作品的内在意图。对作品内在意图的把握需要考虑作品在历史上以及文学场域中的位置，后者决定了作品的影响力。作品的影响力又会在一定程度上影响读者对图画书的选择，不仅如此，读者还受到其所在特定环境（家庭、社会和地理环境）的影响，以及来自国际社会的影响（在全球化背景下，出版物、广告和大量涌现的图画书中广泛展示并传播的艺术形式）。正如约翰·盖奇所指出的一样，色彩首先具有文化性。越来越多的游戏性书籍所提倡的，正是要培养一种所谓的"丰富多彩的个性"（la personnalité colorée）。此处，我们要提及大卫·佩拉姆的《色彩》（*Couleurs*）（阿尔滨·米歇尔少儿出版社 2007 年版），大卫·A. 卡特的《600 个黑色圆点》（见前揭），以及柯微塔·波兹卡的《日子的颜色》（见前揭），上述作品尽管题目简洁，却富含美学技巧和抽象精神。

然而，我们不能停留在简单的接受问题上。正如路易·马丁所言："色彩处于一个复杂关系的核心，这些关系从历史性和文化性上串联起接受模式、创作模式和结合模式，尽管如此，色彩仍然取得了一种自主性。"（《色彩史》，第 11 页）。

让我们感兴趣的正是这种自主性。借鉴于贝尔·达米施（Hubert Damisch）在《云的理论》（*Theorie du nuage*）（门槛出版社 1972 年版）一书中提出的方法，我们发现，色彩是文明的指向标，它昭示着某个时代的生命在世界中的位置，同时也是独特个性的永不褪色的体现。正如科雷热（Corrège）画作中的云，色彩"不仅仅是一种风格的方法，而是建构的材料"（《云的理论》，第 29 页）。色彩还对应了无意识的思想，卡特琳娜·米耶在《绘画教程》（*L'Enseignement de la peinture*，1971 年）中提到了《如是》杂志（*Tel Quel*）和马塞兰·普雷奈（Marcelin Pleynet）的相关研究成果，并将其概括为"主体考古学"（Archéologie du sujet）（《绘画教程》，第 147—152 页）。从最初的彩色泥土、颜料或贝壳，到各种化学、物理、计算机技术的出现，当代图画书中的色彩运用是伊丽莎白在《艺术的童年》中所揭示的"图画的工业化生产"(有时失真!)。可以说,它们的使用规则和"发明"规则都是随着工业国家众多学者的理论所逐渐形成的。

接下来我们将通过诠释学的视角,探讨由光波频率所决定的色彩对当代艺术表现的特定作用。在物质和光之间,我们将依次列举传承给现代儿童的"精神生活"的几个等级。我们将对比东西方的绘画技巧,其中,东方画作中的色彩依赖"墨汁和画笔"之间的关系,例如苏拉热在 1979 年开创的"黑色之外"(outrenoir),取决于调色板在彩色主体画面上的工作。[①] 我们还会研究几个彩色图形的游戏。通过对后现代作品的诠释性研究,我们将探讨作家如何运用各种色彩理论以激发趣味性,以加强与读者的互动,使读者进入创作过程。与所有儿童文学作品一样,色彩是阅读中"惊喜"的源泉,是构成图画书核心的关键因素。

(三) 于贝尔·达米施:作为指向标的色彩

> 有时候,我自问为何这些词,风(vent),大海(mer),盐(sel),天空(ciel),树(arbre),乌鸫(merle),总是出现在我的画中。
> ——安娜·艾柏,《有时候》

正如梅内娜·哥登(Menena Cottin)和露莎娜·法利亚(Rosana Faria)在《关于颜色的黑名册》(*Le Livre noir des couleurs*)(世界街出版社 2008 年版)中所提出的一样,介于看与触摸之间的色彩是世界中生命的一个指向标。《关于颜色的黑名册》是一本献给失明者的书,盲人读者可以通过盲文的立体起伏来实现阅读,视力正常的读者则可以阅读白色的文字。布鲁诺·海兹(Bruno Heitz)的《小好奇者们》(*Les Petits Curieux*)(阿尔

---

① 皮埃尔·昂克勒维(Pierre Encrevé):《苏拉热,1946—2006 年的画作》(*Soulages, les peintures 1946-2006*),门槛出版社 2007 年版。

滨·米歇尔少儿出版社 2007 年版）采用了类似的角度，作者以幽默的方式叙述故事。故事中的场景根据每种动物的实际视觉所能看到的来进行展示（从猫的蓝绿色主导的世界到变色龙眼中颜色几乎齐全的世界），不同动物之间的转换扩大了页面场景的范围；新的物品不断出现，每位"观察者"都根据它所看到的色彩指向标进行解读。作为造型符号的色彩参与构建图画书的整体意义。色彩与其他表现元素相互关联，在一种结构主义角度下，共同表现了"感知的逻辑"（la logique du sens）。作为文明中所有物品的功能性装饰，色彩在光与物质、天空与大地的自然联系中得以构建。尽管在全球化背景下，艺术交流会引起一定程度上的视野统一化，但在瑞典、芬兰这样的国家，或是在马德里、首尔这样的城市，去博物馆里参观的游客必定会留下不同的印象。色彩在很多美妙的图案中得以具体化，如彩虹、孔雀、蝴蝶，以及经常通过滑稽方式表现的变色龙。笔者曾在《巴洛克艺术，儿童期艺术》一书中提到"彩虹条约"（Petit traité de l'arc-en-ciel），并将气象现象形容为"美学敏感性的投影轴"（《巴洛克艺术，儿童期艺术》，第 176 页）。由雅克·拉卡里埃尔（Jacques Lacarrière）撰文，迈·安热利（May Angeli）绘图的《黎明的七只公鸡》（Les Sept Coqs de l'aube）（法国西罗斯出版社 1989 年版）描绘了七只分别长有彩虹七种颜色的公鸡在一天内轮流啼鸣的故事，图画类似莫奈笔下的鲁昂大教堂系列画作。变得透明的七只公鸡，它们身上的颜色由发光强度和确切波长界定（根据牛顿的三棱镜分解太阳光实验，紫色光为 300 纳米至 380 纳米，红色光为 600 纳米至 650 纳米，由此在 1704 年产生了最初的"光学"定义），这些颜色构成了一个经过美化的传统乡村社会的"指向标"，我们在某些插画家的印象派画法中也能见到同样的现象。

此外，在《黎明的七只公鸡》一书的结尾，作者增添了一份关于色彩的资料，汇集了一些艺术表现方法，这可能对阅读该书有所帮助。每一幅图画都代表着西方色彩史上的一个关键时刻，并分别对应人类在世界中的地位和一件作品，后者延续并存在于当代出版物中。我们会发现，在迈·安热利所画的最后一幅村庄图中，淡红色让人联想到克劳德·莫奈的《暮光下的圣乔治教堂》(Saint Georges au Crépuscule, 1908),画中的色彩按相同的方向水平地铺开在整幅画面上,形成了一种绚烂的视觉效果。于贝尔·达米施认为,这体现了浪漫主义和"云的本性"的诗意化运用,体现了经特纳发扬,被罗斯金完善的"云的效用"(service des nuages)(《云的理论》,第257—259页)。迈·安热利曾在为《海豚的夜》(La Nuit des dauphins)(门槛出版社2010年版)一书配图时采用了这种风格,该书用木刻的方式展示了夜晚想象力的诗意表现力。

《黎明的七只公鸡》一书附带资料中的第一幅画给读者带来了另一种视觉效果。这是一幅中世纪时期的作品,画面中,上帝挥动着太阳和月亮两个圆盘,站在一组四道彩虹后,彩虹像绚丽的光带一般保护着他。太阳和月亮不发光,仅为金色和银色。借用约翰·伊顿(Johannes Itten)在1961年出版的《色彩艺术》(Art de la couleur)一书中的术语,色相的颜色是"本色"(couleurs en soi):绿色、白色、红色,都被黑色环绕。中世纪时,这些颜色取自制作染料的植物或矿物性颜料。约翰·盖奇在《色彩与文化》(Colour and Culture)一书中介绍道,中世纪时期色相达到六种,但最受喜爱的是其中两种,绿色(蓝色)和红色,分别象征水和火(《色彩与文化》,第93页)。我们注意到,在这种封建的基督教主导的前工业化时代的文化背景下,人类服从于超越性(transcendance)的绝对原则。这种依赖关系与具有原材料纯粹性的"本色"的表现紧密相关。这种表面和深层的历史性探究将引发对其他特定关系的探讨。

(四) 物质和光之间的色彩:从部落艺术到后现代派

> 我又站了起来,天空的裙摆在我的头上。
> ——安娜·艾柏,《有时候》

色彩与物质之间的复杂关系在最近出版的图画书《小雨巫》(Le Petit Sorcier de la pluie)中有着鲜明的体现,该书作者是卡尔·诺拉克(Carl

Norac），插画师是比利时人安娜-卡特琳娜·德博埃尔（Anne-Catherine de Boel）（帕斯特尔出版社2004年版），该书展示了澳大利亚千年之前的当地文化，这是一个存在于农耕社会之前，以彩虹蛇的传说而闻名的狩猎社会。插画家查阅了大量的资料，在书中重现了彩虹蛇这种作为部落民族神灵的动物，它管理水、抵抗日晒、保护赭石色的大地，而书中主人公的颜色也正是大地的颜色。被称为"小雨"（Petite Pluie）的主人公是美国印第安故事中经常出现的人物，传说能在日久无雨时缓解旱情。主人公用以下话语激怒彩虹蛇："你——像——天——一样蓝，像——蚂蚁——的——血——一样红。你的身上有斑点。"他将一根棍子插进想逃走的蛇的嘴里，在蛇身上涂抹一种白色的土，土所蕴含的魔力便会催生雨滴。他站在一只鹈鹕上，升上阴沉的天空，站在开始奔跑的坐骑上，甚至超过了从乌云落下的雨滴，他施展了名字中所暗藏的魔力。我们很惊奇地发现，在有关这种部落世界的描写中有着欧洲戏剧般的明暗对比。故事其实并不符合当地神话，因为彩虹蛇不可能被一个孩子控制。在1988年出版的《这仍是彩虹蛇的国度》（*This is Still Rainbow Snake Country*）中，我们也能看到关于彩虹蛇的故事，该书配有当地人雷蒙·米克斯（Raymond Meeks）用传统材料和颜色创作的实图。然而，《小雨巫》这本欧洲图画书中所吸引我们的，说到底是与其物质支撑相混合的"本色"色彩的转换和使用，以及一个生动的孩子形象的构建——他生活在大自然中，却具有超验性的力量，即他注定要帮助他的部落，保护他的神灵。有白点的赭石色是主人公控制土和雨的能力，这种能力中和了天空漂亮的蓝色。马丁·海德格尔在《艺术作品的本源》中对"断层"（la faille）进行了定义，"一方面，是大地和世界之间的间隔，我更倾向于表达为缺乏结构和自然意义的物质性；另一方面，是历史和社会问题所具有的意义"（转引自《后现代主义，或晚期资本主义的文化逻辑》，第42页），主人公的能力正源于这一定义。因此，色彩渲染是一个积极行动的孩子的神话视角。

与该书形成对比的是托尼·布莱德曼（Tony Bradman）和杰森·克洛克夫特（Jason Cockcroft）共同创作的图画书《在爸爸的怀抱里》（*Dans les bras de papa*)(英语版于 2001 年出版,法语版由高缇耶·朗格罗出版社[Gautier Languereau]于 2003 年翻译出版)。书中的孩子不是生活在大自然里,而是生活在一个安逸的英国家庭里。故事情节也很简单,它讲述了一个晚归的父亲,发现儿子醒了,于是将他抱在怀里,哄他入睡,随后自己入睡。画面上手部的浅红色与背景的浅绿色互补,随后过渡到深赭石色的背景,背景之上,金黄色光线里有相对的两张脸。随着人物视角和主导色彩的变换,父子俩又处于大片柔和的、透过边缘模糊的丁香花空隙的绿色光线下。经过对色彩的细腻的粒化处理,父子俩正在注视的对面页上,大片玫瑰红色勾勒出了熟睡的母亲。"那是你妈妈,你运气可真好!"父亲说道,最终他和儿子一同睡着了。与《小雨巫》的故事结尾不同,《在爸爸的怀抱里》中被保护的孩子体现了典型的西方式亲密关系,其叙述视角以优质的色彩对比为基础,过于细致而稍显不自然,但营造效果却很好。该书的图画类似维多利亚时代的插图(该类图画充分体现了资本主义社会中上层阶级对儿童的宠爱),给我们带来的是印象主义流派的多彩的感情抒发,其中,物质似乎被溶解在了光线里。作者会很自然地使用诠释法,因为它伴随着图形技巧所创造的深度的幻觉,而图形技巧与决定视角的观念是不可分割的。

两本图画书体现了童年文化的两个对立面,通过色彩指向标表达了根本性的差异,一个是完全融入部落社会的社会人,一个是处于复杂但有限的家庭关系中的儿童。

我们还会发现一系列的与这两极相疏离的新立场。例如,在塞西乐·甘比尼(Cecile Gambini)创作的《鲍勃·罗宾逊》(*Bob Robinson*)(门槛少儿出版社 2005 年版)中,插画家选用了两种相互对立但不互补的颜色,亮红色和浅绿色构成了被花园围绕的家的背景,两个颜色的亮度始终处于不平衡状态,构成了一组有活力的色彩对比。故事中的孩子成长于一个中产阶级家庭,其家庭成员的衣着颜色表现了受全球化消费影响的时尚潮流。该书对日本品牌 Kenzo 风格的暗指显而易见,这一暗指随着后文中"树"的日本化得到了进一步加强。小林重顺(Shigenobu Kobayashi)的《色彩形象坐标》

(*Color Image Scale*)对阅读《鲍勃·罗宾逊》会有所帮助,《色彩形象坐标》一书由讲谈社国际出版社(Kodansha International)出版,该社是一家大型日本集团,控制着日本影像产品市场。这部于1990年出版的著作,经过长期调查,总结了色彩在时尚市场(服装或家居)上的社会象征意义及其对应用词,并根据暖/冷(warm/cool),软/硬(soft/hard)两项对比坐标定义色彩的不同类别。因此,可能会看到颜色与形容词"浪漫的"或"有活力的"搭配而成的组合。我们看到,鲍勃一家所处的空间,主要使用了灰色或棕褐色,对应着"自然的"(natural)、"优雅的"(elegant)、"时尚的"(fashionable),"冷静的"(calm)等词语。

在故事中,当把自己关在屋子里的鲍勃·罗宾逊发现那颗种子的时候,页面中的胭脂红色开始变强,后来鲍勃把这颗种子埋下,种子发芽,并让鲍勃获得了自由的力量,成为"消防员、机械师和花园士兵"(总之就是成为一个罗宾逊)。当种子开出一朵"魔法三叶花"时,胭脂红色占据了整个页面,三叶花的颜色柔和,符合讲谈社色彩坐标中的"清新"(fresh 的)、"宁静"(tranquil 的)一类色彩。和之前两本图画书中的澳大利亚孩子、英国孩子都不同,得到自由力量的鲍勃仍是一个乖孩子!家庭成员穿着上的棕色和灰色色调体现了"中性"(neutral)(《色彩形象坐标》,第146页),与胭脂红色形成对比,并贯穿全书,它们印证了人物面容的意义:他们的面庞暗示了一种被克制的喜悦!行为准则缓和了感情自然外露的感性,从而约束了情感的表达。暗含的社会元素和插图视角表现了图画书的基调。弗雷德里克·詹姆逊认为,后现代主义的主要特征是"出现一种新型平庸,缺乏深度,一种全新的更接近'表面性'一词本意的肤浅",这体现了"一种文化影响的衰退"。[①] 这种与情感相对的自由伴随着对模仿(有多少作家模仿过罗宾逊传说?)的一种袒护,以及对"所有这些元素与新技术之间深层次关系"(《后现

---

① 弗雷德里克·詹姆逊:《后现代主义,或晚期资本主义的文化逻辑》(*Le Postmodernisme ou la logique culturelle du capitalism tartif*),巴黎美术出版社(Beaux-arts de Paris)2007年版,第45—46页。

代主义,或晚期资本主义的文化逻辑》,第40页)的袒护。最后一幅图画的场景是村子里的屠夫所拍摄的:镜头捕捉到的部分被一圈白色的光晕照亮。这便是让讲谈社高兴的东西! 塞西乐·甘比尼的图画书被一种富含幽默感的"精神"赋予了活力。

(五)当代"哥特式"的黑色面具和乌托邦的蓝色

> 这就像童年时我们徜徉其中的单纯而快乐的梦想。
> ——安娜·艾柏,《有时候》

尽管我们认为,皮肤是面容印象的构成元素之一,但埃曼努埃尔·胡达尔(Emmanuelle Houdart)创作的《关于生气的启蒙课本》(*L'Abécédaire de la colère*)(蒂埃里·玛尼耶出版社 2008 年版)有力地表达了对西方"邪恶"(satanisme)的摒弃:封面上是一只穿得像人一样(很可能是一个人穿着玩偶外套)的考拉,它的皮毛是暗红色,一只手掌放在小女孩头上,好像是在保护她,将构成"哥特式"风格的红色和黑色相对立,切合了书名中所包含的"生气"二字。用"Injustice"(不公正)表现字母"I",文本表达非常直接:"面对不公,回答是生气。"这种反应的内在逻辑也被毫无掩饰地描述出来:"一个饿死的孩子……我们发火了。"画上有一个肥胖的人站在一块红色的地板上,白皮肤,乌黑的头发:抱着一大堆食物猛吃,与之形成对比的是一个很瘦的光着身子的土著人,皮肤和头发的颜色接近封面上考拉的皮毛色,他的一只手里还挥舞着《世界人权宣言》。友善的动物和吸血鬼般的人类之间的对比随着字母 P(面对一只企鹅的鞭子老人(Père Fouettard)),S((la sorciere)长着跟撒旦一样角的巫婆,会因为你错一个单词而送你去地狱),V((le voisin)戴着哥特式骑士头盔的邻居)不断加强,然而字母 Z(放松的颧骨(zygomatiques))揭下了撒旦的黑红面具,带来了结束生气情绪之后的笑容。色彩是风格的秘密媒介,这是胡达尔一直付出精力实施的一种风格,这种风格在拉蒂迪亚·布尔热(Laëtitia Bourget)撰文,胡达尔绘图的《幸福的父母》(Les Heureux Parents)(蒂埃里·玛尼耶出版社2009年版)一书中得到更加细腻的表现：绿色、玫瑰色和掺有黑色的红色，表现了孩子给夫妻带来的生活挑战。两只红色和黑色的蝴蝶飞起，用一种黑色幽默含蓄地评论了最后一个问题："他们是怎么做到在这场经历中一直在一起的？"

汤米·温格尔的梦的蓝色

汤米·温格尔的图画书《朋友-朋友》(Amis - amies)(法国乐趣学苑出版社2007年版)是对色彩的社会象征意义的运用。在斯特拉斯堡的汤米·温格尔博物馆里能看到他在1967年逗留纽约期间，以"黑力量"(Black Power)和蓝力量(Blue Power)为主题的作品，《朋友-朋友》的风格则是对这些作品的延续。这部图画书的第一幅画上是一个黑人和一个白人，头对脚脚对头，正在互相啃食；与这种占主导的暴力相邻的第二幅画则展示了两个朋友，并排着浸在一片蓝色里。《朋友-朋友》一书运用了相同的反色对比，讲述了男孩拉菲·巴玛科(Rafi Bamako)的故事，他是个黑人男孩，跟家人刚刚搬家(很可能是温格尔生活的爱尔兰)，邻居家有个中国小女孩 Ki Sing，她的脸是玫瑰色的。两个处于社会边缘的孩子互相帮助，制作了不同的木偶(一个孩子是玫瑰色，另一个孩子是蓝色)，随后使用"公共垃圾场"里的废品制作各种场景模型。他们的作品被认为是"原生艺术"(l'art brut)，并在一家博物馆里展出："艺术双人组合 Rafiki 迅速成为国际艺术领域的宠儿。"故事结尾，穿着玫瑰色衣服的女孩 Ki 是"国际知名的时尚设计师"，蓝色的 Rafi 是一位"非常有名的雕塑家"，其雕塑作品具有汤米·温格尔作品中的模糊的暴力性与怪诞性(有一件雕刻作品体现了他的讽刺画作《大香肠党》(Le parti des grosses saucisses)。两个主人公被成功地从"公共垃圾场"(la décharge publique)带进了"景观社会"du spectacle，这是我们在《全球化与儿童文学》一书中分析过的对立而互补的两极。故事最后的场景是浸染在一片蓝色云彩(Nuage bleu)的宁静天地里。

（六）墨汁与画笔的生命力：石涛

> 在我之外说。
>
> ——安娜·艾柏，《有时候》

如今，法国迎接了一大批中国移民的到来，这一现象体现在绘画上则表现为出现了一种接近插画家兼画家 Zaü 的插图类型，这种插图用墨汁展现了一种非常特别的黑色，例如，2002 年 3 月，发表在《我们想读书》杂志上的文章《从爱丽丝到罗宾逊的插画艺术》（L'art de l'illustration d'Alice a Robinson）就曾提及了"非常饱满的黑色"。2006 年，马蒂尼埃出版社（De La Martinière）出版了苏茜·摩尔根斯坦（Susie Morgenstern）所创作的《我会创造一些奇迹》（Je ferai des miracles），该作品由华人画家陈江洪（Jiang Hong Chen）配图，他在书中运用了混合手法：他结合了中国南方画家善于使用的墨汁的自由和随意性（"泼墨法"技巧）与北方传统画家的统一性，从而在画作处理中形成了一种高超的稳定性（《云的理论》，第 282 页）。该图画书的纸张版式为 30×35 厘米，仿佛一幅画卷，像是专门炫耀中国清代统治者政绩的圣旨。故事描述了一个小男孩对能力的渴望，他想"唤醒太阳"。图画书使用了巧妙的画风，用中国墨汁表现小男孩的梦境（这让人联想到巴什拉）。该作品体现了画家石涛所说的，画笔的落下是"混乱的开始"（《云的理论》，第 294 页）。图画书仿佛是一片领土，在这片领土上，红与黑、阴与阳相碰撞，黑色墨汁自由泼洒，在页面上形成大块的混乱图案，契合主人公被战争萦绕的思绪。主人公像一名对抗世界暴力的预言家或"小巫师"一般，双臂交叉，站在山顶宣布："我将成为上帝，将做得更好一点。"正在这时，风景从墨汁的动荡中挣脱而出浮现在眼前。正如石涛所说："要让墨汁来环抱和承载，让笔峰树立并统领一切。"（《云的理论》，第 297 页）。在主人公"驱魔咒"一般的话语过后，画面重现明快色彩，表现幸福的梦。但笔墨的翻涌直到回归现实时才真正消停。男孩躺在一本铺开的巨大的书上，旁边是睡着的红棕与黑色相间的猫和他的铅笔,男孩自言自语地说:"最好还是先学会读书吧!"

图形文化的碰撞,大块的笔墨,仿佛是用铅笔描绘的线条,这部作品混合了汤米·温格尔和桑达克图画书话语风格的作品是一部交织着快乐的文化融合的作品。

皮埃尔·康努乐(Pierre Cornuel)和朱耷(Chu Ta)

中国或日本绘画也影响了以弗雷德里克·克莱芒(Frédéric Clément)或米歇尔·尼科利(Michelle Nickly)为代表的艺术家,我们曾分析过这两位的作品。① 此外,皮埃尔·康努乐和金素熙(Sohee Kim)的图画书《朱耷与"道":画家与鸟的故事》(*Chu Ta et Ta'O, le peintre et l'oiseau*)(未编页码,格拉塞特少儿出版社,2010)用一种特别的方式体现了这种影响。在此之前,康努乐的作品多为幽默讽刺性图画书,代表作是《手术刀秀》(*Bistouri Show*)(格拉塞特出版社 2007 年版),展示了整容手术对个体身份的威胁,讽刺了造星系统打造的审美模板。而在关于朱耷的这本书中,康努乐彻底转变了风格。这位插画家的尖锐画笔曾抨击过所谓"整形"外科手术对个人生活的威胁,曾创作出怪诞的讽刺性画作,但该书一改往日画风,展示了朱耷(1626-1705)的经历。这位王室子弟是一位画家兼书法家,他出生于中国的南昌市,根据传记家的记述,他于 1699 年结识了石涛,经过长期的学习感悟,最终掌握了石涛的艺术手法。在图画书中,朱耷的故事是通过一只名叫"道"的小鸟讲述的,这只鸟自朱耷童年时期就陪伴其左右。朱耷自称,这只鸟儿是"从他的手里生出来"的。经历了一段幸福的童年和婚姻生活后,满族入侵导致明朝灭亡,朱耷与家人分离,后来,他被一所佛教寺庙收留,剃度出家,将精神冥想与绘画创作相融合。正是出于描绘这种转变的必要性,

---

① 见《全球化与儿童文学》,前揭,第 242—254 页,关于"色彩的国际性建设"(La construction international de la couleur)的阐释。

皮埃尔·康努乐转向一种分析的艺术,一种内在性的艺术,一种主权系统(ligne souvraine)的艺术。就像有关朱耷的文章所说:"他追求的是描绘本质:画纸的留白神奇地暗示着没有落到纸面上的内容。"图画书引领读者一页一页地追随朱耷的转变历程,向读者展示朱耷的风景画逐步变得丰富细腻的过程,以及如何通过一个名字的变化更好地诠释他的绘画技巧与人格。例如,"八大山人"这个名字,四个竖写的汉字,形状类似其他两个词——"哭之",或"笑之"。"哭的人,笑的人,都是他。"直到最后一笔,康努乐所跟随的都是这样一种情感,"画笔在他胸口留下的线条与画作上的一样纯净",小鸟说道。在下一页上,这只小鸟在绝美的花丛中飞舞。这些花与2010年4月康努乐在现代艺术-斯蒂芬·若阿农(Art Présent - Stephen Joannon)画廊展出的"黑色花"(Fleurs noires)中的花朵同样精致,但这并非是对这些花朵的模仿。此处,花的再度演绎是顽强工作的结果,并凸显了不同之处:图画书中的东方旅程映射出一位现代"尤利西斯"的专注、刻苦与内在提升。康努乐的博客也透露出了他对审美的不断思考。物品成为相反事物的基本游戏:高/低,静/动,透明/不透明,黑/白。"转换器"(le dispositif de transformation)就在我们面前,展示了艺术家所捕捉到的大自然的变化。花是静止的,然而在画廊的连贯排列下花朵仿佛像旗帜一样在飘动,红色和浅绿色的花,活泼且毛茸茸的水母,抽象的幽灵,都经由笔墨的挥洒变得富有诱惑力,而蓝天的边缘丝毫没有冲淡的效果。阴阳的配合淋漓极致地展现了艺术家的才华。

(七)生命的强度:白与黑。随约翰·伊顿看红色眼睛或数量-质量反差

> 有时,我忘了。
> ——安娜·艾柏,《有时候》

"我忘了",这组词位于安娜·艾柏图画书里耀眼的白色跨页的底部,让人有种眩晕感。如果在一本图画书里,通过仿佛触手可及的字母或人物,在

白色的纸张上凸显生物的特别,是不是会有种类似的快乐?《小动物和大动物》(Petites et grosses betes)(阿尔滨·米歇尔少儿出版社2010年版)一书正是如此,同年,在装饰艺术博物馆(Musee des Arts decoratifs)的玩具展厅(galerie des jouets)里还举办了与该书同名的展览。白色的力量在于它所暗含的抽象,但它也为一种具体的有真实颜色的存在赋予了纯洁性。这种力量也源自页面上的留白,例如德尔菲娜·赛德吕(Delphine Chedru)的涂色书《大树》(L'Arbrier,阿尔滨·米歇尔少儿出版社2010年版)。我们还可以运用白色底面做游戏,让身上有白色的动物消失不见,例如,在《雪中的动物》(Les Animaux dans la neige,伽俐玛少儿出版社2010年出版)一书中,伊曼纽尔·波朗科(Emmanuel Polanco)用熊猫、白鼬、企鹅、斑点狗等动物与读者做了一场视觉游戏,让我们只能从鼻尖的黑点辨认出这是两头白色小熊还是一头北极熊。

在德迪厄(Dedieu)的《阿贡》(Aagun)(门槛少儿出版社2009年版)一书中,白色的页面被墨汁侵袭,规律性地点缀着红点(字母或玺),这体现了约翰·伊顿定义的数量反差。安德烈·勒布朗(Andre Leblanc)的《红钢琴》(Le Piano rouge),由巴鲁(Barroux)配图(索尔比埃出版社2008年版),同样运用了中国画的独特手法,通过"笔墨活力"讲述了中国"文革"时期被下放的一名女钢琴家的真实故事。

弗朗索瓦·大卫(Francois David)在由裘瑟·萨瑞瓦(Jose Saraiva)配图,萨尔巴加纳出版社于2005年出版的《红樱桃》(Rouge cerise)一书中,尝试对红色作了突破性运用;2010年艾丽斯·巴里埃-阿凯(Alice Briere-Haquet)和埃莉斯·卡尔庞捷(Elise Carpentier)合作完成的《红》(Rouge)一书采用了红/黑对比,表现了一个为小孙女织各种衣物的奶奶与懒人们等之间的反差。这种对比手法在妮可·梅玛和克莱尔·福尔若(Claire Forgeot)的《红毛虫帮》(Gang des chenilles rouges,1978)一书中也有所体现:读者不会奇怪于故事中让孩子得救的是一件"红风帽"织物……在朱莉·拉纳(Julie Lannes)的《波利石奈尔夫人的秘密》(Le Secret de Madame de Polichinelle)（默图斯出版社 2010 年版）中，读者需要用一个有红色镜片的放大镜来观察红色和黑色的画面，才能从中发现揭示主人公夫人秘密的物品！让-菲利普·阿鲁-维诺的《丽塔和小东西在巴黎》(Rita et Machin a Paris)（伽俐玛少儿出版社 2009 年版）一书中，两个小伙伴儿在首都的探索旅程通过画笔和墨汁在白色纸面上得到了细腻的展现。同样，画面上也点缀着红色小点，有时在丽塔身上，有时在小狗的眼睛上。在卢浮宫和小丘广场（Place du Tertre）展出的画作中也有这种现象，艺术家所作的每幅画像的一只眼睛上都有一个红点。然而，最吸引人的场景出现在最后的游行活动里，眼睛上有着红点的小狗身上挂着一个牌子，牌子上头像的眼睛也有红色，写着"给我投票"！那么，红色到底是象征着视觉、好奇心和对灰暗生活的抗议，还是表演的激情？

碎纸：声音，视觉。萨拉（Sara）色彩对冲动的表现

红色与表演激情？萨拉的无文字图画书《她和我》(Elle et moi)（页面艺术出版社 2011 年版）采用了与《我的狗和我》(Mon chien et moi)（埃皮贡出版社（Epigones）1995 年版）一书相同的题目形式。萨拉作品中的场景描绘十分细腻，一位女士——歌唱家？播音员？总之是一位声音艺术家，穿着一条红色连衣裙——电影镜头一般的场景，引人注意的是色彩间的强烈对比，表现了冲动（pulsion）的纯洁和人物间关系的热烈。该书让我们再次感受到康定斯基提出的童年时的目眩感。对于这本谜一般的无文字图画书，主要是基于读者的欣赏力来理解。在第一页上，女士带着她的狗（毫无疑问，狗就是题目中的"我"：一只不会说话的动物，完美地契合无文字的设计！）。页面上的人是站着的，狗的橙黄色毛色与女士裙子的火红色相得益彰，暗示了两者间的深厚联系。被勾勒轮廓的纸的留白——萨拉常用的技巧——在黑色背景上描绘出白色的被风吹乱的头发和双腿。一根黑色带子表示狗的项圈，与女主人的黑色衣领相应，这是主人与宠物的另一处连接点。

接下来，自第二页起，狗独自等候着登上舞台的艺术家。在第六页的中央，用白色突出的刀疤瞬间揭示了女艺术家背对观众的原因。从颜色和形状上来看，观众是一些男人的身影，这一页给读者的感觉类似于2011年页面艺术出版社出版的萨拉的图画书《这是我爸爸》(*C'est mon papa*)。《这是我爸爸》一书里描绘了一位脆弱的、在艺术实践中享受着幸福的音乐家。相反，《她和我》这本书通过一个男士的面部轮廓引入了一种不祥的音符，伸直的或是扭动的脖子、白色的镶边，都暗示了一种含有暴力性的反应：这是否是一种过度的抗议？最初，女士手里拿着一个麦克风，下一个画面上，她的嘴张成圆形，白色的脸庞上只出现了红色的嘴唇。这是否是被吓坏的女孩的真实面容？她的话是否被打断了？毋庸置疑，她是挑衅行为的受害者，当公众的深灰色身影显得越来越有威胁性时，她松开了麦克风，用拉高的衣领遮着脸。悲剧！画面中只留下她逃走的背影（红色的裙子，白色的双腿），随后——只能看到头部——向等着她的狗跑过去，狗也向她跑去。最后一个画面将她拉长了，仿佛一个迷路的孩子，狗依偎在她旁边，画面使用了红色、橙色和白色混合的亮色调，而黑色边框则增添了悲伤感。萨拉是想揭示"景观社会"的浮躁，表面上甜蜜实则阻碍亲密情感的景观，是男人们对女士的无礼？还是像某些读者一样，读出的是一个完全不同的故事？插画家的一个儿子从观众的反应中感受到的是粉丝们的欢呼，而艺术家却被自己的成功吓坏了。萨拉自己表示，她的图画书想表达的主要是"人群恐惧症、失败带来的痛苦和孤独感，以及一只沉默的狗带来的心灵安慰"。由此，我们就能更好地理解狗跑向主人的动作：是一种颜色奔向另一种颜色。萨拉的作品很接近儿童的"观察冲动"（pulsion scopique），对她而言，感受和情感比认知方法更重要。不管怎样，插画家细腻保守的女性风格邀请读者参与到她的感受力和色彩创作的无字分享中。她的笔触轻盈灵活，以每页上的裂口（déchirure）作为微妙的彩纸连接点，技巧与主题完美契合。这是一种体现"艺术精神"的方法。

默图斯：黑色在说话

弗朗索瓦·大卫则转向抽象和出版的新型研究，尤其是默图斯出版社出版的 10.5×15 cm 小开本的系列图书"口袋里的手帕"（Mouchoir de poche）。自 1946 年的"黑色是一种颜色"展览举办以来，黑色得到了大众越来越多的关注，作品画面不再有"白色纸张的眩晕感"，而是通过黑色来表现对比。《红色的小圆鸡》（Le Petit Chapon rond rouge）一书就是其中的代表作品之一。在茱莉亚·比耶（Julia Billet）的《我不会忘记》（Je n'oublierai pas）（默图斯出版社 2005 年版）一书中，页面是黑色，文字和图画是白色。随后她在作品《你，你是谁？》（T'es qui, toi?，2010 年）中使用了类似的背景，将图形元素（问号、侧影、最后一页的心形）在文字页上勾勒出来。维尔日妮·蒙弗鲁瓦（Virginie Monfroy）在《给你自己贴标签!》（Etiquette toi-même!，2010 年）一书中也采用了类似方法，黑色的背景上摆放着白色几何形的标签（正方形、长方形和圆形）、条纹码、按钮和布块，一个画面上集合了多个毫不相关的元素。在达米安·弗雷（Damien Ferez）的《嗓子里的球》（La Boule dans la gorge，2010 年）一书中，黑色背景上的球逐渐变成了一段羊毛线，与此同时，感受到幸福的主人公的人格也逐渐构筑起来。同样是"口袋里的手帕"系列丛书中的维罗尼克·凯鲁（Veronique Caylou）的《汤妈妈》（Mère la soupe），其黑色背景上用极其简约的白色线条勾勒出人物或布景轮廓。在弗朗索瓦·大卫的这种黑色作品之前，亨利·加乐隆（Henri Galeron）在《夜里的小火苗》（Une petite flame dans la nuit）（巴雅少儿出版社 1996 年版）一书中就使用黑色渲染了集中营的惨淡气氛。1999 年大卫请加勒隆为米歇尔·贝斯涅（Michel Besnier）的《老鼠的饶舌歌》（Le Rap des rats）配图，后者谨慎地使用了灰色。因为这个故事描述的是底层生物的无奈感。2004 年，默图斯出版社出版的爱德华·利尔（Edward Lear）的《谐趣诗集》（Poemes sans queue ni tete）仍然由加勒隆配图，加勒隆用灰色表现了诗的幽默。然而，直到《月亮和太阳的孩子们》（Les Enfants de la lune et du soleil，2001 年）一书的出版，两者的合作中才出现了发亮的黑色与灿烂的白色的反差。黑色的使用上升到了一种神话和宇宙的高度，合作者由此萌生了系列丛书的想法。

雕花纸，安托尼·吉约佩（Antoine Guilloppé）的黑与白

在黑白两色的游戏中，最充分的表现莫过于一个很亮的夜景。例如安托尼·吉约佩的图画书《满月》(*Pleine lune*)（高缇耶-朗格罗出版社2011年版），故事由一个不知名的讲述者（"这是个月圆之夜"）描述一种惊醒了不同动物的声响（"狼睁开它的眼睛"），以及一声喊叫激起的反应（"狐狸在树叶之间跳跃"）。最终揭开谜底，这是一场生命的诞生：夜里出生的一头小熊，黑色背景上的白球。作品的独特性源于黑色和白色页面的交替。起初，月亮是黑色封面页上的一个白色圆形；不过，从对称的另一面的标题页看，它是黑色的。动物轮廓的线条使用了剪纸般的手法，动物们在没有固定框架的页面上突然出现，有时是在白色的月光下，有时是在黑暗中，就像亚瑟·拉克姆实践过的中国影子戏的手法。因此，我们看到的白色的狼起初是在白色跨页的右侧，但透过叶形边饰和它的爪子，我们能看到夜的黑色，同时——尽管不合常理，但画面感染力强——还能看到白色的月亮。背面是消散在树叶丛中的黑色月影。

尤其特别的是，画面上波浪形的格纹渲染出一种真实性和巴洛克的壮丽感，例如，在蝙蝠飞翔的画面上，蝙蝠的翅膀伸展开来，仰摄的视角将其置于树干的中部位置。除此之外，书中也有让人不安的画面，例如，野猪和熊；可爱的画面，例如"藏起来害怕被捕获的"兔子。该作品之所以让人印象深刻，除了其大版式（29.5×33 cm）之外，更多是因为书中展现的夜晚想象力，这正是吉尔贝·杜朗或加斯东·巴什拉（Gaston Bachelard）所希望看到的。

在安托尼·吉约佩的另一本禅意小故事《勇敢的秋子》(*Akiko la courageuse*)（皮基耶少儿出版社[Picquier Jeunesse]2010年版）中，树叶的线条或某些动物（熊）的描绘也使用了这种雕花方法。一个日本女孩穿着色彩精致的和服（白花的黑底上缀有玫瑰花的图案），她在夜里去了一片森林，遇到了各种动物（熊等）。但她并不害怕，还暂时收养了一只小松鼠，这象征着女孩对自然界的爱。在她的旅程中，俯视与仰视角度相互交替（尤其是"伸展翅膀变得更美"的猫头鹰的画面），其中，小女孩在富士山前有段停留，富士山是黑色天空上的一个白点，雪花飘落到山上。书本是正方形，版式稍小（20.5×20.5 cm），但丝毫没有影响作者使用更贵的凹版雕花方法，而和服的装饰图案则引入了一种欢快的符号，稀释了黑夜的恐惧感。安托尼·吉约佩由此表现了同一种图形技巧（雕花图案的波纹）的两个范例，能够让读者既体会到色彩的赏心悦目，又能解读画面所蕴含的意义。他发展了一种系统性的方法，在其他情况下，这种方法要么会强化几何感，要么会起到彻底相反的作用。

（八）超越结构主义：迈向读者的自主权

> 有时，
> 我想找到绳子，解开绳结。
> ——安娜·艾柏，《有时候》

我们接下来要看的图形游戏，其编排与上文提及的图画书有着明显的不同。这是一本历史更久的图画书——李欧·李奥尼的《阿尔贝特的梦》（*Le Reve d'Albert*，1991年），作者用更具体的手法描绘了一只艺术家老鼠。这位热爱颜色的意大利插画家著有《佩泽提诺》（*Pezzettino*）、《自己的颜色》（*Une histoire de caméleon*）、《小黑鱼》（*Pilotin*），以及著名的《小蓝和小黄》（*Petit bleu et Petit jaune*）。《阿尔贝特的梦》一书讲述了小老鼠阿尔贝特和父母一起住在一个堆满了旧娃娃和破碎物品、满是蜘蛛网的阁楼里，某一次阿尔贝特去了一家博物馆，了解到了悠久的绘画发展史，看到了米罗（Miro）的作品。在那里，他决定成为一名画家，并爱上了一位老鼠姑娘，他用画板取代了屋里的蛛网，找到了心之所向，最终也真的成了一名画家！

除了抒情画卷般的色彩，随故事逻辑展开的多彩图形也是我们应该注意的。通过对比首页和末页画面就会发现两种对立的符号系统。在首页画面上,主要是由几个圆形和暗淡颜色(灰色,带少许黑的浅黄色)构成的蜘蛛网内,一些发光的尖角,画面背景是白色,整体呈水平方向。反之,末页画面呈垂直方向:尖角变得模糊,圆形占据主导,浅蓝色背景上呈现红色和绿色的热冷反差,黑色的饱和度突出了白色的活力。

文本逻辑对色彩形式的这种影响在现代作品描绘物品痕迹或碎片时仍然存在,刮擦、稀释等手法释散开的彩色斑点简化成为表达内在意义的简约符号。代表性作品是伊莲娜·里夫(Hélène Riff)的《爸爸杀死他老姑妈的那天》(Le jour ou papa a tué sa vieille tante)(阿尔滨·米歇尔出版社1991年版)。苏菲·范·德·林登曾在《如何阅读图画书》一书里详尽地研究过这位插画家的巧妙手法。一条轻盈的蓝线朝向第一页的右上角,让人联想到一个圆形的开口,与之对应的是最后一页底部,以红色方形为目标的弓的闭合。第一个图形源自一个开始行动的动作(主人公的兴高采烈),而最后一个图案则宣示着男孩跟背着两篮子红樱桃的姑妈握手这一动作的完结。孩子跨过中间掺杂黑色的黄色(粗略描绘的三角形)部分,在一页有着圆形刻痕的画面上,他穿过灰色的长方形,刻痕表达的是他的困惑。在这里,伊莲娜·里夫含蓄地否定了卡尔·格斯特纳的色彩形式理论中所体现的结构主义视角。

考虑到"肌理"作用(effets de《textures》)所保证的原始色调和气氛,我们也能从理论层面上观察到类似的由系统精神到否定的转变。在《西藏》(Le Tibet)(格拉塞特少儿出版社1998年版)一书中,彼得西斯(Peter Sis)展示了西藏曼荼罗和舍利塔的材料与色彩。受佛教文化的直接启发,书中将红色、绿色和蓝色与火、土和水相关联,通过色彩的穿越提供了一场名副其实的启蒙仪式,色彩的变换引领读者到达迸发神秘光芒与愉悦感的意识之夜(黑色)。米歇尔·尼科利的《四季花园》(Le Jardin des quatre saisons)展现的日本和服的华丽色彩和用料,以及韩国插画家李贤京(Lee Hyun-Kyeong)的作品《尤里和艾米丽》(Yuni et Amélie),体现了当前提供给欧洲读者的更广的色彩多样化。在艾伦·马尔克斯（Ellen Marx）的《光的颜色》（*Couleur Optique*，1983 年）一书的启发下，涌现出一批关于光的书籍，如伽俐玛出版社的"新发现"（Premières Découvertes）系列丛书，布鲁诺·穆拉里的《在米兰的雾中》（*Dans le brouillard de Milan*），以及德尼·普拉西（Denys Prache）的《最美丽的光》（*Les Plus Belles Ilusions optiques*）（长音符号［Circonflexe］出版社 2001 年版）。

经常使用图形调色板的新一代插画家对之前规则的拒绝或变通带来了一种自由趋势，他们倾向于即兴而发和能够激发儿童想象力的游戏方式。例如，塞弗兰·米勒（Séverin Millet）的图画书《哪儿》（*Où*）（门槛出版社 2007 年版），读者需要在每一页花团锦簇的画面上找到一把颜色各异的钥匙。与之相反，雅尼克·科阿（Janik Coat）在《我的河马》（*Mon hippopotame*）（欧特蒙出版社 2010 年版）一书中使用了朴实简单的风格，画面仅呈现主要线条，使动物时而消失（用词语"Absent"表示），时而重新出现（用词语"Présent"，并伴有表示眼睛的两个黑点）：河马的轮廓通过其身体与页面背景的两种红色的对比加以凸显。《惊喜》（*La Surprise*）（备忘录［Memo］出版社 2010 年版）一书也使用了类似的方法，用多种色彩游戏体现一只猫在家这一熟悉场景中的出现和消失。布莱克斯波莱克斯（Blexbolex）的《人像》（*L'Imagier des gens*）（阿尔滨·米歇尔出版社 2010 年版）也是一部手法巧妙的作品：全书通过三原色的相撞，没有黑色，实现了一种透明度，色彩的重叠造成了一种奇妙效果，映射出生命的喜悦。此处，将人物引向森林的一场逃亡的故事体现了"公民图像设计者"（graphiste citoyen）的概念，这正是阿德里安·扎米特（Adrian Zammit）的画室"生动的图形"（Formes vives）所践行的理念，而该画室创立的灵感则来自"一位一无所知的流浪大师"（显然暗指雅克·朗西埃）。

埃尔维·杜莱在《画》（*L'Imaginier*）（门槛出版社 2007 年版）一书的介绍中体现了类似的精神，该书旨在"用引发想象的画面来想象一位画家"。

读者会在此书中发现色彩的互动和多彩的图形组合（穿着时尚的老板，红鞋子的碎片），深度的缺失似乎暗暗契合安迪·沃霍尔（Andy Warhol）的《钻石灰尘鞋》（*Diamond Dust Shoes*，1980 年）。在对深度的拒绝程度上，埃尔维·杜莱比柯微塔·波兹卡走得更远，同这位捷克插画家一样，杜莱也充分参照了约瑟夫·阿尔伯斯（Josef Albers）的《色彩的互动》（*L'Interaction des couleurs*，1963 年）。此外，他还展示了当代社会的一切元素（材料、翻印的照片、字母），用饱含幽默感的手法体现了全球化市场背景下的物品泛滥。《杜噜嘟嘟——神奇的故事》（*Turlututu. Histoires magiques*）（门槛出版社 2007 年版）进一步突出了游戏性的重要，转变了《我是怎样救了爸爸》（*Comment j'ai sauvé papa*）（门槛少儿出版社 2002 年版）一书的叙述风格。该书的首页上，在乌云密布的天空下，有一位闷闷不乐的父亲，末页是同一个人，但却是喜悦的，蓝色的天空上有十四个太阳，通过不断变换图形-颜色，杜莱让读者成为一名"色彩魔术师"。另一个值得一提的游戏是克莱尔·德（Claire De）的《该你玩了！》（*À toi de jouer!*）（大人物出版社 2010 年版）：黑色的背景凸显出黄色到红色之间的所有渐变色，这些颜色来自工作室里被照亮的物品，它们几乎变成了纯色。光的颜色及物品本身——偏离了本来的用途，具有达达主义和新现实主义特征——变成了美丽的图形，在沉浸于创造之中的读者-玩者的动手操作（切，钻，模铸，"烹饪"）中，成为了梦的载体。

这种互动手法在其他作品中也有体现，抒情式抽象主导的作品，简约线条，被刮擦、稀释或加上出人意料的东西的老物品的痕迹或碎片，当代色彩通过这些方式得以自我展示和表达。例如，米歇尔·多弗雷纳在《食物的小故事》（*Petite histoire des nourritures*）（该书由西尔维·博西耶［Sylvie Baussier］撰文，西罗斯出版社 2005 年出版）中的某些画面：画中混合的碎屑、沙子、秕谷等暗示了现代城市的摇摇欲坠，马尼里奥·布鲁萨坦曾提及被铁锈腐蚀的现代城市，铁锈象征着侵蚀文明的磨损力与暴力，例如，乔治·勒莫尼笔下的萨拉热窝的卖火柴的小女孩。

最后要分析的插画家克里斯蒂安·布鲁坦(Christian Broutin)与达恩·雅各布森(Dan Jacobson)属于同一阵营,是介于超现实主义与高度写实主义(hyperréalisme)之间的混合"超级现实主义"(maxiréaliste)画家。他为我们展现了"成串的视角"以及诞生于"时代冲动"(pulsion des jours)的"出人意料的想象力"。安德蕾·谢蒂(Andrée Chedid)在评论布鲁坦为自己的作品《光的速度:瞬时》(Vitesse de la lumiere. Instantanés)(阿芒迪耶出版社[Amandier]2006年版)所配的插图时,使用了"时代冲动"一词——黑与白的游戏,影与光的反差需要读者具有敏锐的感知力——且坚持表达康定斯基(Kandinsky)所提倡的内在需求。2009年,在拉罗什吉永城堡(le chateau de la Roche-Guyon)展出了《圣米歇尔山的36幅景象》(36 vues du Mont Saint-Michel)——对葛饰北斋(Okusai)的献礼——通过此次展出,日本风格在克里斯蒂安·布鲁坦创作的很多邮票作品中均有体现。此外,在布鲁坦创作的名为"圣曼哈顿山"(Le Mont Saint Manhattan)的关于纽约的海报中,他用其营造的景象将我们引至梦的国度。他对景色表达的追求根植于童年时期,他曾痴迷于海狸爸爸出版社出版的由罗津考夫斯基(Rojankovsky)配图的《海豹斯卡夫》(Scaf, le phoque)。在《天空,星星和夜晚》(Le Ciel, les étoiles et la nuit)(1983年版)一书的封面上,城市建筑被一只黑猫遮住了一部分,黑猫仿佛是从爱伦坡的小说里跳出来的,它的旁边有一只飞蛾,安静地在月亮下飞舞。与这种梦幻场景相对应的是,在《天空,太阳和白天》(Le Ciel, le soleil et le jour)一书的封面上,随风摇摆的草坪上掠过一群飞鸟,展示了世界新生的喜悦,同时,又保留了神秘感,仿佛是在前往另一座富士山。布鲁坦先后配图的作品有勒内·吉约(Rene Guillot)的《蒂乐里,夜莺之王》(Tireli, roi des rossignols,阿歇特出版社1969年版)、罗兹·塞利(Rose Celli)的《芭芭雅嘎》(Baba Yaga)(海狸爸爸出版社1974年版),他还为拉鲁斯出版社(Larousse)、巴雅出版社、南方行动出版社(Actes Sud)和伽利玛出版社的多套系列图画书和图书封面配图。此外,他还为《奥达里部落》(Clan des Otari)(2003年至2004年)绘制了封面。

（九）质的对比与差异的挑战：雷吉斯·勒荣克

> 有时候绳子散开，而且……
> ——安娜·艾柏，《有时候》

即兴发挥的魔力，出版业全球化引起的作品共享所带来的"多彩的惊喜"，技术的不断更新和色彩科学的不断细化，使艺术家和创作者在与儿童读者的对话中不断实现图画书作品的多样化。最有代表性的作品当属雷吉斯·勒荣克（Régis Lejonc）的最新作品《神奇的颜色！》（Quelles couleurs!），由蒂埃里·玛尼耶出版社出版，与《卢浮宫全览》（Tout un Louvre）属同一系列图书。该书曾于 2010 年获得穆兰插图中心（Centre de l'illustration de Moulins）颁发的大奖。封面上展示了从白色到黑色逐渐过渡的 12 种颜色的色卡，在页面上部呈扇形排列，在底部呈横向阶梯状。这一排列符合书中雷吉斯·勒荣克所开发的多彩光谱图的渐变，读者可以在网站"http：// pourpre.com/chroma"上浏览。一张陈列着各式鞋子的照片似乎契合安迪·沃霍尔的《钻石灰尘鞋》。颜色系列都是建立在质的对比基础上的金褐色皮色。以此为开场，揭开了对白色的介绍：左侧页面上方有"白色"一词的大字，所在背景有色差和颗粒感；对面的右侧页面依次排列着写有各种白色的方形："乳白（opalin），盐山（Meudon），泥土（argile），浅米色（écru），乳色（laiteux），象牙白（ivoire），白金色（platine），香草色（vanille），锌白（zinc），气泡白（bulle），雪白（neige），阿泽尔白（arzel），苍白（malade），雌鹿的肚子（ventre de biche），西班牙白（Espagne），沙土色（sable）"。这些表示颜色的复杂词汇来源不一，有的来自某种矿物（白金，锌），有的是某种地点（盐山，西班牙），有的是某种材料（象牙，香草），有的是某种动物（雌鹿的肚子）。其他颜色的名字也是如此，恶作剧般地引起混淆："雌鹿的肚子"表示的白色和"那不勒斯（Naples）"表示的黄色有什么区别？差别很小，主要取决于眼光的敏锐。除非想成为这方面的专家，否则读者不会专门花时间研究这些词语,读者主要是被画面吸引。最初,读者会注意到天上的几何图案(云彩之间的飞机驶过留下的白痕)或破碎的大冰块,随后白色雪人旁边的山峰、爱斯基摩人、婚纱、熊猫(是白底上有黑色还是黑底上有白色?),以及句子片段等,例如,"像白毛巾一样惨白"、"他妈妈的牙齿!"(一头鲸鱼举着一支牙膏)、"丑小鸭"(一只美丽的白天鹅)等,向读者提出了一连串的谜题。画面与文字的含义交织,是幽默感的一种经典体现。在对黄色的展示中,不出意外地有灿烂的太阳,其次是旁边颜色稍有差异的灯泡,随后还有香蕉、中国木偶、柠檬、纽约出租车、足球运动员的黄牌,而万圣节的笑脸南瓜出现在橙色的代表物品中……作品时而贴近读者儿童,时而毫无拘束地发挥喜剧感("让我们一起嘲笑萝卜!",勒荣克在玫瑰色一页中写道,"不要混淆城市萝卜和乡下萝卜"……),时而恐怖(蓝色中的"方托马斯"[Fantomas]),时而神秘("Sobre la carretera de Espana"表示"一头黑牛","一头模糊的狼"表示"同一种"颜色)。该书以奇幻场景和匪夷所思为基础(相同的落日出现在黄色、橙色、热带红和紫色的代表物中,而"玫瑰红就是清晨的玫瑰"),然而又有所超越,发展了独特的理论系统。通过这样一种欣赏过程,作品在培养评论家和读者的思辨力。正如雷吉斯·勒荣克(Régis Lejonc)在序言中所说,他不知道自己最喜欢什么颜色,希望我们能在"读过"《神奇的颜色!》后清楚知道自己最喜欢的,他也鼓励读者制作属于自己的色彩卡,用于欣赏其他图画书。

(十) 小结

> 我重新站起来,天空在我的头顶
> ——安娜·艾柏,《有时候》

2010 年,阿尔滨·米歇尔少儿出版社出版了朱丽叶特·比内(Juliette Binet)的《表哥》(*Le Cousin*),我们会发现,几乎无法用雷吉斯·勒荣克的色彩划分来分辨这位插画家笔下细腻与精细的色彩差异。她曾凭借《蒙蒙》

(*Edmond*)一书获得了穆兰插图中心的奖项。《表哥》一书用细腻的基调描绘了一位现代人与其史前祖先在一片梦的森林里的奇幻相逢。故事的色调背景很难定义,可能是"象牙白"(blanc ivoire)、"米白色"(blanc ecru)或"阿泽尔白"(blanc arzel)[根据1827年里瓦罗尔(Rivarol)编写的《法国语言词典》(*Le Dictionnaire classique de la langue francaise*),形容词"arzel"是指"一匹后脚从蹄子到球节之间涂上白色的马")? 家谱树是金黄色(flave),浅赭石色,还是"灰黄色"(mastic)? 史前人类毛发使用了稍有颗粒感的"锡灰"(gris etain),与现代人裤子上的浅玫瑰色形成了显著对比。书中文字很少,增添了故事的神秘感。罕有文字的跨页展开,如同打开一封信,故事的魔力随之流溢而出,将我们引入梦的永恒。灵巧多变的笔触所呈现的色彩让读者无法用既有概念去定义,仿佛交织成一个地毯上的图画,就像亨利·詹姆斯在小说《地毯上的图案》(*Le Motif dans le tapis*)中呈现的悬念。隐藏的信息会是一种逃离任何标准,回避所有词典的"快乐的知识"(Gai Savoir)吗?

三、全球化小说的万花筒

> 周复一周,你远离曾经的自己,
> 那时候,活着就是无忧无虑,是盲从,是信任,
> 是充分属于当下的幸福感。
> ——夏尔·朱耶,《碎片》①

(一) 文化西方的冒险与/或写作:生活,小说与/或教育

小说提供的乐趣之一就在于进入另一个世界,一个隐匿存在者的地方:在那里,我们会遇到一个寡言或健谈的作者,用他的世界观和写作方式去观

---

① 夏尔·朱耶(Charles Juliet):《碎片》(*Lambeaux*),POL出版社1995年初版,伽俐玛出版社2005年再版,第17页。

察,会遇到拥有独特生活与说话方式的人物。与舞台表演不同,作品给予的节奏感、想象空间以及阅读的巨大魅力,能使人物的构成元素得以充分保留,可以"看到"他们在小说所营造的空间里或动或静,可以捕捉到他们或迎合或抗拒的眼神,可以隐约"听到"他们说话的声调,可以模仿,却很难辨清。在由安娜·特罗特罗撰文、菲利普·杜马斯配图的《著名作家的猜谜游戏》一书中,对作家的描述可以充分说明这种矛盾现象。每位作家都由字谜式的题目和一页描述构成。例如《神圣的信使》(Divine Messagere)中写道:"毫不啰嗦地说,我将父亲视为最优秀的骑手。多希望我能听到他的声音,看到他的一切!但上帝却让他在我出生后不久就去世了……"不必读下去,我们就可以知道答案,塞维尼夫人(Madame de Sévigné)。《梦想守卫者》(Garde songe)中写道:"四岁成为孤儿,没进过学校的我,最常做的就是在榛树林里闲逛,用松果吹口哨,自学认字读书。"这只能是乔治·桑了。而《格里索利亚,叛逆的鼬鼠》(Grisolia, indocile belette)中,"那些熟悉的动物的温热气息有很久没来过我的房子了,如果乱糟糟的紫藤……有什么关系"(就此打住吧!),这绝对是西多妮·加布丽埃勒·科莱特(Sidonie Gabrielle Colette)。这种灵感游戏完全是书本性的,需要古腾堡工程般的浩瀚知识。

在现代,小说成为作家与世界、世界与读者之间的另外一种媒介,而其他交流形式的出现则更使其日趋复杂,在它的渠道中充斥着全球化的所有力量和模糊性,不管是指信息化或控制论新技术、经济交流、儿童和地球的未来,或是指对一段历史负责(由上文可以看到,是民族间战争的历史)。文化要素的交流呈现两个方向:一方面是本国小说家走向国外(虚拟的或现实的),另一方面是外国作家、人物及大量翻译作品的涌入。全球化世界的这一表现由单景监视①的作用主导。齐格蒙特·鲍曼在考察分析了现代社会的活力和"流动性"(mobilité)之后提出了"流动的现代性"(modernité

---

① 译者注:齐格蒙特·鲍曼将现代社会的监控类型分为三类:散点监视(a diffuse surveillance)、全景监视(panopticon)和单景监视(synopticon)。单景监视是高度现代性下出现的监控类型,其典型代表是数据库监视。

liquide），在这种现代性下是一种"流动的生活"（vie liquide），即一种价值观迅速分解的生活模式，价值观"挥发"（volatile）得太快，以至于"人们没有反应的时间，无法生活在让人安心的习惯和常规中"。① 这需要读者有敏锐的目光，因为它时而像巨幅画面扑面而来，时而如散开的拼图无法捕捉，并让读者的耳边充斥着各种对话、巨响和歌声。交流媒介的变化还导致作者与读者间距离的重估，国家之间界限的改变，以及景观的新型分配，例如文化交流。小说的融合性（polyphonie）与异质性（hétérogénéité）体现了对一场浩大的观念转变运动的接受或拒绝：一部分人的开放态度受到了阻碍，而这种阻碍来自于另一部分人谨慎的闭塞或根深蒂固的既成观念所造成的束缚。正如齐格蒙特·鲍曼所写的，现有界限和约束的取消赋予少数国际化团体以特权，他们是社会的焦点，这种眼光的调整使得大众——因时尚杂志的洗脑而变得幼稚，旁观"造星体系"（star system）、政治和"上层社会"（jetsociety）的大众——什么都做不了，只能注视一小群精英。本章里我们会看到注定将进入这一体系的儿童，他们将接触怎样的趣味小说。它造成的后果是让无数人被害怕、焦虑和恐慌所笼罩。鲍曼在1998年写的《全球化：人类的结果》中如此评论这种状态：

> 精英选择了隔离，并为此慷慨而自愿地付出代价。其余的民众，他们处于被排除的境地，不得不为这种新的隔离付出文化、心理和政治上的高昂代价。②

在下文中我们会发现，这种状态不局限于某个国家，单景监视仿佛可以在文化融合引起的全球变化中分解及延续。因此，冒险与写作在一个更大

---

① 见齐格蒙特·鲍曼：《流动的生活》（*Liquid Life*），政体出版社（Polity Press）2005年版，第102—115页。《全球化与儿童文学》，前揭，第20页，引用了这段话并将之译为法语。

② 见齐格蒙特·鲍曼：《全球化：人类的后果》，前揭，第37—38页。

的空间内有了新的联系。作家分化为两种趋向：一种是不着痕迹地抹除自身的印记，希望通过一系列活动和悬念的爆发，多角度全方位地展现生活的丰富，传达亲身经历般的直接的真实感受；另一种是不加掩饰地根据所选体裁，或持续或间接地传递笔下正在诞生的作品所承载的思想。第二种态度源自作者与公众交流的日益频繁（与青少年的博客交流或者在学校举办的交流讲座），这让作者与读者间的关系愈加紧密，读者进入文本所描述的世界，并逐渐将自己设想成故事发展的主导者：这类小说往往只是有待成熟的作品，关键是名气或道德健康。下文我们将列举两种极端态度的例子，同时结合中间派的例子，我们将会发现在章节和情节的安排、时间性的表达、与读者的交流方式等方面，叙述游戏（le jeu narratif）都愈加复杂。

蒂莫泰·德丰贝勒的《旺戈》:"他吹口哨呼唤燕子"

在此将蒂莫泰·德丰贝勒（Timothée de Fombelle）的《旺戈》①（Vango）作为第一个例子。故事由一位无所不知却守口如瓶的讲述者用第三人称叙述，他让旺戈走遍世界，穿越不同的地域和时代，从地中海到苏联，从1918年到1936年。这个身轻如燕的男孩能爬上萨利纳岛的悬崖，萨利纳岛属于伊奥利亚群岛，岛上有两座死火山，岛的希腊名"狄迪密"（Didyme）正源自这两座火山。旺戈与生活在树上的托比·洛纳斯②（Tobie Lolness）是同一作家笔下的文学兄弟，后者是米歇尔·图尼埃笔下的鲁滨逊的传人，或许是对手。作品开篇就使用了激发青年人想象力与好奇心的表述：

> 7岁时，他能毫不费力地攀上悬崖。9岁时，他把小鹰捧在手心喂食。他赤裸着上身在岩石上睡觉，胸口上躺着一只蜥蜴。他吹口哨呼唤燕子。

---

① 蒂莫泰·德丰贝勒：《旺戈》（Vango），伽俐玛少儿出版社2010年版。
② 译者注：《托比·洛纳斯传奇》中的主人公，《托比·洛纳斯传奇》是蒂莫泰·德丰贝勒的第一部小说。

1934年,这个大自然的孩子被其中的一只燕子所救,射向他的子弹打中了燕子,当时他正在徒手攀爬圣母院外墙,躲避追他的警员布拉德——一个身形笨重,尤其喜爱老家奥布拉克(Aubrac)美食的人。故事就是在这样一个戏剧性的场景中开始的,随后几章将读者从巴黎带到黑海岸边的索契,又带至萨利纳岛和康斯坦士湖岸边,接着乘飞艇来到了拉丁美洲和苏格兰。旺戈,这个与大海和波浪亲密接触、身轻如燕的孩子,淋漓尽致地体现了全球化的融合性:他的养母,"小姐"(Mademoiselle),教会了他五种语言。"小姐"后来在莫斯科去世,当时正在临近奥斯坦基诺地铁站的索科尔尼基湖边照看孩子(《旺戈》,第342页)。"小姐"应该见过苏联儿童小说家莉迪亚·卡佳,而我们也将在后文研究这位作家。1918年,3岁的旺戈在一场离奇的海难后到达伊奥利亚群岛,他的身世彻底成了一个谜("小姐"也说不出任何关于旺戈父母的事)。随后,旺戈由他的"守护天使",即修道士泽斐罗(Zefiro)教育成人,由于一个"秘密",泽斐罗与梵蒂冈有了关联(像是在乔治·桑的作品里)。旺戈频遇险境,后来有了别名"鸟",这引起了苏联一个从事非法勾当的奸商沃罗·维克多(Voloï Viktor)的注意。1929年,旺戈乘坐雨果·埃克纳司令(Hugo Eckener)的齐柏林飞艇(Zeppelin)去旅行,在海洋上空一直航行至瓦尔帕莱索港(Valparaiso)。1934年,又是在这位被纳粹追杀的司令的帮助下,旺戈得救,飞艇向康斯坦士湖抛出挂钩,趁着夜色,旺戈沿着绳子悄悄降到即将喷发的斯特龙博利(Stromboli)火山的山坡上。第一部分杂乱紧张的故事到这里就结束了,读者会很欣慰地在第二部分的开端看到一张便于理解事件发生日期和历程的结构图。作者在此用一句话阻挡了所有关于故事让人稀里糊涂的指责:"旺戈记起了一切……"

正如弗拉迪米尔·扬克列维奇①(Vladimir Jankélévitch)在《冒险,烦恼与严肃》(*L'Aventure, l'ennui et le sérieux*,1963年)一书中所说,偶然是惊

---

① 译者注:弗拉迪米尔·扬克列维奇(Vladimir Jankélévitch,1903 – 1985),法国哲学家和音乐家。

奇和愉悦的源泉。这场冒险充满偶然,又与通俗小说般的人物风格相得",还伴有儒勒·凡尔纳式的幽默("他只知道某一天在东京的上空,他手把手地教她怎样搅拌贝亚恩①酱汁")。艾瑟尔(Ethel)对旺戈的感情给冒险增添了贵族气息,她是位年轻的苏格兰贵族,果敢而现实,住在"恒有之地"(Everland)城堡,字面上显然与彼得·潘的乌有之地(Neverland)相反,而她的哥哥保罗身上隐约有彼得·潘的影子("什么都不动了,保罗的飞机就是他小时候玩的飞机的迷你模型")。艾瑟尔对旺戈的情感让人联想到苏联作曲家谢尔盖·普罗科菲耶夫整合多种历史音乐资源后在莫斯科改编的《罗密欧与朱丽叶》的旋律。旺戈的与众不同还在于他对"拉托普"(la Taupe)的喜欢,这里的"拉托普"所指的并不是结构精巧、悬念丛生的间谍小说的书迷们很容易联想到的约翰·勒卡雷(Jean Le Carré)笔下的人物②,而是某天晚上冒着极大危险攀爬埃菲尔铁塔时遇到的一个年轻女孩。旺戈,这位"世界漫游家",由于被指控谋杀一名神甫而陷入无尽的逃亡,就像无辜的年轻的冉阿让,"他身上有着人类正义所不齿的灰色地带","一种奇怪的宿命……有这么一类人,我们从不知道他们从哪里来,将去向哪里"(《旺戈》,第 109 页)。《旺戈》充分体现了千变万化却和谐融合(polyphonie)的小说的开放性,它带我们体验了地中海宽阔海面的气息,追寻苏联雪花的轨迹。旺戈,一个带有缺失感的怀旧的人("我们忽视了多少王国",《旺戈》,第 363 页),他不是一个"同其他人一样的孤儿。他是一个沉没世界的传人"(《旺戈》,第 371 页)。在小说里,蒂莫泰·德丰贝勒为旺戈传奇的生活安排了这样一个结局:最后一页,旺戈和艾瑟尔这对恋人——如同另一种结局的罗密欧与朱丽叶,找到了幸福的归宿——回到伊奥利亚群岛上,一只燕子"啄"了他们,随后飞上天空,如同为荣耀庆祝。这是结局处唯一的燕子,却如同一只"无线"的燕子,引出了马利耶勒·马塞

---

① 译者注:法国旧地名,位于法国西南部。
② 译者注:"La Taupe"同时是约翰·勒卡雷所写的间谍小说的名字,中文译名为《内鬼》。

(Marielle Macé)在书中提到的弗朗西斯·彭热(Francis Ponge)的散文诗中的燕子。这也体现了我们的意图：在一个未曾忘记其血腥历史的西方世界中生存的冒险与喜悦。作品构筑的空间是悲剧的源泉，也是爱情、友谊和诗意的源泉，我们从中可以读到这样的话："他重新感受到未知世界带来的喜悦。当初他在岛上进行首次探险时曾经感受过，当看见一片栗树林时，当发现一处岩石下的温泉时……"（《旺戈》，第51页）在大自然赋予的美妙奇迹背景下，永恒的童年的奇妙。期待第二部……

万花筒碎片

我们还可以在许多其他儿童作家的作品中找到这种非凡的态度，他们从不同领域将我们引上阅读的朝圣之路。例如，苏茜·摩尔根斯坦的《美国佬》(*L'Amerloque*)，其中的女性人物尽管不像旺戈那样身轻如燕，却满怀热情与慷慨，用沉重的身体在不尽的斗争中歌唱并给人带来快乐。后文我们将会看到一个对声音和音乐满怀激情并随音乐起舞的人物。我们牢记着经常变换风格的玛丽-欧德·穆海勒的出人意料，正如她最新的一部小说中的年轻主角，《马洛·德朗热，佩素纳先生之子》(*Malo de Lange, fils de Personne*，法国乐趣学苑出版社2011年版)：同样被警员追捕的马洛进了监狱，他是名私生子，父亲曾是犯人，后来成为了警员。他擅长乔装打扮，扮成了一位女佣……多面的玛丽-欧德有时化身成索邦大学的伊特鲁里亚学教授，尼尔·阿扎尔(Nils Hazard)，生活在对查尔斯·狄更斯作品的研究中，并著成这位文学大师的传记。作为母亲，以上两位作家对"孩子"与童年有着极高的关注度，其作品也伴随着孩子的成长，从幼儿园至高考。《女性写作与儿童文学》(*Ecriture féminine et littérature de jeunesse*)一卷中的"女性写作的成就"(Triomphe de l'écriture - femme)一章介绍了她们的职业历程，《原始的诱惑》(*L'attrait de l'origine*)、《MLF：探寻恐龙或朝代》(*MLF. Recherche dinosaures ou dynasties*)和《月亮和阅读的新国度》(*Des nouveaux* états et empires de la lune et de la lecture)等作品文中皆予以分析。① 随后我们会通过桑德拉·雅亚(Sandra Jayat)来分析女性写作,她是《津加丽娜的长征》(La longue route d'une Zingarina)(博达斯出版社 1978 年版)的作者,一位一直在寻找自我的吉普赛人。在《津加丽娜或野草》(Zingarina ou l'herbe sanvage)(马克思·米罗出版社[Max Milo Editions]2010 年版)中,作者无穷的浪漫主义情怀与诗意丝毫不减。另外,我们会继续通过玛丽·圣-迪齐耶(Marie Saint-Dizier)的回忆录探讨"景观社会"。在全球化的影响下,现今的"女性创作"已成为"时尚制造者",后文将谈及一系列现代小说,此处先举两个例子:伽俐玛少儿出版社于 2010 年出版的安·布拉沙热(Ann Brashares)的作品《四个女孩与一条牛仔裤》②(Quatre filles et un jean),以及克莱芒蒂娜·博韦(Clémentine Beauvais)的《极品女孩》(Les Petites Filles top-modèles,高才能出版社[Talents Hauts]2010 年版),后一部作品中自 11 岁起就用化妆品遮盖青春痘的女孩,被杰克·茨伯兹认为是现代社会异化的一种体现。

抛开英美文学,换个角度,转向二战时期纳粹对犹太人的大屠杀,以及当代德国文化的某些方面,例如,体现友谊的安德里亚斯·施泰恩胡弗(Andreas Steinhöfel)的作品《神秘与通心粉》(Mystère et Rigatoni,伽俐玛出版社 2011 年版)。再如,贝尔纳·弗里约在《矛盾》(Dés-accords,法国米兰出版社 2009 年版)一书中对音乐的文学性处理的层次性:身为诗人兼翻译家的作者描绘了一种可追溯至家族起源的生活方式,有一幕场景完美地体现了这点,即马丁用颤抖的双手捧着一份乐谱说,"一个小伙子喜欢一个姑娘"(原文为德语"Ein Jungling liebt ein Madchen"),并试图将乐谱放在乐谱架上。这里,作者让我们注意到"一张相框里的照片,他的母亲坐在钢琴前,

---

① 让·佩罗与韦罗妮克·阿当格(Véronique Hadengue):《女性写作与儿童文学》,夏尔·佩罗国际学院 1995 年版,第 85—142 页。
② 译者注:此处为直译。该小说被改编为电影,中文译名是《牛仔裤的夏天》或《牛仔裤的姐妹情谊》。

听他的父亲弹奏,钢琴下,有个穿着背带短裤的孩子"①。这是作者自身的投影还是幻想?在此不会就这个问题进行深入探讨,我们将从不同的角度,尝试从繁多的文本中抽取当代浪漫主义写作在心理学、社会学和美学领域的主流趋势。对风景描绘的狂热超越了幻想(fantasy)的机制与老套,在克里斯蒂昂·格勒尼耶(Christian Grenier)的小说中,侦探小说服务于环保主义,体现了"超媒介叙事"(transmedia storytelling)②。最后我们将通过对目前数量众多的文学奖项的研究,梳理万花筒般的令人眼花缭乱的视角。

贝尔特朗·费里耶的《苍蝇之夏》(L'Eté mouche):"青年(也可能是优秀)作家奖"

如果将蒂莫泰·德丰贝勒的小说与贝尔特朗·费里耶所写的《苍蝇之夏》(格拉塞特出版社2011年版)进行比较,就会发现写作的另一种趋向。蒂莫泰·德丰贝勒努力引领读者漫步全球,而贝尔特朗·费里耶却满足于在巴黎与外省的对比叙述中激发读者的好奇心并吊足读者的胃口。后者笔下的人物是一个17岁的少年,想"摆脱家庭的约束"(《苍蝇之夏》,第140页),但在某个夏季回到了位于巴黎十七区的家里,并要待上三个星期。小说用第三人称叙述,将构成本书的"自我对话"(auto-entretien)形式的各个短章节——某些章节仅一页篇幅——全部打乱,因此故事是从第27章("苍蝇")开始的,接着是第9章("口香糖"),随后是第12章("梦")。第1章("第七层楼")在第67页才出现,而且本章并未描写家所在的公寓,而是描写了与一位女孩在海滩上的初次相遇。情节的混杂打破了故事的线性叙述,巧妙地将其解构,并以情节的突然变化作为标记。例如,当讲述者转述主人公年少时的话,说"他向我们吐露他的感受",并由少年直接发言时,

---

① 贝尔纳·弗里约:《矛盾》,法国米兰出版社2009年版,第140页。
② 该词由亨利·詹金斯创造。见《寻找折纸独角兽:黑客帝国与跨媒介叙事》(Searching for the Origami Unicorn: The Matrix and Transmedia Storytelling),载《文化融合:新旧媒体冲撞》,前揭。

下文主人公接上的话却像是喜剧演出中老套的恋人台词(作为提示大写了几个首字母):

> 我一生的爱人是我的全部。我所做的一切,我都是想着她做的。过分的?反应?如今,激情有着樟脑丸的味道。能怎样呢,自从三年前看到她的那晚,我就爱上了她。

仿佛是为了打断任何可能的提问,他换了一种语调补充道:"那么现在,您能否离开这间屋子,我要穿衣服了,她应该不会迟到的。"(《苍蝇之夏》,第51页)。读者被这个突然的转变所迷惑,不得不接受身临其境的错觉。这是科幻小说应该具有的另外一个要素,仿佛是小说人物自身的作品,《海狮嘉年华》(*Carnaval des otaries*)所体现的这一点使贝尔特朗·费里耶于1997年获得"青年作家奖"。他使读者觉得作者与其笔下的人物是一致的,我们时常陷入一种自我虚构(auto-fiction)中,尽管后文一句话会质疑"赋予没有想象力的人的文字以合理性的自我虚构"(《苍蝇之夏》,第131页)。很有意思的是,这类日记,这种对日常经历(或感情)的总结,通常情况下,文字简练且避免抒情,甚至会突然缩短句子,例如:

> 《海狮嘉年华》(或是《没有明天的滨螺》,或是《破碎的翅膀》①,或是)的创意某一天突然出现在脑子里,那天是最适合我使用线性叙事的,我很用心地筑构我的故事,之前(《苍蝇之夏》,第70页)。

这些不完整的句子引起节奏断续,联系着主人公日记中的话,其中几次

---

① 译者注:《没有明天的滨螺》,原文是"Bigorneaux sans lendemain",或是《破碎的翅膀》,原文是"Ailes brisées"。

描写了少年身体的抽搐反应。当主人公面临分手时，我们读到："我不希望你抛弃我＝窗帘（rideau）。上颌骨收缩，上仰，用力向后，不受大脑控制，到达极限又反弹回来。"（《苍蝇之夏》，第 89 页）文本有着与蒂莫泰·德丰贝勒小说的流畅和抒情性截然不同的风格。加上大量被划线删除的句子，如同面对一个狂躁的写日记的人（尤其是第 76 页至 77 页，看上去就像剧本草稿）。这种草率性和紧张的特点的确契合作品的中心主题，但在蒂莫泰·德丰贝勒的作品中能找到其他形式的等同元素。如果再结合在此意义重大的弗朗西斯·彭热的燕子，我们会注意到在描写主人公在旅途中和孩子们玩"一千公里"（Mille Bornes）游戏时，作品补充了在父母的半信半疑下，主人公轻松的胜利和玩者的笑声，并总结道："对于他，200 公里的燕子牌，行进牌和限速牌出现的正是时候。"（《苍蝇之夏》，第 57 页）。还是燕子，揭示的却是截然不同的特性！这里的游戏暗含着对力量的渴求，正如下面这个例子，第二章描写的是一场乒乓球赛：

> 没用，他做不到。他把球扔得很高，用尽全力击打出去……他双手朝天。他赢了！他-赢-了！……被叽叽喳喳的记者团团围住，他挤出一条路走向淋浴间……我抓住了机会，我坚持到底了，瞧，这就是结果。（《苍蝇之夏》，第 13—16 页）。

作品中的少年一直在努力找寻自我价值。回到巴黎后，这位"未来"作家"重新找到了巴黎夏季的甜蜜"（《苍蝇之夏》，第 20 页）。对他生活的描述仅限于巴黎这座时常以"文学之都"自居的城市，不像《旺戈》中那般辽远广阔。前卫的主人公对现状不满，从他喜欢的事物可以窥探其性格中隐秘的一面，作品在第 79 页提到的捷克作家博胡米尔·赫拉巴尔（Bohumil Hrabel）的《过于喧嚣的孤独》，是寻求自我的过程中少年对抗权威的一种迹象，表达了对家长权威的抗拒。主人公喜爱摇滚，喜欢路易丝·阿塔克

(Louise Attaque)①和"黑色欲望"(Noir Désir)②的摇滚歌曲,经常光顾克里希广场(Place Clichy)旁边的小拇指(Petit Poucet)咖啡馆,去位于第18区的威普勒(Le Wepler)影院"看波罗的海的消失,其中包含 Nikaro Hito 影片的海难场景,这部本该成为一部杰作的影片,由于宇宙的形而上实质以及其他各种原因最终未能完成",但主人公接着总结道,"我在这儿干嘛呢,妈的"(《苍蝇之夏》,第113页)。他有着随心所欲的说话风格,符合一个抵制父母权威的叛逆少年的形象。

作为一个不被父母理解的新手作家,主人公用"当地很受欢迎的山谷奶酪"来解释父母不认识的威斯坦·休·奥登(W. H. Auden)的诗(《苍蝇之夏》,第44页)。讲述者仿佛强迫症一般地记录他在写作道路上的进步。受巴黎氛围的影响,他先有了一个现实的计划,自认为这是"为创作一个伟大的作品开启了好的开端"。他梦想成为"最佳",能够"登上《新观察家》报刊","年轻而优秀的作家(终于)如何写出西方文学史上的新杰作:《啮合》(*L'Engrenage*)③"。他甚至考虑好将草稿遗留给档案馆(见第81页)。他需要用工作对抗现实的无奈:即将成为一名搬运工。

> 他只能在周日做做黑白的梦。他的野心被打垮,他的计划由别人制定。命运没有给他魔法,生活没有给他选择。(《苍蝇之夏》,第98页)

《苍蝇之夏》类似于让·保罗·杜布瓦(Jean-Paul Dubois)的小说,贝尔特朗·费里耶在附录中引用了这位作家的《生活让我恐慌》(*La vie me*

---

① 译者注:法国独立摇滚乐队,成立于1994年,获2001和2006年度最佳摇滚乐队,2007年解散。
② 译者注:直译名为"黑色欲望",法国老牌摇滚乐队,成立于1980年,盛行于1990年代,多次获得法国音乐大奖;2004年由于主唱入狱而衰落。
③ 译者注:萨特于1948年发表的电影剧本。

fait peur）一诗（"我接受苍蝇的陪伴/眼下,我在阳光下",《苍蝇之夏》,第161页）。杜布瓦的世界其实就是分手的恋人的世界,是被迫接受的无常现实的世界：爱情消逝,让位于一种繁重劳作的生活。但存在不同的程度的生活的衰退,所引用的乔治·佩洛（Georges Perros）的话给出了答案,"然而,如果有一种比工厂更恐怖的存在,那一定是办公室"（《苍蝇之夏》,第98页）。一种可以解释少年自杀逻辑的执念：主人公表现出的对竞赛的过度追求（罗杰·凯鲁瓦的"竞赛"[agôn]）最终转化成另一本小说的撰写,在尝试创作《啮合》失败后,着手名为《瓦罐鱼》（*Crockfish*）的小说（名字源于封装的撒有面包屑的鱼棒,主人公在鱼棒发货仓库工作）的创作。这篇"小说中的小说"描写了一个与外世隔绝的人物,妻子离开他后,独自一人在仓库里结束了一生："我将在这个冰冷的坟墓中沉睡,嵌入鱼棒冰冷的沉默中。"（《苍蝇之夏》,第172页）。主人公在某些方面与《过于喧嚣的孤独》中的汉嘉（Hanta）有类似的命运,汉嘉最终在平时处理废纸的地下室将自己打进了废纸包。在此,贝尔特朗·费里耶插入了一段定义作家工作的明确宣言：

> 对我而言,直到近期,写作——写作的可能——旨在为读者编织一个装满各种情感的盒子。我讲故事是为了激起读者的情绪：挚爱,温情,惊恐,厌烦……然而我已经意识到写作不仅仅是情感问题。或者说,情感只是附属品。最重要的是词语和架构组织和韵律。需要制造悬念,哪怕是有限的很小的悬念,需要比侦探题材更聪明,比推论题材更有逻辑……一本好书就是一堆技巧的堆积。我们的生活也是如此。（《苍蝇之夏》,第135页）。

对原创性的矛盾研究？生存方式与写作方法之间的一致性是毋庸置疑的。《苍蝇之夏》是集合了三篇故事的"跨界小说"（crossover fiction）,其中最后一篇《瓦罐鱼》不为人知,未取得任何成功,因为它被"一位在伽俐玛出版社工作的留着胡子的沉默寡言的伟大作家"所欣赏。对当代出版体制的嘲讽,迥异于西尔万·罗西尼奥尔(Sylvain Rossignol)的《我们的工厂是部小说》(*Notre usine est un roman*)(法国发现出版社 2011 年版)中所反映的众人间的热烈交流。正如主人公所写,就算其中一部小说《我的生活与其他细节》(*Ma vie et autres détails*)获得了"六个年轻(也可能是优秀)作家奖的第五名"(《苍蝇之夏》,第 156 页),但终究是沮丧的,"年轻而优秀的作家独自待在脏水①里"(《苍蝇之夏》,第 158 页)。

结尾解释了作品的题目和第一章。在第一章,年轻人想起分手恋人的微笑,想到曾经对她说过的话("如果有一天你从我的生活中消失了,我会变得很丑,头发里会有苍蝇"),看到面前飞过一只苍蝇,硬生生地把它打死了。卡夫卡、陀思妥耶夫斯基和塞利娜式的暴力,伴随一种刺耳的幽默:他一开始想抚摸"这个讨厌的会飞的东西","给它起个适合飞虫的名字,Frrr 或 Vrfr,差不多这类的"。一部以谋杀为主题的喜剧:"Frrr 肯定会对气流更敏感些,Vrfr 感觉不出什么。"这种不得不让人产生联想的恐怖画面在名为"苍蝇"的第二部分的第一章再次出现,且强度更甚:"于是,毫无意识地,他咬着 Vrfch 的尸体,含在口里,咽下去,他成为苍蝇的临时墓地。"(《苍蝇之夏》,第 94 页)

这种被迫接受的体验会引发读者的疑问:是过分的言语暴力和少年神经质的躁狂,还是现代社会给青年人的空洞前景所引发的生存忧虑?是对过度教育的儿童文学的愤慨叫喊,如同《旺戈》,《美满结局》(*Happy Ends*)?可能是。然而,《苍蝇之夏》本身其实不乏幽默:乔治·佩洛式的"思想记录者"写的是故事的第二部分,其精简性与第一部分类似,但采用自到达巴黎那天开始的计数方式,即依次为"J,J+1,J+2,J+3"。在随后的一章节奏加快,进入"J+6,J+7",接着到"J+15,J+16,J+17",然后是连续草草完成的"J+25,J+30,J+56,J+98,J+X"。上述反映了主人公寄出稿件后等待出版社答

---

① 译者注:原文用词为"Eau de boudin",意为制作香肠前用于清洗肠衣的脏水。

复的空洞与忧虑。名为"新的一天"(Nouveau jour J)的最后一章,副标题为"奖",引出了一个模糊的结局。读者会问:人物的"脏水"是暗示作者取得了成功?是的,只要读者没有忽略某些提示,例如,对一个言辞激烈的少年而言很不寻常的,承认自己的脆弱,并写到,他"有其他急事要做。例如,哭"。

从苍蝇到伊丽莎白·布拉米的《眼泪垃圾桶》(La Poubelle des larmes):文学,一种教育学?

从贝尔特朗·费里耶的青少年小说——我们更倾向于使用"跨界小说"(crossover fiction)——到 2011 年由蒂埃里·玛尼耶出版社收录在 Le Feuilleton des Incos 系列丛书里的伊丽莎白·布拉米的小说,这一切换显得水到渠成。我们在此毫不迟疑地将两者并提,是因为这两部小说存在一些共同之处。然而一个明显的差异在于:费里耶独自在一条先锋道路上前行,而伊丽莎白·布拉米选择了系列丛书所选定的道路,同年随后还有两位作家,弗雷德里克·凯斯勒(Frédéric Kessler)和西尔维·肖斯(Sylvie Chausse)。正如在附录的出版社声明中提到的,这些作品旨在作为五年级和六年级孩子的教材;在六个星期内,作家在 Incorruptibles 网站上的安全空间内给读者写一个故事,读者可以与作家保持单独联系。在这样"一场内心与集体相互补充,相互对应的冒险"中,故事引发了热烈的讨论,故事文本被作为传统教科书的内容来学习研究。其目的是"使写作本身不再遥不可及,使读者理解作品的创作过程,激发阅读的兴趣,引发个人思考,建立与作者的直接联系"。这种方式与贾尼·罗达里在《想象力语法》(Grammaire de l'imagination)一书中的方法接近,后者标志着欧洲儿童文学观念的一场变革。不必惊奇在这些作品中会发现相似的描述,或某些社会与心理场景的再现——《眼泪垃圾桶》中离婚的父母,在西尔维·肖斯的《普瓦吕》(Poilu①)中再次出现:叫邦(Ben)的男孩父母离异,邦跟随母亲生活,他想

---

① 译者注:直译为"多毛的",此处指作品中的一条狗。

接近父亲新妻子的女儿，得到了同街区的一个无固定居所的人的帮助。在《眼泪垃圾桶》中，故事以主人公米里阿姆（Myriam）第一人称的视角展开，各章节由米里阿姆写给"亲爱的卡耶尔"（Cher Cahier）的信作为标题，就像是真的写给某个人。这个名字让人联想到伽俐玛出版社于1990年出版的菲利普·勒仁的《亲爱的卡耶尔》（*Cher Cahier*）：作品带领我们进入一个叫米里阿姆（Myriam）的小学生的内心世界，如同在作者献词中所描述的：

> 献给在格勒诺布尔（Grenoble）读五年级的米里阿姆
> 为纪念她的眼泪
> 献给所有读着落泪的读者

当伊丽莎白·布拉米来到班级时，现实中的米里阿姆哭了，与贝尔特朗·费里耶的描述相同，小说与现实生活、作者与人物之间建立了一种相互渗透。在名为"太羞耻"（Trop de honte）的第一章里，头一年的12月7日，主人公解释了她"放声大哭"的原因，当她"俯身趴在泪水打湿的书页上"，想"把自己藏在刘海后面"时，她感到有一双手在轻抚她的头，并听到一个声音说：

> "谢谢，我从未因为一本书收到过这么美的礼物。这些泪珠比字词更美。真的很感谢！"
> 是她，阿芒达·马洛（Amanda Malot），那个作家！"（《眼泪垃圾桶》，第7页）

以上赞美展现出伊丽莎白·布拉米美好而大胆的一面，她并未将褒奖归功于作品质量，而是归于被感叹号所强调的情感力量。米里阿姆被一段触动心灵的文字震撼了（"这让我想到自己的一些事"），阿芒达·马洛"向其他惊呆的人解释为什么我的眼泪是美的，是好的，是美妙的"（《眼泪垃圾桶》,第 9 页)。

主人公的父母离异,却在阅读中寻得慰藉,她在一年内给她"亲爱的眼泪垃圾桶"写信倾诉,次年的 12 月 7 日她写道:"生日快乐!距离上次我在你面前哭已经整整一年了!!!"(《眼泪垃圾桶》,第 50 页)

日记将是"她的回忆",伊丽莎白·布拉米不乏幽默地给米里阿姆写信说:"这让我想到塞居尔伯爵夫人的《驴子的回忆》(Les Mémoires d'un âne)。"(《眼泪垃圾桶》,第 24 页)尽管这部作品里没有贝尔特朗·费里耶式的嘲讽,但两个故事存在很多相似与共鸣。

热爱阅读的米里阿姆自比为玛蒂尔达(Matilda),并将父亲对自己的不理解转移至这个罗尔德·达尔笔下的女主角的父亲身上("一个不理解女儿对阅读的渴望的父亲")(《眼泪垃圾桶》,第 25 页)。取得写作的成功后,她接受了阿芒达·马洛的邀请,为中学的阅读俱乐部"文学巧克力"(Chocolat littéraire)做一场讲演。她决定写一本小说,名字不是《瓦罐鱼》,而是《四季豆的结局》(La Fin des haricots)(《眼泪垃圾桶》,第 25 页),讲述一个被送去寄宿学校的小女孩的经历;与《苍蝇之夏》中的主人公一样,这个女孩也想在小说比赛中崭露头角(《眼泪垃圾桶》,第 46 页)。伊丽莎白·布拉米与贝尔特朗·费里耶一样,在对现实小说问题的思考中交织着虚构与自我虚构。

伊丽莎白·布拉米在作品中加入了她称为"一段内心旅程和一份秘密行动"的要素。与贝尔特朗·费里耶类似,她的旅程与旺戈式的冒险截然不同。《眼泪垃圾桶》描写了一个经历父母离异的儿童是如何跨越精神危机的。这部作品以巴黎中产阶级为背景,结局是焕发的乐观精神;相处融洽的重组家庭,"待产"的米里阿姆的继母……这些要素构筑了稳定的家庭关系,体现了《女性文学的成就》中所描述的女性文学中典型的浪漫主义元素。我们注意到,在苏尔特苏福雷特(Soultz-sous-Forêts)[①]小学的年轻读者发表的评论里,他们并不关注冒险类与日记类写作之间的区别,因为对他们而言,

---

① 译者注:位于法国东北部阿尔萨斯的下莱茵省的一个市镇。

"冒险,也是一种成长"。文学作品服务于自我构建,再次借用夏尔·朱耶的话,"你逐渐远离曾经的自己"。

现代文学,不管是像《旺戈》一般引领人物和读者在广阔的时间与空间里穿行,还是如《苍蝇之夏》一般空间上限于巴黎,却涉及日本电影、摇滚乐、捷克作家与工人处境,又或是如同伊丽莎白·布拉米的作品使用第一人称叙事,带我们尽览法国外省风光,围绕的始终是同样的存在问题:人的存在问题,处于永久变化中的人的自我发展问题——在对不同文化和语言的掌握中自我完善的人。探讨什么视角在这一过程中占据主导地位是非常重要的。

(二)第一批小说。图书管理员与评论家:"一臂之力奖"(le prix "Coup de pouce")

我们不再举例论证各类作品所体现的当代出版界的多样性。貌似主导出版者甚至作者的关键要素——虽然部分作者否认这一点——是对受众群体(他们赖以生存的读者)的感染性。由此将重心放在写作的要素之一:创造"惊喜",给予"意外"(l'inattendu),新颖,笑容,同时考虑读者与人物之间的共鸣,尽管人物是虚构的,但却是触手可及的。如果缺少这种共鸣,成功几乎不可能。由此产生的占主导地位的心理认知不仅与作家相关,也涉及一心想为儿童提供生活问题启蒙参考的图书推荐人(父母,老师或图书管理员)。对儿童的启蒙不能只强调成功,否则会形成一种仅以成功为基础的世界观。因为写作的过程并非全是幸福,经常伴随痛苦,正如安托南·阿尔托①于1946年写给安德烈·布勒东②的信里所说的,他对于大众文学的反常观点对纠正儿童图书写作中的过于理想化并非无用:"事物的本质是痛

---

① 译者注:安托南·阿尔托(Antonin Artaud, 1896-1948),法国诗人、评论家、翻译家、戏剧演员,同时也是一位"读者中心论"的先驱。
② 译者注:安德烈·布勒东(André Breton, 1896-1966),法国作家,超现实主义诗人,主要作品是《磁场》(Les champs magnétiques),这是第一部用"自动写作法"完成的作品,超现实主义的第一部著作。

苦,但不是在痛苦中忍受,而是超越,我也会用生存这个词,但尤其是要在能企及的最高处生存。"① 对高度的探求也适用于儿童文学领域,而且并不排除幻想文学(Fantasy)一类的新题材和混合形式作品的出现,也不排除具有煽动性主题的作品,这常常是文学的本质(对儿童和青少年而言也一样)。部分作家毫不犹豫地选择难度较大的主题,表达自己的思考,显而易见的是,尽管主流的儿童文学是娱乐性或教育性的——英美文学称之为"主流文学"(mainstream literature)——但上述所言难度较大的主题,虽然通常被边缘化,也取得了暂时的成功,比如塞伊出版社的克洛德·居特曼出版的"儿童小说"系列。图书管理员和教师非常欣赏这种先锋精神,不过尽管有他们的支持,还是无法阻止这种创作的终结。克洛德·居特曼本是作家,曾在伽俐玛出版社主持"白纸"系列儿童文学图书的编辑工作,他于2000年春天主持的"儿童小说"系列俨然成为难度主题的人文行动领地,例如政治暴力、精神危机、哲学(莱伊拉·塞芭尔[Leïla Sebbar]、让·库埃[Jean Coué]、乔斯坦·贾德)等。被定义为大众文学系列可能不太准确,用克洛德·居特曼的话说,"青少年是可以读的"。无论如何,这类作品无法带来立竿见影的赢利,这导致了它的终结,就像克里斯蒂昂·布吕埃尔(Christian Bruel)创办的两家出版社一样。取而代之的是以鲁尔格出版社(Rouergue)为代表的年轻出版社,或是新的儿童作品系列,如伽俐玛出版社的斯克里普托(Scrypto)丛书系列。对于在出版界初露头角的年轻作家而言,这些系列作品的推出通常是对他们素质的检验,考验他们能否抵抗住决定出版物生存期的业界淘汰机制。

文学的这种不稳定性体现在文学奖项评选的谨慎性中,尤其是儿童做评委的时候。如今这类奖项众多,通常由图书馆人士发起,对以前不占主流的题材给予认可,例如巴黎的侦探小说奖(prix des Mordus),每年由侦探小

---

① 见《书的世界》(Le Monde des livres),2011年5月27日,第1页。拉法埃尔·雷罗尔(Raphaelle Rerolle)在其文章《事关生存》(Une affaire de vie)中提及里昂的第五届国际小说会议(des 5e assises internationals du roman de Lyon)上的争论时引用。

说图书馆(bibliothèque des littératures policieres,缩写为 BILIPO)和儿童文学研究及信息中心(Centre de Recherche et d'Information sur la Littérature de Jeunesse,缩写为 CRILJ)组织举办,评委由 11 岁至 14 岁的少年组成。同类由图书馆发起的例子在其他城市还有很多,例如楠泰尔市(Nanterre)的年轻读者奖,吉伦特省(Gironde)的"读-选年轻读者奖"(prix du jeune lecteur Lire élire)。拇指奖旨在奖励每年度出版的第一部小说,由奥博纳市创立,莫里斯·日内瓦(Maurice Genevoix)图书馆主办。儿童作品领域的图书管理员内利·马叙约(Nelly Massuyeau)和娜塔莉·戈尼什(Nathalie Goniche)制定上年度出版的作品名单、预选会和选拔会的日期,并将最终入围的作品发送至预选委员会成员,通常有图书管理员、教师、家长和众多知名人物(其中包括一名夏尔·佩罗国际学院的代表)。奖项的目的一方面是鼓励阅读,另一方面是通过核心关切对象——年轻读者——对其才华和作品的认可,鼓励年轻的作家和插画家。预选委员会成员经过讨论和投票排除一批相对而言最不出彩的作品(一般是 15 本至 20 本),考量作品的文学和精神意义,有时甚至考虑外交影响(因为随后要经过家长及"法兰西共和国的学校"及图书馆的"使用者"的评判),最终决定入选的图画书和小说。这些作品经由三年级至初中的学生阅读并最终投票选出优胜者。根据学生的阅读水平分为三年级至四年级、五年级至六年级及初一两组,每一级分发四件作品,相关图书管理员和教师根据经验进行把关。通过评选能看出当前写作的主要潮流,并借机发掘有潜质的作家或插画家。

三年级至四年级:初级阅读者

格拉迪·马尔西诺(Gladys Marciano)的《了不起的老姨》(*Ma tante est épatante*)或"旅行与童年精神的偶然性"(Les aléas du tourisme et de l'esprit d'enfance)

在 2011 年评选的 2010 年度的作品中,三年级至四年级组的评委选择了格拉迪·马尔西诺的作品《了不起的老姨》"之字形"丛书系列,鲁尔格出版社 2009 年版),该书以心理写实为基础,洋溢着饱满的情感和令人愉悦的幽默。这部配图小说以 215 票领先,随后是安格里德·托布瓦（Ingrid Thobois）的《纳西姆和纳西玛》（Nassim et Nassima）（世界之路出版社）,137 票；帕斯卡尔·沙德纳（Pascale Chadenat）的《蜘蛛阿里亚娜》（Ariane l'araignée）（法国乐趣学苑出版社）,95 票；埃迪·迪博（Heidi Dubos）的《而我,在这里头?》（Et moi, dans tout ça?）（雅斯曼出版社［Jasmin］）,47 票。凭借《了不起的老姨》,格拉迪·马尔西诺获得了法国科欧诺儿童文学奖（Prix Chronos）。她是一位电影编剧,经过语言学习（英语、俄语和拉丁语）后,她开始从事与电影相关的各类职业,并积累了对语言、人物和剧情的把握能力。作品结合了活泼清新与意外惊喜,小说背景贴近现实,能够立刻拉近与儿童读者的距离。小说由一个名叫克拉拉（Clara）的小女孩以第一人称叙述,她跟着姨妈去巴塞罗那旅行,引发了一系列生动的对话。姨妈这个人物具有狄更斯式的古怪,谈话富有凯·汤普森（Kay Thompson）笔下的埃洛伊兹（Eloise）般的泼辣。言词间的想象力深植于对游戏的喜爱：故事起源是克拉拉和姨妈扎丽（Zarie）一起玩赢了赌马三重彩,姨妈买票、选马,小女孩预测马到达终点的顺序。姨妈决定趁复活节假期,用这笔奖金带外甥女去巴塞罗那,并买了两张机票。她的态度直接反映了"游戏社会"的特性,在这样一个社会,偶然性游戏是小说的来源,也是违抗的来源。克拉拉对带她跳出日常单调生活的姨妈满是赞美："这正是扎丽姨妈让我震惊的地方,如果没有她,妈妈才不会祝贺我玩赢了赌彩。"（《了不起的老姨》,第 10 页）后文还有："如果不玩,就不会赢……所以如果没有三重彩,就没有旅行。"（《了不起的老姨》,第 23 页）游戏赋予了梦想："和你一起去任何地方……如果赢了,就旅行一辈子。"（《了不起的老姨》,第 72 页）《了不起的老姨》是部饱含幽默的小故事,在一个后现代巴洛克背景（建筑家安东尼·高迪［Antoni Gaudi］的巴塞罗那）之下,恰当地概括和反映了"流动的社会"的困境。国际化的开放性基于明显的模糊性,但最重要的是姨妈身上所展现的爱的力量与专注的参与,表现形式便是创造独特的儿童喜爱的方式。她的古怪夹杂着想象力和童年精神(l'esprit de l'enfance)。例如下文一段有关整理箱子的描述:

> 首先要选择我们最爱的东西:香水,一封信,某个所爱的人的照片,干玫瑰花蕾,一幅画,一个护身符,一个秘密。再放入所需要的衣服和洗漱用品;不这样的话,你的箱子就废了。(《了不起的老姨》,第 12 页)

享乐原则通过对抗现实生活的死板,添加了别样光彩。在飞机上接餐盘时说的话:"啊,这像我的小猫咪的飞盘。"(《了不起的老姨》,第 15 页)。而一些不正常的举止都可以用恋物癖来解释:"接着我把中三重彩的票扔进了箱子。"(《了不起的老姨》,第 15 页)。

后文中,当克拉拉想到死亡时,姨妈给了她一个"引诱幽灵"的秘笈,"她准备了一个小勺,搁上一点白糖,放在我的耳边"。姨妈给出的解释确实出人意料:

> 噩梦是苦的,她对我解释说,所以它们总是被甜的东西吸引。夜里,它们会粘在勺子上,就像粘在蜂蜜里的苍蝇那样,这样它们就再也不会吓到你了。(《了不起的老姨》,第 79 页)。

齐格蒙特·鲍曼和杰克·茨伯兹认为,小说培养出富有经验的见多识广的小读者,暗讽小说启蒙小读者去消费,购买衣服首饰,尤其通过描述色彩和服装的华丽效果,如同"海报上的照片"。例如:

> 她很美,她把头发都塞进了青绿色的贝雷帽里,穿着她毫不犹豫就买下的同色系新裙子,她说等我长大了,遇到喜欢的东西就这

样做。(《了不起的老姨》,第20页)。

这种即刻满足欲望的观点使姨妈与小女孩之间达成了某种默契和开放的交流,并在成人权威感与儿童之间达成了平衡:"她给我讲别的大人肯定都知道,但不会对孩子讲的故事。"(《了不起的老姨》,第24页)。

巴塞罗那是无与伦比的奇幻之城,所见有圣家堂(La Sagrada Familia)及其"像燃烧着的巨大蜡烛一般的塔楼",或是"仿佛静止的波浪一样的五层建筑"(《了不起的老姨》,第49页)。在这座城市可以看到"一段无法攀爬的楼梯,头在底下,我很喜欢",环境的改变让主人公雀跃兴奋,"再见,再见!"(《了不起的老姨》,第30页),还有与动物的童真互动,"一只小狗过来轻咬我的鞋子,我跟它玩起来。它好像听得懂法语。我们玩得很开心……"(《了不起的老姨》,第32页)。

此外,扎丽姨妈首先还是慷慨的化身,是礼物大使。例如,这把"她刚刚给我买的镶嵌珍珠的小扇子"(《了不起的老姨》,第59页)。她在解释对已去世的帕科姨夫(l'oncle Paco)的一见钟情时说,"爱情就像电流,是看不见的"(《了不起的老姨》,第60页),或者在解释她为什么没有孩子时说,一个会治病的邻居用咖啡渣给她算命,说"你不会有孩子的","她笑得像个巫婆"(《了不起的老姨》,第89页),从这些话中可以体会扎丽姨妈独特的世界观。

归根结底,扎丽姨妈(扎丽[Zarie]和扎吉[Zazie],仅一个字母之差)是一位幸福启蒙家:"幸福需要慢慢品尝,就像你面前的巧克力,就像在巴黎的星期三,是某种我们说不清楚,却总会用不同的方式一讲再讲的东西。"(《了不起的老姨》,第91页)由此,旅行成为以彼此认可为基础的幸福愉悦的来源,因为姨妈在结尾时总结道:"我跟幽灵和噩梦讲和了。"(《了不起的老姨》,第96页)。另外,在巴塞罗那偶遇的年轻的阿尔及利亚姑娘比拉尔(Bilal),这个跟姨妈左拉(Zora)住在一起的女孩邀请克拉拉去她的国家。从扎丽姨妈到左拉姨妈,两个姨妈之间的酷似仅从音节的相近上就得到体现：无关前几个世纪的故事中出现的传统的富翁"美洲叔叔",而是在一个跨文化背景下,马格里布地区的姨妈。这本献给安托尼、妮娜、维奥莱特及法蒂玛和蒂图的书,用诙谐而积极的口吻表达并揭示了现代社会的复杂性与模糊性。小说中的旅行并不单纯是体现齐格蒙特·鲍曼所说的单景监视奴役下的社会"流动性"的一种经济活动,而是能够培育慷慨人性的活动,而人性的发展正是寄托在儿童身上的。

安格里德·托布瓦的《纳西姆和纳西玛》或智者叙述(narration sage):在工作与学校之间

这部选票居第二位的作品,配有单线条勾勒并细致着色突出面部美感的插图,却终究比不过格拉迪·马尔西诺所写的扣人心弦的故事。本书从一名无所不知的旁观者角度用简明的方式加以阐述。书名中的两个名字非常相似,这种酷似性还体现在作品的风格上,数字"二"的重复,断成两句的短句,达成对称或对比效果。例如文章开篇:

"嗨!拉!"纳西玛喊道。

"嗨!拉!"纳西姆喊道。

"嗨!拉!"纳西玛更高声喊道。

"嗨!拉!"纳西姆更更高声喊道。

纳西姆和纳西玛不只是邻居:她们是世界上最好的朋友,形影不离的朋友。

只要找到其中一个,自然就会找到另一个。问其中一个,另一个就回答。(《纳西姆和纳西玛》,第7页)

这段描写了卡布尔(Kaboul)高地上,一座没有电也没有自来水的村庄里的一群孩子(雅瓦德、雅尔达、瓦伊斯、纳瑟、于纳尔及穆罕默德等),在冬季的大冷天,围着一个水泵。

把水抽到泵里,一声平底锅的声音在清冷的空气里振散开来。嘿……哐啷!嘿……哐啷。吱嘎声,拍击声,吱嘎声,拍击声。(《纳西姆和纳西玛》,第 8 页)

这些拟声词也一直是两拍的节奏,形式决定了内容:"每天两次……太重了,太累了……上去用的时间是下来的两倍。"(《纳西姆和纳西玛》,第 13 页)

动作是根据需要和小组指令进行的,短句给作品背景增添了戏剧性:"得去找面包,拿来像星星那么多的面包……他们吃不了别的什么东西。面包最实惠,还充饥。尤其是吃完后再喝点茶。这样面包会膨胀。胃里就像有个气球。接下来至少一个小时不能动弹,但好处是不会饿。"(《纳西姆和纳西玛》,第 14 页)

随后,各种场景开始展现。在面包店,在方便观察穿着及社会条件差异的学校门口:"一身黑色长裙,一条完美的白色小丝巾,一个漂亮的帆布包。纳西玛惊呆了……但纳西姆却假装什么也没看见。"(《纳西姆和纳西玛》,第 17 页)

市区交通堵塞时这些穷孩子们的工作:"由于他们很小,很可爱,穿着破烂还有点脏,车主有时会给他们一张零钱。"(《纳西姆和纳西玛》,第 23 页)

阿富汗的新年这天,3 月 21 日的盛大庆典变成了孩子们的结婚游戏:"纳西玛小姐,你愿意发誓,将纳西姆视为永久的伴侣吗?"(《纳西姆和纳西玛》,第 29 页)

后来,当纳西姆要上学,而纳西玛因为父母没钱不能让她上学时,两个伙伴的关系面临破裂。小女孩无法淡然地面对这种破裂,她只有一个办法:藏在角落里躲避恐惧(尤其是害怕纳西姆可能会被谋杀行动的炸弹炸伤)。这些描述在不伤害读者感情的前提下,提醒了读者一个鲜活的现实,一个正在蒙受恐怖主义侵害的国家。这一现实是在谈及教育问题时引入的:不被父亲允许上学的纳西玛偷着自学。结局是喜剧性的:父亲被说服有必要送女儿去接受教育,母亲在一片"锅碗瓢盆交响曲"中总结道:"我带纳西玛去集市,只要买一身新裙子和一双新鞋子就行了,明天跟纳西姆一起上学。"但也再次提到了恐怖分子带来的潜在威胁:

> 自从他们不再当权,我,我就摘掉了面纱(burka)。你呢,你也快把胡子刮了。要活在当下。不能因为觉得恐怖分子还会回来,我们就什么都不干了。(《纳西姆和纳西玛》,第81页)

这部以现实为基础的小说就像一堂温和的政治课,政治现实的描述较为谨慎,作品洋溢着"正常"生活中,家庭与小范围社交圈子的人际关系的温暖。我们理解为什么部分投票者选择《纳西姆和纳西玛》,但最终未能取得压倒性胜利。这部"政治正确"小说,与其他"入门级"作家较少刻意控制和思考的作品相比,显得缺乏特色,过于平淡。

动物喜剧般的滑稽作品:帕斯卡尔·沙德纳的《蜘蛛阿里亚娜》

得票排第三位的是帕斯卡尔·沙德纳的《蜘蛛阿里亚娜》,充满"愚蠢"的游戏及由此引发的惊喜。会让人联想到玛丽-雷蒙·法雷(Marie Raymond Farré)写的《但谁是阿里亚娜的朋友》(*Mais qui sont les amis d'Ariane*)或者埃尔文·布鲁克斯·怀特(E. B. White)写的《夏洛特的画》(*La Toile de Charlotte*)。封面上,一只蜘蛛正在照镜子,这又会让人想到《全球化与儿童文学》中分析过的皮埃尔·康努乐的图画书《手术刀秀》。情节的相似性:女主角不满意自己的容貌,想通过整形手术变得更美。克尼埃尔的作品描述了变身成男人或女人的长颈鹿,用一只信奉弗洛伊德学说的猴子充当江湖骗子(在米歇尔·翁弗雷发表对弗洛伊德的批判作品之前)。而帕斯卡尔·沙德纳笔下的主角是昆虫,鞘翅目昆虫或其他相近种类。阿里亚娜的活动从一个全能讲述者的视角展现,一针见血地指出追求时尚的年轻人的误信。开篇:"阿里亚娜跟吕卡努斯老师(Lucanus)预约,这位老师的名望已经超出了花园,直至附近乡野。"动物拟人化展现的乡村喜

剧,建立在传言基础上的名望。这位土法接骨医生:

> 他用泥巴,小枝条和其他我们认不出的东西制成一种石膏,可以治疗折断的爪子或翅膀。他还会用一种蜗牛唾液、核桃和蜘蛛网的混合物治疗压碎的甲壳。(《蜘蛛阿里亚娜》,第9—10页)

神奇药水及魔法一般的夸张描写;人物被取名为"变形者"。利用儿童心目中万物有灵的自然观念。配图也非常漂亮。

叙述者描写了阿里亚娜初次见到吕卡努斯时的印象:"两个巨大的上颌……跟其他整天见的那些矮胖的金龟子不一样,他很高,很瘦,看着很舒服。"(《蜘蛛阿里亚娜》,第12页)被时尚异化了的眼光;沉浸于外貌痴迷中的阿里亚娜。一处很巧妙的幽默——阿里亚娜的假装与自然需求之间的矛盾:等待见面时,她饿了,但"她什么也不能吃,在他隔壁房间吃一只蚂蚁的想法简直是太不合适了"(《蜘蛛阿里亚娜》,第13页)。下面是与一只想拥有蜻蜓翅膀的蚱蜢的有趣相遇:

> 我会比一只蚱蜢更美,也比一只蜻蜓更美,您懂吗?阿里亚娜点点头,说考虑到她自己的期望,她没有权利发表评论。(《蜘蛛阿里亚娜》,第13页)

作者用自然冲动、外表与身份等元素组织起一种游戏。阿里亚娜在煮一只胡蜂,这只被煮透的虫子,"只是一份穿着胡蜂衣服的炖菜罢了"(《蜘蛛阿里亚娜》,第31页),当本能需求被满足时,外表问题自然就被忽视了。相应地,这些元素形成了一种幽默的组合,阿里亚娜移植了一个红色甲壳,去"舞台"咖啡馆,谁也没认出她:"她从头到脚穿着一件苔藓连衣裙,鲜亮的橙色,散发着一种好闻的夏季花朵的味道。"意外的是,她的服装吸引了大

黄蜂:"它们扑到她的长裙上,开始采蜜……她变得衣不蔽体了。"(《蜘蛛阿里亚娜》,第 44 页)

文中有一场舞会的描写,如同《动物的私人生活与公共生活场景》(Scènes de la vie privée et publique des animaux, 1841 - 1842)中,皮埃尔-儒勒·艾泽尔描写的"一只蝴蝶的婚礼"(Le Mariage d'un papillon),阿里亚娜尽展激情:

> 一对年轻蝗虫组成的乐队让舞台产生前所未有的激情。被节奏所感染的阿里亚娜疯狂地扭着腰。她系在肚子上的红长巾让她看上去像只胡蜂,黑色有弹性的爪子在舞道上弹跳着。

故事是在阿里亚娜与杰克的婚礼中结束的,他们将"生活在一个拱形的阴暗酒窖里,石头之间有很多隐蔽的空间……空气中充斥着橡木桶和发酵的葡萄的味道,排列着的酒桶望不到尽头"(《蜘蛛阿里亚娜》,第 80 页)。

像寓言,像童话,又像喜剧,对于三四年级开始寻求严肃性,对文学技巧尚未具备足够敏感性的学生而言,这部作品显得有些幼稚,似乎是给更小的孩子看的。

五年级至六年级及初一组:更成熟的读者

克拉拉·布罗(Clara Bourreau)的《越狱逃亡》(En cavale):违抗与无神论

第二组读者的书包括获得 198 票的克拉拉·布罗的作品《越狱逃亡》(口袋儿童出版社 2009 年版);146 票的塞尔日·吕班(Serge Rubin)的《并非只有郡长戴星星》(Il n'y a pas que les sherifs qui portent une etoile)(爱丽丝出版社),100 票的理查德·库阿耶(Richard Couaillet)的《安热尔,我的克梅内旺的芭芭雅嘎①》(*Angèle, ma Babayaga de Keménéven*)(南方行动出版社)以及获得31票的阿芒蒂娜·佩纳的《阿纳托·弗洛在蒙古的日记》(*Journal d'Anato Frot en Mongolie*)。这些书的主题更为复杂：克拉拉·布罗的小说虽被图书管理员和夏尔·佩罗国际学院的代表极力推荐，但教师和学生家长却只是勉强认可。

这部作品不是家庭小说，而是冒险奇遇。故事的讲述者是一个10岁大的男孩安东尼，他正在读三四年级，课间经常受到五年级同学的欺负。这群作为故事中人物的同学与读者的年纪相仿，对语言已经有了很好的把握，但阅读作品仍然力求简单。故事围绕一个家庭的"秘密"展开——安东尼父亲的罪行，他曾是银行抢劫犯，安东尼的爷爷也曾是。有些出人意料的是，叔叔拒绝走这条犯罪道路，而是选择求学并定居德国。通过对比，进一步突出选择走上犯罪道路的安东尼父亲的成熟度的缺失。应当让父亲意识到他对现实法规的藐视是致命的，但这位父亲毫不自省，故事最终以其逃离结束。讲述者安东尼留下悬念，他的最后一句话是"我等他"。

故事分为几部分。开端介绍了现实场景：一个缺失父亲的家庭，当护士的母亲，个性很强的姐姐利斯(Lise)，她打拳击，很爱护弟弟，并称其为小矮人(Le Nain)。母亲由于工作原因，经常回家很晚，姐弟俩经常打闹。家庭中的秘密是关于父亲的缺失，他被说成是一个伟大的环游世界的记者，他寄来各地的明信片，但安东尼发现它们都来自一个地方，邮票也都一样。翻过姐姐房间的抽屉后，他发现了真相：父亲在坐牢。随后是与母亲的争吵。情绪不稳的安东尼在学校里自我闭塞，疏远朋友阿桑(Hassan)。作品穿插

---

① 译者注：芭芭雅嘎(Baba Yaga)，俄罗斯与其他斯拉夫民族的童话及传说中的老女巫，又译作雅加婆婆。她专吃小孩，在人们的心目中，是个充满邪恶、神秘的角色。在有些故事里，芭芭雅嘎是一个身居森林深处的寂寞老妇人，心中渴望成为一个慈蔼的奶奶，有一个孙子陪伴在身旁；为此她乔装成一名平凡的老太太，走进村子里，一心想借着帮助忙碌的主妇，以便和天真的孩子朝夕相处。

着生活中常见的场景,孩子之间的喜欢,对某个又"胖"又"蠢"的女孩的嫉妒。勇敢的安东尼想了解真相,他询问了母亲,并愿意去监狱探望父亲。姐姐拒绝见父亲,而安东尼的探视建立起了一种新的关系。父亲本可以争取减刑,但他受不了监狱生活,越狱逃跑。被警察全力追捕的父亲不得不乔装打扮去看望孩子们。这种打扮也具有一定的游戏性。在第二次看望时,他扮成了一个老头(惊喜!);这次安东尼坚持要跟父亲一起走,父亲答应了。接下来是对逃亡旅程的描述:乘有轨电车,乘火车(穿越火车站时,警察的狗吓坏了安东尼),到达南特后一路沿着公路逃。他们到了海边,投奔了父亲的老"狱友"蒂埃里(Thierry)。蒂埃里是一名水手,在村子里负责放焰火,但受到警察的监视;安东尼认识了带他冲浪的诺埃米。诺埃米的眼中没有冷漠。年轻的爱情和幽默:当她问安东尼能否做她的男友时,安东尼操作不当,船翻了。为了了解过去的真相,安东尼先问了父亲,后来又问了蒂埃里,并劝说父亲回监狱,劝父亲理智接受现实规则。故事的结尾是警察在蒂埃里该放焰火时发现了安东尼父亲的踪迹;安东尼接替蒂埃里承担起放焰火的工作,而他的父亲乘一艘摩托艇逃离了,蒂埃里被警察戴上手铐带走。触及父亲犯罪的大胆而有节制的主题。

安东尼父亲的名字,拉斐尔·当泰斯(Raphael Dantes),容易让人想到大仲马的《基督山伯爵》的情节。可惜安东尼没有法里亚教士那般的感召力,无法转变父亲的观念;他也没有掌控了钥匙的宝藏,更没有复仇的欲望。然而,小说的大胆(当代小说罕见作品之一,可能是儿童文学历史上唯一的一部?)还在于,当蒂埃里在当地教堂向安东尼介绍水手做的船时,主人公宣称自己是无神论者:

"漂亮吧?是渔民做的,为了感谢上帝保佑他们在一场暴雨中活了下来。"

"我不信上帝。"

"我,我信。"(《越狱逃亡》,第 105 页)。

富有悬念的介绍,任由读者猜测是谁在说,是蒂埃里?还是安东尼?显而易见是后者。但作者缄默不言,不予深究。

心理描述契合主人公的性格,他严苛固执,一心寻求真相。作品表达了对社会冲突的通常性美化的抵制。当人们得知安东尼是"抢劫犯"的儿子时,他受到了同学及其家长的疏远。他也是"景观社会"的受害者:新闻曝光了安东尼的父亲后("电视新闻谈我爸爸谈了 3 天,我受够了",(《越狱逃亡》,第 53 页),摄影师打探他的私生活(《越狱逃亡》,第 52 页),所有人都在课间过来看他。

然而,归根结底,小说是一个不幸的男孩追寻"正常"生活的故事:

然后,妈妈和姐姐来找我们,我们四个团聚,过上了正常的生活,我们一起野餐,去电影院,开车去度假,周末我跟爸爸一起玩拼图。(《越狱逃亡》,第 65 页)

这是一个平民孩子感人而又微小的生活理想。情感缺失的孩子,无法避免社会文化及其引发的等级影响。小说抨击了通过对私人生活的干涉,将悲剧转变成愚弄大众、虚无、异化要素的新型交流方式。只有一个学校老师维护安东尼……该作品被年轻的读者选中并不奇怪,因为它反映了青少年内心不被理解的感受。

从格拉迪·马尔西诺的小说中克拉拉在巴塞罗那的愉快旅行,到简单提及恐怖分子的纳西姆和纳西玛在阿富汗的日常经历,再到帕斯卡尔·沙德纳的小喜剧,我们探讨了作品所反映的现代社会的矛盾与暴力,以及叙述和风格的多样化。还有一个需要注意的问题,一个仍在影响读者未来的过去的问题。对历史的了解可能会增加阅读的难度,因为阅读尽管需要以一定的知识为基础,但更需要将注意力集中在虚构作品的范围内。

塞尔日·吕班的《并非只有郡长戴星星》：反对犹太灭绝政策的"正义者"

票数位居第二的塞尔日·吕班的作品不同于《越狱逃亡》中的个人故事。在含义模糊的题目的掩盖下，故事反映的是1942年7月16日"冬季赛车场"的围捕行动，以及二战期间对犹太人的驱逐。塞尔日·吕班是一名教师，这一事实驳斥了某些人武断地认定教育工作者无法成为小说家的观点。吕班的作品获得的票数高于理查德·库阿耶的《安热尔，我的克梅内旺的芭芭雅嘎》所获得的票数，后者是一篇丰满的作品，充满地域性的想象力和大胆直率，故事中的布列塔尼姨妈会让人想到克拉拉的巴塞罗那姨妈。

关于犹太灭绝主题，已存在大量小说或自传，因此不免担心这一主题会被"糟蹋"，埃莱奥诺尔·阿迈德曾在一篇论文中对此加以论述，近期她在《话语》(*Parole*)杂志上发表如下阐释：

> 每部小说的唯一性，与其说在于情节的独特，倒不如说在于对已知情节或元素的不断更新的重组。……尽管很多作品都谈到了排犹主义，但目前的困难并不是谈论对犹太人的灭绝，而是怎样谈，除了注重写作及配图含义外，还可以怎样与众不同。①

对驱逐和灭绝的恐怖描述不应该违背历史现实，也不应该采用一种引人反感的方式，如同皮埃尔·艾力·费里耶(Pef)在图画书《我叫阿道夫》(*Je m'appelle Adophe*)(拿塞勒出版社[la Nacelle]1994年版)中展示毒气房旁堆积的尸体的照片，或者让·莫拉在《索比堡》中谈及的厌食症(伽俐玛出版社2003年版)。某些出版物当之无愧地成为范例，例如《安妮·法兰克的日记》(*Le Journal d'Anne Frank*)(英语原版1947出版，1950年出版法语译本)，或克洛德·居特曼的《空房子》(*La Maison vide*)(伽俐玛出版社1989年版，"白纸"系列丛书)，家庭命运与巴尔比诉讼(procès de Barbie)期

---

① 见埃莱奥诺尔·阿迈德：《大屠杀，一个被破坏的主题？》(*La Shoah, un sujet galvaudé?*)，载《话语》，2010年2月，第4—7页。

间伊泽尔(Izieu)孩子们的回忆赋予了作者灵感。《在"Pitchipoï"①的旅行》(乐趣学苑出版社 1995 年版)中,让-克洛德·莫斯科维奇在五十年后从一个孩子的视角出发,详尽叙述了那些曾破坏了"一种甜蜜而愉悦的生活"的事实。作品描绘了拘捕、分离、被揭发的痛苦、失踪的悲痛(只有一个叔叔从"Pitchipoï",即奥斯维辛-比克瑙集中营返回),但同时也描写了一位在"正义者"帮助下将主人公从死亡线上救回的母亲,其在激烈抗争中经历的忍耐与团结。克洛德·居特曼曾想在塞伊出版社的"小说"系列中出版贝尔特·比尔科-法尔克芒(Berthe Burko - Falcman)的《被藏起的孩子》(*L'Enfant caché*,1997 年),讲述德国占领法国期间被藏起来的孩子大卫;他等待父母从集中营里回来(《归来旅店》[*L'Hôtel du retour*],1991 年);随着尝试,在以色列找到一片接收地,又最终回到蒙特勒伊苏布瓦(Montreuil-sous-bois),"他的家乡"(《巴黎之路》[Rue de Paris],1995 年)。埃莱奥诺尔·阿迈德评论伊丽莎白·布拉米和贝尔纳·热内(Bernard Jeunet)的《埃利,自救!》(*Sauve-toi Elie!*)(塞伊少儿出版社 2003 年版)时说,"心上的星星的位置,集中了所有的痛苦",因为它象征着受到威胁的身份。也正是基于这种背景,塞尔日·吕班以一个独特的故事感染了读者。故事集合了所提到的叙述方法中的几种,但加入了一种独特的方式,即达尼埃尔·戴尔布拉西尼(Daniel Delbrassine)所称的"读者的保护机制"(mécanisme de protection du lecteur)②。

塞尔日·吕班让一个成年人,雅克·普兰(Jacques Poulain),在五十年后叙述 1942 年的反犹行动。主人公以第一人称视角,讲述了为了陪住一栋

---

① 译者注:源自二战期间德朗西集中营(Camp de Drancy)里的儿童所创造的新词,用于表示犹太人被送往的未知地方。该书作者让-克洛德·莫斯考维奇(Jean - Claude Moscovici)是当时德朗西集中营里的儿童之一,根据书中的描述,该词实际指的是奥斯维辛-比克瑙集中营。
② 引自达尼埃尔·戴尔布拉西尼:《儿童小说中的审查与自我审查》(Censure et autocensure dans le roman pour la jeunesse),载《话语》,2008 年 2 月,第 8—11 页。

楼的朋友玛里阿姆·阿普费尔鲍姆(Myriam Apfelbaum)一起死,他是如何接受在1942年宣称自己是犹太人的故事。时间的跨度解释了作者写作的节制性,一方面拒绝对事件加以煽情的夸张,另一方面完全保留孩子的决心,颂扬主人公反抗命运所取得的成功。雅克避开了潜在的刽子手。他继承了父亲的勇敢,但直到父亲死后,他才真正发掘了这种品质。他的父亲是一名幻术魔术师,在从不缺少投机者的首都工作("生意从没这么好","大家都用娱乐忘记痛苦"),并认识了一名在巴黎大郡(Gross Kommandantur)工作的德国官员(Obersturmführer),这位官员答应为被拘捕送往德朗西集中营的玛里阿姆的妈妈说情,并传了一封她写的信。后来,这名中尉被上级怀疑通敌,上级派人跟踪玛里阿姆的父亲并找到了玛里阿姆。在事情败露前,为了证明自己的忠诚,中尉决定在剧院门口除掉雅克的父亲。作者对突发的谋杀场景的描述非常有分寸:"Obersturmführer拿了把鲁格尔手枪,朝我爸爸的腹部射了两发子弹。接着他发动车子,在薄雾里逃走了。"(《并非只有郡长戴星星》,第103页)雅克承认道:"我的生活塌了……悲伤让我不堪重负。我觉得我的童年就是在那时终止的。仿佛某根弹簧断了。"(《并非只有郡长戴星星》,第108页)随后故事叙述了他以英雄父亲为榜样,成为了另一种"幻术师":躲在一个小村子里的雅克,"变没了"伊维特的一些炸药。伊维特是个女孩,她父亲是排犹主义者。而这让躲在抵抗者山洞里的雅克暴露了。他被拘捕,和玛里阿姆一起关在一处位于意大利的"殖民地"(colonie)里,他们最终被藏在那里(可能像夏尔·维尔德拉克作品中描述的那种,在里面表演莫里哀戏剧的地方,而雅克愿意称之为"塔楼"[tour]):"在殖民地,外部世界不可避免地会和我们发生碰撞,有点像泰坦尼克号航线上的冰山……"(《并非只有郡长戴星星》,第194页)。当雅克准备炸掉载着他们驶向死亡集中营的火车时,雅克觉得自己是一个真正的抵抗者("我还只是个孩子,我要做的是短短人生中最大的一个决定……")(《并非只有郡长戴星星》,第198页)。作品没有明说,但读者最终知道玛里阿姆在爆炸中死了,这让雅克陷入痛苦的反思,交织着隐藏的内疚和对抵抗运动的责任感。

这部小说的叙述体现了对实际经济情况(贫乏)的细致描写以及对政治暴力——禁止"听广播,游泳,去公共图书馆,骑自行车,在公园散步……看电影"——的谴责(《并非只有郡长戴星星》,第 20 页)。玛里阿姆的父亲在逃难途中被一架德国飞机击毙后,作为主人公的两个儿童的童年幸福变得遥不可及:"我们只是无忧无虑的孩子。大人们沿着路逃跑。我们不。我们觉得更像是提前了一个月去度假,甚至是逃了一次课。"(《并非只有郡长戴星星》,第 12 页)永远失去了阅读安德尔桑(Andersen)时做梦的能力:"天亮后,我们变成了能起舞飞翔的天鹅。晚上,我们又恢复了人的模样。"(《并非只有郡长戴星星》,第 68 页)对伊维特一样的"积极"人物的期待,随着与一战时的法国兵佩罗先生(M. Perrot)相遇而得到实现,"被三年兵役、四年战斗提早毁了,肺受了废气的毒害,一年待在疗养院"(《并非只有郡长戴星星》,第 82 页)。还有他的表姐,非常擅长讲故事。详实的历史资料建立在对当时年代情况充分把握的基础上,如同伊万·波墨(Yvan Pommaux)的作品《电视机前》(*Avant la télé*)(乐趣学苑出版社 2008 年版)。痛恨犹太人、法共和共济会的农场主勒努(Lenoux)强迫孩子们吃猪肉。佩罗先生取代了被驱逐的犹太教师斯特朗(Streng);为报复抵抗组织的袭击,纳粹分子谋杀了村长及其助理,佩罗又接替了村长的工作("您有 48 小时的时间,将破坏分子交给我")(《电视机前》,第 93 页)。

用蝴蝶间接描写毒气房的灭绝,这一修辞手法的使用特别有效:相比维尔德拉克的作品,更接近弗朗茨·卡夫卡的《在流刑地》(*La Colonie Pénitentiaire*,1914 年):

> 但是在殖民地,我们的老师用乙醚将它们催眠。非常难闻的味道,如果离太近了会觉得头晕。浸有液体的棉球散发出令人窒息的气味,被关在一个密封广口瓶里的蝴蝶在最终放弃之前会绝望地拍打翅膀。生命的流失感让它恐惧,它不断地撞击瓶壁,发出

小小的清脆的声音。越是无力地挣扎,毒气侵入得越深。它的感官逐渐停止。不再有令人头晕的气味,不再有翅膀上的灼热感。充满醉人汁液的口器垂下,软软的,毫无生命力。忘记了红花绽放的大片草原。忘记了夏季微风的抚摸。忘记了变成蝴蝶之前的生活。唯一存在的真实,是在一个巨大的黑洞里一点点死去。它变成了一个没有生命的物体。像死亡一般僵硬。在一种人类无法察觉的巨大痛苦之后,最终一动不动。

塞尔日·吕班的小说有别于以前那些描述二战中的反犹灭绝行动的作品。他的革新在于引入一个还是孩子的"正义者",在简单而生动的叙述中展现了成长中的人们在苦难中结成的深厚情谊。主人公雅克·普兰勇于自我牺牲,丝毫未曾因自己的英雄行为生出半分虚荣之心;在回忆的影响下,始终忠于生命中出现过的人。可以想象,相比《越狱逃亡》,阅读这样一部作品,读者感受作品中环境的难度更大,根据自身的理解重构作品环境的工程也更为复杂。这是一部值得流传阅读的作品。

审查或自我审查? 性话题之下的政治

前文提到的《儿童小说中的审查与自我审查》中,达尼埃尔·戴尔布拉西尼分析了"监督与控制委员会"的数个评判。该委员会隶属于司法部和内政部,负责监督儿童出版物,确保书中不包含"任何构成重罪或轻罪的行为,任何可能影响儿童健康道德观的行为,可能引发或助长种族偏见的行为"。他发现"在所有关于某些针对儿童读物的叙述恰当性的讨论中,极少考量形式","各方评论员热衷于讨论作品涉及的主题,而忽略了读者的感受首先是通过作者使用的文学手段而被激发的"(《儿童小说中的审查与自我审查》,第10页)。就在今年准备"拇指奖"时,我们见证过对一本书的坚持,贝亚特丽斯·布蒂尼翁(Béatrice Boutignon)的作品《唐戈有两个爸爸,为什么不可以?》(*Tango a deux papas et pourquoi pas?*)(佩尔什男爵出版社[Le Baron Perché]2010年版)进入了图书管理员的预选书单。故事讲述了纽约中央公园动物园里的两只雄性企鹅决定收养一只鸡蛋,并共同抚养孵出来的一只小母鸡。尽管某些评委持保留意见,这部作品还是被选中。这本图画书于 2005 年在美国出版,引发了关于同性恋问题的讨论。然而故事本身突出了爱的重要性,进行了细腻的阐释。对这部作品持否认态度的人显然是将这种美感置于次要地位。

卡罗勒·菲韦(Carole Fives)的《扎拉》(Zarra)与乔装游戏。腿上的"毛病"(La "maladie" au pilon)

人们可能会问,选择小说的决定性考量因素是什么。首先,一个成功的小说应该带来丰富的愉悦感,人物的刻画应借鉴受年轻读者欢迎的经典之作。这一标准贯穿于 2011 年"拇指奖"的作品选拔中。短短 87 页的《扎拉》是卡罗勒·菲韦的第一部作品,由法国乐趣学苑出版社出版。这家被弗洛伦斯·盖奥蒂称为"作家工厂"①的出版社,自成立之初便扎根学校出版物领域,吸引了大批由家长和儿童构成的读者群体,这些读者对体现社会学家尚博勒东和法比亚尼所称的"温和的先锋派"②这一出版趋向的作品非常感兴趣:社会写实(尤其是中产阶级),对美感的追求与心理分析甚至精神分析联系紧密。事实上,《扎拉》面向的是"第一批读者"("Premiers lecteurs"),结合了积极的态度与天真的幽默,触及对公平与爱的渴望;成功的儿童文学作家圈子是其互文性的基础。

在这部由孩子以第一人称叙述(几乎成为惯常模式,但若掌握恰当,会

---

① 参见弗洛伦斯·盖奥蒂:《作家工厂? 乐趣学苑出版社作家的几个特征》(Une fabrique d'écrivains? De quelques figures d'auteurs dans les écrits éditoriaux de l'Ecole des loisirs),载让-弗朗索瓦·马索尔(Jean-Francois Massol)、弗朗索瓦·凯(Francois Quet)主编:《儿童文学作家,从出版社到学校》(L'Auteur pour la jeunesse, de l'édition a l'école),"Didaskeïn"丛书系列,埃卢格出版社(ELLUG)2011 年版。
② 参见让-克洛德·尚博勒东(Jean-Claude Chamboredon)和让-路易·法比亚尼:《儿童图画书,出版领域及童年的社会性定义》(Les albums pour enfants, le champsde l'édition et les definitions socials de l'enfance),载《社会科学研究学报》(Actes de la recherche en sciences sociales),1977 年第 13 期和第 14 期。

非常有效)的小说里,开篇就使读者进入一个戏剧化的场景。12岁的小女孩阿克塞尔(Axelle)的母亲有抑郁倾向,阿克塞尔自认为是受害者,并宣称妈妈不爱她("她是我妈妈,这本身就很奇怪,因为她不爱我。好吧,我也不爱她,有时甚至恨她。我会小声说:'去死,去死,去死!'")(《扎拉》,第15页)。作者对她母亲的病症进行了细致的描写:"她可以整天整天待着不说一句话。她把自己关在房间里,这表示她想自己待着。不能发出声响惊扰到她。然后,在我们毫无心理准备时,嘭一声,她发火了,不知道因为什么大喊大叫。我爸爸说她发狂了。这时最好不要在角落溜达,因为会捡到很可怕的东西。"(《扎拉》,第8页)

母亲丢失钥匙的一段揭示了真实的心理状态,描写了心理病态的母亲为掩饰自己的疏忽而迁怒于女儿们:"你把钥匙藏哪儿了?你是故意的!你们想让我发疯!我走了。"后来阿克塞尔找到母亲,归还了自己找到的箱子钥匙:"把那串钥匙递给妈妈时,我得到了一份小小的报酬:扇在头上的一个耳光,因为有钥匙,这一巴掌格外疼。"(《扎拉》,第16页)除了身体的虐待,还有精神上的威胁:"我要离你们远远的!如果我自杀就再好不过了。"(《扎拉》,第17页)随后母亲失踪,而父亲正在马赛出差,不过母亲的失踪并没持续多久。母亲的意外返回带有一种黑色幽默,突出了她精神状态的不稳定,她用疯狂的消费寻求情感的慰藉:

> 当天晚上,妈妈回来了,非常兴奋。她买了一大堆衣服、裙子、腰带和T恤。瞧啊,铺满了床。她开始在衣橱镜子前试穿,弟弟拍着手不断说'哇哦!漂亮!'。我的妈妈,她确实漂亮,甚至是非常漂亮。尤其是在她笑的时候,在她唱歌或跳舞的时候(《扎拉》,第62页)

一个无助的孩子的矛盾情绪清晰可辨,尤其当下文阿克塞尔叙述忽冷忽热的母亲带着一份"惊喜"回来的时候:

过了一会儿,她进来,往我的床上扔了一个盒子。拿着,给你的。几乎条件反射般,我针锋相对地回答:"关我屁事。"妈妈带着一副嘲笑的表情走了:真是让人扫兴的家伙。她砰的一声关上门,说了一段难听的叠句:"从不满意,总不听话,差不多这样,总之像首糟糕的歌。"(《扎拉》,第 64 页)

小说的描写突出了小女孩的韧性,对事件的细致描述能带来一种抽离感,可以帮助读者理解类似的状况。这种细致让我们对一个真正的"心理案例"有了更直观的感受,作者通过年轻的主人公指明了一种自我保护机制:阿克塞尔拒绝接受妈妈送给她的东西,她觉得物质根本无法替代期望从父母身上得到的真正的关爱。她拒绝一种侵入式的束缚人的时尚:"到处都有,各种颜色,各种面料,像玛丽恩(Marion)穿的那种到小腿肚的紧身牛仔裤,为了跟下身长筒袜搭配的蓝色套头毛衫。"(《扎拉》,第 64 页)

在这种情况下,是游戏拯救了主人公。阿克塞尔装扮成扎拉(Zarra),"扎拉"是"佐罗"对应的女性名字,也是她给家里小狗起的名字,在她的想象中,扎拉就跟约翰斯顿·麦考利(Johnston McCulley)扮演的佐罗一样,是正义的化身。小狗是白色的,眼睛上套着一根黑色布条,它被阿克塞尔家收养了一段时间,后来被送到法国动物保护协会(Société Protectrice des Animaux),因为它让阿克塞尔的妈妈生气(掉毛,总要出来进去)。弃养和送走小狗揭示了自恋的母亲的情感缺失,而阿克塞尔的行动是对这种缺失的修补。另一个关键的心理特征:扎拉化装成乔治·肖莱(Georges Chaulet)笔下的人物,戴面具的少女神探"Fantômette"。仿佛人格分裂一般,扎拉在凌晨两点去马路上张贴布告("注意!扎拉将拯救地球","扎拉由此过,骗子禁行"),后来这些告示被一个未知的"敌人"撕掉,换成其他口号,例如"没人能拯救地球,扎拉也不能"。肖莱式的侦探情节取代了心理"案例"的描写:在一次夜间外出时,阿克塞尔协助抓住了一群盗窃犯,并碰到了一名美国女孩,正是贴反面告示的那个女孩,两人的友谊让阿克塞尔重新感受到希望和友情。让人安心的结局,有点意料之内!除非认为"Fantômette"背后还隐藏着更微妙的东西,并成为自由的象征,就像自童年起就被这个角色所吸引的塞西尔·瓦尔加蒂格(Cécile Vargaftig)在其作品《成家的魅影女孩》(Fantômette se pacse)(奥迪博-沃弗特出版社[Au Diable Vauvert]2006年版)中所写的一样。一个只有名义上存在的父亲,作品结尾缓和了家庭悲剧(由于工作原因,他总是不在家,跟儿子玩是他的休息时间,不知道为什么,他总是重复"你的妈妈,她有抑郁症")。阿克塞尔学习直面课间休息时欺负她的同学,她的母亲开始接受一名精神病科医生的治疗。这部分近似精神分析家庭治疗法的叙述,从侧面表现了单景监视状态下越来越常见的现象:全球化进程下日益加快的职业流动性,将人转变为奴隶的消费的全能性,使脆弱的中产阶级日益不满,这种不满情绪转变成一种普遍创伤,儿童成为首当其冲的受害者。正如罗杰·凯鲁瓦所说,角色扮演类游戏打破了现实的枷锁,为现实危机提供了一种发泄途径。考虑到儿童阅读的特性,这部小说在社会写实的同时突出了游戏性,并不刻意实现"抵抗型"作品通常具备的社会争议性和文学复杂性。它兼顾了女主角行为的幽默表现和儿童文化的重要特性。然而这部作品未能进入预选名单,原因是扎拉的母亲"有抑郁倾向",不适合在儿童间传阅。难道抑郁症是一个禁忌话题?在学生中进行这类疾病的分析难道不会利于理解达尼埃尔·戴尔布拉西尼提到的"作者使用的文学技巧",从而加深对有助于超越危机的写作机制的认知吗?

公愤:从文本到市政府

更具有挑衅性的话语出自2010年2月评选2009年"拇指奖"图书时,针对若·维泰克(Jo Witek)的作品《我的初吻的(近乎)完整的故事》(Récit intégral (ou presque) de mon premier baiser)(塞伊出版社的评论。一张来自奥博纳的选票评论道,故事"尤其……热烈的"一面,某些描述"非常不适合这么小的群体",认为该小说不符合"旨在激发儿童的阅读兴趣,扩充其词汇量并鼓励使用美丽的法语"的文化设想。仿佛语言是抽象的,独立于使用者所表达的思想；好像词汇量与阅读量的充实纯粹是机械行为！

市议会的一名成员参加了全体会议，自称代表气愤的家长，却否认"希望实施某种审查"。他提出疑问："这本书是否属于城市文化政治的核心"，"我们缴纳的税收是否在为这些政治选择买单"？从文学到政治，这种转变的理由何在？若·维泰克在书的序言里就直言不讳地表示，想通过自身经历，写一本关于性启蒙的书来帮助青少年。她在网站上透露："13岁时我就开始因为格子柜里十几封表白信被（家长）从好姐妹家送回家。"这促使她相信"艺术性的表达至关重要"，并且，对她而言，写作是"一种自然而然的选择，因为（对我而言）一切始于那个脆弱的年纪，一句话就能造成致命伤害或改变整个人生轨迹"。另外，小说的序言仅限于谈论爱情启蒙问题：

> 作者的话：我为什么写这本书？
>
> 青春期时，我的大部分闲暇时间都在憧憬爱情……后来我意识到男孩并不比我们更了解爱情"说明书"。他们在初恋时一般也会害怕。怎样吸引她？怎样告诉她？在哪里见她？应该再见她么？我可以主动一点吗？她会不会给我一耳光？面对爱情，我们都很犹豫，笨拙，脆弱。即便男孩子通常习惯将爱的情感藏在内心，但大家都知道！……也许最勇敢的事情就是勇于承认自己的情感？

此外，若·维泰克曾与米歇尔·皮克马尔（Michel Piquemal）合作出版过《关于性的一切：不忌讳，不羞怯》（*Tout savoir sur le sexe : sans tabous ni complexe*）（马蒂尼埃出版社2009年版），这本书没有引发任何争议。《我的初吻的（近乎）完整的故事》刻画了一个13岁男孩，拿着日记本，说着叛逆期青少年的"真话"。格扎维埃（Xavier）觉得身为足病学家的妈妈是"美国中情局"的工作人员（《我的初吻的（近乎）完整的故事》，第15页）。当妈妈让他整理房间时，他觉得"很烦"："我再也受不了别人使唤我了！大人老在费时间琢磨怎么像控制木偶一样控制我们，真是疯了；他们应该明白已经太晚了。不是到了13岁我就会开始整理房间的。"（《我的初吻的（近乎）完整的故事》，第9页）其他常见情节，比如，同学成了知己；拒绝老师规定的任何阅读功课："真烦人！我根本不想知道她写了什么，塞居尔妈妈（La mère de Ségur），光是名字就让我头大。"（《我的初吻的（近乎）完整的故事》，第13页）。真正的危机爆发是当格扎维埃爱上米娜（Mina）的时候，在热爱阅读的祖母的建议下，主人公读了波德莱尔（让主人公"有助于升华爱情"）的作品，以及保尔·艾吕雅（Paul Eluard）的诗集《凤凰》（*Phénix*）中的诗《我爱你》。这种文学体验让格扎维埃心荡神驰，他在日记本上写下内心的话，写下初恋爱情，写下模仿读过的诗而创作的诗意抒情。然而此时的男孩所想的，还远不是对女性的深爱，就像德尼斯·德鲁热蒙（Denis de Rougemont）在《爱情与西方》（*L'Amour et l'Occident*）中描述的那种，更直接地说，也不是贵族绅士般的倾慕。此时，男孩的想法可以说是露骨粗俗的，甚至9岁至11岁的孩子也有，作者用一种讽刺的，甚至漫画式的形式加以表现：

> 不要碰屁股，千万不要！我肯定她会不乐意。那胸部呢？我可以碰她的胸吗？根据马丁表哥的经验，他明确建议不要在第一次约会时碰胸部……（《我的初吻的（近乎）完整的故事》，第26页）

像扎吉（Zazie）一样，格扎维埃说话也毫无顾忌，并经历着阅读蒂特（Titeuf）的《性》（*Zizi sexuel*）所引起的最初的青春期幻想（《我的初吻的（近乎）完整的故事》，第44页）。根据这本书命名的一场展览于2007年至2008年在巴黎科学博物馆举办，"面向9岁至14岁"的孩子，宣传广告中提到了"舌吻"。据我所知，这场展览没有引发任何争议。此外，格扎维埃的启蒙仅是电影院里的亲吻、帐篷下的抚摸和海边的散步，因为，文中写到，应该承认"在我们的年纪,自由要有限度"(《我的初吻的(近乎)完整的故事》,第111页)。主人公言语上的过分和各种想法只是青春期的自然反应,最终将回归学习生活和成长。因此,其经历是一种单纯的成长体验,伴着奇怪的时尚带来的幽默。两个小时内,"我"从后哥特风到疯狂的电音舞,一九六〇年代复古风潮的摇滚歌手,灵活的运动员,最后到完美的滑冰手。为了逗乐,"我甚至用一个烟斗和一双带绒球的鹿皮鞋打扮得很老土"(《我的初吻的(近乎)完整的故事》,第34页)。小说还描述了朗格多克省,"马尔贡(Margon),一个葡萄园里的小村子",有"充足的阳光"和催动情感的春天:

> 爱情,很奇怪。它改变了我对世界的看法……比如,从前我没发现操场上的杏树都开花了。我应该走米娜经过的路,这样我能好好看看这棵开花的杏树,而且觉得它很美。(《我的初吻的(近乎)完整的故事》,第23页)

结尾是歌颂自然生活的呐喊声:

> 你好,生活的快乐,在搁浅在湿沙中的波浪里跳跃的快乐!
> 我14岁,我不再是个孩子,但还不是个男人。让我再游一会儿,自由地向着未知的海岸,穿越风暴,直面跌宕起伏,狂风巨浪,或者像今天一样,享受短暂的宁静时刻。

我们不能否认这部作品对法兰西语言的美妙运用。人们甚至会说这种抒情体现了少年激情的过渡。田园诗般的视角所植根的社会环境,最终由父亲揭开秘密:"爸爸刚辞职了。他离开了巴黎那家报社,想要自己创办一份以关联经济及其周期性变化为主题的报纸。"(《我的初吻的(近乎)完整的故事》,第94页)身为记者的父亲属于中产阶级,他对资本主义商品经济体制的拒绝体现了一种积极参与当代问题的态度,人们可能觉得这种参与是乌托邦式的,某些人称其为"布波"(bobo)。无疑正是这种社会介入性增加了审查员的反感,他们毫不考虑小说的整体架构,而仅仅强调小说所涉及的性话题的敏感性。

想想孩子们在电视上看到的画面,在操场上说的话,就没什么值得大惊小怪的了。然而当选者的抗议只会让审查员增加对"闲话"的担忧。儿童文学处于实际的监督下,如同达尼埃尔·戴尔布拉西尼在文章中提到的1949年颁布的法律,该法律很少被引用,也没有震慑到出版该小说的出版社,却让家长、教师及道德秩序的代表们陷入一场浩大的自我审查运动。在这种背景下,当一个敏感的题材有成为出版财源的潜质时,儿童文学本能地知道应该"巴洛克"(baroque)化,冒着重复性甚至商业性的危险触及最自由的话题。因此,真实性应当在必要的情况下引导写作。例如桑德里娜·博(Sandrine Beau)的作品《我们做薄饼》(*On fait des crêpes à l'eau*)(格拉塞特出版社2011年版),该作品讲述了一个独自抚养孩子的母亲如何面对一名想强奸她的官员。其中小姑娘索莱娜(Solène)说过一句话:"有些大人喜欢向孩子掩藏'生活的真相',就像我妈妈的父母那样。她(我妈妈),她决定把一切都告诉我……有人说这样会对我造成创伤。我呢,我清楚地知道不会。我宁愿知道真相,尽管并不美好,也总强过想象更可怕的事情。"(《我们做薄饼》,第40页)出于这种职责和对读者的尊重,作家不是简单的道德家,而是表现者。

(三)景观社会中的小说家:在幻想与文字之间的声音的回归[①]

是什么促使苏茜·摩尔根斯坦和皮埃尔·艾力·费里耶(Pef)登上舞台的?前者于2009年在圣波特鲁瓦沙多文化宫的剧场出演了她的作品《大土豆》(*la Grosse Patate*),后者分别于1995年在尼斯、2005年在戛纳出演过

[①] 本章节的部分内容,曾发表于让-弗朗索瓦·马索尔、弗朗索瓦·凯主编:《儿童文学作家,从出版社到学校》,前揭。该书是2009年在司汤达-格勒诺布尔第三大学举办的研讨会的成果集。

大舌头王子的角色。是什么促使《不要动我的钢琴》(*Ne jouez pas sur mon piano*, 1996 年)的作者玛丽·圣-迪齐耶演唱 20 世纪 50 年代的歌曲,并继《我回来了》(*Je reviens*, 2003 年)之后出版了以埃迪特·皮亚芙(Edith Piaf)的歌曲为首的音乐作品《童年的旋律》(*Les Refrains de mon enfance*, 欧特蒙出版社 2008 年)的呢?为什么通过《吹笛子的男人》(*Joueur de flûte de Hamelin*)(南北出版社[Nord‑Sud Verlag]1977 年初版,洛特斯·卡尼尔出版社[Lotus‑Garnier]1978 年再版)进入儿童文学界的让·克拉维立,凭借讲述一个新奥尔良小黑人钢琴家的戏剧性史诗作品《小个子路》(*Little Lou*, 伽俐玛出版社 1990 年版)及《小个子路:南方之路》(*Little Lou. La route du Sud*, 2003 年),成为了知名作家及插画家,随后并没有成为笛子吹奏者,却成了钢琴和吉他演唱者?他带领组建的乐队在外省组织晚会,嘶哑的声音分割了空气,歌曲收录在他的 CD 专辑《小个子路:塔科特蓝调》(*Little Tour. Tacot Blues*, 伽俐玛出版社 2004 年版)里。这些作家或作家兼插画家是刻意让自己本身与他们所创造的人物形象之间具有重合性么?两者在文学上紧密相连吗?或者他们努力与文学建立一种新的关系。例如,还是玛丽·圣-迪齐耶在快乐时光图书馆(L'Heure Joyeuse)举办的关于小说艺术的讲座上所述的观点,她还在《故事的魔力,儿童图书说了什么》(*Le Pouvoir fascinant des histoires. Ce que disent les livres pour enfants*)中做出了评论(欧特蒙出版社 2010 年版,"变动"丛书系列[Mutations])。① 阅读大量小说和图画书让她"消除了童年创伤",于是她自问:"儿童图书会提供面对世界的武器吗?"作为一名虔诚的读者,她探索为什么"有些书我们会反复地读"。带着敏锐的洞察力,她重读了一系列印象深刻的书。在《儿童文学,一生的文学》(*La littérature pour la jeunesse, une littérature pour la vie*)的特刊《文学学校》(*L'Ecole des lettres*)中,可以看到她是如何形成与

---

① 参见柯琳娜·吉贝洛在《儿童图书杂志》(*La Revue des livres pour enfants*)上发表的会议报告,载该刊 2010 年 6 月第 253 期,第 64—65 页。

"彼得潘情结"(complexe de Peter Pan)相似的一种"温迪情结"(complexe de Wendy),后者指的是"在回归现实、过成人生活之前,曾跟随彼得潘去永无岛的所有小女孩,所有女人",并且她们"通过讲述这个故事,充实家庭故事而延续着自己的童年"。① 一种优雅的间接的自我介绍!

这些作家是出于对音乐和戏剧的热爱吗?目前,音乐与戏剧相关的主题活动在某些学校得到提倡,因为它提供了一种更轻松的文学学习方式;或许是因为,在信息网络便利人际交流的同时,各类社交网络和工具也使得关系日益抽象,作家们是想重新寻找一个具体的天地?"景观社会"是否对各界艺术家和作家施加着越来越大的压力,促使他们寻求一种自我形象,以便能够立即进入由数字化图像和声音系统主导的现代沟通网络?在这样一种探求中很难描绘出一个人物的轮廓及性格。正如热罗姆·罗歇(Jérôme Roger)在《传记与神话间的作者》②(*L'Auteur entre biographie et mythographie*)一书的引言中所考虑的,怎样让传记、虚构与文本研究共存?考虑到热拉尔·拉加德(Gérard Lagarde)在同一卷中强调的"作者成像"(l'imagerie d'auteur),怎样定义纸上的人物与活生生的作者之间的连接点?这是至关重要的。

这就是为什么我们关于小说家的论述将强调一般审美方法的独特性,正如迪迪耶·安兹厄在《作品的结构》③(Le Corps de l'oeuvre)中所述,这是文学创作的源泉。它假设了作者本人与其所希望表现和传达的作品之间的一种联系:它包含一个能够超越"冻结的幻想"(fantasme bloquant)的修复和传送过程,是一种作者实现自我救赎的过程。在此过程中,作者在引领读者的同时进行自我构筑,将有形的(corporel)或幻想的(fantasmatique)情感转换成共通的文化语言符码。从有形到文字的转换中,能指(signifiant)游

---

① 见玛丽·圣-迪齐耶:《影响一生的书》(Ces livres qui marquent pour la vie),载《文学学校》,2011年4月至5月,第6期,第7页。
② 布里吉特·卢伊雄(Brigitte Louichon)、热罗姆·罗歇:《传记与神话间的作者》,"同时代18"(Modernité 18)丛书系列,波尔多大学出版社2002年版。
③ 迪迪耶·安兹厄:《作品的结构》,NRF系列,伽利玛出版社1981年版。

戏在发挥作用,一种类似于罗兰·巴特在其著作《S/Z》中对巴尔扎克作品《萨拉辛》的手术刀般的结构分析。这种方式会让人想到拉康式的"父亲之名"(le Nom-du-Père),或者更广泛意义上的"象征性再现"(le Représentant symbolique),人的意识和无意识。假如创作活动激发了作家形象的修复性幻想,这些幻想也只能来源于我们所称的"游戏想象力"(l'imaginaire ludique)。通过对其有意识或无意识的运用,作者进入了连接儿童和成人的双重境地(double bind),这一境地在学校里尤其明显。

正如我们看到的,儿童文学作家在"对神圣的向往与'快乐的知识'游戏"之间徘徊。对于成年人,童年象征着起源之地,在这段超越时光的时间里,一切皆有可能,它符合诞生的象征性交流(échange symbolique de la naissance)(融合了超越性或是博爱,以及爱的时光),是永远可再生的。童年是说话方式的形成期,在这个我们想努力重返的时段,在这个通往未来的时段,儿童正是通过游戏发展自己的说话方式,使其成为征服语言的"儿童"(enfantin)的标志。然而,文本是沉默的,通过古腾堡项目,我们见证了这种被减弱至无声的声音的回归;戏剧活动的发展以及学校开展的"大声阅读"类活动,使得这种声音再次浮出水面。因此目前我们可以发现,在全球化背景下,向"视图统治时代的儿童"所提供的文化,其基础恰是之前被忽视的文本作品。当今社会的特点其一是世界各国作家大量汇集,其二是作家的职业化,他们经常走进课堂,成为活动组织者,就像吉尔·贝奥特纪在论文中明确表述的,尤其在其对苏菲·谢雷(Sophie Chérer)的"我最爱的作家"系列的研究中阐述的。要成功,只需要像塞尔日·马丁和玛丽-克莱尔·马丁那样,在瓦尔特·本雅明之后成为"道听途说"的艺术大师。因此,在这里,根据《传记与神话间的作者》一书中收录的塞尔日·马丁的《作者,读者:语言中及通过语言的联系》(Auteur, lecteur: la relation dans et par le langage)一文,我们将"不是在作品里寻找生活,或者在生活中定位作品,而是寻找成为一种声音的故事"。考虑语言与生活之间关系的节奏,观察这些节奏如何进入学校——面向所有人,尤其是面向个体的一种文学的理想接收地。这种阅读将调动我们的评论幻想(nos fantasmes de critique)。我们将通过一位女性小说家的作品展开探讨,她就是苏茜·摩尔根斯坦,世纪困境的代表。

苏茜·摩尔根斯坦:《美国佬》的声音

网站上有苏茜·摩尔根斯坦微笑的画像,页面上提供了英语和法语的入口,不过要先跨越一个图像:一幅铅笔描绘的面容图,眼部位置是两个血红色的心形,红心是亲密关系的象征,在《一个大土豆的自白》(马蒂尼埃出版社 2003 年版,"自白"丛书系列)一书的插图中经常看到。随后会看到小说家本人在做手势,准备坐进一辆美国式的超长豪华轿车:快乐挑衅的"美国佬"!《树上的孤儿》(L'Orpheline dans un arbre)(乐趣学苑出版社 2005 年版)突显了在一个专收百万富翁子女的学校里,有闲阶级所拥有的特权。作品的多样性变化和当代媒体的各种渠道赋予了作者当之无愧的知名度。网站上提及了一系列作品的改编:1996 年,《美国佬》(乐趣学苑出版社,1992 年)被搬上电视荧屏;2003 年,双语书籍《菜园里的闲言碎语》(Potins du potager, 1999 年)被改编为音乐剧;《0 至 10 岁的情书》(Lettre d'amour de 0 à 10 ans)(乐趣学苑出版社,1996 年)进入剧院,是 2005 年首部获得"年轻观众莫里哀奖"的戏剧;2008 年,一系列儿歌音乐会。

但还应该走得更远,进入一部作品的中心,弗朗索瓦·诺德尔曼(François Noudelmann)谈论让-保罗·萨特、尼采和罗兰·巴特时说道:"自我统一性是一种掩藏着不和谐与亲密旋律的结构,我们正是用这种不和谐及亲密性的节奏不断地演奏。"对于这位《当哲学家触摸钢琴:萨特、尼采和巴特》(Le Toucher des philosophes. Sartre, Nietzsche et Barthes au piano)的作者而言,音乐活动有时会揭示这种不和谐,这种不和谐可以"缩小差距,保持适当距离,观察意愿的分解,伴随着触觉和节奏限制的结构游戏"[1]。苏

---

[1] 弗朗索瓦·诺德尔曼:《当哲学家触摸钢琴:萨特、尼采和巴特》,NRF 系列,伽俐玛出版社 2008 年版,第 12 页。

茜·摩尔根斯坦的作品体现的正是这些特别的断裂,这种压缩在纸页上的结构表现。她就像一位启示者,揭示了我们在引言中所提及的其他作家身上不易察觉的特征。儿童小说家在重温童年旋律时对节奏和言语会有得心应手的把握吗？人类声音的音乐曾受到中世纪图书管理员的关注,后来又遭忽视,如今又通过某些电影形式的改编重获新生,儿童小说家在该领域会如鱼得水吗？

2007 年,南方行动少儿出版社(Actes Sud Junior)出版了英法双语版《鹅妈妈童谣》(*Comptines de ma Mère l'oie/Mother Goose，The Old Nursery Rhymes*),随书附有苏茜·摩尔根斯坦和伊萨·弗勒尔(Isa Fleur)录制的 CD 专辑。我们会被两人所唱的路易·杜诺耶·德塞贡扎克(Louis Dunoyer de Segonzac)的曲子所吸引,正如苏茜·摩尔根斯坦在序言中介绍的,这些童谣"萦绕"着她在美国的童年生活,在新泽西州度过的这段日子"锻造了她的想象力"。我们首先会被两个几乎相同的声音打动,演绎的细腻与轻盈让两人的声音尤其相近。仿佛是将一种升华后的童年从中所提炼出的精华呈现于听者。然而,随后,听者察觉到细小而突然的走调,继之以更加生硬刺耳的重音。此外,其中一个演唱者更深沉的音色、嘲讽性的转调与亚瑟·拉克姆的插图有异曲同工之妙。随后我们便能确定,这无疑是苏茜·摩尔根斯坦的声音。这种方式在现代社会非常有意义:自苏茜·摩尔根斯坦的《爸爸,妈妈,音乐和我》(*Papa, maman, la musique et moi*)(法兰多拉出版社 1982 年版)一书开始,作家就在尝试将作者性格的表达由纸面转移到更有生命力的声音媒介,而不是像古腾堡项目一样只能保存文字性资料,可以说上文提及的作品是作者此项尝试的一项成果。这种尝试融合了多种乐器突破性的合奏和一项能指游戏,让摩尔根斯坦最终成为"儿童图书界"闪亮的新星。

结构的隐喻与自我嘲弄

1989 年,法国乐趣学苑出版社出版了《我第一次 16 岁》(La première

fois que j'ai eu seize ans),2004 年该作被改编为电影,题目则改为《我第一次 20 岁》。作品开篇通过自传性的回忆描写了少年主人公与他的低音提琴:

> 我演奏低音提琴,无疑是因为我跟这种巨大的奇怪的乐器很像,不方便携带,几乎不能用于独奏。我爱它,就像爱我的梦中情人,爱我的孩子。我拖着它,像拖着我的青春。(《我第一次 16 岁》,第 9 页)

生活的方式,写作的方式!我们能感受到《大土豆》(法兰多拉出版社 1979 年版)一书中的诙谐与独特的风格。作品用夸张的漫画式表述刻画了一个身体不适的人的形象,例如下面一段描写出行的文字:

> 拖着低音提琴走不是件容易的事,尤其是半盲,手在鼻子上,膝盖弯曲着。我一辈子都会羡慕小提琴手、中提琴手、吹笛手,不是因为乐器的声音,而是因为乐器的重量,尤其是下雨天……(《大土豆》,第 10 页)

主人公用于演奏出和谐曲调的低音提琴是一种隐喻(唐纳德·威尼科特所说的"假我"),音乐学校主任想将主人公纳入爵士乐队,而"祖父母出生在敖德萨"的主人公"酷爱拉小提琴"(《大土豆》,第 16 页)。学校的推荐激发了女孩不着边际的梦:

> 在一个穿越的时空,在我的脑海里,我是查理·明格斯(Charlie Mingus)最爱的乐手。我是公爵的夫人;我是纽约交响乐团的独奏低音提琴手。伦纳德·伯恩斯坦(Leonard Bernstein)和祖宾·梅塔(Zubin Mehta)必须要确认我们在场,确认我的低音提

琴和我已经准备好用悠远低沉的乐调配合交响乐后,才能举起指挥棒。(《大土豆》,第17页)

在"地下室"的练习很艰苦,主人公"感觉自己像一个在一群马拉诺人①躲避的地下室里演奏的马拉诺人"。这里体现了苏茜·摩尔根斯坦想象力的节点:启发音乐灵感的个人需求与团体需求的交接。如下文:

我的手由上向下弹奏,无法忍受的音阶,让人讨厌的练习,苦不堪言的拨奏。手指拨琴弦的位置长了茧。假如爵士乐队是件外套,每个do,每个本位音sol,每个降si都是贴上去的一片亮片。(《大土豆》,第19页)

滑稽的幽默植根于人物的象征性,尤其是当作者强调主人公的姓(父亲之名)是"高"(Hoch,其意思是"高"[haut]),正是这个名字让她成为"全高中"的笑柄(《大土豆》,第20页)。名字的力量,文字的第一重固化!苏茜·摩尔根斯坦的作品一开始就将寻求身体控制与艺术性的表达相结合,正如她在《一个大土豆的自白》中所言,这是她定义为"历史性"的"第一本"书。其实她在1977年出版过《希伯来语字母表》,而《大土豆》叙述了"一个以变瘦为唯一梦想的女孩的经历",并且她"被周围的一切所诱惑,尤其是甜品店"(《一个大土豆的自白》,第131—132页)。由此我们触及了齐格蒙特·鲍曼的单景监视的核心模式,当代消费社会的神经中心,由一小群精英扩散,并引出"流动社会"的无穷欲望。口腹之欲和肥胖身体带来的烦恼与美学创作相提并论:

---

① 译者注:原文为"Marrane",马拉诺人(Marranos),西班牙文术语,指1391年后为避免宗教迫害而信奉基督教的犹太人。他们被怀疑秘密信奉犹太教,因而成为西班牙宗教法庭的迫害目标。

> 尽管缺乏新颖性和想象力,我想我可以尝试用我有的东西从事文学:对生活,对文学的大胃口。(《一个大土豆的自白》,第132页)

苏茜·摩尔根斯坦明确指出了启动创造进程的想象之源,"我很遗憾我所认定的人生启示和首要真理",竟然是"生活中所有我喜欢做的,就是吃,吃,吃"!需要加以控制的正是这种胃口("我吃的每一口都饱含忧愁")。《一个大土豆的自白》的分析者指出"想还不够,想本身也是一项工作"(《一个大土豆的自白》,第131页),因为《大土豆》的结局是归于一种放弃("她接受自己的样子","她不会跟任何人交换身体")和一个"微笑"。而这一发现在2003年的《一个大土豆的自白》中被证实是一个圈套:"我后悔撒了谎,什么微笑?"(《一个大土豆的自白》,第132页)。结合《我第一次16岁》中的一首艾米莉·狄金森的诗,不管是音乐还是文学,艺术活动(entreprise artistique)是一项和平活动,是一项女性寻求自由与自我认可的尝试,是一种生活的游戏:"游戏,是要投入其中地玩,而不能只想着赢,如果我死了,就算了。"(《我第一次16岁》,第23页)属于一个作家排斥的"民族"(peuple)的情绪让这场游戏更加复杂,作者的脑海中"满是死去的儿童的画像"(《我第一次16岁》,第26页)。尽管小说(或音乐)的文本表达了"将这一奇迹人格化"的意愿:"说,斗争,抵抗,可能屈服。"这就需要谈及学习法语的必要性。

从课堂到课堂:儿童声音的获得与失去

苏茜·摩尔根斯坦在各类采访中都坦率地提及掌握法语的困难。她自童年起学习法语,后来得到丈夫的帮助,丈夫也是她的第一位读者,而孩子们的帮助尤为重要,让她了解了儿童的语言。对她而言,抵抗就是像《这不公平,或一个进取的小女孩的挫折》(*C'est pas juste ou les Déboires d'une petite fille entreprenante*)(友谊-拉热出版社1982年版,英文译名为"It's not fair"）里的女主角一样说话，这部小说是她用法语写的，是其使用第一人称叙述的初期作品之一，灵感源自她上小学三年级的女儿。抵抗也是像《友谊的两面》（*Deux moieties de l'amitié*）（拉热出版社 1983 年版）中的人物一样对话；是像《我受够我的姐姐了》（*J'en ai marre de ma soeur*，法兰多拉出版社 1984 年版）中的人物一样抗议；是像《六级》①（*La Sixième*，乐趣学苑出版社 1985 年版，英文版 *Sixth Grade*，由维京出版社［Viking］出版）中的人物一样作证，正如网站上透露的，这部"最畅销"作品是"根据她上六年级的女儿玛雅（Mayah）的口述完成的"。乐趣学苑出版社出版的苏茜·摩尔根斯坦的小说涉及法语学制的各阶段，最终到达《终点，大家下车》（1985 年）和《狂妄的玛戈》（*Margot Mégalo*，1991 年）。总而言之，说话是一种爱的表达，就像《0 至 10 岁的情书》（1996 年）的书名所暗指的。而蒂埃里·玛尼耶出版社 2005 年出版的"小口袋"系列丛书中的《我（还）爱着你》（*Je t'aime（encore）quand meme*）里，小学教师在情人节那天穿了一件满是心形图案的衬衣（就像苏茜·摩尔根斯坦网站上的人物形象），并要求学生"在词典里找'心'这个字"，然后"组一段对话，写下来或者在电话里说出来"（《我（还）爱着你》，第 30 页）。但这些情节仅仅是关于"污染程度，即将举行的选举，欧洲"等主题的认真思考的前奏。总之，就像故事主人公说的关于"政治"的思考（《我（还）爱着你》，第 36 页）。集合了各种族儿童的学校是培养团结性的基础。

中心幻想：巴洛克结构的褶皱与声波

这种写作中声音意识的体现，建立在一种需要修复的崩溃的体系基础上。《我第一次 16 岁》中提及的"走调"：对大提琴手两次考试失利的大胆描述体现了文学性弥补。作品涉及了身体的痛苦，体重增长的烦恼，青少年的粉刺，这些在另一部作品《某一天我的王子将来敲门》（*Un jour mon*

---

① 译者注：法国的六年级相当于中国的初中一年级。

prince grattera)（乐趣学苑出版社 1993 年版）中也有所提及。主人公在 11 岁时切除了扁桃体。正是从那时起一切都变了：以前，"我够苗条的"，"小时候我不是个胖宝宝"（《一个大土豆的自白》，第 102 页）。她写道：

> 我爱吃的就是煮鸡蛋，金枪鱼罐头，婴儿小份菠菜。当然了，还有糖果，蛋糕，不过 11 岁前它们对我的体重毫无影响。（《一个大土豆的自白》，第 102 页）

作为"冰激凌能有效缓解术后疼痛"说法的受害者，主人公女孩"吃了大量的冰淇淋"（《一个大土豆的自白》，第 103 页），从那时起开始"膨胀"（protubérance）了（《一个大土豆的自白》，第 98 页）。吉尔·德勒兹《论褶皱：莱布尼茨与巴洛克风格》，这个巴洛克式的人物，被肥胖所困扰：

> 我摸着身体，对肥胖形成的褶子说："你们走开！"我扯着腰上的肉，下巴，屁股，大腿，上臂，我乞求它们消失。睡前我下定决心开始节食。（《论褶皱：莱布尼茨与巴洛克风格》，第 8—9 页）

故事存在于这场无尽的，总是从头开始的斗争中，目的是"看看想从这个胖身体的监狱里逃脱的小孩"，一个"我们听不到他的喊叫"的人物（《一个大土豆的自白》，第 141 页）。呐喊的"永远的少年"（Puer aeternus）？苏茜·摩尔根斯坦对文学的思考凝结成了作品《当代犹太作家的幻想》（*Les Fantasmes de l'écrivain juif contemporain*）（尼斯出版社 1971 年版），幽默感在其中充当了关键元素。就像乐趣学苑出版社出版的《痴迷厨艺》（*Toqués de cuisine*，1986 年）和《古斯古斯叔叔》（*Tonton couscous*），烹饪艺术给上文所述的戏剧性的自我嘲弄增添了消遣色彩，很多书也体现了这点，音乐起了类似的作用，甚至是一种升华。声波接替了身体的褶皱，成全了另一种形式的胜利：一个简单的微笑不再足以修复扁桃体手术带来的断层，这一引发身体肥胖的声音的缺失,是一名艺术家的积极参与。正如乔治·桑在对启蒙运动的崇拜下,从"一个黎明到另一个黎明"一样,苏茜·摩尔根斯坦在她的探险中求助于她的孙女,从祖母到新一代代表之间的往复,同时是一种移交与传承。

几代人的游戏:小提琴,祖先的胳膊

在 2004 年书籍复兴出版社(la Renaissance du livre)出版的苏茜·摩尔根斯坦的作品《哆来咪》(*Do ré mi*)一书中,我们可以看到一位音乐家,更确切地说是一位小提琴手,是怎样在学校里完成这种转变的,为该书配图的是玛丽·德拉萨尔(Marie de la Salle),她本人也是位小提琴手。两位女士对题词中的言论表示赞同:"弓杆就像你的铅笔。你正是用它给你讲述的故事涂上色彩。"在该书中,与祖母一起听一场大师级音乐会的主人公女孩("我",未提及名字)遇到了与 1996 年的小说中的大提琴手一样的麻烦和慰藉,"我抓自己的头发,我烦,我抱怨,然后,奇迹般的,音符开始进入我的脑袋"(《哆来咪》,第 15 页),"仿佛小提琴在用它的振动抚慰我"。她刚刚学习写字,听各种音乐,完成了苏茜·摩尔根斯坦文学作品中提及的各种冲动(pulsion)的整合,在《一个大土豆的自白》中她宣称自己有"做挖掘自我的考古学者的作家强迫症"(obsession d'écrivain d'être l'archéologue de moi-même)(《一个大土豆的自白》,第 13 页)。因为学习已经是创造:

> 我演奏。我混合了学过的音符,发明自己的旋律;小提琴的乐音,妈妈的微笑,烤炉里的香喷喷的蛋糕,看我的猫和属于我自己的快乐。(《哆来咪》,第 24 页)

结合了耳朵和嘴巴的乐趣,主人公迎来了成功:结尾处,女孩在一场音乐会上赢得了喝彩("我的小提琴仿佛突然长了翅膀")(《哆来咪》,第 26 页),并意识到她所演奏的乐器,就像"抱着蓝色小熊的婴孩",长成了一个

"朋友"。

作为一种神奇的魔法和"过渡"(transitionnel)物品,小提琴和铅笔一样,帮助主人公实现了奇迹般的重生。在孙女的游戏中找到启示的苏茜·摩尔根斯坦继续在另一部小说里延续了她的魔法。由陈江红配图的《礼物》(*Le Don*)(南方行动少儿出版社 2008 年版)一书,配有苏茜·摩尔根斯坦所讲述的故事的 CD,仍然是路易·杜诺耶·德塞贡扎克的曲子。故事中送给施特代尔(Shtetel)的孩子瓦舍尔(Oycher)的神秘礼物是一把小提琴,有着"比日出还要炫目的光彩"(《礼物》,第 26 页)。"小提琴"(violon)也是这个孩子说的第一个词。小提琴就是他"唯一的娃娃"。正如"讲述者"所说,每次瓦舍尔"拨动一根琴弦,琴声仿佛回荡在他体内的每根血管里"。因为,讲述者发现,"他找到了他的语言"(《礼物》,第 27 页)。他还找到了自由,即"愉悦的世界"(le monde de la joie),像大卫王一样,他想"唤醒晨曦"(《礼物》,第 34 页)。这种闪耀着清晨曙光的叙述表达了一种对起源的怀旧。这里不是去修复身体上的切除,而是要避免被历史抹去的一个群体的消失。

不容置疑的签名:课堂上的亲笔签名

《亲笔签名》(*L'Autographe*)(2003 年)早于《哆来咪》一年,与《一个大土豆的自白》同年出版,正是在该书中苏茜·摩尔根斯坦将音乐带至学校。这部短篇小说的灵感来自与尼斯大学的学生一起进行的游戏,小说主人公是一群四年级的孩子。一个叫埃尔米纳(Hermine)的孩子,经历着学习大提琴的痛苦和快乐,让她自认为与众不同的是拥有一份罗斯托罗波维奇(Rostropovitch)的亲笔签名。对她而言,这是护身符一般的物件,"他亲手签的名,那只手曾拿着弓杆,拉响他的大提琴"(《亲笔签名》,第 5 页)。这份签名引发了班上孩子们的比赛:因此塞巴斯蒂安(Sébastien)制作了一份笔迹不清,却出自"天才之手"奇奈丁·齐达内的签名,"献给所有朋友的齐祖"(《亲笔签名》,第 25 页)。老师启发学生们想其他名人,学生们想出了很多夸张的名字,有的是从父母口中听来的,但都符合他们的兴趣,这些名人也拥有很高的社会和文化地位,例有加缪,拿破仑和维克多·雨果。从中可见,孩子们心目中"作家"的概念与"名人"("大人物")的概念是混同的,而且衡量标准也是多样的。在描述过程中,作者否认了她总结为"作者功能"的素质,例如"眼界宽广"(voir grand),让人"值得钦佩"。首要的素质是有启示性,用罗曼的话说,"是不要懈怠"(C'est de ne pas avoir la flemme)。

"是有激情!①"埃尔米纳说。

激情?

激情,就像罗斯托罗波维奇那样。他努力练习大提琴,而不是玩或看电视。埃尔米纳说,她每次听到妈妈说"练琴去"时,就会痛苦地抱怨一番。(《亲笔签名》,第 27 页)

通过孩子们的间接表达,"天才"指的是勇于"冒险",坚持实现某个由灵感而发的目标的人。学校成为启蒙选择的场所。

乐趣学苑的"故事讲者"和"老师"

苏茜·摩尔根斯坦利用她独特的声音和音乐搭配创作,而不是单纯被动地参与"景观社会"。《亲笔签名》中的荣誉最终落到老师身上,她选择自己妈妈的签名,因为妈妈"给予她生活的快乐"(《亲笔签名》,第 46 页)。这正是苏茜·摩尔根斯坦认为的理想学校的文学创作功能:对一种女性声音的认可,和谐的、积极的声音,包含过往回忆和有关音乐前辈的记忆,传达希望和几代人之间亲情的声音。从身体变化引起的烦恼到口腹之欲的情感转

---

① 译者注:原文为"C'est d'avoir la flamme","flamme"意为"火焰,热情,激情",与上文的"flemme"(懒惰,懈怠)同音。

移中,在乐器的移情(transfert)和音乐的升华中,巴洛克声波(onde baroque)不断扩大、愈加优美,回荡起已消失的一个群体令人着迷的声音,将它从过去带至当下。与乐趣学苑出版社的很多小说家一样,例如碧姬·斯玛佳、热纳维耶芙·布里萨克(Geneviève Brisac)及很多其他作家,苏茜·摩尔根斯坦也描绘了国家的学校。为了出版《礼物》,她离开了主要合作的出版社(可能因为是否有必要配 CD?),走上追随瓦尔特·本雅明的道路,后者使故事讲述者成为一种新先锋派的代表。她放弃了儿童的直接声音,出色地拓展了一项事业,带来了一种与众不同的体验。本章我们会将她的经历与《全球化与儿童文学》中研究过的阿祖·贝加及其他作家进行比较,例如回到皮埃尔·艾力·费里耶(Pef),看他自身所感受到的音乐家之痛——正如他在《八年小提琴》(Huit ans de violon)(伽俐玛出版社 1990 年版)中所表现的——是如何引领他通过《大舌头王子》(1980 年)中的欢悦风格与言语失真为非教会学校作出辩护,以及他又是如何在《莫斯科怪物》(2009 年)为维克多·雨果的作品插图,在一段旋转舞和一段欢快的俄罗斯舞蹈中结束了另一段旅程。但这是另一个故事了……

(四) 从全球化小说到跨媒体小说:一种视角的特殊性,一种声音的基调

"小说极":观点与跨媒体建设

亨利·詹姆斯在《小说艺术》(L'Art du roman, 1907 年)中所作的理论思考把重心放在了 1878 年后所出版小说的几位叙述者的"视点"(le point de vue)上。他通过大量作品探索了当时"有闲阶级"的世界(la classe de loisirs)(借用托尔斯坦·凡伯伦 Thorstein Veblen 的术语)。《欧洲人》(Les Européens)和《大使》(Les Ambassadeurs)等小说是关于法国和美国之间的穿梭;中篇小说《观点》(Le Point de vue)讲述了几个人物之间的书信来往,信中分析了当时西方文化的几大圣地:纽约,巴黎,日内瓦和波士顿。其中一个人物斯特迪小姐(Miss Sturdy)描写了新英格兰地区在女子教育领域取得的令人欣喜的进步。对文化的万花筒式的介绍体现在信件中,例如《一摞

信》(*A Bundle of Letters*, 1879 年),甚至体现在传真或电话里,例如长篇小说《在笼子里》(*Dans le cage*, 1898 年)。这种介绍随着现代写作技巧而倍增:因此,安·布拉沙热在《四个女孩与一条牛仔裤》中安排了几个原本"躲在位于马里兰州底部的贝塞斯达(Bethesda,华盛顿郊区的街区)的空调房里"(《四个女孩与一条牛仔裤》,第 19 页)主人公去度假期。布里吉特(Bridget)乘飞机去了洛杉矶,又转机到达洛雷托市,这是面朝科尔特斯海(Cortes),位于巴伊亚(Bahia)半岛东岸的一个城市:在一个体育俱乐部里,她喜欢上了一位教练,教练感觉到了她的魅力,却审慎地克制自己的感情。莉娜(Lena),成长在"一片草地维护得很好的平坦郊区"(《四个女孩与一条牛仔裤》,第 60 页),去了希腊的祖父母家,立即爱上了破火山口(la Caldeira),那里的大海"跟天空一样蓝",奶奶喊道:"伊亚(Oia)是希……希腊最美的村子!"与不善言谈的爷爷的交流有限,但那足以让她知道自己拥有"真正的卡里加利鼻子"(vrai nez Caligaris)。莉娜喜欢画画和游泳,表哥科斯托斯(Kostos)无意间看到莉娜的裸体,开启了一场悲伤的家庭剧,还好只是一时。卡芒(Carmen),父母离异,奶奶是波多黎各人,去卡罗莱纳州找她的父亲,发现"与别处的机场一样,一样的汽车旅馆,一样的建筑,但空气好像更闷,盐分更大"(《四个女孩与一条牛仔裤》,第 78 页)。之前父亲向她隐瞒了自己的第二段婚姻,她认识了新的弟弟和妹妹,感到非常失落。第四个女孩蒂比(Tibby)没有去外地,在一家沃尔玛超市里当售货员,遇到了一个痴迷于计算机和"龙圣"(Dragon Master)游戏的男孩,和一个身患癌症却依靠意志与病魔抗争的女孩。这些毫不相关的元素,相互交错,被一个事物集合在一起:牛仔裤,代表时尚潮流的裤子,青少年向往的东西。四个女孩共同分享,轮流穿,而牛仔裤对穿着它的人会有冥冥之中的影响。心血来潮下的集体决定,从一个空间到另一个空间的渐变中引发一系列交错的联系。作品中的叙述者无所不知,常使这种渐变不易察觉。由此导致叙述具有分段性,一个设置巧妙的迷,使读者的视角随之变换,与亨利·詹姆斯的心理分析小说全然不同,但又超越了主题的琐碎,刻画了美国年轻人的热情洋溢。与年轻病人相关的经历之多样性及人文关怀,时不时通过一些连接各章节的引文,以一种出人意料的方式得到强调,例如温斯顿·丘吉尔的话:"你们会犯这样那样的错误,但只要你们心胸宽广,以诚待人,又精力旺盛,你们就不会伤害到这个世界,更不会让她痛苦。"(《四个女孩与一条牛仔裤》,第 260 页)。年轻女孩的无关紧要的烦恼与政治人物言辞的严肃性之间形成了具有吸引力的反差,并能够引人思考。

更吸引读者的是借助现代媒体,通过多种现代形式表现出的对游戏想象力的运用。首先,作为小说的元素体现在了描写中:例如体育俱乐部的布里吉特,竞赛(l'agôn)冲动促使她专心练习足球,布里吉特表现出众,就像她与喜欢的教练员在比赛中较量一样。作品用大篇幅的通信和讲述者的描绘叙述她在塔可队(Tacos)的比赛,她的胜利,正是她用一个帅气的姿势结束了比赛(《四个女孩与一条牛仔裤》,第 251 页)。而这一切归因于"魔法"牛仔裤的胜利。作品还通过对《记录》(*Livre des Records*)(《四个女孩与一条牛仔裤》,第 63 页)的幽默引用来表现竞赛冲动,而所引用的竟是指甲的长度……几个更明显的跨媒体表现,例如卡芒哼唱 20 世纪 60 年代的电视剧《第四维度》(*La quatrième dimension*)的主题曲(《四个女孩与一条牛仔裤》,第 29 页),介绍一首宝拉·阿巴杜(Paula Abdul)的老歌(《四个女孩与一条牛仔裤》,第 34 页),莉娜懊恼没有电脑(《四个女孩与一条牛仔裤》,第 133 页)等场景。牛仔裤的使用是规则的源头,自杰罗姆·大卫·塞林格(J. D. Salinger)《麦田里的守望者》出版以来,青少年们就对这一物象非常痴迷。然而随着蒂比决定制作一部关于布莱恩(Brian)——那个"在杂货店花一整天玩视频游戏的孩子"(《四个女孩与一条牛仔裤》,第 194 页)——的电影,小说向虚拟跨进了一步。对这个人物的描写使用了漫画式的手法:"失败者的原型,有点过于削瘦,无精打采,白色略带蓝色的皮肤,就像脱脂牛奶。"(《四个女孩与一条牛仔裤》,第 197 页)他热衷于"龙圣"游戏,说话仿佛是生活在另一个世界,给人留下一种病态的印象:

"大多数人生活在那里，外面，"

他敲着游戏屏幕说，

"我，我生活在里面。"(《四个女孩与一条牛仔裤》，第 199 页)

安·布拉沙热选择"龙圣"作为虚拟空间是一种叙述上的成功，因为游戏情节无非是"对圣杯的追求"(《四个女孩与一条牛仔裤》，第 200 页)，第一级始于公元 436 年，后面还有 28 级，直至 25 世纪。渴望实现自我价值的布莱恩自夸是唯一一个达到这个顶峰的人，并提出将秘诀传授给蒂比，"优秀的游戏者"。然而，在另一局中，她"腹部插了一把剑"，"死"去了，而布莱恩"死"在了一座火山里，"像岩浆里一块煎透了的煎饼"(《四个女孩与一条牛仔裤》，第 361 页)。但是，当布莱恩向贝莉(Bayley)推荐这个游戏时，竞赛冲动的目的转向了利他主义，贝莉是个身患癌症的女孩，害怕"没有了解过人性"就死去，"我害怕看到的都是零散的画面，而不是完整的电影"(《四个女孩与一条牛仔裤》，第 228 页)。这种情绪是在与蒂比一起看艾米·海克林(Amy Heckling)的《独领风骚》(*Clueless*，1996 年)时产生的(《四个女孩与一条牛仔裤》，第 218 页)，读者对这种情绪可能毫无察觉。只有知情人能感受电影情节对这位患病的女孩所产生的影响，或许借助维基百科的介绍可以体会些许："一位热衷时尚，挥金如土，堪称购物女王的女孩，任由自私主导她小小世界的女孩"，却终究最终自我质疑的女孩。电视剧《老友记》(*Friends*)(《四个女孩与一条牛仔裤》，第 270 页)为这种跨媒体视角锦上添花，激发读者探求小说奥秘的欲望；迪士尼世界也被提及，对应作品中的"Koimisis tis Theotokou"节(《四个女孩与一条牛仔裤》，第 323—325 页)。环境的充分变换！终结它的是贝莉的放弃，因患病而疲惫不堪的贝莉放弃了游戏，将电脑前的座位让给了蒂比，并对她说"接着玩"(《四个女孩与一条牛仔裤》，第 365 页)。小说与虚拟的混淆暗示了她生命的结束。我们不能说安·布拉沙热的小说单纯是精湛技巧的堆砌：贝莉的死消除了布莱恩的困惑，他觉得生活就是"一连串小快乐"，比如"达到了龙圣的第七级，知道后面还有20级等着"(《四个女孩与一条牛仔裤》,第362页)。主导单景监视的竞赛冲动也会服务于人文关怀,例如莉娜"为支持一个协会而参加一场马拉松:跑三十公里,穿越整个华盛顿特区"(《四个女孩与一条牛仔裤》,第351页)。

通过"小说极"系列,通过这类小说,伽俐玛出版社不仅展示了不同于悲观主义的作品(杰克·茨伯兹认为悲观主义贯穿于某些美国作品中),而且为思考现代社会与写作的未来扩展了思路。

苏珊·柯林斯(Suzanne Collins)的《饥饿游戏》(The Hunger Games):电视真人秀比赛,或是小说下的虚拟

"一场即兴游戏。24个选手。赢者存活。"这是2008年口袋儿童出版社出版的第一部《饥饿游戏》封面上的介绍。反乌托邦的情节设置可视作古罗马人竞技场游戏的现代版和延伸版:抽签选取的24名少年男女被关在一个竞技场里,为了生存,他们必须不择手段地杀了其他人。全程的生存斗争会通过摄像机向全国转播:帕纳姆(Panem)国首都的统治者,隐藏的评判官,监视着游戏过程并可以修改游戏规则。作者称故事的构思来自于看电视得到的灵感,她的父亲参加过美国对越战争,有关战争的报道与现实生活的真人秀竞赛交织在一起,这让她感受到反常、暴力和荒谬。

故事叙述方面一个明显的不利条件是为消灭23个对手而进行的数量众多且重复的挑战。"杀人"的残忍情节让人压抑,有时像是被生硬地塞进章节中。通过女主角凯特尼斯·伊芙狄恩(Katniss Everdeen)周围人物的罗马名字强调了罗马帝国末期文化的消极方面,与之相对的,两名帮助女主角取得最终胜利的少年展现了人性的慷慨。几乎没有任何有关人物心理的描写,因为处于消除过程中的人物角色只是些数字,换言之,《饥饿游戏》中没有像《无人生还》(Dix petits nègres)中那样的精细描写。然而,这部小说首先是一个对抗逆境的故事,是在角色扮演中寻求生存的故事;同时还是对于社会游戏(jeu social)的含义与置个人"公民"素质于不顾的权力专制的思考,因为故事中的审判官可以随意修改游戏规则。故事结构类似于一场在未知领土上的冒险,会有出人意料的事情——好的或坏的。小说最人性化的体现之一在于社会上贫苦的人或贱民(paria)的视角;女主角是一个代表,突出了社会机制的不良运行:穷人一无所有。最终两个人取胜,一个是男孩皮塔·麦拉克(Peeta Mellark),面包师的儿子,另一个是女主角,两人的联系起源于一个无私之举:女孩一家曾险些饿死,皮塔送的两块面包救了她们。尽管取得了暂时的和平与爱情,某些力量来自猎神黛安娜神话的影射:凯特尼斯·伊芙狄恩擅长用弓打猎,眼光敏锐,动作精确,她和从小一起的朋友盖尔都喜欢自然生活。主人公为了生存,利用狩猎天分铺设陷阱抓兔子,增添了些许幽默的异国情调……但是总体而言故事没有心理深度,虽然具有反军国主义色彩,也只是模拟游戏(jeu de simulation)理论与实践的一种小说化的草稿。阅读这部小说就像打一场射击动态目标的游戏,上瘾却乏味。小说下只是缺乏真实语调的套话般的虚拟。

作品的基调。与艺术的距离:弗朗索瓦·普拉斯,罗朗德·科斯(Rolande Causse)和伦勃朗

在实践小说视角技巧的同时,亨利·詹姆斯注重作品的整体效果,尤其是"基调"(ton)的效果。因此,论者认为其作品《悲惨的缪斯》(*La Muse tragique*)——灵感源自著名演员莎拉·伯恩哈特(Sarah Bernhardt)——坚持"寻求一种基调和语气的高度",意在坚守一种"内在和谐",仿佛是一瓶"保存很好的香水"。詹姆斯甚至认为《悲惨的缪斯》是"一小袋系带从没打开过的草药"。①

《飞移关卡》(*La Douane volante*)

弗朗索瓦·普拉斯的小说《飞移关卡》是一部献给贫穷而神秘的、古

---

① 亨利·詹姆斯:《小说艺术》(*The Art of the Novel*),查尔斯·斯克里布纳之子出版社(Charles Scribner's Sons),1934年版,第81页。

老的布列塔尼及其人民的颂歌,这部作品给我们的印象是有着特别的基调,但是以另一种语调讲述,带着另一种芬香。主人公戈旺·勒图塞(Gwen le Tousseux)在老盲人接骨医生布拉兹(Le Braz)的陪同下,在天亮前去荒野采集一种有着质朴香味的"药草"。这部分的描写挺有趣:

> 他用关节粗大的手摘了一片,用低沉的嗓音说出它的名字,他搓了搓叶子,放到我的鼻子下方,嘱咐我记住它的味道。他让我分辨每个部分,数叶子的裂片,尝叶子的汁液。(《飞移关卡》,第10页)

如诗如画的启蒙场景是戈旺日常学习的缩影,后来他学习解剖,读拉丁文,遭遇"人文高峰"(《飞移关卡》,第101页)。关于布列塔尼的介绍性文字奠定了有力而简洁的基调:

> 布列塔尼,是大陆尽头,法国边境的巨石:学者称之为'世界尽头'(Finis terrae)。海洋在这里被击碎。生活在这里的人们,血管里都是海水。我呢,不到十四岁就出海完成了第一次捕鱼。(《飞移关卡》,第5页)

作品是对抗命运和自然的"巨石",粗俗的语言如同说话人的生活,见证了人民的苦难和胜利:

> 我不在乎用来摩擦鞋底的核桃壳,不在乎给鱼掏内脏的白天晚上,泡在冰水里的手,不在乎挨打挨骂,不在乎这帮该死的船员和疯了一般的船长的恶意。

离心文化(une culture excentrique)在下文死神自言自语的场景中通过

场景的节奏和奇异性得到了淋漓尽致的体现:"让我睡到小推车里头的一堆海藻上,陪我的是一堆睁着大眼的鱼,就出发了!"人们为了有别于周边物体而不断抗争("我的肺需要空气,就像一个瘪了的气球"),或是危险地靠近使其扭曲的生物("我的爸爸,比一群醉了的驴子还要强壮,阻止他掉下船的并不是这个")(《飞移关卡》,第 6 页)。布列塔尼,生活着"克拉肯"(krakens)的巨大海怪,这是一片充满紧张气氛的史诗般的土地;这里将小水手登上的船称为"Jamais content"(直译为"从不高兴");这里的神甫会对垂死的人说:"一个真正的布列塔尼人,要么劳作不停,要么死去。从不会将床当成享受的地方。"(《飞移关卡》,第 8 页)。布列塔尼,这片老盲人布拉兹生活其上的土地,激发了作者的全部洞察力,作者曾写过葛式北斋①的故事,此处对老布拉兹的观察描写正运用了这位普拉斯研究过的日本画家的艺术方法:

> 老布拉兹,是个人物。他的身体总是弯向地面,如鸟一般的专心,一头粗糙的浓密白发包着消瘦的长脸,边走边骂,看上去像个疯子。(《飞移关卡》,第 9 页)

然而,弗朗索瓦·普拉斯的小说并非是一部简单的包含人物肖像的写实小说,而是第一人称叙述的混杂性小说,幻想与冒险交织在一战期间。被暴力分子击昏的戈旺被送上"安古"(Ankou,作品中的"死亡推车"),从家乡布列塔尼被运到荷兰,一个名为安特瓦尔(Antval)的虚构的城市。时间的转移伴随着一张模糊的卡片的空间转移,比弗朗索瓦·普拉斯在《欧赫贝奇幻地质学》(*L'Atlas des géographes d'orbae*, 1996 – 2000 年)中画的还要模糊。1914 年 9 月被动离乡的戈旺来到了因众多学者聚集而著称的十七世

---

① 译者注:葛饰北斋(Katsushika Hokusai, 1760 – 1849),日本江户时代的浮世绘画家,他的绘画风格对后来的欧洲画坛影响很大,德加、马奈、梵高、高更等许多印象派绘画大师都临摹过他的作品。

纪的荷兰,遇到了莎斯姬亚(Saskia),类似"奇迹之殿"(cour des miracles)里的埃斯梅拉达(Esméralda)的一个女孩,生活在安特瓦尔市的穷人街区(这里有住满了捡破烂的孩子的"虱子城堡"[Le Château des poux])。这个女孩是孩子们的保护者,一开始把刀架在戈旺的脖子上,接着,动了心,吻了一下把他放开了("我要把他拉向我,直到我们的嘴唇相碰")(《飞移关卡》,第307页)。被"关卡"(la Douane)追杀的戈旺,借助同一辆死亡推车逃脱了,并意外地回到了布列塔尼,不过是在1918年的亡者海湾(La baie des Trépassé)!

  他是做梦吗?这段经历可能是肩上的弹伤(描写中所暗示的细节)导致的最深层幻想的投射?故事中的莎斯姬亚只是对著名画家伦勃朗的参照?伦勃朗第一位妻子的名字即为莎斯姬亚,画家的画经常被弗朗索瓦·普拉斯作为隐秘的原型。以上问题是克洛德·加尼埃尔(Claude Ganiayre)针对这部小说提出的,尤其是她提到年老的先知亚拉伯罕·斯特尼(Abraham Sternis)"像是一幅伦勃朗的画像"①。戈旺,失去父亲的孤儿,也长成为一名小"接骨医生",在荷兰入门学习外科,但因为从事土法接骨被官方追杀,无法继续从事所学。作品的幻想构筑以把握考究的切换为基础,对布列塔尼与荷兰平原的描写基调几乎毫无差别,后者仿佛是前者的延展。在有关荷兰的介绍中,有长着蕨类和染料木的海滨,误入歧途的异端教派者(《飞移关卡》,第100页);还有受奇怪的监视目光折磨的人们:一个海关人员有"一只来回巡视的眼睛,另一个则让人不安地凝视"(《飞移关卡》,第32页);戈旺"用老布拉兹的药水"治疗码头上垂死的人(《飞移关卡》,第113页)。一只名为达尔(Daer)的稀有的鸟帮助戈旺,这只罕见的鸟好喝酒,喜爱刺柏浆果(《飞移关卡》,第150页)。在逃亡中,戈旺承认他的"灵魂丢在了布列塔尼的雾里"(这是与伦勃朗的明暗对比吗?),他逐渐发现

---

① 见克洛德·加尼埃尔:《读后感······飞移关卡》,《儿童图书杂志》,2010年9月第254期,第121—124页。

"海关负责人"(Maître de la Douane)的发财勾当,而穷人正死于鼠疫,老鼠泛滥成灾。这点难道不是暗指第一次世界大战期间的现实并对之进行批判吗?作品基调的统一体现在描写弗拉芒统治者及穿着木鞋去市场的穷人们的生活场景中(戈旺,"有些牵强的微笑和受伤的膝盖"开始滑,就像滑冰者一样)(《飞移关卡》,第239页)。这种基调最终归于小鸟的舞蹈,因被吵醒而生气的小鸟"用如同开炮似的咒骂"(克洛德·加尼埃尔指出,这种写法有鲁伊斯达尔的风格),开启了一幅治愈的画面,它在"被这只奇怪的小动物深深吸引"的穷孩子面前表演:

> 它开始在我手掌上摇摆,一会儿朝这边点头,一会儿朝另一边,嘴巴像钟摆一样摆动。孩子们也用同样的头部动作给它伴舞。达尔加快了节奏,像是陷入一种莫名的癫狂,接着向后倒去。孩子们爆发出一阵大笑。它抖抖身体,边发着牢骚边站起来……(《飞移关卡》,第256页)

小鸟加快了舞动,直到最后"像个雕像一样一动不动",它停在一个"被人群吸引"的生病的孩子面前,"他也一动不动,惊呆了,睁大着眼睛",接着戈旺上场开始治病,伴着一种"撕扯丝绸时发出的声音"(《飞移关卡》,第236页)。

《我,柯尼莉亚,伦勃朗的女儿》

上述作品的遣词造句让我们远离了亨利·詹姆斯的风格,而更接近罗朗德·科斯。与弗朗索瓦·普拉斯一样,罗朗德·科斯的作品也以伦勃朗"深爱的,多次为其画像的年轻而美丽的妻子"为主角,"真实的"莎斯姬亚·德伦勃朗·凡·优伦堡。作品的名字《我,柯尼莉亚,伦勃朗的女儿》(阿希佩尔出版社[Archipel]2011年版)毫无歧义:罗朗德·科斯在书的中间折页上插入了十几幅翻印彩画(其中有一张勒·福勒蒙[L. Flemeng]的画像),直接触及弗朗索瓦·普拉斯在描述中通过语言展示的荷兰绘画主题。故事一会儿通过全知叙述者用第三人称叙述,一会儿切换至第一人称,由 15 岁的女孩柯尼莉亚叙述,这篇小说式的传记讲述了女孩在父亲死后(伦勃朗于 1669 年去世),努力去恢复父亲的声望,在柯西莫·德·美第奇三世的邀请下,柯尼莉亚与奶妈希伦妈妈(Mame Chleen)一同前往佛罗伦萨。柯尼莉亚是亨德里克(Hendrickje)的女儿,喜欢评论以母亲为模特的画,但也不忘提到伦勃朗的第一个妻子。例如,在与画家赫布兰德·范·登·埃克豪特(Gerbrandt van den Eeckhout)见面时,她说:"这张脸经常出现在伦勃朗的画中,先生;看上去像《天使报喜》(Annonciation)中玛丽亚的脸,或是《苏珊和老人们》(Suzanne et les viellards)中苏珊的脸……这是他深爱的病逝的妻子莎斯姬亚吧? 后来他把我妈妈当作模特。"(《我,柯尼莉亚,伦勃朗的女儿》,以下简称《柯尼莉亚》,第 270—271 页)

在当时的年代,对于一个年轻女孩而言,这场旅途充满危险。她勇敢地带着父亲的画作离开了阿姆斯特丹,想把画带给乐于资助艺术的意大利王子。她到了法国南部,到了蔚蓝海岸,徜徉于对北欧人而言极具吸引力的自然景致。在这部分,柯尼莉亚女扮男装,与莎拉·德科尔都(Sarah de Cordoue)类似,后者是罗朗德·科斯于 1997 年写的小说中的人物。但更让柯尼莉亚担心的不是危险,而是弄丢了父亲的画,无法为父亲恢复荣誉。在佛罗伦萨,她需要防范画家万·安培朗(Van Amperen)的死缠烂打,那种冒犯如果发生在当今女权主义者身上,肯定不会轻易翻篇……在结束了西班牙巴达维亚的旅程后,她回到阿姆斯特丹,嫁给了科内利斯·特鲁斯特(Cornélis Troost),父亲的学生(罗朗德·科斯写成 Troobst)。通过对上述两部作品的介绍,引人注意的首先是两位作者对伦勃朗的关注,但更多的是两人的作品所呈现出的对称性:一个向北,一个向南。除此之外,一个是通过奉献,以对父亲作品的虔诚与女性的自我保护为主题的浪漫主义化的女性手法;另一部是实现自我价值的男性视角。《我,柯尼莉亚,伦勃朗的女儿》颂扬了一位拥有过又失去过财富和荣耀,却唯独未曾失去对艺术的热情的男人；同时生动地刻画了希伦奶妈的形象，她抛下了自己的孩子，全身心为别人的孩子奉献自己。这与《缺失的母亲，痛苦的女儿》(*Mère absente, fille tourmente*)（伽俐玛出版社 1983 年版）形成了鲜明对比。弗朗索瓦·普拉斯与罗朗德·科斯的小说也展示了表现荷兰现实的两种方式：一个采用直接展示，另一个主要借助画家的画作，对画作的评论时常与《飞移关卡》相契合。例如，罗朗德·科斯写道：

> 在联合省（即荷兰），常画的是私人场景，整洁的室内和旅馆景象，冬季风景及滑冰者，空无一人、毫无装饰的教堂。伦勃朗是个例外，他用独特的视角追寻一种触动心灵的表现力。（《柯尼莉亚》，第 273—274 页）

作为柯尼莉亚的行动的支持者，罗朗德·科斯的小说是对伟大画家艺术技巧的探索（从雕刻到绘画），是对其主要画作的解读，是对画家自十七世纪所建立起的国际声誉的肯定。因此，弗朗索瓦·普拉斯的作品具有冒险小说的紧凑风格，而罗朗德·科斯则探求描述的精致细腻。例如，书的插页中收录了一幅伦勃朗在 1664 年为简·希克斯（Jan Six）的妻子所画的肖像，罗朗德·科斯叙述了这位夫人所讲述的画作《希克斯之桥》(*le Pont de Six*)的来源：

> 他很快就创作了《希克斯之桥》……一侧是一艘扬帆的船在航行，另一侧，立着两棵树；远处能看到村庄。一种巧妙的和谐。玛格丽莎·希克斯（Margaretha Six）说伦勃朗用如此细致的笔触实现了铜版画的效果，如果她是他的女儿，一定会以他为荣。（《柯尼莉亚》，第 46 页）

言谈中对作品相关情况的介绍非常自然，减弱了一般介绍性的描述所容易沾染的"教科书"口吻：

> 她的丈夫说伦勃朗是位终身发明家；他的版画游移在引人注意的白色区域与被一片光辉穿透的彻底的黑暗区域间，如同《逃亡埃及》(*La Fuite en Egypte*)或《牧羊人的朝拜》(*L'Adoration des bergers*)。

或者更直接地描述艺术家的技巧：

> 简·希克斯坚持她应该欣赏这种精致，一张宣纸上，白色边框将画上的黑色衬托得更为突出。只有一束灯光照着堆在椅子上的书。(《柯尼莉亚》，第33页)

另外，关于一幅自画像中的色彩：

他转动胳膊，将画笔放在一张棕色画布上，画出颈部的淡红色的褶子，他用手指压平了颜料。他在满是赭色颜料的调色板上划出一道道痕，全部调暗。然后小心地用细画笔画他的脸，玫瑰色、红色及白色的小线条；在前额上部画上一道金色的印痕。最后把衣服的袖子涂黑(《柯尼莉亚》，第53页)。

曾在卢浮宫学院学习的罗朗德·科斯展示了一种动态性的描述，赋予读者画家一般的视角。她没有忘记，对于伦勃朗而言，"色彩只是光线的舞动"(《柯尼莉亚》，第31页)，也没有忘记画家对于荣耀的无动于衷："这种会逃跑的喜悦有什么用？它能留下什么？"(《柯尼莉亚》，第25页)。后来，柯尼莉亚深受一个场景触动，觉得自己"被投射到画里"(《柯尼莉亚》，第133页)。这种对艺术主题的积极参与构成了小说的一大魅力，而最突出的是其在佛罗伦萨参观的场景，作品引领读者徜徉于博物馆和教堂里意大利大师的画作前。我们仿佛被牵着手进行这场参观，有趣的是其中提到卡洛·科洛迪于1880年出版的《加内蒂诺的意大利之旅》(*Viaggio per l'Italia* di Giannettino):这部作品中,加内蒂诺为一个在博洛尼亚火车上遇到的孩子蓬皮利奥(Pompilio)充当向导,向他描述乌菲齐画廊(la Galerie des Offices),向他介绍圣马可修道院(couvent San Marco)里弗拉·安吉利科(Fra Angelico)的画作,安德里亚·德尔·萨托(Andrea del Sarto)的画作《圣母院》(la Madonna del Sacco),以及其他一系列名画。相隔一百二十年,相同的地点、相同的热情,一切都是注定?旅途中的罗朗德·科斯将伦勃朗置于绘画历史中。她与亨利·詹姆斯非常接近,后者在佛罗伦萨逗留期间,也曾折服于大量杰作,并于1874年写成《佛罗伦萨札记》(*Florentine Notes*),迈出了其作品走向国际化的标志性一步。

(五)如此地球化的科幻小说!植根于本土元素与虚拟的混合游戏

不得不承认,由于叙述模式的老套,关于科幻小说的探讨通常是乏味无聊的。这是娜塔莉·普兰斯在说明儿童阅读方式的重复性时强调过的儿童文学的一般特征。本篇通过分析三部被定义为科幻小说的作品——分别来自皮埃尔·波特罗,让-克洛德·穆勒法(Jean-Claude Mourlevat)和克里斯蒂昂·格勒尼耶——来厘清当前这一领域的趋势:时而夹杂幻想与侦探小说元素的虚拟世界,与法国外省的现实世界之间的对比。防守性的地方主义,或是对利于反抗资本社会衍生物的扎根本土之元素的颂扬?所采取的立场展现了世界观的差别。

皮埃尔·波特罗的《俘虏森林》(*la Forêt des captifs*),现代抽象的最后一个抵抗者的经验

《俘虏森林》(愤怒口袋出版社[Rageot Poche],2004年至2007年出版)是皮埃尔·波特罗三部曲作品《埃维朗的世界》(*Mondes d'Ewilan*)的第一部,讲述一群被某个神秘组织囚禁作为实验品的孩子们努力逃脱的故事。他们被迫接受一个"巨大的未来主义的"机器的分析,这个机器有"在玻璃室里旋转的钢球,周围是发光的面板,二极管灯排和无数控制屏"(《俘虏森林》,第 45 页)。在前去解救同伴时,埃维昂自己"被一帮想将她解剖的精神病人抓了起来",原来她拥有一种"特异功能",能够"使想象的任何事物在现实中翻转"(《俘虏森林》,第 108 页)。因此,那些人想利用她。这个组织的领导人是艾莱亚·里尔·莫里安瓦(Elea Ril'Morienval),一个极其贪婪权力的野心家,该组织与"试图对国家发动危险行动"的极右集团有关联。描述带来的压抑感随着史前怪物"Ts'lich"的登场愈加明显,这是一种巨大的螳螂,上颚有"仿佛巨大剪刀一般的骨剑",站立时会投出"十几个火球"(《俘虏森林》,第 77 页)。这种虚拟的昆虫想"征服世界"(《俘虏森林》,第 277 页)。读者会看到其中一只怪物被消灭的场景,胸部的甲壳破裂,庞大的身躯倒塌,"一股绿色血液从它嘴下方的巨大伤口中喷涌而出"(《俘虏森林》,第 272 页)。这些描写有投青少年之所好而过度夸张的嫌疑。埃维昂被第九页出现的能变身成狼的萨利姆(salim)所救,后者有着"解救她的超人意愿",埃维昂向萨利姆表达了爱意(《俘虏森林》,第 294 页),萨利姆完全变回了人形;在最后一批"Ts'lich"被伊利昂(Illian)烧毁后,他感觉"身上有什么东西在死去","或者说有什么正在新生"(《俘虏森林》,第 311 页)。爱情与和平双丰收。

与充斥着暴力和疯狂的世界形成对比的,是小说中叫作马克西米安·福尔科(Maximilien Fourque)的七十七岁的塞文羊倌:"一个挺整齐的数字,挺平衡的数字,让人想与白色阴影(Ombre Blanche)的干旱大地睡在一起,与她融为一体,让人想滋养她,就像她曾经滋养我们那样。"(《俘虏森林》,第 87 页)。这个人物具有一种浪漫主义情怀,类似华兹华斯式的光晕:"马克西米安·福尔科弯腰采一朵黄水仙。"他对自然的亲近具有神秘性("在他眼里,这小小的黄色光芒就是上天的礼物"),又仿佛是出于享受的本能("年复一年,一种春回大地的约定,他惊奇自己如此用力地去体会")(《俘虏森林》,第 87 页)。曾参加阿尔及利亚战争的"最后一个考森纳(Caussenard)人","腿和灵魂都受了伤",他体现了一种反抗精神和对"一个地方的神奇美景"的崇拜,反衬了被人类贪欲引入迷途的文明的反常进步:

马克西米安拒绝向想购地开发锌矿的福利尔贡公司（Flirgon）出售土地。文中用大量细节性描述和诗化的语言描写考斯（Causse）人，刻画了他们富含激情又拒绝面对死亡的矛盾形象：

> 农民们陆续收拾好了行李，他们向往肥沃的牧场，向往城市里的灯火和更安逸的生活。村子空了，泉水干了。马克西米安·福尔科留了下来。（《俘虏森林》，第 88 页）

在荒芜的法国乡村坚守，老人们的房子仿佛是堡垒和绿洲：

> 干砌石堆成的低矮的墙，能抵御冬季最强风级的板石屋顶，一扇从祖父辈开始就在用的橡木门，邻近房子的牲口棚，还有一个无价之宝，小池里的一个泉眼，一年四季都冒着一股纯净的细流。（《俘虏森林》，第 88 页）

马克西米安·福尔科，一个几乎不吃东西的节俭的人（"常吃一个洋葱，一块皮科冻奶酪和一片面包"），是一位优秀的诗人，一位孤独者，让人联想到 J. M. G. 勒·克莱齐奥的作品《天空民族》（*Peuple du Ciel*）中站在昂德悬崖（falaise des Andes）前的小女孩：

> 他在大石头上一坐就是几个小时，看风吹过茂盛草地形成的波纹，或者花几个小时雕一根树枝，然后插在一个小丘顶部送给天空。（《俘虏森林》，第 89 页）

正是在这样一个人物的陪伴下，被解救的埃维昂重获新生。然而她在作品里的形象及地位比福尔科苍白许多：无疑这是对女主角的一种不利，因为她在后文会再次陷入侦探小说般的情节，直面"比眼镜蛇更危险的女人:艾莱亚·里尔·莫里安瓦"(《俘虏森林》,第 200 页)。这种倾斜影响了作品的整体平衡。马克西米安·福尔科眼中活泼诗意的外省风光对于解决主角面临的困境毫无用处。

让-克洛德·穆勒法的《地球人》(Terrienne):现实与虚拟的重叠。"一部疯狂的小说……一部用自己的身体书写的小说。"

让-克洛德·穆勒法的《地球人》(伽俐玛出版社 2011 年版)尽管采用了类似的小说模式,但具有童话与小说(《蓝胡子》[*La Barbe bleue*]和《木偶奇遇记》[*Les Aventures de Pinocchio*])的传统文化的互文性。这部小说的描述在全知叙述者与女主角的第一人称之间切换。安妮·科洛迪(Anne Collodi)在寻找她失踪的姐姐加布里埃尔(Gabrielle)的过程中,逐渐得知她被来自另一个星球的生物绑架了,这群生物来自一个"几何"城市,抽象式的,有着"8 层或 10 层楼的建筑,一望无边"(《地球人》,第 51 页),还有类似于《星球大战》(*Star Wars*)中的空中自行车一样的空中公交车。寻找姐姐的安妮没有得到一个像萨利姆一样的年轻人的帮忙,而是遇到了一位年老的作家维吉尔(Virgile),这是安妮在路边寻求搭顺风车时,让她搭车从蒙特布里松(Montbrison)到圣艾蒂安(Saint‐Etienne)的人。他们在那里发现了两个世界的连接点,一个叫作"原野"(Campagne)的地方,受害者就是从这里被送走,类似于菲利普·普尔曼的《北方王国》中的入口。加布里埃尔被关在一个秘密地点。"被抓的女孩"期待她妹妹的到来("安妮,我的妹妹安妮……")(《地球人》,第 209 页),她被大量灌服一种有着珍珠般光泽的药物(《地球人》,第 212 页)。这种细节的设置是受到佩罗童话的启发,在《孩子与海洋》(*L'Enfant Océan*)中曾出现过(1999 年)。于是安妮和维吉尔出发前往这个另外的世界,那里的居民有着人类的模样,却丧失了一切感觉:他们不能呼吸,不能笑。只有一些统治阶层与地球人结合生出的混合人种是例外,而这类混合人种的使命是来到地球诱惑地球人去那个世界。当安妮和维吉尔因为倦怠坐下时,居民都消失了,被送到了死亡之城艾斯特拉斯

（Estrellas）。等待他们的是视角的翻转，斯多米维尔（Stormiwell）夫人对他们说:"我们属于这个世界,而你们不是……我这么说就像个疯子……就像你们地球上那些说自己看到幽灵或外星人的人类一样。"（《地球人》,第67页）。接下来的情节发展与《俘虏森林》有相似之处:被看作"异种"（《地球人》,第330页）的安妮在一个年轻的混合人种布朗·阿什勒比（Bran Ashlebi）的帮助下救出了姐姐,布朗爱上了安妮,厌恶自己之前所过的非人类的生活。历程描写运用了跨媒体式的描述,例如与计算机屏幕"宇宙"（cosmo）的对话（"宇宙从你们发出的生物波中察觉到一丝反常"）（《地球人》,第96页）。虚拟星球上社会系统的荒诞在于对身体感官功能的摒弃,且再次出现了通过法国外省的现实世界反衬虚拟世界荒诞的方式,只不过这里的是利夫拉杜瓦（Livradois）,而且安妮尤其喜欢那里开花的树。

这部小说的成功之处在于作者统一的视角,只在涉及文本结构的情况下才触及政治问题。描写虚拟世界里的居民学习怎样笑的部分讽刺了荒诞的社会体制。根据柏格森对幽默的定义,一个不需要笑的人的不寻常的笑,产生了一种温和的讽刺效果,仿佛是镶在活人身上的机器:"他咧开嘴,发出一种出乎意料的欢快的刺啦声。"然而,这种观点被主流大众观点所淹没,马克西米安·福尔科也倾向于大众观点:"这让人想到太阳暴晒下野豆子发出的干脆的劈啪声。"（《地球人》,第67页）尽管对地球的怀念之情没有明显的描述,但其中一个拒绝过去的混合人种的心声却直接表达了这种怀念（《地球人》,第93页）。

在这段历程中安插一位作家为描述增色不少:维吉尔写过幻想小说,又随安妮进入了虚拟世界。他在评述事件的同时也在亲身经历,由此引出了对当代小说的新形式的思考:

> 在他清醒的时刻,他觉得自己正在写一部疯狂的小说,他无法安插任何常理性界限的小说,不用笔写,也无需文本处理的小说,而是用他的身体,在三维世界里,在实实在在的事物旁,去感受,去

书写。(《地球人》,第 119 页)

维吉尔的故事仿佛是现代版的《埃涅阿斯纪》,其中的女主人公很有女人味("我想念从地狱归来的奥尔菲(Orphée),他不应该回去找尤丽狄茜(Eurydice)"),安妮在一篇自述性的章节中如此写道(《地球人》,第 315 页)。通常小说是"想象场景","将心理意象投射到小说中",与此相反,"这次,他本身就处于意象中,活生生的。这些意象仿佛是长了血肉,不受他的控制"。因此,当安妮考虑是否要去"见政府"商谈释放加布里埃尔,她问维吉尔,如果小说里出现类似的场景时,他会写出怎样的解救办法,他被自己提议安置的"拉网"困住了。回答体现了罗兰·巴特的风格,在文本之悦上添加不可缺少的"惊奇":

> 我会设定发生某些出乎意料的事,没人能预料的事:两个主人公没能预料,读者不能,甚至作者也不能。没人。(《地球人》,第 156 页)

十页之后,当他被杀的时候,安妮想起了这些话(《地球人》,第 155 页)。让-克洛德·穆勒法以一种精湛的手法玩转虚拟与现实,巧妙的叠加与混合吸引着读者的注意力。作品的结尾,安妮和布里昂在一片沙子和熔岩石的荒漠里跋涉,这类似于考麦克·麦卡锡(Cormac McCarthy)的《路》(*La Route*)。然而,当安妮和布里昂需要返回福雷(Forez)和蒙特布里松,跳进连接两个世界的深沟时,现实与虚拟场景的重合再次出现:

> 眼前仿佛是在一块巨大的屏幕上同时放映的两部三维电影,它们轮流占上位。一会儿是这边建筑物的笔直侧壁,一会儿是那边成排的绿色杨树,一会儿是这边死气沉沉的天空,一会儿是那边阴晴不定的天色,一会儿是这边平整的马路,一会儿是那边的草原。(《地球人》,第 350 页)

对主人公而言,从一个世界跳到另一个世界是一场"无法忍受的游戏",尤其是被追逐的时候,差点又跳回另一个星球的虚拟世界:

> 某种看不到的东西在追赶他们,可能是一块想咬住他们的颌骨,一只硕大的嘴巴或是很多胳膊。或是地狱。(《地球人》,第351页)

这部小说没有《俘虏森林》里的残酷场景,笔法更有分寸。相似的是,从外省回来后,安妮替代了马克西米安·福尔科的位置:"我躺在茂盛的满是露水的草地上,我想用牙齿咬这些草,吃掉。它们的清新让我复苏。"(《地球人》,第353页)她有着比老马克西米安更大的激情,这里面当然有年龄因素,但还有文化和教育因素,可别忘了她的奶奶是意大利人,经常在一盘意大利肉酱面前对她喊"吃!"(《地球人》,第159页),一种被意大利美食冲淡的浪漫主义……

克里斯蒂昂·格勒尼耶的《过度的五度》(Cinq degrés de trop)或西南风格的生态性与政治性虚拟

我们可能会问——这个问题并不无聊——为什么小说里很多警员都热爱美食。例如《旺戈》中的布拉尔(Boulard)的会客厅就是由一个以他的家乡奥布拉克(Aubrac)美食为特色的巴黎小饭店改造而成的。《过度的五度》里的警员热尔曼(Germain)生活在贝尔热拉克(Bergerac)附近,正如佩里格地区(Périgourdin)的奇谈怪论所说,"加斯科人吃饱了脑子才好使"(《过度的五度》,第195页),这一点在后文品味可口的佩萨克-雷奥良(Pessac - Leognan)葡萄酒与玫瑰酒鸡肉的描写中得以体现(《过度的五度》,第198页)。这与同一篇里艾莉娜·道日尼什(Elyne Taugenichts)的厌食症形成鲜明对比,艾莉娜是位生态学家,曾在一片转基因油菜地旁边的示威活动中被警察拍到,牵连进詹姆斯·布里什(James Blish)的绑架案中。

詹姆斯·布里什是"Oxoil 公司的总裁,该公司好像是全球十五个最大的石油集团之一"(《过度的五度》,第 21 页)。对于美食的这份热爱——后面还会提到对音乐的热爱——类似于考斯人在大自然中感受到的幸福,从马克西米安·福科对圣达美隆(Saint-Emilion)特级葡萄酒的喜爱中就能体会到,也类似于喜欢逛干酪市场的安妮·科洛迪对家乡的热爱。如果我们了解以下背景,这道小谜题的第一个答案也许就跃然纸上了。作者克里斯蒂昂·格勒尼耶在塞纳河畔阿涅勒(Asnieres-sur-Seine)工作后,定居在贝尔热拉克区附近的勒夫莱(Le Fleix)镇,他的系列作品"多元世界"(Multimonde)中的大多数小说都以该地区为背景(尤其是《信息园》[Cyberpark]),侦探与科幻风格混杂的《软件调查》(*Enquêtes de Logicielle*)系列小说也以该地区为背景;另外让-克洛德·穆勒法出生于昂贝尔(Ambert),以该城市名字命名的当地干酪非常有名。享乐主义元素诠释着参与世界事件的"积极的主人公"对外省故乡的挚爱,构成了一种平衡,缓和了小说的虚拟性。这种元素构成主人公个性的重要方面。

在《过度的五度》中,热尔曼帮助他培养的年轻"警察中尉"洛热歇尔(Logicielle)调查一件国际大案:詹姆斯·布里什在参加一次会议时被绑架了。会议由法国神经元计算机(Neuronic Computer France,NCF)集团总裁弗朗索瓦-保罗·科斯多维奇(Francois-Paul Kostovitch)组织,地点在巴黎防卫中心(Centre de la Défense),位于凯旋门和新灯塔(新灯塔的高度与埃菲尔铁塔不相上下)之间(《过度的五度》,第 38 页)。小说再次展示了如建筑物一般巨大而冷硬的经济势力,全球化经济下的新社会与单纯的人类之间的对比。其他参会者是来自印度、大洋洲和几个亚洲国家的纺织、化学及农产品企业的代表。一位是俄罗斯几家天然气和石油公司的负责人迪米特里先生;一位是代表本国中央银行的瑞士银行家魏斯(Weiss)先生;一位是爱尔兰人,扎沙里·海罗(Zacharie Heroo)先生,全球第三富豪,ZEROO 杂志曾称他为有"10 个零的男人"(《过度的五度》,第 58 页)。会议的目的是参与一项实验:借助一台新型等离子屏幕计算机,模拟器可以虚拟地将人投射到未来,直观大气中碳含量的过度将导致的后果。宣布会议目的时,科斯多维奇提到之前用一台计算机 Omnia3 实现过的实验,这部计算机曾出现在克里斯蒂昂·格勒尼耶的另一部小说《计算机》(*L'Ordinateur*)(拉哥特出版社[Rageot] 1997 年版),热尔曼与罗日歇尔就是在这部小说中相识。这是一场充满紧张与期待的冒险:坐在扶手椅上的这组人,将在一个虚拟世界中经历 2100 年的一场冒险。

冒险是在明确的政治背景下展开的,夹杂着魏斯先生的某种肆无忌惮,他宣称:"既然钱没有气味,它就没有国界。"(《过度的五度》,第 59 页)洛热歇尔推断这个"代表着全球大多数利益集团"的小组,其成员们既是盟友又是对手。"是盟友,因为他们都处于所谓的自由经济的链条上;是对手,因为他们为了自身利益会相互残杀,毫不留情。"(《过度的五度》,第 59 页)于是,他们将合作实施一项名为"再高五度"(Cinq degrés en plus)的项目,目的并非是理解并缓解气候变暖的后果,改善未来,而是"为了更好地把握经济策略或投资方向"(《过度的五度》,第 60 页)。因此,当克里斯蒂昂·格勒尼耶列举当代环境保护主义的几个派别时,也是给读者上了一堂主要经济问题的启蒙课:绿色和平(Greenpeace),课征金融交易税以协助公民组织(Association pour la taxation des transactions pour l'aide aux citoyens,缩写为 ATTAC,是英文与法文中的"进攻"的谐音),地球之友(Friends of the Earth)以及其他不同政见者、生态主义者,他们认为"地球是公有财产,应当采取一切方法为未来的子孙保护好地球"(《过度的五度》,第 63 页),还有一个虚构的组织,4D 组织(可持续发展与缓和慢增长)(《过度的五度》,第 161 页)。有两句话构成了小说亮点,概括并给出了意见。一句是尼古拉·雨洛(Nicolas Hulot)说的,"有一件事是确定的:地球飞船上再也没有驾驶员……为了不死,我们不得不改变";第二句是克里斯蒂安·艾德(Christian Aid)说的,"预计到 2050 年,将会有十亿人成为全球气候受难者"。极地冰川融化引发的海平面上升,大沙漠地带与潮湿热带间反差加剧导致的毁灭性龙卷风,饥荒及其引起的灾害,所有这些场景,模拟器里的魏斯先生都将亲身经历。2100 年,他将与他的孙子们一起在佛罗里达州的皮尔斯堡市（Fort Pierce）里遭遇一场龙卷风,而乘坐模拟器的其他旅行者,其所在的火车车厢被一群气候受难者破坏脱轨,他们困在极地冰块里无法移动,面临受难者的攻击。

因此,各生态保护组织可能威胁到科斯多维奇的计划,而布里什在巴黎圣雷莫酒店被绑架可能只是威胁的第一步,洛热歇尔要调查的正是这起绑架案。克里斯蒂昂·格勒尼耶用简短的 83 个章节完成了小说,从一个地点到另一个地点,从一个时间点到另一个时间点,实现了精确而巧妙的剪辑,远超《旺戈》中的浪漫主义描述。在防卫中心召开的会议占用了五十多章,时间从 8 月 10 日的 20 点 40 分,到 8 月 14 日的 3 点 45 分。一个个的时间点串联起来,周五的 23 点 55 分（第 8 章）到 11 日周六的 0 点 15 分（第 10 章）,0 点 25 分（第 11 章）,1 点整（第 13 章）,7 点 40 分（第 15 章）,13 点 30 分（第 26 章）,17 点 40 分（第 34 章）,等等。其间还穿插着调查的进度,"再高五度"项目在虚拟空间的进展,模拟器在 2100 年远航中的进展。于是,在第 16 章,8 月 11 日周六,巴黎时间是 8 点 10 分,佛罗里达时间是 2 点 10 分,而处于 2100 年的魏斯先生将在巴黎人的睡梦中直面可怕的龙卷风。幸运的是,第 15 章提到洛热歇尔在同一天的 7 点 40 分与模拟器进行了关联,赶到虚拟世界救了魏斯先生。这种时间与空间性的重合,虚拟与现实的交错,在让-克洛德·穆勒法的小说中只出现过一次,即主人公跨越鸿沟的时候,但在这部小说里却频繁出现,让人目不暇接。从一个世界到另一个世界的转换要求读者具备足够的洞察力才能理解事件的发展。从空间上看,数次提及了绑架案的发生地,圣雷莫酒店,并涉及巴黎的不同地点甚至郊区,发明了模拟器的年轻程序员托尼（Tony）就住在郊区的克里希苏瓦（Clichy sous Bois）。熟知巴黎地区的克里斯蒂昂·格勒尼耶对作品中的各个地点实现了紧凑的串联。

接下来,我们要探讨这场侦探性调查的双重特征,巧妙,却传统。被生态主义者绑架的詹姆斯·布里什最终被一个乞丐杀害,乞丐的儿子是个恶棍,新纳粹团体的成员,他想立刻得到詹姆斯的钱,唆使乞丐杀了他。(作者不遗余力地批判资本社会的堕落!)为了获取模拟器的秘密,生态主义阴谋家制造了一个假的布里什,固执的老板们明明知晓后果,却仍然坚持原有的策略(《过度的五度》,第139页)。让人眼前一亮的是洛热歇尔与马克斯(Max)之间的爱情。8月10日7点45分,当这对恋人在朗德沙滩(plage des Landes)上玩水时,不得不分开,冒险对于他们是检验感情坚固性的关键性考验。与让-克洛德·穆勒法描写安妮和加布里埃尔从一个非人类的世界回到幸福的现实世界类似,格勒尼耶在此写到,"我从没这样喜爱当下",洛热歇尔心想,她走出模拟器时,"品尝着夜晚的温柔"(《过度的五度》,第195页)。马克斯担心地目送洛热歇尔投身于虚拟世界,担心她再也回不来。他的关怀颇有喜剧性,洛热歇尔问他:"你盼着我发生什么呢?我的身体又不会离开这里。"(《过度的五度》,第231页)然而,全部资本家被生态主义者劫持到嘎纳高毕修道院(la chapelle de Ganagobie)的事实推翻了她的保证。马克斯出于不想给洛热歇尔添麻烦的目的,没有讲实情,两人闹过不和,后来,自救的共同意愿使他们和好如初(《过度的五度》,第321页)。洛热歇尔在防卫中心找到了马克斯,他们在托尼编制的计算机程序所展示的虚拟世界中重逢,其中有虚拟的朗德海滩。马克斯编程设计了他们在海滩上的婚礼,手捧"一束鸢尾花和睡莲花束"迎接她(《过度的五度》,第379页)。于是,洛热歇尔在虚拟世界的化身状态下接受了马克斯的求婚,手指戴上了戒指,与他一起在海里游泳。全知的叙述者开玩笑地评论:"没有任何风险。他们的身体还在21世纪初,在NCF大楼的23层上,很安全。"还有关于他们亲吻的最后一句玩笑话:"貌似梦里的亲吻要比现实的更加动情。"(《过度的五度》,第386页)另一个显著的变化:2100年,曾经发射过肯尼迪角号火箭(fusée du cap Kennedy)的基地成了游乐场(同上,见第127页),罗日歇尔发现了一位老人,其长相酷似英国作家J. R. R. 托尔金史诗奇幻小说《霍比特人》和《魔戒》中的人物甘道夫,这又是另一个虚拟世界的人物,此处再次运用了跨媒体叙事。《过度的五度》中的热尔曼用"猎犬嗅闻踪迹时的兴奋"串联起"貌似毫不相关的线索"(《过度的五度》,第 142 页)。作者克里斯蒂昂·格勒尼耶与马利耶勒·马塞相似,说明了这样一个事实:"一种文学形式被接受,并非是因为让人安心的认同感,而是因为能紧抓他(读者)心理的想法,一种能让他获得存在感的力量。"

单景监视的补充要素:森林

全球化引起的一个有趣现象是儿童小说中出现了越来越多的外省场景描写,这在一定程度上淡化了单景监视的负面效果。最突出的例子之一是《暮光之城》,史蒂芬妮·梅耶系列小说的第一部,这个故事发生在华盛顿州西北部奥林匹克半岛上的"无名小镇"福克斯(Forks)。对于去过这片太平洋沿岸多雾地区的人而言,对吸血鬼的关注可能还要小于对森林描写的关注,作者宣称参加了佛罗里达州太阳的葬礼,因为这里"下的雨比美国其他地区下的总量还多"(《暮光之城》,第 13 页)。布满参天大树的原始森林,长着弯曲树干的大树就像某些沙滩上能见到的森森白骨,为场景增添了一种不安(和邪恶的欲望)。"不应该是这里,不应该是独自在一片阴暗的森林里。不应该这样,雨天让树林黑得像黄昏,雨点嘀嗒如同沉闷的脚步声。"(《暮光之城》,第 156 页)有一种适合激发想象的诗意在召唤,因为"这里的树木几千年来没有变化,在这片灰绿色的雾气中听一百多个国家的神话传说,要比在我明亮的房间里听上去真实得多"(《暮光之城》,第 153 页)。一种青色的雾,就像阿斯特雷(Astrée)人物的服装颜色;这里藏着雅各布(Jacob),一个奎莱特狼人,同时也是生活在自然保护区地带的印第安人之一。

(六)幻想作品中的歌曲:从儿童"流行歌曲"(tube)到莫扎特歌剧

1997 年曾出版过 1996 年在夏尔·佩罗国际学院举办的一次研讨会的论文集,文集名为《文本与图像的音乐》(Musiques du texte et de l'image）。① 序言中曾提到，可以将音乐视为能够"分享感知"的"显影剂"（révélateur），文本与图像的音乐能够带来有时我们听不到，但如同狄奥尼索斯的气息一般的旋律。帕斯卡尔·基尼亚尔（Pascal Quignard）描述了醉酒的痛苦，其笔下的埃拉多（Erado）能在酒后通灵，并传达潘神的预言。大量外国同行共享了一系列论文，比尔·莫必斯（Bill Moebius）的《美国旋律上的赋格曲》（Fugue sur un air americain），墨尔波墨涅·卡纳特苏里（Melpomene Kanatsouli）的《希腊故事中的音乐》（La musique dans les contes grecs），佩德罗·塞里洛·托列莫查（Pedro C. Cerrillo Torremocha）的《西班牙传统诗歌与童谣》（Poésies et comptines traditionnelles espagnoles），伊莎贝拉·尼耶-舍弗莱尔对波提特·德蒙韦尔（Boutet de Monvel）的《如歌画面》（L'image comme chanson）的分析与雅克·特朗松（Jacques Tramson）的《爵士时间与 BD》（Jazztime et BD）相得益彰，莫里斯·穆勒（Maurice Muller）分析了《电影叙事中的音乐游戏》（Le jeu de la musique dans le récit filmique）。在一场"异想天开的决赛"中，同行们对法国小说进行了分析，例如玛丽·圣-迪齐耶的作品，就此而言，音乐是"幽默的灵药"（élixir de l'humour），还有雷吉娜·德当贝尔（Régine Détambel）的《独奏》（Solos），克里斯蒂昂·格勒尼耶的《无面钢琴师》（Le Pianiste sans visage）以及《3e B 女孩》（La fille de 3e B）。在最后这两部作品中，钢琴师为挽回教师荣誉所面临的挑战更引人注意，而音乐——当时还是结构主义时期——貌似是与其他写作元素相连的。音乐首先与烹饪建立了联系，克里斯蒂昂·格勒尼耶写道："一场独奏音乐会的组织与一顿美餐一样：鹅肝后不是馅饼，而是佩里格沙拉（salade périgourdine）。某种有魔力的东西。拉韦尔……是的，为什么不呢？"这样一幅画面与前文《过度的五度》中提及的"佩里

---

① 见让·佩罗、乔埃尔·图兰编：《文本与图像的音乐》，1996 年 2 月 12 日至 2 月 13 日奥博纳研讨会论文集，国家教育文献中心（Centre national de documentation pedagogique）1997 年版。

格地区的奇谈怪论"相重叠：同样是外省场景的诉求。这是代表了当代法国小说中音乐的跨媒体使用方法，还是一种新型和谐中流露的新的声音？目前要做的不是追溯源头，而是探索几部代表性作品中音乐所构建的有声世界。在当前文化统一化向儿童文学渗透的背景下，这些声音会服从于这种统一化吗？

音乐，英语文本的注释，或英语文本的发动机？

正如凡德伊（Vinteuil）奏鸣曲辉映了普鲁斯特的作品，在前文提到的让-克洛德·穆勒法的作品《地球人》中，基音乐队（Keane）的歌曲也照亮了安妮·科洛迪的旅程。选自专辑《希望与恐惧》（*Hopes And Fears*，2004年）的《她已没有时间》（She has no time）出现在小说的开端，驱除了少女的噩梦。全球化效应，只有题目是英文。歌词前一部分将帮助读者理解：

你 以 为 你 的 日 子 平 静 无 事（You think your days are uneventful）

甚至没有人想一想你（And no one ever thinks about you）

歌词反映了人物的心理状态。自从姐姐失踪后，安妮心里充满孤独感，缺乏自信，正如歌手想唱给听者群体一样。歌曲唤起了安妮心里的被抛弃感：

她走她自己的路（She goes her own way）
她走她自己的路（She goes her own way）

的确，加布里埃尔，与阿尔贝蒂娜一样，都是被关押的人，"没有时间了"。后文中安妮打开Ipod播放器，再次聆听基音乐队的歌曲。

我从一棵枯萎的树旁走过(I walked across a fallen tree),基音唱道。

她闭上了眼睛。

这是我们的爱巢吗(Is this the place we used to love?)"(《地球人》,第 188 页)

这是歌词转载中的小错误吗？英文歌词原本是"I came across a fallen tree"。然而失踪的背景是一致的,仿佛是失踪者本人对自己身在何处的疑问,歌曲的第一句即为"I came across an empty land(我经过一片空空荡荡的地方)"。突然间,读者发现布朗快要死去的那一章建立在这首歌结尾的移调与延伸的基础之上,歌曲对作者的创造力起了决定性的作用：

也许从此可以做个了断(So this could be the end of everything)

我们为何不前往我们的两人世界？(So why don't we go Somewhere only we know?)

处于类似环境与场景中的布朗,采取了同样积极的态度：

他预感到生命的尽头就在那儿,某个地方。他知道如何迎接这场将全力以赴的游戏,或许称之为战斗更为恰当。沙子在他脚下飞起。(《地球人》,第 176 页)

安妮在火车站哼唱过"我不再熟悉你的脸了(I don't know your face no more)",以及后来又唱过"我们也许会如同生活在不同的世界(We might as well be living in a different world)"(《地球人》,第 297 页)。尽管歌的题目"我们最好形同陌路(We might as well be strangers)"已经明示了分离的意愿,但这两句歌词以更强烈的感情作出强调。作品最后引用了广播里的一首歌:"这份爱……我想我又要为此沉沦(This love . . . I think I'm gonna fall again)。"(《地球人》,第386页)带来了希望的音符,不是基音乐队的歌,而是世界顶级混音大师克雷格·阿姆斯特朗(Craig Armstrong)与歌手伊丽莎白·弗雷泽(Elizabeth Fraser)合作的一首"情歌"《这份爱……我想我又要为此沉沦》。

由此可见,音乐进入跨媒体写作,构筑起作品的语境和精妙的细节。如今青少年能够轻易地在网上找到全世界的娱乐节目,对于被明星"星系"(star system)所吸引的他们而言,流行歌曲是阅读的一项强大动力。在让-克洛德·穆勒法的作品中,当主人公连珠炮似的说出自己的心愿时,作者有分寸地使用了这一点,将自己隐藏在小说人物背后,任由人物自身书写故事:"但是今天,我知道了其他事情,我爱这片脚下的大地……我想被抚摸,我想吃香蕉圣代,我想听好听的歌……"(《地球人》,第383页)。这是实现"政治正确"的一种方式?更多的是证明这种文学被青少年所"接收"的一种方式。

这种方式在以文德林·范·德拉安南(Wendelin van Draanen)的《摇滚与爱情》(塞西尔·莫朗[Cecile Moran]译,"极乐世界"[Bliss]丛书,阿尔滨·米歇尔出版社2008年版)为代表的部分作品中更为明显。小说中的人物伊万杰琳·比安卡·罗根,其清晨的家务时光是伴着音乐度过的:

> 收拾厨房时我听"Mama Kin","Dream on","Same Old Song and Dance",和"Seasons of Wither",清洗浴室时我声嘶力竭地唱"Walk the Way"和"Sweet Emotion",整理房间时听"Last Child"和"Back in the Saddle"。找需要洗的衣物时,我听的是Dude(看着像是一位女士)乐队的动人的歌。(《摇滚与爱情》,第10页)

类似的歌曲列举贯穿整部小说,帕斯卡尔·基尼亚尔对此强烈反对,而青少年用大量的英文歌充斥自己的生活并陶醉其中。与爱情故事相对应的头脑迟钝通过其他题目加以说明——杰弗森飞艇乐队（Jefferson Airplane）1967年的"Somebody to Love"和"White Rabbit"："啊！六十年代，伊齐（Izzy）所向往的。"（《摇滚与爱情》，第103页）。音乐成为一代人形象的象征，这一代喜爱罗比·布兰斯科姆（Robbie Branscum）的"To the Tune of a Hickory Stick"（《摇滚与爱情》，第125页）。在此，一个明确的例子会便于法国读者理解，一个自称"相比莫扎特，更喜欢史蒂维·雷·沃恩（Stevie Ray Vaughan）"的美国年轻人，在被问到这位音乐家是谁时会回答："蓝调音乐吉他手，他创作过Crossfire, Texas Flood, Life without You。"（《摇滚与爱情》，第163页）。突然开始努力学习英语，参加学校的合唱团，后文会提到合唱团所涉及的音乐逐渐多样化，会唱"Ach Du Lieber Einen Hund"（《摇滚与爱情》，第328页）。最终也得出了结论，正如讲述者（以安妮·科洛迪的口吻）"采取措施"时所说，重要的是"在一台马歇尔（Marshall）音箱上有一把芬达吉他（Fender Staat）"（《摇滚与爱情》，第338页）。是的，杰克·茨伯兹认为某些作品刺激消费的观点是很有道理的！

让文本歌唱及舞蹈：乔斯琳·索瓦尔（Jocelyne Sauvard）的和谐与贝尔纳·弗里约的《矛盾》（*Dés-accords*）

对于经历过四处漂泊的作家而言，旅途最终会带领他回到故乡，欣赏当地的语言与风景。例如，乔斯琳·索瓦尔，其作品《暴风雨》（*Ouragans*，塞伊出版社2006年版）汇集了十几篇小说，每一篇描述的都是远方的某个国家或某片大陆，文笔极其细腻。第一篇小说《孩子与蜂鸟》（L'enfant et l'oiseau-mouche）讲述了一个非洲孩子在沙漠里的长途跋涉，以逃避屠杀了他家人的雇佣兵的追杀。暴力与轰炸的细节增强了作品的现实感，衬托了非洲孩子与另一个"收养了"一只蜂鸟的孩子的相遇。在小鸟出场时，对色彩的描写颇有印象主义风格，"半空中，仿佛在一片云朵上，翅膀外缘构成了银光闪闪的轮廓"，它正在一朵花上"汲取花蜜"。这只"不起眼的鸟"，并不比一只熊蜂大,它"发出一种轻柔的长音","一种悦耳的旋律","小鸟抬起小小的头,如同在竖起耳朵听什么,它开始歌唱。曲调欢快得让人一听就想跟唱,不过很难"(《暴风雨》,第 15 页)。如此宁静的时刻很快被一颗炸弹的爆炸声破坏了。几经波折后才再次与蜂鸟不期而遇,小鸟从空中俯冲而下,落在孩子的手上:

> 孩子伸开手掌,轻吹口哨,蜂鸟也和着唱起来……它扇动翅膀,仿佛是白色天际下的一架迷你直升机。(《暴风雨》,第 20—21 页)

在对小鸟的描述中,乔斯琳·索瓦尔的文字让小鸟的翅膀振动与优雅的旋律相遇,带来一种美感的享受。她在《雨之舞》(*La danse de la pluie*)中更多地运用了这种文笔,体现了更强的想象力,故事发生在"一片被克勒兹河(La Creuse)灌溉的神秘的土地上,黑谷"(《暴风雨》,第 63 页)。黑谷是她童年时期最爱的地方,在作品的前言中她说自己发现了"生活在这里的人们的真实",而不像在其他地方,需要"解除让人们看上去不真实的异域印象"(《暴风雨》,第 10 页)。莱利(Lélie)的悄悄话(这个名字很容易让人联想到莱利欧[Lélio]!),"晚上大人给她讲的故事",她所复述的充满"药草,药水,咒语和仪式"的故事,以及与池塘仙女对话的快乐(《暴风雨》,第 63 页),以上元素营造了一种乔治·桑式的诗意天地,例如《小法岱特》(*La petite Fadette*)或《笛师》(*Maîtres sonneurs*)中的世界。莱利有个朋友叫奥罗尔(Aurore),在莎特城(la Châtre)上初中。与小法岱特一样,奥罗尔能用接骨木叶子治病:"关于鬼火、中邪的妇女和驯狼人的故事,是去疯人磨坊(Moulin de la Folie)或魔鬼洞(trou du Diable)的路上她所讲的故事。"(《暴风雨》,第 65 页)。小说里,在一个炎热的夏季午后,她"希望发生点不可思议的事情"……她想与元素一起和谐地飞,加尔吉莱斯(Gargilesse)的夏季令人回味,而乔治·桑描写的是酷热夏季中的《雪人》(*L'Homme des* neiges)。当时的景象是:"在花园尽头,河流仿佛累了,听不到水流声,任由一条穿越草地的连奶牛都不屑一顾的细流缓缓汇入。"(《暴风雨》,第66页)来自波波卡特佩特火山(Popocatépetl)地区的孩子——尼诺(Nino),到了这里,带来他为实现"未知的神秘"而进行的精神力练习,以及家乡的传说,在他的家乡,"高山和瀑布都比这里更高,湖里有真正的神灵"(《暴风雨》,第72页)。当"尼诺开始变换曲调唱道'ola, guapa, guapita, agua'"(《暴风雨》,第73页),面向河水,用他带有神奇能量的歌声与莱利对话时,"他的思想犹如喷发的源泉","尼诺拉着她的手,水在他们脚下流淌,他们跳上河岸,乌云疾驰,树叶盘旋,树枝断裂,石板飞扬"(《暴风雨》,第74页)。

爆发过后,一切重归平静:

> 龟裂的大地贪婪地吸着雨水。河水恢复了往日的欢唱,那只大狗小跑着跳进河里,兴奋地洗去一身的汗……(《暴风雨》,第75页)

尼诺的歌声同蜂鸟的歌唱一样,带来的是欢愉,升华并纯化人的意识与感情。与乔治·桑的诗意文笔不同,乔斯琳·索瓦尔创造了一种文学性的寻本溯源,与该小说集中的异域风情相呼应。除黑谷外,其他小说也展示了不同地域的风景:印度风光(《加尔各答的沙恩蒂》[Shanti de Calcutta]),大洋洲风光(《太平洋的小蓝蛇》[Le petit serpent bleu du Pacifique]),亚洲风光(《玉》[Jade]和下龙湾[la baie d'Along])。在环球旅行与人道主义(墨西哥迪奥狄华肯[Teotihuacan]古城的月亮金字塔地区的贫民窟)之外,作者将一场及时雨洒在法国外省的土地上,召唤这场雨的是两个少年的歌唱与舞蹈。在这里,两名少年酒神般的歌舞让人联想到尼采,暗示了与他人相逢的幸福。

贝尔纳·弗里约的小说与前文探讨过的安·布拉沙热的类似,开篇出现了一条牛仔裤。不同的是,作为现代青少年标志的牛仔裤,在后者的小说里是被四个出身于中产阶级家庭的女孩共享,而在弗里约的小说《矛盾》中,牛仔裤出现在"椅子旁边","地板上的一片光影里,地毯边上"。它唯一的主人,故事的中心人物马丁(Martin,16岁)被"几声钢琴弹奏声"吵醒,"先是时不时地,后来发展成莫扎特奏鸣曲的前奏","'别——弹了!'马丁吼道"(《矛盾》,第5页)。这种开场奠定了作品中音乐将无处不在的基调。"大张旗鼓"地吵醒马丁的"肇事者"正是他7岁的弟弟西蒙(Simon),随后西蒙弹奏了一段罗伯特·舒曼的《诗人之恋》(*Dichterliebe*)。他们的父亲弗洛里安·施伦博格(Florian Schallenberger)是一名男高音歌唱家,将在维也纳金色大厅演唱法国作曲家加布里埃尔·福雷(Gabriel Faure)和弗朗西斯·普朗克(Francis Poulenc)的作品,西蒙则配合他练习。选唱的是《在灿烂的五月》(*Im wunderschonen Monat Mai*),正如标题中的月份所示,唱段带来欢快的音符,音乐是人物情绪与所处境况的"晴雨表"。

西蒙出身于奥地利上层社会家庭,有着孩童的欢乐和好动(故事发生在因斯布鲁克[Innsbruck],贝尔纳·弗里约曾作为德语语言学培训学者在这里居住过,因此非常熟悉),经常用假扮游戏或恶作剧戏弄他的哥哥。西蒙是个莫扎特式的小"神童",曾仿照罗伯特·舒曼的《克莱斯勒偶记》(*Kreisleriana*),为母亲的生日创作了《母亲偶记》(*Mutteriana*)(《矛盾》,第29页)。他们的母亲也是音乐家,在日内瓦工作,五月一日那天,她录制了"一段特别难唱的三重唱"(《矛盾》,第16页)。马丁也不甘示弱,"他玩打击乐,但不是很好。他学习吹笛子之前就得了两项奖……"(《矛盾》,第18页),小八卦家西蒙对此介绍道。后文提到马丁与乐队成员的一次争吵:"米罗强烈要求乐队用'36 Crazyfists'(情绪硬核乐队)的名字。马丁坚决不同意。"(《矛盾》,第57页)当流行音乐与"传统"音乐发生对立,结果不利于前者,以艾利希·克斯特纳(引用了一段诗)(《矛盾》,第10页)和奥特弗雷德·普鲁士勒(Otfried Preussler)为代表的"传统"文学提醒我们贝尔纳·弗里约,《着急的故事》(*Histoires pressées*)(1988年首次出版,多次再版)的作者,同时是一位译者、一位诗人,以及一名儿童文学的谨慎的专家。

情感关系最终随着茱莉亚(Julia)的出场才真正建立,她是父亲弗洛里安邀请的一名年轻歌手,马丁爱上了她。少年之间的爱情在无数小说里都会出现,但这部小说的阅读对于音乐与文学的理解水平要求较高,对某些信息的解读甚至要求读者拥有专家级水平。例如,父亲弗洛里安参加演唱的意义,他的名气源于录制了本杰明·布里顿(Benjamin Britten)根据兰波的诗所创作的《灵光篇》(*Les Illuminations*)(《矛盾》,第 6 页)。约瑟夫·海顿的作品、凯鲁比尼(Cherubini)的《美狄亚》(*Médée*),以及阿尔班·贝尔格(Alban Berg)的《沃采克》(*Wozzeck*)在小说中被依次提及,并渗入进人物的生活:马丁向女歌手说起父母的朋友,苏珊·凡·德·莫伦(Suzanne van Der Meulen)是怎样在《美狄亚》歌剧的舞台上扯他的头发,将匕首架在他的脖子上(《矛盾》,第 23 页)。不过幽默并未完全脱离现实:在西尔加斯大街(Sillgasse)——因斯布鲁克的马克西米利安大街(maximilianstrasse)——散步的马丁,不会错过瓦里埃(Valier)甜品店,他也会在家庭磨坊里专心投身于木工活:"碎屑飞到地上,散发出木头的略甜又带有胡椒味的芳香。他耐心地钻着洞……"(《矛盾》,第 59 页)。后来,马丁在玛莎姑妈家"避难"时,作者用了一整章的篇幅描述玛莎姑妈制作维也纳苹果卷(Apfelstrudel)的过程(《矛盾》,第 129—135 页)。国际乐坛知名人物的出现是由于与其他人物存在联系,例如,马丁"自童年起就认识"(《矛盾》,第 22 页)的歌剧演唱家苏珊所演绎的曲作中包含策姆林斯基(Zemlinsky)与勋伯格(Schönberg)的抒情曲。

在小说中,主人公一家还演绎了莫扎特的歌剧作品《魔笛》这一部分的描写还同时渲染了爱情关系。弗洛里安·施伦博格在歌剧中饰演塔米诺(Tamino)王子,茱莉亚饰演帕帕盖娜(Papagena)。建议读者了解《魔笛》原著的剧情,以便深入了解小说所希望表达的艺术与生活的关联。矛盾:马丁嫉妒父亲,并怀疑他勾引年轻的茱莉亚。父亲在音乐节的晚上去了茱莉亚的化妆间,父亲看到马丁进入化妆间时的反应(《矛盾》,第 52 页)符合后现代主义的普鲁斯特式的描写,如同是在"景观社会"中监视另一个阿尔贝蒂娜。"他离得至少五十米远,他偷窥,观察,有种自己都觉得讨厌的不正常的快乐。"(《矛盾》,第 117 页)。而西蒙的幼稚行为经常为人物关系增添一种放肆的幽默色彩,例如他打量帕帕盖娜的服装时,带着一个"不赞同的生动的撇嘴":"他用一根手指轻触那件透明的长内衣,抚摸茱莉亚的脖子,她的胸部。马丁,屏住了呼吸,目光追随着西蒙的手指。"(《矛盾》,第 54 页)又如他编写《猫的奏鸣曲》(*La Sonate du Chat*)时说道,"莫扎特的方法和态度,莫扎特,猫"(《矛盾》,第 123 页)。人物关系与情感的复杂性被这些场景和人物性格的喜剧性所缓和。此外,茱莉亚将出演约翰·施特劳斯的轻歌剧《蝙蝠》(La Chauve‐Souris)中的一个角色(《矛盾》,第 66 页),马丁结识了一位来自贝桑松的女孩罗兰(Lauranne),她是来参加哥哥托马斯(Thomas)组织的"音乐马拉松"的,一场"在各个场所进行演出并持续演出一整晚的音乐会"(《矛盾》,第 115 页)。马丁看着罗兰和她的哥哥一起离开,后者"用饱满的嗓音唱起《魔笛》中塔米诺所唱的第一段"(《矛盾》,第 116 页)。这种远离暗示马丁对父亲的嫉妒之情的消失,他与父亲在钢琴旁进行了一次彻底的沟通。他唱起《诗人之恋》的最后一段,《在灿烂的五月》(《矛盾》,第 145 页)……这标志着他的激情与创伤的缓和。后文的练习是更强有力的佐证:他美丽的歌声伴着父亲的钢琴声。与第一章环环相扣,矛盾只是暂时的。未来的他,将步入音乐王国……

与其他美国和法国描写大众"流行歌曲"的小说不同,《暴风雨》和《矛盾》体现了独特声音的两个维度:前者是对自然式歌唱的一种浪漫主义的回归,自然充当了一种背景,体现了祖先流传下来的声音文化的纯净;后者是对西方文化中音乐杰作的热烈颂扬。

吉普赛式的抒情抽象:"弹吉他,为了让光回来"

是否有可能存在这样一种写作,能让人想到绘画与小说的相似,文笔又仿佛是让读者听一段节拍纯净、节奏怡人的音乐?如果是,图像、隐喻或其他元素,在这种写作中会发挥一种特殊的作用吗?上述问题只是为了引出桑德拉·雅亚的自传体小说《津加丽娜或野草》马克思·米罗出版社 2010 年版），与一部相隔三十年的小说遥相呼应，《津加丽娜的长征》，被收录进热尔曼妮·菲尼特（Germaine Finifter）主编的系列丛书中（博达斯出版社 1978 年版），1987 年版的《游戏，儿童与书》曾对其做过分析。① 这部小说的浪漫主义风格与当代社会的暗沉氛围形成了鲜明比照。1987 年，在小说营造的世界里，在驱除不幸的节日仪式上，梦就是现实，人们如此总结对这个世界的印象："音乐具有调解的力量，能保证集体的凝聚力，能唤起最由衷的微笑"（《津加丽娜的长征》，第 297 页）。2010 年出版的《津加丽娜或野草》，以第二次世界大战为背景，"空气中爆发了一声巨响，鲜血和仇恨填充了你的生活"，这是主人公斯丹黎娜（Stellina）的爷爷的话。女孩讲述她从意大利塞斯托卡伦德（Sesto Calende）开始的逃亡之旅，先是到了马焦雷湖（Lac Majeur）（"那里，我看到了一只小鸟的微笑"），继而父母的失踪令人痛苦（"突然间，我看到了他们，被时光的流逝撕扯，碎了一地"），然而吉普赛人的团结让她得以生存（"在我家的营地，男人们弹奏吉他，为了让光回来"）（《津加丽娜或野草》，第 9 页）。追寻姜戈·莱恩哈特②的斯丹黎娜最终来到了巴黎，结识了蒙马特区（Montmartre）的艺术家。她坐在小丘广场（Place du Tertre）的一家咖啡店里，认识了马塞尔·埃梅（Marcel Aymé），皮埃尔·塞热尔（Pierre Seghers），写了一些诗：

  O Tzigane à la voix d'osier
  噢！有着柳条之音的吉普赛人
  Tous les oiseaux de ta libre route
  在你的自由之路上，所有鸟儿

---

① 见让·佩罗：《游戏，儿童与书》（*Du jeu, des enfants et des livres*），圆形书屋出版社 1987 年版，第 289—297 页。
② 译者注：姜戈·莱恩哈特（Django Reinhardt, 1910–1953），法国音乐家，法国著名吉他手，爵士乐史上的伟大琴师。

Viendront à ta rencontre

将来到你面前

Pour grandir ta cité

壮大你的城市

Mais, qui brûle à l'intérieur du silence

然而,沉默中燃烧着

Terrain de ton absence

你的缺席。(《津加丽娜或野草》,第166页)

这段引用体现了与绘画上的"抒情抽象"(l'abstraction lyrique)相类似的写作手法。这个词语指的是二战后出现的一种直接表达个人感情的艺术趋势,属于不定性艺术(art informel)。随着发展,它逐渐脱离了康定斯基的几何主义,但保留了色彩表现手法。桑德拉·雅亚本身也是画家,定期展出的绘画作品是对她熟悉的艺术家们的歌颂。例如让·科克托(Jean Cocteau),曾为《吉普赛草药:诗集》(*Herbes manouches. Poèmes*)创作封面,马克·夏卡尔(Marc Chagall)为《穆德拉维,爱的归宿》(塞热尔出版社[Seghers]1966年版)创作封面。热爱音乐的她制作了专辑《吉普赛之声》(*La Pastorale des gitans*)(Unidisc音乐公司,1976年)。她在小说中融合了音乐与绘画,文笔重现了在画布上渲染色彩时的自由度。这里无需辨别小说中哪些属于非虚构自传,哪些属于自传体小说,后文的一些引文可能会将读者引上"长征"旅途。自1978年起,这种"长征"一直萦绕在桑德拉·雅亚心头,因为,自1978年起,"时间坐在一朵云的翅膀上"(《津加丽娜的长征》,第10页)。在作者的渲染下,离开必然是伤感的:

我们曾在这里生活,这个承载着我们梦想的阁楼。幻想与所有无法解释的事情焚毁了梦想。没有一丝希望抚慰我们可怜的自由,我们只有沉默,它是我们不朽的守卫。(《津加丽娜的长征》,第8页)

但是，还有音乐。"音乐帮我打开了发现色彩的眼睛，我在画布或纸上画下刚刚看到的形状"，"倾听沉默，你会发现它是音乐，那拉托(Narado)说……这一晚，吉他演奏声特别大声，最后消失"(《津加丽娜的长征》，第12页)。伴随音乐而来的是舞蹈("在你身上流淌着的正是音乐的和谐")(《津加丽娜的长征》，第16页)，这通过一个母亲观察的视角加以展现：

> 一直以来，我看着她在尘土上舞动，却不会将尘土溅起。有时，她需要很大片的空地，围着火把转圈。有时她像一朵狂风中的花，双脚固定不动，只有身体放松地、极其协调地配合着音乐。有时，她放在胯部的双手以一种非常自然的方式抓着身体。有时，她的双臂生硬地举起，或狂热或轻柔，她的双手描述着舞迷的真诚。(《津加丽娜的长征》，第23页)

吉普赛舞蹈的激情与美丽！可以感受到激情的火花如何点燃小说的文笔，赋予其鲜明生动的色彩。交织着实际与抽象的修辞手法创建了一个独一无二的充满激情、思索与梦想的天地。桑德拉·雅亚写道："噢，那拉托，怎样用鬼脸重现美丽？"(《津加丽娜的长征》，第27页)在自然中寻求援助："我希望能变成野草，自由生长。"(《津加丽娜的长征》，第28页)主人公的舞蹈与乔斯琳·索瓦尔笔下的莱利差别不大，然而姜戈的音乐在她身上释放的魔力是无可比拟的，象征着吉普赛人对战争时期遭受的凌辱的抵制精神：例如被"黑衬衫"抓走的迪维奥(Divio)大叔("除了殴打，他们还给他灌了半升蓖麻油")(《津加丽娜的长征》，第35页)。作者笔下的音乐，如同绘画、诗歌和舞蹈，是能够驱除追赶着年轻女孩的"死亡阴影"的武器：

> 她不幸的面容
> 她的苍白，她的瘦弱

风会将她带去

一个不知何处的国度。(《津加丽娜的长征》,第41页)

津加丽娜的长征受到了如同"穿越地球的星光"(《津加丽娜的长征》,第52页)的孩子们,以及给予她无私友谊的所有纯朴的艺术家的支持。斯丹黎娜写诗,甚至"配合姜戈,塞拉尼(Cerani)或马尼塔·德·普拉塔(Manitas de Plata)的作品,为孩子们而写"。这场旅程直到1985年结束,她生命中的一个里程碑事件,她全心投入的"首届全球性吉普赛艺术展"在巴黎古监狱(la Conciergerie de Paris)举办。"数以百计的人前往参观"(《津加丽娜的长征》,第245页)。人挤人的身体较量归根结底是一场文化较量……只不过后者伴随着音乐和舞蹈。

崇尚国外文化的儿童是否能够创造历史或政治策略?

我们曾跟随蒂莫泰·德丰贝勒笔下的旺戈从伊奥利亚群岛出发前往法国和苏联,也曾跟随桑德拉·雅亚笔下的吉普赛人斯丹黎娜从塞斯托卡伦德前往巴黎。在他们的旅程中,两个少年都遭遇过战争、压迫与暴力,然而从自然与音乐中汲取的力量将他们从绝望中拯救出来,使他们深刻了解了生活、语言及不同民族的历史。这些民族曾是《巨人传》中陪伴庞大固埃的克赛马内(Xénomane)的伙伴,帕特里斯·法瓦罗(Patrice Favaro)在《儿童的旅行文学》(les enfants de Xénomane)中写道,在那段"漫长而危险的旅行中。克赛马内,从构词形式上看,这名字表示热爱外国的人"①。笔者一直关注这位如今成为评论家的小说家,他在2004年出版了《喜马拉雅的星》(L'Etoile de l'Himalaya),笔者也非常赞同他描述的翻开一本书的感觉,仿佛"推开了一扇通往辽阔世界的门"(《喜马拉雅的星》,第15页),我们的语言也在遥远而模糊的尘埃之中变得精练(《喜马拉雅的星》,第18页)。仿

---

① 帕特里斯·法瓦罗:《儿童的旅行文学》,蒂埃里·玛尼耶出版社2009年版,第37页。

佛与加尔各答那些不幸的孩子们共同生活过,仿佛可以说几十种语言。

桑德拉·雅亚和蒂莫泰·德丰贝勒,"迫切地想去看,去见证"(《喜马拉雅的星》,第 31 页),正是希望使读者更加敏锐,"旅行者的箱子"是潘多拉魔盒,从中会迸发出历史的秘密。旺戈的作者最近在一次访谈中说:"我清楚这部小说离一本历史书差得很远,但是,我希望它带来一种读历史的感觉,也就是说它是历史的体现,具有历史的气息。"①

我们还能列举很多类似的欧洲之外的旅程。例如,仍是跟随帕特里斯·法瓦罗动身去印度,与驭象人②相遇,揭发维盖家族(des Vigai)将年轻的驭象人当牲口一样对待,剥削他们的行径。为了躲避海啸,迈克尔·莫波格(Michael Morpurgo)会带我们坐在象背上去往森林深处,重温另一段《森林王子》(*L'Enfant de la jungle*,伽俐玛出版社 2010 年版)中的莫格利(Mowgli)的故事。再跟随安妮-罗尔·邦杜(Anne-Laure Bondoux)的《奇迹年代》(*Le Temps des Miracles*)③回到法国,将成为"法兰西共和国公民"的布莱斯·福提恩(Blaise Fortune)从战火纷争的高加索带至圣米歇尔山的金色大天使像。躲避过炸弹,在玻璃山做过收集镍的工作,先后暂住过吉普赛人的临时居住地、一处等候区与一处接待中心,最终他进了法国的中学,曾经只会说俄语和格鲁吉亚语的他最终能说一口流利的法语。他将经历一场惊心动魄的旅程,一场真正的"奇迹"——找到他的亲生母亲。如同米莱娜(Milena)的小说《中国的哀伤》(*Le Chagrin de la Chine*)④中连接两个世界的桥梁,一位是生活在长江边、为生存对抗洪灾的中国祖母,一位是住在巴黎塞纳河畔的孙子,他们之间的通信,构成了一部探索一个传奇与诗意国度的编年史,那里"仙鹤飞过秋季的天空,去往更温暖的地域,唤起了人们内

---

① 见《蒂莫泰·德丰贝勒,一种模式的来源》(Timothée De Fombelle, la source d'un motif),选自与西尔维·尼曼的访谈,载《话语》杂志,n. 2/11,第 12—13 页。
② 参见帕特里斯·法瓦罗的小说《驭象人》(*Mahout*),蒂埃里·玛尼耶出版社 2010 年版。
③ 安妮-罗尔·邦杜:《奇迹年代》,巴雅出版社 2009 年版。
④ 米莱娜:《中国的悲哀》,塞伊出版社 2003 年版。

心的伤感,因为漫长的冬季快要到来"(《中国的哀伤》,第 39 页)。在这部小说里,写实与诗意相辅相成。

雅尼娜·布鲁诺(Janine Bruneau)在她的小说《此处或别处》(*Ici ou ailleurs*, 2004 年)中充分运用了社会学调查方法,在众多写实小说中都会见到这种方法。这部小说在瑞士出版,被收录进阅读之乐出版社的"记述"系列丛书(Récits)里,这并不让人感到奇怪,因为胆小谨慎的法国出版社曾使得在法国之外倍受欢迎的皮埃尔·艾力·费里耶(Pef)不得不在瑞士的拿塞勒出版社出版《我叫阿道夫》(*Je m'appelle Adolphe*, 1994 年)。雅尼娜·布鲁诺,从她的视角出发,对戈尔巴乔夫推行经济与政治体制改革时期的苏联社会进行了细致的分析:"一个为了避免树敌而随波逐流的国家。"(《此处或别处》,第 8 页)她描述了一个家庭的矛盾,柏林墙倒塌后出现了一种新型自由,然而一方面不敢相信变化的真实性,另一方面发现小说中的新生黑手党正在让国家陷入混乱无序。故事的主人公莱娜(Léna),十二三岁,她的母亲妮娜·伊万诺娃(Nina Ivanova)是一名艺术家,希望移民到西欧,充分施展才华。变化是令人愉悦的,但是少年并未摆脱忧虑,因为她发现妮娜躲着画画:

> 难以相信这就是那个带她去参加人民阵线(Front populaire)游行的女人……那时莱娜在人群中唱啊,喊啊,抒发这种违法冒险带来的刺激感。在慷慨激昂的关于国家形势的演讲中,当她听母亲的朋友们谈论政治时,既有快乐的兴奋,又有害怕的颤抖。(《此处或别处》,第 9 页)

此外,与许多苏联年轻人一样,莱娜被西方消费社会的气氛所吸引,她遇到一个穿牛仔裤和运动鞋的年轻人,他向莱娜提议去西方(《此处或别处》,第 112 页)。她的母亲先是拒绝了,尽管这是一家"非常有名的事务所,有非常……满足某些条件的年轻女性。这些照片棒极了"!母亲告诉莱娜她不想当"模特",不想"靠身体赚钱"(《此处或别处》,第92页)。护照贩子吹嘘能帮她去时尚之都法国过上安逸的生活,被骗的妮娜直到最后一刻才发现自己和女儿落入了一群黑手党手里,他们想让母女俩卖淫。母女俩遇到了一个屈从于被迫卖淫之命运的女孩,她向母女俩讲述了自己的不幸。结局是妮娜·伊万诺娃计划离开苏联,一个评委会同意将她的画作为参展作品,参加在大皇宫举办的展览,妮娜由此获得了一笔3个月的奖学金。而莱娜"将成为历史老师"(《此处或别处》,第165页)。此处或别处,生活在继续……

诗歌与音乐练习册:学年阅读小说

本部分,我们不会就儿童现代诗歌进行专门描述,也不会重温玛丽-克莱尔(Marie‐Claire)·马丁和塞尔日·马丁合著的《诗歌,学校》(*Les Poésies, l'école*)(法国大学出版社1997年版),或是让-皮埃尔·西梅翁(Jean‐Pierre Siméon)的《诗歌的使用》(*Usages du poème*,风之路出版社[La Passe du vent]2008年版)。继第236期后,《儿童图书杂志》又策划了一期音乐主题的内容(第258期,2011年4月),《我们想读书!》的最近一期(第187/188期,2011年5—6月)也提供了大量相关信息。事实上,我们在前文已经多次提到这个问题。与注重内容的指称功能(la fonction référentielle)不同,诗意功能(la fonction poétique)注重的是信息的形式,前文我们研究过的很多作品中都出现了诗歌。根据斯台凡·马拉美(Stéphane Mallarmé)提出的"骰子一掷,不会改变偶然"(Un coup de dés jamais n'abolira le hasard)的原则,页面文本的布置将弗雷德里克·克莱芒的《荧光之旅》(*Le Luminus Tour*)和《奇幻精品店》(*Magasin zinzin ou aux merveilles d'Alys*)转变为真正的诗歌。类似地,菲利普·奥福(Philippe Aufort)的戏剧《孩子》(*Le Mioche*)的片段时而显现达达风格的诗歌或slam风格的文笔。玛尔蒂娜·德莱姆的《芭蕉,诗歌疯子》(*Bashô, le fou de poésie*)和弗朗索瓦丝·克里塞尔(Francoise Kerisel)的作品是真正的散文诗;妮可·梅玛或弗朗索瓦·大卫的书,配合几位插画家的画,也是例证。皮埃尔·波特罗或桑德拉·雅亚的抒情式的感情迸发最终仍属于富含浪漫主义的现实诗歌。

不过在这里,本章临近结尾之处,我们关注的是学校的诗歌练习册是如何与音乐联系在一起的,是如何收集贯穿各学年的诗歌与歌曲的,伴随它们的课外活动如何给学生带来幸福感,并激励和保持学生的兴趣。看到我的孩子们或孙子们认真而严肃地背诵他们的"诗歌"时,我总是忍不住赞叹。一学年的重复,在感受当下的舒适感中,相同主题的永恒回归?翻阅一年级(CP)的马蒂厄(Matthieu)、三年级(CE2)的吕卡(Lucas)和四年级(CM1)的伊莲娜(Hélène)的《诗歌与音乐练习册》时,我从中发现了第二章介绍过的游戏想象力,且其表现形式多种多样,包括了让-皮埃尔·西梅翁指出的 caremiades。在我看来,"学年阅读小说"(学校规定要读的!)包含以下几种主要的元素:表现语言的文字元素,限定时间的时间元素,学习任务与目标构成的学习活动元素,节日与假期构成的游戏元素,家庭关系元素,以及与动物相关的元素。对某项元素的侧重决定了学校老师的教学方法,并为新学期或多或少增添了游戏与节日气息。

以马蒂厄的练习册为例,第一首选录的诗强调了努力。这首西尔维·波瓦勒维(Sylvie Poillevé)的诗展现了一幅日常生活场景,与读者建立起一种亲密的联系:

  C'est la rentrée

  开学了

  Vite, vite, il faut se presser

  快,快,抓紧时间

  Le réveil déjà a sonné

  闹钟响了

  Un peu raplapla

有点累

Toilette de chat

猫一般梳洗打扮

Petit déjeuner

早餐

Très vite avalé

狼吞虎咽

Cheveux en petard

蓬头垢面

Un peu dans le brouillard

有点，在雾里

On file comme l'éclair

闪电般疾驰

Chaussettes à l'envers

袜子穿反了

Vite, vite, il faut se presser

快，快，抓紧时间

C'est la rentrée

开学了

诗的开头用一句四音步诗点明了主题"开学了"（C'est la rentrée）。两句七音步和八音步的诗句暗示有一个起晚的孩子，节奏快，口语化（"un peu ralpapa）"，"蓬头垢面（Cheveux en petard）"）的句子勾勒出一个睡意朦胧的孩子画像。西尔维·波瓦勒维是海狸爸爸出版社的图画书作家，代表作有《塞勒斯丹，清晨的收集者》（*Célestin, le ramasseur du petit matin*）（2007年首次出版，2010年再版）。在这首诗中，作者用诙谐的笔调呈现了一个早晨起不来床的小学生的滑稽行为。通过以下链接可以找到这首诗——http：

//www. gommeetgribouillages. fr/CP/poesierentree. pdf。这是一个"针对小学教师的'教学资源'网站：分主题训练,实用图片,还有一个专门的妈妈版块。整体充满互动性……"。事实上,如今有一系列为教师提供协助的类似网站。例如"http：//lieucommun. canalblog. com/archives/_poesies_par_theme___l_ecole/index. html",这个网站将诗歌按主题分类收录。关于开学,可以找到克里斯蒂安·梅维尔(Christian Merveille),加布里埃尔·古辛(Gabriel Cousin)和很多其他著名诗人的诗。此外还有关于学校的"经典"诗歌：雅克·普雷维尔的《差学生》(*Le Cancre*),莫里斯·卡雷姆(Maurice Carême)的《我们的学校》(*Notre école*),乔治·让(Georges Jean)的《学校关了》(*L'école est fermée*)等等。我们可以根据兴趣自主选择喜欢的诗。吕卡的练习册收录了一首米歇尔·吕诺(Michel Luneau)的诗,增添了一种细致的包容性——《九月的小兔子》(*Le petit lapin de septembre*)(选自《读诗的孩子》合集(*L'enfant en poésie*),南国探索出版社(Le Cherche Midi)出版),可以从以下链接找到——"http：//mc-creations. mabulle. com/index. php/2010/09/22/198975-carteet-poeme-le-lapin-de-s"。这首诗的幽默在于用一只将被"炖煮"的兔子间接暗示作为主人公的小学生：

每一年,一只小兔子来敲我的门。——上课啦!——你害怕我们把你炖了!——我能进你的菜园吗?——可以,但不许弄乱!
但每一次,都是相同的结局。它吃光了我的生菜,我的胡萝卜,我的酸模(oseille)……我很恼火。我扯着它的耳朵,它看着我,吓呆了,对我说：你忍心买一把枪吗?

这种威胁性的"烹饪设计"体现了克洛德·列维-施特劳斯描述的文化逻辑：恶作剧般地提出一种假装残忍的视角,这种视角以顺势的方法来解除恐惧感,而其中的害怕则让人联想到比阿特丽克斯·波特(Beatrix Potter)的作品《跑进麦奎格先生菜园的彼得兔》(*Pierre lapin dans le jardin de Monsieur McGregor*）。波特的作品同样是一种反面的劝说，劝说不向畏惧让步，尽情品尝主人的"沙拉"……四年级的伊莲娜也读过克里斯蒂娜·爱德蒙（Christine Edmond）的《开学》（*La Rentrée*），我没找到诗的来源，也是老一套："开学了……要收拾好作业本……要收拾好铅笔……准备好开学。开学进入世界生活……认识世界，是拥有它的方法，书和本子，带我们环游世界。"小学的第四年，还是同样的劝告……

马蒂厄先后读过的小说有莫里斯·卡雷姆的《练习本》（*Le cahier*），露西·德拉鲁·马德鲁斯（Lucie Delarue‐Mardrus）的《秋天》（*L'automne*），亨利·萨尔瓦多的《一首轻柔的歌》（*Une chanson douce*），让·皮埃尔·瓦罗登（Jean‐Pierre Vallotton）的《灰老鼠与小老鼠》（*Souris grise et souriceau*），柯琳娜·阿尔博的《两个巫婆》（*Les deux sorcières*），亨利·德斯（Henri Dès）的《蠢话》（*Les bêtises*），以及罗伯特·热里斯（Robert Gélis）的《我的笔》（*Mon stylo*）（"假如我的笔有魔力，我会用青涩的语句，写出绝妙的诗……然而我的笔，总是任性地开玩笑，而我心头的诗，一直在单脚转圈"）。这首诗引起了无数的效仿，例如网站"à la manière de"中展示的，见 http：//www.acnancymetz.fr/petitspoetes/html/sallesdejeux/JEUALAMANIERE/JEUALAMARG.html。

关于圣诞节，马蒂厄学过柯琳娜·阿尔博的《我将成为圣诞老人》（*Je serai Père Noel*），帕特里克·布斯盖（Patrick Bousquet）的《你好，冬天先生》（*Bonjour, Monsieur l'hiver*），以及皮埃尔·加玛哈（Pierre Gamarra）的《钟》（*La pendule*）（"我是一座钟/据说我咀嚼乳香和蚊子/当我敲钟时，当我噼啪响……被擦干净时我熠熠生辉……但是我会算数"）。这些诗读起来朗朗上口，接着是一首歌，于格·奥弗雷（Hugues Aufray）的《炖丸子》（*Stewball*）：

它的名字叫 Stewball，是一匹白马。它是我的宠物，那时我十岁……当兽医一棍子打昏它,我第一次看到父亲哭。

各种诗歌音乐,感觉像是男孩子喜爱的一场冒险。一场充满活动的旅程,穿插着能调动读者积极性的"我们来押韵"的讨论会。吕卡的练习册基本遵循同样的模式,有歌曲《一条金鱼》(*un poisson rouge*),一个让-路易·旺阿姆(Jean-Louis Vanham)的诗歌游戏,"完美的人"(L'homme parfait),这个游戏很成功,登上了巴黎第十二大学的师范学院(IUFM de Crétail)的网站,并进入路易斯·米歇尔(Louise Michel)小学三年级(CE2)的课堂。这类创造性游戏还体现在阅读雅克·拉封(Jacques Lafont)的《在字母的国度》(*Au pays de l'alphabet*),皮埃尔·加玛哈的诗歌《滑雪》(*Le ski*),弗朗西斯·雅尔(Francis Yard)的《村子的雪》。对于学术遗产类的诗歌,引入了莫里斯·罗里那(Maurice Rollinat)的《十月风景》(*Paysage d'octobre*)(树木枯萎了/茅屋门紧闭。/灰色的蝴蝶/被落叶代替……)。诗人的深沉笔调蕴含着诗情的深化。他是乔治·桑的朋友,经常出入颓废的水疗(Hydropathe)文学俱乐部,巴贝·多雷维利(Barbey d'Aurevilly)认为罗里那比波德莱尔更优秀。另外还有弗朗西斯·雅姆(Francis Jammes)的《驴子》(*L'âne*);阿尔弗雷德·德·缪塞(Alfred de Musset)的《在四句斋的狂欢日》(*A la mi-carême*)的前两段,作为最后一个选篇结束了为期一个学年的阅读活动,时间上恰逢五六月,临近暑期,诗的内容貌似与暑假不太协调:

  Le carnaval s'en va, les roses vont éclore
  狂欢会散去,玫瑰将绽放
  Sur les flancs des coteaux déjà court le gazon.
  山丘的斜坡上,已铺满草地。
  Cependant du plaisir la frileuse saison
  然而寒冬还在快乐地轻舞笑语
  Sous ses grelots légers rit et voltige encore,

伴着轻盈的铃声,

Tandis que, soulevant les voiles de l'aurore,

当晨曦揭开面纱,

Le Printemps inquiet paraît à l'horizon.

不安的春天出现在地平线。

Du pauvre mois de mars il ne faut pas médire;

不能指责可怜的三月;

Bien que le laboureur le craigne justement,

尽管它总让农夫担心,

L'univers y renaît; il est vrai que le vent,

天地在三月间重生;

La pluie et le soleil s'y disputent l'empire.

风,雨与太阳在争夺帝国。

Qu'y faire? Au temps des fleurs, le monde est un enfant;

做了什么? 花绽放的世界是一个孩子;

C'est sa première larme et son premier sourire."

这是它的第一朵泪花与第一个微笑。

这是向儿童读者展现风景的一种非常美的冥想方式! 伊莲娜的老师在《开学》前安排了一场游戏,"你的听觉好吗?"(As tu l'ouie fine?),要辨认自己听到的是哪种动物的叫声,叫声后紧跟着一首"幼儿园的歌",《我去采蘑菇》(J'ai ramasse des champignons)。乔达辛(Joe Dassin)的《香榭丽舍大道》(Les Champs-Elysees)。后面还有《泪流在我心里》(Il pleure dans mon coeur)和达尼埃尔·波提蓬(Daniel Petibon)的《下雪了》(La neige tombe),以及亨利·德斯的歌,尤其是《通晓各种语言的人》(Polyglotte)("我会说所有语言,所有语言……我是通晓各种语言的人,我来自古希腊,我让朋友们惊讶")。最后一个练习是模仿雅克·普雷维尔的《队伍》(Cortège),

这掀起了一个小高潮,伊莲娜至今仍记得这个环节中她最好的朋友写的诗。

因此,"学年阅读小说"是班级性的小说,通过日常阅读的浸润与游戏环节的娱乐作用,再加上个人或集体性的参与,培养儿童读者对诗歌的敏感性和对文学的初步感受。作品由教师选择,通常情况下结局是开放性的,小说情节一般是一出有限的戏剧。然而,我们还是忍不住希望作品能更贴近我们的时代,这也是下一章会提及的让-皮埃尔·西梅翁明确提出的一个要求。

四、参与行动与"生存游戏"①

> 玩耍的自由也是生存的"发明"。
> ——罗贝尔·若兰,《我的蒂博,生存游戏》②

> 每一代人都能找到其位置与存在的意义,一个人只有真正参与行动并具有责任意识时,才是一个真正的人。
> ——斯特凡纳·埃塞尔(Stéphane Hessel),《行动吧!与吉勒·旺代尔普唐的对话》③

---

① 参看 2009 年 12 月于斯特拉斯堡举办的研讨会的成果论文集《反对无辜:儿童文学中的行动美感》(*Contre l'innocence. Esthetique de l'engagement en litterature de jeunesse*),第 21—36 页,该文集由布丽塔·贝娜特(Britta Benert)与菲利普·克雷蒙汇编,由彼朗国际出版社于 2011 年出版。该论文集中收有克莉丝蒂娜·柯南-宾塔多的文章《阿兰·塞尔:世界之路出版社》(Alain Serres. Rue du Monde. Ou comment concilier engagement et projet esthétique),后文会再次涉及该出版社。
② 见罗贝尔·若兰:《我的蒂博,生存游戏》,前揭,第 1995 页。
③ 见《当前世界》(*Monde en cours*),"未来的谈话"系列丛书(Conversation pour l'avenir),黎明出版社(Editions de l'Aube)2011 年版,第 65 页。

（一）前言：历史与背景：应该"杀死"莉迪亚·卡佳吗？独裁还是抵抗？

斯特凡纳·埃塞尔认为存在这几类参与行动的方式：有的表现为抵抗、愤怒，有的表现为对权力的欲望，对权势甚至是强制性权力的过度渴望。当后者损害"民主价值"（valeur de la démocratie）——在法国体现为"共和价值"（valeur de la République）①时，前者只有在没有其他方法能够反对后者的情况下才会使用暴力。第二种态度的代表出现在二十世纪三十年代的苏联。在 1934 年举行的第一届苏维埃作家大会上，二十世纪苏联主要的儿童作家之一萨米埃尔·马尔沙克（Samuel Marchak）在题为《小孩子的大文学》（La grande litterature pour les petits）的报告中指出，应当制定有关儿童文学的法律，以适应为祖国未来培育本国儿童的需要，甚至从国际视角出发，培育世界儿童的需要。与政党机器观点一致的马尔沙克在国际儿童文学领域具有广泛的认知度，对苏联资产阶级作家毫不留情，甚至曾调侃："不顾莉迪亚·卡佳想象力的巧妙而将其杀死，并不容易。"诚然，他又开玩笑地用一种暗喻进行自我辩护："至今为止，她仍然活在儿童世界，尽管是在地下。"莉迪亚·卡佳是一位情感丰富的作家，著有《一名女教师的作品》（Ecrits d'une institutrice），该书与她的其他作品都可以从网上读到。受到阶级斗争启发的马尔沙克并非毫无偏见，他毫不掩饰地说："我不想谈论这些成长条件不错的夫人们的作品，就像莉迪亚·卡佳的《蓝仙女的故事》（Le Conte de la Fée bleue）。"与二十世纪六十至八十年代的苏联儿童文学不同，在三十年代，其童话故事并没有圣洁的味道，这是逃避审查的唯一方法，而这个关于谋杀的比喻成为某些作家命运的前兆。马尔沙克设想苏维埃儿童文学所面向的儿童都"崇拜英雄"，他们会证明自己的实力，毫不介意"往返十公里去区图书馆借一本书"。他认为儿童读者并非"生活在温室里，而是长在户外的自由天地中"，并提出，"这些孩子在生活着，而不仅仅是在准备

---

① 见《当前世界》，前揭，第 15 页。

生活"。他们"需要行动,需要舞蹈旋律,需要歌,需要幽默"。一种最符合天性、最贴合理想化生活方式的"生存游戏",拒绝除英雄模范之外的任何理智主义,截然不同于资产阶级的自我封闭!此外,马尔沙克批评了"知名法国作家安德烈·莫鲁瓦所写的优秀的书"《三万六千个愿望的国度》(*Le Pays des 36 000 volontés*)。考虑到作者的象征资本(capital sympolique),尽管莫鲁瓦体现了积极斗争的精神,但马尔沙克认为,在莫鲁瓦的这部"法国式幻想小说"里,主人公小女孩曾渴望摆脱成人的要求,在奇幻的三万六千个愿望的国度里随心所欲,最终却还是乖乖地回了家,"平静地忍受无聊的、她曾经奋力反抗的规则"。马尔沙克认为这是一种"悲哀又可疑的道德",他可能更倾向于一个开放性更强的结局,但他没有注意到作者灵活运用的讽刺手法,因为"三万六千个愿望"的世界——也就是梦想的自由——最终向主人公关闭了。马尔沙克制定的几乎军事化的文学规则在五十年的时间里统治了苏联儿童文学。从这个角度看,作家应当依赖当代现实,但要"保有童年精神",富有"诗意的想象力",应当"呈现友谊与模范对人的改变作用"。马尔沙克要求"写大量关于革命者和发明者的书"。感觉像是要将阅读居伊·莫盖(Guy Môquet)诀别书的原则扩展到整个系统。当时弗洛伊德还被视为人民公敌,因为他批评行动并未考虑潜意识。不过,好在马尔沙克的潜意识在他的诗歌作品中得到释放,例如,弗拉基米尔·列别杰夫(Vladimir Lebedev)为其配图的诗,译名为《当诗歌遇上图像》(*Quand la poésie jonglait avec l'image*)(备忘录出版社2005年版,"三只熊"系列丛书[Les trois ourses])。

相应地,1930年,安德里·莫鲁瓦与插画家让·布鲁勒(后来加入二战抵抗组织,化名为韦科尔[Vercors])出版"Patapoufs et Filifers",书中每一章一幅插图,图与文字之间配有对话。两位作者谨慎地揭示了另一种制度性行动:在讽刺与幽默的掩盖之下,在一个路易斯·卡罗尔式的地下世界,作者指向的是当时的好战主义(吕日弗[Rugifer]将军似乎暗示了未来德国独裁者的威胁),同时成为目标的还有庞大的领袖崇拜体系,以及一些人的无知,后者热衷于美食与法国式的甜蜜资产阶级生活。铅制玩具兵形象的人物之间发生了战争,但结局皆大欢喜,达成了地下"国际联盟"的和平,不同种族实现通婚。构思故事时,莫鲁瓦想着他的儿子们,他说道:"这才是我喜欢写的,但我的朋友们不喜欢。"此处主要指的是他的妻子卡亚韦夫人(madame de Caillavet)希望他进入法兰西学术院(后来他于1938年入选,赴美国参战之前),并"只写严肃的作品",韦科尔曾在一次访谈中如此明确表示。① 这些矛盾恰恰反映了儿童文学领域行动的思考关键:一方面,在一种专制的背景下,规则来自上级,规则约束所有参与方,不能对其有异议;另一方面,写作是自由进行的,但在这里仿佛是偷偷摸摸的,在学院边缘(en marge de l'Académie),而另一种贵族政府的文化资本占据上风。但无论如何,行动在社会变革或冲突时期呈现激增态势,例如第二次世界大战期间,尤其在德国占领法国期间,侵略者抢夺私营图书馆,维希政府严格监管思想活动,包含写作和阅读。当时的图书馆工作者们进行了名副其实的抵抗斗争,玛蒂娜·布兰(Martine Boulain)在《书被抢,阅读被监视:德国占领时期的法国图书馆》(*Livres pillés, lectures surveillées: les bibliothèques françaises sous l'Occupation*)②一书中对此做了描述。

1946年出版的柯莱特·维威耶的《四风之家》(*La Maison des Quatre Vents*)(比利时卡期特曼出版社2000年再版)展现的就是这种场景。作者趁热打铁,基于自己与丈夫让·杜瓦尔(Jean Duval)在德国占领期间参与人类博物馆(Musée de l'Homme)抵抗组织(数名成员被枪杀)的经历,创作了这部小说。主人公米歇尔(Michel)约十一二岁,住在拉丁区有名的四风路(la rue des Quatre-Vents)上。他和伙伴们发明了一种名为"小印刷工"的游戏,创建了以"抵抗海盗"为名的"同盟",制作反纳粹主义传单。故事始

---

① 见韦科尔:《与吉勒·普拉齐的对话》(*Entretiens avec Gilles Plazy*),巴黎图书馆(Paris Bibliothèque)1999年版,第7页。
② 玛蒂娜·布兰:《书被抢,阅读被监视:德国占领时期的法国图书馆》,伽俐玛出版社2008年版。

于 1943 年,二战中期。他们的行动差点被公寓里的附敌分子的儿子斯特凡纳(Stéphane)发现,游戏变得具有危险性。随着一位伪装成圣诞老人的抵抗分子面临被捕的危险,游戏开始具有悲剧性。在母亲的支持下,米歇尔借助不易引起猜疑的儿童身份,成为一名抵抗组织的联络员。时刻面临危险的他遇到巴黎抵抗组织的重要人物达尼埃尔(Daniel)时,心中被激发起了一股"英雄主义浪潮"(《四风之家》,第 132 页)。危机抹除了游戏性:在小说高潮部分,米歇尔去郊区执行任务时被德国人抓到,他们假装要用枪打死他,随后却放声大笑。然而直面子弹的米歇尔临危不惧,没有透露所传信息就藏在毛绒玩具熊的玻璃眼珠里。死亡游戏,生存游戏!无情绪表达的小熊眼睛,与汤米·温格尔的奥托类似,是一种"过渡载体",儿童的复制品,将它的小主人从故事里的危机中解救出来。巴黎解放后,米歇尔在一次索邦大学的典礼上得知身为大学教授的达尼埃尔,这位"抵抗英雄",已被枪杀,胜利的喜悦仿佛褪了色。小时候的游戏"不再让他开心",主人公总结到,"可能因为我长大了"。在读者的眼里,米歇尔具有另一种英雄品质。在抵抗运动中,柯莱特·维威耶曾冒着生命危险,并称"对得起这十年",这段经历为小说提供了丰富的素材,她希望通过小说强调唤醒儿童公民意识的必要性,并在书的序言部分强调了这种公民意识所要求的价值观,"和平,是所有辞藻中最美的"。在 1968 年 1－2 月《欧洲》期刊的一篇关于儿童文学的特稿上,以及一次法国与苏联合作组织的法苏研讨会上,苏维埃出版界颂扬了"斗争的人道主义"(humanisme combattant)。柯莱特·维威耶的小说在苏联很受欢迎,也正是由于体现了"苏维埃出版界的观点"。皮埃尔·加玛哈的《春天上尉》(Le Capitaine Printemps)根据自身参与抵抗运动的经历,描写了比利牛斯山里的游击队员。他是期刊主编,与艾尔莎·特里奥莱(Elsa Triolet)一起获得了苏联的最高苏维埃颁发的功勋勋章(Pour le Mérite),并在这期特刊中强调了"有教育性的,能锻炼人的价值"和"艺术性的要求"。1968 年 5 月前不久,他还宣称:"作家也是学校的教育者,他们应该对写下的词,对所传达的思想负责。"

在《世界人权宣言》发表的 1948 年,尽管希望取代了灾难,但仍处于"冷战"时期。让-保罗·萨特在《文学是什么?》(Qu'est-ce que la littérature?)中指出,作家是根植于所处时代的调停者,是一种社会转变的力量。正是这位萨特,1964 年拒绝了列宁奖,就像他也拒绝了诺贝尔奖一样。1972 年,他在《处境九》(Situations IX)中关于马拉美(Mallarmé)写道:"假如文学不是全部,就不值得花费一个小时。"这种表面的矛盾其实表达了所有文学作品的困境,正如贝努瓦·德尼(Benoît Denis)在《行动与反行动:文学政策》(Engagement et contre-engagement. Des politiques de la littérature)中所言,"文学领域的行动与社会政治层面的行动之间的摇摆"[1]。这篇文章于 2006 年在瑞士洛桑大学举办的一次研讨会上宣读,最终德尼想提醒大家,"文学政治"包含"对其特别功能的一种解读"(《十五至二十一世纪的文学行动方式》,第 107 页);对于让-保罗·萨特而言,"作家是通过选择读者而决定主题","作家的行动,在于其受众的选择"(《十五至二十一世纪的文学行动方式》,第 114 页)。

(二)受众的特殊性:"生存游戏"与文学政治

如果任何文学行为都必须以一项行动为前提,那儿童群体的选择对"青年作家"的写作及角色有什么影响呢? 此处"青年作家"一词源自克里斯蒂昂·格勒尼耶于 2004 年出版的《我是一名青年作家吗?》(Je suis un auteur jeunesse?)[2]一书的书名。格勒尼耶是共产党人,于 1975 年同几个朋友一起创建了"作家与插画家宪章",如今已发展成一个重要的专业协会。在此他不使用"行动"(engagement)一词。前文我们分析过《过度的五度》一书的

---

[1] 见贝努瓦·德尼:《行动与反行动:文学政策》,载《十五至二十一世纪的文学行动方式》(Formes de l'engagement littéraire (XVe - XXIe siècle)),让·肯普弗(Jean Kaempfer)、索菲亚·弗洛雷(Sonia Florey)、热罗姆·梅佐兹(Jérôme Meizoz)主编,安蒂波德斯出版社(Antipodes)2006 年版,第 103—117 页。
[2] 克里斯蒂昂·格勒尼耶:《我是一名青年作家吗?》,拉哥特出版社 2004 年版。

大胆处理,作者正是格勒尼耶,出版该书的拉哥特出版社再也不敢就同类题材进行尝试。他向 70 位作家及插画家提出以下问题:"你是怎样成为青年作家的?一种天职?一次偶然?"(《我是一名青年作家吗?》,第 311 页)。天职?这个具有神学含义的词语带有沉重的模糊感。事实上很多创作儿童图书的作家——其中某些作家的这类创作只是偶一为之,或者像是桑德拉·贝克特分析的"跨界小说"现象那样,"无心插柳"地创作了童书——他们并不属于格勒尼耶的协会。由于被 1949 年关于出版物的法律所管制,法国的儿童文学并没有自主性。蒂埃里·克雷潘(Thierry Crépin)曾在《"对歹徒大喊!":1934‒1954 年间儿童刊物的教化》①(*Haro sur le gangster! La moralisation de la presse enfantine 1934‒1954*)一书中的"教育者的行动"(L'engagement des éducateurs)一章里介绍过这部法律,它是由法共(以拉乌·杜布瓦[Raoul Dubois]为代表,杰出的儿童文学评论家)与天主教徒(以路易·贝特莱姆(Louis Bethléem)神父为代表)共同推动产生的,以抵制被认为是不道德的美国动画片的"入侵"。这部法律没有强调作品的美学品质。当今的情形怎样呢?新的行动在这一领域占主导地位了么?这一领域依赖一般出版业的等级、童年模式以及人们对童年所强加的分类,然而除此之外,也依赖罗兰·巴特所"恢复"的文本的乐趣。

这些讨论将我们引回题目中的词语"生存游戏"。如果了解了这个词的来源,意义就变得明晰了。非洲社会专家罗贝尔·若兰在 1980 年所写的《我的蒂博,生存游戏》中介绍了他在观察儿子蒂博(Thibaud)和女儿埃莱奥诺尔(Eléonore)日常行为和游戏时的一些发现,随时速记,形成了一本名副其实的"人种学笔记"。若兰本人也积极地参与游戏,他写道:"我假装是一头奶牛,发出'哞'的叫声,蒂博爬到我的身上,我四肢着地在房子里爬。"(《我的蒂博,生存游戏》,第 47 页)若兰认为游戏是一种自我构建,必须通

---

① 蒂埃里·克雷潘:《"对歹徒大喊!":1934‒1954 年间儿童刊物的教化》,法国国家科学研究中心出版社(CNRS)2001 年版。

过与他人的互动才能实施。吉尔·布鲁热尔,巴黎第十三大学游戏科学研究主任,在一篇评论文章里补充道:"游戏是生活在世界上的儿童的一种行动方式,但也是成人的,两者并没有本质区别。"[1]若兰不赞同将游戏活动视为一种"以学习为目的的天然的教育"的心理分析观点,他更倾向于认为游戏源自生存性的一种发明与长大的渴望。他强调游戏是能够成全"出于自主选择规则的必要性考虑的自由"。此外,"生存游戏"与儿童文学并不相斥,罗贝尔·若兰会用阅读结束与孩子的游戏,例如阅读约瑟夫·恰佩克(Josef Capek)所著、海狸爸爸出版社出版的《猫和狗写给他们的小女孩朋友的信的故事》(*Histoire de la lettre que le chat et le chien écrivent à leurs amies les petites filles*),以此安抚在床上假装成狮子的蒂博的好动(《我的蒂博,生存游戏》,第 80 页)。图画书成为连接若兰与儿子亲密互动的纽带,提供了一片任由想象力驰骋的空间。因此,"使世界有秩序"的游戏规则与自由体现了所预期的未来社会中建立文明的基础要素。若兰认为"人的价值是生存游戏的价值"(《我的蒂博,生存游戏》,第 43 页)。

然而我们清楚"生活中并不全是游戏",正如菲利普·梅里厄(Philippe Meirieu)在 2009 年世界之路出版社出版的《写给大人的关于当今孩子的信》一书中提及的,游戏让位于"体育、文化、政治或其他人道主义活动"("des engagements dans des tiers lieux")。尽管不全然赞同这位研究者的悲观态度——这从某些句子中能发现,例如"一切都倒塌了。尤其是规则,礼仪,和传统")(《写给大人的关于当今孩子的信》,第 219 页),但我们可以理解他的担忧,担心"电视,电子游戏与网络"引起的"现实的虚拟化"(《写给大人的关于当今孩子的信》,第 120 页)。然而,电视、电子游戏与网络也是优秀小说的灵感源泉,例如,再次回到克里斯蒂昂·格勒尼耶,他写的《软件》(*Logicielle*)系列小说,以及受到教师欢迎的畅销书(每年销售 3 万

---

[1] 见吉尔·布鲁热尔:《与(不与)若兰一起玩耍》(Jouer avec ou sans Jaulin),选自"关于罗贝尔·若兰"研讨会的报告。该研讨会于 2003 年 11 月 13 日至 14 日在巴黎七大召开,报告未公开出版。见网址:http://calenda.revues.org/nouvelle3403.htm"。

册)《LIV3 或书之死》(*LIV3 ou la mort des livres*),阅读他的这类作品需要对新技术有一定了解。虽然文学不是生活,却与生活的最新发展紧密相连:我们不能仅满足于小拇指(Petit Poucet)和匹诺曹(Pinocchio)的有趣,还要注重作品所承载的时代的特定思想。根据米歇尔·皮卡尔在《阅读如同游戏》(*La Lecture comme jeu*)①中的观点,文学使一种"幻想"(illusion)得到安置,文学是一种"入场"(entrée en jeu)。我们可以得出结论,儿童文学的主导是"游戏想象力"(l'imaginaire ludique),前文已谈过游戏想象力的特点。

正是通过连接童年与成年的"生存游戏",我们可以衡量作者在写作中的参与,与读者在阅读中的参与,是互不相容,还是融会贯通,而后者要求孩子理解作品的所指。在本书的这一部分,我们首先会介绍具体的出版条件,作者正是在这些条件下从事介于政治与艺术之间的写作活动。随后通过两个例子探讨作者的"生存游戏"如何在接受过程中与儿童的生存游戏相互接合,或者不接合。在我们的探讨过程中,将借用吉塞尔·沙皮罗(Gisèle Shapiro)在其文章《文学领域的行动方式》中运用的分类方法。② 她将作家分为显要人物(notable)、审美者(esthète)、专业人员(professionnels)与先锋者(avant-garde)。随后我们会着重分析全球化对目前出版界的影响,在本章节的结尾部分我们会解读作者与其行动目标之间关系的几个主要方面。

(三) 街道政治与艺术的"大游戏"

开门见山,在此介绍两部作品。第一部是米歇尔·皮克马尔的《罢工》(*La Grève*)。这部作品以第一人称描述了政治行动:作者没有编页码,由扎于(Zau)配图,他是阿兰·塞尔的世界之路出版社的著名撰稿人。《罢工》于 2007 年由 2006 年在昂代诺(Andernos)新成立的依都恩出版社

---

① 米歇尔·皮卡尔:《阅读如同游戏》,"评论"系列丛书,午夜出版社 1986 年版。
② 吉塞尔·沙皮罗:《文学领域的行动方式》(Les formes de l'engagement dans le champs littéraire),载《十五至二十一世纪的文学行动方式》,前揭,第 118—129 页。

(Edune)出版,收录在"假如谈论禁忌呢?"系列丛书中。皮克马尔对印度文化非常感兴趣,他在阿尔滨·米歇尔出版社出版了《智慧集》(Livres de sagesse),另有针对成人读者的《自由主义的先知》(Le Prophète du libéralisme)(一千零一夜[Mille et une nuits]出版社,2005年版)。《罢工》这本书汇集了讽刺自由资本主义的一些"充满智慧的言论",滑稽地企图证明"穷人的财富是不可估计的"。书的质量很好,版式小巧(高18 cm,宽19 cm),几乎是正方形,为扎于(Zau)提供了充足的双页版面,展示街道上的游行和主人公家庭生活的场景。主人公是一名十几岁的少年,父亲习惯称呼他"小好人"(Bonhomme)。第二部作品是由弗朗索瓦丝·克雷塞尔(Françoise Kérisel)撰写,由弗雷德里克·克莱芒配图的《芭蕉,诗歌疯人》(Bashô, le fou de poésie)。书的版式与众不同,让人联想到十七世纪至十八世纪的日本浮世绘。其出版商是阿尔滨·米歇尔少儿出版社,它原来是1981年成立的一家巴黎老出版社的下属部门,但一直独立运营,其网站上列有无数获得龚古尔奖、美第西斯奖(Médicis)及法兰西学术院奖的出版作品,却丝毫未提及所出版的儿童图书所获得的奖项。这明确揭示了儿童图书在出版界的地位。该书的最大特色在于美感,痴迷于日本文化的弗雷德里克·克莱芒甚至专门选择了曾经用过的日本纸张来创作丰盈的图画作品。故事的主角是诗人及书法家芭蕉,他生于1644年,是武士的儿子,是"喜爱诗歌的疯子",他拒绝参军,修习禅学,专心投身于俳句和书法。位于江户(Edo)的家失火后,坚持诗歌理想的芭蕉动身去北部,踏上了一条精神探求之旅。跟随他的人中间有一位爱戴他的年轻人其角(Kikaku),还有他的朋友们,十位哲人,"他们也视俳句为生存的意义。他们是世间的游者,天地是他们的花园……"(《芭蕉,诗歌疯人》,第32页)。弗朗索瓦丝·克雷塞尔与弗雷德里克·克莱芒都在伊波梅亚出版社(Ipomée)工作过;2006年哈麦丹风出版社出版作品《古希腊哲学》(Philosophes de la Grèce antique)。弗朗索瓦丝·克雷塞尔的作品主题与米歇尔·皮克马尔的现实性主题反差明显:《罢工》中的男孩日复一日地关注工人斗争的各种事件,后来教师也参与进来,共同为他们的退休生活争取权益。兴奋的男孩参加了示威游行,"'看不到队尾。可能有几百万几千万人,'他想"。但是很快他就发现罢工不是件好玩的事:"刚开始很有趣。人们在家睡懒觉。后来,就没那么好玩了。"他的母亲呼吁左邻右舍共同筹资,不满意媒体报道(电视上的胡诌乱扯)的父亲被防暴警察痛打了("家里的气氛一点都不好玩了")。当权者与工人之间的"角逐"甚至投射到父子之间的游戏中("来啊,小好人,我是政府。我推啊推啊,他的手臂就倒下了")。斗争最终向着有利于罢工者的方向发展。小说中所描写的人们的反应充分体现了景观社会的节日元素:

> 车喇叭声!小号声!
> 人们大喊,唱歌
> 我们赢了!我们胜利了!

身处其中的孩子感受到了一种足球赛场上的狂热。这次经历促进了他的政治意识的觉醒,长大一些后的他"将会罢工",他对父亲说,"要重来一次"。尽管有得有失,但家庭与街道上的生存游戏最终得以实现,这离不开为改变世界而努力的民众的团结与奉献精神。

弗朗索瓦丝·克雷塞尔的故事则不同,主人公芭蕉钟情于日本历史与文化,痴迷于俳句的诗情所展示的自然之美,作为一名文化贵族的代表,他也感化并聚集了一批大众,但聚集的基础与罢工截然不同。在他参加过的一次难忘的聚餐上,另有追随他的十位哲人参加,他穿着"和尚长袍",展现了他对俳句的精通,并立即得到了回应:

> 要求学校开放……俳句能产生奇迹。城里会发生怎样的变化!我们教年轻人作诗。全日本都学习作诗,读,听别人所写的……诗歌成为一种全民参与的大游戏,甚至评选优秀的诗并颁奖。这种诗歌是有感染性的,日本乡野将对俳句开放,芭蕉及其学

生将与农民们会面。(《芭蕉,诗歌疯人》,第 36 页)

随着芭蕉在各地的旅行漂泊,源自文字游戏且饱含生活气息的俳句被这位俳句大师带至"世界尽头"(jusqu'au bout du monde),他将自己的精神传给了其角。其角在故事中有一连串孩童般的行为,为阅读增添了轻松的幽默感,他写的其中一首诗如下,体现了克劳德·盖涅贝所称的儿童的"淫秽民俗"①:

砰! 有时
我们会听到
一根竹子的屁声。(《芭蕉,诗歌疯人》,第 22 页)

其角的作品在后文将逐渐多样化,作品再现了对诗歌的探求,辅以细致的插图,便于唤起美感。《芭蕉,诗歌疯人》的文本仿佛是刚刚从弗朗索瓦丝·克雷塞尔主办的诗歌创作室中新鲜出炉的作品,其创作结合了阅读、写作实践、学问、艺术技巧与语言崇拜。

通过对这两部作品的分析比对,可以发现,童年视角的连贯与出版社在思想界所处的地位之间存在明显的关联。借用吉塞尔·沙皮罗的话,这可以概括为"行动方式与出版界结构之间的同源性"(十五至二十一世纪的文学行动方式》,第 128 页)。由此我们可能会理解为什么米歇尔·皮克马尔,作为被阿尔滨·米歇尔出版社认可的作家,却不得不换一家出版社去出版《罢工》:一方面,《罢工》仍被视为先锋派作品,但另一方面,部分出版社又认为其主题是过时的,出版这样的作品意味着出版社在美学标准方面做出过大的妥协。这可能忽视了儿童游戏在文本写作与阅读过程中所发挥的修

---

① 克劳德·盖涅贝:《幼儿粗俗民俗》(*Le Folklore obscène des enfants*),麦松纳沃-拉罗兹出版社(Maisonneuve et Larose)1974 年版。

正作用。

（四）创作与阅读：两种"生存游戏"的相遇

谁都不会否认伽俐玛出版社至今仍是法国出版界的基石，其作品获法国文学奖项数量最多，曾出版汇集世界文坛大师名作的"普雷亚德丛书"（la collection de Pléiade）。伽俐玛出版社的作家，尽管存在不同级别，但都属于显要作家，可谓是未来经典的代名词。其中值得一提的是雅克莉娜·杜埃姆，她是一位插画家，以天真朴素的风格见长，1992年，其作品与雅克·普雷维尔的作品同批入选"普雷亚德丛书"。其插图生涯始于1950年，由生活的理由出版社（Raisons de vivre）出版的"童年的葡萄"（Raisins d'enfance）系列丛书中，她为克劳德·阿伏林的作品配图；1951年，为保尔·艾吕雅的《飞翔的种子》（Grain d'aile）配图。随后她与不同的儿童图书出版社有过合作，为雅克·普雷维尔的《月亮的歌剧》（L'opéra de la lune），以及莫里斯·德吕翁（Maurice Druon），雷蒙·格诺，克劳德·罗伊，诺贝尔奖得主米格尔·安赫尔·阿斯图里亚斯（Miguel-Angel Asturias），桑德拉尔（Cendrars）和苏佩维埃尔（Supervielle）等作家的作品配过图。她本人性格泼辣，创作的故事却是动物们的日常生活，如《福莱特的圣诞节》（Le Noël de Folette，2002年）。这种矛盾现象在为吉尔·德勒兹的《鸟类哲学家》（L'Oiseau philosophe，塞伊出版社1997年版）所作的配图中也有体现，随后是伽俐玛出版社出版的一本关于查特莱夫人的书，伊丽莎白·巴丹德（Elisabeth Badinter）的《埃米丽的激情》（Les Passions d'Emilie，2006年）。2009年，82岁的她携带作品《亨利·马蒂斯家的小手》（Petite main chez Henri Matisse）重返出版界，该书回顾了她画家生涯初期的经历，以一种简洁风格表达了对绘画大师的赞颂。有着孩子式的搞笑、狡黠和亲和力的她，算是真正的显要作家吗？在此我们看到，柯莱特·维威耶提出的"童年精神"（l'esprit d'enfance）否定了甚至推翻了分类的意义。

伽俐玛出版社自1985年起出版丹尼尔·佩纳克的长篇小说《马洛塞纳

传奇》(*La Saga Malaussène*),还有 1992 年的散文作品《如同一部小说》(*Comme un roman*),这位作家在最新作品《上学的烦恼》(*Chagrin d'école*,2007 年)中表示反对"保有一种标准,不管这个标准是什么"(《上学的烦恼》,第 200 页)。他经常受邀前往条件差的地区与学生们进行交流,并将其分为五类:"在这个世界上有法国的消费者儿童群体,其他国家的生产者儿童群体,此外还有士兵儿童,妓女儿童,还有地铁广告牌上濒死的儿童,画面上充满饥饿与绝望的眼神周期性地触及着我们的麻木。"(《上学的烦恼》,第 280 页)然而这并不妨碍《上学的烦恼》一书集中体现有关"差生"(cancre)的问题,作者本人曾经是一名"差生"("差生"是普莱维尔十分熟悉的主题,然而我们却在其中找不到郊区儿童的身影),并将其扩展到所有社会分类。他反对将"最不被关注的年轻人视为国家恐怖的一个幻想性的对象"(《上学的烦恼》,第 249 页),他将结论归于"教育中的爱"(《上学的烦恼》,第 298 页),这是优秀教师、文学捍卫者——我们想到他的作品《卡莫,巴贝尔事务所》(*Kamo, l'agence Babel*, 1992 年)——所能够提供的对付社会疾病的良药。在该书中,佩纳克回顾童年,实际上这种回顾论证了我们的观点,因为他在《上学的烦恼》中所描写的那个生活在尼斯内陆地区,"熟悉狼河里的鱼"(《上学的烦恼》,第 18 页)的孩子,即小时候的自己,被一场游戏解救,摆脱了"差生"的命运。在课上:

> 我没有组词,而是在页边上画小人,形成动画……跳跃的欢快的小人,仿佛要跑出去玩耍,表达了我的内心渴望。(《上学的烦恼》,第 29 页)

小说中的这名"差生",将军的儿子,难对付的孩子,在学校练习本的边缘,同时在教育制度的边缘发展了他的"生存游戏",从中发展了一种不合常理的优秀,并且这种优秀一直保持在这位显要作家身上(《上学的烦恼》,第 411 页)。

相应地,在此我们需要了解一项关于儿童接受文学的近期实验。实验在奥伯尼图书馆进行,组织者是 *Citrouille* 杂志的主编蒂埃里·勒南(Thierry Lenain),他也是一位触及社会问题、残疾人问题和种族歧视问题的作家。例如其作品《运河女孩》(*La Fille du canal*)和《艾莎塔》(*Aîssata*)(西罗斯出版社 1991 年版),后一部小说促使其成立了一个保护一位无居留证的儿童的团体,孩子的名字与小说主人公的一样。在实验中,勒南向一组 8-10 岁的孩子解释作品的写作背景,这是一部自传式作品,由阿尔滨·米歇尔少儿出版社于 2003 年出版。在该书中,勒南讲述了儿子的诞生,他与孩子的妈妈,一位阿尔及利亚人,在格勒诺布尔相识,他说,这种结合体现了爱情"比战争更强大"的价值观。他的"生存游戏"故事使书中的讲述者回顾阿尔及利亚战争,在奥利维·巴莱兹(Olivier Balez)的插图配合下,展示祖父一代人如何进行斗争,而孙辈又如何成为一种全新的家庭和谐的纽带。勒南承认这种叙事逻辑使他忘记了祖母们,因为在不知不觉中他遵从了曾经的自己,那个小男孩的幻想,希望"成为女人",并且"生孩子"。随后勒南向惊讶的孩子们提出问题:"你们觉得我为什么写这些故事?"给出的答案是:"为了讲述你的生活,讲你做过什么","因为您喜欢阅读","为了有钱"。在此我们能看出吉塞尔·沙皮罗运用的分类中的三个要素,分别关于显要,关于审美,关于职业性。孩子们没有想到第四个词,因为他们没有理解勒南最后所说的"我想体现一个爸爸口头上也是可以生孩子的"乃是一种具有前卫性和颠覆性的言论。这个实验清楚地展示了阅读过程中的要素,弗洛伦斯·盖奥蒂在分析鲁尔格或菲利普·科朗坦的作品时对此有过明确论述。这位大学教员得出的结论是,文学作品需要儿童在阅读过程中的参与,"阅读的乐趣来自他们的声音与作品的声音的碰撞","作品权利"与"读者权利"的平衡,"阅读过程中的多种参与形式揭示了小说的构成要素,即浸入性与距离性的活动"。①

---

① 见弗洛伦斯·盖奥蒂:《当代儿童文学中的言语经验》(*Experiences de la parole dans la litterature de jeunesse contemporaine*),"干扰"(Interférences)系列丛书,雷恩大学出版社 2009 年版,第 287—288 页。

我们发现,在对儿童文学领域的参与这一问题上,活跃着四个因素:作者具有的社会价值观,作品具有的审美价值,作品与现实或理想化的童年之间的文本关系,最后是其自身在出版体制中所保有的形象。除此以外,还应考虑作品本身的体裁。

(五)皮埃尔·艾力·费里耶(Pef),幽默与革命:文献与小说

阿兰·塞尔与皮埃尔·艾力·费里耶(Pef)合作而成的《所有人在罢工,所有人在梦想》(*Tous en grève, tous en rêve*,世界之路出版社 2008 年版)一书,其名字非常有意义。该书出版于 1968 年"五月风暴"的四十周年。封面具有视觉冲击力:在纯白的背景上飘扬着一面大幅的红色旗帜,大红旗上写有书名,旗帜下方是狂热的人群,每人手里挥舞着小的红色标语牌。出其不意地,一只小鸟,眼睛大大的,透着心照不宣般的开心,非常安静地站在其中一幅标语牌上,牌上写着"1968 年 5 月,四十年了"。伸直的手臂,红色或黑色的脸庞交错混杂(其中一个人的鼻子被另一个人伸长的手臂抬高了,非常滑稽),大张的嘴巴,人群仿佛沿着路面流动。右下角有一幅小图,是法国防暴警察的背影,他们正在催泪弹的雾气中用武器瞄准目标,图下有一句简练的话,"历史的历史"。封面本身所体现的就是一项节目:具有青年般激情与活力的皮埃尔·艾力·费里耶(Pef)发展了"生存游戏",革命的标志与符号就是他的玩具!

该书使用第一人称描述——与米歇尔·皮克马尔的作品一样——主人公是个十几岁的男孩马丁(Martin),他发现了父母参与的政治世界与经历。容易吸引读者的是家庭生活中一些琐碎而必要的事情的交织,政治生活大事件对主人公的影响,这些事件配合相关的文献资料与评论加以展示。米歇尔·皮克马尔书中的小说世界没有出现过这类资料,而在该书中,文献建构起一个时代框架,个人故事与一代人的故事在其中相互融合。因此,在第 28 页我们会读到这样的话:"罢工者超过一千万。法国瘫痪了……"页面底部放了一张翻印的照片,上面有大学生和拉丁区一面墙上的横幅。而上方

有一张费里耶的配图,画的是马丁的姐姐妮娜(Nina),快活,爱做手势,高兴地跳起来,周围撒着一堆传单,上头是她写的"禁止在家里禁止!大胆生活和梦想"。从一开始,儿童的视角就将读者引至事件中心,并明确了时间与背景:"福米卡(Formica)塑料桌上,铃兰开得正艳……"后文我们会知道,两天前马丁参加了五月一日的游行,有关家居的描写展示了工人的生活世界,其中,福米卡塑料是一个时代的象征。母亲给儿子看打算用来做午饭的"牛臀肉肉片",一道特别的菜。作者明确道:"她的孩子们总是会有最好的食物,即使这意味着没有其他食物。"她向儿子"自豪地展示肉面上闪耀的维生素的光芒"。这里用一种诙谐的修辞描写了母亲的言行以及日常生活中比较反常的事件,正体现了作者对儿童言语的控制。在后文中,罢工引起的经济困难所导致的贫苦,进一步反衬了此处的美味佳肴。马丁的注意力似乎在其他方面:他观察正在一边听着广播一边"蘸取特辣味芥末"的父亲,并憧憬他的生日,七月一日。戴高乐将军解散国会的次日,右派以四分之三的席位取得胜利。他最后写道,"赢得选举的是不罢工的法国",甚至更天真地想,"我还是收到了生日礼物:一大罐芥末!不过只是辣味,不是特辣"(《所有人在罢工,所有人在梦想》,第36页)。由儿童视角传达的自然的幽默缓和了历史的沉重,文字搭配档案图片一起展示——首先是示威场景,警察在打一个倒在地上的男人,接着是年轻人兴奋的脸庞,随后是格勒内勒谈判和右派的最终胜利。除此之外,还有费里耶的插图。

费里耶用有趣的画风阐释了马丁的幻想,最后部分的一幅插图上,年轻人举着牌子示威,牌子上写着"辣点吧,孩子们!"(Soyez piquants, les momes!)或"有芥末总比什么都没有好!"。马丁抓着一个罐子,罐身上写着"Mout Hard!",大舌头王子的文字游戏没有被忘记!对力量的召唤以一种值得注意的方式展现出来,即具有马雅可夫斯基(Maiakovski)风格的构成主义的布告形式。这些图画表现了费里耶艺术风格的一次重要更新,在某种意义上,正契合费里耶作为抗议者的经历。第34页的画面成功地用红色基调描绘了手里拿着一颗炸弹的将军(其作品中常见的形象,有夏尔·戴高乐的鼻子），炸弹导线显而易见，下方有个注视着另一个方向的男孩，像《悲惨世界》中的加夫罗什（Gavroche），他举着一个火把，火苗眼看着就要碰到炸弹的导线。解释画面的文字意味深长："少工作，多赚钱，享受生活！"互文性效应拉近了过去与现在之间的距离。另一处令人惊讶的构成主义的画面：一个黑色的警察形象，处于一个齿轮中间，周围是一群头发散乱的年轻人，举着一面旗子；男人用手扶着额头，旁白解释了他的困惑："我们比他们人多！"更远处，切·格瓦拉风格，两个口号中间是一个握紧的红色拳头，一个口号是"现实一些吧！"，另一个是"向父母和老板提出不可能的要求"。在插画家玩笑般的线条下，画面引起了马丁极大的困惑！叙述重新回归时代的狂热，同时也是时代的复杂性上：描述了马丁与同学夏尔（其父母是右派）的对立；马丁的姐姐妮娜的离家；Babyflex 婴幼儿用品商店工人的罢工；需要操心维持家庭生计的母亲的担心；以及面对工人斗争失败，马丁与父亲的悲伤。最后的画面与标语诠释了悲伤与愤慨，还有决心，"另一个五月将会重来"。第 38 页，黑白两色的人头和手臂之上，炸弹的碎片仿佛随时要从一圈文字组成的漩涡中喷射而出，"继续斗争"。这次失败最终却被视为一次胜利，正如在最后一页的底部，一篇 1968 年 5 月运动的总结中的一段斜体字所表达的："在'1968 年的孩子'之上，是一种依旧鲜活的自由精神。它让一些人恼火，却给了另一些人梦想……"另外——射向大众消费观的最后的箭——孩子们产生了新的梦想："十月份，我们会有电视机……还有汽车，圣诞节时肯定会下订单。一辆蓝色的 4L。"雪球般越滚越大的生活梦想，在罢工引起的经济困难后，几乎不可能实现。历史的悲痛感被人类梦想的喜剧性所缓解，这使得对历史的批判富有人情味，并保证了人类的团结。

  这篇生动而简练的叙述体现了世界之路出版社的批判精神，阿兰·塞尔于 1996 年创立该社，将公民意识与团结一致视为文化行动的基础，尤其注重儿童的想象力与审美需求。该出版社出版的首部作品是《儿童权利百科书》（*Le Grand Livre des droits de l'enfant*，1996 年），借鉴法语版的贾尼·罗达里的作品《想象力语法》。自那时起，出版社在"法国人民救援"组织的支持下,结合重大时事事件,组织各种类型的鼓励阅读的活动,例如2010年以纳尔逊·曼德拉为主题的"联合书商之夏"(L'été des bouquins solidaires)。由迪迪耶·达埃南克(Didier Daeninckx)创作、由洛朗·高尔瓦齐耶(Laurent Corvaisier)配图的《米萨克,红色海报的孩子》(*Missak, l'enfant de l'affiche rouge*, 2009年),追溯了参加"红色海报"抵抗组织的年轻移民者米萨克·马努施昂(Missak Manouchian)的一生;另有前文提过的菲利普·梅里厄的作品,间接诠释了出版社的不倦活力。此外还出版了面向家长的小册子,例如2009年出版的《给大人的关于儿童权利的5个故事》(*5 histoires pour les grands sur les droits de leurs enfants*),以纪念《国际儿童权利公约》颁布二十周年。

(六)别处的风与东部的风:出版界的变动

全球化形势下的出版界有什么变动呢?资本主义与共产主义的对抗曾引起一批出版社成立(其中某些至今仍活跃在出版界),职业的现实主义、胜利的自由主义与这一时期的行动相互对立吗?一次快速回顾会使当今的关键问题更加明晰——暂不考虑以女性出版社(Les éditions des Femmes)、克里斯蒂昂·布吕埃尔创立的戏笑出版社、弗朗索瓦·吕伊-维达尔(François Ruy‐Vidal),以及伽俐玛出版社的皮埃尔·马尔尚(Pierre Marchand)的文化行动为特征的1970年至1990年时期。前身是获月出版社、由此发展起来的斯堪的出版集团包含着成立于1955年的法兰多拉出版社,当年出版的"千集"丛书(Milles épisodes)的第一部作品是《高尔基的故事》(*Contes de Gorki*)。集团在1994年执行的体制改革标志着"市场"的胜利。而主导市场的是越来越讲究的翻译作品,是"景观社会"中被电影和媒体支撑的英美畅销书的想象力。因此,好像任何一家追求效率的出版社都会推崇《哈利·波特》、《龙骑士》或《黄金罗盘》,以期实现热卖。

此外,独立的、通常与某种特定文化相关的出版社大量涌现,与此同时,创立于二战后的出版社往往被大出版集团吞并,例如,埃玛纽埃尔·穆尼埃

(Emmanuel Mounier)创立的传承人格主义(personnalisme)的塞伊出版社被马蒂尼埃集团吞并；由统一社会党(PSU, parti socialiste unifié)创立于1972年的西罗斯出版社被埃迪蒂(Editis)出版集团吞并，但保有一定的自由度，并在大赦国际组织(Amnesty International)的支持下出版书籍。在此我们不再探讨《全球化与儿童文学》中研究过的出版商，该书已指出了作家的行动是如何使来自世界各地的风潮涌向大城市，涉及玛丽斯·孔德(Maryse Condé)、帕特里斯·法瓦罗、迪迪耶·达埃南克、苏茜·摩尔根斯坦、阿祖·贝加，以及大量来自安的列斯地区、中国甚至朝鲜半岛的插画家。

尤其吸引我们注意的是，十几年前由尤塔·赫普克(Jutta Hepke)与吉尔·高勒(Gilles Colleu)成立的别处的风出版社(Vent d'ailleurs)，两位创建者是独立出版商联盟成员，合著有《独立出版商：从理性时代到进攻》(*Editeurs indépendants: de l'age de raison vers l'offensive*, 2006年)。这也诠释了另一种全球化。吉尔·高勒在书中抵制出版界市场化与集中化的负面作用，强调发掘关注度较小的民族文化。他致力于建立国际合作，维护作品、书籍与其他读物的某种道德标准。

构建卡纳克(Kanak)的回忆

别处的风出版社于2009年出版了《卡纳克的小纺织女》(*La Petite Tresseuse kanak*)，该书的作者是雅尼克·普里让(Yannick Prigent)，书由卡洛琳·巴拉耶(Caroline Palayer)配图。该书来自新喀里多尼亚(Nouvelle-Calédonie)，是少有的本地作家创作的儿童书。当地的文学作品受到各方面的支持与帮助，如特吉巴奥文化中心、努美阿的法国国家教学资料中心，以及来自新喀里多尼亚的"读书"协会的朱丽叶·玛艾(Juliette Maës)。故事的主人公是莱美(Lémé)，在她的部落，女孩们的娱乐活动是用榕树树皮编织各种物品，莱美富有编织天赋，但在学习编织"传统盛宴使用的祭品篮子"时遇到了麻烦。她不能违背传统，不能改变任何图案，可是，"她的创意自由翱翔"，"她的手指仿佛有思想，开始想象，开始发明，开始天马行空地创造"。在传统至上的社会里,违反传统意味着惩罚。好在惩罚没有实施,因为莱美的祖母认为她创造的图样更好地表达了"我们甜蜜的生活"。在莱美的才华面前,纺织女的管理者甚至指定由她编织"boré"袋,这是用来装魔法石的小袋子,据说魔法石能够"带来生命,召唤雨水,提高收成"。然而,才能获得认可的莱美还要经历一场终极挑战:结婚。在卡纳克社会里,女孩的丈夫由父母全权决定,如果拒绝会遭到全社会的唾弃。为了抵抗这种命运,莱美编了一个"像女人的肚子"一样大的"篮子",类似于模拟接生练习所用的模具(matrice d'accouchement),通过它,"rü 的叶子,祖先图腾"救了她,并将她带到祖先所在的世界。生存游戏再次导致传授仪式的终止!牺牲与升华,莱美的独立改写了民俗,自那以后,"村子里的女孩可以选择她们的丈夫"。故事文本的创作者雅尼克·普里让是一所天主教初中的主任,负责卡纳克唯一的修女协会"圣母玛丽的女孩们"(Les Petites Filles de Marie)里的女孩子。曾经有一名女孩成为了这种强迫婚姻的受害者,对雅尼克·普里让触动很大。我们问询他对当地民俗的质疑是否有效,他写到,这本书在 3 天内卖出 300 册,在新喀里多尼亚,可谓是"名副其实的出版界的成功",并且购买者是"需要相互交流这个话题"的卡纳克女性。当我们问起他的创作本质时,他回答:"当然,这是一种自愿的行为,也是一种知恩图报。我的童年都与卡纳克人生活在一起,卡纳克妈妈们曾哄我入睡。另外还是一种弥补(revanche)①:我的两名苦刑犯先辈的登记表上备注着'不会读,不会写'。我应该为他们做点什么!"一场盛宴背景下的生存游戏,借助魔法与想象力推动了社会进步的突然发生。"弥补"也是阿兰·塞尔在回答克里斯蒂昂·格勒尼耶的问卷,提及书籍匮乏的童年时所使用的词语。每一年,阿兰·塞尔都将其出版的作品与人民救援组织(Secours populaire)相结合。2009 年,在夏尔·佩罗国际学院的夏季大学活动上,他表示怀疑"行动"

---

① 译者注:此处原文单词"revanche",本意表示"报复"或"回报",此处用"弥补"更贴合意思。

（engagement）一词，并补充道，在一部作品或一家出版社里，"要有空气，要通风，要有诗歌……儿童才能在其中发现自我"。总之要有游戏所需要的自在，以反对体制的生硬。

这种生硬首先是结构性的，在出版界的体现是本地儿童作品的出版种类有限。新喀里多尼亚的儿童能读到的主要是我们在《全球化与儿童文学》一书中分析过的图画书和几本小说。2009年出版的《努美阿协议序言图解》(*Préambule illustré de l'Accord de Nouméa*)是一部包含各种档案图片的文献资料，为保留卡纳克文化作出了贡献。曾任卡纳克文化部长的德维·戈洛代（Déwé Gorodé）呼吁认可妇女的权利，出版了《柱状松树的种子》(*Graines de pin colonnaire*，马德雷普尔出版社[Madrépores]2009年版)：

> 寻常老者
> 死者面模
> 消瘦的脸
> 时间不再是这个世界的东西
> 壁虎
> 蜥蜴
> 蛤蚧
> 都无所谓
> 因为天上雄鹰
> 敏锐的目光
> 看到了手帕
> 象征了
> 身穿黑裙的
> 苔丝狄蒙娜
> 镜子的另一侧

与邻国相比,我们对口头传承文化的保护显然落后了。澳大利亚的克拉尔·布拉弗德(Clare Bradford)为此付出了全身心的努力,这点从他的作品中能够看出:《让人不安的叙述:儿童文学的后殖民解读》(*Unsettling Narratives: Postcolonial Reading of Children's Literature*),一部于 2007 年由加拿大的威尔弗里德·劳雷尔大学出版社(Wilfrid Laurier University Press)出版的作品……

柏林墙倒塌后的俄国作家的回归

关于上文提到的体制的生硬,我们可能会问,联合国教科文组织做了什么,在 1989 年《国际儿童公约》与经济自由主义的背景下,教科文组织统一制定了一系列教育与文化准则,取代了之前各个国家各自的相关规定。非常有力的示例是俄国作家卢德米拉·乌利斯卡亚(Ludmila Oulitskaïa),直到苏联解体后,她的作品才得以出版,于 1996 年凭借《索尼亚》(Sonietchka)获得法国美第西斯外国作品奖。后来,她转向儿童文学,出版了《卷心菜的奇迹与其他俄国故事》(*Le Miracle des choux et autres histoires russes*,伽俐玛少儿出版社 2005 年版),《俄国童话》(*Contes russes pour enfants*,伽俐玛出版社 2006 年版)。自 2006 年起,她在俄国负责一套包含 8 本书的系列图书,这一系列很快被译成英语,可以在联合国教科文组织网站上浏览,题目是《另一个人,其他人,其他方式》(L'Autre, les Autres, Autrement,英文名称是"Other, others, otherwise")。① 这些出版活动得到了联合国教科文组织莫斯科办事处和宽容学院慈善基金会(The Charity Foudation Institute of Tolerance)的支持,该基金会由亿万富翁、金融巨头乔治·索罗斯(George Soros)于 2003 年创立,旨在与国际慈善组织共同致力于"发展多元化社会所需要的民主基础",以及"引导社会接受以对宽容的

---

① 参见拉里萨·鲁多瓦(Larissa Rudova):《另一个人,其他人,其他方式:"后苏联"儿童文学中的宽容性》(L'Autre, les Autres, Autrement. La tolérancedans la littérature pour enfants postsoviétique),选自《儿童图书杂志》第 251 期,2010 年 2 月,第 149—152 页。

尊重与个人权利为基础的实践"。系列丛书中有一本名为《我们的家和别人的家》(La Famille chez nous et les autres)，该书的作者是维拉·蒂芒什克(Vera Timenchik)，2010年的时候拉里萨·鲁多瓦对其做过分析。小说主人公年轻人阿布卡拉兹(Abkhaze)搬到了莫斯科的一栋公寓，作品描述了俄国的排外主义和种族主义的粗暴表现，黑人与外族人是极端分子的目标，经常发生被殴打致死的事件，乌利斯卡亚在访谈中对此有所提及。故事中的主人公进了一所高中，其经历有些类似于加布里埃尔·于连-拉费里埃(Gabriel Julien-Laferrière)的电影《讷伊的母亲》(Neuilly, sa mère)里的马格里布男孩：受到一个种族主义分子的侮辱，却毫不胆怯，让对方一败涂地。随后他与公寓里的一个俄国男孩西里尔(Cyril)成为朋友，并促进了两个家庭和两种文化间的相互了解（一个传统家庭，一个重组家庭）：一起研究罗曼诺夫王朝的人物关系，谈论在俄国仍是禁忌话题的同性婚姻。这部来自东欧，经美国中转的小说充分表现了当今社会的多元化。对他人的抗拒在认可中得到消除，然而在"慈善"的前提下，读者会考虑西里尔的话是针对什么说的："任何报酬丰厚的工作都很好。"(《我们的家和别人的家》，第12页）这是一个有待超越的晦涩回答。

(七) 爱情与幽默之间的行动(engagement)

在此，我们将维拉·蒂芒什克的作品与玛丽-欧德·穆海勒的《慈善小姐》(Miss Charity)进行比对，后者由菲利普·杜马斯配图（法国乐趣学苑出版社2008年版）。《慈善小姐》以一个十九世纪的英国女孩为主人公，该小说是以狄更斯式的现实主义风格著称的玛丽-欧德·穆海勒的代表作，此外，巴雅出版社曾于1997年出版她的作品《耶稣，如同一部小说》(Jésus: comme un roman)，题目类似丹尼尔·佩纳克的《如同一部小说》(Comme un roman)，从题目看像是一本名副其实的天主教知识普及书。书的预告片呼吁青少年"分享耶稣的一生"，传达"美妙的爱的讯息的使者"。不过，玛丽-欧德·穆海勒在2003年由索尔比埃出版社出版的《青年作家：我是如何成为青年作家的？我为什么坚持做青年作家？》(Auteur jeunesse. Comment le suis-je devenue, pourquoi le suis-je restée?)一书(以下简称《青年作家》)中已表示，作为不可知论者(agnostique)，她并不想被认为是"圣器室的支柱"(passer pour un pilier de sacristie)(《青年作家》，第106页)。这让人很容易联想到《全球化与儿童文学》中关于其小说《共和国万岁！》(Vive la République!，2005年)的描述，该小说表达了对有着非法移民身份的科特迪瓦家庭的有力支持，表现出保卫非教会学校的高度自觉意识。借用菲利普·梅里厄的用词，该小说对"冲动资本主义"(capitalisme pulsionnel)予以揭露。这种揭露也体现在娜欧蜜·克莱恩(Naomi Klein)的《无标志：商标的暴政》(No logo: la tyrannie des marques)一书中，这是一本反全球化的参考书，是玛丽-欧德·穆海勒的儿子夏尔(Charles)的枕边书，小说里有以其为原型的角色。为了出版《共和国万岁！》，玛丽-欧德·穆海勒不得不放弃乐趣学苑出版社和巴雅出版社，而是转向口袋出版社青少年部。在另一本小说《爸爸和妈妈在一条船上》(Papa et maman sont dans un bateau)(乐趣学苑出版社2008年版)中，突出了对自由主义的负面影响的批判：杜瓦内尔(Doinel)是一位左派，拥有一家公司，面临被一个荷兰集团收购的局面，但公司却最终毁于野蛮的重组。作者的现实主义风格通过一种针对陈词滥调的独特而幽默风趣的夸张表现出来，杜瓦内尔在交付财务清单后，投身环保主义并取得成功：进口蒙古酸奶。

　　玛丽-欧德·穆海勒的作品突出体现了通过生动的写作与儿童游戏性的活泼语言来连接"生存游戏"与政治信息的艺术。这一特点在《没有痛苦的荷兰人》(Le Hollandais sans peine)或《210法郎的宝宝》(Mon bébé à 210 francs)这两部作品中就有所体现，佩雷克式的(perecquien)幽默一方面来自语言的变形及创造，另一方面来自经过母亲解读后的儿童视角。这些元素在《爸爸和妈妈在一条船上》一书的第二章得到了充分的诠释，这部分描写了杜瓦内尔的爱人的一天，她是一位幼儿园教师。该书使用的是女儿莎尔利(Charlie)所痴迷的漫画文化的语言，正如另一部作品中的主角使用的郊区方言。在玛丽-欧德·穆海勒的小说《马洛·德朗热,小偷的儿子》(*Malo de Lange, fis de voleur*, 2009 年)中,展示了十九世纪让人惊奇的口语世界。作者的独特之处在于不落俗套,不同于一般青少年小说的陈词滥调。在《慈善小姐》中,女主角喜爱小老鼠、蘑菇和大自然,具有善良仁慈的天性;后来,女主角喜爱的对象转为舞台表演、奥斯卡·王尔德的戏剧,转为她对在改革俱乐部(Reform Club)遇到的萧伯纳的欣赏。时代的"景观社会"!女性行动的展示在此并没有挑衅性,反而与表现自我的需求和儿童读者的善变性完美结合。正如穆海勒自己写道:不是一种"童年的残留",而是"随着成长对幼稚的自大行为的克服"(《青年作家:我是如何成为青年作家的?我为什么坚持做青年作家?》,第 121 页)。《慈善小姐》只是现代社会喜剧的面具吗?

诗歌,艺术与游戏

关于此,有很多例子。例如,玛蒂娜·德莱姆的图画书《巴拿贝:阴影画家》(*Barnabé, peintre d'ombres*, 塞伊出版社 2009 年版),其主人公是一个年轻的贫穷画家,他的颜料用完了,只剩下黑色的,他想到了一个办法,在城市的墙壁上画影子,表现微小而难忘的细节:"放学回家的孩子,伸懒腰的猫,穿过栗树的风,亲吻的人影。"无辜的他被视为捣乱分子,被总统投入监狱,画作也都被清除了。冬季,没有阳光的日子让城市的时光格外难熬,无聊侵占了所有人的心,这反而成为瘦弱的艺术家的救星,总统决定将他释放。重获自由的画家带来了诗歌。在 evene.fr 网站上的一段名为"绘画课"(La lecon de dessin)的视频里,玛蒂娜·德莱姆指出,这部小说的创作是出于她对一个"走向失败的社会"(按:原文是"qui va contre le mur",直译为"撞墙")的不满,一个"什么都消费,什么都扔弃,节奏太快"的社会,尤其是"自上次选举以来"。通过这部作品里"不撞墙,而是在墙上作画"的主人公,作者展示了"艺术,现实,生活,美,脆弱"……另一部作品《红鼻子》(*Nez rouge*, 塞伊出版社 2010 年版)进一步表达了她在这方面的思考,其中的"小国王有一顶非常漂亮的王冠,但他还是感到孤独",在追寻人性最简单纯洁的表达——微笑的过程中,他发现了交流分享的意义。他经历过很多波折,其中一次是从雪堆上掉落时,从王冠上脱落的一颗红宝石恰好落在他的鼻子上,这时来了一群孩子,看到小国王的样子哈哈大笑。由此产生的游戏抚平了他的孤独感:

> 高处的猫
> 七个家庭和猫。
> 跳房子,一个,两个,三个太阳!

"跳房子"的游戏规则引领孩子逐步接近高处的光芒①,暗指的升华功能在此得以实现:小国王看到之前被一只喜鹊偷走的王冠从天上掉了下来,他把王冠反着戴在头上,借此假扮小丑,用滑稽的方式表现他的废黜。他的平实感受是:"他喜欢夜里的声音,雪地上小鸟的脚印,水流的汩汩声,以及吹拂皮肤的风的清新。"这是具有某种生态主义愿景的新浪漫主义。此处,图画书变得富有诗意,契合坚定地履行社会责任的诗人的行动:让-皮埃尔·西梅翁在最近的一次访谈中说:"写作的基础(是)对我们周围世界的一种开放性。"让-皮埃尔·西梅翁在诗作《我们注定要做不可能之事》中提到"一种生命的力量"(une force de vie),他自称是一名战士,并表示为了"反抗满嘴獠牙的现实",应该"尽早选择一个梦想":

> 然后一心坚持
> 就像茎秆支撑花朵一样。②

---

① 译者注:此处"高处的光芒"乃是根据游戏规则,"跳房子"底部的方格为"大地",顶部的方格是"天空"。
② 曼努埃拉·巴尔西隆(Manuella Barcilon)、阿尼克·洛朗-热利(Annick Lorant-Jolly):《与让-皮埃尔·西蒙的对话》(Entretien avec Jean Pierre Siméon),载《儿童图书杂志》第258期,2011年4月,第77—84页。

重新找到"诗人的荣誉"的让-皮埃尔·西梅翁参与了由保尔·艾吕雅主导的复兴活动,后者在抵抗运动期间著有《政治诗集》(Poèmes Politiques,1948年),战斗的视野由"一个人的前景扩大至大家的前景",使"一个生命""在褪色之前看到自己充满生机"。①

(八) 小结:"生存游戏"让故事和历史人性化

对童年的"忠诚",对童年的"弥补"、"战胜",对童年及其游戏的"保卫",不管是情感的或理智的,幸福的或悲伤的,归根结底,很难衡量作者与读者参与当代活动的各种元素的比重——政治的、诗意的、环保的或单纯道德的。儿童与成人共享的"生存游戏"在生活与写作中都发挥着作用。它是一片纷繁而具创造力的天地,人在其中寻找某种风格的同时也在发现自己。在一个以象征性交往(échange symbolique)与批判意识为基础的社会中,平等与相互尊重构成了基础价值观,在对这样一种价值观的追寻中,"生存游戏"引入一种表现世界的探索的距离。它拉近了几代人之间的距离,拉近了儿童文学与大众文学的距离,使作品更易于被年轻读者接受。我们清楚,儿童文学作品的多样性与丰富性,图画与其他媒体的表现力,是公民得以充分发展的首要条件。

---

① 见《政治诗集或情感转移战略》(Poemes politiques ou la stratégie du déplacement),载1976年10月的第23期《文学》(Littérature),《欲望的话语》(Paroles du desir)专号,第102—116页;另见《神秘的修辞,革命的修辞:圣-让·德拉克鲁瓦(1442-1591)与保尔·艾吕雅(1895-1952)》(Rhétorique mystique, rhétorique revolutionnaire. Saint Jean de la Croix(1442-1591) et Paul Eluard(1895-1952)),载1977年2月的第25期《文学》,《符号及其两面性》(Le signe et son double)专号,第64—82页。

第四章
词语与图像

一、当代童话

亨利·布哈①,马歇尔·埃梅②,雅克·普雷维尔,克劳德·罗伊,皮埃尔·格里帕里③和欧仁·尤奈斯库,对于这些能使各自的写作风格迎合大众内心呼声的作家来说,应该坚决地重塑"悄声童话"④在口传文学中的价值。在这种背景下,把内心的呼声和文学表述结合起来似乎变得很难实现,因此,它经常借助图像的力量,就像在汤米·温格尔、菲利普·科朗坦、皮埃尔·艾力·费里耶和他的大舌头王子,以及其他一些儿童插画作家的作品中看到的一样。如果《小尼古拉》中没有幽默,那么童话文学就会一方面被

---

① 译者注:亨利·布哈(Henri Pourrat, 1887 – 1959),法国作家、人种学家。其代表作《童话珍品集》几乎耗尽其后半生的所有精力。
② 译者注:马歇尔·埃梅(Marcel Aymé, 1902 – 1967),法国作家,著有小说、戏剧及童话故事。其童话《捉猫游戏故事》及其续篇和末篇是法国乃至世界儿童文学的名篇。
③ 译者注:皮埃尔·格里帕里(Pierre Gripari)是 20 世纪后半叶一位重要的童话作家。格里帕里童话创作的一大特点是善于翻新传统童话的故事。他的童话集《布罗卡街的故事》是当代哲理童话的代表作品之一。其中不少作品如《可爱的小魔鬼》、《狡猾的小猪》等,都表现或阐释了当代社会生活中深刻复杂的哲理性主题,传递了独特的主题意味。
④ "悄声童话"这一用语出自亨利·古果(Henri Gougaud)、布鲁诺·德拉萨尔(Bruno de la Salle)和伊莎贝拉·索瓦基(Isabelle Sauvage)三人的同名对话录,德克勒·德布劳威尔出版社(Desclée de Brouwer)2002 年版。此处用这一书名来表达童话的"悄声无息",即不被读者关注,同时也是呼吁大家重视童话及其影响力。

幻想类、有感染性的故事所包围,另一方面被"智慧书"所笼罩,例如,米歇尔·皮克马尔的作品《哲学童画作家》(阿尔滨·米歇尔出版社 2004 年初版,2010 年再版)。有时,儿童文学会间接地涉及国际道德伦理问题,正如 2010 年由安娜·丝伯伦①编写的《黑夜猛兽》(Les Bêtes d'ombre)一样,该书由法国伽俐玛少儿出版社出版,史蒂芬·布朗克②为其配图,并将其归类为"野性童话"。这个故事的创作灵感来自卢旺达种族灭绝的暴力行为,它把读者带进了一个昏暗的世界中。

当太阳落山时,黑暗和光亮紧紧地交织在一起,人们根本无法将它们分开,这是在白天和黑夜中仅有的一个短暂时刻。前一秒天还是亮的,下一秒天就会变黑,而在此时,天空是灰色的,所有的鸟鸣都停了下来,野兽在洞穴的入口处睁开双眼。再没有任何时刻能短过此刻,这就是人们所说的黄昏时分。

这种德式浪漫派的写作风格,对背景顺序的描写要多于对语言交流的描写。但"黄昏"一词把读者引向了魁北克而不是非洲。③ 对动作的描写多体现在古希腊作家色诺芬④的《远征记》中。

从开始走路时算起,他们已经走了所有能走的路,现在已经走到路的尽头。但是爸爸们还想走得更远:森林中有些小路,可是那里杂草丛生,树枝交织一片。所以,他们就在大森林前停了下来。

---

① 译者注:安娜·丝伯伦(Anne Sibran),法国作家,漫画编剧。
② 译者注:史蒂芬·布朗克(Stephane Blanquet),当代法国著名漫画创作者、行为艺术家和玩具设计师,1970 年代被誉为"魔鬼的画师"。
③ "黄昏(la brunante)"出自加拿大魁北克法语。
④ 译者注:色诺芬(Xenophon,约公元前 430—前 354 年),古希腊历史学家、作家,雅典人,苏格拉底的弟子。

介于传统社会中永恒流传的俗语的独特性,一些故事明里暗里、有意无意地带来了文本间的互通、有参照性的历史以及对笔调和反响的研究。在读《黑夜猛兽》一书时就像孩子们在森林里走路时一样,危险一直躲在暗处,但正是这种在不幸中突然出现的幸福才是故事的魔力之处:"一只蚂蚁在弟弟的双脚中穿行。一只长有像首饰那么细的尖尖触角的蚂蚁。"在这些触角的陪伴下,蚂蚁开拓了"一条软软的布满一层厚厚金色尘土的珍稀道路",由此,"这些只知道刺和鸿沟里的泥巴的蚂蚁伸直了脖子,用发光的脚走着"。在远处,出现了一些令人吃惊的玩具娃娃:

> 这些娃娃很小只,是在流浪期间被制造出来的,身上仍带有漂泊的气息。她们的头很小,而且苍白,是在空房子里的桌子上,小孩子们用指甲抓挠下来的蜡烛捏成的。每个娃娃的头部都围着一个用装饰带儿做成的花边。

人们可以看出,《远征记》使历史中的文化碎片得以复原。该作品的插图是由史蒂芬·布朗克完成的,以黑、白为主色调,魔幻般的獠牙、爪子、扭曲的嘴脸、魔鬼(le Grand Clameur)及鬼怪则是整个图像的主要部分。孩子们在这种充满阴暗变形、布满彼此缠绕的硕大植物的森林中行走,感到十分惊奇。噩梦和妄想混杂的世界中包含着丧失语言能力的生灵,在这样的世界中,用魔力打开的"黄金之路"及祖母"碗中冒着气的麦片的金黄色"都象征着和平、团结和交流,史蒂芬选择了用苍白发黄的颜色来诠释这些生灵的痛苦、疲惫。同时,这段叙述依靠对传统童话绘画色调的转变,但是这似乎并未完美地表达出来,图像中表现出的恐怖可能会使读者偏离故事的主题。《奇幻历险记》(伽俐玛少儿出版社2002年版),由卢伦梭·马多蒂[1]为其插画。

---

[1] 译者注:卢伦梭·马多蒂(Lorenzo Mattoti),1954年出生于意大利,漫画家。1985年以画作《火焰》名噪天下。他的黑白色调风格在《临窗男子》和《圣痕》中颇为石破天惊。

马多蒂不借助黄色,只运用黑白两色充分地保存了故事中森林的神秘:蘸满黑墨的画笔大幅度地挥动,使波光粼粼的水面、木板的缝隙中散发出白光,把整个风景画展开,黑色更加完美地诠释了夜的寂静。

(一)景观社会中的流行童话和集体意识

在僵化的社会中记述着淳朴道德的口头传统童话书,它们可能会更单纯地致力于描述不幸、死亡所导致的悲剧或主人公的幸福,这些悲喜都是个别现实生活形式的写照。从集体意识中汲取的东西使我们的生活布满了"不可思议的小规矩"①。正如伯纳黛特·布里库②所说的那样,生活把自己看作是一个"拥有新的期待的地方"。它从狡黠、凶恶走向爱的凯旋,使这种卓越的变身如愿以偿。是完美或野兽般的激情世界,还是冲动的真实世界?它的气氛和魅力将不再显现。正如伯纳黛特·布里库在文章中再次证实的那样:

> 一些人看故事书是为了吸氧、充实自己、走出自己。另一些人是为了寻找生活的道路,从故事中那些有关如何解决生活问题的案例中找寻怎样塑造自己的答案。故事给我们带来了在理解和深化关系时最基本的东西。

来自四面八方的童话故事家聚集在儿童文化的舞台上,带着世世代代对故事的喜爱来跟成人们一起交流、分享他们的乐趣。一些故事家,例如咪米·巴泰勒米(Mimi Barthélemy)、穆里尔·布洛赫,他们走遍世界,在幼儿

---

① "我们的日常生活布满了不可思议的小规矩",出自与伯纳黛特·布里库(Bernadette Bricout)的谈话,由查尔斯·本·阿尔希勒(Charles Ben Aarsil)记录在《故事书:世界上最古老的文化》(Les ontes: la plus ancienne culture du monde)中,可查询网址"http://www.nouvellescles.com/dossier/Contes/Bricout.htm"。
② 译者注:伯纳黛特·布里库,法国作家,儿童文学家,口传文学教授,巴黎七大副校长。

园、图书馆、各种类型的剧院,凭自己或者在音乐家的配合下,用多种语言来讲述故事。穆里尔·布洛赫曾在世界范围内各种不同风格音乐的伴奏下高声朗读。Deci‑Delà 协会①在他们的市民计划中多次启用童话故事并创建了网站"讲法语故事给我听",他们的目标是:

运用新的科技,通过互联网,在法语区国家中为孩子们创建并发展一个口头文化遗产资源中心。

为孩子们收集、保存和丰富法语区和当地的口头文化遗产。

孩子们可以通过阅读收集来的故事来学习法语。②

来自非洲不同国家的童话故事已经发布在网上,并且还可以在苹果手机上收听。

配有 CD、插图的故事文集在出版商那里发展起来,伽俐玛出版社、迪迪耶青少年出版社、顾朗德出版社、蒂埃里·马尼耶出版社、西罗斯出版社、哈提耶出版社……亨利·古果坚持不懈地在全世界寻找童话故事,并于 2010 年在阿尔滨·米歇尔少儿出版社出版了"童话故事丛书"的第一册,书名为《狼》。西尔维·福尔米尔(Sylvie Folmier)重组的文章《近在咫尺的传说:蓝色恐惧,寓言及时间的幻想》中所出现的各式各样的讲述形式,使名为《在狼的口中》这一最新的"童话故事"中简洁的文学性和讥讽性更具有价值:被吞下的鸟用计谋使自己脱身出来。它夸赞自己的肉有多么的鲜美,以此来引诱猛兽把嘴张开,在猛兽回答"我知道!"的时候,

---

① Deci‑Delà 协会成立于 2002 年,协会制订了很多计划,旨在激发孩子的好奇心,发展多元文化。其中一个计划叫"讲故事给我听"(Conte-moi),人们收集法语区的童话故事,然后分享给小朋友们。

② 详见网址"http://www.conte-moi.net/resume.php"。

鸟儿成功逃脱。此外，亨利·古果在前言中写道："在《梨俱吠陀》①赞美诗中，鹌鹑代表光亮。狼死了，它就是吞噬了宇宙的死神，把鹌鹑吞没在口中，即吞食白天，黑夜到来。从此以后，狂热的人们不用再给它喂食。它可以带着战争中得来的、从未被征服的野性自豪感来回想一下它所经历的一生。"对葬礼带有敬意的描写形式汇集了科学性和高水准文学性，贴切地赋予了动物所演绎的鬼神力量。

在出版业发展的同时，一些叙事艺术的高级培训机构也随之创建，比如"克里奥"（CLIO，Conservatoire contemporain de la littérature orale，口传文学当代艺术学院）。2011年，克里奥在旺多姆（Vendôme）庆祝成立二十五周年：这个机构由布鲁诺·德拉萨尔创建，德拉萨尔曾经在1996年以他的自传《多情的童话家》获得了夏尔·佩罗文学批评奖。这部自传囊括了他的部分童话作品及他对自身职业的感悟。德拉萨尔在1981年完成了《奥德赛篇章》，2011年，在水晶风琴的伴奏下，德拉萨尔重新演绎了这首神话史诗。克里奥的主要任务是"在法国推广和发展口头艺术理论及其实践"，并在童话故事展中介绍在古老的戈里耶剧院（La Vielle Grille）的"华氏451"工作室（Atelier Fahrenheit 451）中工作的童话故事家们。另一个重要的中心拉博（Labo）位于舍维以-拉吕（Chevilly‐Larue）的童话之家（1993年成立），由阿比·巴特瑞克斯（Abbi Patrix）主理。这个中心为许多艺术家提供公寓、实习及表演机会。作品体裁和艺术形式多样，例如在2011年由奥利弗·诺瓦克（Olivier Noack）改编的查尔斯·狄更斯的《艰难时世》；又或者是生活故事，比如拉希德·布阿利（Rachid Bouali）的《巴别塔城》、普拉琳·凯-帕拉（Praline Gay‐Para）的《为什么我没有出生在芬兰？》。在伊泽尔的表演艺术中心，科拉利·罗德里格兹（Coralia Rodriguez）、苏西·罗奈尔（Suzy

---

① 在印度传统中，有关宇宙的神秘知识被称为吠陀（Veda，梵音韦达），为了使这些知识更容易被接受，维亚萨把一部吠陀经分成四部。讲吠陀经最早期的神圣赞美诗的部分，被称为《梨俱吠陀》（Rig Veda，梵音瑞歌韦达）。

Ronel)、勒内·拉凯尔(René Lacaille)、阿摩司·库朗(Amos Coulanges)在2011年用诗词和音乐一起庆祝海外省文化年;其间,咪米·巴泰勒米阅读黑人法典,此法令是路易十四在1685年颁布的,旨在统御法国殖民地的奴隶生活。这个活动强调了童话家的社会批判作用。此外,各个培训机构和中心常常是相通的。由于这一便利,佛罗伦斯·戴斯努沃(Florence Desnouveau)先是于1997年在巴黎小皇宫首次面对公众讲述故事,把神秘的传统故事与被展示的物品及图画联接起来,并梳理制作了童年故事索引,之后在布鲁诺·德拉萨尔的克里奥中心"华氏451"工作室做了为期五年的叙事艺术研究,再在阿比·巴特瑞克斯的中心做了为期三年的研究。

鉴于话语的传播性,童话占据了交流的地盘:当孩子睡觉的时候,收音机里播放着童话故事;艾罗迪·冯达西(Elodie Fondaci)在古典音乐电台用童话引出音乐,薇洛妮克·叟戈(Véronique Sauger)在音乐频道上组织了一场编写"白天和夜晚的童话"的竞赛。此外,童话也变成了复合的表演。迪迪耶·科瓦尔斯基(Didier Kowarsky),法国科欧诺儿童文学奖得主,著有《两所房子》,该故事讲述的是一个吃盐的小老头和一个吃糖的小老太太在一起生活,后来不停争吵,分手……他们是否能和平相处?该书由塞缪尔·里贝隆(Samuel Ribeyron)作插图,迪迪耶青少年出版社于2004年出版,为其配乐的是马克·戴默罗(Marc Démereau),戴默罗运用电子乐器、萨克斯、锯琴演奏了《在两个椅子之间(屁股)》。在波尔多,语言艺术协会每年都组织有关法国文化的活动,比如说我们可以听到和看到科莱特·米涅(Colette Migné)为7岁孩子表演的"顽皮"的童话故事《花园中的噼啪噼啪声》。多米尼克·奥夫(Dominique Hoff),女中音歌唱家、童话作家、翻译,在2011年以另外一种形式来传达童话,她提议办一场"童话音乐会"《少儿魔法号角》(Des Knaben Wunderhorn)。她收集了一些诗歌和无名的流行歌曲,邀请古斯塔夫·马勒(Gustav Mahler)为其编曲:同一个声音用德语演唱的确能把沉浸在译文中的我们拉回原文中。① 最后,在这个狂热的追求消费和权力的社会中,戏剧有时也能借助童话来宣告我们社会的统一,而全球发行的"重量级"影片使全世界成为了"同盟国"。

灰姑娘 V. S. 克隆

菲利普·多兰于 2010 年 10 月参照灰姑娘的故事在巴黎东部剧院创作了《2084,充满前景的未来》。这部剧中的人物是玩具手偶,就像简介中介绍的那样,我们创建的未来社会如手偶一般是被操纵着的。在乔治·奥威尔的反乌托邦小说《1984》中,人们存活在丧失自由的荒谬社会中,他们所有的真实想法被别人指责,甚至连组成一个完美的家庭都是由抽签决定的。在多兰的作品中,多亏了一个奇特的电动操纵器,人物才能变得"独立自主"。但当操纵手偶的人敢于走出黑暗跳起一支探戈,或者跟手偶们对话的时候,手偶们变得极其暴力,直到挣脱使手偶们变得栩栩如生的操纵者的手掌心。我们处在一个黑暗的氛围中,一个陀思妥耶夫斯基所描述的被侮辱、被蔑视和损害的地狱般的怪圈之中。不管怎样,两个操纵手偶的人,一个男人和一个"真实的"女人,他们反对可怕、奇怪的世界形象,把故事的结局往美好的方向提升,他们走到舞台前,开始虚构另一个充满真爱的"家庭故事"。女人怀里摇晃着的那个小孩儿把他的娃娃想象成一个新的灰姑娘。同样是具有耐心和忠心的形象,当以童话故事和未来为媒介,便表现出带有黑色幽默的、跟总体系相对立的、质朴的主人公形象。

《玩具总动员 3》和安徒生的《勇敢的小锡兵》

从另一个角度来看,《玩具总动员 3》似乎在 2010 年就打破了票房纪录,总计出售了超过上亿张电影票。通过童话故事,该影片把观众的注意力

---

① 我们可以通过"contes et conteurs. com"这个网址找到更多有关这个主题的信息,此网站由"语言的艺术,童话,童话家"协会成员帕特里斯·鲁迪克斯(Patrice Roudeix)创建。

引向"幻想"：事实上，一个玩具的观点和一个现实中的青少年的观点相联系（实际上，玩具看起来像一个"儿童"，但更年幼一些）。就像弗朗索瓦·德辛戈里（François de Singly）所写的那样，正准备进入大学学习的安迪，把他童年时期的玩具都赠给了他的邻居，一个三岁的小女孩，邦妮。在牛仔胡迪和穿着宇航服的巴斯光年的领导下，玩具们和其他科幻人物经历重重困难，冒险逃回安迪的家。在1838年的安徒生童话《勇敢的小锡兵》中也有类似的冒险情节。对这个童话情节的回想立刻使两部作品的"文本连接性"展现出来，也将电影剧本中编写的内容显示了出来。

在安徒生童话中，视点没有电影中那么多样化，在生日那天收到一个小锡兵的小男孩将会从电影中消失，因为要把主要的角色的表现空间留给那个只有一条腿，在众多玩具中只注意到美丽的舞女，并跟她相爱的小锡兵。可他的爱情并没有那么顺利，一个从"鼻烟盒"里跳出来的小妖精总在从中作梗，不幸的事情接二连三地发生了：他从三楼头朝下摔了下来；被两个男孩拉起，坐在纸船上在排水沟里航行，然后摔在臭水沟里。历经各种各样的曲折后，他被扔在了房间的角落里，小妖精再一次捣鬼，小锡兵和美丽的舞女都落入了火炉中。最后，这一对爱人被火融化在一起。小锡兵被融化成了一个锡做的心形，舞女变成了一个亮片。安徒生的这部童话整体上是阴郁的，这种悲凉的浪漫爱情故事也深深地扎入作者的个人生活当中。但是这种悲观的情绪并没有阻止这本童话书被读者认可，而且这本书被不断地再版。我们来找找这两部作品的异同点：牛仔胡迪不是锡做的，而是木制的（从名字可以看出）；巴斯光年和玩具们没有掉进排水沟里，而是跌落到一个空垃圾箱里，然后又被垃圾车撞倒，最后被带到了垃圾焚烧场，差点儿就丧命了。结尾处充满可怕的悬念，焚烧炉里的火就像家里的火炉一样渐渐逼近，给他们造成了很大的威胁，他们只有团结起来才能逃生。《勇敢的小锡兵》中的孩子们和《玩具总动员3》阳光幼儿园中的孩子们都对玩具比较残忍。"小淘气们"对游戏狂热的喜爱促使他们见到玩具就猛冲过去，常常会在快乐中毁掉各式各样的玩具。那些已经习惯了观看由迪士尼皮克斯公司创作的动画片的观众,把"阳光"和与其能量相反的、可以统治《星球大战》宇宙的"黑暗"联系到一起。在观众看来,这就是电影的讽刺之处。事实上,当代电影刚刚翻页,我们现在推举一些积极向上的影片,比如克里斯·雷诺(Chris Renaud)、皮埃尔·可凡(Pierre Coffin)的《我,丑陋,恶毒》(Moi, moche et méchant),以及迪士尼团队制作的《幻想工程师》(ingénieur de l'imaginaire),来替代那些互相残杀的科幻电影。在《玩具总动员3》中,是团队的力量和必要的转送获得了胜利:玩具们不应该被毁坏,应该在爱中被转送下去,正因如此,我们看到了邦尼和安迪之间的感人场景,但这种象征性转送的慷慨行为跟资本主义的市场法则是对立的。迪士尼把这些情感当作诱饵来吸引观众,它会从中获利吗?答案当然是肯定的。

这两个例子提醒我们,当今社会要借助文化才能更准确地欣赏、理解童话及其所传达的思想。在现实中,在改编或者配图中,"尽管符号进行了巧妙的转换,单独的代码对于阅读的理解是远远不够的"。就像克莉丝蒂娜·柯南-宾塔多在其《在学校读改编的童话:从改编夏尔·佩罗童话开始》(载《教学》,哈提耶出版社2009年版,第38页)所论述的那样。我们从他的论文中摘出一段:

> 我们不能只读改编的童话,而是要跟原文联系起来一起阅读:只有在这两个故事中,文章的意义才能被表达出来;童话的转交功能才能存在;它的象征性和幻想性才被显现出来;跟我们谈论放弃和折磨的祖先才能被凝聚起来。(《在学校读改编的童话:从改编夏尔·佩罗童话开始》,第46页)

在弗拉基米尔·雅可夫列维奇·普洛普看来,整个童话都是由"动机"组成的,一个童话和其他童话中的"动机"有种潜在的互文关系。我们从一些专家的作品中,比如从阿尔那(Aarne)和汤普森(Thompson)这些建立了分类法的研究者那里了解到,它与"种类"相符。在合理运用这些元素的基础上,童话故事作家才能够在传统社会以及儿童文化中,把构成童话乐趣的多样艺术表现出来。

(二)谜语的多样化和女人的智慧:回归原始?

现在,我们以类似人类学家的手法来研究一个童话的不同版本,其目的在于发掘同一童话的文化或文学的共鸣,以及用比较文学的方法考察它在国际上的传播,这涉及对多种语言以及多种文化背景下不同习惯和习俗的认知。所以,在这里我们将要研究同一个童话的十几种不同版本,还要考虑这些版本中所描述的女人或者小女孩的观点。这些童话来自俄罗斯、德国、阿尔及利亚、摩洛哥、意大利(英语译本)、美国和希腊,我们的学术成果将会录入到各国网站上,比如 Сказки народов мира[①] 网站,或者美国女性网站,还有——更令人吃惊的——一个意大利公共网站上。感兴趣者可以通过俄语翻译把我们带到格鲁吉亚、阿塞拜疆,甚至西伯利亚。这种跟旅游相去甚远的航行,可以让我们不限定在对童话的一种结构分析当中,而是介绍"一种研究叙述转变的方法(历史转变而不是纯粹的逻辑转变)"。这种方法早在克劳德·布雷蒙有关"分开的家庭"[②]的文章中就被提出过。我们注重对文本的研究,我们喜欢让读者品尝原文的味道。我们不会像个别研究者那样,一直进行下去直到"建立一个童话的家谱",但我们会在历史的长河中游行,或者在原文(寻找这样的东西似乎很荒谬)中行走,最起码可以在这样一段叙述中前行:它显示了,一个女性,即便早在她身为女孩时,就已表现出女人固有的智慧。

---

① Сказки народов мира:"http://skazki.aspu.ru",这个网站包含了来自全球的大约5 000本童话。
② 译者注:"分开的家庭"出自1994年的第39期《交流》季刊上的《童话的变形》一文,见该刊第5—43页。

《最快大脑》(La Fine Mouche)：谜语和当今的女孩

门槛出版社在 2011 年出版了一部主题为"聪明的女孩"的俄罗斯童话，我给这本书起了一个名字《最快大脑》(La Fine Mouche)，塞巴斯蒂安·穆罕(Sébastien Mourrain)为其作插图。这个故事讲述了一些朋友发现了一个"聪明的女孩"具有高智商，并告知了她的父亲（父亲的年龄没有被提及，只提到是父女关系）及跟女孩学习道德的沙皇。该作品在俄罗斯获得了极大的成功，在俄罗斯"全世界人民童话"网站上，各类作品都是被接受的。我们还可以找到安德列伊·普拉德诺沃(Andreï Platonov)的版本《小女孩的智慧》，其女主角名叫嘟依娜(Dounia)①；一个哈卡斯语的版本，名为"Фат имат"（如果认为哈卡斯语属于土耳其语的话，我们可以把书名译为《法斯玛》)，哈卡斯是俄罗斯联邦西伯利亚地区的共和国，位于克拉斯诺亚尔斯克(Krasnoyarsk)和萨亚诺戈尔斯克(Sayanogorsk)之间，其首府阿巴坎(Abakan)被叶尼塞河围绕着，那里生活着一些牧马人，很可能是童话最初的创作者；最后一个版本同样非常有趣，是在"传统百科网"上被发现的，书名为《女性的计谋》②。相对于西伯利亚草原的畜牧业来说，这个故事中家养小猪的出现则更加强调了俄罗斯的农村经济。我们不会调查所有的版本，因为这样会花费相当长的时间。这部童话还被拍成动画电影。在其中的一部电影中，沙皇被以一种滑稽的手法表现出来：天真，愚钝，在召开会议的时候兴奋地驱赶苍蝇，身边围绕着一些寄生虫般的粗鲁的朝臣，他易怒，成为全体国民的笑柄。他不愿对眼中充满热情的、身材矮小的人信守诺言。

这个童话故事的情节非常简单：它是由两个兄弟间的争论展开的，一个生活富足，另一个很贫穷，贫穷的哥哥有一个女儿名叫玛莎(Macha)。一天，兄弟俩一起出发去一座城市，并且要露天过夜。晚上，贫穷的哥哥的马生了一匹小马，但是富有的弟弟硬说这匹小马是在他的手推车下生出来的，

---

① 详见网址"http：//www.books.kostyor.ru/tale89.html"。
② «Женская хитрость». Материал из свободной русской энциклопедии «Традиция», ⟨http：//traditio.ru/wiki⟩。

因为早上是在小车下面发现它的,因此马是属于他的,哥哥立即反抗。后来富有的弟弟用钱收买了一个法官来评判这件事,显然法官会倾向于弟弟。沙皇听说了这件事情,被吸引过来,为了解决这场争论,他出了三个谜语(而在电影中,沙皇是在别人的帮助下想出了这三个谜语,整个描写运用了讽刺的手法)。结果是贫穷的哥哥是小马的拥有者。这三个谜语分别是"世界上最快的东西是什么?","最软的东西是什么?"以及"最肥的东西是什么?"。富有的弟弟对这三个谜语的解答分别是沙皇的马、沙皇的床和猪。弟弟的阿谀奉承、唯利是图被钜细靡遗地暴露出来。相反,聪明的玛莎却见解独到,她在爸爸耳边把答案轻声告诉了他,并作出详细的解释:第一个谜语,"谜底是人的思想,它是世界上最快的东西,因为一眨眼,它就可以让地球转三圈";第二个谜语,"谜底是手,因为当人们睡觉的时候,总是把手枕在头下";最后一个谜语,"谜底是地球,因为是它供养了整个世界,人们在地球上出生,我们餐桌上所有的东西都来自地球,是地球给我们提供了所有的物质"。如此机智巧妙的回答既避开了贪婪,又注入了思考的乐趣("思想")、团结合作的现实意义("手"),最后一题的谜底则体现了在农村及传统社会的意识形态下,地球对人们的赠予是最被赏识的。

  沙皇得知贫穷的哥哥是在他女儿的帮助之下才获得胜利的,于是沙皇为了制服这个小女孩,给她出了难题。他要求玛莎在第二天出现在他面前,但是"她既不能骑马来,又不能走着来,既不能穿衣服来,也不能裸着身体,既不能带礼物,也不能空手而来"。结果第二天,令沙皇吃惊的是,他看到"一个苗条美女","把自己包裹在渔网中,杵着一个扫把杆",跳到沙皇面前。当被要求呈上礼物的时候,"她从胸前掏出一只小鸟递向沙皇。但当国王碰到小鸟的时候,鸟儿就飞走了"。沙皇不仅为玛莎的聪明才智折服,还被玛莎上了一节道德课。"玛莎回答道:'尊敬的殿下,我也许是很聪明,但是您,作为一国之君,您看起来像是丢掉了智慧,忘记了马宝宝是母马生出来的,而不是小车生出来的……'"国王听后恍然大悟,从此公平公正地对待他的臣民。

在这里,童话故事把早熟的智慧、细微的判断以及选择的能力联系起来。它强调了社会准则:比如行为举止(睡觉时把手枕在头下),与身体的关系(胸前的小鸟),穿衣打扮(渔网),家畜的管理(小马的出生),以及故事最后的评判和社会和谐(公平的评判)。使年轻听众及读者印象最深刻的一定是有关小女孩着装的悬念("不能穿衣服,也不能裸体"),因为它关系到人物内心的性规则。如果在这里我们回到对结构的分析,格雷马斯在《结构语义学》中提到的结构分析法在此情景中十分有用。尤其是在"符号学"中,我们看到,自然、文化笔调中的对立是一种"小型的对立",即逻辑六边形的"中立"。

小女孩被国王要求以中性的着装风格觐见,这旨在保证两人之间和谐的关系:就像如果所有的辩论都是智力上的角逐,就无法预示我们将要看到的阿尔那-汤普森(Aarne–Thompson)分类①中编号为 T875 的童话故事中有关结婚的结局。但是,最终,女孩是利用智慧找到了沙皇出的谜语的谜底才取得了胜利。为了生活在传统社会中,女主人公必须表现得完美、娴熟,同时又拥有小女孩调皮的外貌、大胆的性格。正如同童话人物扎吉、长袜子皮皮(FifiBrin d'acier)和埃洛伊兹的妹妹。在塞巴斯蒂安·穆罕所绘的插图中,小女孩坐在如同马背的扫帚上,好像巫婆芭芭雅嘎(Baba Yaga)一样。

柏柏尔版本:更接近《一千零一夜》?

我们十分惊奇地在柏柏尔童话《国民的机灵女孩》中发现了这类谜语。

---

① Aarne–Thompson 分类法,简称"AT 分类法",由芬兰民俗学者安迪·阿尔那(Antti Aarne)提出,尔后得到美国学者史蒂斯·汤姆森(Stith Thompson)的翻译、修订和扩展,并由此得名。AT 分类法对民间故事作了细致的分类,为的是方便民俗学者整理情节雷同的民间故事以进行他们的分析研究。AT 分类法收录了近 2 500 个故事主线,成为民俗故事研究人员最有力的工具。AT 分类法将民间故事分为几个大类:动物故事、童话故事、宗教故事、生活故事、愚蠢的食人魔巨人或恶魔的故事、轶事笑话、程式故事。

这个童话是由诺拉·阿塞瓦尔①于 2003 年翻译的,并收录在《阿尔及利亚童话及传说:提亚雷特高原》②一书中。童话的作者曾经是一名护士,进入大学学习之后获得了文学硕士学位,其专业是口传文学,除了我们已经提到过的《织布王子》之外,她还为孩子们出版了《阿尔及利亚童话》合集(米兰,2011),这部童话合集很巧妙地通过谜语串起故事中的各个元素。她还翻译了《马格布里的自由童话》(阿尔马那尔,2008),此书"并非来源于网络,而是出自她的论文"。她经常前往图书馆或者文化中心,就像出现在属于"Ouled Sidi Khaled③ 部落"系列的最后一册封面上的那段自我介绍一样。她坚持这个来自"Tousnina 表哥"的版本(Tousnina 是大高原地区的一个小城市),然而她童年时期的大部分童话都是她的妈妈和表姐妹讲给她听的。男人怎样通过故事行使他的威慑力?诺拉·阿塞瓦尔把她的童话书归类到 Aarne－Thompson 分类法编号为 T875 的故事中(The Clever Peasant Girl,聪明的农家女孩儿),这种类型被囊括在"Realistic Tales or Novelles(现实主义故事或小说)"大类中,又被分成两个小组,"The Man Marries the Princesse"(男性角色娶到公主,编号 850－869)和"The Woman Marries The Prince"(女性角色嫁给王子,编号 870－879)。在她的故事中,苏丹并没有提出沙皇第一次设下的那三个谜语,而是一个被简称为关于自然的谜语。他的问题是:"世界上什么树拥有 12 根树枝,每根树枝有 30 片树叶,每片树叶含有 5 粒种子?"但是苏丹保留了《最快大脑》一书中沙皇第二次提出的难题:"猜出谜底的人必须既裸体又穿着衣服;他不能走着来也不能搭载任何工具来。"但是却没有提到"带礼物"的事情。一位农民的女儿很轻松地找到了

---

① 译者注:诺拉·阿塞瓦尔(Nora Aceval),1953 年出生在阿尔及利亚,童话研究者,作家。
② 诺拉·阿塞瓦尔:《阿尔及利亚童话及传说:提亚雷特高原》(L'Algérie des contes et légendes. Hauts plateaux de Tiaret),让·佩罗作序,麦松纳沃-拉罗兹出版社 2003 年版,第 49—52 页。
③ Ouled Sidi Khaled,阿尔及利亚的一个小镇。

答案,但她没有资格来到王宫把答案告诉苏丹。她把谜底告诉了一位大臣,并获得了大臣的奖赏。没过多久,苏丹发现答案是女孩想出来的,便娶她为妻。女孩成功了,就像格雷马斯(A. J. Greimas)所说的通过"授予专业资格的考验",在这里"礼物"表现为婚姻,真是个不可思议的奖赏。然而,苏丹之前作出的错误判断把我们又带回《最快大脑》的第一个谜语当中:不想陷入尴尬的国王,把本该属于穷人的小驴判给了富人,判给了那个硬说驴崽儿是由他的母驴产下的富有商人。多亏了国王聪明的妻子富有逻辑性的推理,小驴崽才回到了真正的主人身边(驴和山羊是北非民居社会的标志性动物)。这位主人还强调了法院审判结论的荒诞不羁:"在驴下崽儿的那个年代,为什么不能承认一切都是有可能发生的呢?"(《阿尔及利亚童话及传说》,第51页)年轻女孩在帮助穷人追回小驴的所有权的同时,违背了她对丈夫的誓言:不干涉国家政事,而是把她的个人喜好用于伦理道德建设上。女孩的举动本应得到颂扬。然而,苏丹却因她干预国家政事而休了她,但允许她临行前带走"她在这个世界上最喜欢的东西"。她让人拿来了烈性的安眠药,备好了出宫的马车,贫瘠的爱情带来了歉意和最终的幸福。这一次,用谜语表达了对社会准则的违背。

  通过对这两个童话的比较,我们发现了相同之处和不同之处:在俄罗斯童话中,沙皇最后没有娶女孩为妻,因此我们不能把《最快大脑》归类在AT分类法的875中。童话故事是针对孩子而言的(就像动画电影中所表达的那样),这个事实强调了孩子童年的性情以及它所能带来的惊喜。然而,这两部童话给我们带来的启示是一样的,女性的智慧在解谜过程中被完美地表现出来,虽然顺序是相反的。在诺拉·阿塞瓦尔的童话中,女孩晋升为国王的妻子,在帮助穷人追回小驴之前读者就已经知晓她的身份,这个身份的价值是必不可少的。聪明的小女孩是舍赫拉查德的妹妹。其他的不同点则含有重要的意义:在柏柏尔童话的第一系列的考验中,树谜代替了猜谜游戏,然而在第二部童话中没有提到"礼物"(飞走的小鸟)一事,但是最终的礼物显然是装在车里的苏丹本人。相对于骑在扫帚上一蹦一跳的小女孩儿不假思索的时间性而言,树谜使规定的时间性更富有前景。吉奥乔·阿甘本传授了我们测评这种不规则的儿童行为的表达方式。这些转换同时也是社会流动性及公平交换的征兆。在柏柏尔童话中,部落的背景带动了和谐及团结("手"谜不再必要),而在《最快大脑》中,沙皇及不雅成年人的讽刺画则具有新生代的无礼特性,以及从果戈理时代起灌溉着俄罗斯文学的阶级讽刺精神的性质。

格林童话:严谨的资产阶级伦理道德

在比较文学研究中,我们可以直接选取一部收录在875类中的童话:由安迪·阿尔那和史蒂斯·汤姆森在他们的分类中提到的格林童话中的"聪明的农家女孩儿"。自故事的开头起,和谐的重要性就占据了相当大的篇幅并揭开了整个情节:农民没有听他的女儿的劝说而急切地把他发现的金臼献给了国王;如果他找不到跟金臼配套的金杵,他将被关进监狱。在这部童话中,我们又发现了《最快大脑》中的谜语,只不过有一点不同:国王要求农民的女儿进王宫,但是既不穿衣,也不光着身子,既不骑马,也不走路,"既不走在路上,也不走在路外"。最后这个指令比之前的版本更加坚定地要求对命令的遵从。此外,杵和臼的结合或许暗喻男女之间的关系,而金子作为材料就像是一个买卖关系的标志。从文化背景上看,格林兄弟是加尔文派教徒,在卡塞尔(Kassel)的一个资本主义小村庄里学习法律,这样的文化背景或许也解释了这种思想观念的形成。国王所做的蠢事也通过无礼的答案被强调;女主人公被渔网裹着,她没有骑马来,而是把渔网拴在驴尾巴上,这样驴就拖着她走。金杵和驴尾巴的对比正是通过小女孩的着装表现出讽刺的意味,这种借着对穿衣打扮的描写来作出暗示的手法同样也运用在脚上,基于她骑在驴上的位置的特殊性,导致了她只能用一只脚趾来点地行走。连最小的细节都通过这种描述技巧天衣无缝地表现出来。我们能够理解国王也想如同驴能控制自己的行走一样来决定自己的事情,因此他最终毫不犹豫地把解出第一个谜语的聪明女孩娶为妻子。在这之后,因母马和小马驹吵架的那段才介入进来,与俄罗斯童话版本的情节不同,这个版本就像是为了给商法增加砝码一样。更有甚者,实际上,这并不是马和小推车之间的对抗,而是马和牛之间的竞争,这个特点强调了国王的一种无能(缺乏审判能力),他没有作出公平的判决,竟然认为小马归小推车的主人所有。小马的所有者提出抗议,却被国王打发走了。成为了王后的农民的女儿建议他拿一个渔网假装在地上捕鱼。这种手段和柏柏尔童话的结局所用的计谋一致:国王勉强意识到自己所犯下的蠢事及他妻子的聪明才智,但是最终国王大怒,休掉妻子。而苏丹,最终他将会被灌入安眠药,被妻子用车拉走,因为她觉得苏丹才是这辈子能使她抛开一切的最爱的人。我们本应该期待苏丹的妻子给我们上一节道德课,就像柏柏尔版中聪明女孩所做的那样:"在驴下崽儿的那个年代,为什么不能承认一切都是有可能发生的呢?"但是物质的需求已经不能再进入这个已经发生变革的社会的文化体系,故事的结局已经取消了这些需求,就像柏柏尔童话那样,结局只抓住了爱情。

前两个童话看起来好像分享了格林童话中的各种要素,在人与人的关系管理中,格林童话则更刻板地接近买卖关系:格林童话中聪明王后的最后的机灵之处不仅仅体现在像一个商人一样对待她的丈夫,同时也体现在两次对渔网的运用上。她果断地、现实地用智慧证明了怎样才能"捕获"她的丈夫。在这里,聪明的农家女"服务"于十九世纪初德意志的资本主义思想。

回到阿方纳西夫童话(Afanassiev):俄罗斯浪漫主义

通过对《最快大脑》和"七岁的女孩"(见阿方纳西夫《俄罗斯流行童话》第 146 号,这本童话书的译本于 1855 年至 1863 年间在莫斯科出版发行)的比较,我们发现在版本上几乎没有差别,但是现代版更像是一个简化版,毫无疑问,这正是为了迎合当今年轻读者的胃口。章节在顺序上是一致的,但是人物的特性和情节的细节被改编。阿方纳西夫把兄弟二人的关系拉得更近,并且在故事开头就详细说明了富人哥哥有一匹被"阉割过的马"(相当于格林童话中的牛),而穷人弟弟有一匹母马。由此,强调了马不同的性别和最基本的弱点,这将完全摧毁撒谎者的自负。这个细节对于成人来说是极好接受的,但在《最快大脑》中并没有出现,只是提到了小推车。穷人和富人间的对抗显示了他们各自的特点:在审判官面前,前者"拿出了他的零钱包",穷人"只是在辩论";富人所表现出的狂妄自大显示出他是有钱人这个事实,同时也反衬出穷人的寒酸、贫困,事实上,最能解决事情的还是口头语言及语调。

在这个版本中,沙皇特别慷慨,出了四个谜语,其中三个跟当代童话中的一样:"世界上最强壮的和最快的是什么? 最肥的是什么? 最软的是什么?"他还增加了"世界上最可爱的是什么?"。富人没能给出答案,他向妻子求助,妻子的答案全都是她丈夫所拥有的东西:"一匹棕色马"("没有比它跑得更快的了。只要轻轻抽一鞭子,连兔子它都能追上。")、"一头猪"("刚养两年它就肥得站也站不起来了。")、"羽绒枕头"("在这里,耳朵不是用来听的,而是用来睡的。")。至于第四个谜语,这位妻子把俄罗斯农村重男轻女的社会风气引入进来,她回答道:"没有比我的小孙子伊万努什卡更可爱的啦。"这个整天待在家的妇女的观点,自然会被穷人的七岁女儿的聪明才智所超越。农家女嫁给了沙皇,她卑微的出身一下子发生大转变,由平民的孩子上升到贵族,但是,那些没有嫁给王子的平民女孩就会丧失她们固有的智慧吗?

实际上,"聪明"的答案还呈现出新的价值,这与格林兄弟时代的文化有所不同。我们不谈"世界上最肥、最软的东西"的谜底(地和手)的改变,我们来说说"最强壮的和最快的是什么",对于女孩来说,是"风"(而不是马),而最"可爱"的,却是"梦"。在俄罗斯大草原上,微风轻轻吹,"梦"灌溉着美景:这个七岁的小女孩,为了在沙皇面前表明自己的答案,她脱下所有衣服,往身上套了一个网子,手上抱着鹌鹑,骑上兔子,进了王宫。当她把鹌鹑呈递给沙皇时,鹌鹑拍拍翅膀,飞走了。在这里,现实的童话变得令人不可思议。

到目前为止,我们能发现阿方纳西夫童话的结构跟《最快大脑》一书相同。《最快大脑》更像是一个删减版。Kidsgen① 网站上的儿童英文版"The Wise Little Girl(明智的小女孩)"却稍稍有所不同。这部英国童话的作者更加明确地指出三点：首先,我们在"俄罗斯大草原上"("Once upon a time in the immense Russian steppe")；其次,在小村庄中,农民只喂养马；最后,正值秋季,是赶集的季节。叙述者以小马被安置在富人的马的旁边,来为富人辩护,穷人面部的抽搐被看作是放肆的行为所导致的情绪起伏,作者通过性情的改变解释了君王的过失(这里用"君王"一词代替了沙皇)。然而,富人却打起了小算盘,他给一位欠他钱的聪明人施加压力以便得到他的帮助。另外一个不同之处是：世界上最"可爱的"东西被最"珍贵的"东西代替,这使聪明的女孩说出"诚实"这个答案,而在阿方纳西夫版本中,欠债的那个人认为"世界上最珍贵的东西是我三个月大的小侄女",这更加强调了亲属间的感情。

但是,在阿方纳西夫版本中加入了对后续的描写,这在我们之前分析过的柏柏尔版本以及英国版本中是从未出现的。小女孩的聪明才智通过后来与沙皇的唇枪舌剑被着重表现了出来。当沙皇要求她用一根丝线织出一条提花毛巾时,她立刻反驳,让沙皇找一个工匠,用一根枝条造出一台织布机来,这样她才能用它来织毛巾。沙皇接下来设下的难题使这种荒谬的要求达到了顶峰,他要求小女孩使一百五十个鸡蛋在一天内孵出一百五十只小鸡。小女孩把这些鸡蛋煮熟,然后放在一边,她跟国王说："小鸡要吃一天之内长出来的黍子：就是在一天之内耕完地、播完种、收割好、脱完粒的黍子。"她机智地解除了沙皇所有过分的要求,沙皇娶她为妻,这一行为表明女性的聪慧和言论使社会发展,不再禁闭。这个童话被归类在 875 中,以接近"聪明的言行"组("Clever Acts and Words",归属 AT 分类法 920‐929 类别)和童话"国王和神甫"("The King and the Abbot",922 类别),后者讲述的是两个男人之间的辩论。在这我们认同米尔斯(Margaret A. Mills)在其

---

① 网址为"http：//www.kidsgen.com/fables_and_fairytales/the_wise_little_girl.htm"。

文章《策略的性别：女性策略者和男性叙述者》("The Gender of the Trick: Female Tricksters and Male Narrators")①中提出的观点，她认为故事里爱出策略的人一般都是男性，即便是女性也都是男性乔装打扮而成的，这种局面对女性而言是不公平的。在阿方纳西夫童话中，不存在模棱两可，小女孩无可置疑地击败了所有人：她被塑造成典型的俄罗斯浪漫女孩，"微风摇曳，走在大草原上"，追逐"美妙的梦想"。

约翰·高尔和威廉·莎士比亚父系社会角度下的"国民的女儿"：如同"游戏部分"或宗教"布道"一般的谜语

所有严肃认真的比较文学家都将被拖到远处，从而有可能忽略詹姆斯·布赖彻（James T. Bratcher）提出的"国民的女儿"与约翰·高尔②在《忏悔录：七宗罪的故事》(Confessio amantis. Tales of the Seven Deadly Sins, 1386-1393)第一章中的知名文章《三个谜语的童话》之间的关系。这是能给我们带来口传儿童文学影响的最渊远的源头：这个关系应该放在米尔斯提到的男性叙述者的特征下看。我们都知道约翰·高尔不仅仅是位著名的作家，也是威廉·莎士比亚戏剧《伯里克利》中的主角伯里克利的故事的叙述者，在每个篇章的开头他都会向公众讲述主人公的遭遇。从第一篇章起便显示出来：

> 为了唱一首之前唱过的歌曲，年迈的高尔从一片废墟中走了出来，他接受了人类的弱点，以便愉悦您的耳朵、迷惑您的双眼。③

---

① 见 Asian Folklore Studies, vol. 60 (June 1, 2001): 237-258。
② 约翰·高尔（John Gower, 1330-1408），英国诗人。作品内容主要是道德伦理上的讽喻说教。其中有法语诗《沉思者之镜》(1376-1379)，拉丁语诗《呼号者的声音》(1382)，英语诗《一个情人的忏悔》(1390)。
③ 出自《戏剧全集》第2卷，Pléiade 图书馆，伽俐玛出版社1950年版，第1013页。

跟自己女儿乱伦的安提奥克斯（Antiochus）国王，用一个谜语制服了他女儿的追求者，包括泰尔亲王伯里克利。

> 他要求所有想娶他女儿为妻的人猜出谜语的答案，如果猜不出，将会被处死。（《伯里克利》，第1013页）

伯里克利看了一眼谜语便马上明白了其中的含义。他并不想像那些"为国王女儿而死"的人一样，他要摆脱被处决的命运。在戏剧舞台上，高尔用"斩首"的形式把剧情呈现了出来：这个谜底就是乱伦。就像少女通过这个谜语知道了秘密一样：

> 我不是一个轻浮奸诈的人，然而我出卖了我母亲给我的身体……他，既是父亲，又是儿子，同时还是一个好伴侣；我，既是母亲，又是妻子，同时还是他的女儿。这些事情是怎样同时发生在两个人身上的。如果你想活下去，就把它猜出来。（《伯里克利》，第1015页）

伯里克利和安提奥克斯的关系是安提奥克斯联合泰尔的关系的转换，约翰·高尔在他的《忏悔录》第八卷中叙述了这个主人公的故事。十四世纪的伦理道德坚决强调了跟女儿乱伦的父亲的罪恶行为（"The wilde fader thus devoureth/His owne flesshe, which none socoureth, /And that was cause of mochel care."①），这种行为被谜语保护起来。安提奥克斯的故事和《忏悔录》第一章中《三个谜语的童话》里骑士的故事是对立的，在后一个故事中，骑士被他十四岁的女儿替代，为了救父亲，她猜出了国王设下的谜语。

---

① 我们在谷登堡（Gutenberg）网站上很容易就能找到约翰·高尔《忏悔录》中的文章，详见"http：//www.gutenberg.org/files/266/266‐h/266‐h.htm"。诗句都被编码，摘录的内容在这里位于 B 线上。

这种疯癫的计谋,文中称之为"游戏部分",对于一个老实人来说却是一种冒险。① 第一个谜语是:"什么东西是人们最不需要的但却是最能帮助他们的?"第二个谜语是:"什么东西是最有价值的但却是最便宜的?"第三个谜语是:"什么东西是最贵的但却是最没有价值的?"答案分别是:"大地"、"谦虚"和"骄傲"。大地谜语是这类童话中最古老的谜语之一,就像阿尔伯特·史密斯(Albert H. Smith)在《莎士比亚的佩里克里斯与泰尔亲王阿波罗尼斯》(Shakespeare's Pericles and Apollonius of Tyre)一书中所得出的结论一样;《比较文学研究》(A Study in Comparative Literature)还被俄罗斯童话的女主人公分享成另一种形式的"游戏部分"。神甫高尔,运用流行童话来表明他的基督教伦理,在那个时代,谜语说教被看作是一种布道形式及锻炼记忆力的工具,同时也是一种隐藏危险事实的方式。② 就像875类别中的多数女主人公一样,《三个谜语的童话》中骑士的女儿也将嫁给国王,逃离跟她父亲过分亲密的关系。对于詹姆斯·布赖彻来说,这种情节跟一则古老的苏格兰叙述诗《约翰王》("King John")相关联,但也可以跟同一种类型的另一首抒情诗《朴实表达的谜语》("Riddles wisely expounded")连接起来。后者讲述了一位骑士去看望拥有三个女儿的女人,那三个女儿都想嫁给他:骑士跟小女儿发生了关系,他出了三个谜语并许诺只要她解开谜语,他便娶她为妻。组成这些谜语的词句跟到目前为止我们发现的谜语大有不同:

Or what is longer than the way,

Or what is deeper than the sea?

Or what is louder than the horn,

---

① 见《忏悔录》,第3 235行至3 240行。
② 详细内容请查阅网址"http://www.archive.org/stream/shakespearesper00smytgoog/shake-spearesper00smytgoog_djvu.txt"。它转载了阿尔伯特·史密斯所著,2003年由哈珀·柯林斯出版集团出版的《莎士比亚的佩里克里斯与泰尔亲王阿波罗尼斯》一书中的一部分内容。

Or what is sharper than a thorn?

Or what is greener than the grass,

Or what is worse than a woman was?①

第一个谜语已经不再涉及时间问题,而变成了空间问题("什么东西比路还要长?比海还要深?");第二个谜语和第三个谜语则侧重于押韵,一方面是"horn"("什么东西比号声还要响亮?")和"thorn"("什么东西比刺还要尖锐?")的押韵,另一方面是"grass"("什么东西比草还要绿?")和"was"("什么东西比女人还要恶毒?"中系动词"是"的过去式)的对称。

事实上,这些谜语是成对出现的,答案也是对称的:爱情和地狱(love and hell);雷声和饥饿(thunder and hunger);毒药和魔鬼(the poison and the Devil)。这里,把恶毒的女人和魔鬼联系起来,很明显地表达出对女人的厌恶,就像在《伯里克利》中女人的身份间接地被改变。威廉·莎士比亚在创作戏剧时,把最后的结局指向了父女之间的通奸,而这种乱伦极其可笑,富有强烈的戏剧性。希腊的文明使者伯里克利代表男性解开了谜语,发现了秘密。这也是史蒂斯·汤姆森在《民间故事》②中研究的"谜语解答者"的其中一例:其女性般的直觉拯救了一个国家,规范了伦理道德。

母系氏族想象力:一出生便能张口讲话、猜谜并与时间玩耍的"传奇"小女孩

1986年被收录进《我家里的童话》,由默巴里克(M'Barek)和艾琳·雷沃尔(Irene Reboul)搜集,属875类别的摩洛哥南部柏柏尔童话《法蒂玛,什么都懂的女人》第一页上所提到的苏丹下令斩刑,正是伯里克利在莎士比亚剧本开头所面对的剧情片段。正是那些没有解出谜语的人们要遭受断头的处决,那个谜语是——"什么样的树可以结出12种水果"。苏丹选取这个

---

① 我们是在下列网址上找到的这段文章:"http://www.springthyme.co.uk/ballads/balladtexts/1_Riddle-Song.html"。
② 这本书的平装本由加利福尼亚大学出版社于1978年2月2日出版发行。

谜语是为了知道那些猜谜的人们是不是真的"聪明"。在一个把君主神圣化的社会中,国王掌握着其"臣民"而不是"国民"的生死,摩洛哥的情况也是一样。整个王国的情况十分悲惨,因为没有人能解出这个谜语,因此"每天都会有新的头颅被砍下"(《我家里的童话》,第29页)。当一个男人出现时,事情有了转机:他跟那些悲哀的人一样,也找不出答案,但是当时他的妻子怀孕了,所以他恳求国王用不同的方式来处理他的问题,"他想等到他的孩子出生后,见他一面,再被处决"。叙述者(男性还是女性?)在这个地方搬出了伊斯兰教的真主,他写道:"苏丹,真主安拉会奖赏你的仁慈的,就让他走吧……"(《我家里的童话》,第30页)孩子出生了,是一个小姑娘,名叫法蒂玛。"上帝创造了他所想要的,孩子,就像是一个天使。"这个小女孩却是"奇迹"(《我家里的童话》,第31页)的化身,她一出生就会说话,并且还解开了谜底,化险为夷。与诺拉·阿塞瓦尔搜集的童话故事一样,这个谜底也是"时间"。我们比较一下这两个故事,会发现它们都运用了隐喻的手法,让读者从阿尔及利亚故事中拥有12根树枝的树("每根树枝有30片叶子,每片树叶含有5粒种子")过渡到"一棵树上只结出12个果子"这幅画面。这就好比一个新生儿说出那句早熟的话(谜底)一样,是时间上的加速,放弃了中间阶段,一直走到最终目标:暗指大智慧和女性的成熟连接在一起。

一项针对整个故事情节以及它所包含的谜语的完整分析使文本间的关系网大放异彩。这种关系网使故事贴近真实素材,不仅反对父系社会中男性的观点,同时也强调了儿童绝妙的表现("他的眼睛就像天空中的星星一样明亮,他黑色的头发丝滑柔顺"),结尾又进一步强调了出身及女性智慧的主导地位。故事情节由苏丹答应并"迫不及待地"要娶小女孩为妻开始继续发展。苏丹声称他会等女孩长大,但马上又追加说,他们的结婚仪式必须伴有一套特定的习俗:他命令他的七个奴隶去"收集十个糖心面包,十头羊,以及他箱子中最珍贵的二十块布料,把这些东西全部拿到法蒂玛的住处"(《我家里的童话》,第33页)。这些"礼物"都是物质上的,但是苏丹只有解答出法蒂玛的两个谜语,礼物才会被接受。第一个谜语使用了暗语:"告诉他我不能给您开门,因为我正在墙和线之间,我的思想在我的膝盖上,我的母亲从一个生命中迎接另一个生命去了,我的父亲在森林中拿着球。"(《我家里的童话》,第 34 页)那些佣人们都没有猜出其中的含义,然后聪明的苏丹马上解释了其中的意思:"法蒂玛说不能给您开门是因为她当时正在忙着编织,她散开的头发垂到了膝盖上;她的母亲出去给她的邻居接生去了,然而她的父亲正在乐城后面玩呢。"(《我家里的童话》,第 34 页)在这里,聪明才智主要体现在社会道德符号的完美理解和诠释上,同时也体现了女人和君主的地位平等。

第二个谜语又把我们带回了俄罗斯童话《最快大脑》中,这一次,完全翻转了前景和权势地位。这次是法蒂玛提出了要求,而不是苏丹:"如果他想见我,就必须给我邮来所有能让我做到以下事情的必备物品:既穿着衣服,又好似裸着身体,既穿着鞋又光着脚,既骑着马又走着来,还得边哭边笑着。"(《我家里的童话》,第 35 页)鉴于俄罗斯和德国的文化背景不同,柏柏尔童话加入了大笑和眼泪,如此幽默的一笔将随着法蒂玛穿着洋葱前来得到证实!这个谜语以苏丹的失败而告终。我们从中可以明显地看出:柏柏尔社会不是一个"封闭的社会"而是"开放的"。另一个重要的表象是女性的胜利是无法回避的,是必不可少的:事实上,在法蒂玛的胜利中,插入了神话色彩和永恒的游戏。

> 法蒂玛长大了,变成了一个婷婷玉立的女孩,她骑着一根棍子来到王宫,但是这根棍子并不阻碍她前行。她光着身子,外面罩着一个透明的帆布长裙,脚上穿着镂空的鞋,这样她的脚还可以踩在石子路上。她高兴地哼唱着优美的歌曲,同时又被洋葱熏得热泪滚滚。

很显然,她有点像芭芭雅嘎巫婆!她荒诞的着装是对法律及男权规则的嘲讽：手拿洋葱的女人很滑稽地让人们看到了在人类真理笼罩下的、被看作是受男权控制的社会阶层。法蒂玛在制造了问题及答案的同时，也把男女权利平等的争斗推向了风口浪尖。

女性的"自然"力量

男性最后的对抗发生在不大可能出现的这场相遇之中：自负的苏丹，为了保住自己的王位，要求他的妻子向他保证"永远不发表她的意见"，因为他想"成为唯一的主人来掌管国民并解决他们的问题"（《我家里的童话》，第38页）。此处，这部童话采用了《最快大脑》中的叙述手法，回到了格林兄弟、阿方纳西夫及诺拉·阿塞瓦尔的童话中：两个追求者为了结束争斗，针对一个谜底来权衡得失，这并不像两个俄罗斯国民围绕小车和母马来争论，或者像阿方纳西夫童话中被阉割过的公马和母马，或者是格林兄弟中的母马和牛。但是母马和母驴的情况被清楚地指出："这两个准妈妈已经怀孕并且即将下小崽儿。"（《我家里的童话》，第38页）在这里，女性的全部都表现在生育能力上，表现在雄性动物、无能力者（牛和阉割过的马）甚至是一个实物代替品（小车）无法做到的事情上。在这种进退两难的困境中，苏丹做了一个错误的评判，而他的妻子却赢了一局：小马儿和小驴儿出生之后，人们针对它们的所有权发生了争论，法蒂玛命令人们把它们的绳子解开，让大自然来决定。童话强调了事实和母子血缘关系的决定性力量："把它们四个松开之后，就像河流找到河床一样，我们看到驴宝宝跟着驴妈妈，马宝宝跟着马妈妈走了。"（《我家里的童话》，第41页）这种血缘关系、这种力量把那些妄图占有本不属于他的东西的贪婪之心击溃，国民也好，商人也罢，甚至是想成为她的丈夫以及成为国民主人的苏丹。柏柏尔童话宣告废除荒诞的男权法律。它把这份通告推向了两个极端的结果：就像875类别童话中苏丹家族的其他妻子们一样，法蒂玛用计谋催眠了她的丈夫（"她心目中最在乎的人"）（《我家里的童话》，第42页）。但在诺拉·阿塞瓦尔的《国民的机灵女孩》中，妻子借助一种"有安眠作用的从植物中提取的粉末",以更加自然、根本的一种方式来催眠她的丈夫。在她给丈夫准备最喜爱的食物时,作者这样写道:"她来做这道菜是为了撒入大量的不但能使人入睡还不易被人查觉的sakran。"(《我家里的童话》,第42页)妻子通过使丈夫大脑暂时丧失"意识",把他装进箱子里来取得胜利。因此,在最终的和解及社会关系链的重置中,这个女人成为了"心中之光"。这需要一定的手段,它把"有计谋"的女人拉近民间文化,甚者拉近魔鬼,就像《向阳之树:全世界的传说》一书中所转载的名为《被送回娘家的萨塔纳(Satana)》①一文所留下的悬念一样。最后,就像在《女性写作与儿童文学》②中所描述的那样,女人通过努力来反对男人,或者辅助男人成为传统社会中标志性的权力掌管者。

英文版的意大利童话:伊冯·维迪尔(Yvonne Verdier)③的"纺线,编织"——男人剪断,切断;女人编织,连接,再连接

这就是875童话类别中女性言论的最主要的作用。女人往往是集中、汇集天下万物的,而男人是决定分离、分配的,就像另外一本875类别的希腊童话中所说的那样:"世界上什么东西最迅速?"在这部童话中,一位聪明的哥哥和一位愚蠢的弟弟因怎样来分割祖上留下的土地的分歧而争吵。④ 当今,我们可以通过互联网找到许多名为"The Clever Peasant Girl(聪明的农家女孩儿)"的英文版意大利童话。从刚刚所说的男女结构性的对立中,我们可以察觉到在这些童话中,这种对立通过一系列含沙射影的暗喻手

---

① 亨利·古果:《被送回娘家的萨塔纳》,载《向阳之树:全世界的传说》,门槛出版社1979年版。
② 让·佩罗:《女性写作与少儿文学》,夏尔·佩罗国际学院1995年版,第6—9页。
③ 译者注:伊冯·维迪尔,法国人种学家,社会学家。
④ 乔治·亚历山大·麦戈斯:《希腊民间故事》,芝加哥大学出版社1958年版,第158页。

法展现了出来。在"艾琳与培根传统文学选集"①系列童话中,我们选取一个童话:一位王子,在森林中发现了一座猎人的简陋房屋,想去那里避难,他被热情地接待,并被邀请与猎人的家人们共进晚餐。他强行把饭桌上的一只鸡支解了,并把"鸡头分给了父亲,鸡背部的肉分给了母亲,爪子给了儿子,翅膀分给了女儿,剩下的部分留给了自己"。这些举动正像女儿向哥哥解释的那样隐含着深深的寓意:

> 他把鸡头给了爸爸,是因为爸爸是一家之主,鸡背给了妈妈,是因为妈妈操持着家里的所有事情,鸡爪子给了你,是因为你应该快点完成你的任务,把鸡翅膀分给我,是因为有一天我会离开家去找我的丈夫。

我们直接进入中间的两个谜语,为了贴近谜语《杵和臼》,与格林兄弟产生共鸣。王子为了制服这个自以为聪明的女孩,给她出了一个难题:"她必须用四盎司的麻线,编织出一百古尺(约一百二十米)的布,如果编不出来,她将会被绞死。"现在已经不是砍头的问题了,而是绞刑,但大同小异。"聪明的女孩"立即用同样的隐喻语调回答了王子,并且还为自己扳回了一局:

> 她拿了四根小麻绳然后告诉她的爸爸:把这些绳子拿给王子,然后告诉他,如果他找到能使用这些小绳子的织布机,我就能给他织出一百古尺的布。

---

① T. F. Grane, *The Clever Peasant Girl from Italian Popular Tales*, Boston: Houghton Mifflin, 1885, quoted in *The Allyn & Bacon Anthology of Traditional Literature*, Judith V. Lechner (ed.), Allyn & Bacon / Longman, 2003. 详见网址 "https://fp.auburn.edu/lechnjv/bib/index.htm"。

在两个农民争夺夜里出生的驴崽儿的归属权,而王子习惯性地判断错误的那一章节后,即将迎来王子和女孩的婚礼。它也将会被解除,因为王子的妻子在他的酒里(可能在意大利版中会是另外的东西)下了药。我们可以看出,这些机智的较量早已在传统社会中深入人心。就像伊冯·维迪尔在《说话的方式,做事的方法:洗衣女,女裁缝,女厨师》①中所描述的那样:在我们查看的那些童话中,并没有扎女裁缝手指头的针,那些"刺伤"都是针对男性的愚蠢而虚设的;也没有要洗的衣服,因为重要的是首先要"编织"婚姻关系,准备每个人在婚礼上要穿的衣服,用明快的语言来反对男权。然而,有一种更直接的反对男权的方法,就是让男人自己去编织,就像诺拉·阿塞瓦尔在《织布工是一个王子》(索瓦比尔,2007)中所描述的情景一样,被王子疯狂爱慕的那个牧羊女明智地要求,王子在娶她之前要自己去感受一下织布工这个工作。

我们在 Mirella Patzer 的女性网站上发现的另一本意大利童话,这本童话证实了上述观点具有一定的现实性。这个网站上有一个"庆祝过去打破反对势力而稳步前行的女人们"的博客。② 我们在那里发现一个女孩很轻松地就解答了杵和臼这个谜语。然后,国王给了她一些麻线、拉线棒和鱼骨做的纺锤,并要求她"织出整个军队所需的衬衫"。面对这个无理要求,女孩退回了所有的工具,声称她会织好的,但前提条件是国王必须要用鱼骨给她造出一架纺车。女孩用机智的回答劝服了国王停止这场争斗,但国王要求她来王宫时"既不能穿着衣服,也不能光着……身子"。我们知道英文中"spinning a yarn"这个表达方式有两层意思,一是"编织,纺线",二是"讲故事"。至此,我们可以结束此次分析了,否则我们将会面临绕来绕去的困境,无穷无尽

---

① 伊冯·维迪尔:《说话的方式,做事的方法:洗衣女,女裁缝,女厨师》,伽俐玛出版社 1979 版。
② 详见网址"http://www.historyandwomen.com/2011/01/italian-folk-tale-clever-girl.html"。

的重复,就像开启童话的语言一样。①

意外的报复:创意烹饪法则

首先我们要回到题为"Фат имат"的俄罗斯哈卡斯语版本,这部童话十分有趣,它包含了聪明的小女孩为她的父亲报仇的情节,她的父亲是若干穷人之一,遭到了"王子"(卡尼亚)的妻子的羞辱。王子的妻子拒绝了她在制作啤酒时需要的盐。法蒂玛急中生智,引导这位"王妃"不在他丈夫的啤酒里加啤酒花(一种植物),如此制作的啤酒既"不酸也不甜",既"没有味道,也不烈"。王子将会受到侮辱,而王妃将会成为跟王子关系"远或近的"朋友们的笑柄。这是对烹饪法则本身的违抗,而啤酒在格雷马斯的逻辑六边形理论中属于"中性"主题,在文化关系系统中是一种凌辱。王子为了挽回丢失的颜面,他给这对父女出了一些难题,首先他让父亲"剥掉一块大石头的皮"。荒唐至极,女儿马上识破了这个陷阱,并指出在剥掉一头羊的皮之前,先要给羊开膛破肚,所以石头也应该先破开,皮才能被剥下。第二个难题又回到了编织的主题:王子给穷人一根麻杆,要求穷人织出一顶帽子和一副手套。小女孩过来正准备开始编织,但她声称既没有纺车也没有能造出纺车的这项专业技能,之后她声称王子只要利用这根麻杆造出所需的工具,她便可以织出帽子和手套了。随后,那些贵族成员们又强加了一条,他们要求小女孩来王宫时"既不能穿衣服,又不能裸着身体","既走路又骑马",手里要拿着一个"装了礼物的空箱子"。就像在格林童话和阿方纳西夫童话中一样,小女孩来的时候身披一件透明的披肩,骑着一头老羊,但脚

---

① 这里提及一些童话,其书名就强调其主题:《非常乖巧的芒卡:捷克斯洛伐克故事》,载碧翠斯·塔纳卡:《法语版童话》,梅迪托-拉法坦多尔出版社(Meddidor-La Fatandole)1985年版;《在这个世界上她最喜爱的东西》,载穆里尔·布洛赫:《给所有读者的365个童话故事》,伽俐玛少儿出版社1986年版;《箱子的故事》,载陶斯·阿姆鲁什(Taos Amrouche):《神奇的种子:童话,诗歌,卡比利亚的柏柏尔谚语》,发现出版社1966年版。

在地上拖着走。手里拿着两只兔子,为了赶走王子朝她抛来的狗,箱子里还装了一只小麻雀。被击败的王子没有娶这个女孩,但是可以赐予她所有想要的东西。到了报仇的时候了,为了羞辱王子的妻子,聪明的小女孩什么也没要,她只是提出想给王子做一杯美味的啤酒。如此考究的报复使我们置身于充满冒犯和侮辱的陀思妥耶夫斯基背景下。不管怎样,这部童话的细节让我们感到吃惊:小女孩的父亲被描述得像一个"犹太人"……这一点证实了作者的真实想法和生活背景。

十分幸运的是,最后一部意大利版本童话的结局非但没有让我们感到心酸、悲凉,反而让我们置身于营养丰厚的文化氛围当中。

乡村女性的成功:奶牛和"嘴里咬着一颗栗子"

我们十分吃惊地在意大利一座小城的网站上发现一部"聪明的小女孩"主题的童话,名为"精明的女农民"("La Contadina Furba")。这座城市叫作罗卡斯特拉达(Roccastrada)①,隶属于托斯卡纳南部格罗塞托(Grossetto)省。文章中还配有一份证明,一位匿名的转述者(很有可能是负责当地图书归档的图书馆管理员)声称这个童话是1898年(按:原文如此)他的祖母讲给出生在这个城市的他听的,并且在1992年(按:原文如此)由他的母亲证实了这件事情,这部童话是他母亲最喜爱的故事。女性语言的传播能力是无可争议的,就像诺拉·阿塞瓦尔拥有很多她妈妈和祖母讲的童话故事一样。这部童话重拾了格林兄弟的主题(杵和臼)以及国王强加给小女孩的一些难题,就像众多版本中的故事内容一样,但又稍有不同。在一个真实的戏剧舞台上,国王要求父亲把他的女儿送来王宫:"不能在白天送来,也不能在夜里送来;不能吃饱了,也不能饿着肚子;不能走路,也不能骑马;不能光着身子,也不能穿着衣服。"父亲喊着"妈妈咪呀!",多么恰

---

① 详见网址 " http://www.comune.roccastrada.gr.it/il-territorio/storia-e-tradizioni/tradizioni-popolari/favole-roc"。

当的感叹,身陷绝望。一大清早,小女孩就来了,骑着一头小山羊,披着一个捕鱼网,看起来怪里怪气的。不过这个版本跟以往的不同之处体现在第二个要求上("不能吃饱了,也不能饿着肚子"),所以,女孩回来的时候嘴里咬着一颗栗子。这个细节,一方面,反映出饥荒国家的农民生活艰苦,就像科洛迪在《木偶奇遇记》中说的那样,另一方面,反映了当地无稽之谈的社会背景。转述者,既是童话作者,也是当事人。事实上,作者详细地说明了晚上在"罗卡斯特拉达的栗子树下",祖母给孩子们讲述了这个童话故事。当我们注意到,就像在俄罗斯童话中,两个农民因为在小车下面生出了一头动物(那不是一头小马,是一头小牛)而争吵的时候,我们将不再吃惊。那天,天特别热,大家纷纷去赶集,集市上有一头母牛。母牛,象征着能延续生命的母乳,而嘴里咬着一颗栗子,象征人们执拗地对抗饥饿以及作者的能动性,这是体现童话故事影响力的一个鲜活的证据。

在当今的公共场所(图书馆,文化中心甚至是街上),出版的文集及女性网站上(比如这个小城市的网站)出现的童话书目录中,我们不难找到此类童话,它的回潮揭示了女性认知在全世界集体想象力(l'imaginaire collectif mondial)中的控制力及影响力。通过故事,我们觉察到了来自民间童话作者的讥讽。在柏柏尔童话插图中,菲利普·仲马插入的那个标志性的笑容让人难以忘却。这个微笑本身不是在故事中的,但是却留给人们一个悬念去思考它的来源。它或者起源于西伯利亚,抑或是亚洲其他地方,又或者是马格里布,英国的一个小村庄,叶尼塞河,地中海或者是泰晤士河,这是我们没有办法弄明白的一个谜。这个谜沉睡在人类千年的相遇之中,是目前历史不能向我们透漏的一个秘密。

(三) 互文性与互动游戏中的幽默:"广告册"和"日记"中的童话

阿兰·塞尔出版社决定出版"小红帽(广告版)"①,这一举动正是跟随

---

① "小红帽(广告版)"即是在《小红帽》这部童话中根据情节加入广告,例如当小红帽发现外婆声音奇怪,以为她感冒了的时候,就可以加入感冒药的广告,既增加了幽默感,又可以引起读者和作者间的互动。

贾尼·罗达里的步伐,在他的《想象力语法》中,阐述了文字游戏,并说明了如何运用文本互通以及怎样参与作者、插画家与读者间的互动。就像在《从前……结尾》这本童话中(由丹尼尔·玛雅于 2006 年为其插图),作者邀请读者根据一些图像在书中写下几则故事,而《狭小的想象图书馆》(2006)这本书则介绍了一些虚构的作品。这些作品的封面是由一个插画家完成的,互动性是他的出发点:在这里,互动性表现在夏尔·佩罗的文章和当代广告之间,少儿读者作为最大的消费群体,是最招广告商喜爱的目标,同时也是牺牲品。书的前言在这一点上进行了明确的解释:"为什么广告只能插播在电视上?为什么广告可以放在连环画中,报纸中,电台广播中,网络上,衣服上,公共汽车上,甚至是城市中的指示牌上,却偏偏从未在书中出现呢?""广告册"这个计划略含讽刺意味,它是一种能给人带来"扰乱"及"恼怒"情绪的行为(因为我们察觉到一些儿童读者不喜欢在读一些贴近真实生活故事的时候被打断)。阿兰·塞尔还提出,添加广告"可以让出版者赚到更多的钱"!基于这个设想,他召集了十三位插画家,要求每人创作出两张图像,并建议克罗地德·佩杭①为这本书画出一系列连续的插图,同时要求每位艺术家的作品要符合故事情节。克罗地德·佩杭选择了黑白两种颜色,用简单的线条来表达佩罗故事中小红帽的特征(裙子,花边上衣,帽子,苹果般的脸颊),用红色来强调重要的细节(外婆的卷线筒,花,乔装成外婆的大灰狼帽子上的心形图案)。然而,其他插画家都有各自的创作风格,且风格迥异。洛朗·高尔瓦齐耶的第一幅插画便抓住了小红帽的主体图案,显露出服装的时尚元素,没有用当时流行的鲜艳颜色,而"chaperon"这个词分体之后即变成了当下流行的童装品牌 Chap & Ron。阿兰·塞尔把运动鞋品牌"Galoper's"的广告插入大灰狼在森林里追赶小红帽的场景中,广告图像中有一位巨人居住在纽约市中心的一栋贴满雪佛兰、松下等大牌子的高楼里。

---

① 译者注:克罗地德·佩杭(Clotilde Perrin),法国著名插画家,代表作《转转我身边的世界》。

当然,针对儿童的广告只是系列广告中的一部分。比较过分的是皮埃尔·艾力·费里耶,当伐木工出现在森林里的时候,他借机取笑了一些保险公司,他用粗体字写道:"活着,非常危险。"又评论道,"有 Bûcheron et Cie 保驾护航,生活变得无忧无虑,充满快乐",还很揶揄地加上一句,"当你遭遇第二次谋杀的时候,你所缴纳的保险费将全额退还!"追加的资金分红,已明显超越了死亡。朱迪斯·盖菲耶(Judith Gueyfier)的表现方式则较为温厚,她是这样夸奖"Chenou 美味的煎饼"的:在风景如画的布列塔尼地区,一个高大的人在金色的阳光下正襟危坐在一艘小船上,图像背景中有奶牛,有灯塔,还有一句指示语——"高质量品质要求"。在我们的消费生活中,我们往往是可笑的牺牲品,被完美地裹在讨人喜欢的包装里。布鲁诺·海兹,从他的角度出发,自然是插入最疯狂的广告,在他的插图中,正在逃跑的狼,其尾巴被一套假牙咬住,图像评论写道,"给您祖父母装上最坚固的牙齿","这套假牙永远不会松开它咬着的东西",产品质量担保 148 年!老年人在这些很实用的东西面前并不会节省。至于爱瑞克·巴图(Eric Battut),他插入了一则移动通信的广告。一只超级大号的黑狼坐在一栋大楼里,小红帽正在使用黑狼肚子上的移动电话。这栋大楼上面挂着广告标语,"神奇的电话,通信中的快乐(第一个月仅仅需要 3 欧元,从第二个月起每月 85 欧元)"。孩子的幸福体现在城市的新媒体中,城市中的房子是充满交流激情的红色,"赶在天黑之前,快来买一部移动电话吧"……

菲利普·勒榭米耶[1]和插画家海贝卡·朵特梅[2]运用了主观内在性的手法创作了《拇指男孩的秘密日记》(*Journal secret du Petit Poucet*)。作者和插画家在封面上就下足了功夫,他们通过"刮"的技术去除每个人物的名字,留下刮痕,并公然用小主人公的名字来代替。封面上的小孩长着一双单

---

[1] 译者注:菲利普·勒榭米耶(Philippe Lechermeier),1968 年 5 月 1 日生于法国斯特拉斯堡,法国著名童画家。
[2] 译者注:海贝卡·朵特梅(Rébecca Dautremer),1971 年出生于法国盖埔(Gap),法国绘本插画家。

眼皮，这跟它的副本《卷轴》封面上的男孩有些不同，但同样都很古怪、有强迫性，如同海贝卡·朵特梅创作、2003年由高缇耶·朗格罗出版社出版的奢华日式绘本《爱情》中的小男孩一样。《爱情》中有一页写道："为了爱情，一定要变强大。"在佩罗改编的文章中，拇指男孩成长在路易十四时期一个贫苦的农民家庭中，他爱上了他的同桌玛丽克洛特·玛丽古尔（Maricrotte Marigoult）。在2005年的版本中，这个同样拥有单眼皮的女孩属于自恋及神秘公主型。在故事的结尾，拇指男孩收获了幸福，而不是收获了财富。玛丽克洛特跟拇指男孩共享了她的命运，"含泪"跟他说"我饿了"，这句话引出了这个故事的最后一句，"爱情，太美好了"！文中加入玛丽克洛特这个角色，代表了插画家个人对女性的诠释，同时也是为了吸引读者的眼球，因为小女孩渐渐地成为唯一一个跟小男孩打招呼的人。这是一个"肯花时间从头洗到脚的"小人儿，文中从84页（全书共204页）起，是这样介绍的：

> 她的脸颊红润、美丽，肤白貌美，拥有一双水汪汪的大眼睛。撑起的胳膊像小牛奶面包或小土豆一样……有一天，玛丽克洛特在全班同学面前亲吻了我，她打翻了桌上的画板、彩笔，直奔我而来。就像这样毫无理由，毫无预示，我甚至都不知道我对她做过什么，一头雾水，我一直在自己寻思她今天到底怎么了。雅克在下面叹息着说，"这就是爱情"。

《拇指男孩的秘密日记》是妥协和文本交叉的结果。再次阅读夏尔·佩罗的童话就像进入了一段由菲利普·勒梅西埃（Philippe Lemercier）执笔撰写的故事，独特的男性观点，清晰，明确，描述了处于饥荒年代的贫穷的一家。故事由"家庭式小说"改编而成，结局幸福圆满，小主人公有着吃人妖怪一样的野心，但是这种"野心"并不坏，是朝着美好方向发展的。小说情节跟电影剧本吻合：七个孩子（其中有一对双胞胎，这跟十七世纪的童话作者笔下的三对双胞胎相反）的命运被试图把孩子们丢在森林里的父母所颠覆。他们的第一次计划失败了,聪明的拇指男孩用石头做记号,最终找到了家。第二次计划将会成功,然而在这之前他们要回到家参加一个当地公爵的女儿的庆祝活动。接下来的一章讲述了巴尔巴克妖怪,此章节从幽默诙谐到苦恼愤怒,就像《泰-马克·勒坦》(*Tai-Marc Le Thanh*)(阿歇特文学出版社2003版)中所描绘的芭芭雅嘎巫婆一样。但是这个怪物被一个更危险的人物威胁:那就是老师马卡尔(Macquart),他几乎饿疯了,已经开始吃他哥哥的大腿,吃地上的虫子,然后满森林地追着巴尔巴克妖怪和他的妻子,准备吃了他们。拇指男孩没有中断给国王发消息,也没有中断给宫廷中的女人和她们的情人传信,就像佩罗文中那些鲁莽的、真正的英雄一样,他穿上怪兽的"魔力靴"(Les Bottes de sept lieues)①之后,"一脚踩碎了"正在城堡中大吃大喝的公爵及其女儿的大蛋糕(《拇指男孩的秘密日记》,第170页)。他成为了公平的传播者:

> 我和我的兄弟们抢夺了巴尔巴克装食物的箱子。巴尔纳贝说这不是农民暴动,我们什么都没有偷,我们不应该受到惩罚。包利斯说:"难道我们这是借?"巴尔纳贝解释道:"不是,我们只是拿回了属于人民的东西。"(《拇指男孩的秘密日记》,第178页)

这正是当今穷人生活的写照,因为:

> 经过深思熟虑之后,人们认为人民就是大家,是世界上所有人,除了在这些年中,让我们挨饿的那些人。

这个认同并不悲哀,相反充斥着脱俗的幽默。拇指男孩,如同安徒生童话中的拇指姑娘一样,在他的探险过程中分享他的快乐,拥有《悲惨世界》中

---

① 这双靴子原本是属于怪兽的,具有魔力,穿上它可以一步走28公里,最终拇指男孩占有了这双靴子。

加夫罗契(Gavoroche)般的勇气和兴致。他在每篇日记开头的第一句话都会引用当天的圣人。① 比如在一篇星期三的日记中,他提到了贝波特(Bebert)和悠悠(Jojo)两位圣人:"我摔到地上,是贝波特的错;我掉到水里,是悠悠的错。"(《拇指男孩的秘密日记》,第 90 页)这些滑稽的模仿有时也遗留着由乔治·费多编剧、雅克导演的喜剧《爱情的羁绊》的味道,就像主人公冯达奈那种令人作呕的味道,同时还掺合着反对"剥夺"期饥荒的拉伯雷式夸张的表现手法。我们可以看一下怪兽们消耗的东西以及一年中重大节日所用的菜肴,"3 541 个肘子,6 吨肉糜,57 根甘草,11 大桶猪油,35 671 789 根猪肉肠……55 头奶牛,97 桶饮用水",等等。最后,剧情变得越来越复杂:孩子们有了一个又可笑又可恨,外加脾气暴躁的后妈;孩子们的爸爸再婚,他心里幻想着娶一位天使般的妻子,可实际上他找了一个泼妇,她叫包百特,曾经是一个流氓的情妇,整天穿着一套紧身衣,生性贪婪,经常挪用家庭补助。人们将会对附加在这个人物上的黑色幽默感到吃惊,特别是她的那套假牙,孩子们对它十分好奇。仔细观察,在插图中,我们看到一个由钢丝做成的能拔掉所有假牙的结构无比复杂的架子,好似丁格利博物馆中展出的超现实主义机器一样。这种幽默接近汤米·温格尔自如沉稳的风格,略带趣味,略带暴力,残忍。比如木板上到处是切成片的香肠,而包利斯把头放在了最后一片香肠上(《拇指男孩的秘密日记》,第 36、37 页)。事实上,叙述的动机一直都是嘲讽,比如说当拇指男孩进到包百特的紧身衣里想要抓住她的秘密的时候……超现实主义也轻松愉快地变成了幻想主义,例如为了体现周日的快乐,鸟儿们从铃铛形状的脑袋中逃脱出来。但它又可以很诗情画意,当死去的母亲出现在孩子们的梦里的时候,小天使的脸上蒙着蕾丝花边,抑或当孩子们爬到水面上方摇摇晃晃的鸟窝里的时候(《拇指男孩的秘密日记》,第 109 页)。结尾父亲和孩子们重逢的场面非

---

① 圣人日历:在法国,日历上每一天都有一位或多位圣人的名字。法语的名字并不多,因此在小孩出生的那一天,父母会翻开日历,有的家庭会选用日历上的名字来给孩子取名。

常感人,父亲闭着眼睛,双手张开,孩子们一头钻进父亲温暖的怀抱。这种温情场面跟血腥的妖怪及古怪的后妈形成了对比,正符合海贝卡·朵特梅的技术风格,即以交替的方式来表达人物形象(《拇指男孩的秘密日记》,第148页,全页是一幅超大的妖怪图像)。2009年,橡木出版社出版了朵特梅的《艺术之书》(*Artbook*),正如她在此书中写的那样,梦幻世界的出现激发了艺术家的想象力,给这个世界穿上了鲜活的外衣。比如,《爱情》这本儿童绘本中的心形图像,以及朵特梅在访谈中提到的一些小东西:"小绳子,小物品,小颗粒,小蚂蚁,小东西,我不知道为什么……那些细节,小沙粒,细小的东西。"①插图的创新是无休止的,可以有很多种类,从简单涂鸦到漫画,又如饿极了张大的嘴,扭曲的脸,杂乱的笔迹,阴森的氛围,绵软水彩画以及朦胧的私密生活。"刮"的技术的推广体现了我们又回归书的本身。它需要在一个稍稍展开的平面上进行,而封里则布满了速写及修饰过的图像。在书的最后,也会加入插页,一般由文章中的小片段组成,像极了雷蒙·格诺的风格,面部的张力及色彩的冲击力被完美地表现出来。而细腻的情感描写也给未分类作品的创作增添了复杂性。在"捉巴尔巴克"这个游戏中,孩子们尖叫着追赶妖怪,这种澄澈童年正是夏尔·佩罗的童话及当代插画家、绘本作家所要表现的,如同十八世纪的杰出作品一样,大师们用无限的精力给孩子们带来能量,带来精神粮食。

最终卷:滑稽童话和作品人物精神分析

我们不能缺少对民间作品中的人物所作的精神分析。2006年存在出版社(Etre)出版的连环画《陶戴姆老师和塔布医生》中,尼可·克拉沃路(Nicole Claveloux)就进行了这项分析。两个小伙伴组成了一对恶毒的搭档,他们十分滑稽:其中一个名叫陶戴姆,他有三个木头脑袋,三个脑袋可

---

① 详见2010年2月18日在 *BCS News* 杂志上与茱莉·卡迪拉克的对谈:"entreleslignes. hautetfort. com/media/00/02/595255437. pdf"。

以叠起来也可以分开去跟不同的人去交流；另一个名叫塔布，是个毛茸茸的怪兽，绿眼睛（"在另一个生命里，他是一条长毛地毯"），对他的同伴十分狠毒、凶险。尼可·克拉沃路是这样引出他们的：他们正在忙着看布满约会的小本子，他们将会迎来一系列少儿文学人物的咨询，从三只熊、塞甘先生的山羊、布兰切特、芭芭雅嘎，到佐罗、彼得潘、仙境中的爱丽丝、匹诺曹及许多佩罗童话中的人物。这对于敏锐的插画家而言是一个良机，可以通过游戏来隐藏故事人物的内心活动。想在电视中看到他们的罗辛·夏佩龙（Rosine Chaperon）小姐（黄油罐的环岛）（"不是您让棺材里的老妇人消失的吗？"），她来看他们是因为她再也不会相信把她独自丢在丛林中的母亲。她对他们的建议感到失望（"狼是对的：你们是两个十足的骗子"）。还有穿靴子的猫，它佩戴着一把利剑，想要迎娶"白猫"。在一场喜剧中，它被两个挑战者"煮了"，这场戏旨在赶走它的超我意识，"离开这个隐藏在你杂乱内心中的狂妄自大"，"解脱你自己"，"来吧，认罪吧"，"到桌上来"！最终它被米歇尔大妈纠缠，她相信她的猫已经被两个警察找到了，她过去想要拥抱它。"女士，请放开我，要不然您会变成肉糜的！"眼中擒着泪水，可怜的米歇尔得到陶戴姆的鼓舞："挣断绳子，这太难了！"在童话或歌曲交错的大杂烩中，通过幽默诙谐的笔调，故事如同人物的威望一样，剥夺了精神分析师的权利。蓝胡子通过对精神分析医生的猜疑而变得格外出众：他的目光聚焦在门上以掩饰他的罪行，由于误解了精神分析术语的意思而大怒，拿着剑来威胁塔布，吓得塔布大喊大叫："陶戴姆，你没看见有什么东西过来吗？"陶戴姆的一个脑袋回答道："我只看到阳光在飞扬。"第二个脑袋响应之，同样引用名人名句："还有一片绿油油的草地。"最后，狼先生不承认自己有罪（"别朝我开枪……我吃了一个拿着提篮的小女孩……而且没有一点内疚！"），他获得了一场十分可笑的胜利，还硬要说他的症状很"有趣，很刺激，不是吗"。他诱发了医生们的讽刺言语："亲爱的同行们，你们怎么看待这件事？我们面对的是一种晚期焦虑的症状，还是病理上未成熟的饮食过度痴肥症？"狼先生声称他因冲动而做出来的那些事情都是合法的（"医生，您让我走吧……外婆，猎人，所有人，都是健康的、天然的、富含很多纤维的!")。他被带到拉纽老师那里,医生给他开了药方,还叮嘱他必须来复查。最终他以"被坏蛋扔到面粉中"结束了他的咨询,他还想方设法要报仇。作家尼可·克拉沃路,一贯以言行放肆而著称,成名作是《美女与野兽》的色情版本。她可以给"交叉故事"中所有童年时的虚拟人物一个未知的人生,只有深入了解童话的人才能看懂这类故事,同时这也可以引发许多青少年的思考。

二、文字和图像的文学新形式

> 每种文学形式并不只是一个单纯的表现形式,而是一种紧紧抓住读者的想法、一种指引方向的力量和一种存在的可能性。
>
> 马利耶勒·马塞,《阅读的方法和存在的方式》①

插画家——"伟大的读者"和字母表——游戏空间

识字课本历史悠久,塞葛兰·勒芒在《十九世纪带插图的识字课本》(1984)中这样形容,它是跟阅读联系在一起的,快速地被创作家运用到游戏当中。识字课本展现出魅力,与图像混合在一起的字母表中的字母得到了人们疯狂的热爱,比如伽俐玛出版社于2011年出版的乔治·勒莫尼的《匹诺曹,会杂技的排字工》(*Pinocchio, l'acrobatypographe*)。② 匹诺曹把纤细的身躯延展、拉伸,直到充分表达出相应的字母。木偶的优雅变换产生的图解游戏,把阅读建立在仔细辨认人物肢体形态上,建立在对细节的关注上,以及图像上发出的有趣信息:比如鸟儿飞起来,蝴蝶落在膝盖上休息,一只蜻蜓落在鼻尖上。在水平线和垂直线之间:表达字母 O 时,木偶像一个铁环在滚动;字母 Y,倒立的木偶双腿分开,身体笔直压在双手上。图像的配

---

① 马利耶勒·马塞:《阅读的方法和存在的方式》,伽俐玛出版社2011年版,第13页。
② 此书通过童话人物匹诺曹的肢体动作及形象来教人们学习字母 A 到 Z。

文跟木偶的行为、思想、语言完全一致。G: "Geppetto fait les Gros yeux car on a perdu le Grillon（Geppetto 睁大他的眼睛，因为他把蟋蟀弄丢了。）" H: "Hop là! jambe en bas, jambe en Haut, bras en bas, bras en Haut（起来加油！腿放下，腿抬起，胳膊放下，胳膊抬起。）" L: "Au Loin, Là-bas. La Belle Dame, aïe, une Larme（在远处，那里，一位美丽的女子，流下眼泪）。" Q: "Quelle vie, écolier! Quel métier! （多么可怜的学生生活！多么悲哀的职业！）" V: "Vous Voyez, je Vais Vous dire la Vérité（走着瞧吧，我会告诉您真相的。）" 整个节奏和音乐把乔治·勒莫尼带到费里尼的节日尾声，带到这个让我们在结束时快乐地载歌载舞的 Z: "Zim boum – Zim boum – Zim boum ……" 欢快中夹杂着充满童趣的三拍舞蹈。书里的其他内容则是木偶童年生活中所遭遇的磨难，说到这，我们想到了莫里斯·桑达克《字母书》（*Des alligators partout*）中的"爵士音乐迷"，不过他更乖巧听话一些。我们还可以跟 2010 年伽俐玛少儿出版社出版的由内吉贝（Néjib）编写的《字母书》（*L'Abécédaire zoométrique*）相比较，书中所有的字母都成圆形，并配以鲜亮的颜色。乔治·勒莫尼一边创作，一边从读者的角度来阅读自己的作品。他首先把孩子的冲动、嬉闹等童年文化投射在书中，通过这些片段，既可以树立作品风格又能找到与其他作品的些许相似之处。书中运用了多种杂技动作，一种特殊的能量，一种快乐，一种柔美。匹诺曹是一个没有线的木偶，却被既是作者又是插画家的乔治远程操纵着。然而当马利耶勒·马塞第一次读到这本书时，他说到，虽然这只木偶没有线，但他却跟所有无形的线连接在一起，吸引读者对文章进行不同的诠释。乔治·勒莫尼在一种新式儿童作品中，引入了许多大师作品所运用的既轻巧又精炼的技术，从克劳德·罗伊一直到玛格丽特·尤瑟纳尔、勒克莱齐奥和马塞尔·普鲁斯特。在这个领域中，他的风格①最初是通过作品的特殊排字、印刷及对圆形凿子

---

① 乔治·勒莫尼全心投入"接近插画家"系列，从中我们可以发现他的风格。这套书 2011 年由戴尔皮尔出版社出版。我们还可以参考书的前言以及书中克莉丝汀·普吕提供的参考书目。

的运用而确立的。比如在1986年出版的《树叶》中,字母表被排在一块裁剪成叶子形状的亚麻油毡板上,书中字母 V 的造型也是一个人的两条腿腾空,打开,头朝下枕在双手上。随着乔治·勒莫尼写作能力的提升,他对 V 和 Y 这两个字母的表达变得更富有内涵。

插画家-作者:图像和文字的对话

字母识字课本,排列方法的典范①,是大师们优先选择的创作地带。在玛丽-泰雷兹·德维兹(Marie-Thérèse Devèze)创建的"图像,图像"系列中,我们发现它不停地发散着它的影响力,接受许多无法预见的新型创作。到目前为止,这个系列拥有十来个主题(17×20 厘米的若干图画书),并吸引了众多插画家,比如萨哈(Sara)、米歇尔·多弗雷纳、伊万·波墨等等。其目的是通过出现在字母排列、各式技术评论册子以及最后的参考书目中的 47 幅插画家-作者的图像来"介绍敏感的宇宙"。特别要指出的是,评论可以揭示艺术家的"生活方式"、他们对童年的理解,尤其是他们注入书中的幽默形式。正如阿兰·高蒂尔(Alain Gauthier)在第一个图像上毫不犹豫地用他自己的照片来表达字母 A,Alain,一个三岁的孩子在海边玩耍。但是第二个图像,他用铅笔画了一只正在给爱丽丝献花的手,他把他的审美渗透到作品中:

> 爱丽丝或童年的极乐世界,以及永远是孩子的路易斯·卡罗尔。
> 爱丽丝,我所关注的唯一的东西,这是在拉哥特出版社的第一本书,此外也是"艺术家之书"。(见《从艺术到页面》中高蒂尔编写的条目)

---

① 详见科林·吉贝洛-贝内特(Corinne Gibello-Bernette)发表在 *Strenæ* 杂志上的文章 "A comme Alphabet, B comme Bibliothèque, C comme Clément …… Histoire simplifiée du classement des livres imprimés pour enfants à la Bibliothèque nationale de France, 1675 - 1996"(《字母 A 正如字母表一词的第一个字母,B 就像图书馆一词的第一个字母,C 就像克雷蒙一词的第一个字母……法国国家图书馆中儿童图书分类的简易故事,1675 - 1996》)。

他在 1979 年给出版社绘制插图,通过这本字母书把爱丽丝呈现出来。从字母 E 起,爱丽丝便把位置让给了伊丽莎白(Elisabeth),"母性,油画/丙烯",这是他的"妻子,或者母亲和孩子,我的前几幅油画之一"。对于塑造"游泳池"一词,在一幅"油画/丙烯"中,两排灰色的树中间,一个男孩正在笔直的泳池中游泳。高蒂尔评论道:

> 月光下,窗帘般的两排树,垂直状的泳池;图画中静谧的背景——"孤独的游泳者"。以前总是会先说出他是谁,这次猜一猜,这是谁?……(《从艺术到页面》,第 12 页)

在对自身的分析和对作品技术的分析之间,所有诗歌中的唯美和宇宙中的"诙谐"都被表达了出来,比如驯兽者给"狮子一块肉作为奖励,就像它是一个好孩子一样"(《从艺术到页面》,第 18 页)。狮子让我们想到《美女和野兽》中的国王,这本书是艺术家第二部取得成功的作品。从字母 C 的线条轨迹中,我们看到了"毛绒狗熊的第一场爱情",跟"心"(Coeur)一词无瑕接合。之后我们将会看到"面具"(Masque),"它说出了所有它要隐藏的事情"(《从艺术到页面》,第 66 页);还有"玫瑰","初遇年轻;清凉,清晨的玫瑰"(《从艺术到页面》,第 92 页)。航行没有到达终点,而是停在了字母 V 那里——旅行(Voyage)。坐在二等车厢里放飞鸽子的人感叹道:"火车的魔力和旅行的魅力;罗亚尔(Loyal)先生口中梦想的翅膀。美丽的鸟儿,飞翔吧!"(《从艺术到页面》,第 96 页)。一个男人的谦虚和意识道出了一切,他正在欣赏"飞到云端,为了很快回到书中"的"鸟儿"。随后眼睛看向镜子:"镜子,我美丽的镜子。就像人们看到你那样,如此的美丽!"在杂技表演场和"美丽出逃"中有这样一句话,"绕着圆圈走并不是一件好事"(《从艺术到页面》,第 64 页)。在艺术中,孩子们的想象力只有跟图像联系在一起才能更加发光、发亮。玛格丽特式及超现实主义的审美使所有的想象力及感知力得到自由,阿兰·高蒂尔在儿童文学和当代艺术图画书中加入了独特的见解：他幽默的辨别力触及了他能够承担的、天真幼稚的无礼言行。在同系列的针对不同文化的分析里，迈·安热利指出了全世界文化对她的影响，尤其是突尼斯文化，具体到它的风景及花园中开满鲜花的"阳台"上，从现实中的人们到诗情画意的人物。这里孩子们的童年完全存入她的记忆："《孩子们》(2005年的木质雕刻画)：某些眼神、童言全部刻在我的脑海中。"(《从艺术到页面》，第36页) 木质雕刻、水粉、水彩及彩铅都赋予作品一分圆润、一分柔美。但是最能给我们惊喜的还是画中带有文学色彩的注释："《房子》(水粉画，1970年)，唯一一座我们可以驻足、避风的港湾，这正是我们小时候就学到的美文。"(摘自米歇尔·弗勾勒于1966年与克劳德·波诺弗瓦[Claude Bonnefoy]的谈话，被收录在2004年9月第12-13期的《世界报》中，发表时题为"写作，美好的相遇"。)字母表，记忆的收集者，会把艺术家们充满激情的、大不相同的个性带到这个世界上吗？依都恩出版社正好做了这么一件事情：2009年，他们别出心裁地用二十四幅画来呈现一个字母表，这些画分别委托给了二十四位艺术家。

我们可以理解为何一位年轻的艺术家不愿意被纳入玛丽-泰雷兹·德维兹的系列，而是更倾向专注于一个单一的字母。比如说纳塔利·弗蒂尔，钟情于字母Z，她在2008年为《从艺术到页面》中的"动物园"(Zoo)绘画，方形作品大小为16×16厘米。在马延省的图书馆展览中，需要创建一个"针对儿童的艺术游戏"计划。通过孩子们熟悉的动物或者物品的形象来把雕塑和油画结合起来。图画书就是一个很好的方式。在这种情景下，没有乡愁，没有回忆，一幅"防备自己变老"的乌龟的图像一下子就驱除了载满回忆的思乡情。这种幽默感会出现在不同材料制作的画像中，比如面饼上、木头上(类似匹诺曹木偶！)，然后再拍成照片：

> 滑稽的时尚感
> 高级定制的条纹服。
> 大象罗斯。

> 穿着竖条的布料为了彰显身材。
>
> 它将会成为代理公司的模特。(《从艺术到页面》,第14页)

所有的图像都比较古怪:"用草做的骆驼着火了,快速奔跑着";"雄狼张开双臂,想念雌狼";"守门人打着嗝,大声叫喊,唾沫四溅";"生活必需品都跳起来,可是没有碰到天空"。乌龟本身就是矛盾的;它圆滚滚的身子暗示"它是贪吃鬼,一口就能吃下整个地球",并且还要"把宇宙当成甜点"。这种如同年轻人一样的胃口给它带来了无尽的力量,它还不停地开着玩笑!因为,"空气中的声音是欢快雀跃的",图画书最终以"快乐及迷人的笑声"结束。最后所有人物聚集在一起,围成一个圈子欢歌笑语,最重要的是"要热爱生活"。在这里,"快乐的生活"就是我们之后要提到的"生活的游戏"。这个"游戏"会使年轻艺术家和"成名已久"的艺术家产生对立吗?事实上,前者更喜欢直接地表现动物园或者马戏团中动物们的现实生活,而后者则喜欢念旧,他们经常会通过表现过去来回味或者哀悼一些鲜明的时刻,好似从中引出文学经验一样。所有的这些,最终都有可能是一个记忆的问题吗?

今天我们还意识到了其他的因素:图像对青少年的吸引带动了图像和文本间的关系调整以及新型文学的创作。一方面,正如我们在上一章中刚刚意识到的,"童话"总是被世界文化中不同的宗教信仰所吸引,故事本身产生的影响力不明显,大体上都是通过艺术家的插画表达出来的;它使我们在这个昏乱的、变化万千的世界中闲庭漫步,同时给新媒体带来源源不断的资源。插画家则被新科技吸引,但并没有忽略写作的渗透性和作品的整体构思,他们可以为古典作品加插画,可以致力于对地点的描写,或者回到他们自己的过去以进行美好的憧憬,比如乔治·勒莫尼[①],抑或是加强作品中的诗意,譬

[①] 详见2009年出版的《乔治·勒莫尼:写作与绘画》文集中题目为《乔治·勒莫尼的提升,天资禀赋》一文。

如弗雷德里克·克莱芒①。其他插画家,例如亨利·加莱罗②,在如今图书封面业产能过剩的背景下,游走于邮票和海报之间,立志把幽默和童趣结合起来。相反,年轻一代用词越发吝啬,以成为最低限度派艺术家为目的,甚至一言不发,就像贝蒂·伯恩的某些图画书,跟 DVD 中的动画片没太大不同。这种作品以巧妙的手法,为我们展示阅读和创作是如何互相交错而又如何互相支持的。再来说说那些经验丰富的出版商,妮可·梅玛利用多年来跟众多插画家建立的关系来出版图书。创作是基于文本间和图像间的合作,但是也没有忽略个人的心声,它使图像滑向文章,但总是专注于一种大众审美的方式,通过敏锐的目光和对美好方式的寻找来超越现实主义。我们在玛尔蒂娜·德莱姆的书中发现了一种从简单的文字过渡到图画书再到照片的态度。这些在文化空间中遭遇的磨难,意味着一种新的跟幻想的关系诞生了,就像跟经历过的时间的关系,跟一些点画派的关系以及另一些画家的私人关系。就像在米歇尔·布什和比阿特丽丝·蓬斯莱的小宇宙中那样,这些磨难让我们从魔鬼走向天使,而后又从苍老变回孩童。我们将以修辞、借代和夸张的方法来发现它们!不管怎样,这些存在于当代创作中的个人神秘感将会吸引我们。

(一)贝蒂·伯恩的高压:从蜘蛛网到彩虹;从图画书到光盘

涂鸦板上的马塞尔·普鲁斯特

在弗雷德里克·克莱芒的作品中,一根风筝线贯穿了整部图画书,最后消失在了天空中。我们在前文曾分析过贝蒂·伯恩的图画书《嘟嘟》,该书于 2005 年由蒂埃里·玛尼耶出版社出版。书中,现代城市大楼上方的艳蓝

---

① 详见收录在 Inter‑CDI 杂志 1989 年 9－10 月第 101 号上的《弗雷德里克·克莱芒的诗歌之旅,月亮统治下的死亡和复活》一文(第 15—19 页)。
② 详见《亨利·加莱罗,词句的诗人:让·佩罗以三个章节描写了他的艺术生活,与苏菲·范·德·林登合作了两个插剧》。此文出自 2007 年出版的《亨利:插画家》,该书于 2007 年 10 月 25 日到 2008 年 1 月 5 日在马赛阿卡沙图书馆展示。

色的天空中矗立着很多电线杆。故事讲述了一个名叫嘟嘟的小女孩的冒险旅程和她两个姐姐对她的寻找，画面上广阔的天空下是一派繁华的都市景象，天空中电线和喷气式飞机留下的白色烟雾交织在一起。伯恩从开始作画到2002年从斯特拉斯堡装饰艺术学院毕业，其插画技巧也有很大的变化，一方面体现在根据形态和各种色调而有所变化的绘画"原稿"上，另一方面则是通过"涂鸦板"就可以在电脑上将图画直接变成一本书。在第二种情况中，艺术家不画线条了，而是"画出形状然后填上颜色"（物体不是由线条限定的），这种方式演变成了一种几何化的创作形式和一种精细得有些抽象的视觉效果。现在难道不都是由专门的美术图案工作者来调节那些细微的色彩吗？还是说画面上的这些"电线"和那些彩色的投影其实是帮助读者来理解画家的想象？这些线条所形成的网络和嘟嘟那个红蓝相间的风筝一样，难道不是童年冲动的象征，并值得读者仔细品味吗？

机灵的眼睛和读者的目光：蜘蛛的秘密

通常来说，插画家的第一部作品都会影响到他以后对作品内容的设定，它会变成一些意想不到的提议并在日后的创作中得到发展。这让作者更重视与之相关的人物性格特征，也正是这些特征引导着故事的发展。我们从贝蒂·伯恩较新的作品开始看，首先是她为卡斯特·弗拉马利翁作插画的一部名为《羚羊的朋友们是如何拯救它的》的图画书，这是一个经典的阿富汗童话故事，贝尔纳德·索莱在2003年对故事进行了改编。故事讲的是一只羚羊在散步时不小心掉入了猎人设置的陷阱，最后被困在一个吊在树上的网袋里。它的朋友们——乌鸦、老鼠和乌龟，看羚羊迟迟没有回来，就出门去找它。找到羚羊之后，老鼠咬断了网袋上的麻线，正好赶在向猎物们靠近的猎人到达之前将羚羊解救了出来。但是，这次乌龟因为走得太慢被猎人抓了起来，放进了一个袋子里。这一切都被乌鸦看见了，它把乌龟被抓的事情告诉了朋友们，大家决定一起去救乌龟。羚羊假装受伤来吸引猎人的注意力，猎人为了追逐羚羊就丢下装有乌龟的袋子。这时候老鼠把乌龟救了出来,然后,重振精神的四个小伙伴回到家中,一同庆祝它们团结一致得来的胜利和欢乐。然而,在图画书的标题页中间,我们能看见一只黑色的蜘蛛趴在蜘蛛网的中间,蜘蛛网由一些绿色的植物茎秆撑着,有些上面还带着红色的花朵,这些红色的花朵让整个页面的冷热对比更加明显。而且,只有左边的茎秆上有花朵。

  作者从一开始就向我们展示了接下来贯穿故事的重要元素——线。这一页上的蜘蛛网象征着故事里将羚羊困住的那个陷阱。读者还会发现,猎人用来困住猎物的网袋的麻线,其线条被画得稍微粗了一些,在故事的高潮部分,其颜色则又变得更深了一些。在这里,画家首先想要表达的是,虽然这只蜘蛛在这本图画书中所占的篇幅并不大,但是在以后的图画书中将会是陷阱的标志和制作者,但这不是给画中人物设下的陷阱,而是给读者设下的陷阱,尤其是贝蒂·伯恩在2010年发表的图画书《邮递员的时间》。位于标题画页中间的蜘蛛形成了某种黑白对比,它会随着故事的叙述不断发展,并逐渐构成一个揭示主题的要素,而在这一过程中,颜色上的对比更像是存在着的物体和死亡的物体的对比。这种发展还体现在作者布局手法的运用和对空白页的设计上,这些都让读者对原始的绘画的需求更加强烈,她尝试通过这种细腻的手法来吸引读者的注意力。间接地受了阿富汗童话的启发,作品中这只蜘蛛的计划就是在黑暗中工作。于是,随着画页中一些黑暗的过渡页陆续出现,最后蜘蛛的"密谋"给读者带来了一个惊喜:在图画书《嘟嘟》里,天空中投射出了一个巨大的蜘蛛网,马利耶勒·马塞评价这是一种对"生存的可能性"的巧妙阐释。

条纹和杂色:直角和圆圈

  在作品《羚羊的朋友们是如何拯救它的》中,除了图画书的颜色外,图画书背景的形式也主宰着对主题的设定——最初场景和最后结尾的对比。总的来说,这部作品中的色彩色调安排得比较均匀,对比并不强烈。故事的最初,在动物们生活的洞穴中的橙黄色地面上,有一条黄底带红色条纹的毯子,白色的羚羊和黑色的乌鸦在毯子上跳舞("动物们对它们的共同生活感到很满意,没有人觉得无聊");我们还能看见浅棕色的乌龟和灰色的老鼠正在安静地玩着纸牌游戏,它们旁边有一块粉底带品色条纹的圆形毯子。图画书的最后描述了团聚在一起的动物们的欢庆场景,它们庆祝战胜了猎人,这时候毯子上的条纹不见了,取而代之的是一个上面摆满了红色、绿色和蓝色菜肴的圆桌子。这时候气氛不再沉闷无趣,取而代之的是和谐的氛围,小动物们畅饮着饮料,相互碰杯来庆祝它们的胜利。在作品的开头,小动物们住的洞穴的顶部有几个白色的窟窿,暗示会有漏洞出现:这些漏洞中有一个是半个心形的样子,但是在第二个"窗口"里我们能看见两根开出粉色花朵的茎秆,暗示一种缓和的发展。在最后一张画页上,与前面相反,洞穴顶部只有那些圆形的洞还在,其他的则变成了一个黑白相间的收音机,里面正往外冒出音符("两个八分音符往右边飘过来")。这个收音机同时也代表着声音的出现和变化,代表着和谐而愉快的声音。这番景象诠释了一个故事:"这四个小伙伴又重新聚在了一起……它们都坚定地认为友情能够创造奇迹。"洞穴地面的背景还是橙黄色的,只是那块圆形的毯子变得更大了,仿佛是以借代的手法表现一种无以言表的迂回的情节是如何展开的,就像故事中的友谊和音乐一样。在这里,图像说出了文字所无法表达的东西。那个由白色线条和黑色矩形色块组成的收音机仿佛预示着,作品《邮递员的时间》中,黑色和白色将会成为图画书的主要色调,而背景也将以这种方式呈现。贝蒂·伯恩的这部作品为她日后的图画书奠定了一个基调……

剪纸与粘贴技巧

图画书《羚羊的朋友们是如何拯救它的》的另一个特点在于画家独特的技巧,她将由彩色纸张裁剪成的卡片组合在一起,构成作品中的场景和人物。这种新颖的技巧成就了贝蒂·伯恩独有的风格。她抛弃了原有的那种加强线条的表现方法,例如,在表现羚羊被困在灰色的大树上的袋子里这一场景时就很明显,这时候背景是浅绿色的,而树干则被画得尤为细长,仿佛是标枪一样,由此表现羚羊被捕时场景的激烈。动物的运动则通过加大它们的体型来表现,例如在跨页上运动的动物变大了三倍。同时,在运用深色和浅色的对比时,画家十分注重突出主角的存在,这一特点在表现动物被捕的场景时尤为明显。在夜晚的场景中,黑色的天空背景中被捕的动物显得十分突出:在黑暗的夜空中,月亮的圆盘上有乌鸦的身影,然而我们能看见它栖息在大树的绿色叶子上面,树下面尖锐而低矮的草地蔓延开来,闪烁着微弱的光芒,让人们联想起汤米·温格尔的图画书。画家另一个具有代表性的手法与那种均匀色调的技巧形成了对照,她尝试用细腻的线条来代替图形,就如同她表现花朵的手法以及她对空间的暗示的手法,例如她在作品中设置一根简单的茎秆和一只飞行的昆虫。她的图画书中对微妙细节的把握是最值得读者细细体味的。

阴谋中的陷阱:蜘蛛编织寓言故事

2004年,贝蒂·伯恩为印度童话《一只被困住的猴子!》(卡斯特出版社)绘制了插图。该书首先引人注目的是封面上由红色和绿色等形成的强烈对比,这些色彩表现了一只躲藏着的猴子,它藏在一片鲜艳的绿色叶子中,用一朵百合花半遮半掩地盖住自己。这只猴子的上面有一个向右倾斜的红色斜坡,那红色斜坡的色彩饱满得像是马蒂斯的作品。一朵蓝色的小花飘荡在斜坡和猴子之间。画家在这里没有运用透视法来表现景象,而是在白色的背景上将动物形象几何化并采用色调统一的色彩。这些几何化的图像贯穿整部书并形成了一种印象派式的对比,例如,画面中竖立着的大树上涂满了蓝色的树洞,猩红的水平地面上流淌着一条白色的河,而天空和这些并没有间隔。整个世界仿佛在一个梦幻的模糊之境中浮动。这个故事描述的是一只猴子和一头骆驼的复杂关系,猴子想要利用骆驼渡过那条河。在一张和合页上我们看见,这时候天空已经消失了,取而代之的是被猩红色的大地充斥着的画面,猴子和骆驼一同趟过那白色的河流。然而随着骑着骆驼的猴子开始变得暴力,画风也有所变化。同样是在猩红色的大地上,有一幕发生在果园里的片段，猴子在果园里肆意吃了很多美味多汁的桃子。这里，画面的中央画着三棵大树，树上面结满了像圣诞树彩球装饰一样的果子，插画家还在上面画了一些黄底的带条纹的圆形来代表正在采蜜的胡蜂。在接下来的画页中，读者会看见一幢只有屋顶、门和窗户的房子，房子里有一个人好奇地盯着外面看（这时候不知读者自己是否进入了一幅"画中画"?），这个画面让这座房子在白色的背景中显得不那么突兀。在这本图画书中，物体只能通过色彩的微妙变化来表现。在随后的画页中谜底被揭晓了，原来这个窥探者就是这个花园的看守者，他追着猴子和骆驼并且揍了骆驼一顿。骆驼十分生猴子的气，为了报复猴子，它一下子钻进了河水里，这也惹恼了猴子。可是，猴子并不会游泳，它下水试了几次都不敢游过去，只好狼狈地回到岸上，并遭到了骆驼的一顿嘲弄。这时候，那个红色的斜坡和之前封面上画的完全相反，已经不往右侧底部倾斜了。在最后一页上，一只蜘蛛见证了故事情节的所有转变，它在自己的蜘蛛网上看着这一切，网在两片巨大的绿叶中间，旁边则是一根白色风铃草的花茎。这里，蜘蛛的出现为读者们提供了一个主题思想的总结：猴子最后还是陷入了自己设计的阴谋。在图画书的第四页，斜坡的下面也出现了一只蜘蛛，这也是在概括整个故事的寓意：随着斜坡一滑而下，坠入享乐的世界是很简单的，但逆着斜坡爬回原来的世界则很艰难。在这个故事里，蜘蛛难道不是一个标志吗？

夜晚的谜语和白色的神秘：色彩的变化和印记

图画书《夜晚》最初只是画家的一个毕业作品，随后经过修改，由鲁尔格出版社于 2005 年出版，同一年出版的还有"我像一个大人一样作画"系列中的《形态》（卡斯特出版社）和《漫步》（索瓦比埃出版社）。在《夜晚》中，也有动物在月亮上消失的场景，这在《羚羊的朋友们是如何拯救它的》一书里曾出现过，但是，在这里插画家只用了两种颜色——黑色和白色。在《一只被困住的猴子！》里，画家通过控制色彩的变化来控制房子的出现和消失，但《夜晚》则全部从雪白的背景开始。从封面开始，一个代表着山脉的波浪将布满了白色星星的黑色天空划分开来。在第一页上，白色的月亮变成了像一把镰刀一样的弯月，靠在白色的题目旁边。在第二页上，一丛黑色的小树中出现了一头只有白色轮廓的小鹿，小鹿在树丛中游走。由于这头小鹿并没有用黑色的线条完整地勾画出来，所以有时甚至无法将它从背景中区分出来，我们只能看出这头小鹿是在这片树丛后面半掩着的。这时候，作者颇具讽刺意味地画了很多风景，天空中月亮被云朵遮盖了，白色的屋顶上露出了一个房子的直角，接着房子的一扇窗户突然亮了，最后我们看见一个男人的脚印和他的行迹。这时候，旁白说道："夜幕降临了……阿里却不睡觉……他出门转了转。"接着"这刺耳的尖叫是哪里传来的"？然后是"一阵轻巧的脚步声"。接下来的画面证实了其他角色的存在：在男人的脚印旁边，一串兔子脚印一直延伸到一片灌木丛中，说明这些小动物正藏在里面呢。在这个惊讶的男人和灌木丛中警觉的眼神之间建立起了一项联系，而读者们则通过图像给出的线索来推测这种关联。这个男人看见灌木丛中有一个像熊一样的白色轮廓出现时吓了一大跳，当他看见有一串大爪子脚印靠近他的时候更是十分害怕，结果那串脚印消失在了旁边的一个黑色洞中。男人深深地松了一口气，然后被逗乐道，"我才不害怕夜晚呢"，他不断重复着。在最后一页上，阿里急急忙忙地往家里跑，正如画面上房屋前那两串雪地里的脚印所显示的那样。

《夜晚》一书犹如一场捉迷藏游戏。贝蒂·伯恩可能借鉴了华雷斯·玛莎多的《一场看不见的冒险》中的技巧，后者是"卡斯特经典系列"中的一本，于1975年出版。但贝蒂将背景复杂化了，因为在华雷斯的图画书中我们看不到人物——我们只能通过他们的活动痕迹来猜测故事的背景（除了一个场景中有一个小丑拿着一块写着"马戏团"一词的牌子）。《夜晚》中，阿里是具体的，而他看不清一直跟着他脚步的人是谁。华雷斯·玛莎多的心地善良的"小丑"在最后则变成了一个恐怖的角色，被揭开了真面目。由于贝蒂·伯恩对侦探小说的偏爱，她的作品风格在趋于成熟的同时，其插画中的描绘手法和视觉效果也随之变得复杂。几乎在每个场景中,故事都是围绕着一次次闲逛和相遇展开的,随后就是读者探索故事和图画、文字、色彩之间的关系的过程了。

一次安静的漫步和街道上的悲惨故事:质朴简约的语言

在图画书《漫步》中,插画家在布局上变得更为大胆,她去掉了旁白,直接让读者根据串联起来的图像推测故事情节。和作者的其他作品一样,这本图画书也讲述了主人公的一次出行,一次普通生活中的出门,但是,这一次作者却更直截了当地给这趟出行添上了一种对社会进行探索的意味。年轻的主人公,在整个故事中,从头到尾都没有留下足迹。我们看见他离开家门,他从一个位于伍尔茨大街 51 号的门廊中走出来(这个地址在《邮递员的时间》中还会出现),我们看见信箱下面的墙面已经有了裂口。年轻人的胳膊下面夹着一份报纸,是他刚买的,报纸有一个揭示性的名称:《革命报》。就是这几个词构成了读者理解图画书的出发点,这份报纸的名称也揭示了作者的主题:实际上,在当今文化多元的社会中,有着太多的痛苦和灾难让人们想要革命。这时候,街上的场景是:这个年轻人先是和一个大人说了几句话(开始反抗的迹象?),这个成年人隔着窗户向年轻人回应。稍远处,两个蒙着面纱的女人在相互比着手势。接着,年轻人碰到了一只流浪狗。在街道上,年轻人看见一个带着手枪的人爬上树想要偷梨。这个不幸的乞丐被表现得仿佛他正举着一个写有"我想吃饭"的标语。年轻人又透过一个花园的栅栏中摘了一束鲜花,接着他在雨中奔跑,还差点被一辆自行车撞倒,最后他买了份报纸然后回家了。随后,我们透过窗户看见年轻人把报纸给了一个像是他爸爸的男人,两人交谈了几句,然后年轻人就趴在窗台上玩小雕塑玩偶。这时候,就该由读者们来思考这段故事的寓意了,但是我们还是能看出作者在涉及当代社会问题时采用的那种严谨而微妙的手法。

这本图画书的背景简洁得就像一幅建筑物示意图一样,有时候甚至简洁到用一个角度来表现墙面,有些颜色浅,有些颜色深一些,就像马路一样。然而,这种视觉效果却能将作者独特的意味表达得清楚又到位。书中描绘了一个烟草店,人们在那里买报刊,有一个年轻姑娘在那里喝着咖啡……窗户的下面生长着一丛细长的灌木,上面零星地缀着几朵含苞待放的花朵。故事的含义因读者的政治敏感度不同而不同,读者需要将画面一个一个结合起来才能体会其中的关联。在这本图画书的场景中,有着人物的运动、简洁的表达形式和由图像带来的信息变化。整部作品中的图像都很稀疏,整个背景在一个巨大的平面中,就像某些电脑游戏那样,那些房屋都在几何画板中变得像简单的几何图形。仿佛,《漫步》一书中的想象部分,也是贝蒂·伯恩在为安托万·维尼的作品《勒·柯布西耶:眼睛和话语》("达达系列",蒙戈出版社 2005 年版)作插画时所获得的灵感。勒·柯布西耶作为一个建筑师,一直试图将建筑以和谐的方式融入一个城市,同时最大程度上遵循建筑物的自由风格、个性,并考量现代生活中的各项限制。也许这就是贝蒂·伯恩在作画时将线条和色彩变得如此简洁的出发点。另外,在图画书《嘟嘟》里,也能找到和《勒·柯布西耶:眼睛和话语》插画里的房屋相同的东西。

颠倒的文字和《邮递员的时间》中对结构系统的辨读:从下到上的蜘蛛和从上到下的文字

作品《夜晚》中所展现的山脉和大雪,其实就是贝蒂·伯恩在去斯特拉斯堡深造之前所居住的上萨瓦的景色。在这个城市里,几乎所有装饰艺术学院的学生都去过伍尔茨大街上的一个美术馆参观,这是一个插画家无法忽视的学生时代的驿站。更确切地说,《邮递员的时间》(鲁尔格出版社 2010 年版)的剧情其实部分是建立在阿里寄出的一封信的地址上的。住在常年覆盖着大雪的山脉的山脚下一座小木屋里,阿里给强尼·毕加索寄了一封信(这个暗示不能再明显了!)。而住在伍尔茨大街 51 号的强尼收到了这封信,这个地址也是《漫步》里男孩的住处(信封上并没有写城市的名字,因而,让信件送达正确的地址显得不太现实,或是寄信人把邮递员想得太神奇了!)。图画书《邮递员的时间》好像是作者对那个用书信沟通交流的时代的怀念,在我看来,这本图画书是贝蒂·伯恩最成熟的一部作品。这本图画书的布局结构十分精细,画家以微妙的方式表达作者的想法,她将许多微小的细节融合在了一个充满暗示意味的体系中。页面布局和封面上特殊的"黑色"数字插画无疑增强了空间的敏感度,贝蒂一向十分看重色彩的对比,尤其是黑白对比。很多时候她通过这种色彩上的对比,为读者提供了一场真正的视觉盛宴,而看似矛盾的是,这是一场不依赖图像的感官体验。

正是这个场景,从一种结构主义的角度确定了"最初的场景"和最后一页上"最后的场景"。在那里,读者们能看见一个年轻的男人躺在一个房间的地板上,这个房间里的一切都是白色的(白色的墙面、白色的地板,甚至椅子也是白色的,椅子上面挂着一件黄色的背心)。这正是《漫步》中的主人公,因为我们看见在他身旁有个带手枪的雕塑小人(这是自我指涉吗?)。他打开了一个信封,我们可以看见信封上写着收件人的姓名和地址(强尼·毕加索,伍尔茨大街 51 号)。他在一扇窗户下面,透过窗是夜晚的景色,在高耸的房屋上方挂着一轮月亮,月亮的背后能看见笔直的电线的线条,就像第一张图画上那样:在其中的一根电线上,一只彩色的鸟儿抬起了它的"爪子",另一只鸟儿则停在了窗栏上,和电线上的鸟儿呼应着对唱。这个年轻人注视着信封里的这幅画:我们看见了图画书中一开始的那座小屋,两只小鹿在雪地里奔跑,雪白的天空中有鸟儿在飞翔。《邮递员的时间》中的这种转变,是通过一封信的传递和白天与夜晚的交替来实现的:我们透过窗户看见了这个白色的房间外的黑色高楼,相对地,小屋里的装饰是"真的如此"而且还变成了一个象征!在这个令人惊讶的翻转之中,人们开始质疑真实世界和虚构故事之间的区别。这是通过什么神奇的魔法实现的呢?这时候,读者们可以回想一下那只贯穿整本书的蜘蛛,让我们跟随它的脚步来看一下:一开始,它处在左边画页的最下角,它先是沿着画页的边缘移动,接着它爬上了桌子,沿着右边画页中的墙壁爬行,到了最后一页上,它已经爬到了右边画页的最上面,还在那里织了一和蜘蛛网,仔细看才发现那是正在读信件的年轻人的胳膊肘!雅克·拉康分析到,在埃德加·爱伦·坡的短篇小说《被窃的信》中,那封信并没有被人偷窃,但是在杜宾的注视下应该有人已经读过了。我们想到了洛朗·加本的短篇涂鸦小说——《微笑的蜘蛛》,我们在《全球化与儿童文学》一书中分析过这本小说,这本书的创作受到了奥迪伦·雷登的同名画作的启发。书中一个淘气的女魔术师仿佛代表着插画家设计的图像陷阱,魔术师的出现也是为了帮助读者理解图画书。让我们回到《邮递员的时间》,在一片阴影中,阿里开始写他的信,他用了很多彩色铅笔,窗外小鸟们在天空中飞舞,五颜六色的画面像是缤纷的彩虹。这时,我们就让读者去自由领会由这本《邮递员的时间》收尾的衔接情节吧……

在标题页之后,读者们能看到图画书简短地描绘了"阿里住的房子"。这时叙述开始了,画面中出现了一座小屋:屋顶上有一个黑色的三角形,三角形上面覆盖着雪花和冰块,并且往一边倾斜,像要掉下来似的。随着空白的背景所占的篇幅越来越大,我们看见门口有一个雪人,在雪人的周围有几个脚印,雪人上方是房屋的蓝色窗户(这一切都证明作品的世界里是冬季)。画面上的房子小得几乎看不见了,只能看见砧板上插着的一把斧头,还有已经劈开了的柴火。在一根光秃秃的黑色树枝的顶端,一棵绿色的嫩芽正在生长(预示着春天的到来?)。烟囱中飘出的黄色烟雾袅袅升起,天空中两只颜色鲜艳的小鸟在自由飞翔,一唱一和地发出吱吱的叫声。这两只鸟的互补性体现在它们的颜色上:它们翅膀顶部的羽毛和尾巴的羽毛都是红色的,但是身体部分,一只鸟是黄色带绿色的花纹,另一只则是黄色带蓝色的花纹。类似地,阿里的眼睛一只是蓝色,一只是绿色。这里所有的标志性元素都是相互呼应且颇具意义的!

当读者看到那座小屋时,关于到底是谁在砍木头的谜语一下子就解开了。读者注视着的黑色的门通向一栋有着纯白色房间的屋子,然而,屋子里面的所有家具都是黑色的：一张办公桌，一把椅子，甚至一口锅和一个咖啡壶都是黑色的，里面冒出红色的烟雾。实际上是阿里开门走进了屋子。他穿了一身黑色的衣服，手里拿着砍好的木头准备添一把火，屋子里的火焰则是红色的、黄色的和绿色的。

就在这时，蜘蛛又出现了，就在阿里放在地上的一根柴火的左边。同时，读者们看见小鸟在窗户后面飞行，而那个一直在椅子上的不明物其实是一只刚刚睡醒的猫咪。还是在窗户的旁边，挂着一个写着三月一日的日历和一幅黑色背景白色线条的画。一阵风把门吹开了，也让我们更清楚地看见了那幅画。画上面写着"强尼"，还画着夜色背景下的高楼轮廓，高楼上面有一轮月亮挂在两条平行的电线上。

普鲁斯特式的掩饰：寻找走失的嘟嘟

在贝蒂·伯恩的作品《嘟嘟、可可和娜娜》（蒂埃里·玛尼耶出版社2008年版）中，蜘蛛的存在变得更加不起眼。这本图画书附带一张DVD光盘，它从另一个角度讲述了2005年版的《嘟嘟》的故事。在第一本图画书中寻找走丢的小女孩的场景在这本图画书中又一次出现了：一对姐妹，每次她们远远地看见有什么红色的东西的时候，都觉得那是穿着红色连衣裙的嘟嘟，嘟嘟是一个离家出走的小姑娘。于是，两姐妹就会呼喊："嘟嘟！"接着，她们发现是自己认错了："那不是她！"这种不自主的捉迷藏游戏建立在一个幻想上，这不禁让人联想到马塞尔·普鲁斯特作品中的那个被阿尔贝蒂的消失所烦扰的人物，即《消失的阿尔贝蒂》中对那个年轻女孩的探寻，这本书原名叫《女逃亡者》，是《追忆似水年华》的第六卷。这本书里有一段开场词，仆人弗朗索瓦说道："阿尔贝蒂小姐离开了！心灵上的痛苦也随着离开了！"这和那游走在充满危险和意外的世界中的两姐妹的痛苦有些相似。然而嘟嘟最后被"找到了"，她在一个水池旁边，正在和一群小朋友一起开心地玩水池里面五颜六色的纸船。于是，一家人又沉浸在团聚的喜悦之中了。"追回过去的时间"赋予了马塞尔·普鲁斯特的作品一种浪漫风格。在贝蒂·伯恩的图画书《嘟嘟、可可和娜娜》中,她又创造了第四个小女孩,这个小女孩一直待在家里,以她自己的方式等待嘟嘟回家。这本图画书难道不是贝蒂·伯恩形成自己作品风格的尝试吗?

《嘟嘟、可可和娜娜》讲述了在一个幸福的家庭里,有一个母亲和四个正在吃饭的女儿:此刻画面背景和服饰都是红色的;餐桌上放着和图画书《漫步》里一样的一份《革命报》,旁边还有一首手绘的诗歌,读者愿意的话,可以试着看一下上面到底写着什么。旁白是由第四个小女孩来担当的,她叙述了嘟嘟是如何打翻了自己的牛奶,之后塔式甜点又是如何被猫咪吃掉的。就是这样一个日常生活中的小插曲,让嘟嘟决定去"外面和姐姐们一起玩儿"并且偷偷溜走。随后,图画书描述了家长们在家里焦急地等待女儿们回来,我们看见,很晚了房屋里依然还亮着灯。在其他女儿们不在的这一段时间里,那个一直未透露其姓名的第四个女儿像个艺术家一样,一直在画画。她画的画则是关于嘟嘟一开始坐在上面的那两本书:一本书的封面是黄色的,另一本则是绿色的。我们一下子又回到了一开始的场景,但是直到故事结尾的倒数四页我们才看清这两本书的标题,那正是"普鲁斯特"。这个间接指涉让我们的推测变得十分合理了:对走失的嘟嘟的寻找其实是第四个女儿得以思考和创作的机会,这个人物不仅仅是插画家对作家普鲁斯特的隐晦效仿,也是她作品中的一个关键人物。

像读侦探小说一样看图画书:真迹与假象

在《嘟嘟、可可和娜娜》中,读者可以间接地从嘟嘟坐在上面的第一本书中获得线索,并且图画书上的红色字母只有反过来读才具有意义!它的标题传达了贝蒂·伯恩的另一个关键布局,这是一本虚拟的文献——《如何收集一套蝴蝶和其他昆虫》。从这里,我们就能推测这个故事里面会有各种各样的昆虫,尤其是在描述中不断出现的胡蜂,在图画书的第一个空白跨页的中间就有一只。这只胡蜂的形象在故事展开的过程中稍稍有些变动,就像是杜赫德·科普尔在他的文章《嘟嘟、可可和娜娜,三种表达手法》中表达的那样。过了一会儿，胡蜂碰见了一个肥皂泡。这个肥皂泡象征着危险的事物，就像在黑夜降临之前会出现的那些奇妙的动物一样，例如蝙蝠和黑乌鸦。这种注重描绘的手法好像是为了表现另一种十分单纯的动物的短暂出现：一只蝴蝶飞进了屋子里，然后在故事结尾的黄昏时分又从窗户溜了出去。这样一个精细的片段通过借代手法改变了故事的意图：这只蝴蝶的两只翅膀的顶端有一双对称的金色圆圈，而圆圈一开始是位于墙上的，然后通过一个图画式的重叠，这只蝴蝶出现在了那个正在喝东西的小女孩的发卡上面。胡蜂的出现无疑干扰了读者，使他们难以第一眼就看到这只"真正的"蝴蝶——一只蓝色的胖胖的蝴蝶，身上带有红色、黄色和蓝色的圆圈，它仿佛像一只盯着女孩看的嘲讽的眼睛！这只外形独特的蝴蝶，我们能在图画书的很多地方看到它：先是在小女孩们出门玩耍时，然后是在路灯下面，还有母亲开始焦急地思考为什么女儿们还不回来时，以及最后母亲决定出门寻找女儿时，这只蝴蝶都出现了。在这场动物喜剧中，胡蜂撞击着肥皂泡，然后把里面的昆虫放了出来。这个貌似偏离主题的举动其实是叙述者精心策划的，通过布满了蝴蝶的画页来扰乱读者的阅读思路。这里，读者会碰到画家设下的一个陷阱，以至于在看见那只长着纤细爪子的蜘蛛出现时也就不会惊讶了。蜘蛛这时候爬上了嘟嘟的头（"天花板上会有蜘蛛吗？"），然后又爬到了一个毕加索式的录音盒下面，这时候她长长的发丝在画页上伸展开来，并在最后一页上和猫的胡须碰到了一起。爪子、胡须和线在这里都是这个艺术学院学生的一个幽默玩笑，以此来"结束这个故事，手里握着一缕胡须"！文章至此结束……

阅读方式与生存方式：蜘蛛、胡蜂和飞向彩虹的蝴蝶

我们已经看过这些作品中蜘蛛织网的各个地方了。在贝蒂·伯恩的画中，也时常会出现在现代工业社会的天空背景里才会出现的交织的高压网线。她利用直角和圆来构图，有时候会故意毁坏墙上和标牌上的宣传画，扭曲人物的脸（在《邮递员的时间》里，人物的嘴被扭曲了）。尖锐的胡蜂（黄

底带着黑条纹)让人感到害怕,有着巨大翅膀的蝴蝶(蓝色蝴蝶身上带着浅色的圆点)则传递着不同的讯息。这些形象的特点不同——这种手法——对我们的阅读会产生一定的影响,并促使我们主动去理解图画书。

这里,我们想到了马利耶勒·马塞在《阅读的方法和存在的方式》中引用的弗朗西斯·彭热的诗歌——《运用燕子的手法》。评论家们喜欢强调"鸟儿充满活力的特征,它们起飞的方式和它们爱清净的生活习惯,这些都是读者对鸟儿的固有观点,同时也削弱了读者们的理解和思考的欲望"(《阅读的方法和存在的方式》,第 11 页)。彭热写道:"每一只燕子,都在坚持不懈地飞行着——这样下去它们无疑——都会在各自的天空中展现出自我。"(《阅读的方法和存在的方式》,第 11 页)插画家在图画书中写的文字,尽管并不多,但也有一种通过不同的行为来展现自己风格的力量。比如在《嘟嘟、可可和娜娜》里,我们会看见小女孩的母亲是如何"像一头困在笼子里的动物一样在房间里转来转去,眼角带着焦虑的泪水",而这时候胡蜂则一直围着那个气泡转。相应地,当蝴蝶在天空中飞舞的时候,我们发现"袜子在我们滑下电梯时一直打滑"。这本图画书中类似的文字和图像十分突出,而这些如同借代手法的对比控制着读者阅读的节奏和在阅读中能感受到的惊讶和惊喜。最后,我们可以观看《嘟嘟》一书的配套光盘,看一下光盘是以什么样的节奏来流畅地展现图像的,而这些又是如何在一个彩色纸板的背景下被串联起来的。

最后,幸福感在这里其实就是人与人之间的友谊、家庭凝聚力和相互认同感——在儿童文学的固有观念里,这就是孩子的欢乐——只能在五彩缤纷的天空中获得,并且还一定要有彩虹,这一模式已经成了某种陈词滥调。那些天真的"美好事物"在图画书《从高到低》(蒂埃里·玛尼耶出版社 2010 年版)的结尾实现了。图画书中的小女孩先是顺着一条水平方向的路散步,而这条路后面跟着一句话("如果我们抬头看……"),在城市墙壁的最高处有一棵树,这其实只是树叶在大风作用下的游戏而已。接下来的图像则是,挂满了画的其他墙面成为了戏剧短片的背景,一个故事也在这里展开:小女孩碰见了一个热爱踢足球的小男孩。在此,故事里两个小孩子的游戏交汇了——男孩子的足球和女孩子的造房子游戏——女孩子爬到树上去捡足球。在大树上,她放眼望去,一栋灰色的大楼,她看着天空觉得像是"充满了坑洼的土地上的囚徒",但是她的头顶上有一道彩虹,"在绿色的枝干之间"。这个小孩子爬树的动作反映了多个环保层面的问题且具有象征主义的意味。这才是一部值得阅读的有特点的作品,也是一部应该以新的"存在的方式"去理解的作品,如此才能体会其中蕴藏的涵义。

马塞尔·普鲁斯特的《玛德莲娜蛋糕》

任何一个聪敏的编辑都不会不注意到贝蒂·伯恩对《追忆似水年华》的影射,其作品中很大一部分都是在这个基础上进行创作的。于是,有出版社接受了这个挑战,让贝蒂·伯恩为2011年发行的某个版本的马塞尔·普鲁斯特的《玛德莲娜蛋糕》绘制三幅插画,以表现其童年生活场景。因此,我们看见在背景一片黑暗的房间中,沉睡的普鲁斯特被母亲的吻唤醒(温馨的视觉效果,和《嘟嘟、可可和娜娜》中的结尾画面有些相近)。玛德莲娜蛋糕的场景则有很多蓝色,让人联想到生活的透明性,和吉尔伯特的相遇也让人联想到《漫步》中的氛围。我们又看见了之前的图画书中那个蓄着胡子的男人和蝴蝶的出现(也许我们找不到那只一直在旅行的蜘蛛了),画面就像是从一扇窗户中望出去一样。贝蒂·伯恩好像完全理解普鲁斯特的"提问"了,普鲁斯特表明他更欣赏女性的原因是"并不卖弄风情",对待朋友则很"忠诚"。伯恩更喜欢红色,喜欢鲁博和但丁的诗歌以及《呼啸山庄》里的主人公。这一切都是她想要成为的那种沉着"艺术家"应有的特点。

(二) 玛尔蒂娜·德莱姆和她作品中的"飞行"

"如何区分艺术和现实?"

《巴纳比:阴影的画家》,门槛出版社2009年版

一张用来说"不!"的嘴

"从哪里开始是真实的?梦境又是在什么时候结束的?"玛尔蒂娜·德莱姆最近的图画书《巴纳比:阴影的画家》中的叙述者提出了这个问题,而这也是玛尔蒂娜的读者们对其作品的疑问。我们时常能在她的作品中发现一个如梦如幻的世界,她的作品游走在已知世界和未知世界的交接处、边缘处,但永远是在探索人类与事物的真相。在玛尔蒂娜的作品中,艺术占据了作品真实性的很大一部分。她对飞行的执着始于1986年的《卡米尔的花园》一书中的秋千游戏,最后在《巴纳比:阴影的画家》中得到了一个圆满的呼应。巴纳比这个"光影的画家"在城市的墙上描画人和事物的影子,在图画书的最后一页上,巴纳比被他说的那些话托举着飞了起来,"那些话不断地升高,轻盈而透明得像是肥皂泡沫,随后在阳光中缓缓地破裂"。这一上升使得人们向高处看,正如那些抬头凝视着巴纳比在上空飞行的人们一样。这种对上升的执着在玛尔蒂娜的作品中占了很大的比重。玛尔蒂娜具有一种自由而批判的思维以及像诗人一样的视角。画中的独裁者擦除了巴纳比的画并且想要通过掠夺别人的画作来控制他人。就像居伊·德波在《景观社会》中提出的"剥夺"的堕落现状一样,独裁者驱除阴影并且挡住了阳光:他把画家关进监狱并利用各种苛刻的规定来限制巴纳比的自由,最后却因为自己的这种暴行窒息而死。幽默之处在于,在图画书的第四个辑封页上,画家巴纳比正在一面墙上写"禁止张贴……"

玛尔蒂娜的作品中不乏对政治暴力的描述,这一点在她的作品《折纸》(1990年)中就已经十分明显了。《折纸》这本图画书描述了遭受过原子弹灾难的人们的生活。广岛上的孩子们,尤其是小贞子的悲惨遭遇,令她的朋友们为她哭泣:"贞子沉睡在一个永远也不会醒来的梦中了。"这里以一种诗意形式表现了悲伤的情感:

　　沉寂像大雪般降临,
　　遮挡了白天,

覆盖了黑夜，

降临在孩子身上，

而贞子却驾着纸鹤飘然地飞向天空。

书中用纸折叠成的仙鹤象征着在另一世界的逝者的灵魂,这种折纸艺术的传统在这里被用来表现一种审美：这种精致而严谨的日本文化将原本由画笔线条和柔和颜料（"那些蓝色的、粉色的、灰色的彩纸"）表现的图像最大程度地精练成占据了整个画面的白色,这里白色的折纸甚至超过了颜色和线条,成为最重要的因素,"雪为灰色的忧伤增添了一些白色"。画面不断表现出那种隐隐约约的刺痛。那些春日里的雪,飘落在开花的樱桃树上的雪。"一千多个象征着未来的孩子"骑着纸鹤腾空飞起,这些"不完整的小女孩们"拥有眼睛却缺少嘴巴。画面开始变得生动起来,她们在仿佛充满梦想的太阳下尽情地成群跳舞,这里,是时候让她们其中的一个人"张嘴"说话了：

在太阳的橙色光芒下,在微弱的来自灯笼的光线下,在小阳伞轻薄的纸质伞面上,在滚烫的热茶琥珀般的倒影上,在飘落着花瓣的五月,千鹤子看到了战争沉重的阴影,听到了因绝望而发出的肆意的笑声。于是,在夜晚的沉寂中,千鹤子大声地喊出了"不"。

就这一个"不"字！这一声想要得到最后一丝宁静的在海边的呐喊,驱除了战争带来的阴影,平静的大海沉浸在温柔的金色阳光下。在图画书的最后一页,身穿蓝色衣服的孩子,和巴纳比一样,手里捧着太阳的果实和如同富士山下白色灯笼一样圆圆的泪珠和雪花。这些是什么？是文字框吗？还是画中人物旁边那朵巨大的花所孕育的希望的种子？作者要传达的信息通过这种微妙的图像游戏语言表达了出来。尽管画中的孩子们没有嘴,但通过比喻、借代等手法,还是表现出了一种强烈的感染力。

这种传达和表现方式在玛尔蒂娜随后的图画书中都能找到回响。尤其是在《我叫爱丽丝》(阿尔滨·米歇尔出版社1993年版)中,那个受人控制的小女孩——就是那个著名的爱丽丝,在该书中她被路易斯·卡罗尔蛊惑并控制——作着反抗。路易斯因着迷于爱丽丝,于是把她监禁在一个小城堡里。

> 我想要长大,
> 想要长大然后翻越这城堡,
> 能永远逃离这里,哪怕只逃离这里一个小时。
> 我叫爱丽丝,我在哭泣。

或者,《安提戈涅,也许》(巴拿马出版社2007年版)中那些和爱丽丝相似的悲惨人物也是如此,她们和《脆弱》(门槛出版社2001年版)里那些如同水彩画的人物一样,虽然轻盈却也会进行猛烈的反抗。和她们的生命一样,这些人物都是未完成的,因为在她们之后"还会有别人"。在2007年的图画书中,作者告诉我们,她们名叫"塔蒂亚娜,法蒂亚,茱莉雅,朵玛,柯寇,艾米丽,或者安提戈涅"。她们仿佛失去了羽翼,因而无法再飞行,成为生活在俘虏营般的世界中的囚犯,困在了栅栏、镜子中。然而她们保存着所有的力气,直到在最终的一声呐喊中冲破这一切禁锢:

> 她们唱着那喜马拉雅山脚下的歌曲,
> 在中央监狱中燃烧着的火炬架旁边……
> 当死亡的气息弥漫开来,人们听见了她们的歌声。
> 时而有人大笑,那是一种无法更加响亮的笑声。
> 然而,这肆意的笑声最终还是停止了。这种短暂的笑。

这种消逝伴随着忧伤和回忆,却充满了张力。玛尔蒂娜的作品是谨慎的。其作品的政治韧性和精妙程度足以让一个狂躁的赌徒陷入恍惚。

纸张：面对自恋和空白页，在对风景的重塑中实现对自我的探索

玛尔蒂娜·德莱姆的图画书里存在一系列的引用和对作品的重新审视，作者通过这种方法让读者们在阅读的过程中更好地理解并产生共鸣。在《不完整的小女孩》（月光花出版社 1998 年版；阿尔滨·米歇尔出版社 1991 年版）中，画中人物的生活和故事存在着内在的联系：在这个故事中，叙述者是画在纸上的一个小女孩——"我的悲剧在我还未出生时就开始了，当我还未出现在画家的画笔下时"。作家的画笔在这里如同脐带一样！随后是想象的画面，当画家给邮递员开门时，用纸做的小女孩飞起来了：小女孩还没来得及被涂上颜色，这一切都是因为画家收到了那封信。整个图画书都在描述一位名叫克莱蒙的小女孩尝试着自己拿起画笔为自己上色："然后他开始为我画肖像。他在我的双颊上涂上了粉红色，把我的围裙画成绿色，我的头发则是红色的。"随后，这一番上色又引起了另一次的飞行：

> 我做了很多肥皂泡沫，它们五彩缤纷如同色彩的监狱，是那么的轻盈和脆弱。而我在温柔的夜色下起飞。（《不完整的小女孩》，第 28 页）

画家的画室在这里是文学的空间，并且文学和绘画领域在这里重叠了：空白页的出现仅仅是为了产生更多的图画：这是视觉的嵌合！

但有时候，一句简单的话也会开启一场探索。比如，在《自我的纸张》（门槛出版社 2002 年版）中，封面之后左边的第一幅插画上画着一个身穿蓝色连衣裙的没有嘴巴的女人，她留着 1950 年代的那种短发，一根手指抵在本应是嘴巴的那个部位，她面带困惑，仿佛不知如何回答右边那页相应位置上的那个问题："你的纸呢？"如果我们比较她和卡米尔的身形，就会发现，她身上没有那种孩子的浑圆感，她的身材更加修长而纤细，更接近青少年。她也并不像千鹤子那样,骑着源于日式折纸的巨大纸鹤。画中一大簇白色纸张呈螺旋状喷涌而出,仿佛是一个巨人用大手把它们从背景里摆放着的纸堆中粗暴地扯了出来。由于变形的视角而显得锐利的尖角,让人联想到阳光照射下同样显得苍白的热带丛林。在其中的一张白纸上写着:

> 我只爱冬日的白色……残缺的冬日,我想念小时候的生活。那时生活的禁锢是那么温柔。

小女孩所想念的那冬日里的白色抽象为了空白页:雪"在卡米尔的旅途中轻柔地下着",就像是"温柔的雪花飘在日本,在樱花树下,在灯笼上面,雪为昨日的疯狂带来了一份安静"。在这里,空白是一切自由言论发挥的前提,也是如今这个女孩子将要获得自我认知的空间。空白页的出现预示着一场即将开始阐述全书结构的仪式。因此,在《自我的纸张》中,在开始描述前,有两页大尺寸的空白页,并且和《卡米尔的花园》中的一样,只写着书名和致辞人的名字(此处是妮可·马亚特)。仿佛是从读者的角度出发,在开始对过去的混乱进行描述之前,有一种精简:"儿童时期的文稿;那些逾期的信件。"然而,这些经历也和出版社的往事有关:出版了玛尔蒂娜·德莱姆作品的月光花出版社的往事。因为正是这个出版社的创始人妮可·马亚特请玛尔蒂娜·德莱姆为让·莎龙的《水仙花》画插画。随后,妮可在1990年与小阿尔滨·米歇尔共事,然后又和门槛出版社合作,由此开启了这段如今将我们聚到一起的有关审美的冒险旅程。这样看来,《卡米尔的花园》也许是作者对在妮可·马亚特的《丁香花的故事》中出现的"丁香花的花园"以及对《水仙花》的一种个人回应。《丁香花的故事》由月光花出版社于1984年出版,这个出版社的名字源于马亚特第一本图画书《红虫帮》中的一种植物名。在《卡米尔的花园》中,对卡米尔来说,童年若能永远停留在当下就好了:"卡米尔从来没有走到过花园的尽头,她只看见满地的野草,看见天空下鸢尾花发出的淡紫色的光芒……卡米尔希望这一切永远不要结束,她希望能够让时间停止在这一刻。"

然而,对"你的纸呢?"的回答在《自我的纸张》中是以一种对过去进行重读的形式出现的,如同一阵飓风,逐渐袭来的同时又破坏了沿途的风景。第二张内双页上的平缓航行预示着一场暴风雨的到来:"一只脆弱的纸船沿着河道漂流着……那水流是在涌向米拉波桥吗?"这只船身上写着阿波利奈尔的诗句的小纸船,漂过楼身开始弯曲并摇摇欲坠的房屋。接下来的一页上,房屋变得更加弯曲了,楼身弯曲得像是球体的表面,这些房屋在一所小学的操场周围,而那正是"到处是被踩死的胡蜂的、我父亲的教室"。孩子奇妙的思绪跳跃到了一个过去的家庭游戏中:"帕蒂尔一家,爸爸,妈妈。"然而思绪的觉醒——"昏昏沉沉的思绪像是打开的沙漏里的沙一样倾泻而出"——却滑向一场大灾难:所有的报纸都在报道切尔诺贝利核电站事件,在两座正在冒烟的核电站旁,那小女孩充满惊恐地一次又一次说着"不"。仿佛是为了说出那句写在转动涡轮上面的话一样:"人道主义:核反应云不会杀死人们。"接着,一些"可笑的画页"描绘了一派幽灵般的城市景象,是城市景象还未完全变形之前的样子:坍塌了的房屋的扭曲轮廓在变了形的地平线下,破碎的信件布满了天空,这些纸张组成的形状看起来像是一个布偶玩具。"你的纸!我的纸!"最后的回答十分直截了当——"在黯淡中飞行的童年"。

画中那个身穿蓝色连衣裙的小女孩在转动涡轮的旋转中心飞了起来,然而在这个涡轮的烟囱下面,在覆盖着泄露的铅的老旧屋顶下面,水平方向的转动和核电站烟囱竖直方向的闭合器并不吻合。在这间隔中出现了起到调和作用的关键因素,即小女孩原本正在安静地阅读的那本玛丽·费伊的书——《根源》——以现实主义的形式现身并填补了这个间隔。在这里,对人类根源和回忆的"阅读"成为了一种对人类文明犯下的罪行的补救,变成了一种自我力量的来源。这本出色的图画书所要传达的中心思想,通过文学上的互文被淋漓尽致地展现了出来。

女诗人细腻的后现代巴洛克风格：诗意的狂想

乘着纸螺旋飞翔吧！如同卡米尔那样，一直向往"向那个国度航行"，乘着旋转的贝壳，在一艘仿佛折叠书页的小帆船上航行，在那里，月亮在死亡的阴影下看起来像是长镰刀的刀柄。飞翔，如同卡米尔乘着教室里的玻璃窗户飞起来一样，飞到那个她并不想看见尽头的国度，在那里，卡米尔像巴纳比一样，她手拿灵活的画笔在墙上粉刷着"像深夜一样的蓝色墨水"。墨水和画笔？那是东方艺术的重要元素。螺旋和蝴蝶结又是巴洛克风格的重要特征："用金色的布带给时间打个蝴蝶结吧！"《自我的纸张》中的主人公说道。正是这个举动让《走钢索的人》（门槛少儿出版社 2007 年版）和《梦游者》（格拉塞特出版社 2009 年版）这两本图画书变得生动起来，主人公们把溜走的时间联结了起来。这两本图画书的名字间存在着一种共鸣，使得后者为前者带来了一丝梦幻的色彩。可以这么说，"走钢索的人"一直存在于月光花出版社出版的作品中，因为在由弗雷德里克·克莱芒插画、妮可·马亚特创作的《丁香花的历史》中也出现过两个走钢丝的人，亚瑟和朗斯洛，他们像两个骑士一样在钢丝上起舞，那是一个满月的夜晚，"白色的鸟儿停靠在他们的肩膀上"，然而他们中有一个人将会死去。

《走钢索的人》一书又一次提到了死亡："人们向天空架起了狭长的通道。我们踮着脚尖行走在钢索上，会掉下去然后死亡吗？"这时，变得扭曲的景色极其令人头晕目眩，甚至连螺旋楼梯仿佛都要崩塌，人们从卡米尔家的电梯上取下螺丝并安到了房屋上面。那大胆的走钢索的人所踩着的那根钢索则一页接一页地引领着读者们："他在天空的碎片上书写着他的生活。"然而他的命运并不像巴纳比那样，因为他和朗斯洛的命运相似——他随后掉落了下去。但画中并没有点明，因为"孩子们能够看到没有展现出来的东西"。因此，对于走钢索的人，即使：

> 人们说：孩子们都很轻盈，他们都有一个飞行的梦，他们应该抓着一根绳子飞行。

悲剧在这里十分隐晦地展开了,梦境和现实又一次混在了一起,在图画书上的空白里、在白雪中、在景象的分散中,一切变得混乱起来。

这时下起了雪,屋顶的碎片也飘了下来,像是天空的碎片夹杂着成团的话语,一切都散落开来。

至此,连房屋都伤心地弯下腰来,想要看看走钢索的人还留下了什么。是巴纳比试图复原的屋顶上的那块阴影吗?还是有时候在学校里,那"几个飞起来的小孩子"?这里充满了强烈的巴洛克元素和死亡气息。最后一页上的压轴表演和飞行,伴随着在天空中旋转的小男孩和小女孩们演唱着的四重奏,白纸随着风四处翻飞。这是痛苦的开始,意味着时间在彼得潘的魔术下默默地流逝。

《梦游者》
这部作品的画面是轻松愉快的,却也不乏对少年时光的严酷刻画。图画书随后一直努力地想得出一个结论。在这本图画书的第一张封面上,没有什么魔幻的法术,主人公就那样直接坐在了月亮上,主人公伸手想要接住那些由一个神似奇妙仙子的小精灵挥舞着翅膀发出的小星星。一颗流星载着他读的那本书,流星是代表着未来的幸运物,也是"雪白的鸟儿,月亮的鸟儿"。主人公对和卡米尔一样、栖息在花上的拇指姑娘说道:"书上说要做一个幸福的人。"

由此,巴洛克风格转变成了狂想:

那些自命不凡的公主们
让天空飘起了
轻盈的雪花,
像轻盈的梦飘落在枕头上一样。

那个由丝带打成的结还在那里,但是月亮女士的裙子却像一个要分娩的孕妇所穿的裙子那样膨胀了起来。克雷蒙斯在月亮上坐着,一脸淘气,像是彼得潘派来的一样。亚瑟·哈克汉姆就在不远处,柴郡猫也变成了"忧郁的他",在一旁吃着玛格丽特饼干。这时候,小男孩变成了"钓星星的人",而小女孩则在贝壳洞中熟睡,她沉睡在"一个夏日夜晚的梦中",在这个梦里,柴郡猫在梦游,淘气的小精灵在走钢索。为了使这个有趣的情景变得押韵,书上是这么描述的:"是那精灵在做那些气泡。"这里的描述和卡米尔的花园完全不同,这里"广场上的秋千飞向天空,飞向太阳。黑夜里的秋千飞翔着,飞向沉睡的夜晚"。在这里,秋千缓慢的摇晃不再象征着犹豫不决的不确定,而是对一种全新的满足感的认同和感激。在一朵水仙花的巨大花冠中(让·莎龙图画书的另一头),熟睡的男孩收到了小精灵最后的一份礼物,并听见了一首动人的摇篮曲:

　　　　睡吧,水仙花;
　　　　睡吧,安静的孩子们;
　　　　这里有甘草,
　　　　有花朵,
　　　　有图画……
　　　　逐渐降临的夜晚是一段漫长的旅行。

夏娃和自由的诱惑

　　儿时写的诗歌是慷慨且不矫揉造作的,像雪一样随着季节的脚步而变换,充满了二十多年以来所有结构严密的想象,只为纪念一次伟大的诞生。诗歌也深入展现了这个高度全球化的社会,比如在《佐伊》(门槛少儿出版社 1999 年版)中,孩子是两个世界的交点,"爸爸姓赵,妈妈叫玛丽","爸爸弹着巴拉风木琴,妈妈拉着手风琴"。这是文化的交汇点,却不是"某地"特定的文化,佐伊在这里的身份仿佛是一个掌控着"混合"的皇后:

> 我是佐伊，我最擅长混合：清晨、夜晚、黑色、白色、昨天、明天和今天，我把城市、马路、房屋，还有台阶一起扔进河里，看着它们慢慢地陷入河底。

佐伊，在这里象征着变化和更新。是那复苏的"生命"和孩子的力量促使事物发生转变。她是彼得潘的女性版本、伪装的皇后，她有着一种神秘的魅力。她的那些葡萄树让围绕在她身边的蛇都显得自然，她甚至"会像蛇一样蜕皮"。由伽俐玛出版社于2006年出版的玛尔蒂娜·德莱姆的戏剧《泥泞的雨伞》展现了这个作品和图画之间的内在联系，剧中人物讨论了"自由"这个话题。同样，在《玛丽和郊外》（伽俐玛出版社2002年版）中，人物的创作仿佛也是作者想要着重表达的。玛尔蒂娜·德莱姆以她自己的方式继续探寻着这个世界，一方面，她为丈夫菲利普·德莱姆的文字配图；另一方面，她在《轨迹》（法耶尔出版社2008年版）中展现了她的摄影天赋。凭借她在《我的那些名字》（埃利提斯出版社2001年版）一书中有关谱系的研究，玛尔蒂娜也进行着对人类起源的探索："对我们祖先的了解不应该局限于某一社会阶层。除了他们的特性和文化之外，更应该平等地了解所有阶层，这才是血缘传承的权利。"（《我的那些名字》，第5页）对于那个小女孩来说，她最初的"贫乏"来自"生来只有一个姓氏"，对她来说重要的是了解"与她息息相关的那些人"——"那一群身材高大的人，富有大地般的色彩"。

（三）爱情与幽默的意义：充满了借代和夸张手法的文字游戏

表现的方式：米歇尔·布歇的文字游戏和意义的觉醒

在我们看来，荡秋千和跳房子这种把孩子抛向天空的游戏和在天际仿佛闪闪发光的彩虹一样都代表着童年。在花园里的神秘探索，或是在大千世界里漫步、挤眉弄眼地扮鬼脸、古怪的咒语和打闹，都是启发现代文学创作的新元素。为了更贴切地表现画中的男女主人公，艺术家们将身体和音乐的节奏相结合，将那些有助于释放书中内在关系之乐趣的"线索"交织在一起。艺术家们通过另外一种方法使孩子们的"表现方式"变得更加栩栩如生,更引人入胜。

米歇尔·布歇的图画书《爱情的意义》(鲁尔格出版社 2008 年版)就是一个十分成功的例子:整本图画书中的信息传达建立在两个主要元素的交汇上,一个是路标,另一个是爱情。正如维奥莱特·莫林纳姆所说,在一个"好笑的故事"中,幽默恰好会引发一个元素对另一个元素的干扰和影响。① 在米歇尔·布歇的故事中,其表达方法就是插画中只有道路标语牌。在某种程度上,他将在《爱情谜语》(南方文献出版社 2006 年版)中自然而然运用的那种猜谜游戏延伸到了这本图画书中。在《爱情谜语》中,图画书每一页的右边都画着一系列的图画,而解开这些画谜的答案就在随后一页的左边。在《爱情的意义》中,蓄着胡须的男主人公潇洒地站在封面上,仿佛是插画家为八十多岁的自己创作的自画像。主人公手中挥舞着一个深蓝色的圆形指示牌,牌上画着一个白色的箭头,好像是在邀请大家和他一起踏上冒险旅途。故事中,我们通过指示牌知道皮埃尔摔了一大跤(一个带红边的三角形指示牌表示地面有塌陷),因此他暂时不能工作了(一个带红边的黄色三角形指示牌上有一个工人正在铲地),并且他正在一个大陡坡上面(一辆汽车停在一个斜坡上)。就在这时他看到了一个人(标牌显示一个女人正走在人行横道线上)。就在这时候,代表对爱情的追逐的元素开始影响指示牌,指示牌上画着一头小鹿正穿过人行道。这时,故事开始了:"一个美丽的有着羚羊般双眸的女人。"接下来的图像加强了借代和双关的手法,画中道路凹凸不平、坑坑洼洼,伴有这样一段文字:"他的心砰砰地跳着。"白色的箭头指向右边,表示充满希望的方向。从这里开始,追寻的旅途有了转折,先是有了一个限速的指示牌(一个规定不超过每小时 30 千米的圆形牌),然后是至少保持 2.5 米距离的禁止令以及一块上面画有一辆失控的车辆并写着"小心地滑"的牌子。在两条主线交汇之后,"事情的动向向两个方向发展"

---

① 维奥莱特·莫林纳姆:《好笑的故事》,通讯杂志,1996 年第 8 期,第 102—119 页。

（牌子上画着两个方向相反的箭头）。男主人公表明了他的爱意（注意火情的牌子）并且超速了（130千米/小时），而他也开始变得"心烦意乱"（一个叹号标牌）。随后，这一对小伙伴手挽着手开始"翱翔"（末尾画着一架飞机）并且"没有什么能让他们停下来"，他们之间的爱意是"如此浓厚"（充满了一个小货车），货车上用红色圆圈来表示其潜在的危险。这种图画的借代手法和感情线索的交织展示了一种新颖的表现方式，不失幽默又引人入胜。

在塞西尔·博伊的《汪，喵，啾》（阿尔滨·米歇尔出版社2009年版）中也出现了这种幽默的借代手法，图画书里动物的形象由文字游戏代替。画中一切都显得无关紧要，狗窝中传出"汪汪"，沙发上画着"喵喵"，树枝旁飘着"啾啾"。而画中猫和狗相遇的场景则显得尤为生动：那一页的红色背景被一个巨大的白色星星打乱，星星又"喵喵地叫出"了更多黄色的小星星（以借代的方式表现了积极的能量）。在一片纷繁的混乱中，还上演着一场字母的"混战"。作者用借代手法生动地描绘了一只猫跳向一只小鸟，而鸟儿则灵巧地躲过了猫咪，"啾"地一声飞向了天空的场景。在这幅画中，动物们没有握手言和，而是"各自回去忙自己的事去了"。

从两种方向阅读

在米歇尔·布歇另一本同样精彩的图画书《天使还是恶魔？》（鲁尔格出版社2009年版）中，他以另一种笔调延续着这种表现方式。这本图画书的新颖独特之处在于，以两种方式理解图画，会得出两种截然相反的结论。在图画书的第一页和第四页上，说话的男孩站在一面镜子前，镜子的一面是一个天使，另一面则全是黑色的阴影，也即代表着魔鬼。男孩"善良的"那面在和他的母亲说话，并且极力劝说母亲接受他的爱人，他向母亲表明他会努力工作，不再游手好闲无所事事。但是镜子的另一面却显示着男孩恶魔般的一面，如果以另一种方式理解的话则完全相反，即恶魔变得善良起来了！通过这种精巧的文学手法，米歇尔·布歇把每一个场景的含义都进行了翻转，同时通过这种对前一理解的否认制造了出人意料的结果；还有句子的划分也使得读者的理解和观点随着画页的翻动而变化。这也是读者们不断感到惊喜的原因。所以,在男主人公向他的母亲表达完情感之后,教唆他的那个黑暗面又出现了,揭露了他原本邪恶的天性,并说道:"你知道的,我只有一个目的:我永远都没办法不说脏话。"然而,翻到镜子的另一面,我们发现他的想法完全不同:"我一定会做个有内涵的人,如果你觉得我永远都没法不说脏话,那就是你错了……"表达形式的变化让表达的内容变得容易有歧义,容易让读者对自己的理解产生怀疑,这也使得读者在阅读过程中多了一些思考,多了一些谨慎,至少意识到,有时候作者所表达的东西或许有"双重解读"。

以两种语言阅读

埃里克·博歇的图画书《接着说日语》(溶解鱼童书馆 2006 年版)则更加大胆创新,它将法语和日语结合,文字和图像穿插着描述了一个名叫雅尼克的男孩和一个名叫艾丽珊的女孩"放浪不羁的"相遇。画中的文字混杂着爱情的欲望和对此的审视。如果说图画书中的日语让那些爱情的场景显得不那么明显的话,画中的幽默则是为了让爱情这个少儿文学中的禁忌话题变得让人容易接受。因此,当艾丽珊腼腆地说自己是个有着美丽"胸部"的性感姑娘时,图像则描绘了雅尼克如何触碰和抚摸她美丽的"臀部"。更大胆的是,艾丽珊想要和雅尼克更进一步,并害羞地钻进了被子,因为她从未有过经验。这里的表意文字还有那用墨水描画出的线条活泼的图像,让我们知道了雅尼克急切地想要学习日语的心情。比起儿童,这本图画书更加注重表现青少年,并且通过对明显事实的隐晦描述,促使读者想象表层意思之下的深层含义。

字母表和重新找回的时光抑或夸张

和这些注重文字布局结构,并通过精心思考给读者留下一些线索,让他们建立起对作品的自身理解的图画书不同,我们来看一下贝阿提斯·蓬斯莱最新的两本图画书《纸篮》(门槛少儿出版社 2008 年版)和《飞行或者停留》(门槛少儿出版社 2010 年版)。最突出的一点是这两本图画书的大开本尺寸(长 20.5 厘米、宽 35 厘米),这和鲁尔格出版社的那些规格较小的书(长和宽皆为 17.5 厘米)有巨大差异。这两本图画书的旁白也是一个匿名的叙述者(插画家同时也是作者)。图画书的开篇就是一幅十分恐怖的图画:一个像是幽灵一样的灰色而高大的人形面前,有一个钟盘已经十分破旧的摆钟,旁白写着这样的文字:"从一开始,时间的印记就已经停止了。"随后一系列的画页都在描绘从读者的角度所看到的一个房间里的装饰,由此来加强这种悲伤和死亡的痛苦情感("悲伤"和"痛楚"两个词都用了大写)。这本图画书和娜塔莉·福提耶的《动物园》所描绘的世界完全相反,《动物园》里的房子对作品中的那对老人来说是一个已经失去了所有生活乐趣的地方("甚至连床都只用来睡觉了";"曾经充满了欢笑的浴室如今也只有洗漱的时候才会派上用场")。然而,阅读使这一切都得以平息。屋子里全都是书,但是:

> 除了几本值得品读的书外,其他的书都有失他的品味。
> 满屋子的书有的排列得还算整齐,有的拥挤地堆在一起,有些竖立放着,但都是合着的,没有一本是打开的……
> 书上布满了灰尘,井井有条的同时又令人叹息,
> 我承认这点……

贝阿提斯·蓬斯莱用短短几行文字就为我们总结了马利耶勒·马塞的论证。在生活方式的不断变化中人们总是会回归阅读:

> 但只要
> 一个字就够了,一个出乎意料的、精确的、美丽而又尖刻的字!
> 一种与众不同的写法……

就这样！如此美妙奇特,我们重新出发……

你不明白吗？

怎么会啊,你不读书吗？……真的不读书吗？

如果不阅读,就无法生存。而一个孩子的到来就能够彻底改变这种不幸。随后,我们看到主人公们发现了成为祖父母的幸福,以及伴随着这光明时刻而来的人物关系的修复。但在贝阿提斯·蓬斯莱的图画书中,这却成为了一场真正的灾难。又一次,在左边的一整页上用大写字母写着:"噢！看呀……"对应的右边那页上,画框中有一群奶牛在牧场上吃草,旁边还有四颗巨大的蘑菇。这里的象征手法十分清楚了,它揭示了一个婴儿的到来:

你能想象出他们吗？他们的脚？

就是他们的那些小脚！

为人祖父母的幸福在于承认一种执念("我们需要的就是一个幼小的生命,一个纯洁的小天使,显然就是这样")。随着他们探索节奏的不断加快,他们的对话在彩色风车的旋转中继续着,随后有越来越多执着的话陆续飘动。首先是巨大的画页上支离破碎的词语("梦想"),然后是已经长大了的孩子因吹走的号角所引起的混乱("砰砰"),混乱取代了之前的词语。在一堆散乱在房间里的物品中又出现了时间和钟表。就在那时,我们知道了小孩子应该玩耍的时间到了,就如吉奥乔·阿甘本说的那个"恰好的时间"。画面完全是一片混乱:"我们来洗个澡？……浴室里堆满了鹅卵石和贝壳,几乎没有地方放肥皂或者海绵。"接下来是孩子开始反抗,而一切变得混乱的阶段了:掉了页的书的残骸,破碎的画上铺满了字母和图像(我们在此惊讶地发现了安德烈·埃雷的《诺亚方舟》的图画书版)。

在这里,文学的引用仿佛象征着更新换代,是人性的重新出发。因此,图画书的最后两页上面只有一张字母表和识字表,也就变得十分自然了。

首先是介绍一种全新的模式,随后页面的布局变得越来越有条理,并画着"再来一次?"。

十,先画一条直杠,在旁边!分开的,
然后只画一个圆圈,来,我们一起念。

在图画书的最后一页,有一个仿佛巴洛克式小天使的小孩子,阳光像是在他身上插上了翅膀,他准备好"再来一次"了。这时,五彩缤纷的字母排列着:"就这样。拿着你的书……坐好,你准备好了吗?"

逝去的时间

《纸篮》以人类的时间性周期的方式记录着事件,而在接下来的图画书《飞行或者停留》中,文字的夸张手法占据了很大的篇幅,甚至连画中孩子的身体也用了夸张手法。因此,在封面上,我们能看见一个巨大的婴儿,他没有头(被去掉了),全身都是圆滚滚的,他的肚子肥乎乎的,手掌上全是肉,就好像是幻想出来的一样。这一夸张的场景是叙述者在河边冥想"燕子飞行"时想出来的,而不像由弗朗西斯·彭热提出,并由马利耶勒·马塞定义的那个"标志性"——在存在方式的变化中充满着一种风格的活力。在这里,我们没听到那些一跃而起飞向天空的鸟儿发出的刺耳叫声,而是仿佛从插画家的角度看见了它们面带平和之色,像是在享受休息的乐趣,享受着二人世界带来的隐秘和温柔。最后,一直说着"不"的孩子也安静了下来。图像以远景描绘了两只燕子,一只温柔地向另一只靠拢,它伸展着翅膀,画中文字仿佛阐释了它的心情:"不要再叫喊了,不要再有狂风了,只要绝对的安静……时间流逝着,噢,一阵风似的,给你一个极其温柔的、轻柔的一吻。"这时,叙述采用了贝阿提斯·蓬斯莱的图画书《积木》中的布局结构,那本图画书中的叙述者在一个老妇人的混乱的积木堆中冥想:积木游戏和对一本书的感谢混杂在一起。最后,书中那一对祖父母随着年纪的增长,对孩子的喜爱也日渐增多,并在这一过程中重新拾起了对阅读的兴趣。

艺术与瞬间

这些故事,不论是用了借代手法还是夸张手法,不论提到了天使还是魔鬼,都比较了两个不同的方面:那些把童年存放在内心深处的作者和插画家们,以及那些不断审视童年的作者和插画家们。前者活在当下,活在了"恰好抓住童年的那个时刻",后者则永远在尝试找回他们的童年。正如《妮可·马亚特,月光花出版社》一书中对《时间》所作的评论:

> 我们真是可怜!难道我们必须像这样不停地追逐还没开始绽放就已经永远消失的时刻吗?在一个不复存在的过去和一个还未来临的未来之间,除了当下我们还能到别的地方去吗?……这难以形容的一刻带来了永恒的果实供我们生存和分享。这光明灿烂的时刻充满了欢乐和宁静,它尝试着告诉我们:此时此刻,才是永恒。(《妮可·马亚特,月光花出版社》,第174页)

《时间》中充满了字母表,它们寓意着承认暂时回归"存在的方式"甚至是回到童年。在图画书中,这强烈的时间感难道不是美丽与事实相碰撞而成就的崇高时刻吗?妮可·马亚特与月光花出版社,就像是克里斯汀·布埃尔或奥利维·杜佐与鲁尔格出版社一样,如乔瑟琳·柏格丽在她的一项研究中所提到的,他们三人在近几十年已经成了主导"图画界的三人王国"。他们的书中充满了对美丽的激情和由此产生的微妙情欲,而在这微妙之后则迎来了自由。正如乔瑟琳·柏格丽所说:"文字的游戏是艺术自由和艺术普及的试金石,从此,艺术能够被看作是一件基本而普通的事物,而不是一种认识,一种风气,一种政治,抑或是一种宗教。"

第五章
从主体到作品

儿童戏剧中的奇幻主体

> 人们向我索求他们的身份……
> 人们到我这里寻求疯狂,
> 人们认为我疯了并把我赶了出去。
> 他们也不知该如何是好了。
> 《为狂热戏剧的呐喊》,塞巴斯蒂安·琼涅①

单景监视中的戏剧

在一个由"景观社会"主导的世界中,面向年轻大众的戏剧只有努力做得更好:法国国家图书馆提供的支持有助于戏剧作品的印刷和出版,再如阿维尼翁戏剧节、阿维尼翁新省推行的针对戏剧作者的相关政策。又如,法国教育部在 2002 年至 2004 年间的文化项目中引入戏剧,这些举措都有助于法国戏剧的繁荣,并促使越来越多新颖的作品得到出版。我们无需细究法国戏剧的历史,著名的戏剧作品或者广为流传、人尽皆知的台词都证明了戏剧在法国的地位。玛丽·贝纳诺

---

① 塞巴斯蒂安·琼涅:《为狂热戏剧的纳喊》,《南瓜杂志》第 40 期,2005 年 3 月,第 13 页。

斯①或者尼古拉·福尔②的研究,还有丹妮尔·杜波瓦·玛尔库③的介绍都足以体现戏剧的历史地位。除此之外,还有一些剧团的努力,比如位于萨特鲁威尔的国际戏剧中心,或者通过"我长大以后"这个项目鼓励年轻演员的戏剧创作的波尔多剧团;又或者,还有一些像帕斯卡·格利郎蒂尼的团体④,他们组织高中或者大学的阅读协会来表演一些戏剧的选段,这个组织还在 2006 年获得了柯立达姆文学奖⑤。随着戏剧作品变得越来越多样化,针对年轻大众的演出大多显示出某些多变性,表演也并不完全按照从前那样进行了:戏剧的形式变得更加丰富多样,包含着舞蹈、音乐(例如 2010 年 5 月由火星剧团表演的根据莎士比亚作品改编的《帕克》),舞台布景中的视听技术也变得越来越成熟。有时候还会有改编自儿童图画书的戏剧作品,比如马克斯·杜克的《消失的天使》(萨巴甘出版社 2008 年版)⑥,2010 年由让·吕克·泰哈德和夏日行进剧团共同改编并出演。

因此,在这里我们应该了解一下齐格蒙特·鲍曼描述的"单景监视"对戏剧编剧理论和对一些现代主义代表作在主题选择上的影响。我们主要关注的是那些引导着沟通交流的新形式和新变化的人与事物的作用。比如,通俗地看,"单景监视"提出,一部分特殊群体和"阶级"圈子在普通大众生

---

① 玛丽·贝纳诺斯:《探索戏剧一千零一篇:现代儿童群体戏剧的评判曲目》,戏剧出版社 2006 年版;安妮·阿诺甘、玛丽·贝纳诺斯:《现代戏剧教学》,格勒诺布尔大学,2009 年。
② 尼古拉·福尔:《儿童群体的戏剧:全新的曲目》,雷恩大学出版社 2009 年版。相关主题还可参考埃莉诺·安麦德的报告《从书到舞台:儿童文学在戏剧上的延续》。
③ 参考她在《儿童戏剧和文学辞典》中关于儿童戏剧的看法,图书家协会出版社,尚未出版。参考《流动剧院中的孩子们》,《鲁宾逊参考》,第 8 期,阿尔托大学,2000 年;《儿童和群体》,《鲁宾逊参考》,第 18 期,阿尔托大学,2005 年。
④ 卡特琳·佩赫,一名老师,她和学生们一起参与了在圣·德尼斯省举办的、由帕斯卡·格利郎蒂尼组织的研究戏剧作品的活动。
⑤ 译者注:柯立达姆文学奖每年会奖励戏剧作者,获奖者是其成员全部来自优先教育区域的大学的学生组织。
⑥ 参考克莉丝蒂娜·柯南-宾塔多关于此话题的文章《游戏,孩子和书:马克斯·杜克的幽默图画书》,《我爱读书!》第 185 期,2010 年 9 月,第 17—21 页。

活模式的建立中起着引导和示范作用,这种影响是否也存在于儿童戏剧中呢?在消费主义和"流动的"冲动下所形成的群体分级化,除了会受经济波动还有广告的影响之外,会不会在戏剧中也影响着人物的设定和戏剧作家的剧情观点的改变呢?正如《全球化与儿童文学》中提到的,如今以流动性和收益暂时性重组为特征的世界经济和文化体系,是建立在一小群享受着权力和财富所带来的所有好处的、特殊的社会群体和与之形成强烈对比的那些饱受战争、失业与贫穷之苦的社会群体的对立之上的。在儿童文学作品中,这种"王子和穷人"之间的对立由浪漫主义小说进行了颇有深意的概况。例如,在提耶利·荣科的中篇小说里,纳丁在超市门口的乞讨和那些童话故事中王子们在巴洛克式的凡尔赛宫里的生活形成了强烈的对比。总体上,在儿童戏剧中出现的"人物"的视角,到底是属于那些闪耀的成功人士的,还是那些沦为社会底层甚至被视为社会垃圾的人群的呢?战争,作为揭露冲突的结晶,是否也在这一趋势的形成中起到了作用?会不会让它变得危险?有没有可能有折中的选择?最后,在这全新的世界中,语言又在这错综复杂的关系中占据着什么样的地位呢?

重生,或死亡?——从肢体的动与静到小说

大多情况下,我们去剧院是为了看喜剧或者悲剧。对于那些更年轻的观众来说,哑剧、杂技表演或者木偶剧则往往是等候时的选择。在这些剧中,我们能够接触特别多的非言语交流、欢笑,或者一群小朋友聚集到一起发出的恐怖尖叫声。在这里,手势担负着一个十分重要的角色,是演员的内化表演必经的一个漫长过程,是在还未涉及作为调解的文字的复杂性之前必要的经历。那些活动着的演员在舞台上说的台词让全场陷入了不解当中,比如,在公共大剧院里,阿努克·格林伯格给人们读罗莎·卢森堡在监狱里写的信。这种重新对情感进行引导的过程,其实和指导孩子们从看那些生动的书过渡到体会哑剧这种抽象的阅读是一样的:我们通过让戏剧主体变得无声来解放语言创作的想象力。在这两极化之间,有独唱或者合唱,

有激情澎湃或者充满空想的内心独白,有激烈或冲动的对话,有奇特的幻想,有时也有一群人宏伟的收尾表演。在手势剧中,尤其会有戏剧家自身的实践,他与这世界的关系也会直接投射到他的作品中,不仅对他使用的文字、图像和比喻有影响,他展现故事时所用的舞台布景和器具材料也多多少少与之相关。笑这个动作,作为衡量生活的一种标准,时常会伴随着泪水,也许是欢乐的,也可能是由鲁莽的错误引起的,笑和泪水在这些戏剧中反而变得越来越脆弱并且逐渐被其他的表现方式取代。汇集了强烈的图像和奇思妙想的童话故事是最触手可及的想象力素材,实际上也是创作中最有力的调解。因此,那个引用了菲利普·奥佛所作《孩子》中的故事的夸张童话家创作了(和塞西莉·弗雷斯合作)一幅相关的讽刺漫画:他在镜头前叙述着,镜头中我们看见在一个"平静而运动着的世界"里,一个小孩子微笑着在骑自行车,但是这个故事却讲述了一个男人对这个男孩犯下的"简直不可思议的凶残的"罪行。这就是为什么"这个夸张童话家玩弄着他的下巴,就像是一个小丑在练习模仿手势一样"。他以一种怪诞的语气说着不成句的话:"我……说……说。"从另一角度看,曾经是喜剧演员的布鲁诺·卡斯坦,在20世纪90年代成为了导演,接着又是文化出版社的负责人,最后又成为了演员。在1987年至1989年之间,在当代儿童戏剧的更新时期,他在作品中运用了大量的童话故事,并且为了吸引观众的注意力用了各种秘诀。对于卡斯坦来说:

> 童话故事能够帮助孩子们成为自主的成年人,它们总能展现出和世界的某种联系,告诉人们什么是重要的,也就是说,告诉孩子们什么是生命,什么是死亡。所有的戏剧都是重要的、不可缺少的,不论观众的年龄大小。如果戏剧中没有表现出死亡,那戏剧也没有什么规则可遵循了。[1]

---

[1] 吉耶梅·德·布里萨克:《儿童文学和戏剧:与布鲁诺·卡斯坦面对面》,《大学里的当代戏剧教学》,司汤达大学,2006年,详见"http://www.reunion.iufm.fr/Dep/lettres/litt-jeune/entretien-castan.pdf"。

我们一下子就可以看出这个观点和吉奥乔·阿甘本对于世界的奇妙神秘之处的观点十分相似，通过这些寓言故事和童话，"小婴儿"的话还有儿童的想法帮助我们渐渐地走出这些神秘。奥利维和卡斯坦一样都借鉴了格林兄弟的童话，在作品《小女孩，恶魔和磨坊》（1997年）里，为了表现孩子们的有趣想象，作者运用了很多受政治以及外国影响的童话，尤其是俄国的叶格根尼·施瓦茨和东德的海纳·穆勒的故事。实际上，是施瓦茨首先将安德森在1930年至1940年间的三篇讽刺性童话故事搬到了戏剧舞台上，在这些作品中，他们以讽刺寓言的形式批评中央集权——《皇帝的新装》（1934年）、《阴影》（1940年），特别是在列宁格勒战役之后写出的《龙》（1944年）。这些作品在刚刚问世时就被禁止了，又在1960年之后慢慢地为人所知，而我在1964年恰好参与并协助了《阴影》的布景工作。剧里的台词是极端反集权主义的，有时候还会影射纳粹或某种形式的斯大林主义。这位对现实不满而热衷反抗的作家在法国的影响如此之大，以至于在1960年之后，戏剧界的先锋们不断地重温他的作品。施瓦茨的《龙》在1965年被皮埃尔·德布什搬上舞台；随后，在1967年安托万·维茨也进行了重新演绎；两年后，米格尔·德姆克在阿维尼翁组织了第一届儿童戏剧日活动并获得了让·维拉尔的支持；他的作品《阴影》则在1975年由吉尔达·布尔德演出；根据《戏剧文档》的报道，雅斯米娜·杜耶也在2010年导演了这个作品①。而海纳·穆勒的影响出现得更晚一些：在法国，先是他的戏剧《菲罗克忒斯》于1970年由贝尔纳·索博尔在热纳维耶导演，随后在1976年，曼弗雷·卡日和马蒂亚斯·兰戈夫在人民剧院里演绎了《战役》。施瓦茨的《龙》的改编作品《巨龙之歌》在1968年写成，并且被认为可以改编成戏剧，但直到2000年才在普瓦捷大剧院上演，并于同年由戏剧出版社出版剧本，戏剧出版社将剧本翻译为"歌剧的六要素"，也是某种足以启发戏剧工作者的展示。这个剧的演出十分成功并获得了一致好评，来自位于塔

---

① 详见"http://www.lesarchivesduspectacle.net/? IDX_Personne=6179"。

维尼的雅克·普莱维尔高中的 2009 级戏剧班的同学们还曾经表演了它的选段。这部戏剧在 2010 年至 2011 年间还在里昂和第戎上演。穆勒的父亲是一个坚决的反法西斯主义者,他年轻时曾加入过希特勒儿童团,他在 1941 年被捕并被送往法国的一个惩戒营。父亲的经历让从小就经历了 1944 年战争炮火和动乱的穆勒对个人自由产生了强烈的憧憬。这种情感表现在他的作品中:他拒绝任何形式的压制,不论是文化的还是政治的,并且他敢于质疑那些陈旧的艺术模式。《巨龙之歌》这部作品猛烈地抨击了那些传统的戏剧惯例并为现代戏剧指明了新的道路,它可以说是一面忠实的镜子,衡量了所有它在戏剧观点上引起的变化。但在谈到它之前,我们先留出时间看一下一个小插曲,然后我们再回到那个通过一个又一个的奇思妙想把我们从短篇故事引至长篇小说的布鲁诺·卡斯坦。

第一个插曲:空间,从零出发

娜塔莉·帕班在她的作品《虚无的国度》中描述了这样一个新颖的人物,"虚无王国国王的女儿"。她的父亲,为了能够"一点烦恼都没有",把他王国里的所有东西都消除了:

> 一棵草也没有,一朵云也没有,一丝风吹草动都没有。没有一粒灰尘,没有一只鸟儿,也没有小猫。没有房屋,没有门,没有墙也没有颜色,除了什么都没有就是什么都没有,然而这十分好。(《虚无的国度》,第 13 页)

在这样一个不能容忍"任何想法"的国度里,女主人公陷入了无聊苦闷中,"我可并不是什么都没有啊"。那个消除了国家里任何形式的生命体的君王说着:"我们抓住了居民的歌声……一个接一个的。没有了这些,人们就会死了。"(《虚无的国度》,第 15 页)最小的声音(就连给国王女儿接生的人)随后都被抓起来装进了笼子。而色彩也被尘封在了一个湖里,就像在阿尔诺德·洛贝尔的《色彩的魔术师》里那样。在这一片空虚面前,对于这个孩子来说就只剩下无聊了,于是国王的女儿觉得很"没趣",就提议"让那些人们回来"(《虚无的国度》,第 11 页)。在这部反集权主义的戏剧中,那个"反动地"纠正了最初的恶行的行为是由一个"年轻男孩"来完成的。这个男孩身上有一个裂口,所以能够吹哨,然后他找回了国王从他那里抢走的哨子。接着,他和国王的女儿做了一笔交易,他给她看那些被她父亲赶走的人的画面,尤其是孩子们的样子:"那是一大群像是生病了的孩子们。他们手里拿着他们的梦,因为梦想无处安放。"(《虚无的国度》,第 20 页)我们想象一下接下来的故事:男孩给了国王女儿一个奇妙的长笛(噢莫扎特!):长笛里飘出了许多小孩子的骨骼轮廓和复活了的幽灵("那些骨骼轮廓占领了这个国家,它们跳着舞,它们看着很可笑但又很开心")(《虚无的国度》,第 27 页)。随后一把钥匙打开了笼子,它又从湖里把红色捞了出来,最后红色修复了生命的其他颜色。在这些神奇的"小助手"的帮助下,那个曾经什么都没法梦见的女主人公("我的生活是一片空白,什么都没有,我的心里也十分空虚")(《虚无的国度》,第 42 页)终于再一次看见她父亲的眼睛以及"祖先的语言"。

格雷马斯可能会说这是一种"职业的考验",主人公则在一个奇特的梦里经历了一次"歌颂的考验",在这个梦里,国王的女儿和她的父亲及祖父在一群孩子的注视下,在一艘"逆着"历史潮流而上的小船里相聚了。国王的女儿后来并没有废除"国度里最空虚的那部分空间",而是把它保留下来,作为不想和任何人包括那个男孩分享的"她的秘密花园":等她"受够了一切"的时候她还会再回去的(《虚无的国度》,第 47 页)。然后,我们发现在重新被征服的社会空间中,拯救儿童的原始神话和被独裁者自恋的武断所摧毁的人类情感得到了恢复。这一演绎也让我们联想到了让·多麦颂在《如世界尽头般的奇怪之事》中的观点,他在谈到"老人的梦"时提出:"为什么除了空无之外还存在着别的某些事物?"他在书中写道:

> 在小说的世界中,有趣的地方是,谜语过了一段时间后就会自行解开。就像对过去的探索都是为了将来。人们总是朝着与历史相反的方向行事。世界越发展,它就变得越来越年轻。①

多麦颂借用了路易·阿哈龚的诗《眼睛和回忆》的开头词为作品取名,在《世界的一面镜子》(1991年)里,多麦颂称路易是一个"勇于反抗残酷的童年的人"。娜塔莉·帕班在作品中对"虚无的国度"的探索,还有处于童年保护之下的"缺失的主体部分",进一步加深了作家们对时间这一主题的思考。而这一思考打开了其他作品对现实时间进行探索的大门。

(一) 鳗鱼与雕塑:扭曲的生活和僵硬的主体

这次我们来看看布鲁诺·卡斯坦是如何将故事和戏剧剧本结合起来的。这次不是借鉴安徒生的想象了,而是通过从夏尔·佩罗的创意和其他童话作品中汲取灵感来丰富其作品中的幻想。比如,在戏剧出版社出版的作品中,他让佩罗的"蓝胡子"在《蓝色政变》(2001年)里主宰着死亡;"恶巫婆"出现在《猩红的雪》(2002年)里;在《为了北极的南极探险》(2006年)里借用了那个地狱般坠落地下的桥段。但还是要追溯到他1990年在克莱蒙费朗出版的作品《水边美人》②,才能领会他那些具有揭示性的幻想,他的幻想象征性地宣告了过去那些"法庭社会"下以幕剧形式上演的作品的结束。有趣的是,这篇改自1756年勒普兰斯·博蒙特夫人的《美女与野兽》的作品将故事的发生地设为十七世纪到十八世纪间位于佛兰德斯的一个港口。当然,这类故事讲述的总是一个美丽的女子为了拯救破产的、身为商人的父亲而决定牺牲自己、嫁给一头野兽的故事。在故事结尾,野兽样的未婚夫总是会被真爱打动而变回原形,这类主题也同样吸引着让·谷克多。当

---

① 参见让·多麦颂:《几乎一切事物的几乎一无所有》,罗贝尔·拉封出版社2010年版,第86页。
② 2002年重编,由戏剧儿童出版社出版。

然,故事中,在那些被装饰得富丽堂皇的城堡中一定会有那么一片"湖水平静得没有一丝波澜,也看不到底"的湖,这在巴洛克式戏剧中也十分常见。如同贝儿形容的那样:

> 想象一下那些大理石的楼梯,长廊上的罗马柱指向天空,那些宽敞的房间,一个接着一个,天花板都被粉刷成了天蓝色。

在这里,对标志着光荣的主人公和雕塑的描写充满了奇特想象。奥古斯塔,那个嫉妒心重的姐姐,想要和贝儿竞争,甚至还想要伪造一个国王,让他在自己的花园里,就像在凡尔赛宫那样,"也有这么一对优雅高贵的恋人,就像长颈鹿那样,你说这样如何?"(《水边美人》,第77页)

就是这个想要模仿攀比的想法让奥古斯塔付出了代价,而贝儿生活得更加真实,在与野兽结婚时就已经接受了他的"野性"。她也因此和大自然一直保持着一种真实的联系。这个剧本里的张力实际上在于,富丽堂皇的公园里的矿产财富和捕鳗鱼这个低下的职业之间所形成的强烈对比。贝儿的父亲曾经就是捕鳗鱼的,他发财之后就不做这份工作了,但是当他的船沉没之后,他不得不和他儿子一起重新做起这份工作。这种活力也体现在那个名叫玛利亚特的凶悍的女仆人身上,她的形象展示了那种被生活石化后不屈的审美形象。我们看到她"像一个哀嚎的苦行僧一样转来转去,两只手臂上都有一只巨大的鳗鱼"(《水边美人》,第33页)。她展示着什么才是活力:

> 啊!啊!啊!鳗鱼?……浑浊的水里的鳗鱼?……它们攒动着,滑动着。应该抓住这些缠绕住你胳膊的野兽的脑袋,它们相互撕咬着,盘成节。应该抓住它们那些尖尖的脑袋然后快速地砍下去……它们的血粘粘的。这是真的!你抓住它们,然后紧紧地握住再砍下去……啊,你们别垂死挣扎了,我的小虫子们。

在法布里斯·美尔格利特 2007 年的剧本《寻找佩图拉》中,有一段剧情和这个杀鳗鱼的场景十分相似,尽管故事发生的背景不同,而且《寻找佩图拉》里是另一种动物。最终的对比是在动物的扭曲和那个化成岩石的奥古斯塔(化名成了圣贝儿纳德)间建立的,这个情景分别作为戏剧的开场和结尾。剧本最初的前言解释道:"在远处,一块看起来像是人的岩石出现了,是一座被海浪打旧的雕塑。"一个女人坐在一艘漂浮在"平静的、波澜不惊的、闪耀着太阳光芒的海面"上的船里叫了起来("那里,那个看起来像是一个女人"),渔夫回答道:"那是圣贝儿纳德岩石,真是一个可笑的名字,人们一直都这么叫它,它看起来像是一座雕塑。为什么在这大海上会有一座雕塑呢?那我们去看看吧。"(《寻找佩图拉》,第 7 页)。一开始的沉默是有道理的!在知道了是仙女把奥古斯塔变成了一座雕塑之后,观众们在戏剧的结尾又看见了这个渔夫。这个男人在一片"挤满了鳗鱼的大海里,这些鳗鱼都有胳膊一般粗细"。他解释着有关那块哭泣的岩石的传说:"人们说这块岩石哭泣的那一天,就是她意识到自己的存在然后获得生命的那一天。"(《寻找佩图拉》,第 88 页)这里所揭示的道理是:在获得自我认知然后高尚地生活之前,要先经历磨难……这仿佛是在看一场象征主义悲剧。那块哭泣的岩石是根据毛里求斯岛上那块著名的石头命名的吗?还是根据在不远的布列塔尼的旅行?我们想到了乔治·桑的《勇气的翅膀》里的黑色岩石。这些场景里的故事片段还有它引出的一些必要的改变,让我们重新思考戏剧题材这一概念,因为并非所有东西都是能够被展现出来的。正如克莉丝蒂娜·柯南-宾塔多在《在学校读改编的童话:从改编夏尔·佩罗童话开始》中所言:"我们注意到现代戏剧已经克服了这个困难,通过叙述弥补了那些由于道具原因无法在舞台上展现的东西。"(《在学校读改编的童话:从改编夏尔·佩罗童话开始》,第 41 页)。这个古老的方法总是十分有效。

在那个还没有人谈论全球化问题的年代里,布鲁诺·卡斯坦改编的作品的新颖之处在于,他已经开始把那种"低贱的"生活中强烈的现实主义元素放入被装饰得富丽堂皇的背景中,然而这种强烈的对比最后会在一个"光明"的结局中消解。"在充满光芒的宫殿里开始飘落像雨一样的白色玫瑰花瓣,飘落在贝儿的身上。"通过作者的探索,通过对巴洛克式的、浮夸而高贵的奢华的否定,从鳗鱼到雕塑,都是为了迎合当代观众的审美。当代的观众们通过追寻戏剧主体的丰富表现来继续这奇妙的探索,从一开始哑剧中的寂静到现在观众群整体的安静。在如今的背景之下,戏剧主体的部分作用已经变得越来越弱了,这在儿童戏剧中表现得更加明显。

(二)分解的主体——与海纳·穆勒的巨龙头颅和"龙卵"玩耍

海纳·穆勒和鲁斯·贝豪斯的谈话出现在了戏剧出版社出版的《巨龙之歌》中。海纳指出,抛开戏剧的内容不说,待在剧院里让他觉得十分难受,甚至觉得浪费了时间:"当我坐在那里的时候,感觉戏剧的节奏简直太慢了,慢得像是在十九世纪。"为了改变这个不足,他一度希望"人们对待剧本能够像是面对一个音乐素材"①。瓦格纳的功绩就在于他的创作使得十九世纪的戏剧走出了萎靡不振的困境,"当素材和场景都不能给人们带来冲击的时候","瓦格纳就像是一个立体主义者,他根据音乐的需求改变语言和文字,这是最伟大的地方"(《巨龙之歌》,第68页)。这种审美意图在我们改编剧本时也有一定影响:《巨龙之歌》是受施瓦茨的《龙》的启发、根据安徒生的童话而改编的,完全是一部饱含音乐律动的激情和辛辣的幽默的作品。它的主题与反对集权专制的坚定主张相符,朗斯洛想要从巨龙手里拯救他的城市,在作品中,巨龙在政府的同意下压迫百姓,还要迎娶查理曼大帝的女儿艾莎。被献给巨龙的女子们都活不过三天,这时,朗斯洛以英雄的形象登场了:"我们要消灭那些应该被灭绝的人"——"一个无聊的革命者",在电视屏幕上注视着这一幕的巨龙边说边控制着整个城市。巨龙这时还加了一段戏谑模仿,里面仿佛是加入了作者的观点:

---

① 海纳·穆勒:《巨龙之歌》,戏剧出版社2000年版,第67页。

> 看来还需要我大发雷霆一次。我真是痛恨这些事(他随后开始练习大吼)。我担心在这实行民主统治的几年里,我学的那些怒吼都学错了。还不如以后就用电影原声里的那些怒吼声吧,秘书小姐。(《巨龙之歌》,第 19 页)

巨龙发动了它的军队,并有"军事专家"在一旁帮忙,它发现了朗斯洛和西格弗这些弑龙者的相似之处。巨龙欣赏了一场由城里的喜剧演员担纲的演出,演出讲的是赫拉克勒斯大战涅莫亚狮子和七头蛇的故事。演出的节奏就是那些典型的英雄漫画中的生死角逐:

> 战斗。赫拉克勒斯向七头蛇射出了燃烧着的箭,七头蛇发起了攻击并紧紧地缠住了赫拉克勒斯的大腿。手持金色短刀的赫拉克勒斯一刀砍下了七头蛇的一个头。头又长了出来,赫拉克勒斯又砍掉它。头还是长了出来,伊阿诺斯折断了一根树枝,拿出了一把巨大的火镰刀,想要点燃树枝,但是火镰刀没有用。伊阿诺斯又把火镰刀里的石头换了一块,这时候赫拉克勒斯继续砍那些不断地长出来的蛇头;直到伊阿诺斯点燃了树枝并用它烧掉了长出来的蛇头。他接着用更多的树枝来对付七头蛇,直到树枝都被烧尽了,七头蛇也没有了脑袋。随后,赫拉克勒斯带着伊阿诺斯走了出来,他们一个人拿着燃烧的树枝,另一个人拖着七头蛇的残骨。(《巨龙之歌》,第 5 场,第 7 页)

接下来,还有更多激动人心的战斗场景。比如,在打斗中,巨龙变身成了一只蜥蜴,摧毁了一个又一个朗斯洛的化身(都穿着不同的戏服,带着面具和武器;他们的配饰在不同历史时期有不同的变化,有时候,人物的配饰和戏剧布景并不相符),并且"一个化身消失了,另一个会紧接着出现。一个又一个朗斯洛的化身不断地砍掉巨龙不停长出的脑袋"(《巨龙之歌》,第

12场,第41页)。然后一些帮手从天而降(《巨龙之歌》,第38页)。我们跟随大巫师回到了石器时代,大巫师认为巨龙会把人民从战乱中解救出来,于是他在一个由儿童组成的合唱团的支持下开始念咒语,这咒语使得朗斯洛和查理曼的猫——马杜——扭打了起来。由这里开始,肆意的幻想伴随着歌声和舞蹈,伴随着"合唱团的低声吟唱",混合着现实主义与荒谬。警察以搜查武器为借口对朗斯洛进行搜身,并"想要中饱私囊"(《巨龙之歌》,第28页);巨龙的"大笑在天空中回响"(《巨龙之歌》,第29页);"一曲管弦乐四重奏伴随着战斗",但是"当合唱团在巨龙失利时唱出胜利的乐曲,巨龙一下子把他们都吃了"(《巨龙之歌》,第33页)。这里出现了一个"芭蕾舞哑剧:一个娱乐产业(舞蹈、游戏、卖淫)"(《巨龙之歌》,第33页)。海纳·穆勒自由地表现着孩子们的奇思妙想,巧妙地运用一直在戏剧舞台上活跃着的龙这一形象:"所有人,除了艾莎和孩子,身上都带着不同的蜥蜴的形象元素:龙的尾巴、眼睛、耳朵、爪子等等。"(《巨龙之歌》,第45页)。这部作品在后记里出色地阐释了"六要素"的原则:就算"所有戏剧形态都按照约定",并且"所有剧院都墨守成规",剧场也应该拒绝如此并且运用"新的方式和新的技术。不应该在崭新的剧院里上演陈旧的戏剧",并且"就算有些话我们不能直说,但是我们可以把它唱出来"(《巨龙之歌》,第59页)。正如莫里斯·塔斯曼说的,穆勒很早就参与了(自从1951年)针对"布莱希特的'教育剧'的批评对话,并且也受他的启发,加入了以歌唱为主的音乐元素"(《巨龙之歌》,第71页)。因此,《巨龙之歌》的结尾是以欢快的歌舞形式呈现的:

  剧院变成了一个乌托邦,聚集了来自各地的人和动物。所有人都在一起跳舞。
  朗斯洛,
  我们的节日解放了
  所有那些被指责的人和事;

艾莎,

我们的节日团聚了那些失散的人和事;

合唱团,剩下的都是欢乐,

欢乐留住了其他的人和事。

剧终

穆勒的剧本仿佛是戏剧里的一个大游戏,是最接近童话故事和儿童想象的,这也为针对儿童而设的剧院在更新的道路上提供了一个具有参考意义的模板:撒下龙的牙齿的同时,我们是在创造新的小龙。

(三)幽默和支离破碎的主体:《漏斗》,如同社会堕落的格局

让·卡格纳德的《漏斗》是一部独特的戏剧。里面的台词十分精简地由三部分和十四个场景组成,其中的三个在戏剧儿童出版社 2007 年的宣传册中还只有舞台提示。就连主人公佩卡尔的名字都直到第五场他和他老婆的对话中才出现。观众们也因此在戏剧的一开始只能根据演员的表演对戏剧进行个人的解读,并且自顾自理解他们眼前的戏剧。这时,随着舞台灯光布景的转移——这个效果取决于场景的奇妙设定——观众们首先身临其境地感受到了佩卡尔舒适地坐在一个面向公园的长椅上:"这难道不是一个完美的暂时休息的地方吗?"随后他突然开始不知所措,"然而这宁静看起来十分真实,一根巨大的树枝从树上掉落下来,把树上大多树叶都带到了地上"。那么如何解释那"束缚"着佩卡尔的"寒冷的感觉"呢?这幕结束时,场景的"黑暗"难道不是象征着我们的内心感受吗?第二幕还是同样的剧情:"在同一棵树下的同一个长椅。它的枝叶是那么的纤细而美妙!"但是随着音乐的渐强,佩卡尔一直坐在长椅上一言不发。"啊,上帝啊。这样太美好了。"这次我们是在观看喜剧式的重复情景吗?我们应该继续等待树叶和之前一样坠落吗?在此之前,"寒冷又袭来",佩卡尔走近那棵树仔细地观察,"一

棵粗大的枝干为它所处的那个并不安全的位置而洋洋得意"。因此,这里的悬念转为了对一个显而易见的危险之到来的等待。然而,这又将是另一个结果。拒绝重复?不!是出乎意料的转变:"这次是佩卡尔的左胳膊掉了下来。"这个令人毛骨悚然的转折其实是剧作家的嘲笑:"命运总不能如此重复,不是吗?"这是观众掉入了某个吉尔·德勒兹式的陷阱吗?就像在《差异与重复》中那样?然而,那降临的"黑暗"无疑是恐惧,因为这次分离的是人的躯体。

接下来的部分更加荒诞。"一个富有同情心的人说——噢,一个胳膊!"我们这次像是身处果戈理的作品或者其他奇幻小说中:"一个富有同情心的人问——那个胳膊在那边干什么呢?"这时,佩卡尔说道:"那是我的。"这时候出现了一个荒诞的逻辑:"你的意思是说这棵树会让人的胳膊掉下来?"第三幕的结尾充满了嘲讽,这时那根脆弱的粗壮树枝又一次从树上掉了下来,"我们不知道这次又会发生什么可怕的事,但是命运总不会如此重复……"(《漏斗》,第 13 页)场景的设计是一种通过图像巧妙地、安静地传递有关生命之意义的哲学思索的方法:我们知道佩卡尔是一个面包师,他没法只凭一只胳膊胜任这个职业。这个寓言说明了人类脆弱的天性。

另一方面,第四幕又恶作剧般地展现了人类和自然的关系。佩卡尔和那个富有同情心的人一起去往一个"卖胳膊的商人那里",从商店出来后,佩卡尔原来左边胳膊的地方粗犷地绑着两根树枝以代替胳膊(《漏斗》,第 15 页)。而那个有同情心的人也买了两条胳膊,这下他有了四条胳膊。这对小伙伴互相恭喜着,一一握手(所有的手),然后各自回家了。这美好的场景在一种怪诞的胜利中结束了。

我们可以从不同的出发点来理解人类和植物之间这种超现实主义的混乱的突变,但事实上它在用词上都产生了影响:佩卡尔有了"树枝样子的胳膊。是叫它们树胳膊?还是胳膊树?"(《漏斗》,第 23 页)然而这个树枝替换胳膊导致的戏剧性结局,并不是因为佩卡尔变得像搞笑漫画的形象,而是因为他的妻子扎露决定离开他。她声称自己不能看见树,"但是这种反应其实更危险啊"。她是一个现实的人,她明白自己的丈夫已经丢掉了工作。这时,佩卡尔脑袋里蹦出的东西更是具象化了这些荒诞的困惑:他脑袋里蹦出了面包和可颂。这时就由导演来决定接下来的剧情如何发展了,然而,他的布景中出现了这句话:"松软的云朵在天空中消失了。"(《漏斗》,第19页)就像一个充满成功和幸福的梦,一个巴洛克式的幻想。在这里,观众们的感受在恐惧和幽默的交替作用下,在恐怖和诗意间摇摆不定。

在接下来的场景中,佩卡尔的身体在逐渐地瓦解。他的腿"像是两个哺乳动物一样从他的身体上爬落下来",接着当他找工作的时候,他的整个身体"都覆满了茂密的枝叶,就像成了食肉植物的办公室一样"。这时,剧本中的政治和社会色彩又突出了,佩卡尔在人才招聘处成为了众人侮辱的对象。这里,我们又回到了单景监视的核心:"音乐,漂亮的线条,香槟,迂腐的话,歇斯底里的笑声,不修边幅的穿着,奢华和烟雾缭绕。"(《漏斗》,第25页)对权力的讽刺随着有权有势的人的胳膊的增多而变得强烈,对"流动的冲动"的讽刺也转为了狂躁:"一对情侣来了。他们相拥。他们接吻。他们沉浸在自己的世界里,然后倒在了地上。"(《漏斗》,第26页)相对地,佩卡尔则了解了什么是极度的堕落,"当他被一大堆东西还有各种各样的垃圾覆盖的时候",仿佛是"在宣告他极度的卑微"(《漏斗》,第29页)。最后连"狗都过来在他的树胳膊上小便"(《漏斗》,第33页)。接着是一个按照字面意义的修辞手法——他这次真的连都头都掉下来了,于是他拿一个坡璃瓶子代替,这是用借代手法表达了致命的酗酒恶习。在第三部分中,一个住在茅屋(类似于一处私人领地)里的人接待了佩卡尔,在那里,他渐渐地变成了一只狗("佩卡尔抬起了自己的爪子并对着屋角小便,然后去左边闻闻,右边闻闻")(《漏斗》,第46页)。就在这时,观众终于明白了这个戏剧标题的含义。剧中人物们数着"一,二,三"(简单的数字在这里代表了人性的完全丧失)开始唱歌:

人们行走在

漏斗的边缘,

有时候起风了,

有人来不及叫一声就掉下去了……

这疯疯癫癫的场景提示了一种矛盾和对立,一边是佩卡尔的悲剧和他逐渐自我丧失的幻觉,另一边是大系统下人人都向往的社会成就。这是一个碾压那些不幸处于劣势的人们的例子,在这个社会中,稳定的工作才是准则。在最后一场里,在一种诗意的"欢乐结局"中,佩卡尔的脑子里"装满了水",又重新变回了人类,而月亮则像是"一个三岁小孩子切开的不新鲜的可颂面包"一般,出现在了天空中。在最后的黑色幽默下,佩卡尔爬上了一个"通往天空中心的楼梯,人们说那里有解决方法"。在剧本的后记《露天下的生活》里,卡格纳德重新概括了坠落的过程,他的结论充满对资本主义社会矛盾的嘲弄——"漏斗的速度!世界所宠爱的那些蠢蛋,露天下的生活,漏斗:去吧,放松一下,就像在自己家里一样,都是你的,没有什么能够束缚住你,但是你总会滑落下去的"(《漏斗》,第 59 页)。

结尾处显示出些许属于受骗的年轻人特有的浪漫主义特征。最后的出版则是在法国国家图书馆的支持下完成的。让·卡格纳德在 2005 年创建了 1057 玫瑰剧团,同时也负责由阿维尼翁新省的查尔特勒修道院支持出版的读书游记。①

关于剧院中的"虚伪自我"

我们经常能发现,在舞台上,残废的身体被安上新的东西,这与那些"虚伪"的人物十分滑稽可笑的形象十分符合。《小孩》有条不紊地运用了这样一个笔者在前文已经谈到过的手法:在戏剧里,那些"小孩子的叔叔",也就是专门贩卖或者拐卖儿童的人,随着他的每次交易,他的生意都得以扩大,

---

① 参见《作家游记:让·卡格纳德》,查尔特勒修道院出版社 2007 年版。

而他在这种交易里的影响也会变大。也就是这样,孩子们变成了囚犯。剧本的解说介绍了具体的场景:"人贩子想要改变他的肚子形状(拿出了硬胸加在肚子上),也为了使他的胡子看起来更有分量一些。"(《小孩》,第 18 页)戏剧的第二部分也有类似的场景,这时候人贩子已经胖得和一个气球一样了(《小孩》,第 55 页)。他像一个由于肚子太大而眩晕的老人一样呻吟着(《小孩》,第 61 页)。他离变成愚比王不远了。但是就算孩子们没有拆穿他,他在最后一刻还是被迫还原为真实的自己,当他"随着一声巨大的爆裂"出现在孩子们面前,他几乎是光着身子的,还是那么的消瘦,一脸可怜相。他不再试图掩饰他的肚子了。"新风尚是:越胖越值得自信,越恐怖。"(《小孩》,第 25 页)在关于人物真实面貌的游戏中,面具出现后又消失了。

(四)《寻找佩图拉》中升华的主体:明星和电视英雄造成的冲动和杂技中的现代巴洛克式荒诞

　　法布里斯・美尔格利特 2007 年出版的作品《寻找佩图拉》(方舟出版社)里也出现了有关肢体之分解和丢失的奇幻想法。实际上,在第一场里,达蒂・罗通多就是一个离婚了又再婚的男人,他有一个名叫布里・米诺的十二岁大的儿子。布里重 101 斤("一个如此爱吃的男孩,对他来说最好吃的就是肉酱意大利面……")(《寻找佩图拉》,第 66 页),正在寻找他的继母爱美迪斯・科拉普弄掉的他的牙齿。达蒂穿上了他的西装晚礼服,"一套暗红色的三件套西装,剪裁是那么合体以至于旁人都觉得他没有穿衣服"。这里的舞台指示提示了人物不稳定的心理状态,也提出了父亲的一个问题:"你还没找到你的白齿吗?一个十分美丽的白齿,在六七个崭新的白齿之中?"儿子说他"觉得在牙齿下面发现了人"。对这个问题的解释直接将我们置于类似佩卡尔的可怜遭遇中,在让・卡格纳德的戏剧里,佩卡尔的头失而复得了。于是,儿子说:"比如我们就算脑袋掉下来了,也可以把它放在肩膀上呀,所以我还要再了解一下。"(《寻找佩图拉》,第 11 页)

　　事实上,"这颗牙周围并没有人"!对米诺来说,这颗牙实际上十分容易修补，因为爱美迪斯本来就是个裁缝，她在"一场混沌的演出中扮演吸血鬼的角色，在这场演出中，连墙都震动着"（《寻找佩图拉》，第 15 页）。这里的荒诞一下子体现出女主人公的故作含糊，吸血鬼的戏剧扮相掩盖了一直让她丈夫感到恐惧的食人冲动。这时候荒诞到达了顶峰，因为来自后台的惊呼和叫喊让大家明白过来，爱美迪斯想要看下鸭头，并想用它来做"橙汁浸鸭子"作为早饭以招待客人——比诺克拉，达蒂·罗通多的前妻，以及她的现任丈夫，一个名叫乔·姆杜格努的标枪选手。在这里，有种即兴戏剧，又或者某种愚比王似的戏剧感觉（乔·姆杜格努，一个名字不招人喜欢的人物，声称自己是一个非常出色的标枪选手，一直被自己想要变得更强大的愿望折磨着）。而那只鸭子一直在顽强地挣扎着，这让整个场面十分滑稽，爱美迪斯一直没法杀掉这只鸭子，所以干脆就那么生吃了，她对着鸭的脖子一口咬下去，连一颗牙都掉了，结果这颗牙后来被乔·姆杜格努给吞了下去！这真是一场滑稽的生动阐释了雅克·拉康的"对象 A"之丢失和交换的手法荒诞、情节复杂的戏剧。这里的鸭子与欲望相符，也代表了那些不能被事物表现的情感，这体现在剧中两对重组家庭贪婪地进食的场景上。比诺克拉一点也不留情面地指责乔·姆杜格努："乔，你能不能别再吸那个鸭头了，求你了？"（《寻找佩图拉》，第 29 页）。

但是整部戏剧的主题在于米诺想要找到他的姐姐"佩图拉·卡拉克"的愿望。大家都认为佩图拉消失在了天空中，因为据米诺所说，她"由于实在是对这个世界感到恶心而决定罢工"。"唯一的解决办法在太空里，只有在太空里你才能稍微明白自己的脑子里在想些什么。"（《寻找佩图拉》，第 30 页）佩图拉就和佩卡尔一样，掉进了漏斗之后，在天空中寻找答案。米诺受到这一滑稽桥段的启发，而乔·姆杜格努正好可以满足他的这个愿望，他吃了鸭子之后变得"情绪激动"，尔后变身了（《寻找佩图拉》，第 29 页），乔把这个胖胖的孩子投向天空，"扔得特别高，特别高……扔到了云朵里，扔地了黑夜里"（《寻找佩图拉》，第 33 页）。在这里，布里·米诺完全陷入了巴洛克式的沉醉中，"他飞行着，周围全是星星和流星，还有陨石……这些小石头运转着、遨游着,他之前从来没有看到过这样运动着的星星"(《寻找佩图拉》,第 36 页)。

这一滑稽的场景只有和电视剧文化以及表演产业联系在一起才有意义。佩图拉,生于 1932 年,是一个英国的歌唱家、作曲家和演员。这一场景表现了她的念旧情怀。2010 年,佩图拉还在世界各地的剧院里开演唱会,布里·米诺想要在天空中一睹她的风采。而乔·姆杜格努的变身也由于男孩的解释而变得明白:

> 在乔的体内发生了一些变化。就像布鲁斯·班纳受伤变成绿巨人浩克那样子。呃,只是人们会说乔是被一只鸭子伤到了……不管怎么样,我因此能在太空里转一圈寻找佩图拉。(《寻找佩图拉》,第 31 页)

喜欢电视剧《神奇绿巨人》的观众都能明白这个影射。《神奇绿巨人》是一部在 1977 年至 1978 年间播出的电视剧,一共 82 集。布鲁斯·班纳博士一直以来都在研究如何疏导人体中的物理力量,在其中一集里,这天他突然发现太阳光中的伽玛射线能使这种力量倍增并由此改变人类的 DNA。随着他的肾上腺素不断增多,他变身成了浩克。类似地,乔·姆杜努克吃了鸭子也变身了。埃德加·爱伦·坡一直喜欢这个"鸭子"的含义。这里戏剧家巧妙地运用了一个大众文化中观众都了解的事。他让达蒂说道:"这比乔还厉害,这简直是吸了毒的蓝精灵。"(《寻找佩图拉》,第 32 页)。

听到布里·米诺的名字,我们就会想象这个体重过重的贪食小子在人际交往中的闭塞。在他探索的过程中,在这个奇妙的世界里,他碰见了许多人,这让这个小孩子更加相信"迷雾世界"的魔力了:尼尔·阿姆斯特朗,第一个登上月球的人,然后是小王子。故事中充满了对卡通化的英雄人物的崇拜:"'在出发之前我都打听好了。就你那七克的骨灰都价值五千美元呢',布里·米诺对阿姆斯特朗说道。"(《寻找佩图拉》,第 37 页)故事中也不乏圣·埃克苏佩里的文学成就的象征。这其实是对陪伴的追求,正如佩图拉·卡拉克要求小男孩陪着她一样,"我对自己说,如果我在太空里还能有点名气的话,一定是因为我是世上最胖的小伙子"(《寻找佩图拉》,第37页)。这种也想要变成国际化精英的愿望被尼尔·阿姆斯特朗嘲笑了,他用蹩脚的法语讽刺着小男孩的幼稚,"对呀,你还有很多工作要做。比如用陨石打滚球。在黑洞里玩捉迷藏。看地球上的人放烟花"(《寻找佩图拉》,第39页)。而小王子则被转移到了一个宇宙中的杂技场,在那里,他和玛格丽特·杜赫索成为了朋友,"她是整个太阳系里最聪明的小跳蚤"(《寻找佩图拉》,第58页)。

接下来的探索中加入了科幻小说、文人小说还有杂技场的场景。小王子跟布里·米诺说,他曾经在星星上碰见过佩图拉,佩图拉画了一只绵羊送给他,然后"他们还一起出去玩",他们还坐在一个彗星上接吻了。小王子说彗星真是一个"美丽的地方,坐在上面还可以抓住路过的小星星"(《寻找佩图拉》,第53页)。小王子说着还把那个吻画出来给布里看,结果布里又嫉妒又生气,认为这个小王子只是冒牌货,他殴打小王子,想要揭露他的真面目。随后他承认自己一直喜欢他的姐姐并且想要娶她。然而他们两人的特征却完全相反:当他一直被他那想要暴饮暴食的特性折磨时("这些都这么好吃,那些肉酱意大利面,枫糖浆,汉堡包还有棉花糖冰激凌……",《寻找佩图拉》,第66页),她却"患有神经性厌食症"(《寻找佩图拉》,第69页),又是一个真正的内在缺失的表现。但是米诺还是骑着小跳蚤玛格丽特·杜赫索去寻找佩图拉,这只聪明的小跳蚤一直后悔没有读过玛格丽特·杜拉斯的书,从"一颗星星跳到另一颗星星,看起来就像是彗星的尾巴"(《寻找佩图拉》,第73页)。这一对年轻的爱人最终还是互相表达了爱意,她今年十五岁而他只有十二岁,但是他们可以等到成年了再结婚,或许还会"领养一个孩子"? 在最后的欢乐结局里,布里·米诺注视着佩图拉的脸庞说道:"这儿全是太阳,不过没关系,没关系。"(《寻找佩图拉》,第92页)奇幻的巴洛克式想象力又和杂技场的诙谐相遇了,画面也变得强烈了。然而,作者果断地将对幸福的追求和名人的灾难联系到了一起。因此两个配角,佩图拉的父母,让·玛丽和让·米歇尔·卡拉克,"两个摇滚演唱会上袭击事件的受害者"对换了,看上去非常可笑。这在"一个崭新的宇宙诊所"里被治好了,在那里,"人们把他们的头按照原来的样子缝了回去"(《寻找佩图拉》,第68页),然后"他们很满意"。而爱美迪斯那边,她的牙齿掉进了"她丈夫的嘴里",她承认这都是她给他的,并且"这是最美好的一天"。这样的坦白也让她丈夫承认"我一直认为,在她吸血鬼的外表下还是有我妻子的身影的"(《寻找佩图拉》,第82页)。正如最后佩图拉总结的那样:"生活就是成功和好运。而在成功和好运之间,还有很多小意外。"(《寻找佩图拉》,第91页)有时候是一些灌输给我们的硬性法则的意外,就像玛丽·让·卡拉克说的,"今天,你还是个明星,明天,你就变成了个洗衣机"(《寻找佩图拉》,第69页)。

在《你想要吗?》(方舟出版社2004年版)里,法布里斯·美尔格利特表示想要"填补空缺",所以有了把他的人物送到天上的习惯。而《儿童上帝》里的卡里法是一个住在卡塔尔的孩子,死后来到了天上,他说在天空里上帝会救人,于是他决定去做戏剧。诺埃和玛麦特想要找个人代替其儿子,但是上帝一直太忙了没空顾及这事,所以一个非洲的男孩,圣·皮埃尔,就代替了上帝。他的歌声十分动人,并且向大家证明了只有爱才能拯救人类。在《寻找佩图拉》里,人们是在地上获得自己的认知的,而在分解的肢体中,在"景观社会"这一天际中的冒险中,人们获得了自我。

(五)变化的主体——史文·勒维的《现在的爱丽丝》对自身的拒绝:从对生活的叙述到流行电影、政治和诗歌

如果说在《寻找佩图拉》里,小王子这个世界文学作品中的成功形象是云雀的一面镜子,那么,正是受到了相似的来自路易斯·卡罗尔《爱丽丝梦游仙境》里女主人公的启发,史文·勒维的戏剧开头才是如此:作品一开始,叙述的主人公就着重描述了一段出人意料的路程,"我走着走着,但是这

次和我白天走的路线完全相反"。这一完全相反的路线解释了这个古怪的英国作家脑袋中矛盾的逻辑:"小学生的路程。每个小学生都有他自己上学的路线。从学校出发回到家门口的路线。"这幽默的一反常态在这里帮助建立起了事物甚至是生命的多变性,因为,爱丽丝又说道:"我们的房子也只是暂时的。"爱丽丝也只是"现在"才会散步,在戏剧结束之前,她又如此散步了好几次。直到十五年后,也就是戏剧时间接近尾声的时候,观众才知道"爱丽丝"这个名字只是她为了掩饰自己是在智利出生而假借的,她其实是一个"政治逃犯"。

现在,爱丽丝是一个母亲了,已经快三十岁了,她在一个办公室里上班,并有了两个孩子,她说道:

> 我走着走着,
> 但是这次和白天的路线完全相反。
> 我走在路上,
> 走在这条我每天经过两次,每周五次,六年来一直走的路上。

(《现在的爱丽丝》,第 57 页)

从小学生的路到一个职员的路,是狭隘而无趣的日常("在一个随着时间逐渐形成的省里,有一座中型城市,市中心有一个小公寓……")(《现在的爱丽丝》,第 58 页),但却十分安全。我们这是在看史文·勒维 2000 年发表的《西方中产阶级的日常》的新一章吗?

但是,爱丽丝是在一个悲剧的日子里出生的:"9 月 11 日,不过是另一年的,1963 年的 9 月 11 日。"

> 在圣地亚哥的一个屋顶上,我正好那一刻睁开了眼,看见一个男人倒下了,在疯狂的逃命的奔跑中停下了,一把冲锋枪让他的呼吸停止了。

这是为了呼应一段生命的结束：爱丽丝的儿子出生了,睁开了他的眼睛,"而在同一秒,比诺什(名字是奥古斯托)永远地闭上了他的眼睛"(《现在的爱丽丝》,第57页)。从一开始的屠杀暴力到随后的象征主义结尾,女性的现实准则弥补了生命的缺失。这一准则从一开始就通过一个矛盾的否定表现了出来:"你还知道别的叫爱丽丝的人是有名的或者有社会地位的吗？爱丽丝——不,我不认识。"(《现在的爱丽丝》,第35页)

最终,在一个又一个的考验下,戏剧表现了爱丽丝沉稳的个性。人物的自我在这部戏剧中比在先前其他几部戏剧中更加清晰,而且他们的命运这次维系于大地之上,在悠闲的四处散步中。我们又碰见了《无尽的草原》或者《漫长的路》中提到的话题。但更准确地说,在约翰·福德改编的约翰·斯坦贝克的《愤怒的葡萄》中,我们看到的是移民这一问题。那烧焦的旧车证明了这点:"那辆奔驰完全变了样:前面是日用品,土豆和一些卖不掉的蔬菜……后面则是汽车仅剩的一点了。"

爱丽丝和家人因为她父亲工作的变换而不断搬家,尤其是随着榛子的采摘,这些榛子曾经在饥荒中救了大家。剧中情节的连贯性并没有因为人物间的关系,而是由于外界的原因而受到质疑。这里的对话与《寻找佩图拉》相比少了很多。我们看到的大多是一篇冗长的对生活的记叙,一段漫长的行走,一场缓和的"疾病",还有一段斗争。这里,爱丽丝也开始担任旁白和叙述者的角色,有时候让她爸爸说话,有时候又让她妈妈说话。她这样子让观众有时不太容易分辨到底是谁说了这句台词,有时她还会补充她爸爸妈妈说的话。因此,她说道:"那天,我像往常一样在路上走着,低着头,穿得很暖和,穿着一件对我来说有点太大了的军装背心,对喜欢黄色的我来说这件衣服太绿了。我喜欢向日葵或者蒲公英的那种颜色。"这时她的话被打断了:

父亲说道:"我,我喜欢丽春花那种黄色。"
对此,爱丽丝说道:

"这才是我爸爸说的话。"(《现在的爱丽丝》,第9页)

在其他情况下,她又说道:

"……根据计算,我们发现……"

父亲:"大体上……"

爱丽丝:"'大体上',就像我爸爸经常用长音音符唱出来的那样。"

父亲:"大体上有十公斤新鲜榛子。"(《现在的爱丽丝》,第28页)

另一处也是,爱丽丝评价她父亲和母亲之间的一段对话,"我的父母从来不吵架。他们都是通过互相反驳来消遣娱乐的"(《现在的爱丽丝》,第25页),并且略带调侃("就是那种没有尽头的对话,总是让我们的午饭变得有趣,连邻居都能被他们逗笑")。她指出了让这些对话变得好笑的特异性:"父亲:我跟你说,一个榛子十分小。母亲:但是它们有十公斤啊。十公斤榛子。"

在成功地表现了苦难和漫步之后,《现在的爱丽丝》又开始谈论另一主题:电影。这次提到的电影明星是让·迦本。在这个剧中,爱丽丝长大后碰见的一个男孩的名字就是让·迦本。"我连腰都变粗了一些,这可是男孩子并不喜欢的事啊。"(《现在的爱丽丝》,第33页)一开始迦本就说爱丽丝像碧姬·巴泽,在某个他看过但是不记得名字的电影中。爱丽丝呢,她显然对这些很了解,她告诉男孩这部电影是让·吕克·戈达尔的《蔑视》。迦本和这个与他同名("让")的导演一样很有魅力,他们聊了一会天后,迦本表示想亲吻爱丽丝。爱丽丝为了转移话题就问道:"你叫什么名字?"

他的回答并不如爱丽丝所期待的那样,"迦本,和让一样"。而令人惊讶的是,爱丽丝什么都知道,她列举出了戈达尔所拍过的所有电影,并且还总结了所有电影里一样的名字:"还有《悲惨世界》里的冉阿让也是!"这个喜剧以如下方式结束了：

> 迦本：《悲惨世界》那是谁写的来着，我记不起来了。
> 爱丽丝：雨果。
> 迦本：雨果！雨果！这不可能吧。你刚才说的一定是在拿我开玩笑。那可是我弟弟的名字啊！（《现在的爱丽丝》，第34页）

在这里，幽默来自这个年轻男人对电影极为有限的了解与他急切地想要和爱丽丝熟悉的愿望所形成的强烈对比。这一对恋人展现了一场完美的"短暂邂逅"的爱情，他们相互诉说着真情和蜜语。这时候，观众看见的是单景监视中那积极的一面。正如笔者曾在《全球化与儿童文学》中针对这一点所写的：

> 在全球化的文化背景之下，法国当代文学靠着它的独特性一直备受瞩目……仿佛有一道无形的鸿沟将它清晰地分成了两方：皇室和法兰西共和国，大时代的童话故事和维克多·雨果的《悲惨世界》。

迦本的要求，如同爱丽丝的那些，又清楚地转变为单景监视中的对比：一小群总是被人凝视着的虚伪的精英群体和剩下的被压迫的广大人群之间的对比。反而是那些被压迫的人才是按照正直的人类道德而生活的人。因此，爱丽丝对史文·勒维创造出来的人物所抱有的爱意并不违背爱丽丝一直崇拜着的萨尔瓦多·阿连德的准则。这是一场"争取得到承认的战争"（这里是为了回应在2000年翻译的阿克塞尔·霍耐特的书的标题①）。在

---

① 阿克塞尔·霍耐特：《为承认而斗争》，皮埃尔·鲁赫翻译，2000年；《权力的批判：批判社会理论反思的几个阶段》，奥利维尔·瓦霍尔、皮埃尔·鲁赫、亚历山大·杜浦克里斯翻译，2006年。

这次斗争中,史文是和儿童文学出版社站在一条战线上的。因为,为了得到认同,孩子们需要具备一定的社会认知,而这些社会认知和由他们的"文化属性衍生出的特性是相辅相成的",正如亚历山德拉·莱涅尔·拉瓦斯汀最近在《轻蔑的社会:新批判理论》中分析的那样,这位德国哲学家和社会学家有很多观点和我们开始时提到的齐格蒙特·鲍曼的观点一致。因此,参与这场斗争的儿童戏剧,与其说它们是一个"实验室",不如说它们是行动着的"新批判理论"。因此,儿童戏剧有时也会对那些在戏剧领域一直盛行的风格表现出不屑。史文·勒维就通过爱丽丝和迦本的对话巧妙而幽默地讽刺了这一点:

> 爱丽丝:然而世界其实很小。
> 迦本:然而地面越来越低了,这真是太不可思议了。
> 爱丽丝:什么?
> 迦本:我妈妈总是这么说,地面越来越低了,这真是太不可思议了。我们能接吻吗?
> 爱丽丝:现在不行。
> 迦本:好吧,没关系,这种事都是女孩子决定。(《现在的爱丽丝》,第35页)

这个人物表达爱慕时的单纯、天真和他所说的"低洼的"地面十分相称,爱丽丝日后也会这样,住在一个郊外的小城市里,每天过着简单的生活。一种不需要"夸耀"的生活,一种满足于真实的关系的生活。正如爱丽丝的父母在看到他们的奔驰车着火的时候,在看到他们失去了一切的时候,还是发出了笑声,之后他们还把车的灰烬装进了一个骨灰盒里,把它埋葬了。

这篇戏剧的最后是关于抵抗的一段诗意的空想。在获得自我认知的同时,也面临着被迫背井离乡的迷失和躁动。也就是这时,语言最根本的问题出现了并成为了这部作品的封面。首先,在最初的几个场景里,当爱丽丝被她的小学同学们嘲笑的时候,她口中说出了一句话:"做你自己。做你自己。不要理他。不要理他。不论怎么样就做你自己。"在被人批评的时候,对语言的忠实让爱丽丝获得了自我认知。语言在这里再一次出现时变得更加丰满,由于伟大作品中的诗歌而变得更加强大。当爱丽丝的妈妈哼唱年轻时的维克多·加哈的歌曲,爱丽丝的爸爸在背诵一首巴勃罗·聂鲁达的诗(剧中没有说明诗歌的题目,其实是《船长的诗》的一部分)。于是,语言和诗歌的根深蒂固弥补了因背井离乡而产生的情感空缺。这与最后几页上聂鲁达的诗歌所要表达的对生活忠实相一致:

> 如果让我拿走你的生命,
> 就算还活着,
> 我也像是死了一样;
> 你一定要继续,不管是死了还是作为幽灵,
> 走在没有我的大地上。

巴勃罗·聂鲁达的"船长"因此成为了爱情的象征,在一个日渐残酷的世界里,人们把他视作心中的信仰。正如委内瑞拉一个文学联盟的一篇文章在引用这首诗时所言:"所谓的爱,叫巴勃罗·聂鲁达。"至此,这篇戏剧获得了一定的国际化意义。

(六)"野蛮主体"的舞蹈和化身:《巴布亚岛上的棉花老奶奶:一个岛屿上的喜剧》

> 现实已经不复存在了,
> 一下子,
> 就变成了蝴蝶!

诺埃尔·乔安奴的戏剧《巴布亚岛上的棉花老奶奶:一个岛屿上的喜

剧》于1999年在萨特鲁威尔创作，由南方文献出版社于2006年出版。剧本的铭题上写着的这段俳句是十八世纪的日本诗人与谢芜村创作的。芜村这个名字意为"偏远的村庄"，这也符合诗人众多诗中对大自然的美丽想象（据说有超过三千多首俳句）。这也是剧中的女主人公将要探索的美丽。棉花老奶奶，"一个十分矮小的白人老太太"，来到了一个荒芜的岛屿上。在这个名叫布吕布吕的小岛上只有一个居民，卡杜马，"一个黑人"，但是却"不发颤音，人们也不知道这是为什么，反正就是那样"。在这个"鲁宾逊漂流记"般的故事中，这两个为了不饿死而在小岛上互相争斗的人展开了对话，内容还是回到了白人与黑人的矛盾上。单景监视的力量变为旅行社的广告中的思维偏见，因而十分可笑。棉花老奶奶向旅行社提议，做一个介绍巴布亚岛上的黑人的宣传，她想借此赚点钱，然后去寻找她一直想要找到的那种非同寻常的蝴蝶：维吉尼亚蝴蝶。棉花老奶奶不仅欺骗她的资助者，还期待那些白人能一如既往的好骗。对此，卡杜马对她说，只需要把他的照片寄过去就行了。老奶奶回答道："他们对你这样的不感兴趣。他们想要的是和以前一样的那种黑人。"卡杜马又问道："就像在白人小姐选美大赛的时候吗？选美大赛那种的他们就满意了？"（《巴布亚岛上的棉花老奶奶》，第20页）"这些旅行社里的傻瓜可喜欢巴布亚岛人了，只不过是鼻子上还穿着骨头环的那种。"（《巴布亚岛上的棉花老奶奶》，第21页）接下来，一个滑稽的场景中出现了文字游戏（第四场，"面具"）。卡杜马戴上了一个可怕的面具，手里拿着一把标枪，他边吼边模仿野蛮人说话，吓唬老奶奶。这仿佛吓到了她似的，她"颤抖着"说道："你……你干嘛！"这时候卡杜马反驳她："我听不懂你在说什么。"老奶奶拿出了自己的步枪，向天空射了一枪，然后搞笑地重复着："我说的是'你要干什么'。"考虑到卡杜马没法做到"完全光着出镜"，最后决定让他披着一张虎皮并且"装得像一头动物一样"（《巴布亚岛上的棉花老奶奶》，第25页）。卡杜马戴着一个大巫婆样子的面具，上面装饰着极乐鸟的羽毛，脖子上戴着项链，完全是一个"健壮的光脚矮子"（《巴布亚岛上的棉花老奶奶》，第26页）。然后，卡杜马像"巴纳尼亚黑奴"一样出场,嘴里吼着"呀！砰"。在饥荒变得更严重时,老奶奶会被扔进锅里让大家吃了(灵感来于小时候的一首歌,他们从前还会用抽签的方式,抽到最短签的人"就会被吃掉")(《巴布亚岛上的棉花老奶奶》,第六场,"盛宴",第32页)。卡杜马接下来的表演荒谬到了极点,他大声说道:"我们最后还会给你们的白人老板照张相片呢！""一个高大的食人老黑吃掉了一个白人老太太。"(《巴布亚岛上的棉花老奶奶》,第34页)一家资助他们的杂志社还修改了这张照片:"我们的记者莉莉面对着一个野蛮人的展示,目前身处险境。"(《巴布亚岛上的棉花老奶奶》,第36页)这是在一个不敢明说的新殖民语境下,媒体对事情的夸张和扭曲的讽刺。场景接下来达到了幽默的顶峰,当卡杜马发现他出现在一张"大巫师"的照片上,旁边还有一个妻子的时候——照片上面还写着"鼻子里有骨环,代表已经结婚了"——他决定开瓶好酒"庆祝一下","总不能拒绝这种事吧"(《巴布亚岛上的棉花老奶奶》,第37页)。

在这个以荒岛上的饥荒为背景的戏剧中,享乐阶级的可笑行为减缓了其中的思乡感情。

实际上,棉花老奶奶会用在酒剂中浸泡过的棉花把她收集到的蝴蝶杀死,老奶奶来到这个岛上,是因为据说只有这个岛上才有一种叫"扎莫西斯龙"的蝴蝶的雌类。这是一种长16厘米的蝴蝶,非洲最大的蝴蝶,它的雌类十分罕见。于是,老奶奶就想抓到这种雌蝴蝶,然后卖给博物馆发一笔财。我们在诺埃尔·乔安奴的纪录片里找到了对于这点的解释。[①] 因此,一开始老奶奶和卡杜马的关系是因为对昆虫的热情而维系着。在清点她捕获的蝴蝶时,老奶奶对昆虫的了解之深,会让外行人深感佩服:比如她知道凤蝶的各种名字(也许对于一只普通的马蜂来说,这些名字显得有点浮夸了)(《巴布亚岛上的棉花老奶奶》,第9页)。然而,主宰着这些命名的,是一个由社会区分法则规定的昆虫世界里的阶级分化。卡杜马,假装要给老奶奶

[①] 详见加尔·范德维奇给出的关于中非地区同尾轮虫属大蝴蝶的描述:"http://www.ecofac.org/Canopee/N26/2604_PapillonsDiumesAfriqueCentrale.pdf"。

一个惊喜,于是一开始就给她了一副棺材,里面放着扎莫西斯龙蝴蝶的标本(这种蝴蝶的名字来源于一位达契亚的国王,他相信人死后生命会延续),但这是一只雄蝴蝶,而老奶奶要找的是一只雌蝴蝶"维吉尼亚"。正如卡杜马和老太太说的,"这什么意义也没有,这种雄蝴蝶也不值钱,只有那些雌的,那才是真正的神秘之物"(《巴布亚岛上的棉花老奶奶》,第 12 页)。在这个岛上的日子更是解释了这种神秘。在这个荒岛上,卡杜马和老奶奶先是因为利益问题互相作对(老奶奶若在岛上抓到了蝴蝶,是要付钱给卡杜马的,但是她一直不交钱),随后他们渐渐地相互理解。而老奶奶自从在博物馆里偷了一只蝴蝶之后,一直内心不安,不久后去世了,她死前将这个生死攸关的"惊天秘密"告诉了卡杜马。在最后一场里,老奶奶以蝴蝶的样子出现在了卡杜马身边,而卡杜马唱着歌,跳着舞,"用他那平平的大脚跺地"。他斥责他周围的那些灵魂:

我们能把你们所有的东西据为己有,对,你也是,你这头大象,土地是我们的,你们听见了吗?连星星也是我的,没错,星星也是……所有动物都按着卡杜马的节奏跳舞,棉花老奶奶在天上也会这样,她很美丽,还有两只翅膀。

老奶奶对卡杜马说:"你要相信你所看到的,卡杜马,那就是你的维吉尼亚。"在戏剧结尾,在一场巴洛克式的死而复生里,老奶奶变成了扎莫西斯龙蝴蝶,"她停在一根芦苇上,继续存活着"(《巴布亚岛上的棉花老奶奶》,第 54 页)。戏剧的最后又出现了与谢芜村的俳句。俳句出现在这里,提出了一种困惑,让人想到在《全球化与儿童文学》中我们提到过的海洋神话——关于太平洋的童话故事,尤其是艾芙琳·特鲁伊特和苏菲·孟德西的《让提岛》中一只蝴蝶一直陪伴着一个海地小孩并且还救了他和整个岛的故事。从人类学的角度来说,我们也可以把这个故事看作先前我们分析过的克劳德·罗伊的《这是一束鲜花》的海洋版本。那个故事里,一切都发生在一个

空中的王国里,而相反的是:

> 那些动物和卡杜马都在声嘶力竭地大叫,连大海都开始蠢蠢欲动了,它蓝色的海水淹过了小岛并把小岛吞没了。在水底,我们所有的朋友都笑了,一直在笑,他们朝着那些还高高地停在芦苇上的、继续存活着的生物大声地笑着:
> 现实已经不复存在了,
> 一下子,
> 就变成了蝴蝶。(《巴布亚岛上的棉花老奶奶》,第 54 页)

这些歌唱和舞蹈,就像在《巨龙之歌》的结尾处所强调的那些尼采式欢庆。戏剧在这里有了一种国际化的维度,这无疑有助于它登上教育部给出的推荐书目。

一段关于会说话的动物的小插曲

在开始讨论那些更为沉重的话题之前,我们需要说一点轻松的故事。在伊万·波墨的连环画《柯贝儿和柯比洛的戏剧》中,柯贝儿和柯百耶正好提醒我们,生活和戏剧之间的边界是模糊的,甚至是不存在的。这两只乔装成演员的鸟,准备于五月十二号在"人民空中林地"上举办的"乌鸦节"上表演一个节目,节目来自厄尼斯特·歌尔班的《岛屿上的杜鹃花》中的一段。它俩就像拉封丹寓言里的那两只鸽子一样,"互相倾慕"。然而,尽管柯巴巴事前已经提醒过了("乌鸦是一种很敏感的鸟"),导演柯波斯的角色安排却仍让柯贝儿和一只叫柯贝克的乌鸦一起演节目的高潮部分——一段爱情场景。这真是没有考虑柯比洛的感受啊,柯比洛又嫉妒又生气("我,嫉妒!啊哈哈!真是笑死我了"),他打断了演出并且和他的对手扭打了起来。这出乎意料的"一对一的格斗"得到了热情的观众们的支持。打赢了的柯比洛平静了下来,这一对情人也和好如初。它们在结尾处指出了这个寓言的主旨:

不论是在戏剧中还是在生活中,我们都在上演着喜剧。为生命起舞吧,抛开那些谎言,那些致命的嫉妒心,那些永恒的爱,就这样开开心心的,直到最后。

现在没有什么可以将喜剧和生活分开了:这些如十四行诗般押韵的文字构成了一段感情天真的前奏曲,表达了对幸福的轻松态度。

(七)走向小说——讲述儿童士兵主体:《孩子》、《石头桥和图像的生命》、《吱吱作响的骨头》

在那个军备竞赛的年代,贫困国家的孩子们也被牵扯进暴力的恐怖中。布鲁诺·卡斯坦强调的死亡和生存的联系也不只出现在童话故事中。让我们坚定地走进剧院,来看一下这种最残酷的悲剧:童军的悲惨故事。"我们需要真实的东西,同时又希望现实是另外一种情况。"这段写在戏剧《孩子》的铭题上的话,可以从文学的角度来理解,它说出了这种真实性的目的,同时又说了如何处理它。本节标题里提到的三部作品也是为了阐释在这些悲惨的背景中变化着的审美乐趣。

分散的主体和文字——菲利普·奥佛的《孩子》

《孩子》的开篇是一个小男孩在诉说存在的幸福:活着的幸福。其台词就表明他对生存的热情在逐渐增强:

我……
我……
我热……
我热爱……

我热爱说……

> 我热爱说……不论……
> 我热爱谈论一切。

他的语调充满了诗意的热忱和宣誓的口吻。相反的是,随后那个玩世不恭的夸张童话家以荒诞的方式引出了战争:"成堆的死亡和恐惧的排泄物。"在视频放映之后,战争的"电影原声"断断续续地重现了那些让人能够联想到战争场面的东西:

> 声音。马。大卡车等……

这些离奇古怪的列举十分荒唐。而这个剧本想表现的就是这种声音的可见性。整篇戏剧一直在努力地传达语言的感性维度:

> 人贩子,在那里!在那里!(《孩子》,第14页)

更远处,则是散开来的射击声:

> 砰,砰,砰!(《孩子》,第48页)

或者是伴随着赞叹的吃饭声:

> 野菊酱……嗯……太美味了……甜品也是,
> 蛋糕、巧克力、口香糖……嗯。(《孩子》,第21页)

这时台词伴随着音乐和韵律,就像一群孩子们在重复着一首诗。当孩子们要接受考验并且用他们的"卡拉什尼科夫枪"杀人的时候(合唱团和声唱着"杀人没什么大不了的"),台词的排列又表现出了等待中的紧张:

他最后敢用这个来杀人吗？他能敢吗？

他能敢吗？

他能敢吗？(《孩子》,第46页)

像一滴一滴的雨声一样"霹雳啪啦"的悬念被一声巨响打断了:"开枪!开枪!开!"(《孩子》,第55页)这时候,真正的灾难开始了,打这个孩子的另一个名叫雅克的男孩晕倒了,失去了意识:

噗……(一连串拟声词)啪……!(《孩子》,第57页)

晕倒的孩子醒来后的独白之前,是一阵喧嚣,他拿着他的卡拉什尼科夫枪瞄准了人贩子:"砰!你死了,你倒在了地上,你永远也活不过来了,结束了,死掉了。"(《孩子》,第61页)但是孩子自身的宽容仁慈还是让他没能下手,该死的不是人,而是那应该"粉碎的"邪恶灵魂(《孩子》,第61页)。这时候,孩子仿佛又回到了一开始的声音:"我想我应该会喜欢好多东西。"(《孩子》,第62页)

考虑到戏剧布局和直接的表现性,菲利普·奥佛通过这些平衡了现实的残忍和动作的节奏。拟声词、词语的动像就像全部串在一根线上,一系列的叫喊在顺序上是最接近文字的,也展现了一群颓败的人物的分裂。他尽可能地剖析恐惧,由此重建了象征性的对话。作者在这里一点都没加入那些强烈的暴力的情绪,而是通过感性的表现力显示了一种激进的人文主义。其戏剧作品中的跳跃节奏表现了一个混乱动荡的世界,也完美地回应了海纳·穆勒的号召。

隐喻的作品主体——丹尼·达尼斯的《石头桥和图像的生命》

丹尼·达尼斯在《石头桥和图像的生命》(欢乐天地出版社1996年初版,2006年再版)里的计划则完全不同,这部作品讲述了一场绑架。墨墨和萌,一个来自贫困的发展中国家但被带到了一个发达国家且被监禁起来的女孩和一个男孩的相遇以及他们之间的友情。这两个孩子轮流说话,然后一群小男孩、小女孩为了保存这段回忆说道:

> 我们告诉自己,那些我们所看见的事,那些我们所经历过的事,是为了铭记。

因此,当墨墨被打的时候,他说道:

> 但他打我的时候,我把我的包紧紧地抱在我的怀里,夹在我的大腿中间。
> 萌说道:"我找到了他。他像一棵树一样颤抖着。"(《石头桥和图像的生命》,第 28 页)

这里的词汇暗示着一种对言语探索的渴望,就像那些一直待在第一级的"保持者"的反应一样:"啊啊啊!啊啊啊!(渐强和小节)"整部戏剧最终都是由题目中的隐喻支配的,这个隐喻也在场景中不断地提醒观众注意这部戏剧的主旨:

> 我在他的怀里入睡,在梦里,我梦见了一座石头桥,这座桥是我建造的,有一天我用这些石头建了这座桥。(《石头桥和图像的生命》,第 28—29 页)

一座永远不会在非洲或者亚洲建造的桥,却出现在了地球极地的大浮冰上,孩子们最终到达了那里:

> 萌,你应该在这里建你的那座桥,因为这里和我梦里见到的地

方一样。(《石头桥和图像的生命》,第 87 页)

这时候两人之间出现了一整块画板,上面显示着一系列物品的传送,那些"就像是在传送带上一样":"有树叶和皮带","有石头和皮革","有水和柠檬","有水和红色的羊毛","有沙子和雪","有火把和气室","有牛奶和无花果","有第一座桥和图像的生命"。在这里,修辞的物质想象力交织在一起,以一种诗意的语调,在伴随着这场悲剧的合唱团的回声中得到加强。现在我们看见的是人类和大自然结合的积极的一面,和让·卡格纳德作品中的肢体分离不同,这里是人与物之间的融洽交流和沟通。戏剧在一个新世界的诗意的诞生中结束了。萌拿出了"图像的生命",然后她说什么,什么东西就奇迹般地出现了:

我们在自己的语言里游戏……花的种子,草的根,我们欢笑着,因为什么都会出现的。(《石头桥和图像的生命》,第 89 页)

然而,这些并不能够除掉暴力,因为出现了争论,两人之中的一个死了。因此需要"把灵魂拆成几小块",然后"创造一种新语言"。根据墨墨的话,这个故事"就像天空中的云一样真实"。这个故事,实际上已经回答了铭题中所提出的问题,并告诉我们"真实"是以另外一种形式呈现的:通过所有对梦想的热情以及慷慨的、诗意的情绪,执着追求行动而非追求感情的共鸣,执着于语言表达的美。

苏珊娜·勒博的《吱吱作响的骨头》

《吱吱作响的骨头》是 2007 年里昂戏剧作家节上的获奖作品,剧本由儿童戏剧出版社于 2008 年出版,又在 2010 年获得了柯立达姆文学奖,仿佛这就是它发声的一种方式。作品中包含了心理学家鲍里斯·西瑞尼克的研究,《丑小鸭》的一段节选被放在了剧本的铭题上。对于那些自认为是在世界的摧残下幸存下来的人,其实反抗才是对存在,即使是那些不被承认的存在的最好证明。"我命中就应该成为一个剧作家,成为我奋斗的唯一证人",鲍里斯·西瑞尼克在引言中说道。这也是苏珊娜·勒博剧中的女主人公——艾丽卡的信念。艾丽卡是一个十三岁的非洲女孩,也是"童军",她也被训练着杀人并由此走向自我毁灭。正是她把卡拉什尼科夫枪紧紧地靠在胸前并大声说(这反映了戏剧的主题):

> 没有了她,我感觉自己是那么渺小,那么脆弱,像一只鸟一样……像一只在早上饥饿的鸟儿,它的骨头吱吱作响。(《吱吱作响的骨头》,第38页)

因为这里的食人魔是"反叛的"兰博,一个吸毒的男人,他把艾丽卡养大并把她当作性奴隶。讽刺的是,这个名字和电影《兰博5》里西尔维斯特·史泰龙所扮演的那个人物的名字是一样的。在这部电影里,男主人公要去拯救一个被毒贩子监禁起来的女子。但是艾丽卡从不妥协。那"吱吱作响的骨头"代表着她的坚韧不屈,这里用鲍里斯·西瑞尼克的话来展示她是如何战胜敌人、如何应对、如何成长的,即使在最可怕的环境下,艾丽卡是如何变得更强大的。事实上,艾丽卡不论是在精神上还是在身体上一直都在反抗,而这部戏剧主要就是讲述她的英勇行为。她设法逃跑,并且在逃离那些毒贩的"保护"的同时,还拯救了一个八岁的孩子,乔西,另一个本来要成为受害者的小男孩。艾丽卡一直带着这个小男孩,直到他得到了一个儿童人权保护组织的照顾。但是艾丽卡面临着死亡,因为她患上了艾滋病。"你想要我们这些女孩子为什么而死? 为了战争还是为了艾滋病?"伊万格琳娜问道。她是一个收留了艾丽卡的护士,后来她成了艾丽卡的密友,就像她的第二个母亲。这接近鲍里斯·西瑞尼克所诉说的那种父母双双被流放的悲惨命运,也像是达郎溪的命运,他在1977年被一个叫玛格丽特·法尔吉的"正直"女人给救了。《吱吱作响的骨头》中的戏剧表演展现了艾丽卡在勇敢的逃亡过程中的十个高潮，并且是由十个伊万格琳娜"出庭"的场景来解释的（场景是大屠杀后在卢旺达组织的"人民法庭"）。她走到台上，向不明真相的政府解释道：

> 那些倾听的人，那些做决策的人，那些贩卖武器的人，你们、我、政客，还有成年人。（《吱吱作响的骨头》，第 18 页）

观众看着孩子们不断地被送到人权组织那里，伴随着伊万格琳娜给出的证词，加深了理解。在她的证词里，也就是在艾丽卡死之前托付给她的"小本子"里，艾丽卡把自己的武器扔在了孤儿院里。表演的很大一部分都是阅读的场景。因此，观众对剧情的理解，每次都是通过对艾丽卡的往事的回顾性分析和评论来加深的。在伊万格琳娜读的本子里，最恐怖的记叙就是对艾丽卡家人的大屠杀：他们在她兄弟的后背上凶残地砍了一刀，结束了他的生命，然后把他像"一包四季豆"一样扔开了，她妈妈被先奸后杀，她父亲被砍刀砍死。然后他们给了小女孩一个火把，并逼她把剩下的所有东西都烧了。接着，他们把她掳走，让她当他们的"妻子"。这个经历从此成了她的噩梦：

> 我烧光了我生命的前十年，在我妈妈的注视之下。而那些羞辱她的人，成了我的兄弟。（《吱吱作响的骨头》，第 37 页）

剧中人物的风格设定十分大胆地质疑了道德标准，戏剧中因此包含了众多关于命运的、相互矛盾的比喻和对比手法。而戏剧的布局也解释了这些审美的选择：在作品的序言里，作者表示，三年之前在她知道有近三十万个童军深陷暴力威胁的时候她就震惊了，而在戏剧发表的时候，这个数字已经变成了五十万。

> 人们为了使她们变得完全顺服,羞辱她们,给她们下药,暴力地对待她们。就给她们一根烟。除了暴力之外,还有不断的强暴,她们从小得不到父母的关爱,最后还会患上致命的疾病。(《吱吱作响的骨头》,第 92 页)

就是在这一想法中,作者构思了这个小女孩的形象,她因此决定写这个剧本,并去了刚果和塞拉利昂。

> 我追随着她的内心和她的逃亡,想要找到在那些毒打和叫喊中没有磨灭的、还依然存在的一些人性。我对她的韧性一直抱有怀疑。(《吱吱作响的骨头》,第 92 页)

然而,与童军的悲剧所表达出的韧性相比,人们更关注那些最后被"拯救"的童军。苏珊娜·勒博后来认识了他们中的几个人:

> 他们很年轻,强壮,温柔,坚定,并且……他们憧憬着未来。和他们的同龄人一样,只不过在他们童年的记忆中有一个很大的缺口。(《吱吱作响的骨头》,第 93 页)

艾丽卡没能和这些被拯救的童军有同样的命运。然而,她确实是一个范例,就像伊万格琳娜在她"第九次出庭"里说的那样:

> 她一直顽强地反抗。我从来没有见过谁有那么大的韧性,尤其是作为一个孩子。她仿佛是不可伤害,是刀枪不入的。(《吱吱作响的骨头》,第 80 页)

因此,剧作家为观众呈现了两种台词:一种是艾丽卡、乔西和伊万格琳娜等人物"直接说的话",另一种是对于剧中行为和"出庭"的"台词-叙述"类解释。这些"台词-叙述"就像是对叙述的监管,并且符合一个无所不知的叙述者的视角。在一部小说中,叙述者可以将人物和证人的观点结合起来讲述。这种语调的结合让戏剧更富有故事性,并让我们将戏剧和小说联系起来,由此看出戏剧场景的优势和不足。这些可能会以不同的形式出现。比如,舞台分成了两部分,没有灯光的黑暗的那部分保证了叙述的交替:两个人在丛林里逃亡并互相给予信任、希望,有时则是陷入失望的艾丽卡和乔西的叙述以及护士伊万格琳娜的作证场景。2009年,在当代大剧院(蒙特利尔)由结贺飞·高登侠导演、与位于塞纳河畔维提地区的让·维尔剧院合作的戏剧就是如此。在大学生们担当演员的情况下,我们增加了每个角色的演员人数(有多少场"出庭作证"就有多少个护士;这样的场景,已经组成了某种悲剧合唱……),以此减轻一个沉重而复杂的剧本的工作量,比如在2010年圣德尼斯省表演的那一场。

最后的小插曲:时间的尽头和孩子们的问题,这是戏剧的最终目的吗?

菲利普·多兰在《在我的纸屋子里:有关于火的诗歌》(乐趣学苑出版社2002年版)里就用了一个"空旷的舞台"来表现空间。这和娜塔莉·帕班的《虚无的国度》不同,这里的设计更像是对想象场景的一种创新。开场就说话的小女孩一直在列举着舞台上的布景:"那边,是门。那边,是走廊……"这种看似多余的列举,随后就被前后相继的两幕戏剧的间隔里的"关灯"或者"黑场"的舞台指示代替了。从第二场开始,随着"开灯",小女孩"变成了一个老太太"。这阐释了戏剧铭题上的那句话:"每个老人身体里都住着一个小孩子,只是他们自己不知道。"这个老人由第三个人物"散步者"守候着,他已经死了。这构成了人物中光明与黑暗的韵律三重奏("照明的游戏"?),通过这种活泼的节奏来增强戏剧感,也柔化了对死亡的恐惧。老奶奶为那个叫喊着"你,你去死吧!"的小女孩讲了一个故事。故事中每个提到过的东西都马上消失了,"啊,连衣裙没有了","啊,妈妈也不见了"

(《在我的纸屋子里》,第21页),以至于需要故事中的小孩去寻找一个"能让消失的东西和人都回来"的词。在多次无果的尝试后(小女孩:"马?"老奶奶:"不是。")(《在我的纸屋子里》,第23页),我们看到了小女孩所作尝试的结构。"你知道卖火柴的小女孩吗?"这个对安徒生童话的影射,被散步的人改正了,他提到了孩子的歌唱:"火柴呀,善良的火柴……"老奶奶最后的话暗示了戏剧的结局:"我以为我什么都能知道!""纸屋子"里的语言和童话结构的设计在这里作为一种元语言存在,这与前文中我们分析过的让·多麦颂的提问形成了对照。但是在菲利普·多兰的戏剧中,他向观众吐露他的心声。在十一大区住了一个月的他,在一个班里完成了他的写作,并且还收获了同班一个女生给他的一首"诗"。这也许就是整个故事灵感的来源。这个女生说道:

> 为什么花儿不能和小鸟一样飞翔,为什么夜晚不能像晴天一样晴朗……为什么我们会在某一天死去又在第二天醒来?为什么我们会在某人的臂弯中出生?(《在我的纸屋子里》,第40页)

(八)以爱情和战争为主体:卸下武装——塞巴斯蒂安·琼涅的《圣歌》

空间出版社于2007年出版的这部作品在2009年获得了柯利达姆文学奖。正如作者塞巴斯蒂安·琼涅在领奖时说的:

> 我曾经很迷惑,我手里拿着圣歌,站在战场中央。我曾经心怀希望和柔情,所有那些让我们在这个世界中感到耻辱的感情。这个世界和什么都不甚相符,它只是完全不同于一首圣歌。①

---

① 详见网址"http://postures2008.wordpress.com/mots-dauteurs/sebastien-joanniez-laureat-de-collidram-2009/"。

和这个世界完全相反,戏剧的场景几乎少到"什么都没有"。没有舞台指示。两段前言解释也几乎什么都没有说,只表明了铭题中的两个匿名主人公("她"是第一部分,"他"是第二部分)相互对照又协同演出。两个主人公的台词分别是他们的内心独白,独白构成了间接对话。他们的台词没有标点也没有着重号,而是以诗歌的形式展现了诗意的感情。"那个战场"是波及整个社会和所有家庭的战役的战场。戏剧的开头是女主角关于一个祭品的坦白:

> 拿着你的酒,拿着你的水,然后还有我!

然后是对于第一句话的希望:

> 你的家人知道我,他们能够证明那时候很艰苦,证明我们的爱情能够改变世界。

这时候,叙述一下子将观众引至一个公墓,这里有着一切的联系("祖先们在这里安息,你的,我的,我们的祖先在那里沉睡")。就是在那里有了充满泪水的第一次相遇("我们不能抓住全部")。第二场相遇则解释了戏剧悲剧的主题:

> 我姐姐被炸弹炸死的那天你也在那里……你跑向那些尸体,你向他们口中吹气,你的嘴上沾上了受害者的鲜血。

我们无法找到那些暗示这是一场类似莎士比亚笔下罗密欧和朱丽叶的现代悲剧的详细叙述。"她"接下来叙述了,她是如何在黑夜里漫步并想找到"他"的,以及她是如何跳下一座桥拯救了一个绝望的女人。这个世界的主要矛盾点在这里也出现了:

> 这里有教堂,也有清真寺,它们灯火通明,
> 一个雄伟壮观,另一个舒适温和,我就这样看着它们面对面然后互相争斗。

她读了一封给教堂的请愿书("听别人说的话是没法和你所想象的一样完美的"),然后继续漫步。她在晚上将会被羞辱,然后她告诉"他",她的哥哥是怎么"自杀式献身"的("他总是说这就是自由的代价"),以及哥哥的死是如何让他们在痛苦中变得更加亲密的。这个年轻的姑娘随后要面对的是其亲人的误解以及她亲妹妹的报复性攻击。然后她把舞台留给了"他"。

这时候,就该由"他"来揭示他们爱情的另一面了,来描述那日益增强的紧张的感觉("你并没有来"……"但是你并没有来"),直到戏剧进行到最后的团聚。男人接受了别人给他的"酒"("混杂了酒、水和爱情","压抑着的呼吸"),并说出了主体部分的联结:

> 你有所有的情绪,所有的欢笑。而我,我来到这里,离开这里,又回到这里。我再一次出发,到达我们的目的地,我大喊着,你也和我一同叫喊。

主体部分最后的修辞和舞蹈:

> 在我们的土地上起舞,我和你一起,我们向着未来前进。

这时候,前进就和《现在的爱丽丝》里爱丽丝的行走不一样了,舞蹈也和棉花老奶奶面前"野蛮人"的舞蹈不一样。最后团聚的修辞手法是为了以一种欢庆节奏将读者引向团聚之神秘的顶峰。有时候这会让我们想到保尔·艾吕雅的《政治诗歌》。

结　论　艺术家的狂热

真实效果和喜剧演员

与小说相比，戏剧更加精练、更加具有分析性，有时候还更加抒情，它包含了基于文本而变化的场景和朗诵，还有着真实的表演和效果，那么，戏剧优于小说吗？这个问题我们就留给读者和观众来解答吧！他们还需要根据戏剧的编排和演员们对剧本的阐释来判断，而演员的表演往往在戏剧中起决定性的作用。和"林荫道戏剧"这种在通俗的剧院里不断上演着的有关妻子和出轨丈夫题材的戏剧不同，也不同于海纳·穆勒所说的那些节奏过慢的戏剧，我们遨游于其中的戏剧，充满了丰富的肢体表现，那是一种大胆的表现。巴勃罗·聂鲁达、爱丽丝、小王子、尼尔·阿姆斯特朗、迦本、浩克和兰博，通过一个巴洛克式的幻想，同时出现在了"单景监视"的影响下。在这些人物身上有着一种象征性的优越，正好和那些代表着单纯的人性的人物相反，比如《巴布亚岛上的棉花老奶奶：一个岛屿上的喜剧》里的"野蛮人"和《无能为力》里那对匿名的恋人。戏剧中充满了放肆的言语，青春的俏皮话，对反抗的崇拜，以及过多的暴力，使得这种戏剧成为了以文学重组社会的先锋。戏剧的导演对戏剧的分析保证了戏剧的真实性，但是却无法避免戏剧本身的夸大和荒诞的特性，然而分析能将主题引回原本的世界或者其他世界中的应有位置。这种思考迫使人们对人物进行重新定位，这原本可能也是剧本通过表达内心感情的幻想的唯我论所尝试的，但同时也充满着对未来的信仰的抒情。这种思考还让我们看到了语言的力量。这里我们可以提一下佩夫的《小王子的扭曲的话》。这部于1995年以歌剧的形式在尼斯上演的戏剧，随后又于2007年在米歇尔大剧院上演，而且一直都在"上演"。佩夫曾经在巴西的一场演出中亲自饰演角色，但他并不会说葡萄牙语。他说："我听见自己在讲话，但是我听不懂自己在说什么，然而大家还是为我鼓掌。"佩夫又谦虚地表示，他并不认为自己是一个"巡回诗人，就像游牧诗人那种"。可能正是因为这些,年轻的观众才把奖项给了他并且喜爱他的作品。

这一章到这里就结束了。我们能在杂志《我们想要阅读!》的第184期中看到玛丽·贝纳诺斯有关儿童戏剧的精彩观点。她总结了其对儿童戏剧的研究工作,为现在的研究和参考文献建立了一个大纲,并且为这一文化领域中的戏剧排演总结了五个主要形式——"战争的,分析的,审美的,伦理的和哲学的"。她尤其强调了戏剧的幽默性,它"作为一种传达的方式在我们的当代文化中显得十分重要"。这也让我们加深了对此前一些观点的理解。

总　结　论

通过哈利·波特、弗雷德里克·尼采及其他人,对历史前沿的"永恒的回归"

书、电影与音乐相结合的阅读:哈利,世界末日及其后

哈利·波特系列影片的最后一部,《哈利波特与死亡圣器(下)》的上映通过媒体的宣传点燃了公众的热情(街头海报、预告片、报纸、广播、电视、网络),这延续了第一部影片在 2000 年上映时的宣发模式。这种宣传强化了一个集合了神话与传说、恶龙与食死徒的拜罗伊特(Bayreuth)的全球化效应。"诸神的黄昏"被唤醒? 救火之作,经典之作? 某些人会说:"然而他们还是在读书。"青少年通过音乐、电影甚至电脑游戏来阅读。大众很少读过这么厚的一本书,尽管——相比小说形式而言——电影版引发的热烈讨论更多集中于人物的情感故事,人物角色已经成为两代人的虚拟化的伙伴。即便是家常的情节也并不妨碍以主观的方式体会描述的巧妙。例如,《哈利·波特与阿兹卡班的囚徒》中的巴克(Buck)可以回到过去改变事件的后续发展,从而拯救鹰马比克。在"冥想盆"中的追溯回顾对读者非常具有吸引力,邀请读者参与一场用谜题方式呈现的令人眩晕的时间性重筑。

然而,带着讥笑表情、戴着怪诞面具的伏地魔的出现,不仅推动了尼采所抗争的宗教存在的消亡,也推动了文学守护神的消亡,或许也推动了公民精神的失落。显而易见的是,不止一个年轻观众将记住哈利与伏地魔对决

的场景,魔法棒之间的碰撞,堪比《星球大战》。毫无疑问,导演充分发挥了特效的作用。在一种"世界末日"般的气氛中,哈利·波特俯视被黑暗势力破坏的霍格沃兹的废墟,其悲伤的目光,难道不是对受到过激主义(如偏执的保护消费者权益运动)威胁的今日文明的隐喻吗?瓦格纳、埃莱米尔·布尔热(Élêmir Bourges)及其他人早在19世纪末就提出了相关的担忧。青少年能用一种回应,一种反驳,一种复兴来反抗世界末日吗? 在这之前,邓布利多的苍白灵魂曾出现在哈利·波特面前,提醒他,世界历史上的卓越人物都是在希望中汲取力量的。他的话就像在巴黎歌剧院上演的瓦格纳的四部曲中,卡塔莉娜·达莱芒(Katarina Dalayman)演唱《众神的黄昏》时的美丽声音。

在这种背景下,有必要简要回顾 J. K. 罗琳的这一系列作品。我们曾在介绍分析伊莎贝尔·卡妮的《哈利·波特:彼得·潘的颠覆?》时提过。罗琳刻画了一个与怀念另一个世界的彼得·潘截然不同的人物,在这种突出对比中,作品的结局完美地诠释了现代主人公的尼采特征——哈利仿佛是《查拉图斯特拉如是说》中的一句话的体现:"人是应该被超越的。"这句话被引用在米歇尔·翁弗雷与马克西米利安·勒鲁瓦合作完成的连环漫画《尼采,创造自由》中。对此,我们在前言提到过。在现代幻想图像的表面便利下,隐藏着一种复杂的心理,与《快乐的知识》的作者存在结构的一致性。在这场关键的考验中,作为主人公的少年在长久的犹豫后,最终选择接受"突然发生的一切",并"热爱他的命运"。尼采认为,这种"接受命运"(amor fati)是幸福的源泉。哈利独自进入森林(影片中的森林具有一种华丽而神秘的美),与黑暗势力进行殊死斗争。意识到自己也是"魂器"之一(伏地魔寄托灵魂的载体),为了最终摧毁伏地魔,他动身寻找其他缺失的部分。他将获得的"圣器"(拥有世上最大法力的"老魔杖",象征对时间的控制的"复活石戒指"和"隐身斗篷"),即关于死神的传说中所提到的魔力物品。为了避免对其他人的误伤,哈利牺牲自己,在好友罗恩与赫敏的支持下最终取得胜利。一段三人友情,类似尼采与露·安德烈亚斯·莎乐美(Lou Andreas-

Salomé)和保尔·瑞(Paul Rée)组成的"三个朋友小团体"。该团体的组成是在尼采与理查德·瓦格纳疏远以后,之前尼采曾非常欣赏瓦格纳的音乐作品。这是一个梦寐已久的"哲学团体","教育者进行自我教育",目的是改变世界。团体是根据古希腊模式建立起来的(赫敏的名字"Hermione"强化了这种相近),目的是"发明并体验新的存在可能性"。这里,我们想到了在邓布利多的召集下成立的凤凰社。凤凰的永恒回归符合一个"选择原则":"在每个犹豫的时刻,我们应该说:'选择需要不断重复的,倾向于将永恒回归的。'"

打败伏地魔后,哈利将接骨木魔杖折断,扔进深渊,这象征着重新获得的自由、拒绝为任何权力服务的独立。结局揭示了一场内心革命,向我们展示了一个赫拉克利特式的儿童,无论成功与失败,都要进入查拉图斯特拉所期待的"创造的神圣游戏"。"因为精神要求其自身意愿,失去世界的人想赢得自己的世界。"

我们在很多青少年影片中看到过这种抵抗,哈利构成了这种抵抗的最高形象。在电影中,海格的形象让人想到死在流泪的圣母怀里的耶稣基督。在动画片中,圣母预备"基督教价值观的翻转",而不仅仅是无上帝的生活观念所引起的"价值的重新评估"。上帝并未出现在罗琳的系列作品中,尽管小说富有神奇色彩,但从未提及超验性(transcendance)。占据主导地位的一群少年拥有巨大的能量,他们对纯粹的追求引发了巨大的动乱,他们要求一种新型的美丽、公正与善良,因此,斗争也具有了诗意("我们应该成为自身存在的诗人")。观众也必然将新一代(哈利和金妮的两个儿子和一个女儿,罗恩和赫敏的女儿和儿子)重返霍格沃兹的情节视为"事物的永恒回归"的一种幸福阐释:父母陪伴下的孩子们隐入国王十字车站的墙里,重新带给读者第一集中的搞笑气氛和可能失败的悬念。总而言之,少年哈利不正是一种新型人性的代表吗?媒体放大效应下产生的一部家族史诗中的人性,不是古希腊和骑士时代(带剑的骑士)的人性,不是福楼拜、普鲁斯特、纪德等文学大师笔下的人性,也不是瓦格纳的歌剧冲突中的人性。引入女性气质(赫敏证实了这一点!)引起了视角的转变,伴有狄更斯式的幽默。对为什么人们都看着他们的儿子这一问题,罗恩回答说:"是因为我,我太有名!"另外,战斗中的麦格教授带着一抹满足的微笑,坦露自己一直梦想用石像战胜对手……

当代儿童文学中有不少时间性循环的回归,采用了不同的诗歌类型。在哈利·波特系列小说中这在不同代际人物身上有所体现;而在《地球人》中,运用的是埃及圣甲虫的"在衣服的阴暗中熠熠生辉的绿色"。一种根植于自然和神话的诗意——安妮·科洛迪提到圣甲虫时说,它们"在图坦卡蒙(Touthankamon)法老的陵墓里",是"永恒回归的象征"。维吉尔补充道:"是的,从重新出现的太阳,从逃离夜晚影子的太阳中新生,每个清晨,升上天空。"当安妮精疲力尽、意识不清地躺在沙漠里时,唤醒她的正是同一种圣甲虫发出的窸窣声:"三天以来,在这个世界末日般的场景中,没见过一个活物,而我,我就像一个东西一样沉默。"昆虫完成了其象征意义:"它来告诉我永恒的回归,逃离夜晚影子的太阳,每个清晨,升上天空。它来告诉我:'不要让自己死去。'"这就是生命之图像及其在历史复兴中所体现的强大力量!

评论和童年的狮子的"永恒的回归"

在本书前面的章节中,通过探讨图像统治时代下的儿童文学作品类型,我们刚刚完成了一场"永恒的回归"。由于成人希望拉近与儿童的距离,拒绝权威感,希望分享童年和幻想精神,成人趋于采用"跨界文学",这种新型方式使我们的探讨更加复杂。因此,一本以孩童为对象的书也会受到成人的喜爱,同时,越来越精妙的"文学建筑"也适合青少年阅读。

我们读过或写过的评论书籍体现了儿童文学所处的困境:一方面,受益于突飞猛进的工业及新技术成果,另一方面被多种意识形态分化。儿童文学虽然经历了显而易见的发展,却始终面对一个中心问题:儿童文学是用于培养简单的心思周密的消费者吗?还是为未来的世界公民提供一条发展之路?游戏、"童年文化"(culture de l'enfance)是儿童文学的主要同盟。

因此,我们介绍了游戏想象力的概念。随后分析了书-物(livre – objet)的吸引力(通过故事、结构游戏及色彩),以及当今的故事和新型文学形式中的词与画的互动。以迪迪耶·安兹厄的理论为参照,我们探讨了越来越具有跨媒介特征的当代戏剧和小说,分析其中躯体变形的幻想。因此,对"生存游戏"这一概念及相关主题的文学史的研究便必不可少。在这一旅程中,我们首先处于"虚拟世界和巧克力之间",伴随着虽不说话却微笑玩耍的孩子。他自娱自乐,叽叽喳喳,从某刻开始,会说小王子、扎吉、玛丽-欧德·穆海勒笔下的少年,以及很多其他作家笔下儿童的语言。例如塞居尔伯爵夫人的《模范少女》(Les petites filles modeles),吉姆·霍金斯(Jim Hawkins)的《金银岛》(L'ile au tresor),《纽扣战争》,伊尼德·布赖顿①、乔治·布永(Georges Bouillon)、罗尔德·达尔等人作品中的机灵鬼……我们研究了过去十几年中涌现的作品,然而互文性时常将我们引至数个世纪之前,引至儿童文学的巴洛克起源。在国际范围内,儿童文学作品发表活跃,不仅被广泛翻译,还有接近玩具和游戏的可动书、图画书,形成了名副其实的联欢。其中,我们注意到有本杰明·拉孔布笔下的西班牙吉普赛小女孩的面孔,有《管道之音》中茱莉亚·吕伊(Julia Ruy)的歌唱。得益于多种趣味性的互动游戏——例如,由佩屈拉·克拉克(Petula Clark)出演玛格丽特·杜赫索,她是小王子的朋友,一只"以博学多识闻名太阳系的跳蚤"——面向年轻观众的戏剧的发展势头蓬勃,伴随着舞蹈、音乐、舞台布景等元素的丰富,以及苏珊娜·勒博的"吱吱作响的骨头"。与此同时,结合静态或动态图像的小说出现了新的形式,通过各种宣传渠道呈现在观众面前。小说,与更谨慎的诗歌,在对压迫体系的质疑中带来奔放的现实主义和诗意。

随后,我们指出全球化背景下的四种趋势。一方面,景观社会的习俗与圣诞节的庆祝活动相结合,圣诞节仿佛成为习俗活动的顶峰,这可能是一种

---

① 译者注:伊尼德·布赖顿(Enid Blyton, 1897 – 1968),英国著名儿童文学家。上海译文出版社曾于 1992 年翻译出版其代表作《秘密七人团》上中下集。

神秘的国际团结性的最后一片乐土,在这种社会背景下,可以发现西方模式的扩展与传统社会的匀一化。另一方面,对童话的演绎以及亚洲文化的影响丰富了西方想象力,一些"古老"思想进入西方想象力的领域。例如埃德加·莫兰提出儒家思想的必要性;通过冥想实现提升这一方法,在皮埃尔·康努乐,弗朗索瓦丝·克里塞尔和米歇尔·尼科利的作品中,以及在弗雷德里克·克莱芒的唯美主义中均有体现。此外,看似矛盾地,某些"幻想"或科幻作品中融合了家乡当地的美食主义(穆勒法,波特罗,格勒尼耶),以及在旅行叙述中因环境改变而获得的喜悦感(乔斯琳·索瓦尔)。同时还会注意到一种拉伯雷式精神的粗犷,例如,由皮埃尔·艾力·费里耶配图的作品,或菲利普·勒榭米耶和海贝卡·朵特梅的《拇指男孩的秘密日记》。最后,也是很关键的一方面,"阿拉伯之春"和最近几个月的社会动乱必然引发我们的思考——我们的注意力集中在战争和杀戮所引发的恐慌,以及青少年小说或图画书中的年轻主人公的抵抗。有些作品触及的是政治参与的必要性,可能是天主教色彩的参与,例如安妮-罗尔·邦杜;也可能是无宗教色彩的一种精神,例如雅尼娜·布鲁诺的《此处或别处》,提及了社会改革的影响。出于同样的考虑,《全球化与儿童文学》一书中介绍了萨拉的图画书《革命》。图画书的色彩具有鲜明的象征意义(革命者的红色与压迫者的黑色形成对比),故事展示了在历史循环的背景下,少年主人公及其行动所蕴含的热情与决心。故事中的一些年轻人,只举着画有一只狮子的旗帜,登上一座山岗的顶端,也可能是示威活动中一块街垒的顶端。军队将他们拦住,举旗的少年入狱。然而,出人意料的魔法出现了,旗帜上的狮子活了,从旗子中走向少年,解救了他。它将少年驼在背上,来到山顶,随后狮子与少年一同出现在另一队年轻人举着的一面旗帜上。故事或历史的重复,或循环?旗帜上的年轻人和狮子仿佛是坚持和平、坚持斗争的精神象征,是时代的一种积极循环的见证。我们难免会想到查拉图斯特拉的比喻,"精神的三种变形",最后一个告诉我们"狮子怎样变成孩童"……

在本书中,最初作为一种幸福准则的社会游戏随后却转变成了噩梦。

先是具有愉悦感的"生存游戏"。例如，格拉迪·马尔西诺的《了不起的老姨》中所表现的，该书近似于凯·汤普森的《埃洛伊兹》。随后我们接触到生活在公共垃圾场里的儿童和少年，以及儿童士兵的悲剧故事。临界点无疑是贝尔纳·尚巴兹（Bernard Chambaz）的《我不叫本拉登！》（*Je m'appelle pas Ben Laden!*）一书中提及的9月11日，该书由巴鲁配图，由世界之路出版社于2011年出版。我们的探讨在此与米歇尔·翁弗雷笔下的尼采得以重合。关于未来，这位哲学家表示："未来是单纯的，就像孩子一样……因此，我们被想象围绕……"他还表示："我只相信一个会跳舞的上帝。"正如我们分析过的桑德拉·雅亚的《津加丽娜或野草》，尼采似乎有着与雅亚书中的吉普赛舞者相同的热情。拒绝同一化理性的他喜爱音乐，认为如果没有音乐，"生活将是一场错误"，然而倾向认为"爱情是波希米亚人的孩子"。他将比才与瓦格纳相比较，否认瓦格纳对当时媒介系统的控制力："瓦格纳让时代疲惫不堪。他自身正是一个疲惫不堪的时代的象征。"最终，尼采在《悲剧的诞生》中展现了音乐的狄奥尼索斯般的力量，这近似于苏茜·摩尔根斯坦小说中所展现的。某些人会说这是一种自相矛盾的相近，除非人们能记起——米歇尔·翁弗雷明确指出——尼采不是反犹主义者，他认为"任何反犹主义都是愚蠢的"。扭曲尼采的观点并公然加以利用的是尼采的姐姐，她是阿道夫·希特勒的崇拜者。对自身命运的热爱体现在蒂莫泰·德丰贝勒的《旺戈》，或很多戏剧中。当今，"朋友小团体"的成员的面容已改变，在互联网的推动下，正在向世界性运动发展，正如社会网格化行动所呈现的，以及我们提及的小型出版社的那些活动。我们处于历史的最前沿……因此，很难清晰地知晓世界将去往何处。所以评论处于人类学的境地，弗朗索瓦兹·埃里捷（Françoise Heritier）在《回归本源》（*Retour aux sources*）①中提出，她将评论定义为对其他遥远社会的一种研究，同时也是

---

① 弗朗索瓦兹·埃里捷：《回归本源》，"同时代"（Contemporanéités）系列图书，伽利略出版社（Galilée）2010年版。

自我写作的一种形式(une forme d'ecriture de soi)。在对各种文本的阅读中,就我们目前的分析范围而言,仿佛地质勘探一般对游戏主题进行分析的过程中,可以发现存在着一种在影响和转变写作的"我"的知识。写作诞生于这种互动本身,也反过来构建这种互动。在一种自相矛盾的,在一边对他人慷慨开放、一边又内敛自闭的惯例框架内,如何证明写作的合理性?正如坚定的尼采学说的信徒阿兰·巴迪欧在与阿兰·芬凯尔克劳特(Alain Finkielkraut)的一次对话中表示:"当前的观点争论呈现两个趋势:一方面是商业性的一致化和普遍的商品化;另一方面是对自身群体的回归或曰基于身份的紧张关系,是全球化的一大壁垒,但却是完全无效的。"值得一提的是1793年法国宪法的开放性——巴迪欧指出——"不论身处何处,若一个人收养一名孤儿,即可获得法国国籍"。一种共和国普救主义立场,处于历史的确定与自身的写作之间,构筑了童年的国际性,将评论推向某种谦卑。

因此,作为对引言中提及的游戏方式的总结,我们将再次引用"永恒的回归"。克劳德·罗伊所写的《这是一束鲜花》可以帮助我们定义"游戏想象力"。在这篇现代童话中,共和国总统自己也玩了起来("他并不习惯这个紧靠在那儿的人,不过他觉得很有趣")。花恢复了一度丢失的人与人之间的交流,将城市变成一处长久的可供休闲散心的空间,面向"所有孩子,他们不会再在马路上玩耍,做恶作剧",也面向大人。总统参与游戏!由此,惊喜成为蠢事和烦恼的解药,读者在对神奇时刻的体验中获得惬意,这是吉奥乔·阿甘本所说的"契机"(kairos),或是科洛迪笔下匹诺曹的契机。最终,理想状态下的生态城市充满了和谐:

> 总统,两个孩子和花都开始大笑。总统笑,克洛德兰笑,克洛德吕娜笑,La Fraxilumele 1号笑,看上去很美。天上,这朵大花和它的三个朋友,大笑着,花瓣伸展,笑得那么厉害,笑声把天空都感染了,把太阳也逗笑了。这,这就是一束鲜花。(《这是一束鲜花》,第78页)

既充满欢喜又如同空想的结论,是历史创伤的一贴镇痛剂,不同于蹩脚奇境里的王子和公主的幻想小说。这种重复,这种向共和国儿童的回归,使我们得以丈量在半个世纪中走过的路。当今,图像统治社会中的儿童所面临的关键问题,存在于一种更加复杂的微笑当中。正如戏剧《巴布亚岛上的棉花老奶奶:一个岛屿上的喜剧》所展现的:这种关键问题存在于一种快乐的知识中,它将景观社会里单纯的消费者的游戏转变为见多识广的世界公民的批评意识。这一过程里既没有怀旧的伤感,也没有对一个可能的"光明未来"的盲目错觉,所有的仅是一个处于自我成就道路上的人类主体的视角。